東京大學東洋文化研究所報告

馮夢龍と明末俗文學

大木　康　著

東洋文化研究所紀要　別冊

馮夢龍と明末俗文學　目次

はじめに

今日では短篇白話小說集「三言」の編者として最もよく知られる、明末蘇州の文人馮夢龍（明萬曆二年　一五七四～清順治三年　一六四六）が、終始わたしの中國文學研究、中國社會文化史研究の中心に位置している。中國文學史における明末は、戲曲・小說など、いわゆる俗文學が隆盛をきわめたことを、その特徴として擧げることができるであろう。現在われわれが目にすることのできる白話小說『三國志演義』『水滸傳』などの版本は、いずれもこの時期に刊行されているのである。この時代に俗文學が隆盛をきわめたのは、當時の文人たちが、從來蔑視の對象に過ぎなかった庶民的な文藝に關心を持ち、それらを取り上げたことを、背景の一つとして數えることができる。しかしながら、例えば『金瓶梅』を書いた蘭陵笑笑生が、つまるところそのペンネームしかわからないことに象徴されるように、俗文學に積極的に關わった文人についての具體的な情報はきわめて少ないのが實情である。そうしたなかで、馮夢龍は、その傳記資料が比較的多く殘る、きわめて稀な例である。馮夢龍を考えることは、明末文學を考える大きな手がかりとなりうるであろう。

かくして、馮夢龍が編纂した蘇州地方の民間歌謠集『山歌』は、わたしの學位論文のテーマともなり、二〇〇三年に『馮夢龍『山歌』の研究』（勁草書房）として刊行した。そして、『明末江南の出版文化』（研文出版　二〇〇四）、『中國明末のメディア革命』（刀水書房　二〇〇九）などの出版文化研究、『中國遊里空間』（青土社　二〇〇一）、『蘇州花街散歩山塘街の物語』（汲古書院　二〇一七）などの青樓文化研究、さらに青樓文化研究から派生した明末清初の文人冒襄の研究（『冒襄と『影梅庵憶語』の研究』汲古書院　二〇一〇）など、いずれもその出發點はすべて馮夢龍にある。早く一九九五年には、わたしの最初の著書として『明末のはぐれ知識人　馮夢龍と蘇州文化』（講談社選書メチエ）があって、馮夢龍の生涯と作品を紹介している。だが、これら單行の書物以外にも、さまざまな機會に、馮夢龍に關する文章を著してきた。ここにまとめたのは、馮夢龍その人について、馮夢龍の作品について、また馮夢龍と俗文學をめぐる當時の環境についての文章である。題して『馮夢龍と明末俗文學』という。

ここに收めた文章は、わたしがはじめて發表した論文である「明末における白話小説の作者と讀者」（『明代史研究』第十二號　一九八四）にはじまり、本書のための書き下ろしである「馮夢龍傳略」に至るまで、長い時間にわたって書かれたものであって、時に相互に重複した部分もないわけではない。いずれも馮夢龍を出發點とし、馮夢龍との關わりにおいて、さまざまな問題を取り扱っていることもあって、とりわけ各篇に置かれている馮夢龍の紹介などには重複もある。しかしながら、改めて讀み直してみると、同じ紹介でも、各論考の論旨に合わせて微妙に着眼點が異なっていたりもする。あまりに冗漫に流れるものは、極力整理を加えたが、それでも殘ったものは、この微妙なニュアンスのちがいを殘したかったからである。ご諒解いただければ幸いである。

各篇について、發表當時の明らかな誤りは正し、その後に發見した資料を加えたものもあるが、基本的な論旨には手を加えていない。

なお、馮夢龍研究から派生した、他の俗文學作品に關するもの、科擧に關するもの、陳繼儒に關するもの、圖書史に關するものなどの文章もあり、はじめはこれらも合わせて一書にする豫定であったが、馮夢龍に直接關わるものだけで、かなりの分量になることがわかったので、これらは『明清江南社會文化史研究』とでも銘打って、別の一書にまとめることにしたい。

馮夢龍と明末俗文學

第一部　馮夢龍人物考

第一章　馮夢龍傳略

はじめに

はじめに馮夢龍の生涯について概觀しておくことにしたい。これまで馮夢龍の傳記に關する論考には、下記のものがある（交友考など個別の論考は除く）。

容肇祖「明馮夢龍的生平及其著述」（『嶺南學報』第二卷第二期　一九三一）
容肇祖「明馮夢龍的生平及其著述續考」（『嶺南學報』第二卷第三期　一九三二）
馬　廉「馮猶龍氏年表」「墨憨齋著作目錄」（一九三五年以前。ただし、馬氏の生前には發表されず。馬廉著、劉倩編『馬隅卿小說戲曲論集』中華書局　二〇〇六所收）
楊國祥「馮夢龍簡論」（吉林大學中文系『文學論文集』第二册　吉林人民出版社　一九五九所收）
胡萬川「馮夢龍生平及其對小說之貢獻」（臺灣政治大學中國文學研究所碩士論文　一九七三）
小野四平「馮夢龍について」（同氏『中國近世における短篇白話小說の研究』評論社　一九七八所收）
繆詠禾『馮夢龍和三言』（上海古籍出版社　一九七九）
Patrick Hanan, "Feng's Life and Ideas", *The Chinese Vernacular Story*, (Harvard Univesity Press, 1981)

魏同賢「馮夢龍的生平、著述及其時代特點」（『中華文史論叢』一九八六年第二輯）
陸樹侖『馮夢龍研究』（復旦大學出版社　一九八七）
王　凌『畸人・情種・七品官——馮夢龍探幽』（海峡文藝出版社　一九九二）
陸樹侖『馮夢龍散論』（上海古籍出版社　一九九三。刊行はこの年であるが、収められた論考は、より早いもの）
徐朔方「馮夢龍年譜」（『馮夢龍全集』江蘇古籍出版社　一九九三所收、また同氏『晚明曲家年譜』浙江古籍出版社　一九九三所收）
大木康『明末のはぐれ知識人　馮夢龍と蘇州文化』（講談社　一九九五）
張中莉『市井奇才　馮夢龍全傳』（長春出版社　一九九七）
傅承洲『馮夢龍與通俗文學』（大象出版社　二〇〇〇）
龔篤清『馮夢龍新論』（湖南人民出版社　二〇〇二。詳細な「馮夢龍生平行蹟考釋」を含む）
聶付生『馮夢龍研究』（學林出版社　二〇〇二）
傅承洲『馮夢龍與侯慧卿』（中華書局　二〇〇四）
高洪鈞「馮夢龍年譜」（『馮夢龍集箋注』天津古籍出版社　二〇〇六所收）
楊曉東『馮夢龍研究資料彙編』（廣陵書社　二〇〇七）
張軼歐『明代白話小說『三言』に見る女性觀』（中國書店　二〇〇七）
傅承洲『馮夢龍文學研究』（中國社會科學出版社　二〇一三）
馬步昇・巨虹『馮夢龍』（江蘇人民出版社　二〇一五）

以下の略傳は、右の資料ほかにもとづくものである。ここでは馮夢龍の生涯を、敍述の便宜上、（一）萬曆年間、

（二）泰昌・天啓年間、（三）崇禎年間とそれ以後、の三つの時期に分けて考えることにしたい。

第一節　萬曆年間

生年

馮夢龍は、萬曆二年（一五七四）の春に蘇州で生まれている。生年に關しては、馮夢龍の七十歳の誕生日にあたって、錢謙益が作った「馮二丈猶龍七十壽詩」がその根據となる。この詩は『牧齋初學集』卷二十下の「東山詩集」に收められ、「東山詩集」の題下に「起癸未正月盡十二月」との注がある。癸未は崇禎十六年（一六四三）。そしてこの詩の尾聯に「縱酒放歌須努力、鶯花春日爲君長（縱酒放歌 須く努力すべし、鶯花春日 君が爲に長し）」とあることから、逆算して萬曆二年の春の生まれであることがわかる。さらには、この詩の三首後に置かれる「蟲詩十二章讀嘉禾譚梁生雕蟲賦而作」の序に「癸未三月十六日」とあるので、誕生日は三月十六日以前である。この詩そのものは、次章で取り上げることにする。

翌年の崇禎十七年（一六四四）、明朝滅亡後に刋行された『甲申紀事』の序では「七一老人草莽臣馮夢龍述」と題している。また、『中興偉略』の「小引」でも「七二老臣馮夢龍恭撰」と題している。「小引」には「唐王監國」の文字が見えるが、唐王朱聿鍵が福州に據って監國であったのは、計六奇『明季南略』卷七「閩中立唐王」によれば、清の年號で順治二年（一六四五）の閏六月の十五日まで（十五日には帝位に卽いて隆武と改元される）であったから、順治二年に七十二歳というのも計算に合う。

出身地

蘇州の人にはちがいないが、馮夢龍が呉縣の人であったか、長洲縣の人であったかについては、兩様の說がある。明代の蘇州は、城內の西側が呉縣、東側が長洲縣に屬していた。馮夢龍については、呉縣の人と記す資料、長洲縣の人と記す資料、ともに存在するのである。しかしながら、この問題については、日本の國會圖書館に藏される馮夢龍の『壽寧待志』（馮夢龍が福建壽寧縣知縣在任中に編纂した當地の地方志）卷下、官司に、

　　馮夢龍　直隸蘇州府呉縣籍長洲縣人。繇歲貢於崇禎七年任。

とあることで、一應の決着がつきそうである。つまり、籍は呉縣にあったが、住んでいたのは長洲縣だった、ということらしい。光緒『蘇州府志』卷六十二、選擧、明、貢生には、

　　呉縣　崇禎閒　馮夢龍　有傳　三年

とあって、馮夢龍が呉縣學に屬していた、つまり科擧の試驗は、戶籍のあった呉縣學の生員の資格で受驗していたことがわかる。

籍は呉縣にあったものの、その住まいが長洲縣の葑門のあたりにあったこともまたたしかである。馮夢龍が王驥德の『曲律』に寄せた「曲律敍」の末尾には、

天啓乙丑（五年　一六二五）春二月既望、古吳後學馮夢龍、葑溪の不改樂庵に題す。(1)

とある。葑溪とは、蘇州城東南の葑門のあたりの水路を意味するであろうから、馮夢龍の家が、葑門附近にあったことが知られる。さらに、董斯張の『吹景集』巻五「記葑門語」には、

わたしは蘇州にやってきて、馮若木（馮夢龍の兄、馮夢桂）の書齋で酒を酌み交わした。酒を飲みながら若木にたずねた。「あなたが住んでおられる葑門を、いま俗にあやまって傅と發音するのは、どうしてですか」と。(2)

とあるから、馮夢龍の兄もまた葑門に住んでいたことがわかる。おそらくは兄弟で同じところに住んでいたであろうから、馮家がこのあたりにあったことはまちがいない。(3) 馮夢龍は、蘇州の城内に居を構え、都市を活躍の舞臺としたシティーボーイであったと思しい。(4)

道光『滸墅關志』巻十三、冢墓、明に、

處士馮昌の墓。高景山にある。永樂十九年（一四二一）に埋葬。昌、字は世昌。靖難の亂が起こって、蘇州に隱居した。葑溪馮氏の始祖である。貢生の其盛、知縣の夢龍、本朝翰林の勗はいずれもその子孫である。(5)

ここでは明らかに葑溪馮氏とあり、馮夢龍についての記載もある。明初には吳縣に移住して籍を置き、その後長洲の葑溪に移った可能性もないわけではないが、明初に葑溪に來たとすれば、馮氏一族はそれ以來長洲の人だったであ

ろうから、後に何らかの理由により、籍だけ呉縣に移したのであろうか。(6) 馮其盛については、次項で見ることにする。

馮夢龍の父母と董斯張

馮夢龍の生家がどのような家であったかについては、父親の名前もわからないなど、殘念ながら、具體的な材料が缺落している。馮夢龍の父親に關する數少ない記錄の一つに、馮夢龍の弟の馮夢熊の「侯後編跋」がある。『侯後編』は、長洲縣の人、王敬臣の撰。その跋に、

　孝子であった以道王先生は、亡き父と交わりはなはだ厚いものがあった。思うに、先生の父上の少參公（王庭）のころから、亡き父と世代をこえておつきあいいただいていたとのことである。わたしが舞勺を行なった時に、しばしば先生が杖をついていらしているのを見た。行くたびごとに、亡き父はかならずねんごろに、こう命じられたものであった。「この孝子の王先生は、聖賢中の人である。おまえもかくあるように勉めよ」と。(7)

『禮記』内則に「十有三年にして、樂を學び、詩を誦し、舞勺す」とある。舞勺は、孔子廟等で行なわれたであろう行事であり、それに參加したのは、當地でも上層の讀書人階級に屬する子弟であったにちがいない。王敬臣（一五一三～一五九五）は、江西參議をつとめた王庭の子、『明史』卷二八二、儒林一に傳がある。やはり蘇州葑門に住んだ魏校の教えを受け、歲貢生で終わったが、しばしば朝廷に推擧されるなど、まちがいなく長洲の讀書人階級に屬していた人物である。蘇州玄妙觀の東側に位置する大儒巷は、王敬臣が住んでいたところであり、もと大木巷とか大樹巷といっていたのを、王敬臣にちなんで大儒巷と呼ぶようになったという。(8) 馮夢龍の父は、その王敬臣と「交わりはなはだ厚

いものがあった」というのであるから、馮夢龍の家は、やはりそれなりの讀書人の家であったと考えるのが自然であろう。『明史』王敬臣傳には「王敬臣に従った弟子は四百名あまりに至った（弟子従遊者至四百餘人）」とあり、馮夢龍兄弟も、その教えを受けたのかもしれない。

先の道光『滸墅關志』にその名が見えた馮其盛であるが、馮其盛は、字を躬甫、號を安予といい、『幼科輯粹大成』の著書がある醫者である。(9) これには申時行序（萬曆二十三年　一五九五）、江盈科序（同年）、張鳳翼、王敬臣の序が附されている。

王敬臣の序では、

> 躬甫は若かった時、學業に力を注ぎ、學校から學資を受け、試驗場でその名を馳せること久しかった。だが、科擧合格の志を遂げることが難しいと見るや、仁幼の術を世に廣めることを思い立った。(10)

とあり、それに續けて、馮其盛を「儒醫」であるといって稱贊している。また申時行の序には、

> わが友、馮躬甫は、若くして學業に秀で、學校から學資を受けていたが、久しく科擧には合格できなかった。自ら代々の名醫であることを思い、先祖から受け繼いだ仕事をすたれさせることを欲せず、いつも人のために病氣を治した。(11)

とある。この馮其盛もまた王敬臣の知遇を得ていたことがわかる。申時行（一五三五～一六一四）は、萬曆十三年（一五

八五）から十九年（一五九一）に至るまで內閣の首輔をつとめた蘇州の大名士である。江盈科（一五五三～一六〇五）は、萬曆二十年（一五九二）に袁宏道と同年に進士に及第し、同年長洲縣の知縣となって六年間つとめている。馮夢龍の『掛枝兒』巻一には、江盈科の『雪濤閣外集』が引かれている。江盈科の長洲縣知縣在任中、袁宏道も萬曆二十三年（一五九五）から二十五年（一五九七）まで吳縣の知縣となっている。張鳳翼（一五二七～一六一三）は、『紅拂記』などの戯曲で知られるやはり長洲の人。馮夢龍の『山歌』巻五に、張鳳翼の作った山歌を載せている。この馮其盛と馮夢龍とがどのような關係にあったのかは、わからない。しかしながら、ともに葑溪馮氏の宗族に屬し、馮夢龍とも共通した知り合いを持つ馮其盛は、注目すべき人物であることはまちがいない。果たして近い關係にあったとすれば、馮家は「代々の名醫」であったことになる。

馮夢龍の母親については、董斯張の詩集『靜嘯齋存草』巻十「寒竽草」に「爲若木壽其母張令人七十」という詩が收められている。若木は、馮夢龍の兄の馮夢桂の字であるから、馮氏兄弟の母親が張氏であったことが、これによって知られる。その張令人の七十歳の誕生日にあたっての詩である。

冬日燠如春日晴　冬日燠《あたた》かく春日の晴の如し
請呼婺女爲長庚　婺女を呼ばんことを請ふは長庚が爲なり
小人同爾有賢母　小人　爾《なんじ》と同に賢母有り
東魯祇今聞兩生　東魯　祇今　兩生を聞く
晞髮詎殊九皐鶴　晞髮　詎《なん》ぞ九皐の鶴に殊ならん
侍餐還上五侯鯖　餐に侍して還た上す　五侯鯖

蔡 卿 富 貴 吾 自 有　　蔡卿が富貴　吾自ら有り
無 訝 此 兒 猶 不 鳴　　訝るなかれ　此の兒　猶ほ鳴かざるを

今日は冬の日ではあるが、暖かく、あたかも晴れた春の日のようである。婺女は星座の二十八宿の女宿であり、長庚は金星である。星の關係で婺女と長庚が出されるが、長庚は長壽の意であり、誕生日にあたって長壽をことほぐ意。「小人 爾と同に賢母有り」は、『春秋左氏傳』隱公元年「夏五月、鄭伯克段於鄢」の故事。莊公の母姜氏は、弟の段をかわいがった。次第に増長した段は、莊公に敗れる。莊公は母親を幽閉し、黄泉の國に行くまで二度と會わないと誓いをたてたが、やがて後悔する。穎叔考はこれを聞き、莊公のもとに行く。公が食事を賜ると、穎叔考はスープの中の肉を取り分け、「わたしには母親がおり（小人有母）」ますが、このようなおいしいスープを飲んだことがないので、持って歸って飲ませたい、という。莊公は、それを聞き「おまえにはみやげを持って行く母親がいるが、わしにはいないのだ（爾有母遺、繄我獨無）」という。ここでは、われわれにはすぐれた母親がいる、の意。「東魯 祇今 兩生を聞く」は、『史記』叔孫通列傳に見える。漢王朝の成立後、叔孫通は、魯の諸生三十人を都に連れてゆこうとするが、二人の者がそれを斷った。叔孫通は、二人を「禮樂典籍をよくそらんじているが、世の中の變化を知らぬものだ」といった。自分たち二人（董斯張、馮夢桂）は、世のすね者。

「晞髪」は、髪を洗うこと。『楚辭』九歌「少司命」に見えるように、高潔で脱俗的な行爲である。「九皐鶴」は、『詩經』小雅「鶴鳴」に「鶴鳴於九皐、聲聞於野（鶴 九皐に鳴けば、聲 野に聞ゆ）」とあり、身は隱れても名は聞こえる、の意。「五侯鯖」は、すばらしいごちそう。馮夢桂が、母親のためにすばらしいごちそうを用意し、孝養を盡くしていること。「蔡卿」は、後漢の蔡邕。晩年、董卓に用いられ、富貴となった。いまはまだうだつが上がらないが、いまに蔡邕のように富貴になるであろう。この息子（馮夢桂）がまだ出世しないのを、心配しないでほしい。

この詩を収める『靜嘯齋存草』巻十「寒竽草」には、「癸亥」の年の序を附す「壽外舅大司空沈公詩三首」がある。「癸亥」は、天啓三年（一六二三）と思われるので、この年七十歳を迎えた母親張氏は、嘉靖三十三年（一五五四）の生まれであって、馮夢龍を産んだ時には二十一歳ということになる。

馮夢龍とその兄弟の交遊を見ると、この詩を作った董斯張との深い交流のさまをうかがうことができる。馮夢龍の兄、馮夢桂（字は若木）については、いま見た董斯張『吹景集』巻五「記葑門語」のほかに、董斯張の詩集『靜嘯齋存草』巻四に「贈別馮大若木二首」、巻七に「喜馮大若閩歸」、巻十に「爲若木壽其母張令人七十」の詩を收めている。馮夢龍についても、『靜嘯齋存草』巻三「未焚稿」に「偕馮猶龍登呉山」がある。また馮夢龍の散曲集『太霞新奏』に、董斯張自身の散曲作品（巻十「秋雲冷　贈王小史」）を收めるとともに、巻七には龍子猶（馮夢龍）の「爲董遐周贈薛彦升」の作があり、その序には、

苕溪（呉興）の董遐周（董斯張）が蘇州に遊びに來て、たまたま歌宴において薛生が氣に入り、ひそかに船着き場で會う約束をした。眞夜中に、薛生は雪を冒して約束どおりやってきた。その深い情が知られるのである。別れて三年、遐周は薛生のことがいつまでも忘れられず、長いことさがして、ある日偶然武陵（武陵はここでは色町のことであろう）でめぐりあった。急に大人になってはいたが、美しい姿は變わっていなかった。わたしは彼らが手を握りあい、すすり泣く様子を目撃した。そこで、詞を作りその様を述べるのである。(12)

とあるように、董斯張は、馮夢龍にとって、色町での遊び仲間だったようである。この薛彦升（薛生）は、おそらく歌

童（少年歌手）であろう。さらに『太霞新奏』巻七の龍子猶（馮夢龍）「怨離詞　爲侯慧卿」には末尾に靜嘯齋（董斯張）の評語が附され、

子猶（馮夢龍）は、侯慧卿を失ってから、そのまま青樓の好みを絶ってしまった。「怨離詩」三十首があって、同社には和するものがはなはだ多く、その總名を『鬱陶集』という。(13)

とあるように、董斯張は馮夢龍の遊び仲間であるとともに、「同社」の關係でもあったことがわかる。また、確實な年代とともに馮夢龍の行動が確認できる最も早い材料が、萬曆三十五年（一六〇七）の序を持つ董斯張編『廣博物志』であり、その巻二十三、閨壺一に「隴西董斯張編／吳趨馮夢龍訂」と見える。このとき馮夢龍三十三歲（ちなみに董斯張はまだ二十一歲の若さであった）。馮夢龍の擔當した巻二十三、閨壺は、「賢母、賢婦、節婦、才婦、孝女」といった内容を収める巻であって、人閒、とりわけ男女の閒柄に對する關心を終始失わなかった馮夢龍にふさわしい巻といえる。そして、巻十八、人倫一は、馮夢龍の兄馮夢桂が校訂している。このように、馮夢龍及びその兄弟と董斯張は、相當に親密な閒柄であったことが知られる。董斯張の息子は、白話小說『西遊補』を著したとされる董說である。(14)

吳下三馮

馮夢龍について、梅之煥の「敘麟經指月」で「吳下には三馮がおり、その二番目が最もよく知られている（吳下三馮、仲其最著）」と稱されているように、馮氏三兄弟の優秀さは蘇州でも評判になっていた。「吳下三馮」と稱されたのはおそらく、當時の讀書人家庭の常として、科擧のための學業につとめ、科擧の受驗勉強に關する優秀さを賞贊されたも

のと考えるべきであろう。ということはすなわち、その家に、三兄弟をして學業に專念させられるだけの經濟力があったことを示している。馮夢龍自身、その「麟經指月發凡」において、

わたくしは童年にして經書の學を授けられ、人に逢えば道を問い、四方の祕笈をことごとく閲覽することができた。二十年もの苦心を重ね、また研究し悟るところも多く、編纂して書物にしたところ、同人たちから相當高く評價されたのである。(15)

といっているように、「童年にして經書の學を授けられ」たといい、また「四方の祕笈をことごとく閲覽することができた」という條件にも惠まれていたことがわかる。馮夢龍の弟の馮夢熊「麟經指月序」でも、

わが兄の猶龍は、幼くして『春秋』の學を治め、胸中の才學は、武庫と稱された征南（杜預）にもおとらないほどである。家に居てはつねに研鑽をつみ、深く考えており、こういった。「わたしの志は『春秋』にある。かべ際にも窗際にもどこにでも筆記用具を備えてあり、二十餘年もかかってようやく滿足のゆくものになった。(16)」

とあって、やはり幼少年のころから勉學にはげんできたことを述べている。

馮夢龍の幼少年期についての資料は多くはない。ただ、蘇州のそれなりに裕福な家庭に生まれ、科學受驗のための勉強をし、科學の豫備試驗である童試に及第して、吳縣縣學の生員になっていたことはたしかである。では、馮夢龍はいったい何歳の時に生員になったのであろうか。この點について、龔篤淸「『老門生三世報恩』爲馮夢龍自傳體小說

考析」及び「馮夢龍十一歳入學游庠及久困諸生考」（ともに同氏『馮夢龍新論』所收）において、『警世通言』巻十八の「老門生三世報恩」は、馮夢龍の自傳小説ではないか、との説を出している。この小説の主人公、鮮于同は、五十七歳の時に郷試に及第し、六十一歳の時に進士になっている。それが、五十七歳にして貢生になり、六十一歳にして福建壽寧縣の知縣になった馮夢龍の場合と同じ、というのが「自傳説」の根據である。しかしながら、『警世通言』の刊行（天啓四年　一六二四）は、馮夢龍が貢生になる崇禎三年（一六三〇）以前のことなので、「豫言」ではありえても、「自傳」にはならないはずである。だがそれにしても、小説の中で、鮮于同が「八歳の時に神童として推擧され、十一歳にして學校に入り、ずばぬけて多くの奬學金を受けた（八歳時曾擧神童、十一歳游庠、超增補廩）」とあるのは、何らか示唆的である。十一歳ではなかったにせよ、竝の人より早く生員になったからこそ、「吳下三馮」と呼ばれるようになったとも考えられるからである。ただし、その後は、龔篤清氏の論文の題名にも見えるように、科擧の郷試に及第して擧人となることかなわず、久しく生員の地位を抜け出せずに苦しんだのであった。

それについては、運命ばかりが原因ではないようである。科擧のための勉強は續けながらも、一方では、すでにいくつかの資料について見たように、花柳の巷に出沒しては遊びまわっていたようであり、また當時にあっては低級な文學ジャンルと見られた白話小説に關わったりしていたからでもあるようなのである。

『水滸傳』『金瓶梅』との關わり

馮夢龍は、萬曆三十五年（一六〇七）の序を持つ董斯張編『廣博物志』に校訂者の一人としてその名が見えたが、次に明らかに馮夢龍の動向が知られるのが、萬曆三十七年（一六〇九）前後の『水滸傳』と『金瓶梅』の刊行をめぐってである。『水滸傳』に關わる事情は許自昌の『樗齋漫錄』巻六に見ることができる。

近頃福建に李卓吾、名は贄というものがあって、天竺の教えに従い、一切の綺語（女性や愛欲に關わる言葉。佛教語）を、すっかりやめてしまったのであった。『水滸傳』を作ったものは、必ず地獄に墮ちて犂舌の報いを受けると考え、しりぞけてしばらく見なかったという。ところが世を憤り時を憂えて、またこの書を好み、章ごとに批評をし、句ごとに批點をほどこして、まるで須溪（劉辰翁）、滄溟（李攀龍）のようであるのは、どういうつもりなのだろうか。本來あるべき教えに背き、ずるがしこい心を逞しくしたために、後になって奇禍に落ちたのであろうか。李卓吾に門人がいて、『水滸傳』を攜えて吳中に持ってきた。吳の士人、袁無涯、馮猶龍らは李氏の學を好み、奉じてめどぎ（筮竹。人生の指針）としていた。見てそれを氣に入り、ともに對校すること再三、誤った部分を削り、それにわたしの示した「雜志」「遺事」を附けて、丁寧に書き美しく刻して、金に絲目をつけなかった。巻を開くと美しく、心にしみこむようであるのが、この刻本である。その大旨は李公の序にあり、わたしは少しく反駁したが、それもまた癡人の前で夢を說くようなものであったろう。(17)

李卓吾の思想に心醉していた袁無涯、馮夢龍らが、李卓吾の門人が蘇州にもたらした李卓吾評『水滸傳』を校訂、刋刻したという。この門人とは楊定見のことであり、楊定見の「忠義水滸全書小引」（袁無涯刋『忠義水滸全書』）に次のように見える。

わたしは卓吾先生にお仕えして、尊顏をうかがい心を傾け、卓吾先生でないものはなかった。先生の言でなければ言わず、先生の讀まれるものでなければ讀まず、あるいは狂といわれ、あるいは癖といわれても、わたしはわたしを忘れ、卓吾先生あるを知るばかりであった。先生が亡くなられて、その名はますます尊ばれ、道はますますます廣がり、書物はますます傳わって、たとえ片言隻句でも人間にとどまるものは、瑤草のように珍重しないものはなく、あたかも世界を傾けんとするほどであった。ああ、盛んであることよ。不朽であることが推し量られる。しかし、その文を奇とするものが十のうち七、その人を奇とするものが十のうち三、胸のうちをたたいてみれば、みな卓吾先生があるわけではないのである。わたしは吳に遊んで、陳無異使君（陳以聞）をたずね、袁無涯氏に會ったが、あいさつもすまないうちに、まず先生のことをおたずねになった。私淑の誠が眉のあたりからあふれており、胸中にはほとんど卓吾があるようであった。續けてしばしばたずねて語ったところ、話はすぐに卓老のことになり、卓老の遺言を求めることはなはだ一生懸命であり、卓老の批閲した遺書をしきりに求めた。無涯氏は狂であろうか、癖であろうか。わたしの行李を探ってみると、卓吾先生の批評された『忠義水滸傳』及び『楊升庵集』の二つがあって、それを攜えて來て渡したのであった。無涯は、至寶を得たかのように喜び、これを世に公開することを願った。わたしは、「二書のどちらを先にするのですか」とたずねた。無涯氏は、「水滸だから忠義なのである、忠義だから水滸なのである、わたしを知るもの、わたしを罪するもの、卓老の『春秋』はこれに近いだろう。『水滸傳』を先にしよう。『水滸傳』を先にしよう(18)」といった。

前半部分で、「先生の言でなければ言わず、先生の讀まれるものでなければ讀ま」ないといったあたりは、李卓吾への心酔の深さを物語って興味深い。ここに見えるように、陳以聞（湖北麻城の人）の吳縣知縣在任中（萬曆三十六　一六〇八～三十八年　一六一〇）、同鄉の楊定見が李卓吾の批評した二書を攜えて蘇州をおとずれ、陳以聞の引き合わせで會った書種堂書店の主人であった袁無涯が、『水滸傳』を刻することになった次第である。そして『太霞新奏』卷五、馮夢龍の「送友訪伎」に「余友無涯氏」と見えるように、袁無涯の友人であった馮夢龍が、この校訂刊刻に參加したわけである。

後に、おそらくは袁無涯の紹介で馮夢龍は知縣の陳以聞に會い、馮夢龍の『麟經指月』に附された梅之換の「敍麟經指月」に「わたしの友人である陳無異（陳以聞）が呉縣の知縣になり、ただひたすら馮生猶龍のことを推薦した（吾友陳無異令吳、獨津津推轂馮生猶龍）」とあるように、陳以聞からその才能を認められている。こうした關係から、馮夢龍は後に李卓吾晩年の流寓の地である湖北麻城に赴くことになる。

陳以聞は、湖北公安の袁宏道とも親しく、やはり呉縣知縣在任中に袁無涯のもとで、袁宏道の『瓶花齋集』（萬曆三十六年　一六〇八）、『錦帆集』（萬曆三十七年　一六〇九）、『解脫集』（萬曆三十八年　一六一〇）を校閲、刊行している。麻城に寄寓した李卓吾を核にして（李卓吾本人は萬曆三十年　一六〇二に亡くなっている）、麻城の陳以聞、楊定見、やはり李卓吾に心酔した公安の袁氏兄弟、そして蘇州における心醉者、袁無涯、馮夢龍などの人々の交流が見られる。袁無涯の『水滸傳』は、萬曆四十二年（一六一四）ごろには完成していたようであるが、たいへんな豪華版と見られたもののようである。

馮夢龍はまたこのころ、『金瓶梅』にも關わっていたことを示す資料がある。沈德符『萬曆野獲編』巻二十五「金瓶梅」である。

袁中郎（袁宏道）の『觴政』では、『金瓶梅』を『水滸傳』に配して外典としているが、わたしは殘念ながら見る事ができなかった。丙午（萬曆三十四年　一六〇六）、北京の屋敷で袁中郎に會って、全帙を持っているかどうかたずねてみたが、「數巻を見ただけだがたいへんかわっていておもしろい。今は麻城の劉涎白承禧の家に全巻がある。思うに、その妻の實家の徐文貞（徐階）のところから寫して來たのであろう」とのことだった。三年後（萬曆三十七年（一六〇九）、小修（袁中道。袁宏道の弟）が科擧のために北京に上ったが、その時この書物（『金瓶梅』）を攜えて來たので、借りて鈔寫し、持ち歸った。蘇州の友人馮夢龍がこれを見て驚喜し、高い値段で買い取って出版するよう書坊に勸めてくれた。その時、馬仲良（之駿）が蘇州の關所（滸墅關）の役人になっており、やはり書店の勸めに應じて、世の人の渇をいやすようにと勸めてくれた。だがわたしは、「こうした書物は、きっと誰かが出版する。そして一旦誰かが刊刻すれば、家々に傳わり、人の心を惡くすることになる。後日閻魔様が災いの始まりを追求するようなことがあったら、どう答えたらよいかわからない。わたしはわずかばかりの利益のために地獄におちてはたまらないからね」といった。仲良はなるほどその通りだといって、そのまま篋底に祕めてしまった。だか幾ばくもしないうちに、蘇州では國門に懸けてしまった（出版してしまった）のである。(19)

沈德符が、袁中道の持っていた『金瓶梅』を北京で鈔寫し、それを蘇州に持ってきて馮夢龍に見せたところ、たいへんよろこんで書坊に勸め、高價で買わせようとしたとあることから、少なくとも馮夢龍には書坊と深い關係があり、しかもかなり顏のきく立場であったことが知られる。

ところで、沈德符は刋行を勸めなかったにもかかわらず、『金瓶梅』は萬曆末年ごろまでには刋行されてしまう。萬曆四十五年（一六一六）の日附のある『金瓶梅詞話』の序を書いた東吳弄珠客というのが、すなわち馮夢龍ではないかとする說がある（最も古くは、姚靈犀編『瓶外卮言』所收「金瓶梅版本之異同」に見える）。とすると、沈德符が引き止めたにもかかわらず、馮夢龍がそれを刋行してしまったことになる。馮夢龍は、田家の館師（家庭敎師）として麻城に行っているのだが、あるいはその目的の一つに麻城の劉涎白の『金瓶梅』があったのかもしれない。また『新刻繡像批評金瓶梅』（一般に崇禎本と呼ばれる版本）の評點者は東吳弄珠客であって、それがすなわち馮夢龍である可能性があるとする說もある（黃霖「『新刻繡像批評金瓶梅』評點初探」『成都大學學報』社會科學版　一九八三年第一期）。

青樓の好と『掛枝兒』『山歌』

馮夢龍が花柳の巷に出沒していたことについては、すでに見た董斯張關係の材料のほかにも、例えば王挺の「輓馮猶龍」詩（陳瑚輯『離憂集』卷上『峭帆樓叢書』）において、

逍遙豔冶場　　逍遙す　豔冶の場
遊戲煙花裏　　遊戲す　煙花の裏

といわれているし、また馮夢龍自身の發言を見ても、例えば、その俗曲集『掛枝兒』卷五「扯汗巾」の後評に、

わたしは若いころ狹斜の巷で遊んでおり、誰かが妓女に贈った、詩を書きつけたハンカチを多く手に入れたものである。(20)

といっているし、『掛枝兒』卷四「送別」の後評には、

最後の一篇は、名妓馮喜生から傳えられたものである。喜生は容貌が美しく、ひょうきん者であって、わたしとはよい仲間であった。ある人のところに嫁ぐ前の晩にわたしを招いて別れ話をした。夜半、わたしは辭去しよ

うとして、喜生に「なにか言い残したことはないか」とたずねた。喜生は「あなたはまだ打草竿一首と呉歌一首とを覺えていますか。あなたに語っていないのはそれだけです」といって、わたしのために歌ってくれた。打草竿はこれであり、その呉歌は「河のむこうに野の花が咲いた。わたしのために取ってきてと戀人に聲をかける。ねえあんた、あなたが花を取ってきたら、もともと花でお禮をしようと思っていたのよ、決してただ取ってはこさせないわよ。」ああ、人面桃花、すでに夢の中の事になってしまった。ただこの二詞を見るたびに梁をめぐるすばらしい聲が耳元によみがえるのである。佳人には二度と會い難いということが、むかしも今も變わらぬ思いである。つらいことだ。(21)

といったように、馮喜生という妓女のことが見える。(22)『掛枝兒』にはほかにも、

琵琶彈きの女性阿圓は、新しい曲を作ることができ、そのうえ歌も上手だった。わたしは彼女のことを高く評價していた。わたしが『廣掛枝兒』を出版しようとしているという話を聞きつけ、わたしのところにやってきてそれを勸め、またこの一篇を出して贈ってくれたのである。(23)（巻三「帳」）

この一篇は、（南京秦淮）舊院の董四から聞いた。(24)（巻八「船」）

また同じく馮夢龍編の『山歌』には、巻四の「多」に、

わたしはかつて名妓侯慧卿にたずねたことがある。「あなたたちはお客がたくさんいるが、氣持ちが混亂するこ

とはないのか」と。慧卿はいった。「それはありません。わたしたちの胸の中にはちゃんと考課表があって、定員外のものは問題になりませんが、少しでも指を屈せるものは、第一第二から數十に至るまで、きちんと順序があります。そのうち情が厚くなったり薄くなったりしたら、その間で上げたり下げたりします。もし奇材を得たら、上下することを妨げません。生涯の大事（結婚）もこれを見て決めるのです。上がだめなら、その次を思うわけで、まったく亂れるなどということはありません」と。わたしはしばらく贊嘆していた。そうはいっても、慧卿のはよほどできた人の言であって、ほかのものなら心亂れないということはないであろう。世の中にはさらに、ひたすら淫をむさぼって、心の何物かも知らぬ手合いがあるわけだから、亂れる心があるというのは、なおも中庸のねえさんといえよう。(25)

とあり、また『山歌』卷七「篤癢」にも、

この歌は松江の傅四から聞いた。傅もまた名妓である。(26)

といったことが見える。

馮夢龍には、いま『山歌』の記述にも見えたなじみの妓女、侯慧卿があった。しかし、ある年の端午の日、侯慧卿は誰かによって落籍され、別れたのであった。馮夢龍は侯慧卿を思って散曲「怨離詞　爲侯慧卿」（『太霞新奏』卷七）を作り、さらに一年後の端午の日、侯慧卿のことを思い出し、散曲「端二憶別」（『太霞新奏』卷七）を作ったのであった。高洪鈞は、「『掛枝兒』成書考及馮夢龍與侯慧卿戀離原委」において、馮夢龍が侯慧卿と別れたのは、萬曆二十四年（一五九六）の端午、馮夢龍二十三歳のことであると考證している。その理由は、以下のようである。萬暦二十三年（一五九五）に、明末公安派の袁宏道が吳縣知縣として着任し、それとともに弟の袁中道が蘇州にやってくる。袁中道がこのときに作った詩「放歌贈人」「内寄」「答」の三首（『珂雪齋集』巻二）によって、袁中道が蘇州である妓女となじみ、落籍したらしいことがわかる。この妓女が侯慧卿であった、というのである。たしかに、馮夢龍は、『水滸傳』を刊行した袁無涯などを介して、袁宏道と關係があった可能性はある。だが、『珂雪齋集』には、どこを見ても、侯慧卿の文字はない。袁中道が侯慧卿を落籍したというのは、臆測に過ぎるように思われる。馮夢龍の「怨離詞」の中には、「書中自ら千鍾の粟有り、とはいうものの、商人と比べれば、やはり貧しくて、いつも掛け買いばかり（謾道書中自有千鍾粟、比着商人終是賒）」とあって、侯慧卿を落籍したのが商人であることを暗示している。

侯慧卿が袁中道に落籍されたとの點は難しいかもしれないが、「怨離詞」には、たしかに「人からは、無頼の若者よと罵られ（被人罵做後生無藉）」の句があるから、馮夢龍が侯慧卿とつきあい、別れたのは、まだ若いころ、おそらくは二十代ごろ（馮夢龍が三十歳になるのは、萬暦三十一年（一六〇三）のことである）であったことはまちがいあるまい。侯慧卿と別れて、「青樓の好みを絶った」（『太霞新奏』巻七「怨離詞　爲侯慧卿」靜嘯齋（董斯張）評語）とはいうものの、實際には、青樓の好みは、そんなに簡單には絶ちきれなかったようである。

萬暦四十五年（一六一七）の序を持つ蘇州の妓女番附である『吳姬百媚』巻上、附六名會魁の劉翩（字は含香）の宛瑜子（周之標）の評に、

昔、劉含香はわたしの友人龍子猶（馮夢龍）と最も仲がよかった。その名もそれによってあがったのである。劉翩という名も、子猶が贈ったものである。子猶が楚に行くことになり、含香はそのまま蘇州に殘った。天涯にあ

ちらとこちら離ればなれになり、二人の氣持ちも以前のようではなくなった。しかし、含香は門前市を成すありさま、かくして名妓になったのである。(27)

とあって、劉翩というなじみがあったことが知られるし、さらに後の萬暦四十六年（一六一八）馮夢龍四十六歳の年には、南京において妓女の番附である『金陵百媚』の編纂に關與し、「吳中友弟子猶九頓」（子猶は馮夢龍の字）と題する跋文を寄せている。その編者爲霖子（李雲翔）の序には、たまたま「吳中友人」がやってきて、「わたしとともにあちこちの妓樓に遊び、あまねく美人たちを見た（偕予遊諸院、遍閱麗人）」とある。この「吳中友人」は馮夢龍にほかならない。爲霖子の序には「戊午秋日邗江爲霖子題」とあるが、戊午萬暦四十六年の秋は南京において郷試が行なわれた年にあたり、馮夢龍も試驗のために南京に來たのだと想像される。李雲翔は、字が爲霖、江都（揚州）の諸生。『彙輯輿圖備考全書』がある。(28)同書には崇禎六年（一六三三）の李長庚の序があり、李長庚は麻城の人で、また馮夢龍とも交遊のあった人物（『春秋衡庫』『太平廣記鈔』の序を書いている）。

馮夢龍の青樓での遊びが結實した作品には、まず『太霞新奏』に收められる散曲では、先に擧げた「怨離詞」「端二憶別」のほかにも、「送友訪妓」（巻五）、「擬贈戒指」（巻五）、「爲董遐周贈薛彥升」（巻七）、「誓妓」（巻十）、「代伎贈友」（巻十一）、「金閶紀遇」（巻十二）、「青樓怨」（巻十二）などがあり、さらに「三言」の小說や『情史類略』などにも、妓女が登場する作品は枚擧にいとまがない。そして、俗曲集『掛枝兒』十巻、蘇州の民謠集『山歌』十巻もまた、すでに見たように馮夢龍が掛枝兒や山歌を妓女から直接教わったことを記しているなど、妓樓での遊びと切っても切れない關係のある作品である。

鈕琇の『觚賸續編』巻二「英雄擧動」の條に見える次のエピソードが、『掛枝兒』の流行と馮夢龍の當時の生活ぶりをよく傳えている。

熊公廷弼が江南の提學御史であった時、試驗の答案はみなみずから採點した。答案を見る時には、ホールに長い机を竝べ、その上に答案を鱗のように重ねて置いた。そして左右に酒一壜と劍一振りを置き、手に筆を執って、一目で數行ずつ見ていった。すぐれた文章に出會うたびに、盃をとって意にかなった喜びをあらわし、ひどいのに出會った時には、劍を振り回して憂さをはらしたのである。すぐれた才能を持つものがあれば、みな拔擢して見落としがなかった。わが蘇州の馮夢龍もまた、その門下の士であった。馮夢龍には遊戲的な文章が多くあり、『掛枝兒』小曲や『葉子新闘譜』などはみなその手になるものであった。浮薄の子弟たちは風になびくように馮夢龍に夢中になり、家產を失ったりするものが出る始末。父兄たちは手を攜えて馮夢龍を攻擊し、どうにも解決がつかなくなってしまった。熊公はその時たまたま休暇中であったが、馮夢龍は船を浮かべて西江に赴き、熊公に解決の手助けを求めることにした。目通りした時、熊公は突然、「海内には馮生の『掛枝兒曲』が盛んに傳わっているということだが、一二冊を持ってきてわしに惠んではくれんかな」とたずねた。馮夢龍は、小さくなって返事をすることができず、いわれるままに罪を認め、そこで千里求援の意を述べたのである。熊公は、「それはいともたやすいこと。心配するには及ばぬ。わしはまず貴殿に食事をとらせよう。それから貴殿のために事を圖ることにしよう」といった。間もなく、ひからびた魚と焦げた豆腐の二皿、それに粟飯一膳が供された。馮夢龍は、顏に困惑の色を浮かべ箸をつけようとしなかった。熊公がいった。「朝に嘉肴をえり好みし、夕に精餐を食べようとする。吳下の書生たちは、だいたいみなこんな具合だ。このような簡單な食事は、貴殿をもてなすには適當でなかったようだな。だが丈夫たるもの、世にあって飲食に工を求めるものではない。そまつな食事で滿足するものが、眞の英雄である」といって、熊公はそのますますっかりたいらげたのであった。馮夢龍はちょっと一匙食べただけであった。熊廷弼は立ち上がって奥へ入っていき、しばらくして出てきて、「ここに一通の手紙がある」といい、「わたしの友人に渡してほしい、忘れるでないぞ」といった。そして救いを求めたことについては、まったく答えず、手に一つの冬瓜を持ってきて、馮夢龍に贈った。冬瓜は數十斤の重さがあり、馮は身をかがめて受けとるしかなかったが、氣持ちはとても面白くなかった。それにあまりに重くて持てなかったので、船にたどり着く前に、冬瓜を地面に捨ててしまい、船に棹さして去って行った。何日か行って、ある大きな町に停泊した。すばら熊の友人のいるところである。手紙を屆けるとほどなく、主人が丁重に馮に目通りし、その家に招いた。すばらしい宴席にめずらしい肉料理、美しい妓女に妙なる音樂が、とっさに準備されたのであった。宴席がお開きになると、主人は馮夢龍に揖をしていった。「先生の文章は朝焼けが輝くよう。その辯舌は珠が流れるようで、天下の士で、首を長くして、仰ぎ見、お目にかかりたいと思わないものはありません。いま幸いにおみ足をここに降されたのは、天がわたしをして、その履き物を納める緣をくださったもの。しかしながら、ただ思いますに、吳頭楚尾の地（江西あたり）は、蘇州からは遙かに隔たった地でありまして、このみすぼらしい家は、すぐれたお方の車をとどめていただける場所でもありません。ほんの心ばかりのものを準備したいと思いますので、これで從者のみなさまをねぎらっていただければ。先生どうぞお受けとりください。」馮夢龍は、わけもわからず、婉曲にことわって別れた。すると、銀三百兩が、早くも船に屆けられていたのである。家に着いてみると、熊廷弼は、關係諸官に火急の手紙を屆け、攻擊を受けたことは解決していた。思うに、熊公はもとより心から猶龍子（馮夢龍）を愛していたが、その才名をひけらかすことを殘念に思い、それでことさらに冷たくあしらい、しかし旅先での窮乏を、道中の友人の力を借りて、手厚く救ってやり、集まっていた誹謗に對しては、手紙を書いて、ひそかに

解決してやったのである。英雄豪傑の擧動というのは、まことに人にはわからぬものである。(29)

馮夢龍が俗曲集『掛枝兒』、さらにはカルタのテキストである『葉子新鬪譜』などを編纂刊刻し、それらが世に廣く傳わっていたこと、また、これらの出版を通して馮夢龍が江南「浮薄子弟」たちのリーダーとなっていたらしいことが知られるのである。そして、熊廷弼のところで粗末な食事を出され、箸をつけることもできなかったという插話からは、馮夢龍の平素の暮らしぶりをもうかがうことができるようである。

熊廷弼が南直隷提學御史であったのは、萬曆三十九年（一六一一）から四十一年（一六一三）にかけてのことである。この間に、馮夢龍は縣學の生員としてその「門下」にあった。そして、馮夢龍が『掛枝兒』によって父兄たちから攻撃を受ける事件が起き、熊廷弼をたずねたのは、熊廷弼が「休暇中であった」時だったという。熊廷弼の「休暇」とは、萬曆四十一年に彈劾を受けて南直隷提學御史を辭し、再び大理寺丞兼河南道御史として用いられる萬曆四十七年（一六一九）までのことと思われる。熊廷弼は、湖北の江夏（武漢）の人であるから、この時おそらく郷里の江夏にいたのであろう。馮夢龍は「船を浮かべて西江に赴」いたとあり、「千里求援の意」というのは、このことを指すであろう。引用した萬曆四十五年（一六一七）の序を持つ『吳姬百媚』巻上、劉䎘の宛瑜子評に「子猶が楚に行くことになり、含香（劉䎘）はそのまま蘇州に殘った」との句があったので、馮夢龍が江夏に赴いたのは、萬曆四十五年以前のこと、おそらく萬曆四十二年ごろのことであり、『掛枝兒』や『山歌』が刊行されたのは、もとよりそれ以前のことになろう。

遊びの王様としての馮夢龍は、年をとってからも變わらなかったようである。それを示すエピソードが、褚人獲の『堅瓠集』壬集巻四「馮猶龍抑少年」に見える。

馮猶龍先生がたまたま若者たちといっしょに酒を飲む機會があった。若者たちはみずから英俊をたのみにし、おごって馮夢龍を輕く見ていた。猶龍はそれを覺ると、さいころを投げて、出た目の數だけ酒を飲もうといったが、みな飲もうとはしなかった。猶龍は大きな杯を飲み干し、「全色が出た」といって、數杯も飲み、「全色はめったに出ない。五子一色にしよう」といってまた數杯飲んでいった。「諸兄は飲めないようですな。學生は醉っ拂いました」といって、食事を持ってこさせ、別れた。若者たちはかなわなかったことを根に持った。「むずかしい歌を作り、わたしが親になり、猶龍を三番目にして、困らせてやろう」と策を練った。そして花名人名を詠み込んだ回文を作ることにしていった。

十姉妹、十姉妹、二八の佳人は姉妹が多い。姉妹が多い、十姉妹

盆を次のものに回すと、「できてない」ということで、三杯の罰杯を飲んだ。次のものは、

佛が見て笑う、佛が見て笑う、二八の佳人が口を開けて笑う。口を開けて笑う、佛が見て笑う

次に猶龍のところに來ると、

毎月の赤、毎月の赤、二八の佳人に經水が通じた。經水が通じて、毎月の赤

若者たちは、自分たちでルールを作りながら、みずからたおれて、みな三杯罰杯を飲んだ。ところが、最後のしめの歌を作るものもいなかった。猶龍は、「それではこの學生めがしめましょう」といって、

　　竝頭の蓮、竝頭の蓮、二八の佳人が枕を共にして眠る。枕を共にして眠る、竝頭の蓮

若者たちはすっかり感服したのであった。(30)

これは、少なくとも馮夢龍が若者といえる年齢ではなくなってからの話であるが、酒席においても若い者に負けないほどの元氣さで、若者たちを壓倒していた様がうかがわれる。若い人たちとつきあいがあったのは、馮夢龍がなかなか科擧に合格できず、長らく學生身分であったからでもある。

館師としての生活

この時期、生員、つまりは受験生の身分であった馮夢龍は、いったいどのようにして生計を立てていたのであろうか。一般的にいって、當時の受験生が生きる道の一つに、いわゆる館師、つまり家庭教師の道があった。それにも、例えば『儒林外史』の第二回に登場する王進のように、村塾の教師として雇われるような場合から、清初の陳維崧が、父親陳貞慧の友人であった冒襄の家に、住み込みの家庭教師として招かれて行った場合などまで、いわばピンからキリまであったと思われるが、馮夢龍の場合、殘された資料を見ると、後者のような、比較的上層の家庭に招かれたもののようである。例えば、馮夢龍が衞泳の『枕中祕』に寄せた「枕中祕跋語」に、

衞氏は文節公（衞涇）以來、代々傳えられた書物が數萬巻をくだらない。衞翼明はその家學を傳え、手づから校訂し編纂して、それを息子たちに課し、またしばしばそれを取り出しては印刷に付し、同好の士に廣めたのであった。わたしはその家塾をたずねるたびに、何かしら變わった書物を得たのである。思うに、父子祖孫が代々盛んに繼承しているさまは、最近ではめったに見られないものである。(31)

とある。衞翼明は、『枕中祕』を編んだ衞泳の父親であり、この文章の末尾で、馮夢龍は「通家弟馮夢龍」と題している。「家塾をたずねた」とあるのは、衞氏の子弟を教えに行ったことを指すであろうし、『枕中祕』を編んだ衞泳は、實際馮夢龍の教え子だったのであろう。馮夢龍は文章の末尾で、衞泳について、「ただ八股文にしばられ、俗秀才として身を立てることにならないように（勿但以八股拘束、作俗秀才出身也）」といっている。

また、馮夢龍の「侯雍瞻西堂初稿序」（『吳郡文編』巻二三四）に、

かつてわたしが三瞻とともに西堂で勉強した時(32)

云々と見え、馮夢龍が三瞻すなわち嘉定の侯峒曾（字は豫瞻）、侯岐曾（字は雍瞻）、侯岷曾（字は梁瞻）の三兄弟とともに勉強したというのも、彼らの館師としてであったろう。なお、高洪鈞氏は、この「侯雍瞻西堂初稿序」を弟の馮夢熊の作としているが、それにしても狀況はあまり變わるまい。『天啓崇禎兩朝遺詩』巻八、馮夢熊に收める馮夢熊の詩「哭通家侯仲子文中茂才」の詩は、侯岐曾が亡くなったのを悼む詩であるが、ここでも「通家」という言い方がなされている。嘉定の侯氏と馮氏兄弟に深いつながりがあったことを示すであろう。なお、侯氏の長兄の侯峒曾は、天啓五

年（一六二五）に進士に及第している。[33]
馮夢龍は、このようにして館師（家庭教師）をして生計を立てていたと思われる。『觚賸續編』巻二「英雄擧動」では、そのぜいたくな暮らしぶりの一端が示されてはいたが、實際の生活は苦しかったようである。その様子は、萬曆三十九年（一六一一）までに完成したとされる袁于令の『西樓記』に關するエピソードからもうかがうことができる。鈕琇の『觚賸續編』巻三「西樓記」である。

袁韞玉（袁于令）は、『西樓記』ができあがるや、出掛けて行って馮猶龍（馮夢龍）に批正を求めた。馮夢龍は目を通し終わると、机の上に置き、よいとも悪いともいわない。袁は呆然として、わけもわからず別れ去って行った。馮夢龍は時に食べるものもなく、妻がそれを告げると、馮夢龍はいった。「心配するな。袁君が今夜、わたしに百兩も持って來てくれるだろう。」そして、門番のものに、「門を閉めるな。袁の若様が銀を持って來るだろう。それは、きっと夜遲くだ。そうしたら、まっすぐ書齋まで通すように」と。家人はみな、ばかなことをいうと思った。一方、袁の方は、家に歸ると、夜になるまで落ち着かない。急に、提燈を持てと命じ、百兩を持って、馮夢龍のところに出掛けて行った。やって來ると、まだ門が開いている。わけをたずねると、「主人は明かりをつけて、書齋でお待ちです」とのこと。びっくりして驅け込んで行くと、馮夢龍はいった。「わたしはきっと君が來ると思っていたよ。詞曲はどれもよくできている。だが、一幕足りないようだ。いまもう書き加えておいたよ」と。それが「錯夢」の一齣である。袁はすっかり感服した。この戲曲はたいへんはやったものだが、「錯夢」がもっとも人口に膾炙している。[34]

ここには、たしかに門番もいるような家のことではありながら、「馮夢龍は時に食べるものもなく」と記されている。色町での遊びに没頭していた馮夢龍であるが、生活が苦しくなっていた時期もあった様子が見てとれる。馮夢龍の弟である馮夢熊についても、侯峒曾の「友人馮杜陵集序」（『侯忠節公全集』巻十）によれば、なかなか貧しい暮らしをしており、亡くなった時には棺もなかったほどであったという。

馮夢龍はこのほかにも、多くのところで館師をしたようであり、江南の蘇州周邊ばかりでなく、遠く湖北の麻城まで、招かれて行ってもいる。館師の地位そのものは、かならずしも高いものでなかったとはいえ、子弟の教育を任されるわけであるから、馮夢龍の場合、當然それなりの實力と信用が認められていたわけである。『麟經指月』に附された梅之煥の「敍麟經指月」に、

わが麻城縣は、萬山中の掌ほどの地である。しかし明が興ってより、ひとり『春秋』の淵藪となっている。それほどさかのぼらず、ここ數十年間についても、周、劉、耿、田、李、そしてわが梅など、科擧に合格するものが相次いたが、みなこの道（『春秋』）によったのである。そのため、四方で『春秋』を治めんとするものは、しばしばわが縣に道を問うた。そしてわが縣もまた老馬の智を以て自ら任じたのである。ところがわが友、陳無異が蘇州の知縣となり、ただひたすら馮生猶龍を推薦した。王大可が吳より歸って、またわたしにいった。「吳下に三馮があり、その次男が最もすぐれている」と。わたしはずっと、すばらしいと思っていた。ほどなくして、馮生は田公子の約に赴いて、わが縣に來てくださった。わが縣で『春秋』を治めるものは、みな次から次へと逆に馮生に道をたずねた。『指月』の一編は傳がいまだ明らかにしていないものを發明しており、わたしはそこでますます馮生を重んじた。二君子は言を知り人を知るものであった。(35)

とあって、馮夢龍は田氏に招かれて、その館師すなわち一種の家庭敎師として麻城に赴いたという。麻城は、先に觸れたように李卓吾が寄寓した土地であり、また『金瓶梅』の全本を所藏していた劉涎白の出身地であり、そのうえ科擧の試驗で『春秋』を選擇して及第するものの多いことで知られる土地であった。序文には、馮夢龍は、ここで人々に逆に『春秋』を教え、『麟經指月』一書を編んだ、とあるが、馮夢龍は科擧の『春秋』の參考書を編まんがために、そのメッカたる麻城に赴いたと考えることもできよう。『麟經指月』の編纂刊行に關しては、馮夢龍の麻城行きという大きな契機があったのである。「萬曆庚申秋」と記される『麟經指月』の李叔元序には、「最近、呉の馮猶龍氏の『麟指』を得た」とあるので、萬曆庚申すなわち萬曆四十八年（一六二〇）の秋までには、『麟經指月』ができあがっていたことがわかる。なお、この年の七月に萬曆帝が崩御し、後を承けた光宗が九月には崩御する。したがって、同じ年の八月から十二月までのわずかの間が泰昌である。

第二節　泰昌・天啓年間

萬曆末年から泰昌・天啓年間にかけてが、馮夢龍が最も盛んに出版活動を行なった時期である。萬曆年間の末、馮夢龍は科擧に合格できず、館師をつとめることによって生計を立てていた。幼少年期にあっては、三人の息子に十分に讀書をさせることができたものであるが、おそらく父親が亡くなったことによって、潤澤だった財産が次第に失われていったのであろう。このことが、馮夢龍をして書物の編纂出版によって生計を立てる道に、大きくかじを切らせたと考えられる。そのきっかけが、館師としての麻城行きであり、『麟經指月』の編纂刊行だったと思われるのである。

馮夢龍にはそれまでにも『掛枝兒』『山歌』の刋行、また『水滸傳』や『金瓶梅』への關與といったことがなかったわけではない。だが、おそらく萬曆末年までは、出版に關與したとはいっても、『掛枝兒』『山歌』の歌謠、『水滸傳』『金瓶梅』などの小說、また『葉子新鬪譜』『吳姬百媚』『金陵百媚』など、どちらかといえば遊戲的な書物が多くを占めている。馮夢龍が本格的に出版をはじめるのは、泰昌元年（一六二〇）の序を持つ『麟經指月』であって、この年から天啓年間を經て、崇禎年間のはじめまでの約十年間が、馮夢龍が最も盛んに出版活動を行なった時期である。文名だけはありながら、鄕試に合格することがかなわなかった馮夢龍が、著述出版によって世に立つことを決意し、まず手はじめとして、得意の『春秋』の參考書を世に問おうと考えたのも自然であろう。出版產業が立派に成立していた時代であり、しかも『金瓶梅』の刋行について見たように、すでに書店に顏のきく馮夢龍であったればこそ、この轉身が可能だったのである。泰昌・天啓年間に刋行されたと思われるものを列擧すると、次のようになる。泰昌元年すなわち萬曆四十八年であるが、この年に二點刋行されているので、あえてここに竝べた。

泰昌元年（一六二〇）

『麟經指月』（開美堂）

『新平妖傳』（天許齋）

天啓元年（一六二一）前後

『古今小說』（天許齋）

天啓四年（一六二四）

『警世通言』（金陵兼善堂）

天啓五年（一六二五）

『春秋衡庫』（閶門葉昆池）

天啓六年（一六二六）

『智囊』

『太平廣記鈔』

天啓七年（一六二七）

『醒世恆言』（金閶葉敬池）

『太霞新奏』

その他天啓年間のものに、

『四書指月』

『古今笑』（＝『古今譚概』）

『情史類略』

『如面談』（刋年未詳。首に鍾惺の序があるが、鍾惺は天啓四年に沒している）

崇禎元年（一六二八）

『墨憨齋新定洒雪堂傳奇』（『墨憨齋定本傳奇』も、おそらくこのころの刋行）

『崢霄館評定新鐫出像通俗演義魏忠賢小説斥奸書』（謝國禎『增訂晩明史籍考』は、馮夢龍の作ではないかとする。果たして然らば、崇禎初年の刋）

わずか十年たらずの間に、これだけ多くの書物を著作もしくは編纂しているのは、まことに驚きというほかない。『麟經指月』と同じ年に、蘇州の天許齋から『新平妖傳』を刊行している。後に金閶嘉會堂から、墨憨齋批點と題する本が出されているが、その封面に、

舊刻の羅貫中『三遂平妖傳』二十卷、その來歴は不明であり、全書ではない。墨憨齋主人がかつて長安においてまた數回を買い求めた。殘缺があって讀み難かったので、手ずから編纂して四十卷にした。首尾整い、はじめて完璧といえるものとなった。題して『平妖傳』といい、それによって舊刻とのちがいを明らかにした。本坊は繡梓して、この寶を世の人と共にせんとするものである。金閶嘉會堂梓行。(36)

との識語がある。長安とは、ここでは都の北京の雅稱であろうから、これを信ずるならば、馮夢龍は北京に行って、『平妖傳』の一部を買い求めたことになる。(37)

馮夢龍と書店との具體的な關係については天許齋から刊行された『古今小説』の綠天館主人序に、

茂苑野史氏は、家に古今の通俗小説を藏し、はなはだ富んでいた。そこで賈人の求めによって、里耳のためになるもの全部で四十種を選び出し、與えて一刻とした。(38)

とあって、古今の通俗小説を多く藏していた馮夢龍が、書店の依頼によって四十篇を拔き出し、この『古今小説』を編んだ、と見える。さらに『古今小説』封面の綠天館主人識語には、

本齋は古今名人の演義百二十種を買って手に入れることができた。そこでまずその三分の一を初刻とする。(39)

とあって、『古今小説』が出された段階で、すでに百二十種からなる小説集を刊行する計畫は固まっていたことがわかる。これが「三言」(『古今小說』＝『喩世明言』『警世通言』『醒世恆言』)となるのは、第二編の『警世通言』以後のことである。

馮夢龍には、たしかに多くの藏書があったかもしれないが、『古今笑』(『古今譚概』)『智囊』『情史類略』など、大部の書物の資料を集めることは容易ではなかったろう。馮夢龍の書物編纂の狀況がうかがえるのが、「智囊補自序」である。

思えば丙寅の年(天啓六年　一六二六)、わたしは蔣氏三經齋の小樓に二ヶ月近く座して、『智囊』二十七卷を編集した。(40)

秀水縣の著名な藏書家蔣之翹の許に二ケ月近く身を寄せ、泊り込んでその書物を利用させてもらい、『智囊』を編んだのだという。このようにでもしなければ、これだけ多くの書物を編むことはできなかったであろう。

天啓年間の馮夢龍については、刊行された書物があるばかりで、その動向が知られる資料は、かならずしも多くない。それだけ著述に專念していたということになろうか。

第三節　崇禎年間以後

貢生と丹徒縣訓導

崇禎三年（一六三〇）、馮夢龍は五十七歳にして貢生に抜擢された。光緒『蘇州府志』巻六十二、選擧、明、貢生に「吳縣 崇禎間 馮夢龍 有傳 三年」とある。そして、崇禎五年（一六三二）には丹徒縣の訓導になっている。訓導とは、縣學の場合、教諭の下に置かれた未入流の官である。嘉慶『丹徒縣志』巻十一、學校に、

　崇禎五年、壬申の年、知縣の張文光は訓導馮夢龍等の建議に從って、龍門を建築し、尊經閣を遷し、敬一亭を移置した。(41)

とある。同じ巻に「尊經閣 在龍門東」「敬一亭 在儀門東」とある。しかし、同書巻十三、敎職、訓導に、

　馮夢龍　吳縣の人。天啓中の任。崇禎中に壽寧縣知縣に昇任した。(42)

とあって、相互に矛盾する内容になっている（この二つの記述については、光緒『丹徒縣志』の巻十九、學校、巻二十一の官師表も同じである）。いくら未入流の官であるとはいっても、貢生になってから任じられたと考えるのが自然であろうから、崇禎年間の方が正しいであろう。馮夢龍の『壽寧待志』巻上、升科にも、「思うに以前丹徒で訓導をしていた時（思

前司訓丹徒時）」に、「わたしは石令景雲のために口を酸っぱくして申し上げたことがあった（余曾苦口爲石令景雲言之）」とある。この石令は、嘉慶『丹徒縣志』巻十三に、明の知縣として「石確 崇禎辛未進士」として見える人であり、崇禎辛未は、四年（一六三一）である。石確の後任の知縣が、先に名前の出た張文光になる。このあたりいずれかの記述に誤りがあるのか、崇禎四年の進士が知縣として來任し、その翌年崇禎五年には、次の知縣になっているというのも、時間的にはかなり苦しいとも思われる。

おそらく丹徒縣訓導在任中、馮夢龍は、後の南明朝の重要人物の一人である阮大鋮とともに、鎭江の京口三山の一つである北固山に遊んでいる。阮大鋮の詩集である『詠懷堂集』巻三に「同虞來初、馮猶龍、潘國美、彭天錫登北固甘露寺」という詩によって知られる。阮大鋮は、例えば孔尙任の戲曲『桃花扇』において、徹底的に悪役をふられているように、宦官魏忠賢の子分であったことから、きわめて評判の悪い人物である。このうち彭天錫は、張岱『陶庵夢憶』巻六に「彭天錫串戲」の一條があり、「彭天錫串戲妙天下」といわれているように、當時のすぐれた役者であった。阮大鋮もまた、劇作家として知られ、家に劇團を抱えていたことでも知られる。やはり張岱の『陶庵夢憶』巻八に「阮圓海戲」の一條があり、その戲曲を稱贊している。馮夢龍もまた、吳江の沈璟に學んだ戲曲家であり、ここはともに戲曲の愛好者としての交遊だったと考えられる。

福建壽寧縣知縣

馮夢龍は崇禎七年（一六三四）、丹徒縣訓導から福建壽寧縣知縣に昇任し、任地に赴いている。祁彪佳の日記『巡吳省錄』甲戌歲（崇禎七年）六月十三日の條に、

　儒學の教員である馮猶龍もまた知縣に昇進したことで進謁した。(43)

とある。この年、馮夢龍は六十一歳。壽寧縣は福建の山の中の小縣であるが、この年になるまで科擧に苦しめられてきた馮夢龍は、喜び勇んで任地に赴いたようである。(44)この田舍の土地については、例えば『壽寧待志』巻上、獄訟において、

　壽寧縣の人は、荒々しく凶悪で、道理が通らないことがある。(45)

であるとか、巻上、風俗において、

　學校は設けられているとはいっても、書物を讀もうとする者は少なく、縣が設けられてから今に至るまで、科擧に合格したものは、まったくいない。經書以外には、書物もほとんどなく、書店もまたやってこようとする者は絶えてない。(46)

とあったり、ずいぶん不滿を述べているところもあるが、ここではじめて一地方の長官に任ぜられた馮夢龍は、治政のために熱心にはげんだようである。例えば、今見た風俗の項で、學問をするものがない、という現狀に對しては、

　わたしは、月ごとの學習計畫を立て、あわせて『四書指月』を頒布し、みずから彼らのために講義解說した。

士人たちは喜び、次第に進取の志を持つようになってきたから、將來については計り知れないものがあろう。(47)

とその對策を實行に移している。その結果、乾隆『福寧府志』巻十七、壽寧、循吏では、

馮夢龍、江南呉縣の人。歳貢によって、崇禎七年に知縣となる。政治は簡潔、刑罰は清廉、何より學問を重んじ、民には恩をもって遇し、士には禮をもって待した。著に『四書指月』『春秋指月』『智嚢補』などの書があり、世に行なわれている。(48)

として、その治績が稱えられるに至っている。

馮夢龍は、任地にあっても、壽寧縣の地方志『壽寧待志』を編纂刊行している。多くの地方志が、いわば土地の名士たちの共同の編集によるものであって、客觀的な記述に終始しているのに對し、馮夢龍の『壽寧待志』は、地方志にはちがいないが、著者である馮夢龍の主觀が表にあらわれた地方志である。例えば巻上、風俗の項にあって、土地の極端な男尊女卑の風を記して、

女を輕んじているばかりでなく、女もまた自ら輕んじている。悲しいことだ。(49)

といった感嘆で結んでいたり、また各所に自分の作った詩を插入していたりする。かなり型破りな地方志である。巻下、祥瑞の項では、

わたしは崇禎七年甲戌八月十一日に着任した。その翌日の申の刻（午後四時ごろ）に黄色い雲が一朶一朶、西から東へと流れ、しばらくすると、突然五色に變じ、最後には眞っ赤な夕焼けになった。それはこれまで見たこともないものであった。わたしは喜んで詩を作った。その冬には果たして豐作であった(50)。

として、この後に自作の「紀雲小詩」を載せている。

馮夢龍は壽寧縣知縣在任中、福建の文人たちと交際している。その一人が徐𤊹であり、馮夢龍が福建で作った詩を集めた詩集の序（「壽寧馮父母詩序」『紅雨樓集』）を書いている。徐𤊹の『徐氏家藏書目』（『續修四庫全書』所收）には、「壽寧縣志二卷　馮夢龍」「萬事足記　馮夢龍」「馮夢龍詩集六卷」の記載がある（『徐氏紅雨樓書目』には、「馮夢龍詩集」の記載がない）。この戯曲『萬事足』も、壽寧縣知縣在任中に書いたようである。その末尾に、

山　城　公　署　喜　清　閑　　山城の公署　清閑を喜び
戯　把　新　詞　信　手　編　　戯れに新詞を把り　手に信《まか》せて編む

とあるのが、その根據である。

また、やはり福建の文人である曹學佺の『石倉詩稿』巻三十三「西峯六四詩集」に「贈別馮猶龍大令」を収めている。

遲　君　無　別　徑　　君に遲れて別徑無し

水次卽雲涯
勝侶開三雅
清心度六齋
暫然抛墨綬
旋得傍金釵
河尹風流者
寧妨韻事偕

水次は卽ち雲涯
勝侶　三雅を開き
清心　六齋を度る
暫然　墨綬を抛ち
旋《ようや》く金釵に傍ふを得たり
河尹の風流者
寧ぞ韻事の偕ふを妨げん

お別れもできないまま、あなたは行ってしまわれたが、追いかけるすべもない。あなたの乘った船の泊まりは、雲の遙か彼方。壽寧縣の知縣をしておられる間に、よい仲間として酒を酌み交わしもしたし（「三雅」は酒器のこと）、清淨な心持ちで六齋の日（佛敎でいう毎月の悪日）を過ごしたものである。いまやあっさりと知縣の印綬をなげうち、思うまま金釵（女性）のそばにゆくことができた。風流な河南の尹（杜甫の「奉寄河南韋尹丈人」詩に「有客傳河尹、逢人問孔融」）であるあなた、どうして韻事をともにする妨げになることがありましょう。曹學佺は、馮夢龍と同年の生まれであった。『石倉詩稿』巻三十三には「丁丑」とあり、崇禎十年（一六三七）であり、前後の詩から、四月一日から五月五日の間に作られた詩であることがわかる。

乾隆『福寧府志』巻十七、壽寧、循吏の條で、馮夢龍の次には、區懷素という人が崇禎十一年に着任しているから、馮夢龍がこの年に離任したことが知られる。

「郷紳」馮夢龍

知縣の職を離れて蘇州に歸った馮夢龍は、悠々自適の暮らしをしていたと思しい。祁彪佳の日記である『甲申日曆』（一六四四）十二月十五日の條に、

郷紳の文中台、嚴子章、馮猶龍、金君邦柱が見送りに來た。馮は家刻の書物を贈ってくれた。(51)

とあって、ここでははっきり馮夢龍のことを「郷紳」と稱している。なお、この時には、そのすぐあと十七日の條に、

舟中することもないので、馮猶龍の作った『列國傳』に眼を通す。(52)

また、『乙酉日曆』（一六四五）三月十九日の條に、

船の停泊中、『智囊』に眼を通す。(53)

とあって、馮夢龍は祁彪佳に少なくとも『新列國志』と『智囊』（おそらく崇禎六年、一六三三に出た『智囊補』であろう）を贈っていたことがわかる。父の祁承㸁以來の藏書家として知られる祁彪佳は、ずっと前から馮夢龍を通じて本を集めていたようで、崇禎三年（一六三〇）に書かれたとされる祁彪佳の手紙（「與馮猶龍」『遠山堂尺牘』抄本　徐朔方「馮夢龍年譜」所引）に、

これまでまだ一度も馮先生にお目にかかったことがないのを残念に思っていたところ、もう少しで尊顔を拜せましたのに、またもとのように離ればなれになってしまったのでした。『太霞新奏』を一部いただけますまいか。(54)

とあって、馮夢龍の編になる散曲集『太霞新奏』を所望している。馮夢龍は求めに應じて實際に『太霞新奏』を贈ったようで、祁彪佳の日記『涉北程言』辛未歳（崇禎四年　一六三一）十月十九日の條に、

十九日、蔣安然がやってきて、いっしょに『嘯餘譜』『太霞新奏』を見た。安然は一曲歌っただけだった。(55)

と見える。この崇禎三年、祁彪佳はすでに天啓二年（一六二二）に進士に及第した二十九歳。片や馮夢龍は、五十七歳の貢生である。また同じく崇禎六年（一六三三）の手紙には、

以前からお名前はうかがっておりましたが、幸いにお目にかかることができ光榮に存じます。昨日はすばらしい書物を頂戴し、とみに目を開かせていただきました。三吳は載籍の淵叢でありますから、古今の名賢の編纂著述を、坊刻であれ家藏であれ、みなあなたを煩わせてその目錄を集めたいと思います。どの書物は誰が刻し、どこで出たもの、といったことを書き記してお送りいただければ、お手をわずらわせて數種でも買い求めたいと思います。そしていささか書物狂いの飢えをお救いいただきたい。多々ご教示をお願いいたします。もろもろ不一。また南京の最近の新刊書で見るに足るものがあれば、これも數種目錄をお示しください。(56)

といっており、祁彪佳は馮夢龍に蘇州や南京で刋行されている書物のリストを作って送ってくれるよう頼んでいる。ちょうど今日の書店のカタログ販賣のようなものである。大官にして藏書家であった祁彪佳などになると、書店から購入するほかに、贈り物として書物が手に入り、さらに人に書物の捜索を依頼するなどして、書物を入手しようとしていたことがわかる。後で引用する沈自晉の「重訂南詞全譜凡例續紀」（『南詞新譜』）にも、祁彪佳が馮夢龍に托して、吳江派の戲曲作家である沈璟とその一族の人々の作品を集めさせたことが記されている。書物と出版の動向に詳しい馮夢龍であったがための依頼であったろう。

崇禎十六年（一六四三）、馮夢龍の七十の祝いの時には、錢謙益が「馮二丈猶龍七十壽詩」（『牧齋初學集』卷二十下）の賀詩を贈っていることは冒頭で觸れた。同じ年に出された、錢謙益と同じく常熟の人である汲古閣毛晉の「和友人詩」（友人の詩に和韻したものをあつめた集。『虞山叢刻』に收められる）の中に、馮夢龍の「冬日湖村卽事」（この詩は朱彝尊の『明詩綜』にも收められる）と、それへの毛晉の和詩がある。これによって、馮夢龍と毛晉とに直接の交友のあったことが知られる。なお、毛晉の「和友人詩」の中には、福建の徐𤊹とやりとりした詩も見える。

明の滅亡と最晩年の活動

崇禎十七年（一六四四）、李自成によって北京が陷落する。この折、馮夢龍は再び編纂出版の世界に身を投ずることになる。馮夢龍の友人であった蘇州の許琰が、北京陷落の報に接し絕食して死んだ。すると馮夢龍は、許琰を記念して、その詩を刻した（『甲申紀事』卷十三「和韻四絕」序）。また、北京からの情報を集めて『甲申紀聞』を編集刋行している。『甲申紀聞』は、當時の緊迫した樣子を如實に傳える資料である。『甲申紀聞』は現在『甲申紀事』（『玄覽堂叢書』）の卷一に收められているが、もともとは單行されたもののようである。冒頭には、「七一老臣馮夢龍識」と題する識語がある。

甲申燕都の變については、道路がふさがり、風聞溢言をすべては信じられない。侯選進士、沂水の彭遇颷は四月一日に、侯選經歷、慈溪の馮日新は十二日に、東海の布衣、盛國芳は十九日に、先後して逃げ歸り、それぞれ樣子を述べたが、みな食いちがっていた。武進士の張魁は十六日に北京を出、北から來た公道單を持っていた。忠逆についての最近の樣子を述べていたが、まだ事實を記しているとはいえなかった。吾が鄕に商人があって五月の望日に城を出た。そのとき李賊はすでに逃げてしまっており、燕京は□國と化していた。その述べるところはなはだ詳細であったので、龍（わたし）が整理して記錄し、後の歴史作者の採用に待つことにしたい。(57)

流言飛語の飛びかう狀況のもとで、北京から逃れて來たいく人もの人から聞き書きをとり、特に最もおそくまで北京にいた商人の話によって、記錄したとしている。當時の馮夢龍はあたかも現今の新聞記者のごとくである。新聞記者のような仕事を行ない、情報をまとめて出版していた人が、この當時にはあったのである。『甲申紀聞』では、北京における五月一日の淸の建國、五月八日の薙髪令の發布までを記し、最後に南京の弘光帝に期待を寄せる形で結ばれている。これなどは、五月の時點からあまり時間のたたないうちに刊行されたものであろう。

北京などで實際に起こった事件の經過に人々が關心を持ったのは當然のことだが、特に關心が集まったのが、北京宮廷において誰が節に殉じ、誰が投降したかについての消息であろう。『甲申紀聞』の識語の中にも、「忠逆についての最近の樣子を述べ」、とあったが、こうした消息を集めて、馮夢龍は『紳志略』を編み、刊行している（これも『甲申紀事』卷二に收められている）。

馮夢龍は、『甲申紀聞』『紳志略』など、さまざまな情報を集めて『甲申紀事』をまとめるが、その序では、

甲申の變は、天崩れ地裂け、悲憤喩えようもない。記録するにしのびないが、記録しないのもしのびない。わたしは北からやってきた情報を博採して、『紀事』一巻を著し、忠逆の諸臣について、別に『紳志略』を作った。（中略）それを合わせて事跡ははじめて備わる。異同について相互に參照し、あるいは實を取って、梓人（出版者）に渡したのである。(58)

とあって、こちらは梓人すなわち書肆から出した書物のようである。馮夢龍は、さらに翌年にも『中興偉略』『中興實錄』などの書物を陸續と刊行しており、最晩年に至るまで出版事業を行なっている。

馮夢龍の最晩年の動向を、馮夢龍が師と仰いだ呉江派の戯曲作者沈璟の一族による記録のうちにうかがうことができる。まずは沈璟のおいにあたる沈自晉による「重定南詞全譜凡例續紀」（『南詞新譜』）である。これは「時丁亥秋七月既望、呉江沈自晉重書於越溪小隱」と題しており、丁亥、すなわち順治四年（一六四七）の秋に書かれた文章である。

曲譜を修訂する仕事は、乙酉（一六四五）の二月にはじめたのだが、しばらく戰が續き、狂奔していてなかなか落ち着かなかった。丙戌（一六四六）の夏、ようやく山の中に假住まいすることができ、以前のように、朝には書物をひろげて調べ物をし、夕には原稿を枕元に置いて、夜逃げてくる兵の襲撃に備えたのである。次第に編集が進み、書物の形になってきた。春になって病氣がちになり、原稿を開くいとまもなく、夏になったら、ていねいに訂正しようと思っていた。たまたま甥の顧來屛がこういってきた。「蘇州へ行って、馮子猶先生の令息の贊明

（馮焴）をたずねたところ、贊明は、その亡き父がいまわの際に書かれた手書を示し、父の編になる『墨憨詞譜』の未完稿とその他のいくつかの曲をわたしに渡して完成してほしいと告げた」と。六月の初め、ようやくその手紙と遺筆が手元にもたらされた。墨痕淋漓、その手づから書いた様子を手にとることができ、開いてみると悲しく、人も琴もともにないとの思いにたえないのであった。遺稿は順序は亂れていても、形はそなえていて、發明するものが多かった。

それより先、甲申（一六四四）の冬、子猶（馮夢龍）は、巡撫の祁公を送って吳江に來られ（祁公が、以前巡撫として來られた時、子猶に託して詞隱先生の傳奇とわたしの拙刻、そして我が家の弟や甥たちの作品をほとんどすべて探し求めた。以前から知音として、特に子猶と親しく、この日は嘉善まで送って別れた）、曲譜を修訂することを諄々とわたしに說き、わたしも承諾したのである。翌年の春の初め、子猶は吳興、杭州への旅をし、道すがら吳江を通って、いとまごいをした。杯が重ねられ、一晩中話しこみ、眞夜中になっても、倦むことを知らなかったのである。別れる時、わたしと十旬（百日）の後に會おうと約束した。ところが、兵鼓が地をどよもし、逃げ回っているうちに年を經て、なつかしい友人に會いたいと思っても、便りも絶えてしまったのである。山の上に行った時、友人がわたしに、馮先生はすでに世を去られた、と告げた。わたしは大いに驚き悼み、すぐにでも香典を持って出掛けて行きたかったのだが、轉々と流離していて、時に慌てて逃げ回っており、行くことができなかったのである。だが、わたしがどうして故人を忘れることなどできようか。(59)

とあって、まずは甲申の年、すなわち明朝が滅亡したその年の十二月に、祁彪佳を送って吳江までやってきた。これは、先に見た祁彪佳の『甲申日曆』（一六四四）十二月十五日の條に、

郷紳の文中台、嚴子章、馮猶龍、金君邦柱が見送りに來た。馮は家刻の書物を贈ってくれた。(60)

とあったその時のことである。そして、その翌年の春、呉興、杭州へ行く途中で、再び呉江を通り、その時に、沈自晉、また沈自南と會って、曲譜編纂の話をしていたのである。乙未（順治十二年　一六五五）の題のある沈自南の「重定南九宮新譜序」（『南詞新譜』）でも、

> 乙酉の春一月、馮子猶龍が呉江を通り、わたしの伯父である君善の屋敷にやってこられた。そして手をとっていわれた。「詞隱先生は、海内の詞曲の祖であらせられ、そしてあなたの家の家學の淵源です。『九宮曲譜』は、いまここで數十年にしかなっていないのに、詞人が輩出し、新しい曲がどんどん出ています。幸い、長康（沈自晉）のような名人が、あなたといっしょにおります。いま訂正して增補するしかありません。あなたがご先祖の仕事に關心がないはずはありませんね。わたしは不敏ですが、本の蟲にはなることができますので、この間に筆墨のお手傳いをいたしましょう。ここで、呉興に行かなければなりませんので、歸りには留侯（沈自南）の書齋にあつまって、この仕事を完成させましょう」と。このとき梅もまだ開いておらず、春の贈り物が出てきたばかり。わたしはその旁らに座して、ありがたく思ったのであった。(61)

とある。乙酉の春一月に、百日の後に會おうと約した、というのだが、結局その約束は果たされなかった（この年の五月、清軍により南京陷落）。そして、沈自晉によれば、丙戌（清の順治三年　一六四六）の夏には、馮夢龍の訃報を聞いていたということになる。おそらくは、この年の春に亡くなったものと思われる。

この乙酉の春、馮夢龍は呉興、杭州に行った、というのだが、その目的については記されていない。だが、これはあるいははじめに見た呉興の董氏一族との關係があったかもしれない。もっとも、董斯張は、馮夢龍に先立って崇禎元年（一六二八）に世を去っていたのだが。

呉興についての記録はないが、馮夢龍の生前最後の足跡は、浙東の海岸地方、台州にあったことが知られている。台州は監國魯王が據った場所であり、馮夢龍はあるいは魯王のもとに赴いたのかもしれない。ここで「小引」に「七二老臣馮夢龍恭撰」と題する『中興偉略』を編んでいる。台州にあったことは清の陳焯の『湘管齋寓賞編』巻三「楊忠愍與鄭端簡書」の條に見える。『湘管齋寓賞編』という書物は書畫鑑賞の記録であり、この條は楊忠愍すなわち楊繼盛の書跡に關する記録である。

楊繼盛は明の人で、嘉靖年間の政治を專斷した宰相嚴嵩父子を彈劾したかどで罪におとされ、刑死した人物である。その楊繼盛が獄中で書いた直筆の手紙が、册子の形に裝丁されて台州の應家に傳わっていた。その書册には王世貞、屠隆をはじめとする後世の文人がさまざまな文字を書き付けてあったが、その中に「呉門後學七十二老人馮夢龍　天寧の僧舍に書す」と署名する馮夢龍の「楊忠愍の養虛先生に贈る詩册に題する三絶句」とその序がある。その一首、

忠臣一日千秋遠　　忠臣　一日　千秋遠し
何況三年活命恩　　何ぞ況んや　三年活命の恩をや
比部生前無片語　　比部　生前　片語無けれども
福堂頼有手書存　　福堂　頼りて　手書の存する有り

明王朝の滅亡という混亂の中で、明朝のために力を盡くし、殉じた忠臣を思う詩である。馮夢龍の浙江行きについては、王挺の作った挽詩の中でも、

石梁天姥閒　　石梁天姥の閒
於焉恣遊履　　於焉《ここに》遊履を恣《ほしいまま》にす
忽忽念故國　　忽忽　故國を念ず
匍匐千餘里　　匍匐　千餘里
感憤塡心胸　　感憤　心胸を塡め
浩然返太虛　　浩然として太虛に返る

とあって、馮夢龍は、石梁天姥の閒、つまり浙江東部、さらには福建に至る沿海地方を、「故國を念じて」轉々としながら、客死したのであろう。中國の習慣として、その亡骸は故鄉の蘇州に歸った。だが、その時の蘇州は、もはや清朝治下の蘇州であった。

馮夢龍には辭世の詩二首があったといい、沈自晉がそれに和韻した詩が殘っている（沈自晉「重定南詞全譜凡例續紀」『南詞新譜』）。だが、馮夢龍の辭世の詩を今日見ることはできない。

なお、馮夢龍には先の沈自晉「重定南詞全譜凡例續紀」（『南詞新譜』）に見えたように息子の焴（字贊明）があった。その名は、『南詞新譜』「參閱姓氏」の中にも、

馮焆　贊明　蘇州

と見えている。道光『滸墅關志』巻十三、冢墓に見えた「本朝翰林の朂」は、同治『蘇州府志』巻八十八、人物志によれば、康熙年間に博學宏詞科に及第し、翰林院検討となった人物。清初長洲の人、丁宏度の『漫吟稿』に寄せた馮朂の「漫吟稿序」では、丁宏度は「予の曾叔祖猶龍公より經學を授けられた」とある。つまり、馮朂は、馮夢龍の兄の馮夢桂の曾孫ということになる。さらに「漫吟稿序」には、「予が叔端虛は、猶龍公の孫なり」とあることから、馮焆の息子は端虛（おそらくは字）といったことが知られる。

注

（1）　馮夢龍「曲律敘」（王驥德『曲律』）
　天啓乙丑春二月既望、古吳後學馮夢龍題於葑溪之不改樂庵。

（2）　董斯張『吹景集』巻五「記葑門語」
　予入吳、飲馮若木齋頭。酒次語若木曰、兄所居葑門、今俗僞爲傅音、何也。

（3）　馬漢民「馮夢龍口碑拾零」（「第二次蘇州馮夢龍學術討論會」論文　一九八七）によれば、蘇州市滄浪區蒼龍巷七號の家屋は、馮夢龍の故居であったとの言い傳えがあるとのことである。滄浪區蒼龍巷は、まさしく葑門の近くである。ただし、その後の建築史家による調査によれば、この家屋が明末までさかのぼることはありえないとの結果だったと聞く。

（4）　馮夢龍の『智囊』巻五「知微」の「東海張公」では、城外に居を構えたものはいつまでも存續し、城内に居を構えたものはいずれも他姓のものに代わっている、という實例にもとづく、陳繼儒の「城市は郊郭にしかず、郊郭は鄉村にしかず」、都市よりも鄉村の方がいいとの言葉を引いてはいるのだが。

（5）道光『滸墅關志』巻十三、冢墓、明
處士馮昌墓。在高景山。永樂十九年葬。昌、字世昌。靖難兵起、隱居姑蘇、爲葑溪馮氏始祖。貢生其盛、知縣夢龍、本朝翰林勗、皆其後。

民國『吳縣志』巻四十一、冢墓二、長洲、明にも、「處士馮昌墓。在高景山。永樂十九年葬。靖難兵起、隱居姑蘇、爲葑溪馮氏始祖」とある。

（6）馮夢龍の實家が、蘇州西郊、吳縣東橋鄉馮家村（現在では行政區畫と村名が變わり、蘇州市相城區黄埭鎭馮夢龍村）にあったとする傳説がある。最も早くは、上掲馬漢民論文「馮夢龍口碑拾零」（「第二次蘇州馮夢龍學術討論會」論文　一九八七）で、東橋鄉馮家村に、かつて馮姓の大文人がいたとの傳説が紹介されている。その後、侯楷煒『馮夢龍傳説故事集』（古吳軒出版社　二〇一二）なども刊行されている。東橋鄉のあたりが吳縣に屬するならば、あるいは「吳縣籍」の説明になり得たかもしれないのだが、この地は明清時代にあっては、實は吳縣ではなく、長洲縣に屬していた。吳縣になったのは、民國以後のことのようである。

（7）馮夢熊「侯後編跋」（王敬臣『侯後編』）
孝子以道王先生、與先君子交甚厚。葢自先生父少參公、卽折行交先君子云。余舞勺時、數數見先生杖履相過。每去、則先君子必提耳命曰、此孝子王先生、聖賢中人也。小子勉之。

（8）潘君明『蘇州街巷文化』（古吳軒出版社　二〇一二）「一、有關歷史人物命名的街巷」。

（9）明刊の『幼科輯粹大成』は、日本の內閣文庫に藏される。『中醫古籍孤本大全』（中醫古籍出版社　二〇〇二）、『海外回歸中醫善本古籍叢書』（人民衞生出版社　二〇一〇）に影印され、李敬華・孟麗麗點校の排印本が『中醫藥古籍珍善本點校叢書』の一つとしてある（學苑出版社　二〇一四）。

（10）『幼科輯粹大成』王敬臣序
躬甫少壯時、刻意博士業、廪於黌而馳譽於棘闈者久矣。一旦念志之難、遂而思以仁幼之術溥於時也。

（11）『幼科輯粹大成』申時行序

余友馮躬甫、早工博士業、廩於庠、久而不第。自以家世名醫、不欲墜先業、則時時爲人治病。

（12）『太霞新奏』巻七　龍子猶（馮夢龍）「爲董遐周贈薛彦升」序

苕溪董遐周來遊吳下、偶於歌筵愛薛生、密與訂晤舟次。夜半而生冒雪赴約、情可知已。一別三載、遐周念之不釋、物色良久、忽相遇於武陵。突而弁矣、丰姿不減。余目擊其握手唏噓之狀、因爲詞述之。

（13）『太霞新奏』巻七「怨離詞　爲侯慧卿」靜嘯齋評語

子猶自失慧卿、遂絕青樓之好。有怨離詩三十首、同社和者甚多、總名曰鬱陶集。

（14）高洪鈞「馮夢龍家世探祕」（『明清小說研究』一九九六年第一期。のち同氏『馮夢龍集箋注』にも收む）では、やはり董斯張の詩集『靜嘯齋存草』巻四「留篋稿」に收める「馮母查碩人挽歌」詩を紹介し、この查碩人が馮夢龍の母親であるとしている。そしてさらに董斯張の妻は、萬曆十七年（一五八九）の進士であって、萬曆年間に河南布政使、光祿卿を歴任した沈儆炌（『明史』巻二四九に傳がある）の娘であり、その沈儆炌の妻が查氏であって、沈儆炌の妻の查氏は、馮夢龍の母親の查氏と姉妹だったのではないか、つまり馮夢龍兄弟と董斯張とは姻戚關係にあったのではないかとしている。ただ、この二人の查氏が姉妹であったかどうかはあくまで推測によるものであって、この說は取れない。

（15）馮夢龍「麟經指月發凡」（『麟經指月』）

不佞童年受經、逢人問道、四方之祕筴、盡得疏觀。廿載之苦心、亦多研悟、纂而成書、頗爲同人許可。

（16）馮夢熊「麟經指月序」（『麟經指月』）

余兄猶龍、幼治春秋、胸中武庫、不減征南。居恆研精覃思、曰、吾志在春秋。墻壁戶牖皆置刀筆者、積二十餘年而始愜。

（17）許自昌『樗齋漫錄』巻六

頃閩有李卓吾名贄者、從事竺乾之教、一切綺語、掃而空之。將爲作水滸傳者、必墮地獄當犂舌之報、屏斥不觀久矣。乃憤世疾時、亦好此書、章爲之批、句爲之點、如須溪滄溟（原本は「溪」に作る）、何歟。豈其悖本教而逞機心、故後掇奇禍歟。李有門人、攜至吳中。吳士人袁無涯、馮猶龍等、酷嗜李氏之學、奉爲蓍蔡。見而愛之、相與校對再三、刪削訛謬、附以余所示雜志、遺事、精書妙刻、費凡不貲。開卷琅然、心目沁爽、即此刻也。其大旨具李公序中、余屑屑辨駁、亦癡人前說夢云爾。

（18）楊定見「忠義水滸全書小引」（『忠義水滸全書』）

吾之事卓吾先生也、貌之承而心之委、無非卓吾先生者。非先生之言弗言、非先生之閲弗閲、或曰狂、或曰癖、吾忘吾也、知有卓吾先生而已矣。先生沒而名益尊、道益廣、書益播傳、即片牘單詞、留向人間者、靡不珍爲瑤草、儼然欲傾宇內。猗歟盛哉。不朽可卜已。然而奇其文者十七、奇其人者十三、叩爾胸中、則皆未有卓吾先生者也。自吾遊吳、訪陳無異使君、而得袁無涯氏、揖未竟、輒首問先生。私淑之誠、溢於眉宇、其胸中殆如有卓吾者。嗣是數過從語、語輒及卓老、求卓老遺言甚力、求卓老所批閲之遺書又甚力。無涯氏豈狂耶癖耶。吾探吾行笥、而卓吾先生所批定忠義水滸傳及楊升庵集二書與俱、挈以付之。無涯欣然如獲至寶、願公諸世。吾問、二書孰先。無涯曰、水滸而忠義也、忠義而水滸也、知我罪我、卓老之春秋近是。其先水滸哉。其先水滸哉。

（19）沈德符『萬曆野獲編』卷二十五「金瓶梅」

袁中郎觴政以金瓶梅配水滸傳爲外典、予恨未得見。丙午、遇中郎京邸、問曾有全帙否。曰、第睹數卷、甚奇快。今惟麻城劉涎白承禧家有全本、蓋從其妻家徐文貞錄得者。又三年、小修上公車、已攜有其書、因與借抄挈歸。吳友馮猶龍見之驚喜、慫慂書坊以重價購刻。馬仲良時榷吳關、亦勸予應梓人之求、可以療飢。予曰、此等書必遂有人板行、但一刻則家傳戶到、壞人心術。他日閻羅究詰始禍、何辭置對、吾豈以刀錐博泥犁哉。仲良大以爲然、遂固篋之。未幾時、而吳中懸之國門矣。

（20）馮夢龍『掛枝兒』卷五「扯汗巾」後評

余少時從狎邪遊、得所轉贈詩帨甚多。

（21）馮夢龍『掛枝兒』卷四「送別」後評

後一篇、名妓馮喜生所傳也。喜美容止、善諧謔、與余稱好友。將適人之前一夕、招余話別。夜半、余且去、問喜曰、子尚有不了語否。喜曰、兒猶記打草竿及吳歌各一。所未語若者獨此耳。因爲余歌之。打草竿即此、其吳歌云、隔河看見野花開、寄聲情哥郎替我采朶來。姐道我郎呀、你采子花來、小阿奴奴原捉花謝子你、決弗教郎白采來。嗚呼。人面桃花、已成夢境。每閲二詞、依稀繞樑聲在耳畔也。佳人難再、千古同憐、傷哉。

(22) 馮喜については、蘇州の妓女番附である『呉姫百媚』の榜眼として馮喜の名が見え、「馮喜、諱桂貞、字佩芷、號仙仙、蘇州人、住閶門小邾巷內」とある。また宛瑜子の評語に「喜生名傾海內、都人士一見爲榮。今與婁東友人訂盟」云々とある。馮夢龍の『情史類略』巻十三「愛生傳」にも、この馮喜のことが見えている。詳しくは、拙著『蘇州花街散歩　山塘街の物語』(汲古書院　二〇一七)第五章「山塘の名妓たち」を參照。

(23) 馮夢龍『掛枝兒』巻三「帳」後評

琵琶婦阿圓、能爲新聲、兼善淸謳。余所極賞。聞余廣掛枝兒刻、詣余請之、亦出此篇贈余。

(24) 馮夢龍『掛枝兒』巻八「船」後評

此篇聞之舊院董四。

(25) 馮夢龍『山歌』巻四「多」後評

余嘗問名妓侯慧卿云、卿輩閱人多矣、方寸得無亂乎。曰、不也。我曹胸中、自有考案一張、如捐額外者不論、稍堪屈指、第一第二以至累十、井井有序。他日情或厚薄、亦復升降其閒。儻獲奇材、不防黜陟。卽終身結果、視此爲圖。不得其上、轉思其次、何亂之有。余嘆美久之。雖然、慧卿自是作家語、若他人未必心不亂也。世閒尙有一味淫貪、不知心爲何物者、則有心可亂、猶是中庸阿姐。

(26) 馮夢龍『山歌』巻七「篤癢」後評

此歌聞之松江傅四。傳亦名姝也。

(27) 『呉姫百媚』巻上　劉翩の宛瑜子評

昔含香與友人龍子猶最善。名亦因是籍籍。劉翩之名、子猶所贈也。子猶適楚、含香殢呉。彼此天涯、兩情非故。而含香之門如市、遂成名妓矣。

前著『蘇州花街散歩　山塘街の物語』(汲古書院　二〇一七)第四章において、宛瑜子を兪琬綸であると記したが、これは周之標の誤りであった。記して訂正する。

(28) 李雲翔については、岩崎華奈子「李雲翔の南京秦淮における交友と編著活動」(『中國文學論集』四十三　二〇一四)。また姜

瑞珍・劉樹偉「『彙輯輿圖備考全書』版本研究」（『山東圖書館學刊』二〇〇九年第四期）。

（29）鈕琇『觚賸續編』卷二「英雄擧動」

熊公廷弼、當督學江南時、試卷皆親自批閲。閲則連長几於中堂、鱗攤諸卷於上。左右置酒一壜、劍一口、手操不律、一目數行。每得佳篇、輒浮大白、用誌賞心之快、遇荒謬者、則舞劍一廻、以抒其鬱。凡有雋才宿學、甄拔無遺。吾吳馮夢龍、亦其門下士也。夢龍文多遊戲、掛枝兒小曲與葉子新鬭譜、皆其所撰。浮薄子弟、靡然傾動、至有覆家破產者。其父兄群起訐之、事不可解。適熊公在告、夢龍泛舟西江、求解於熊。相見之頃、熊忽問曰、海內盛傳馮生掛枝兒曲、曾攜一二册以惠老夫乎。馮跼蹐不敢置對、唯唯引咎、因致千里求援之意。熊曰、此易事、毋足慮也。我且飯子、徐爲子籌之。須臾、供枯魚焦腐二簋、粟飯一盂。馮下箸有難色。熊曰、晨選嘉肴、夕謀精餐、吳下書生、大抵皆然。似此草具、當非所以待子。然丈夫處世、不應於飲食求工。能飽餐粗糲者、眞英雄耳。熊遂大恣咀啖、馮啜飯匕餘而已。熊起入內、良久始出曰、我有書一緘、便道可致我故人、毋忘也。求援之事幷無所答、而手挾一冬瓜爲贈。瓜重數十斤、馮傴僂祇受、然意甚怏怏。且力不能勝、未及舟、卽委瓜于地、鼓棹而去。行數日、泊一巨鎭、熊故人之居在焉。書投未幾、主人卽躬謁馮、延至其家。華筵奇截、妙妓清歌、咄嗟而辦。席罷、主人揖馮曰、先生文章霞煥。才辯珠流、天下之士、莫不延頸企踵、愿言覯止。今幸親降玉趾、是天假鄙人以納履之緣也。但念吳頭楚尾、雲樹爲遙、荆柴陋宇、豈足羈長者車轍哉。敬備不腆、以犒從者、先生其毋辭。馮不解其故、婉謝以別、則白金三百、蚤舁致舟中矣。抵家后、熊飛書當路、而被訐之事已釋。蓋熊公固心愛猶龍子、惜其露才炫名、故示菲薄、而行李之窮、則假途以厚濟之、怨謗之集、則移書以潛消之。英豪擧動、其不令人易測如此。

（30）褚人獲『堅瓠集』壬集卷四「馮猶龍抑少年」

馮猶龍先生偶與諸少年會飮。少年自恃英俊、傲氣淩人。猶龍覺之、擲色、每人請量、倶云不飮。猶龍飮大觥曰、取全色。連飮數觥曰、全色難得。改取五子一色。又飮數觥曰、諸兄倶不飮、學生已醉。請用飯而別。諸少年銜恨、策曰、做就險令二聯、俟某作東、猶龍居第三位、出以難之。令要花名人名回文曰、十姊妹、十姊妹、二八佳人多姊妹、多姊妹、十姊妹。過盆曰、行不出、罸三大觥。次位曰、佛見笑、佛見笑、二八佳人開口笑、開口笑、佛見笑。過猶龍、猶龍曰、月月紅、月月紅、二八佳人經水通、經水通、月月紅。諸少年爲法自斃、倶三大觥。收令亦無、猶龍曰、學生代收之。曰、竝頭蓮、竝頭蓮、二八佳人共枕眠、共枕眠、並頭蓮。諸少年佩服。

（31）馮夢龍「枕中祕跋語」（『枕中祕』）
衞氏自文節公來、遺書不下數萬卷。翼明世其家學、手校而編纂之、以課其諸郎君、亦時時出付剞劂、公諸同好。余每過其家塾、輒得一異書。蓋父子祖孫紹述之盛、近代罕見其匹。

（32）馮夢龍「侯雍瞻西堂初稿序」（『吳郡文編』巻二三四）
往余與三瞻讀書西堂也

（33）嘉定の侯氏は、明朝滅亡後、清軍が南下した際、あくまで抵抗し、侯峒曾、侯岐曾、そしてその息子たちが明朝に殉じて亡くなっている。侯岐曾の息子である侯涵については、拙稿「明王朝忠烈遺孤侯涵生平考述」（『中國文學研究』第二十五號　二〇一五）がある。

（34）鈕琇『觚賸續編』巻三「西樓記」
袁韞玉西樓記初成、往就正於馮猶龍。馮覽畢、置案頭、不致可否。袁惘然、不測所以而別。時馮方絶糧、室人以告、馮曰、無憂。袁大今夕餽我百金矣。乃誡閽人勿閉門、袁相公餽銀來、必在更餘、可逕引至書室也。家人皆以爲誕。袁歸、躊躇至夜、忽呼燈持百金就馮。及至、見門尙洞開。問其故、曰、主方秉燭、在書室相待。驚趨而入。馮曰、吾固料子必至也。詞曲俱佳、尙少一齣、今已爲增入矣。乃錯夢也。袁不勝折服。是記大行、錯夢尤膾炙人口。

（35）梅之煥「敍麟經指月」（『麟經指月』）
敝邑麻、萬山中手掌地耳。而明興、獨爲麟經藪。未暇遐溯、卽數十年間、如周、如劉、如耿、如田、如李、如吾宗、科第相望、途皆由此。故四方治春秋者、往往問津于敝邑。而敝邑亦居然以老馬智自任。迺吾友陳無異令吳、獨津津推轂馮生猶龍也。王大可自吳歸、亦爲余言、吳下三馮、仲其最著云。余拊髀者久之。無何馮生赴田公子約、惠來敝邑。敝邑之治春秋者、連連反問渡于馮生。指月一編、發傳得未曾有、余于是益重馮生。而二君子爲知言知人也。

（36）金閶嘉會堂本『新平妖傳』封面識語
舊刻羅貫中三遂平妖傳二十卷、原起不明、非全書也。墨憨齋主人曾於長安復購得數回。殘缺難讀、乃手自編纂、共四十卷。

首尾成文、始稱完璧。題曰平妖傳、以別於舊。本坊繡梓、爲世共珍。金閶嘉會堂梓行。

(37) 馮夢龍が果たして『平妖傳』の增補者であったかどうかにつき、小松謙「『平妖傳』成立考」（松村昂編『明人とその文學』汲古書院　二〇〇九、同氏『中國白話文學研究』汲古書院　二〇一六にも收む）がある。馮夢龍が『平妖傳』の增補者であるかどうかは、「決定的な證據がない以上、斷定することは困難であるといわざるをえない」とし、「とりあえず現狀では、馮夢龍が增補者ではない可能性がある一方で、おそらく馮夢龍の在世中に、彼のお膝元である蘇州で嘉會堂本が馮夢龍を增補者であると明記したテキストを刊行している以上、馮夢龍が增補者である可能性も十分にあるというにとどめるべきであろう」とされる。

(38) 『古今小說』綠天館主人序

茂苑野史氏、家藏古今通俗小說甚富。因賈人之請、抽其可以嘉惠里耳者凡四十種、畀爲一刻。

(39) 『古今小說』封面綠天館主人識語

本齋購得古今名人演義一百二十種、先以三之一爲初刻云。

(40) 馮夢龍「智囊補自序」（『智囊補』）

憶丙寅歲、余坐蔣氏三經齋小樓近兩月、輯成智囊二十七卷。

(41) 嘉慶『丹徒縣志』卷十一、學校

崇禎五年壬申、知縣張文光從訓導馮夢龍等議、建龍門、遷尊經閣、移置敬一亭。

(42) 嘉慶『丹徒縣志』卷十三、敎職、訓導

馮夢龍、吳縣人、天啓中任、崇禎中陞壽寧縣知縣。

(43) 祁彪佳『祁忠敏公日記』「巡吳省錄」甲戌六月十三日

廣文馮猶龍亦以陞令進謁。

(44) 壽寧における馮夢龍については、夏春錦『山城臥治　「三言」馮夢龍宦遊福建壽寧文獻考論』（秀威資訊科技出版　二〇一三）ほかがある。

(45) 馮夢龍『壽寧待志』卷上、獄訟
壽人凶悍有出理外者。
(46) 馮夢龍『壽寧待志』卷上、風俗
學較雖設、讀書者少、自設縣至今、科第嶄然。經書而外、典籍寥寥、書賈亦絕無至者。
(47) 馮夢龍『壽寧待志』卷上、風俗
余立月課、且頒四書指月、親爲講解。士欣欣漸有進取之志、將來或未量也。
(48) 乾隆『福寧府志』卷十七、壽寧、循吏
馮夢龍、江南吳縣人。由歲貢、崇禎七年知縣事。政簡刑淸、首尙文學、遇民以恩、待士有禮。所著有四書指月、春秋指月、智囊補等書行於世。
(49) 馮夢龍『壽寧待志』卷上、風俗
微獨輕女、女亦自輕、悲夫。
(50) 馮夢龍『壽寧待志』卷下、祥瑞
余於崇禎七年甲戌八月十一日到任。次日申刻見黃雲朶朶自西而東、良久忽成五色、最後變爲紅霞、生平所未睹也。余喜而賦詩。是冬果有年。
(51) 祁彪佳『祁忠敏公日記』「甲申日曆」十二月十五日
鄕紳文中台、嚴子章、馮猶龍、金君邦柱來送。馮贈以家刻。
(52) 祁彪佳『祁忠敏公日記』「甲申日曆」十二月十七日
舟中無事、閱馮猶龍所製列國傳。
(53) 祁彪佳『祁忠敏公日記』「乙酉日曆」三月十九日
舟次閱智囊。
(54) 祁彪佳「與馮猶龍」（『遠山堂尺牘』　徐朔方『晩明曲家年譜』浙江古籍出版社　一九九三　卷一所收「馮夢龍年譜」崇禎三年

の條に引く）

恨生平不得一奉馮先生顏色、乃至咫尺清光而睽違如故也。太霞新奏敢乞一部。

(55) 祁彪佳『祁忠敏公日記』「涉北程言」辛未十月十九日

十九日、蔣安然至、與之觀嘯餘譜太霞新奏。安然歌一曲而罷。

(56) 祁彪佳「與馮博學猶龍」（『按吳尺牘』徐朔方「馮夢龍年譜」崇禎三年の條に引く）

夙耳芳聲、幸瞻豐采。昨承佳刻、頓豁蓬心。三吳爲載籍淵叢、凡爲古今名賢所纂輯著述者、不論坊刻家藏、俱煩門下裒集其目。仍開列某書某人所刻、出於何地、庶藉手以披獲數種。聊解蠹魚之癖、拜敎多矣。諸不一。南都近日新刻有足觀者、望幷示數種之目。

(57) 馮夢龍「甲申紀聞識語」

甲申燕都之變、道路旣壅、風聞溢言、未可盡信。侯選進士沂水彭遇颸于四月一日、侯選經歷慈溪馮日新於十二日、東海布衣盛國芳于十九日、先後逃回、各有述略、不無同異。武進士張魁十六日出京、有北來公道單。敍忠逆近實、而未及紀事。吾鄉有賈人于五月望日出城。則李賊已遁、而燕京化爲　國。所述甚悉、龍爲參次而存之、以俟後之作史者採焉。

『玄覽堂叢書』に影印される『甲申紀事』では、「燕京化爲　國」となって、一字分が拔けている。ここはおそらく滿州人を意味する「虜」や「胡」字があったと思われる。後から切り取られでもしたものであろうか。

(58) 馮夢龍「甲申紀事序」（『甲申紀事』）

甲申之變、天崩地裂、悲憤莫喩。不忍紀亦不忍不紀。余旣博採北來耳目、草紀事一卷、忠逆諸臣、別爲紳志略。（中略）合之而事蹟始備。參伍異同、或可取實、竝付梓人。

(59) 沈自晉「重定南詞全譜凡例續紀」（『南詞新譜』）

重修詞譜之役、昉於乙酉仲春、而烽火須臾、狂奔未有寧趾。丙戌夏、始得僑寓山居、猶然日則攤書搜輯、夕則捲束牀頭、以防宵遁也。漸爾編次、乃成帙焉。春來病軀、未遑展卷、擬於長夏、將細訂之。適顧甥來屛寄語、曾入郡、訪馮子猶先生令嗣贊明、出其先人易簀時手書致囑、將所輯墨憨詞譜未完之稿、及他詞若干、畀我卒業。六月初、始攜書幷其遺筆相示、翰墨淋漓、手澤可挹、展玩愴然、不勝人琴之感。雖遺編失次、而典型具存、其所發明者多矣。先是甲申冬杪、子猶送安撫祁公至江城、（祁公前來巡按時、託子猶遍索先詞隱傳奇及余拙刻幷吾家諸弟姪輩詞殆盡。向以知音、特善子猶、是日送及平川而別。）卽諄諄以修譜促予、予唯唯。越春初、子猶爲苕溪武林遊、道經垂虹言別、杯酒盤桓、連宵話榻、丙夜不知倦也。別時、與予爲十旬之約。不意鼙鼓動地、逃竄經年、想望故人、鱗鴻杳絕。迨至山頭、友人爲余言、馮先生已騎箕尾去。予大驚惋、卽欲一致生芻往哭、而以展轉流離、時作獐狂鼠竄、未能行也。予忘故人乎。

(60) 祁彪佳『祁忠敏公日記』「甲申日曆」十二月十五日

鄕紳文中台、嚴子章、馮猶龍、金君邦柱來送。馮贈以家刻。

(61) 沈自南「重定南九宮新譜序」（『南詞新譜』）

歲乙酉之孟春、馮子猶龍氏過垂虹、造吾伯氏君善之廬。執手言曰、詞隱先生爲海內塡詞祖、而君家家學之淵源也。九宮曲譜、今茲數十年耳、詞人輩出、新調劇興。幸長康作手與君在、不及今訂而增益之、子豈無意先業乎。余卽不敏、容作老蠹魚、其間敢爲筆墨佐。茲有霅川之役、返則聚首留侯齋、以卒斯業。於時梅蕚未舒、春盤初薦。弟侍坐側、喜謝幸甚。

第二章　馮夢龍人物評考

はじめに

馮夢龍という一人の文學者を論ずるにあたって、その作品が重要な材料であることはいうまでもない。だが、同時代人による人物評は、それが直接作品の性格に結びつくか否かにかかわりなく、その人物を理解するための重要な手がかりとなるであろう。

ここでは馮夢龍について、多くはその同時代人が記した人物評について整理してみたい。はじめに、王挺の「輓馮猶龍」、文從簡の「馮猶龍」、そして錢謙益の「馮二丈猶龍七十壽詩」、いずれも馮夢龍その人を題材にして作られた詩を見てみたい。ある意味、その生涯が總括されているからである。續いて、いくつかのキーワードによって、その人物評を整理してみたい。取り上げるのは、「畸人」「多聞・博物」「情癡」「政簡刑清」「文苑之滑稽」などである。

第一節　馮夢龍を詠じた三首の詩

王挺「輓馮猶龍」（陳瑚輯『離憂集』巻上『峭帆樓叢書』）

學道毋太拘　道を學ぶに太だ拘すること毋《な》きものは
自古稱狂士　古自《よ》り狂士と稱す
風雲絶等夷　風雲　等夷を絶するは
東南有馮子　東南に馮子有り

馮夢龍も、讀書人の一人であり、書物を讀んで「道を學」んでいることにはまちがいない。しかしながら、その學び方が、いわゆる典型的な士人の標準からすると、型破りである。それを「狂」と稱する。王挺にとって、馮夢龍に對する評語のキーワードの一つは「狂」である。これは後で見る「畸人」などとも關わってくる。「等夷」は同輩。馮夢龍は、東南の地、すなわち江南地方にあって、同輩たちから一頭拔けた、一目置かれる存在であった。

上下數千年　上下す　數千年
瀾翻廿一史　瀾翻す　廿一史

數千年にわたる歴史事象について縱横に批評を加え、二十一史について筆を揮って滔滔と述べ立てる。これは、その『春秋指月』などの『春秋』に關する著作、また『智囊』や『古今譚概』など、その數多くの著作を指すものであろう。

修詞逼元人　詞を修すれば元人に逼《せま》り
紀事窮纖委　事を紀すれば纖委を窮む

戲曲や散曲の作品は、元人のそれにせまり、事を記すとなれば、細やかで委曲を盡くしている。戲曲・散曲について、馮夢龍は呉江派の沈璟の弟子であり、自作の『雙雄記』『萬事足』戲曲のほか、『墨憨齋定本傳奇』、あるいは散曲集『太霞新奏』などがある。事を記すと細やかで委曲を盡くす、というのは、文章一般を指すともいえるが、とりわけ表現に委曲を盡くすことを特色とする白話小說の作品、「三言」や『新平妖傳』などを手がけたことを指しているかもしれない。

笑罵成文章　笑罵　文章を成し
燁然散霞綺　燁然として霞綺を散ず

笑っても罵っても、それがただちに整った文章となり、華やかに綾錦の雲を散らしたようである。これはその文才あるいは口才をいうが、「笑」とあるところが、笑話集『笑府』の編者である馮夢龍にふさわしい。

放浪忘形骸　放浪して形骸を忘れ
觴詠託心理　觴詠に心理を託す

以下が馮夢龍の「狂」の具體相といえようか。各地をさまよっては肉體の存在をも忘れ、酒を飲んで詩歌を詠ずることに胸の思いを託した。各地をさまよったとは、湖北、福建、また最晩年に浙江の海濱あたりにまで出掛けて行ったことを指すか。「形骸を忘れ」は、肉體をも忘れること。『莊子』天地篇に、孔子の弟子の子貢が出會った（莊子にとっての）理想的人物が述べた言葉。馮夢龍が酒を好み、強かったことは、小傳でも觸れた。

石上聽新歌　　石上　新歌を聽き
當隄候月起　　隄に當りて月の起こるを候《ま》つ
逍遙鬣冶場　　逍遙す　鬣冶の場
遊戲煙花裏　　遊戲す　煙花の裏

虎丘の千人石に腰掛けて新しい歌曲に耳を傾け、山塘河の堤で月がのぼるのを待った。鬣冶の場、煙花の裏、いずれも色町であるが、色町をそぞろ歩きし、遊び戲れた。これについても、小傳で觸れたが、王挺は、色町での遊びを馮夢龍の生涯のハイライトの一つとして取り上げている。明末にあっては、けっして珍しいことではないにしても、こうしたことは傳統的知識人の行動パターンから見れば、やはり「狂」の範疇に屬するものではあったろう。「月の起こるを候つ」は、あるいは馮夢龍の編纂した『山歌』巻一にも収められる、「月上（月の出）」の歌、

約郎約到月上時　　月が出たらと約束した
那了月上子山頭弗見渠　　月はもう山の上なのに、どうしてあの人こないのかしら

咦弗知奴處山低月上得早　わたしのところは山が低くて月が早く出たのかしら
咦弗知郎處山高月上得遲　あなたのところは山が高くて月の出が遅いのかしら

を意識しているかもしれない。

本以娯老年　本と以て老年を娯しましむるに
豈爲有生累　豈に有生の累を爲す

晩年、福建壽寧縣の知縣となり、任期を終えて郷里に歸り、悠々自適の老年を樂しめばよかったのに、どうしてまた生きることのわずらわしさを重ねるようなことをするのであろう。これは、以下末尾に語られる、明清交替の際に、抗清の活動に從いながら、その生を終えたことをいうのであろう。

予愛先生狂　予は先生の狂を愛し
先生忘予鄙　先生は予の鄙なるを忘る
從此時過從　此從《よ》り時に過《よぎ》り從ひ
扣門輒倒屣　門を扣けば輒ち屣を倒《さかしま》にす
興會逾艾齡　興會　艾齡を逾《こ》え
神觀宜久視　神觀　久視に宜し

わたしは馮先生の「狂」を好み、先生はまたわたしが垢抜けないことを氣にしないでくださった。お見知りおきをいただいて以來、しばしば先生をおたずねし、扉を叩くと、はきものを逆さまにはいて、急いで出迎えてくださった。何にでも興味を持つ様子は老齢を感じさせず、そのすぐれた容貌は、ひさしく見るにふさわしいものであった。

「倒屣」は『三國志』魏志、王粲傳に見える、蔡邕が、年少の王粲を、はきものを逆さにはいて、急ぎ出迎えた故事。「興會　艾齡を逾え」は、いかにも生涯を通じて旺盛な好奇心を抱き續けた馮夢龍らしい。

去年戒行役　　去年　行役に戒《のぼ》り
訂晤在鴛水　　訂晤は鴛水に在り
及泛西子湖　　西子の湖に泛ぶに及ぶも
先生又行矣　　先生又た行けり

去年（清の順治二年）、故郷の蘇州から旅に出られ、嘉興の鴛鴦湖で會おうと約束した。ところが嘉興ではお目にかかれず、それからまた杭州の西湖にまで追いかけて行ったものの、馮先生はまた先へ行ってしまわれたのであった。

これは前章傳略で見た、順治二年の旅のことである。鴛鴦湖は、嘉興の南湖のこと。このとき馮夢龍は、蘇州を出發し、呉江で沈自晉らと會い、それからさらに呉興、杭州、また台州へと旅をした。

石梁天姥間　　石梁天姥の間
於焉恣遊履　　於焉《ここに》遊履を恣《ほしいまま》にす

忽忽念故園　忽忽　故園を念《おも》ひ
匍匐千餘里　匍匐すること千餘里
感憤塡心胸　感憤　心胸に塡がりて
浩然返太始　浩然として太始に返れり

石梁天姥、天台山のあたりへと、ほしいままに出掛けることになった。失意のままに故郷を思い、千里あまりも地にはいつくばるようにして行ったのである。憤りが胸のうちいっぱいになり、かくして慨嘆しつつ太始の世界に戻られた（亡くなられた）のであった。

石梁、天姥は天台山の地名。馮夢龍最後の資料が、台州で書いた「楊忠愍與鄭端簡書」に寄せた詩（『湘管齋寓賞編』巻三）であったことは、傳略でも觸れた。台州は、魯王が監國として據った場所であったが、結局、清朝の勢力をはね返すことはできないままに、馮夢龍が世を去った。そのことを、「感憤　心胸に塡が」る、「浩然」といった言葉で表現しているのであろう。

型破りの奇才であり、遊蕩兒であり、そして晩年は明王朝への忠臣であった、というのが、王挺の馮夢龍評價のポイントである。

文從簡「馮猶龍」（『天啓崇禎兩朝遺詩』巻八「文彥可詩」）

早歲才華衆所驚　早歲の才華は衆の驚く所たり

名場若個不稱兄　名場　若個《たれか》兄と稱せざらん
一時文士推盟主　一時の文士　盟主に推し
千古風流引後生　千古の風流　後生を引く

若いころの才能のきらめきには、みんなが驚いたものであり、科擧の試驗場では、みなが兄と呼んだものであった。當時の錚錚たる文士たちが馮夢龍のことを盟主として推し、めったにない風流で若者たちのリーダーとなった。若いころの才能のきらめきとは、馮氏三兄弟が「吳下三馮」と呼ばれ、馮夢龍が「三馮の首」と稱されたことなどを指す。文士たちが盟主に推したとあるのは、例えば、錢謙益『牧齋初學集』卷二十下「馮二丈猶龍七十壽詩」の自注に「馮爲同社長兄」とあるなどを指そう。風流は、色町での遊びなどをいい、この一句は鈕琇の『觚賸續編』卷二「英雄擧動」の條に見えたような、若者たちへの馮夢龍の影響力などをいうであろう。

桃李兼裁花霧濕　桃李兼ね裁えて花霧濕ひ
宓琴流響訟堂淸　宓琴流れ響きて訟堂淸し
歸來結束墻東隱　歸り來りて結束し墻東に隱れ
翰鱠機蓴手自烹　翰鱠　機蓴　手づから自ら烹る

桃と李とを合わせ植え、花は霧にうるおい、訴訟事も少なく、役所からは宓琴の音が聞こえてくる。官僚としての勤めを終えて郷里に歸り、垣根の東に隱遁し、張翰の鱸魚と陸機の蓴菜とをみずから調理している。

桃と李は、門人が多いたとえであり、訴訟が少なく、役所から琴の音が聞こえてくることについては、例えば明代の戯曲『運甓記』嗔鮓封還に「政簡刑清、盡日公堂撫宓琴」とある。「歸り來り」は、いうまでもなく陶淵明の「歸去來辭」を思い起こさせるし、「墻東に隱れ」るのは、『後漢書』逸民傳で、逢萌が亂を避けて隱遁したことを、時の人が、「避世墻東王君公」と稱したことを指す。張翰の鱸魚と蓴菜とは、『世說新語』識鑑に見える晉の張翰の故事。張翰は洛陽で官についていたが、秋風が吹くのを見て、郷里の名産である鱸魚と蓴菜を思い出し、官を捨てて郷里に歸った。ここに機蓴とあるのは、陸機が郷里の名物には蓴菜の羹があるといった『世說新語』言語の故事。

この詩は、馮夢龍が福建壽寧縣でのつとめを終えて蘇州に戻り、悠悠自適の暮らしをしていた間に作られた詩であろう。明王朝滅亡のニュースが傳わるより前である。

王挺の場合とちがって、「狂」の方向が強調されているわけではないが、ここにもやはり「千古の風流　後生を引く」は、先の「逍遙す　豔冶の場、遊戲す　煙花の裏」と同じことをいっている。こちらでは、知縣としての治世のさま、またきっぱり退隱した潔さが述べられている。

作者の文從簡は、乾隆『長洲縣志』巻二十三、人物三によれば、字は彥可、蘇州府學の學生であり、母親は王穉登の娘であったという。文徵明の曾孫である。明清の王朝交替の際、寒山のふもとに隱棲した。

錢謙益「馮二丈猶龍七十壽詩」（『牧齋初學集』巻二十下）

晉 人 風 度 漢 循 良　　晉人の風度　漢の循良

七十年華齒力強　　七十の年華　齒力強し
七子舊游思應阮　　七子の舊遊　應阮を思い
五君新詠削山王　　五君の新詠　山王を削る（馮爲同社長兄。文閣學、姚宮詹皆社中人也）

馮夢龍は「晉人の風度」と「漢の循良」を持ち合わせていて、七十歳を迎えたが、まだまだ若々しい。われわれの古くからの交遊は、建安七子の應瑒と阮瑀のようであり、竹林七賢のうちの五君を詠じた顔延之の「五君詠」（『文選』）では、七人から山濤と王戎の二人を削っている。

自注に「馮夢龍は同社の長兄である。文閣學（文震孟）、姚宮詹（姚希孟）らもみな社中の人であった」とある。錢謙益、文震孟（長洲の人。天啓二年の狀元。禮部左侍郎兼東閣大學士に至る）、姚希孟（吳縣の人。萬曆四十七年の進士）らの錚々たる人たちも、かつては馮夢龍と同じ社に屬し、後輩として科擧の受驗勉強に勵んだのであった。馮夢龍七十歳の會があった崇禎十六年の時點では、文震孟、姚希孟ともに亡くなっていた。

錢謙益は馮夢龍に「晉人の風度」を見ている。「晉人の風度」とは、『世說新語』に登場する「竹林七賢」に代表されるような些か風變わりな人物たちの雰圍氣を指すであろう。『世說新語』も明末によく讀まれた書物の一つであり、明末の人々には一般に魏晉の人々への共感があったように思われる。一方で「漢の循良」は、壽寧の知縣として治績をあげたことを譽めていっている。

書生演說鵝籠裏　　書生の演說　鵝籠の裏
弟子傳經雁瑟旁　　弟子傳經　雁瑟の旁

縱酒放歌須努力　縱酒放歌　須らく努力すべし
鶯花春日爲君長　鶯花春日　君が爲に長し

馮夢龍の語る物語のおもしろさは、がちょうの籠に入った書生の話のようであり、雁瑟の旁で、弟子たちに經典の神髓を傳えた。馮夢龍の誕生日のこの宴席では、好きなだけ酒を飲み、歌を歌って樂しむがよい。あなたのおかげで、鶯啼き、花咲く春の一日は長くのどかなのだ。

書生の演説云々は、六朝志怪『續齊諧記』の「許彥」の話を踏まえている。

陽羨の許彥が山道を歩いていると、十七、八くらいの一人の書生に出會った。書生は「脚が痛くなったから、がちょうの籠に入りましょう」という。彥は冗談だと思ったが、書生はするりとがちょうの籠に入って平然としている。彥がその籠を背負ってしばらく行き、木陰で休んでいると、書生が籠の中から出てきて、「あなたのために粗餐を用意しましょう」という。そして口の中から銅でできた箱を吐きだした。その中にはすばらしいごちそうがたくさん入っていた。

酒が幾巡りかすると、書生は「實は女を一人連れてきてあります。ちょっと呼んでみましょう」というと、口の中から、十五、六ほどの美女を吐きだした。一緒に酒を飲み、しばらくすると書生は醉って眠ってしまった。すると女は「書生と一緒にはなっておりますが、實はおもしろくないのです。ひそかに男を一人連れてきています。書生が眠ってしまっているので、ちょっと呼んでみたいと思います。書生にいってはいけませんよ」というと、口から二十三、四ばかりの美男子を吐きだした。（下略）

と續く奇妙な話であるが、「鵝籠書生」の句は、馮夢龍が長く書生であったということと、小説の方にすぐれた才能があったことの兩方を指していう言い方であろう。それに女性もからんでいる。「弟子傳經」の句は、館師として、丹徒縣の訓導として、また科擧の參考書の作者として、弟子がたくさんあったことをいうであろう。そして最後には、春のうららかな一日、あなたと飲んでいると樂しい、とその酒席の取り持ちのよさを譽めている。馮夢龍には、みんなを樂しませ、なごませる空氣があったようである。

ここでは、馮夢龍に對する評語として、「晉人風度」「漢の循良」がポイントである。乾隆『長洲縣志』巻二十三、人物三、兪琬綸には、彼が官僚として彈劾を受けた時、彈劾文の中に「頗有晉人風度、絶無漢官威儀」の文字があるのを見て、「それはその通りだ」といって、官を捨てて郷里に歸ったという話が見える。ただ、ここでは「晉人風度」と「漢官威儀」が互いに相容れないものとして用いられている。そう考えると、錢謙益の詩の起句、「晉人の風度 漢の循良」は、馮夢龍がこの兩者を兼ね備えていたことを取り立てて述べていることになる。

第二節　畸　人

馮夢龍に對する評語で目につくのが、この「畸人」である。まずは馮夢龍自身が、『智囊』「自敍」において、

馮子、名は夢龍、字は猶龍、東吳の畸人である。(1)

といい、また『三教偶拈』の序でも、

東呉畸人七樂生撰

と題している。

「畸人」の語は、『莊子』大宗師篇に、子貢が「畸人」とは何かとたずねたのに對し、孔子が答えた言葉として、「畸人とは、人とは異なっているが、天にひとしい者である」とあるのにもとづく。『莊子』においては、「眞人」などと同様、至高の存在である。

一般的な用法としては、李漁の小說『連城璧』卷三に「玩世不恭的畸人」とあるように、浮世を見下す變わり者、すね者といったところであろう。『紅樓夢』第六十三回にも、大觀園に住む妙玉が、自分自身「畸人」と名乘る敍述がある。

馮夢龍自身は、『情史類略』卷九、情幻類「李月華」の後評に「情史氏曰く」として、

至人は夢を見ない。その情が忘れられ、その魂が思うまま述べられるからである。下愚もまた夢を見ない。その情が愚蠢であり、その魂が枯れているからである。常人は夢が多い。その情が雜であり、その魂にしまりがないからである。畸人は變わった夢をみる。その情が專一であり、その魂が淸らかだからである。(2)

として、ここでも「畸人」を「至人」とともに、高い列に置いている。

馮夢龍自身ではなく、他人による評語にも「畸人」の語が用いられる。董斯張の「宛轉歌敍」に、

虎丘の南、蘇州の一隅、そのうちに畸士があった。仕進を求める家柄であって、人は玉を抱いて不遇であることを憐れんだ。(3)

とある。原文「鶴市之側」の「鶴市」は蘇州を指すが、側とあるのは、その家が東南隅にあったからであろう。また、『警世通言』の序。

隴西君は海内の畸士であって、わたしと棲霞山房で出逢った。すぐに意氣投合して仲良くなり、それぞれ旅の様子を語りあった。そこで、その新刻數巻を出して酒の助けとし、そしていった。「まだ完成してはおりませんが、どうかわたしのために先に書名をつけていただけませんか」と。わたしが目を通してみると、だいたいが僧家の因果の說法、世を救う話であって、村の地酒、市場の乾し肉のようなものであって、これによって救われるものは多いのである。そこで、『警世通言』と名づけ、その完成をすすめたのであった。時に天啓甲子臘月豫章無礙居士題。(4)

「三言」の序については、さまざまな署名がなされており、それが果たして馮夢龍であるのかどうかが議論になっているが、『警世通言』そのものが馮夢龍の編になるものとすれば、「豫章無礙居士」が誰であるかにかかわりなく、「隴西君」は編者の馮夢龍を指すことになり、「海內の畸士」と稱されていることになる。なお、「畸人」の評語は、先に見た王挺「挽馮猶龍」詩にいう「自古稱狂士」の「狂士」などにも通じるものである。

馮夢龍は「畸人」と稱されているが、馮夢龍の弟、馮夢熊もかなりの畸人であったようだ。侯峒曾「友人馮杜陵集

序」（『侯忠節公全集』巻十）に、

かつてわれわれ兄弟は、杜陵（馮夢熊）とともに、何年にもわたって筆墨に従っていたので、その人となりが率略で狂に似、癖狹で狷に似ていることはよく知っていた。面白い話をし、舞い笑って、ややもすると世俗にうとく、しょっちょう激昂してはそしり罵り、みな書史に事寄せて、その失意無聊不平の氣を發散させたのである。われわれの仲間十名くらいは、酒を飲むのに近い席に座り、君がいなければ樂しまなかった。しかし、海鳥が鐘鼓に驚くように驚くものも少なくはなく、したがって行くところ、たがうことが多かったのである。(5)

とあって、ここでも「人となりは率略で狂に似」とあった。馮夢龍の場合、「癖狹で狷に似ていた」という部分は免れていたようであるが。

第三節　多聞・博物

馮夢龍の人物評の、もう一つのポイントは、彼が博學博識であったという點である。いうまでもなく、經史子集にわたる膨大な著作を殘した馮夢龍であるから、博學博識であったことはたしかなわけだが、それは當時の人々の目からもそう見えていたということである。例えば、これは戯曲作品についての評語であるが、沈自晉『望湖亭』傳奇、第一出「臨江仙」に、吳江派の戯曲作者たちを批評している中で、詞隱（沈璟）が登壇して赤幟を標してから、玉茗（湯顯祖）は尊重されなくなり、鬱藍（呂天成）は槲園（葉憲祖）を繼ぎ、方諸（王驥德）は曲律を作ることができ、龍子（馮夢龍）の長所は多聞にある。香令（范文若）の風流は絕調を成し、幔亭（袁于令）の彩筆は春を生じ、大荒（卜世臣）の巧構は更に群を超えている。ではわたしはどうかといえば、猿眞似その神を得ているのである。(6)

馮夢龍については、「多聞」にある、と評されている。また、「題古今笑」（韻社第五人題於蕭林之碧泓）には、

子猶は固より博物の人であって、稗編叢說に至るまで、遍く流覽しないものはなく、凡そ麈を揮って語れば、最近のニュースをまじえ、諸兄弟たちは聲を放って狂笑し、粲風が起こって鬱雲が散じ、夕鳥は驚いて寒鱗は躍り、山花はために遍く開き、林葉はために葉を落とした。日に夕に相聚まっては、手をたたいて大笑いし、南面する王の樂しみがあることなど知らぬげであった。(7)

とあって、ここでは、「博物」の内容として、「稗編叢說」が特に取り出していわれているところが、馮夢龍らしいところであって、「近聞」つまり最近のニュースに至るまで、積極的に聽き集め、みなにおもしろおかしく語っていたという。このあたりは、「小說家」馮夢龍の面目躍如といったところであろう。

だが、馮夢龍の博識は、決して「俗」なる內容のものばかりではなく、中國知識人の傳統的な學問についても及んでいた。そのことは例えば、馮夢龍自身が「麟經指月發凡」において、

わたくしは童年にして經書の學を授けられ、人に逢えば道を問い、四方の祕笈をことごとく閲覽することができた。二十年もの苦心を重ね、また研究し悟るところも多く、編纂して書物にしたところ、同人たちから相當高く評價されたのである。(8)

とあって、幼いころから、必死に勉強していた樣子がうかがわれる。同樣に、馮夢龍の弟の馮夢熊の「麟經指月序」でも、

わが兄の猶龍は、幼くして『春秋』の學を治め、胸中の才學は、武庫と稱された征南（杜預）にもおとらないほどである。家に居てはつねに硏鑽をつみ、深く考えており、こういった。「わたしの志は『春秋』にある。かべの際にも窗際にもどこにでも筆記用具を備えてあり、二十餘年もかかってようやく滿足のゆくものになった。」(9)

として、とりわけその『春秋』における硏鑽のほどについて述べている。『春秋』については、楚黃門人周應華「跋春秋衡庫」、

わが師の猶龍氏は、才能高く、學殖に富み、著書は多く世に珍重されているが、特に『春秋』を專門としている。(10)

黃道周「綱鑑統一序」の、

君は博學多識であって、編著にはなはだ富んでいる。海內の『春秋』について語るものは、きまって君を祭酒としている。(11)

などもある。ここでも黄道周は、馮夢龍を博學多識と稱し、その『春秋』についての造詣に觸れている。

また、李長庚「太平廣記鈔序」には、

友人の馮猶龍氏は、ちかごろ心を性命の學に留めている。(12)

という。「性命の學」とは、主に朱子學などのいわゆる性理の學を指すであろう。科擧の參考書であるとはいっても、『四書指月』『春秋衡庫』を編み、當時の官學である朱子學に通じていたわけであるし、馮夢龍の『醒世恆言』の可一居士の序の末尾には、「理學名家」の印が捺されている。

先に、馮夢龍の「多聞」は、「稗編叢說」や最近のニュースにまで至っていたと述べていた。この點が、馮夢龍の他の尋常の知識人とのちがいである。そのことはまた、綠天館主人「古今小說序」に、

茂苑野史氏は、家に古今の通俗小說を藏し、はなはだ富んでいた。そこで賈人の求めによって、里耳のためになるもの全部で四十種を選び出し、與えて一刻とする。(13)

とあって、その收藏の努力は小說にも及んでいたわけであるし、さらにその博學ぶりは、曲學、音樂にまで至ってい

た。馮夢龍は、きわめてマルチな才を持っていたということができよう。「里耳」を意識していたとする點も重要で、それは馮夢龍が著作の讀者を意識的に考えていたことを示しているであろう。馮夢龍の作品が、しばしば當時のベストセラーになり、出版界の賣れっ子であったことには、まさしく理由があったのである。

第四節　情　癡

續いて、馮夢龍に關する評語の一つが「情癡」である。馮夢龍が「情」を強調したことはよく知られる。その「情」のとりこになり、度をこえてしまうのが「情癡」であろう。馮夢龍自身、「情史敍　二」（吳人龍子猶敍）において、

情史はわたしの志である。わたしは若くして情癡を負い、友人に遇えばかならず眞心を傾けてつき合い、吉も凶もともに患ったのである。(14)

と述べている。「情癡」は、多く男女の情についていいそうであるが、ここではかならずしも男女に限らず、同性同士の友情についていってもいっている。「情癡」の二字は、そもそも『世說新語』紕漏で、任瞻の變わったふるまいに對して、王導が「此是有情癡（こいつは情癡だ）」と稱したところに見え、男女にかかわらぬ言葉ではある。しかし、馮夢龍の『情史類略』は、男女にまつわる話を集めた書物であるから、馮夢龍にとっての「情癡」がそちらの方向をより多く意味するものであることはたしかである。

例えば、馮夢龍の『掛枝兒』に寄せたと思われる兪琬綸「打草竿小引」では、

わたしと猶龍はともに童癡があり、さらに情種が多いのである。(15)

といっているが、『掛枝兒』もまたもっぱら男女の閒を歌う俗曲であることを思えば、「童癡」「情種」も男女に關わっていることはまちがいない。馮夢龍の『山歌』も、「童癡一弄山歌」と題している。また、「墨憨齋主人題」と題する「十二笑引」では、

わたしが癡というのは、また愁いの城を破る一服の快活逍遙散なのである。(16)

と述べている。

なお、兄の馮夢桂についての詩、董斯張「贈別馮大若木二首」（『靜嘯齋存草』巻四）にも、

笑談無俗調　　笑談に俗調無く

慷慨或情癡　　慷慨　情癡或《あ》り

とある。

第五節　政簡刑淸

銭謙益の「馮二丈猶龍七十壽詩」では馮夢龍を「晉人の風度 漢の循良」と評していた。この「漢の循良」にあたるのが、福建壽寧縣知縣としての馮夢龍の治世のさまを評した乾隆『福寧府志』巻十七、壽寧、循吏、馮夢龍の評語である。

　　馮夢龍、江南呉縣の人。歳貢によって、崇禎七年に知縣となる。政治は簡潔、刑罰は清廉、何より學問を重んじ、民には恩をもって遇し、士には禮をもって待した。著に『四書指月』『春秋指月』『智囊補』などの書があり、世に行なわれている。(17)

「政簡刑清」の四字は、『史記』孝文本紀の索隱述贊に、「務農先籍、布德偃兵。除帑削謗、政簡刑清」と見える。馮夢龍が在任中に編纂刊行した壽寧縣の地方志『壽寧待志』などを見ると、自畫自贊の感はまぬがれないものの、晩年に至ってようやく手にした官職に、まじめにはげむ馮夢龍の姿がある。「政簡刑清」の四字は、そうした馮夢龍の努力に報いる表現であろう。學生たちを鼓舞したこと、士を禮をもって遇したこと、いずれも『壽寧待志』に見える。

第六節　文苑之滑稽

最後に朱彝尊『明詩綜』巻七十一「馮夢龍」。馮夢龍の詩「冬日湖村卽事」を収めた後に見える馮夢龍評である。

明府は顔をほころばせる言葉が得意で、まま打油（諧謔）の調子を交えている。詩家ということはできなくとも、やはり文苑の滑稽である。[18]

馮夢龍にも詩の作品は残されており、いまは傳わらないものの、『七樂齋集』という詩集があったともいう。それにしても、朱彝尊の目から見れば「詩家ということはできない」ことになるのであろう。そして、「顔をほころばせる言葉が得意」「打油（諧謔）の調子を交え」るというところから、「文苑の滑稽」という評語になる。滑稽は、もとより『史記』の滑稽列傳などの人物を考えればよいだろう。低いといえば低い評價と見ることができるが、まずは「文苑」中の人物と認められていることにはまちがいない。ほかの人にはない、馮夢龍の特色をとらえた評であることはたしかであろう。

以上、馮夢龍と同時代の人々が馮夢龍を評した「狂」「晉人風度」「畸人」「情癡」「多聞・博學」「漢循良」「文苑之滑稽」などの評語について見てきた。馮夢龍は、まずは「多聞・博學」などのすぐれた素質を持った「文苑」中の人物であって、官職につけば、「漢循良」とも評されるように、すぐれた治績をあげる能力を持っていた。しかしながら、そうしたごく普通の讀書人のわくをはみ出して、「狂」「晉人風度」「畸人」「情癡」「滑稽」と稱されるような性格をも合わせ持っていた。こうしたところに馮夢龍の獨特な人物像が浮かび上がってくるのではないかと思われる。

注

(1)　馮夢龍『智囊』「自敍」
馮子、名夢龍、字猶龍、東吳之畸人也。

（2）馮夢龍『情史類略』巻九、情幻類「李月華」後評

至人無夢、其情忘、其魂敍。下愚亦無夢、其情蠢、其魂枯。常人多夢、其情雜、其魂蕩。畸人異夢、其情專、其魂淸。

（3）董斯張「宛轉歌敍」（衞泳『氷雪攜』所收）

虎阜之陽、鶴市之側、其中有畸士焉。氏胤彈劍、人憐懷璞。

（4）『警世通言』豫章無礙居士序

隴西君、海內畸士、與余相遇於棲霞山房。傾蓋莫逆、各敍旅況。因出其新刻數卷佐酒、且曰、尙未成書、子盍先爲我命名。余閲之、大抵如僧家因果說法度世之語、譬如村醪市脯、所濟者衆。遂名之曰警世通言而從臾其成。時天啓甲子臘月豫章無礙居士題。

（5）侯峒曾「友人馮杜陵集序」（『侯忠節公全集』卷十、文六）

往予兄弟與杜陵同事筆墨者累年、知其爲人率略似狂、癖狹似狷。譚諧舞笑、動與俗疏、時時有所激昂詆譏、皆傅會書史、以發其侘傺無聊不平之氣。自予輩交知十數子、臨觴接席、非君不歡。而爲爰居之駴者亦不少、故所如多迕。

（6）沈自晉『望湖亭』傳奇　第一出「臨江仙」

詞隱登壇標赤幟、休將玉茗稱尊、鬱藍繼有槲園人、方諸能作律、龍子在多聞。香令風流成絶調、幔亭彩筆生春、大荒巧構更超群、鯫生何所似、顰笑得其神。

（7）韻社第五人「題古今笑」（『古今笑』）

子猶固博物者、至稗編叢說、流覽無不遍、凡揮麈而談、雜以近聞、諸兄弟輒放聲狂笑、粲風起而鬱雲開、夕鳥驚而寒鱗躍、山花爲之遍放、林葉爲之振落。日夕相聚、撫掌掀髯、不復知有南面王樂矣。

（8）馮夢龍「麟經指月發凡」（『麟經指月』）

不佞童年受經、逢人問道、四方之祕筴、盡得疏觀。廿載之苦心、亦多研悟、纂而成書、頗爲同人許可。

（9）馮夢熊「麟經指月序」（『麟經指月』）

余兄猶龍、幼治春秋、胸中武庫、不減征南。居恆研精覃思、曰、吾志在春秋。墻壁戶牖皆置刀筆者、積二十餘年而始愜。

(10) 周應華「跋春秋衡庫」(『春秋衡庫』)

吾師猶龍氏才高殖學、所著多爲世珍、而麟經尤擅專門。

(11) 黃道周「綱鑑統一序」(『綱鑑統一』)

君博學多識、撰輯甚富。海内言春秋家、必以君爲祭酒。

(12) 李長庚「太平廣記鈔序」(『太平廣記鈔』)

友人馮猶龍氏、近者留心性命之學。

(13) 綠天館主人「古今小說序」(『古今小說』)

茂苑野史氏、家藏古今通俗小說甚富。因賈人之請、抽其可以嘉惠里耳者凡四十種、畀爲一刻。

(14) 「情史敍　二」(吳人龍子猶敍)

情史、余志也。余少負情癡、遇朋儕必傾赤相與、吉凶同患。

(15) 兪琬綸「打草竿小引」(『自娯集』卷八)

吾與猶龍、俱有童癡、更多情種。

(16) 墨憨齋主人「十二笑引」(『十二笑』)

余之謂癡、亦破愁城之一服快活逍遙散耳。

(17) 乾隆『福寧府志』卷十七、壽寧、循吏、馮夢龍

馮夢龍、江南吳縣人。由歳貢、崇禎七年知縣事。政簡刑淸、首尙文學、遇民以恩、待士有禮。所著有四書指月、春秋指月、智囊補等書行於世。

(18) 朱彝尊『明詩綜』卷七十一「馮夢龍」

明府善爲啓顏之辭、閒入打油之調。雖不得爲詩家、然亦文苑之滑稽也。

第三章　前近代における馮夢龍の讀者とその評價

はじめに

馮夢龍（一五七四〜一六四六）は、短篇白話小說集「三言」の編者として最もよく知られる明末蘇州の文人である。馮夢龍に對する評價といえば、いうまでもなく、近代に入って、それまで日があたらなかった戲曲・小說などの通俗文學に光があてられるようになるにつれ、「明末通俗文學の旗手」といった高い評價が與えられ、明末通俗文學發展のかぎをにぎる重要人物の一人として研究が進められてきた。そのこと自體はまったくそのとおりであり、わたし自身もそうした考え方にもとづいて馮夢龍研究を進めてきたのである。

だが、近代以前、馮夢龍は明末の人なので、在世中であった明末から、淸代の終わりごろまでの時代において、馮夢龍その人、あるいはその作品はいったいどのように讀まれ、評價されたのであろうか。ここでは、こうした問題についで考えてみることにしたい。

第一節　「三　言」

まずは代表作ともいえる「三言」（『古今小說』＝『喩世明言』『警世通言』『醒世恆言』）についてである。「三言」については、馮夢龍の「三言」が出、それに次いで凌濛初の「二拍」が出た後、それらから四十篇を選んだ選集『今古奇觀』が編まれる。「三言」そのものには、編者馮夢龍の名は出てこないのであるが、凌濛初の「初刻拍案驚奇序」に、「龍子猶氏の輯めた『喩世』等の書（龍子猶氏所輯喩世等書）」といった言い方が見え、また咲花主人の「今古奇觀序」に、

墨憨齋による『平妖傳』の増補は、たくみさを窮め、變化に富んでいながら、本末を失っておらず、その技量は『水滸』『三國』の間にある。その編纂した『喩世（明言）』『警世（通言）』『醒世（恆言）』の三言は、多岐にわたる人情世態を描ききり、悲歡離合の興致をつぶさに書き盡くしていて、かわっていて新しく、人を驚かせるものの、最後には雅に至り、風俗を厚くすることに歸するものである。(1)

つまり「龍子猶氏の輯めた『喩世』等の書」、「墨憨齋の『喩世』『警世』『醒世』三言」とあるのが、馮夢龍を「三言」の編者とする根據になっているのである。『今古奇觀』が出てからというもの、こちらが「三言」「二拍」そのものを驅逐して、廣く讀まれるようになる。そして中國本國においては、「三言」「二拍」そのものは、ほとんど忘れ去られるに至り、二十世紀に入って、日本で鹽谷溫教授らによって發見、紹介されることになる。その意味で、鹽谷溫「明の小説「三言」について（一）～（三）」（『斯文』第八編五・六・七號）という一九二六年の論文は、相當畫期的な論文だったのである。(2)

『今古奇觀』は、清一代を通じて數多くの版本が生み出されており、それだけ多くの讀者を持ったものと思われる。(3)そして、そこに收められた作品、例えば、よく知られる「賣油郎獨占花魁」（『醒世恆言』巻三）の話は、李元玉によって『占花魁』と題して戲曲化されているし、「金玉奴棒打薄情郎」（『古今小説』巻二十七）の話は、范文若によってやはり

『鴛鴦棒』と題して戯曲化されている。『今古奇觀』の話は、さらに子弟書、彈詞などの說唱文學としても脚色され、さまざまなメディアを通して廣く享受されたのである。

しかし、『今古奇觀』に收められなかった「三言」の作品でも、例えば「白娘子永鎭雷峯塔」（『警世通言』卷二十八。『今古奇觀』にはなし。いわゆる「白蛇傳」の物語）は、戯曲『雷峯塔』や彈詞『義妖傳』になっている。また王士禛の『香祖筆記』卷十には、『警世通言』卷四の「拗相公飮恨半山堂」を讀んだ記録が殘っている。

小說演義にもまたそれぞれその據り所があって、『水滸傳』『平妖傳』の類について、わたしはかつて『居易錄』の中で詳しく述べたことがある。また『警世通言』に「拗相公」の一篇があって、王安石が宰相を罷免され金陵に歸った事を述べ、人の氣持ちを痛快にさせるのだが、それは盧多遜が嶺南に謫された事によりながら、少しばかり附け加えたものにすぎない。だから野史傳奇がしばしば三代の事實を存していることは、かえって穢史の曲筆した者に勝ること數倍である。(4)

ここで王漁洋自身『警世通言』といっており、「拗相公飮恨半山堂」は『今古奇觀』には收められていないので、明らかに『警世通言』によって讀んでいたことがわかる。王漁洋が「三言」を讀んでいたことを示す貴重な資料であるとともに、『水滸傳』や『平妖傳』も見ていたことがわかる資料でもある。

また李漁の小說『連城璧』第十一卷「重義奔喪奴僕好、貪財殞命子孫愚」の中で、「三言」の「徐老僕義憤成家」（『醒世恆言』卷三十五）に見える徐老僕、阿寄のことに觸れ、阿寄は主母を輔佐して、孤兒を撫養し、一生を辛苦のうちに過ごし、彼のために財産を築いた。亡くなった際、彼の蓄えを探したところ、分文も私していなかった。その事は『警世通言』に載っている。(5)

「其の事は『警世通言』に載す」といっている。これなどは、李漁が馮夢龍の小説を參照し、紹介しているなかなかおもしろい例である。もっとも、阿寄の物語は、『警世通言』ではなくて、『醒世恆言』の巻三十五に収められ、また『今古奇觀』にも入っているので、その點は李漁の思いちがいだったかもしれない。

清初の曹煜の『繡虎軒尺牘』二集巻一「復敷猷叔」には、

ご指示を承り、『西遊記』を病中の氣慰みとさせていただきます。孫悟空はひとたびとんぼを切ると、いったいどこまで行ってしまうのでしょうか。二郎神はまだ悟空を見つけ出しておりません。叔父さまはこれによって病氣を癒されようとしておられますが、龍沫猴尿といった悟空の舊方は使えないのではないかと恐れます。お笑いお笑い。つつしんで、『醒世恆言』をお目にかけます。鬼を說き、空を談じて、『西遊記』よりもずっとしっかりした根據があると思います。不一。(6)

とあって、病氣のつれづれに『西遊記』が讀みたいといのことで、『西遊記』を送り、また『醒世恆言』を送りますという手紙である。ここでもはっきり『醒世恆言』と記してあり、『醒世恆言』そのものが流通していたことがわかる。

『四庫全書總目提要』巻一二九、子部、雜家類存目六、清初の宋犖の「筠廊偶筆二巻、二筆二巻」提要の中で、ここに引かれる詩が、『醒世恆言』傳奇に見える詩であることを指摘している。

國朝宋犖の撰。犖には『滄浪小志』があり、已に著錄した。この書はみな耳目に見聞した事を雜記したものである。そのうち回雁峯についての考證の類は、やはりまま考證の材料とすることができる。しかし「颪颪雨雨送春歸」の一詩などは、これまで無名の道士の詩とされてきたのが、ここではひとり幽靈の詩として載せられている。劉廷璣の『在園雜志』がまた字句を校訂し、その是非を論じているが、實は明人が刊行した『醒世恆言』傳奇の中の詩なのである。いったい何によってここまであやまって傳えられたのであろうか。やはり小說が據り所とするに足らないことを徵するに足るのである。(7)

四庫館臣のつねとして、「小說が憑るに足らないことを徵するに足る」などといってはいるが、四庫館臣も『醒世恆言』を引いているわけである。(8)「三言」そのものの影は薄くなっていたかもしれないが、『今古奇觀』刊行後において、「三言」もまた流通していたことが知られる。

第二節　『智囊』と『古今譚概』

馮夢龍は古今の「智」にまつわる故事を集めて整理した『智囊』を編み、さらに自ら增補して『智囊補』を編んでいる。『智囊』については、祁彪佳の日記『乙酉日曆』三月十九日の條に、馮夢龍から贈られた『智囊』を讀んだ記述がある。

船の停泊中、『智嚢』に眼を通す。(9)

祁彪佳は、天啓二年（一六二二）の進士、明王朝滅亡後の南京臨時政府のではあるが、このとき蘇松巡撫の職にある大官である。日記のこれより前に、郷紳の馮夢龍から家刻本を贈られた、とする記述があり、さらに『列國傳』、すなわち馮夢龍の『新列國志』を讀んだという記述もあることから、『智嚢』もその時に贈られたものであろう。(10)ところで、乙酉の年の三月十九日とは、ちょうど一年前に崇禎帝が自殺し、明王朝が滅んだ日にあたる。祁彪佳はあるいは『智嚢』を讀むことによって、明王朝回復への何らかのヒントを得ようとしていたのかもしれない。

この『智嚢』『智嚢補』については、浦銑の『續歴代賦話』巻十、また胡文炳『折獄龜鑑補』などに、『智嚢補』からの多くの引用を見ることができ、清代にも讀まれ、利用されていたことが知られる。

『智嚢』は、日本の京都で文政四年（一八二一）に和刻本が出され、後に幕末には昌平坂學問所から官版として刊行されている。あるいは幕末の危機感から、この本が刊行されたのかもしれない。なお、前近代というテーマからはずれてしまうが、毛澤東が『智嚢』を讀み、時に書き入れをしていた。『毛澤東評點『智嚢』』（中國檔案出版社　鷺江出版社二〇〇三）という本が影印本で出され、その書き入れを見ることができる。毛澤東も、馮夢龍の、それもかなり眞剣な讀者であったことがわかる。なお、毛澤東が讀んだこのテキストは、題簽に「官版」とあり、實際對照してみても、昌平坂學問所の官版、つまり和刻本だったようである。(11)

『智嚢』と竝んで、馮夢龍の編んだエピソード集に『古今譚概』がある。別に『古今笑』『古今笑史』とも稱される。先に出た祁彪佳の父親の祁承㸁の藏書目錄『澹生堂藏書目』巻七、子類第三、小説家、雜筆に、として、祁承㸁が馮夢龍の『古今笑』を所藏していた記録を見ることができる。そして、この『譚概』についても、先の曹煜『繡虎軒尺牘』二集卷五「復趙生」、杜文瀾『古謠諺』卷七十「馮猶龍引俗語」などに、それに觸れた例を見ることができる。

第三節　史部書

ここまでは、小說的な内容の書物について見てきたが、次に史部書について見てみることにしたい。馮夢龍は、最晩年に明王朝の崩壞という大事件に遭遇するわけであるが、そうした狀況のもと、その天性のジャーナリスト的才能を發揮する。北京から何千里も離れた江南の地において、北京の情報は、みなのどから手が出るほどほしいものであったかと想像される。また、南京に新しくできた福王の臨時政府の情報も貴重であろう。そこで、例えば北京から江南に逃げ歸った商人などから聞き取りをするなどして北京の情報を集め、それをまとめて刊行する。『甲申紀聞』『紳志略』といった書物は、當時のなまなましい狀況を物語る資料である。これらの資料は、たいへん貴重なものであって、明清の交替に關心を持つ後世の歷史家たちに注目されることになる。

例えば、盛楓の『嘉禾徵獻錄』卷三では、「馮夢龍紳志略曰」として、張若麒という人についての話を載せる。さらに、趙翼『甌北集』卷五十では、葉保堂明經は多く抄本異書を購入していた。うちに馮夢龍の『甲申紀聞』、陳濟生の『再生紀略』、王世德の『崇禎遺錄』、程源の『孤臣紀哭』等の書があった。いずれも明末の說部の中で時事を記したものであって、『明史』と相互いに參訂させることができるものである。楊舍の寓齋で事もなく、借りて暇つぶしをし、たまたま思うところあって、詩を作った。(12)

という長い詩題の中で、馮夢龍の『甲申紀聞』を讀んで、思うところあって詩を作ったとある。「明末の說部」とは稱されているものの、「明史と相互いに參訂させることができるもの」ともいっている。そして實際、趙翼自身の『簷曝雜記』巻六で、崇禎帝が煤山で縊死した時に從った宦官の名の考證にあたり、幾條にもわたって馮夢龍の『甲申紀聞』『紳志略』を引用している。(13) さらに、朱彝尊が北京の故事を集めた『日下舊聞』巻三十四、京畿、昌平州下では、

按ずるに、思陵に殉じた內臣（中略）は、王之俊というものであるとする資料がある。徐良光の『都門見聞小紀』、馮夢龍の『甲申紀聞』及び『燕都日記』がそれである。(14)

として、崇禎帝に殉じた宦官の名前の考證に、馮夢龍の『甲申紀聞』と『燕都日記』を引用している。そのほかにも、楊鳳苞『秋室集』巻二、文「南疆逸史跋一」に馮夢龍『中興從信錄』を引き、『小腆紀年坿考』巻三に馮夢龍『燕都日記』を引くなど、明末清初に關する文獻にしばしば引用されており、明清の交に關する馮夢龍の書物は、當時の狀況を語る資料として、歷史家たちに重用されていることがわかる。一方で、清朝の禁書目錄である『軍機處奏準全燬書目』『應繳違礙書籍各種名目』には、いずれにも『甲申紀聞』が擧げられている。

第四節　經部書

次に經部の書物について。馮夢龍には『四書指月』『麟經指月』『春秋衡庫』など、科擧の參考書があり、それらは當時よく讀まれていたことが知られている。『江南通志』巻一六五、人物志の馮夢龍の條には、

> 才情をほしいままにし、詩文は美しく、とりわけ經學にすぐれていた。その『春秋指月』『春秋衡庫』の二書は、科擧の受驗生たちに尊ばれた。(15)

とある。朱彝尊の『經義考』には、巻二〇六に「春秋衡庫」が、巻二三〇に「馮氏夢龍　孝經彙注　未見」という記載が見える。また、例えば阮元の藏書目錄『文選樓藏書記』巻五には「春秋衡庫」の書名を見ることができ、阮元も『春秋衡庫』を持っていたことがわかる。また、翁方綱『復初齋詩集』巻十二「寶蘇室小艸二」に「介庵先生八十壽詩四十韻」があり、そこに、

箴盲無廢業　　盲に箴《いまし》めて業を廢する無く
衡庫有功臣（馮猶龍有春秋衡庫）　　衡庫　功臣有り（馮猶龍に春秋衡庫有り）
帖括於茲盛　　帖括茲《ここ》に於て盛ん

承 師 自 昔 遵　　師より承くること昔自《よ》り遵ふ

とある。このころにも、『春秋衡庫』が讀まれ、參考にされていたことがわかる。さらに、梁章鉅『歸田瑣記』巻四「鄭蘇年師」には次のようにある。

鄭蘇年師、諱は光策、字は瓊河、また蘇年と字した。閩縣の人。（中略）ますます學問に力を注ぎ、とりわけ經世有用の書を好んで讀んだ。『通鑑』『通考』などのほかには、陸宣公、李忠定、眞文忠、そして前明の邱瓊山、王陽明、呂新吾、馮猶龍、茅元儀、本朝の顧亭林、魏叔子、陸桴亭などの諸公の著作は、通じないものはなく、家の珍寶を數えるようであった。[16]

學問好きだった鄭光策が、明代の人では、邱瓊山、王陽明、呂新吾、馮猶龍、茅元儀、本朝では顧亭林、魏叔子、陸桴亭などの書を讀んだとある中に、馮猶龍の著作を讀んだと述べられている。

馮夢龍は科擧の『春秋』に通じており、そのためわざわざ湖北の麻城にまで、學生の指導に赴いたほどであるが、こうしたことは、清代においても知られたことであったらしく、その『春秋衡庫』と『春秋定旨參新』が、『四庫全書』においても存目として記録されている。『四庫全書總目提要』巻三十、經部、春秋類存目一「春秋衡庫三十卷」提要では、

その書は科擧のために作られたものであって、そのためただ胡傳を主とし、あれこれ諸説を引いて、解説して

いる。春秋の前後の事を列《なら》べ、經に書いていないこと、傳に盡くされていないものについて、その始末をたずねようとしているが、またとりわけ蕪雜である。[17]

とある。「その書は科擧のために作る」とされてはいるが、取るところがないわけではない。だが、最後には、蕪雜であるといって、けなされているわけであるが。なお、馮夢龍の著作は、ほかにも、『智囊』『智囊補』が、『欽定四庫全書總目』の存目に収められている。

さらに、清末の葉昌熾の『緣督廬日記抄』卷九、辛丑（光緒二十七年）には、次のようにある。

呉縣馮夢龍の『麟經指月』四大冊、（中略）馮、翁（翁天游『振綺類纂』）の兩書は、兎園冊に過ぎない。しかし、いまきちんとそろえておかなかったら、このまま湮滅してしまうであろう。[18]

『麟經指月』を手に入れた。いま集めておかないと、なくなってしまうおそれがある。だがそうはいいながら、「兎園冊に過ぎない」と言い捨てている。「兎園冊」とは、いわば小學生の教科書といったところであろう。

見る人の目から見れば、その價値は低いと見られたかもしれないが、馮夢龍はそれなりの文人として、その著作が後世の人から見られていたことはたしかのようである。

第五節　その他

馮夢龍には『葉子新鬪譜』という、當時のカードゲームであった葉子に關する教科書があったことが知られる。それは、傳略で引用した鈕琇の『觚賸續編』巻二「英雄擧動」の條に、

馮夢龍には遊戯的な文章が多くあり、『掛枝兒』小曲や『葉子新鬪譜』などはみなその手になるものであった。浮薄の子弟たちは風になびくように馮夢龍に夢中になり、家産を失ったりするものが出る始末。(19)

とあったように、俗曲の『掛枝兒』と竝んで、『葉子新鬪譜』が擧げられていた。この葉子について、全祖望の『鮚埼亭詩集』巻七に「葉子詩三十六韻」があり、

相傳有馮生　相傳ふるに馮生有り
濫觴启其箓　濫觴　其の箓を启く

の句があり、「見吳農祥『嘯叟集』、謂馮猶龍也」の自注がある。これによれば、馮夢龍はいわば葉子の發明者として傳えられていたことになる。

また馮夢龍らしいという點では、女性の詩の弟子を持ったことで袁枚の後繼者といえる陳文述の文集の中で、明末

の悲劇の女性であった小青について觸れ、そこで、「馮夢龍が書いた小傳」に觸れている。陳文述『頤道堂集』詩選卷二十一「小青曲　孤山弔小青墓作」である。

小青、名は元元、廣陵馮氏の娘、錢塘馮具區（馮夢禎）の子雲將の妾。詩が上手で繪がうまかったが、正妻が容認せず、孤山の別墅に追いやり、離縁をほのめかしたが、小青は聞きいれないまま、鬱鬱として亡くなった。思うに志節のある女子である。詩稿は正妻に燃やされてしまい、わずかに十餘篇が存するばかりである。後人が彼女のために『焚餘草』を刻した。事は支小白、馮猶龍が撰した小傳及び施愚山の『蠖齋詩話』に見える。錢牧齋の『列朝詩人小傳』にその人は實在しないとあるのは、誤りである。(20)

馮夢龍の小傳とは、馮夢龍の『情史類略』卷十四、情仇類に見える「小青」のことである。陳文述が、『情史類略』を讀んでいたことがわかるわけであるが、陳文述の讀んでいた書物としての『情史類略』は、いかにもそれにふさわしいといえよう。

結　び

朱彝尊は、その『明詩綜』卷七十一に馮夢龍の詩を收め、次のような評語を加えている。

明府は顔をほころばせる言葉が得意で、まま打油（諧謔）の調子を交えている。詩家ということはできなくとも、

やはり文苑の滑稽である。(21)

これは、詩人としての馮夢龍評である。あまり結構な評價であるとはいえないものの、「文苑の滑稽」という評語は、なかなか面白い。つまり、彼はたしかに「滑稽」であった。これは、實際の人となりがそうであったからかもしれないが、はじめに見たように、馮夢龍が小説その他、通俗文藝の旗手であった點が、よりまともな文人から見れば、おかしなやつのように見えたということかもしれない。しかし、この「滑稽」の前に「文苑の」とあることを見落とすことはできない。當時の基準から見れば、相撲にたとえて前頭の程度であったのかもしれないが、しかしそれにしても幕内關取であったことはまちがいない。そして、清代の學者たちも、そうした馮夢龍を、まずは自分たちの仲間と認め、その著作を引用したのだろうと思われるのである。

以上見たように、清代に入って、つまりは馮夢龍の沒後も、多くの人がその著作を所藏したり、讀んだりしていた。そのことは、まず何よりも、馮夢龍の著作が印刷刊行されていたから、ともいうことができるであろう。馮夢龍は、明末當時の出版業と深い關わりを持った人物であり、上に引いた『江南通志』に、その科擧の參考書がベストセラーになっていたことが見えた。まずは物理的に、その著作が刊行されていたことが、後世に讀者を持った背景の一つとして數えることができよう。馮夢龍を出版業の申し子と稱したことがあるが、こうした意味でも、たしかに出版業の申し子なのである。(22)このこともまた、馮夢龍が、當時にあって、新しいスタイルを持った知識人であったことを物語るであろう。

注

（1）唉花主人「今古奇觀序」（『今古奇觀』）
墨憨齋增補平妖、窮工極變、不失本末、其技在水滸三國之間。至所纂喩世警世醒世三言、極摹人情世態之岐、備寫悲歡離合之致、可謂欽異拔新、洞心駴目、而曲終奏雅、歸於厚俗。

（2）魯迅の『中國小說史略』の第二十一篇「明之擬宋市人小說及後來選本」の部分は、一九二四年新潮社初版本から一九三一年北新書局版に至って、相當增補されており、鹽谷溫の論文も引かれている。

（3）大塚秀高『增補中國通俗小說書目』（汲古書院　一九八七）では、八十種近くの『今古奇觀』の版本を著錄している。

（4）王士禛『香祖筆記』卷十
小說演義亦各有所據、如水滸傳平妖傳之類、予嘗詳之居易錄中。又如警世通言有拗相公一篇、述王安石罷相歸金陵事、極快人意、乃因盧多遜謫嶺南事而稍附益之耳。故野史傳奇、往往存三代之直、反勝穢史曲筆者倍蓰。

（5）李漁『連城璧』第十一卷「重義奔喪奴僕好　貪財殞命子孫愚」
阿寄輔佐主母、撫養孤兒、辛苦一生、替他掙成家業。臨死之際、搜他私蓄、沒有分文。其事載於警世通言。

（6）曹煜『繡虎軒尺牘』二集卷一「復敷猷叔」
承論、取西遊記爲病中遣懷。孫悟空不知一筋斗翻在何處、二郎尙未尋着。吾叔欲以此醫病、正恐龍沫猴尿悟空舊方不可用耳。一唉一唉。敬將醒世恆言呈覽。說鬼談空、較西遊記尤有着落也。不旣。

（7）『四庫全書總目提要』卷一二九、子部、雜家類存目六、宋犖「筠廊偶筆二卷、二筆二卷」提要
國朝宋犖撰。犖有滄浪小志、已著錄。是書皆雜記耳目見聞之事。其中如回雁峯考之類、亦閒資考證。然如風風雨雨送春歸一詩、向謂乃無名道士詩、此獨載爲鬼詩。劉廷璣在園雜志又考校字句、辨其是非、實則明人所刋醒世恆言傳奇中詩、不知何以訛傳至是也。亦足徵小說之不足憑矣。

（8）ここに「風風雨雨送春歸」の詩は『醒世恆言』傳奇に見えるとあるが、現行『醒世恆言』には、この詩は見えない。『警世通言』卷八「崔待詔生死冤家」に、王巖叟作とする似た詩が收められることを、程毅中「「送春詩」與「四庫全書總目」的考證」（『程毅中文存續編』中華書局　二〇一〇）が指摘する。

（9）祁彪佳『祁忠敏公日記』「乙酉日曆」三月十九日
舟次閲智囊。
（10）『祁忠敏公日記』「甲申日曆」（一六四四）十二月十五日の條に、
郷紳文中台、嚴子章、馮猶龍、金君邦柱來送。馮贈以家刻。

郷紳の文中台、嚴子章、馮猶龍、金君邦柱が見送りに來た。馮は家刻の書物を贈ってくれた。

とある。そのすぐあと十七日の條に、
舟中無事、閲馮猶龍所製列國傳。

舟中することもないので、馮猶龍の作った『列國傳』に眼を通す。

とある。この時、馮夢龍は祁彪佳に少なくとも『新列國志』と『智囊』（おそらく崇禎六年、一六三三に出た『智囊補』であろう）を贈ったことがわかる。
（11）中國共產黨新聞のネット版に、王香平「毛澤東點評歷史上〝使人改過自分效〟的幾件事」という論文があり、『智囊』卷三「朱博」の條に加えられた毛澤東の批語「使人改過自分效」を分析している。これは過ちを犯した官吏を處刑した話であるが、そこに毛澤東は、罪を改め、みずから役立たせるようにした方がよいといい、これを「勞働改造」などのことにつなげて解說している。
（12）趙翼『甌北集』卷五十
葉保堂明經多購抄本異書。内有馮夢龍甲申紀聞、陳濟生再生紀略、王世德崇禎遺錄、程源孤臣紀哭等書、皆明末說部中所記時事、可與明史互相參訂者也。楊舍寓齋無事、借以遣日、偶有感觸、輒韻之。

(13) 趙翼『簷曝雜記』卷六、「王承恩」の條には馮夢龍『甲申紀聞』、『燕都日記』、『紳志略』が、「張家玉」の條には『燕都日記』、『紳志略』が引かれている。

(14) 朱彝尊『日下舊聞』卷三十四、京畿、昌平州下
按思陵從死內臣（中略）有云王之俊者。徐艮光都門見聞小紀、馮夢龍甲申紀聞暨燕都日記是也。

(15) 『江南通志』卷一六五、人物志、馮夢龍
才情跌蕩、詩文麗藻、尤工經學。所著春秋指月衡庫二書、爲學業家所宗。

(16) 梁章鉅『歸田瑣記』卷四「鄭蘇年師」
鄭蘇年師、諱光策、字瓊河、又字蘇年、閩縣人。（中略）益肆力於學、尤喜讀經世有用之書、自通鑑、通考外、若陸宣公、李忠定、眞文忠、以及前明之邱瓊山、王陽明、呂新吾、馮猶龍、茅元儀、本朝之顧亭林、魏叔子、陸桴亭諸公著作、靡不貫串、如數家珍。

(17) 『四庫全書總目提要』卷三十、經部、春秋類存目一「春秋衡庫三十卷」提要
其書爲科擧而作、故惟以胡傳爲主、雜引諸說發明之。所列春秋前事後事、欲於經所未書、傳所未盡者、原其始末、亦殊沓雜。

(18) 葉昌熾『緣督廬日記抄』卷九、辛丑
吳縣馮夢龍麟經指月四大册、（中略）馮翁兩書、兔園册耳。然及今不網羅、將遂湮沒矣。

(19) 鈕琇『觚賸續編』卷二「英雄擧動」
夢龍文多遊戲、掛枝兒小曲與葉子新鬬譜、皆其所撰。浮薄子弟、靡然傾動、至有覆家破產者。

(20) 陳文述『頤道堂集』詩選卷二十一「小青曲　孤山弔小青墓作」
小青名元元、廣陵馮氏女、錢塘馮具區子雲將妾。能詩善畫、爲大婦所不容、屛之孤山別墅、諷其去、小青不可、鬱鬱以終。蓋志節女子也。詩稿爲大婦所焚、僅存十餘篇。後人爲刻焚餘草。事見支小白、馮猶龍所撰小傳及施愚山蠖齋詩話。錢牧齋列朝詩人小傳以爲無其人者、謬也。

（21）朱彝尊『明詩綜』巻七十一「馮夢龍」
明府善爲啓顏之辭、間入打油之調。雖不得爲詩家、然亦文苑之滑稽也。

（22）拙著『明末江南の出版文化』（研文出版　二〇〇四）第四章「明末江南の出版人」で馮夢龍に觸れた。

第二部　馮夢龍作品考

第一章 「三言」の編纂意圖
――特に勸善懲惡の意義をめぐって――

はじめに

一時代を代表する文學のジャンルを問題にする場合、漢文・唐詩・宋詞・元曲の後を承け、明清兩代は小說――白話小說の時代だということができよう。それは、この兩代が『三國志演義』『水滸傳』『西遊記』『金瓶梅』のいわゆる四大奇書や『儒林外史』『紅樓夢』などを頂點とする、夥しい量にのぼる作品を持つことによるものである。しかしながら、明清とひと口にいっても、こうした作品が相次いで世に出るようになるのは、明も半ばを過ぎた嘉靖年間(一五二二～一五六六)以後のことに屬する。もちろんそれ以前に、書物として刊行された白話小說が、全く見られなかったわけではないが、(1)まずはこの時代になって刊行數が前代とは比較にならぬ程增大したことを見ても、嘉靖年間を一つの境目と見るのが妥當だと思われる。(2)そして更に內容についていえば、この時期以後に出版された書物の多くは、作品としての篇幅も長く、また插繪や印刷などもきわめて精緻なものになっている。このことは、この時代になって、社會の比較的高い地位にあった人々が、白話小說に關與しはじめたことを物語ろう。(3)從來多くは、白話小說といえば、漠然と庶民のもの、と考えられてきたが、それ以前の時代においてはともかく、明中期以後の白話小說は、その主要な作者・讀者として、士大夫層を考えなければなるまい。このことにより、從來民間に語り繼がれて來た話と、それを吸收しようとする士人との閒に、これまでになかった新たな局面が生じているのである。すなわち、一方では、從來全く蔑視の對象に過ぎなかった白話小說に、眞劍に關わろうとする士大夫の側の意識の變化があり、また他方では、民閒にあった話のままでは士人の趣味に合わぬことによって作品の改變が行なわれるという現象である。

以上述べ來ったことは、明末蘇州の人馮夢龍（一五七四～一六四六）の編纂した、短篇白話小說集「三言」（『古今小說』＝『喩世明言』『警世通言』『醒世恆言』）についても同樣にあてはめることができる。本稿では、こうした問題關心にもとづきながら馮夢龍の「三言」の編纂意圖を探り、それと併せて、その明末の時代における位置づけについて考えてみることにしたい。

第一節　馮夢龍の位置

馮夢龍その人については、「不遇の知識人」とする見方が、これまで多く行なわれて來たように思われる。(4) こうした考え方は、馮夢龍が實際に鄕試に合格して擧人になれなかったこと、そして「三言」の作品中に不遇の知識人に對する同情がうかがわれること、(5) 更にとりわけ、「三言」の中で馮夢龍の作と確定できる唯一の作品が、試驗官が何度その老受驗生を落第させようとしても、網の目をくぐるようにしてうまく合格してしまう、という受驗生にとっての夢物語「老門生三世報恩」（『警世通言』卷十八）だということが、その根據となっている。(6) 馮夢龍は、たしかに溢れんばかりの才能を抱きながら、終に科擧の試驗において、進士になることはもちろん、擧人になることすらできなかった。身の周りの現實と、自分の置かれた境遇に對しては、大いに不滿を抱いていたことであろう。しかしながら、擧人になれなかったこと、不滿を持っていたことは、馮夢龍自身が士人であった事實を否定するものではない。馮夢龍は歷とした生員だったのである。たしかに、皇帝を頂點とする官僚體制の中にあっては、その最下層に近いところにあったのであろうが、社會全體として見れば、支配者層の一翼を擔うものと見られ、その持っていた意識は、經世濟民を思い、文化の指導者たらんとする士人の意識だったのである。(7)しかも馮夢龍の場合、官僚としての地位は取るに足らないものであったにせよ、その交友などから見て、少なくとも文藝の世界にあっては、かなりの地歩を占めていたと見ることもできるのである。(8)

馮夢龍の立っていた位置は、一貫して士人の位置であり、從って、馮夢龍がその白話小説の讀者として想定していたのも、直接には士人層だったのではないかと思われる（もちろん、商人などが本を買って讀むことを妨げるものではない）。馮夢龍が、いわばこうした高級な讀者を考えていたと思われることは、例えば「古今小説序」において、先行する白話小説の「玩江樓」と「雙魚墜記」の二つを擧げ、これらは「又皆な鄙俚淺薄にして、齒牙に馨弗し」としている評價にもうかがわれる。「玩江樓」とは、嘉靖年間に杭州の人洪楩が編刊した『六十家小説』に收める「柳耆卿詩酒玩江樓記」を指す。詩餘の作者として著名な柳永を主人公とした作品であるが、內容猥雜をきわめ、柳永はむしろ卑劣ともとられるような人物として描かれていることから、後述するように「三言」に收めるに際して、大幅に手が加えられている作品である。また「雙魚墜記」とは、福建で刊行された「熊龍峯刊小説四種」の一つ「孔淑芳雙魚墜記」のことであり、これは瞿佑の『剪燈新話』に來源を持つ作品である。江南人士である馮夢龍の目には、福建版のこの書物が、いかにも取るに足らぬ、粗雜なものに映ったであろう。同樣の事情は、馮夢龍が、福建の人余邵魚の『列國志傳』の內容に飽き足らず、自らこれを書き改めた『新列國志』に附された吳門可觀道人小雅氏撰の序にもうかがわれる。すなわち、

『夏書』『商書』『列國』『兩漢』『唐書』『殘唐』『南北宋』などの諸刻がある。その浩翰さは、ほとんど正史と竝べられるほどである。しかしながら、どれもみな村學究がいい加減に作ったもので、そのでたらめさ、さわがしさには、識者は吐き氣をもよおさんばかりである。(9)

とあり、ここでは舊來の作品を「村學究の杜撰」と決めつけ、自らを識者の列に置いている。こうした事例からも、馮夢龍は、元來庶民のものであった白話小說を集め、書物に編集するにあたって、それを知識人の鑑賞にも堪えるものにしようとしていたことが推察されるのである。

第二節　馮夢龍による書きかえ

以上見たような立場にあったとして、馮夢龍は實際どのような意圖にもとづいて「三言」を編纂したのであろうか。この問題を考えるためには、馮夢龍が「三言」を編纂するにあたって、どのような材料を持っており、それにどのように手を加えた（あるいは加えなかった）のかを明らかにすることが肝要であろう。これはなかなかもって容易なことではないのであるが、現在最も確實にわかるのは、馮夢龍が洪楩の『六十家小說』を利用したという事實である。『六十家小說』で現在殘っている二十七話のうち、九話が「三言」に收められているが、このうちの大部分が、文字に至るまで「三言」とほとんど同じものだからである。從って、そのうちで筋や表現が變わっているものは、かえって確實に馮夢龍の手が入ったと見做すことができるであろう。そのうち、（一）『古今小說』卷二十一「衆名姬春風弔柳七」は、「柳耆卿詩酒玩江樓記」をもとにしている。後者は、既に觸れたように、「古今小說序」において「玩江樓、雙魚墜記は、又皆な鄙俚淺薄にして齒牙に馨弗し」といわれた作品である。餘杭縣の知縣であった柳永が、周月仙という美妓を見染め、彼女が誘いに乘ろうとしないので、船頭に月仙を犯させ、そのことを證據に月仙に迫った、という卑劣な內容の話であったものが、『古今小說』では、金の力にあかせて周月仙を獨り占めしようとする劉二員外と張り合い、柳永が自ら大金を拂って周月仙を落籍し、戀仲の黃秀才に添いとげさせてやる、という美談に作りかえられている。馮夢龍は、柳永という恰好の主人公を捨てるには忍びなかったものの、『六十家小說』のような猥雜、下等な內容に我慢ならなかったために、書きかえをおこなったのであろう（もっとも『古今小說』では、柳永と謝玉英との關係に話の中心がうつり、周月仙の話は、一插話にすぎなくなっているのであるが）。（二）『警世通言』卷三十三「喬彥傑一妾破家」は『六十家小說』の「錯認屍」をもとにした作品である。これは、原作にほとんど手が入れられていないものであるが、その末尾が、「錯認屍」の方では、作中の惡玉である王酒酒に對する決着が曖昧であったのに對し、『警世通言』の方ではははっきりと、死んだ主人公の亡靈が乘り移って水に飛び込み、死んでしまうことになっている。惡に對する決着がきちんとつけられていないことへの不滿があったのであろう。また、（三）『古今小說』卷四「閑雲菴阮三償冤債」は「戒指兒記」によるものであるが、これについては、つとに山口建治氏の論考がある。[10]「戒指兒記」が、道ならぬ戀ゆえの悲劇に終っていたものが、『古今小說』では、賢節の美談へと書きかえられているのである。

『六十家小說』所收のものとの比較によって、原作があまりに猥雜であったり、善惡の報いが片手落ちであったりした場合、馮氏が文を書きかえ、倫理的に筋の通った作品に仕立て直していることがわかる。

『六十家小說』と竝んで、『情史類略』も、馮夢龍自身の編纂した書物であるから、作品に對する馮夢龍の考え方を知る上での參考になる。[11]ここでは一例として、『古今小說』卷一「蔣興哥重會珍珠衫」と『情史類略』卷十六「珍珠衫」との關係を見よう。[12]話は、ある旅商人の妻が、夫の留守中、色好みの男（新安商人）の誘惑を受けて姦通するに至り、のち事が發覺して離縁されるが、いくつかの曲折の後に、最後には再び團圓するという筋書きである。そして、妻を誘惑した男は病死し、その男の殘された妻が、はじめの旅商人の許に再嫁してくることになっている。前半、貞淑であったはずの妻が、夫の留守の間に、姦計に陥れられてゆく過程は、まさしく一篇の心理小說といえる。ところで、この話の來源かと思われるのは、馮夢龍よりほぼ一世代前の人、宋懋澄の『九籥前集』巻十一に収める「珠衫」である。馮夢龍は、この「珠衫」のほかに、あるいは民間に傳わっていた話によって『古今小說』の作品にした可能性もありうるのだが、『情史類略』では、『九籥集』に見えるとして、「珠衫」の文章をそっくりそのまま載せているから、馮夢龍がこの「珠衫」を見ていたことは確實である。そこで「珠衫」と『古今小說』とを比較してみると、「珠衫」では話の中心は、妻の姦通と再團圓とにあって、誘惑した男の罪の報いはほとんど描かれていない（「或曰」として一言添えられるにとどまる）のに對し、『古今小說』では、他人の妻と通じた男は、自らも身死し、その妻もまた、人のものになる、という因果應報・勸善懲惡の筋立てが強調されているのである。話の冒頭にも、

人心或は昧《くら》む可きなるも
天道差《すこ》しくも移らず
我　人の婦を淫せずんば
人も我が妻を淫せざらん

みなさん、今日私のこの「珍珠衫」の詞話をお聽きになれば、因果應報のあやまたぬことがわかり、若者たちのお手本となるでありましょう。(13)

とあって、話の本題は、むしろ他人の妻と通じた男の悪報にあると見ることもできよう。

以上、馮夢龍によって書きかえられたと思われる作品を、その先行作品と比較した場合、猥雜、下劣な内容は避け、話の結末において、善因には必ず善果があり、惡因には必ず惡報があるという意味で、作品としての筋をきちんと通そうとする傾向があること、言い換えれば、因果應報の理にもとづく勸善懲惡的な意圖が盛り込まれているということができるのである。(14) ここで、馮夢龍改作における因果應報につき附言すれば、馮夢龍によって附け加えられた筋に見える因果應報は、例えば池の主である鰻を殺したために、一家の者があわれな末路をたどる『警世通言』巻二十「計押番金鰻產禍」(「三言」中でも古い來歷を持つと思われる話)のように、靈怪や妖力と結びついた宿命論的な因果應報とは異なり、その因となることは、おおかた個人の道德的善惡であり、その果は、個人が現世において受けるものである。(15)

馮夢龍が、白話小說の世界において積極的に用いた、この勸善懲惡の手法は、「三言」に續く「二拍」や『石點頭』等の白話小說、そしてまた清初に活躍した李漁などによって承け繼がれてゆくのであるが、この當時、これほどまでに人々を魅きつけた因果應報・勸善懲惡ということが、馮夢龍にとって持った意味とはどのようなものだったのであろうか。

第三節　「三言」の倫理性

因果應報・勸善懲惡の意味を考えるに先立ち、まず「三言」各作品の倫理性とその質の問題に觸れておきたい。「三言」所收の百二十篇の話は、どの一篇を取ってみても、何らかの意味で倫理性が貫かれているということができる。しかしながら、その倫理性の內實は、すこぶる複雜であり、ある作品では孝を宣揚しておきながら、また別の作品では逆に、親に對する孝を捨てて、戀人を選んだもの（貞）が賞贊されるというように、相互に矛盾する場合も少なくない。こうしたことは、「三言」が特定の一個人の創作ではなく、さまざまの來歷を持った作品を集成したものである以上、無理からぬこととも考えられるが、これら相互の矛盾をも統一的に解釋できる原理が何かしら存在するはずである。收錄された作品は、あくまで馮夢龍の目を通して選ばれたものだからである。そして、編者馮夢龍が、それぞれを倫理的に一本筋の通った作品に仕立て、それによって讀者を納得させようとするからには、その判斷の根據が必要になるであろうことはいうまでもない。「三言」におけるこの價値判斷の原理はどのようなものであろうか。

ところで、一般に白話小說は、後にはじめから讀物として書かれるようになっても、それがまだ說話人によって語られていた時代の名殘を留めている。それは、白話小說の話が、作中說話人に擬せられた人物によって語られる形式を取ることである。この「說話人」が、登場人物の行動や會話を語って話を進めてゆくわけだが、とりわけ特徵的なのは、「說話人」自らが顏を出し、聽衆に向かって語りかける「講說」の部分であろう。[16] これは、吉川幸次郎氏が、中國小說の面白さとして述べられた「偶然を必然と論證」する働きもすれば、[17] そのうえ更に、登場人物の倫理上の價値判斷をする役割も果たすのである。[18] すなわち、ここでこの「說話人」は、作中の登場人物に對しての一種の裁判官の役割を果たしているということができる（現實の裁判官は罪を裁く方に重點があるが、ここでは善を表彰する働きもする）。[19]

中國の淸代に實際に行なわれた裁判について、滋賀秀三氏は、その法源——裁判の當事者に何らかの好ましからざるところを押しつけ受け入れを迫るための普遍的な判斷基準——として、法・情・理の三者、よりわかりやすくいえば、國法・人情・天理の三者があったことを指摘される。[20] こうしたことは、「三言」の中でも、密通して結婚の約束まででした若い男女のうち、男の側の父親が別の女性と結婚させようとしたため裁判沙汰になった話（『警世通言』巻二十九

「宿香亭張浩遇鶯鶯」）に見える判決文、

花の下で出會い、すでに生涯をともにする約束をしたのに、中途でやめてしまうのは、偕老の心にそむくものである。人情についていえば、至誠から出ることであるうえに、法律に照らしても、禁止されているのである。先の約束に従い、後の婚約を斷つのがよい。(21)

というところにもうかがわれる。そして、この法情理のうち情理は、「國法が成文に基づく實定的な判斷基準であるのに對して、情理は成文、先例、慣習などのいずれにも實證の基礎をおかない、およそ實定性をもたない――その意味で自然的な――判斷基準」であり、とくに情の働きとして「目前の各當事者それぞれがおかれている具體的情況のすみずみまでへの心配りという側面」が濃厚であり、「できるだけ友好的人間關係を維持修復する方向に裁きをつけるという要請を擔って」いるとする（引用はいずれも滋賀氏論文による）。

馮夢龍が、短篇の白話小説集である「三言」を編んだのは、明代末期の江南、社會の現實がきわめて複雜になり、價値のあり方や人間關係のあり方も多様化し、一つの局面だけを描いた長篇小説では、現實のすべてを表現することが不可能だと思われたからであろう。そして內容の上からも、當事者の置かれた狀況を無視し、いついかなる場合にも孝を貫かねばならぬ、といった底の杓子定規な考え方をもってしては、作者も讀者も、ともに納得することができなかったのである。そこで、語り手であり裁判官でもある「説話人」が、一筋繩でいかない人間關係を、情理の鏡に照らして、「全面的な視野から人間關係を調整」（滋賀氏）するように話をもってゆくというのが、いわば「三言」各篇の構造であり、それが「三言」の倫理性の根底を形作っているのである。

しかしもちろん、文學作品である「三言」には、現實の裁判と同様に考えることができない部分があることもたしかである。例えば、婚約中の男女（陳多壽と朱多福）のうち、男の陳多壽の方が癩病にかかり、瀕死の狀態であるにもかかわらず、「良家の娘で二つの家の茶（婚約の證としての）を飲んだものはいない」といって、周圍の反對を押し切って嫁ぎ、最後には多壽の病氣も治り、幸福な結末を迎える「陳多壽生死夫妻」（『醒世恆言』卷九）という話がある。ここで、親の反對を押し切って許婚者に從おうとすることは、親に對する孝を捨て、夫に對する貞を選びとることになり、ここにその場その場に應じた情理が機能しているといえなくはない。しかし、この作品の場合には、癩病やみの男の許へ嫁入るはずはない、という世間一般の常識を越えて嫁ぐ朱多福の氣節の高さが、あくまで主眼になっているのである。ところが、これが現實の裁判になると、滋賀氏が引用されているように、「三言」の場合とは逆に、癩病を發した婚約中の男との結婚を強いずに延期することについて「王道は人情に近し」というのである。[22] 朱多福の場合、こうした人情に從って卽座に婚約を解消してしまったとしたら、文學作品としては臺なしになってしまったであろう。

「三言」の作品は、既成の德目を押しつけるのではなく、その場その場において、情にもとづいて人間關係を圓滿に調整しつつ、かといってそれによって放恣に流れるのではなく、人としてあるべき理も追求する、言い換えれば、この情と理との自然なバランスの上に成り立っているといえるのである。

第四節　勸善懲惡の意義

ここで再び勸善懲惡の意味の問題に戻る。登場人物の行動の是非善惡について、善い行ないには良い結果、惡い行ないには惡い報いがもたらされるという、裁判でいえばちょうど判決にあたるものが、この勸善懲惡の結末だといえるであろう。つまり、前節で述べたような倫理上の追求は、勸善懲惡という形をとって、具體的な作品の場にあらわれているのである。勸善懲惡の筋こそが、馮夢龍らにとっては、現實のあるべき理想を示したものであり、同時に、善が必ずしも榮えず、惡が必ずしも滅びない現實への批判の意味をも含み持っていたのである。

現在、われわれの目から見れば、これら因果應報・勸善懲惡の話は、いかにも作爲の目立つわざとらしいものに見え、その文學的價値もさほど高いものとされてはいない。とりわけ日本にあっては、この勸善懲惡を唱えた瀧澤馬琴を否定した、坪內逍遙の『小說神髓』から近代文學が出發したという事情もあって、勸善懲惡というと、前近代的、非文學的なものと考えられる傾向が強い。中國、日本における「三言」研究にあっても、作品を「精華」と「糟粕」とに分ける考え方が行なわれており、勸善懲惡的な話は、作爲的でありすぎ、道德臭が強いということで、この「糟粕」の中に數えられ、切り捨てられてしまうことが多い。[23]

しかしながら、過去の人が多くそうであったように、馮夢龍をはじめとして明末の人々も、因果應報の理を實際に信じていたと考えられる。例えば、たいした罪を犯したとも思われないのに、雷に打たれて死んだ佃農について、人をやって樣子を探らせると、雷が落ちたころ、その妻が家にいて、黑煙が室に滿ちる怪しい兆を見たことがわかった。そこで「乃ち知る、天特にこれを擊ち、斷じて偶々戾氣に値りしにあらざるを。蓋し、必ず密かに大罪を犯し、四十餘年、一人として知るなし。（中略）犯す所のもの何事なるかを知らずと雖も、其の故ならば則ち確然として惑はざるなり」といった陳龍正（一五八五〜一六四五）などがそれである。[24]

大地主が土地の集積を進める一方、佃戶・奴僕に身を落とさねばならぬものも多く生まれた明末という變動期の社會にあっては、家を沒落から守るために、いかに堅實な經營を行なってゆくかが、地主層の多くにとって最大の關心事であったろう。また、そうした社會の中で、舊來の社會秩序が崩壞しつつある、という危機感もあった。[25]ことは商人層にとっても同様であろうが、彼らにとって、勤勉に働かず、道德に悖る行爲をした報いとしての身家の破滅は、おそらく相當の危機感を喚起するものだったと思われる。[26] こうした狀況の中にあった人々には、因果應報・勸善懲惡ということは、文字の上の繪空事ではなく、事實起こり得るリアルな問題として受けとめられたのである。以上はどちらかといえば惡報についてだが、善果についても、一所懸命働いて富貴を得た人の話によって、天道のあやまたぬことを感じ、勵みとしたことであろう。

同じことのもう一つのあらわれを、明末における善書の流行に見ることができる。[27] 善書と白話小說との影響開係は旣に指摘され、個々の具體的な作品のレベルで比較して論じられつつある。[28] しかしここで、改めて、これらに類似の發想が見られるのは何故かという點に立ち戻って考えると、この兩者がともに同じ時代の同じ人々の共通の問題意識、危機感に發しているから、ということに歸着するであろう。

以上述べたような危機感が根底にあったればこそ、馮夢龍は因果應報の枠組みを持った敎戒的な作品を書いたわけであるし、「三言」に續いて、多くの因果應報的な白話小說が書かれもしたのである。こうした作品が多く刋行されたのは、つまりそれだけ讀者に喜び迎えられたということでもあろう。從って、この種の作品を、價値低いものとして切り捨ててしまうならば、「三言」を編纂した馮夢龍の意圖、そしてそれを迎えた當時の人々の心情を、正しく理解することが妨げられると思われるのである。

第五節　「三言」序の問題

以上「三言」、とりわけ馮夢龍の手が加えられた作品に特徵的な勸善懲惡の筋は、社會が危機に瀕していた明末にあっては、深刻な現實的意味を持っていたことを明らかにした。次に目を轉じて、「三言」の編纂意圖を、「三言」各書の首卷に附された序文について見ることにしたい(29)。

馮夢龍が、從來知識人にとって蔑視の對象でしかなかった白話小說の選集を編纂し出版しようというからには、彼はまずその獨自の價値を主張しなければなるまい。では馮夢龍は、白話小說にどのような價値を認めていたのであろうか。はじめに「古今小說序」では、代々の小說の歷史を紹介し、それぞれの時代には、その時代に合った文學形式があると宣言した上で、

だいたい唐人は言葉を選び、文章に凝っているのだが、宋人は俗に通じ、一般人の耳に入るのにちょうどよい。天下には文章に凝るものは少なく、一般人の耳の方が多い。それで、小說には言葉を選ぶもののためになることは少なく、俗に通じるもののためになることが多い。いま試みに、說話人が舞臺で上演するのを見ると、喜んだり驚いたり、悲しんだり涕いたり、歌ったり舞ったりすることができ、さらに刀を取ろうとし、さらに下拜しようとし、さらに首を斬ろうとし、さらにお金を與えようとする。弱蟲も勇に、淫なる者も貞に、薄なる者も敦に、おろかな者には冷汗をかかせる。毎日『孝經』『論語』を讀んでいたとしても、これほど速くかつ深く、人を感動させることはできないのである。ああ、俗に通ずるのでなくて、このようなことができるだろうか(30)。

という。文言小說（唐代傳奇）は、たしかに藝術性は高いかもしれないが、廣く一般の耳目には入り難い。しかも、天下には高尙な讀者の方がはるかに少ない。そのうえ、作品が人に與える影響力の點では、白話小說は、儒教の經典たる『孝經』『論語』以上なのだ、として、誰にでもわかりやすく、そのために與えられる感動も深い、ということに價

値を認めているのである。このことはまた、當時の既成の士大夫の文學に對する否定と表裏をなすものであろう。例えば「醒世恆言序」では、

六經國史以外、あらゆる著述はみな小說である。しかし、理を重んずるものは難しすぎる缺點があるし、表現に凝ったものは、うわべの飾りだけになってしまって、どちらも一般の人々の耳に觸れ、恆心を奮い起こすことができないのである。(31)

といって、「難しすぎ」たり、「うわべの飾りだけになっ」たりして、「一般の人々の耳に觸れ、恆心を奮い起こすことができ」ない士大夫文學への否定を表明している。「警世通言序」でも、

これ（玄妙観前の說書で關羽の手術の話を聽いてきた子供が、怪我をしても泣かなかったこと）を推し及ぼせば、孝を說けば孝に、忠を說けば忠に、節義を說けば節義になる。性に觸れれば性が通じ、情を導けば情が出る。かの切磋の彥が、うわべは禮儀正しくとも情に乏しく、博雅の儒が、文であっても質を喪っているのと較べると、得るところは結局どちらが僞で、どちらが眞なのかわからない。(32)

といい、「切磋の彥が、うわべは禮儀正しくとも情に乏しく、博雅の儒が、文であっても質を喪っている」底のものよりも、通俗文學の方が、より奥深い直接的な感動を與えることを述べている。これらの意見からは、民間の文學のよい點を吸收することによって、純粹な感動を失った士大夫文學に活を入れようとする意圖がうかがわれる。

白話小説の價値に關連して、「警世通言序」には、すこぶる興味深いフィクション論が見られる。

野史はすべて眞實であろうか。いや、必ずしもそうとはかぎらない。では、すべてでたらめであろうか。いや、それもそうとはかぎらない。ならば、でたらめを除けば眞實になるのであろうか。いや、それもそうとはかぎらない。事が眞實であって理がでたらめではないもの、たとえ事がでたらめであったとしても、理も眞實であるものならば、風化をそこなうこともなく、聖賢をあやまつこともなく、詩書經史にもとることもない。このようなものを、なくしてしまってよいだろうか。[33]

とあって、文學における事實と眞實とをはっきり見分けた見解が示されているのである。事實でない（＝贋、フィクション）という理由で、貶められて來た白話小説であるが、フィクションの中にも眞實は含まれ得るのだとする發想の轉換がここに見られる。さらに、この眞贋の問題については、因果應報・勸善懲惡的な作品のことも、おそらく幾分かは念頭に置かれていると思われる。伯夷・叔齊のような人が餓え死にし、盜跖のような者が天壽を全うしたという事實に對して、「天道是か非か」と叫んだ司馬遷ならずとも、現實には、それを信じる信じない、感動するしないは別として、因果應報の理は、作品に描かれているようには、うまく働くとは限らない。そうした意味で、因果應報の話は「贋」つまりフィクションという面が強いのである。にもかかわらず、それがたとえ「贋」であったとしても、善なるものが榮え、惡が滅びるべきだとする「理」が描かれ、「風化をそこなわず、聖賢をあやまたず、詩書經史にもとら」ない以上は「眞」なのだと序文はいうのである。

「六經國史より外、凡そ著述は皆な小説なり。（中略）明言・通言・恆言を以て六經國史の輔と爲すも、亦た可ならずや」（「醒世恆言序」）といって、白話小説に經書史書とも竝ぶ價値を認めようとしたのも、以上のような考えが根底にあったからに外ならないといえよう。

最後に、こうした利點を持った白話小説を輯める目的については、「警世通言序」に、

六經語孟は、多くの人がそれについて語っているが、人を忠臣にさせ、孝子にさせ、賢い役人にさせ、良友にさせ、義夫にさせ、節婦にさせ、德を立てる士にさせ、積善の家とさせることに歸し、ただそれに盡きるのである。經書はその理を著わし、史傳はその事を述べ、そのもとは一つである。理が著われても、世のみなが切磋の彥というわけではない。事が述べられても世のみなが博雅の儒というわけではない。というわけで、村夫稚子、里婦估兒は、甲是乙非によって喜んだり怒ったりし、前因後果によって勸懲とし、道聽途説を學問とするのである。かくして通俗演義の一種は、そのまま經書史傳の足りないところを補うに足るのである。(34)

とあるところに最も明瞭にうかがわれるごとく、小説を讀ませることによって、人々を「忠臣、孝子、賢牧、良友、義夫、節婦、樹德の士、積善の家」たらしめるべく教え導こう、ひと言でいうならば、警世、教化のために用いようというのである。(35) ここに掲げられた目標は、きわめて具體的、日常的なものであって、前節で觸れた、秩序が失われつつあった社會にあって、秩序の回復を目指さんとする目的に沿ったものである。こうした意圖は、『喩世明言』『警世通言』『醒世恆言』という書名からも明らかにうかがうことができる。

ここで警世、教化というのは、混迷を極める社會の中で、人間關係の然るべきあり方を、自分は正しく追い求めており、それによって人々を正しい道へ救い導き得るということである。この意味で、前節までに見た作品の實際の內

容と、序文に書かれていることとは、相互に支えあっており、決して矛盾していないのである。

文學は政治や道徳と離れた營爲である、とする日本的な考え方にもとづいて、白話小説に見られる教戒的な序文は、作者の韜晦のためのたてまえにすぎないといわれる。しかし、現に「三言」の場合には、序文に書かれた意圖が、所收の作品に明瞭に反映されており、韜晦と見做したならば、編者馮夢龍の意圖を正しく捉え得なくなる。この誤解の背後には、文學と政治とが別の人々によって擔われて來た日本社會のあり方と、文學と政治の擔い手が同一の人々であり、明中期以降には、白話小説といえども、知識人のものになっていた中國社會のあり方との根本的な差異が橫たわっているのと思われるのである。(36)

結び

士人の立場にあった馮夢龍の編んだ「三言」、なかでも特に馮氏の改作にかかると思われる作品においては、因果應報・勸善懲惡が強調されている。この勸善懲惡ということは、社會が混亂し、秩序が失われていた明末の狀況の中で、情理にもとづきつつ、人としてあるべき道を追求する方法そのものであった。そして、「三言」の各序文には、わかりやすい白話で書かれたこの作品を讀ませることによって、人々を道德的に正しく導こうとする意圖が記されているが、それは日本で時にいわれるような、作者の韜晦ではなく、士人としての眞劍な警世意識のあらわれなのだということを、以上述べた。

これまでは「三言」所收の作品を、人民的、反封建的な作品（精華）と、知識人の手の入った封建的な作品（糟粕）とに分け、後者を道德臭が鼻につく等の理由で切り捨ててきた。

つまり、元來が宋元の庶民のあり方を見んがための「三言」研究であり、それを編纂した明末の士人の意識といったことは、正面からは取り上げられなかったのである。しかし考えてみれば、馮夢龍は、どの作品にも取るべきところがあったから「三言」に収めたのであって、精華と糟粕とに分ける見方をしていたはずはない。從來の研究方法では、明人馮夢龍を正しく捉えきれなかったと思われる。本章は、とにかく「三言」は馮夢龍という明末の士人が編纂したものであるという事實に固執してみた一つの試みである。

「三言」全篇に共通する性格として、本章では、一貫した倫理性に的をしぼったが、もう一つ、これは精華とされる作品にも糟粕とされる作品にも共通して、主人公の純粋な心情から發する行動が贊美されていることがある。これは、今回取り上げた倫理性の問題とも深くからみあっているかと思われるが、この點については次章で考えてみることにしたい。

注

（1）『大唐三藏取經詩話』「全相平話」など。

（2）尾上兼英「小說史における『明時代』1」（『中國文學研究』第三號　一九六四）。

（3）明末における白話小說の讀者として、「官僚讀書人階層」をはじめに指摘されたのが、磯部彰「明末における『西遊記』の主體的受容層に關する研究」（『集刊東洋學』四十四　一九八〇）である。その說に對し、中心的讀者は生員層にあったのではないか、とした拙稿「明末における白話小說の作者と讀者について」（『明代史研究』第十二號　一九八四。本書第三部第一章に收錄）を併せ參照されたい。

（4）內田道夫「古今小說の性格」（『文化』十七の六　一九五三。同氏『中國小說研究』評論社　一九七七にも收む）など。

（5）『古今小說』卷五、卷十一、卷三十一、卷三十二、『警世通言』卷六、卷十七など。これらについては內田氏前揭論文のほか山口建治「『三言』の一特質」（神奈川大學人文學會『人文研究』第七十三集　一九七九）、荒木猛「『三言』の分析」（『函館大學論究』第十五輯　一九八二）で論じられている。

（6）馮夢龍が畢魏の『三報恩』傳奇に序し、そこに「余向に三報恩小説を作る」とある。

（7）例えば馮夢龍の「眞義里兪通守去思碑」（『吳郡文編』巻一四九）などからは、一方で豪強地主の非道を糾彈し、他方で小民が反亂を起こすことを憂える、當時の世相に對する痛憤の情がうかがわれる。

（8）戯曲については、吳江派の沈璟から手ほどきを受けたといい、その他にも、銭謙益や祁彪佳などとの交友もあった。

（9）吳門可觀道人小雅氏「新列國志敍」（『新列國志』）

有夏書、商書、列國、兩漢、唐書、殘唐、南北宋諸刻。其浩瀚幾與正史分籤竝架。然悉出村學究杜撰、傴儸磍礫、識者欲嘔。

（10）山口建治「『戒指兒記』と『閑雲菴阮三償冤債』」（『集刊東洋學』二十九　一九七三）。ただ、山口氏は、「三言」の方は讀書人的倫理觀が色濃く、戀愛物語として不徹底だとする評價である。

（11）『情史類略』と「三言」（『古今小説』）との關係については福滿正博「『古今小説』の編纂方法」（九州大學『中國文學論集』第十號　一九八一）がある。

（12）「蔣興哥重會珍珠衫」の成立をめぐって、Patrick Hanan, "The Making of *The Pearl-sewn Shirt* and *The Courtesan's Jewel Box*"（*Harvard Journal of Asiatic Studies* 33, 1973）がある。

（13）『古今小説』巻一「蔣興哥重會珍珠衫」

人心或可昧、天道不差移。我不淫人婦、人不淫我妻。

看官、則今日我說珍珠衫這套詞話、可見果報不爽、好教少年子弟做個榜樣。

（14）「三言」の話には、因縁談が附け加わる傾向があることは、すでに山口建治「『三言』所收短篇白話小説の成立要素」（『集刊東洋學』三十三　一九七五）に指摘されている。また、馮夢龍が、この因果應報・勸善懲惡ということを、小説作法上の發想の根本に置いていたと思われることは、それ以前の二十回本にもとづいて四十回に增補した『新平妖傳』においても、その增補部分では因果が強調され、勸善懲惡の筋が貫かれていることによってもうかがわれる。

(15) 荒木猛「短篇白話小説の展開」(『集刊東洋學』三十七　一九七七)を參考にした。
(16)「講説」については、入矢義高氏が「話本の性格について」(『東方學報(京都)』第十二册　一九四一)で、羅燁の『新編醉翁談錄』を引いて解說している。
(17) 吉川幸次郎「中國小說に於ける論證の興味」(『全集』卷二)、また同氏「『志誠張主管』評」(『全集』卷十三)。
(18) 寺村政男「『金瓶梅詞話』における作者介入文——看官聽說考」(『中國文學研究』第二期　一九七六)では、「說明の文」と「批判の文」とに整理する。
(19) この働きは特に作品の末尾で著しいが、これは『史記』以來の史傳の論贊の流れを汲むものといえる。唐代傳奇にも見られる。
(20) 滋賀秀三「清代訴訟制度における民事的法源の概括的檢討」(『東洋史研究』四十卷第一號　一九八三)。
(21)『警世通言』卷二十九「宿香亭張浩遇鶯鶯」
　花下相逢、已有終身之約、中道而止、竟乖偕老之心。在人情既出至誠、論律文亦有所禁。宜從先約、可斷後婚。

この判決文そのものは、『警世通言』の話がもとづいたと思われる『靑瑣高議』別集卷四「張浩——花下與李氏結婚」にもすでに見えている
(22) 滋賀氏前掲論文に引く『問心一隅』卷下「瘋壻退婚」。
(23) 顏之推もその一人。小南一郎「顏之推『冤魂志』をめぐって」(『東方學』第六十五輯　一九八三)。
(24) 溝口雄三「いわゆる東林派人士の思想」(『東洋文化研究所紀要』第七十五册　一九七八)に引く陳龍正『幾亭外書』卷四下「雷擊耕夫」。
(25) 森正夫「明末の社會關係における秩序の變動について」(『名古屋大學文學部二十周年記念論集』　一九七九)。
(26) 勤勉、儉約、孝行などを說く日本近世の民衆思想にあっても、家の沒落の恐怖感が、そうした思想形成を促したという(安丸良夫『日本の近代化と民衆思想』靑木書店　一九七四　第一篇第三章)。
(27) 善書については、酒井忠夫『中國善書の研究』(弘文堂　一九六〇)、奥崎裕司『中國鄉紳地主の研究』(汲古書院　一九七八)

がある。
(28) 小川陽一「西湖二集と善書」(『東方宗教』五十一　一九七八)、同氏「三言二拍と善書」(『日本中國學會報』第三十二集　一九八〇)。ともに同氏『日用類書による明清小説の研究』(研文出版　一九九五)にも收む。
(29) これら三篇の序文には、馮夢龍の署名があるわけではないが、實際には馮氏の手になるものとする考證に、袁行雲「馮夢龍『三言』新證」(『社會科學戰線』一九八〇年第一期)、胡萬川「三言敍及眉批的作者問題」(『中國古典小説研究專集』二)がある。また、序文の問題を取り扱ったものに、小野四平「馮夢龍の小説觀」(『集刊東洋學』六　一九六一。同氏『中國近世における短篇白話小説の研究』評論社　一九七八にも收む)、陸樹侖「試論馮夢龍的小説理論」(『復旦學報』一九八四年第三期)がある。
(30) 「古今小説序」(『古今小説』)
大抵唐人選言、入於文心、宋人通俗、諧於里耳。天下之文心少而里耳多、則小説之資於選言者少、而資於通俗者多。試今説話人當場描寫、可喜可愕、可悲可涕、可歌可舞、再欲捉刀、再欲下拜、再欲決脰、再欲捐金、怯者勇、淫者貞、薄者敦、頑鈍者汗下。雖小誦孝經論語、其感人未必如是之捷且深也。噫、不通俗而能之乎。
(31) 「醒世恆言序」(『醒世恆言』)
六經國史而外、凡著述皆小説也。而尙理或病于艱深、修詞或傷于藻繪、則不足以觸里耳而振恆心。
(32) 「警世通言序」(『警世通言』)
推此説孝而孝、説忠而忠、説節義而節義、觸性性通、導情情出。視彼切磋之彥、貌而不情、博雅之儒、文而喪質、所得竟未知孰贗而孰眞也。
(33) 「警世通言序」(『警世通言』)
野史盡眞乎。曰、不必也。盡贗乎。曰、不必也。然則去其贗而存其眞乎。曰、不必也。事眞而理不贗、即事贗而理亦眞、不害于風化、不謬于聖賢、不戻于詩書經史。若此者、其可廢乎。
(34) 「警世通言序」(『警世通言』)

六經語孟、譚者紛如、歸于令人爲忠臣、爲孝子、爲賢牧、爲良友、爲義夫、爲節婦、爲樹德之士、爲積善之家、如是而已矣。經書著其理、史傳述其事、其揆一也。理著而世不皆切磋之彥、事述而世不皆博雅之儒。于是乎村夫稚子、里婦估兒、以甲是乙非爲喜怒、以前因後果爲勸懲、以道聽途説爲學問、而通俗演義一種遂足以佐經書史傳之窮。

(35) 教化のために演劇を用いるのが有効だという發言は、すでに王陽明の『傳習錄』巻下に見える。王陽明以外にも、湯顯祖（「宜黃縣戲神清源師廟記」）、陶奭齡（『小柴桑喃喃錄』巻上）等に同様の考え方が見える。馮夢龍の意見も、この流れを汲むものといえる。

(36) 坪內逍遙から私小說の方向へと進んだ日本の近代文學と、「一國の民を新たにせんと欲せば、先ず一國の小說を新たにせざるべからず」（「論小說與群治之關係」）と述べた梁啓超から魯迅へと進んだ中國の近代文學との、質のちがいも思いあわされる。

第二章　「三言」の編纂意圖（續）
――「眞情」より見た一側面――

はじめに

中國近世の白話小說が興隆を見せ、現在書物として見られる形に集大成されるようになったのは、明の半ば、嘉靖年間（一五二二～一五六六）ごろからのことである。例えば、『三國志演義』にせよ、『水滸傳』にせよ、それ以前の段階では、ただ說話人の口頭において、または演劇において、それぞれもっぱら各人の銘銘傳のような形で、ばらばらに行なわれていたものであったのだが、それに物語としての體系だった秩序が與えられ、はじめから終りまで通讀する形に整理されたのは、この時代に入ってからのことといえる。(1)

白話小說はこのころから、その內容を見ても、またその印刷や插繪を見ても、ひときわ高級品化する樣相を呈するようになるが、その背景には、それを支えた人々の階層の變化があったことが考えられる。すなわち、この段階で、社會的地位も、知的水準もかなり高い知識人が關與してきているのである。(2) そしてここに、從來は民衆の閒に傳えられて來た話が、知識人の側に吸い上げられる過程で、知識人の價値觀や趣味に合致するように書き改められていった樣子を、いくつかの殘された古い資料との比較によって知ることができる。作中の荒唐無稽な部分を削除し、あらすじを勸善懲惡のモラルで一貫させようとするなどがそれであるが、我々が現在目にし得る作品の大部分は、一度こうした知識人の整理を經て今に殘されたものであり、そこからうかがわれるのが、民衆の思想そのものではないことを念頭に置いておかなければならない。

しかしながら、では一體何故に、この時代になって、それまでは白話小説を下賤なものと見做し、見向きもしなかった知識人が、積極的に參與するようになったのであろうか。氣に入らぬ部分を書き改めはしたかもしれないが、一體どこが氣に入って、それを自分たちのものとして取り上げるに至ったのか。こうした方向から改めて問題を捉え直してみなければなるまい。

わたしは本書の前章（もとは「馮夢龍『三言』の編纂意圖について――特に勸善懲惡の意義をめぐって――」『東方學』第六十九輯　一九八五）において、知識人の參與によって白話小説がどのように變質したかという、この第一の問題を取り扱った。本章では、その後を承け、では知識人が何故白話小説に關與するようになったのか、という問題を扱うことにしたい。ここでは材料として、前稿に引き續き、民間にあった文學を知識人の側に吸收することについて功績があり、いわば明末當時における俗文學の旗手であった馮夢龍（一五七四～一六四六、蘇州の人）とその編纂に係る短篇白話小説集「三言」（『古今小説』＝『喩世明言』『警世通言』『醒世恆言』）を取り上げることにしたい。

第一節　問題の絲口――「精華」と「糟粕」――

馮夢龍の「三言」は、あくまで總集、つまり編纂物であって、個人の創作と呼べるものではない。さらに、そこに收められた百二十篇の話の中には、古い由來を持つもの、馮夢龍自身の創作にかかるもの、などなどさまざまな來歴の話があり、狀況は相當複雜である。とはいっても、一つの選集を編もうとするからには、どのような作品を取り、どのような作品を捨てているか、という點に、編集者としての意圖と手腕とがあらわれているはずである。

馮夢龍が「三言」の編纂にあたって、明らかに用いたと思われる材料に洪楩の『六十家小說』があり、その現存する二十七種のうち、「三言」に取られているのは、わずか九種に過ぎない。もし、これといった特別な意圖もなく、ただ何でも網羅主義で作品を集めたとしたならば、『六十家小說』からも、より大きな比率で作品が取られたにちがいない。このことから見て、「三言」の編纂にあたっては、かなり嚴しく作品を選んでいることが知られ、それだけに、全體の編纂の意圖を問題にすることが、重要な意味を持つと思われるのである。馮夢龍は、どのような基準にのっとって作品を選んだのであろうか。

ところで、從來の「三言」研究にあっては、そこに收められた作品を「精華」と「糟粕」とに分類して考えることが行なわれてきた。ひと言でいうならば、「精華」とは、人民的、反封建的な內容の話であり、「糟粕」は、それに對して、知識人の手の入った封建的な話ということになる。現代のいわゆる人民史觀に立った上で、「三言」を評價しようとすれば、こうした區分けが必要になるのもやむを得ないことではあろう。しかし、明末の人であった馮夢龍が、そもそも封建的か反封建的か、人民的か知識人的かなどといった尺度を持ちあわせたはずはなく、また當然、こうした「精華」「糟粕」といった考え方をしていたはずもなく、その眼から見て、どの作品にも、それなりに取るべきものがあったから、選び取って「三言」に收錄したのだと考えることができるであろう。こうした中で、このいわゆる「精華」と「糟粕」とをつき合わせて考えることによって、その兩者の間をつなぐ、作品の共通の性格を探る手掛りとすることができるのではないか。ここでは、これまでの文學史において、しばしば「精華」として評價されてきた作品「杜十娘怒沈百寶箱」（『警世通言』卷三十二）としばしば「糟粕」と認められてきた作品「陳多壽生死夫妻」（『醒世恆言』卷九）の二つを例に取って、馮夢龍の編纂の原理を探る緖口としたい。

ちなみに、この二作品のうち、前者の本事とされるのは、馮夢龍よりほぼ一世代前の人である宋懋澄の『九籥集』巻五「負情儂傳」であり、後者のそれは、百年近く前にあたる弘治年間の人、許浩の『復齋日記』巻上の「陳壽」の條だとされている。そして、「三言」の話のどちらもが、これらの文言の作品にもとづいて、おそらくは馮夢龍自身が白話の作品に書き改めたのではないかと考えられている點で共通する作品である。(3)

杜十娘の方は、廣く人口に膾炙した話で、

浙江紹興府から監生として北京に滞在していた李甲が、名妓杜十娘となじみ、やがて十娘を落籍する。十娘を連れて故郷に戻る途中、新安商人の孫富が十娘を見染め、「家へ十娘を連れて戻っても、妓女あがりの十娘が喜び迎えられるはずがなく、これでは父親に對しても、十娘に對しても、體面が保てなくなるはず」と李甲に說き、「ならば自分が千金で十娘をもらいうけよう」と進言する。李甲はその言に從い、十娘を孫富に賣り渡す。ことを知った十娘は、李甲をなじり、攜え來った百寶の箱とともに、河中に身を投ずる。李甲は後、十娘のことを思い出しては、常に鬱々として病になり、孫富も病氣にかかって死んでしまった。

というあらすじである。

作品の主眼が、一般に「婦人水性」といわれた妓女の中にあって、命を捨ててまで男への愛を貫こうとした杜十娘の姿にあることは言を俟たぬであろう。男の李甲の側について見れば、妓女十娘との愛を貫くことは、ただちに家に對する反逆にあたり、孝の德目に背くことになる。こうして、家を取るか、十娘を取るかのジレンマの中に身を置くことになる。當初は、「その杜十娘と李公子は眞情から親しみあっていた（那杜十娘與李公子眞情相好）」ので、家からいくら叱責の手紙が來ても、十娘を落籍したい一心で、家のことは氣にかけていなかったものの、家郷が近づくにつれて父親のことが氣になりはじめ、そこにつけこんだ孫富の口車にのって、十娘を賣り渡すという不義を犯してしまうのである。十娘を賣ったことによって、あるいは孝の徳目には從ったことになるのかもしれぬ。なるほど元稹の「鶯鶯傳」などは、最後に女を捨てた主人公張某を「時人は多く、張のことを、うまく自分のあやまちのかたをつけた者だと評價した」として結ばれている。しかし、この作品にあっては、「鶯鶯傳」風の評價の方向には向わず、ただひたすら、十娘の眞心を裏切った李甲の不義が斷罪されるのである。十娘を孫富にゆずり渡すその日の朝、「十娘がこっそりうかがうと、公子は欣欣として喜色をうかべているように見えた」とある本文に批點が施され、眉欄には「もし眞心から十娘を捨てたくなかったのなら、きっと更にいうべきことがあつたはずなのに（若眞心不捨十娘、必更有說）」という批語（可一主人）がある。評者はこのせいいっぱいの皮肉によって、李甲の眞心のなさを非難しているわけであるし、十娘が入水し果てた時、「そのときかたわらで見ていた人々は、誰も彼も齒ぎしりしながら、爭って李甲と孫富を毆りつけようとしました」とする人々の怒りが、作者・讀者の怒りと重なりあっているわけである。ここでは、眞情（眞心）ということを第一に置き、それを貫くためには、たとえ孝であっても二番目に置いてかまわない、という倫理上の價値判斷が働いている。この作品では、眞情の內容が孝なる既成の倫理と對立している點が、今日精華と稱される所以なのである。

では、「陳多壽生死夫妻」の方はどうか。これは、

婚約中の男女（陳多壽と朱多福）のうち、男の陳多壽の方が癩病にかかり、瀕死の狀態におちいった。そこで雙方の親が、人を介して婚約を破棄しようとする。ところが娘の朱多福一人だけは、「良家の娘で、婚約の證しとし

て、二軒の家の茶を飲んだものはいない」といって、周圍の反對を押し切って嫁ぎ、甲斐甲斐しく看病するが、病はなかなかよくならない。ある日、絶望した陳多壽が、自殺しようとして砒霜をあおると、その毒の力で身體から悪い血が噴き出し、病も癒え、後は二人幸福に暮した。

というあらすじの話である。

こちらの話にあっても、離縁せよという親の言い付けに背き、一度決まった婚約に固執することが、孝の德目に反する點については、杜十娘の話における李甲の場合と同様である。しかしこちらは、その固執する相手が正式に納聘まで濟ませた夫であるという點で、既成の貞節の德目に合致することになる。つまり、この作品の場合、わざわざ病氣の婚約者のところに嫁入る、しかも雙方の親ともに主張する離縁の勸めを斷わってまで、という現在のわれわれの目から見ての不自然さから、この朱多福を封建道德の奴隷と見做し、この作品自體も糟粕と考えられたわけである。

既成の道德に従ったことを斷罪することによって、結果的に既成の道德への反發を表明することになるか、既成の道德にそのまま沿うものであるかというちがいが、この杜十娘と陳多壽の場合に見る精華と糟粕であった。こうした正反對の內容を持つかに見えるこの兩者に、なおも共通した點はどこに見出せるのであろうか。それは、この兩者にあって、ともに登場人物の眞率な感情（眞情・眞心）に發する行動が贊美されているという點である。杜十娘の場合は、きわめて明らか。一度心に決めた相手に誠を盡してつき從い、男にだまされたと知るや、持參したあまたの財寶とともに河に身を投じた、純粹眞率な行動に、同情が寄せられるわけである。一般に金の切れ目が緣の切れ目の妓女の世界で、落籍といっても、身受け金をだまし取るための芝居が多い中で、十娘は身受け金の半分を自分が負擔するという。殘り半分の工面のために李甲が友人の柳遇春の許に出向いた時、そのことを聞いた柳遇春が「この女性は、ほんとうに眞心のある人だ。（李甲に添いとげようという氣持ちが）眞情である以上、その氣持ちに負くわけにはいかない」といって、卽座に金を貸し與えてやる、という部分にもこのことはうかがえるであろう。そして、李甲の方についていえば、見染めた十娘を落籍し、故鄕に連れ歸ろうとするまでは、眞情にもとづく純粹な行動といえた。しかし、やがて家のこと、金のことなどで心がくもらされ、十娘に對して不義を犯してしまう點に非難の目が向けられるわけである。この作品では、自己內心の愛情に忠實であるかどうかが、價値判斷の尺度になっているわけである。

陳多壽の話の朱多福についても、實は同樣のことがいえる。こちらも、一度決められた婚約に固執し、貞女としての自分を保とうとするのは、決して他人に無理強いされたことではなく（現に兩親は婚約破棄を勸めていたのだ）、それが自らの意志で選び取った行動であることが強調されているのである。たしかに現在のわれわれの目から見れば、貞にしがみついて、惡疾の男の許に嫁そうとすることは、自らの本心を僞った不自然なことと考えられるかもしれない。しかし、そう考えるのは、節婦烈婦貞女がとりわけ重要視された明代という時代性を無視した、あまりに非歷史的な見方になるであろう。(4) こうした時代には、節婦烈婦貞女になることが、必ずしも不自然なことではなかったのではなかろうか。もちろん、この當時すでに、貞女なるもののつらさやその怨みを描いた『荆釵記』などの戲曲や、(5) 歸有光の散文があったことをわれわれは知っている。(6) にもかかわらず、この陳多壽の話が文學作品として成り立つのは、やはりこの朱多福の純粹な氣高い氣持ちが、人の心を動かすからであろう。

以上、精華とされる「杜十娘怒沈百寶箱」と糟粕とされる「陳多壽生死夫妻」とを通してうかがわれる基本的な性格、言い換えるならば、馮夢龍が「三言」編纂にあたって、個々の作品の採否を決めた尺度は、登場人物の行動の眞率さ、「三言」中にしばしば見られる言葉で言えば、眞情・眞心・至誠などということに求められるのではないか、と思われる。

第二節　假說の檢證

前節において、「三言」編纂についての馮夢龍の重要な意圖は、一つには眞情にもとづく行動の贊美にあったのではないかということを見た。しかしこれは、從來の精華、糟粕とする見方を利用し、たまたま抽出した二作品にもとづいて得られた假說に過ぎない。次いで、この假說が「三言」の他の部分をもおおうに足るものかどうかを檢討せねばならない。檢討にあたっては、戀愛と友情の二つの柱を立て、それぞれを主題とした話について考えてみることにしたい。

（イ）戀愛に關する話

「三言」百二十篇中、戀愛に關わる話の占める割合は相當に大きい。從って、そこにはさまざまなケースがあり、一概に論ずることはとても不可能である。そこでここでは、話の內容によって、（a）幽靈・妖怪、（b）私奔、（c）貞節の三つのパターンに分け、それぞれについて考えてみることにしたい。もちろん、これら相互に關わりあう話もあるし、また、このいずれにも屬さない場合もあるわけであるが、便宜上このように分けて論を進めてゆくことにする。

（a）幽靈・妖怪

北宋の末年、燕山にいた楊思溫は、その義兄弟である韓思厚の妻鄭意娘に會った。思厚と意娘とは、金の侵入による戰亂で、離ればなれになっていたのであった。思厚が宋の使者として燕山に赴いた際、意娘のところへ行ってみようとしたが、實は意娘は金の撒八太尉に辱められそうになった時に自害しており、先にあらわれたのは亡靈なのであった。この時再び意娘があらわれ、再婚しないことを誓った上で、遺骨を故郷に持って行くことにした。ところが、後に思厚は金陵の女道士と相愛の仲になった。二人が杭州へ船で赴く途中、意娘の亡靈によって水中に引き込まれ、死んでしまった。

という「楊思溫燕山逢故人」（『古今小說』卷二十四）は、夫への貞節を守って節に殉じた意娘が、死してなお、夫への思慕を斷ちがたく、南から來た知人の前に亡靈となってあらわれる前半と、再婚しないことを誓った夫が裏切ったことによる怨みから、夫を取り殺す後半とからなっている。後半は、夫の不義の報いという勸善懲惡的な話になってはいるが、話の中心は、死んでも夫への思いの斷ち切れぬ、鄭意娘の一途さといいうるであろう。

南宋の紹興年間、臨安の咸安郡王の玉細工職人崔寧は、郡王府の火事の折、下女の璩秀秀と驅け落ちし、潭州で暮していた。そのことを通りかかった郡王府の郭排軍が告げ口したために、臨安に連れ戻され、秀秀は手討ちにあい、崔寧は建康府へ流罪になる。建康へ赴く途中で秀秀があらわれ（實は亡靈）、いっしょに暮す。やがて再び臨安に呼び戻されたところで、死んだはずの秀秀がいるのを郭排軍が見つけ、郡王に告げる。いざ秀秀を呼びよせてみると、轎の中に人はなく、郭排軍は五十の棒叩きにあう。郭排軍への仕返しをすませると、秀秀は崔寧に取りついて殺してしまった。

という「崔待詔生死冤家」（『警世通言』卷八）も、郡王の手討ちにあうことによって、生きて崔寧と暮すことがかなわなくなった秀秀が、亡靈となって崔寧の許にあらわれ、最後には崔寧をも道づれにしてしまう、という形での、女性の思いつめた一途さが作品の主眼になっているということができる。(7)

ところで、今擧げた二作品、「楊思溫」の方は、話が洪邁の『夷堅志』丁志巻九「太原意娘」に見え、また明の『寶文堂書目』に「燕山逢故人鄭意娘傳」が見えており、「崔待詔」の方は、『警世通言』の本文の題下に「宋人小説題作碾玉觀音」とあるなど、「三言」に收められた話の中でも、比較的古くまでさかのぼることのできる作品である。戀愛をめぐる話のうちで、死後、亡靈となって出現する話が、おおかた來歴の古い作品に屬する點は注目に値するであろう。先に觸れた「杜十娘怒沈百寶箱」は、明代の作品である。これも、一途な戀心を抱いた女性を描いている點では共通するのであるが、杜十娘の話では、怨みを含んで自殺した女性の死後の登場は語られていない。不義を犯した男二人も、病氣になったり死んだりしているが、それも、直接に十娘の亡靈に取り殺されたという樣には描かれていないのである。

こうしたちがいは、戀愛を扱った作品だけでなく、他のテーマの作品についてもいうことができる。例えば、公案(裁判事件)を扱った作品で、無實の罪で死んだ者の亡靈があらわれて無實を訴えるといった類の話(『警世通言』巻十三「三現身包龍圖斷冤」など)は、みな古い來歴を持つ作品である。新しい作品は、例えば「滕大尹鬼斷家私」(『古今小説』巻十)のように、不思議なお告げと見えたものの、裏のからくりを説き明かしているといった性格のものになる。

古い話にはしばしば亡靈が登場し、新しい話になるほど亡靈の出現が少なくなるのは、その理由をどこに求めることができるのであろうか。おそらく、こうしたちがいは、それぞれの話を語り傳えた社會層のちがいを反映していると考えられる。古い作品は、戰亂などの社會の混亂の中にあって、あるいは支配階級の壓制の下にあって、何らの抵抗の力を持てない庶民の間で語られて來た話である。彼らが何らかの問題を解決しようとする時、いきおいこうした超自然的な力に頼らざるを得なかったのではなかろうか。それに對して、比較的上層にあった士人の作者が小説を書くようになってからの作品においては、いわゆる合理化が行なわれ、超自然的な現象や説明が排除されるようになり(8)、また、士人に對しての嚴罰を避ける傾向が生まれているのである(9)。「三言」に収められた作品には、全體に共通した性格が認められるとともに、その來歴のちがいを反映して、さまざま異質のものがあることも、一方で考える必要がある。

この世に思いを殘して死んだ人間が亡靈になって再びあらわれるのと同じように、異類が人間に懸想するといった類の話もある。白蛇の精が美しい女性に姿をかえて男にまつわりつこうとするが、最後に法力によって押えつけられる、という筋の白蛇傳――「白娘子永鎭雷峯塔」（『警世通言』巻二十八）がそれである。この話にあっても、白蛇の精が人間の男に一途な想いを寄せる様が重要なテーマといえ、この點が廣く人々の共感を得ていたのである。それは、魯迅が「論雷峯塔的倒掉」（『墳』所收）において、白蛇を法力によって鎭めた法海禪師の行爲を、民衆はみな「よけいなお世話（太多事）」と思っているのだ、としているごとくである。

以上見て來た幽靈・妖怪にからんだ戀愛譚にあっては、亡靈になって出現しなければすまない、また異類であっても人の姿に身をかえて出現しなければすまない、といった、內心のやむにやまれぬ氣持ちがあらわれている。馮夢龍は、編纂にあたって、こうした眞情を評價し、作品を收録したのであろう。

（b）私奔

父母の命、媒妁の言なくしては結婚がかなわなかった過去の中國社會にあっては、男女が自由に相手を捜し、結婚することは、原則的に不可能であった。しかし實際には、困難を克服しつつ結婚しようとする自然の結びつきの力を否定することは不可能である。そうした生身の人間のありのままの世界を、白話小説は描き取っている。

越州（紹興）の人張舜美は、杭州で郷試に落第し、そのまま逗留していた。元宵節の晩に出會った劉素香と駆け落ちし、鎮江に向おうとするが、途中ではぐれてしまい、絶望した素香が江に身を投じたところを尼に助けられる。後、張舜美は郷試に合格し、會試の受験に赴く途中、鎮江で劉素香と再會した。舜美は進士に及第し、雙方の兩親に結婚を認められ、後には天官侍郎に至り、子孫も榮えた。

とある「張舜美燈宵得麗女」（『古今小説』巻二十三）の正文は、萬曆年間に福建の人熊龍峯が刊行したいわゆる「熊龍峯刊四種小說」（內閣文庫藏）に見える作品である。元宵節の晩にたまたま出會い、互いに心を通いあわせた二人が、素香の親のいぬ間に逢瀬をとげ、そのまま私奔する話。この劉家の身分は明らかではないが、官員か大商人、大家なのであろう。そして、話の中では、兩親が直接にこの秀才との結婚を拒絶した事實があるわけではないものの、舜美が「自ら思うに、自分は白面の一書生にすぎないのであって、纖毫も報いることができないのを恥しく思う」といっているところを見ても、舜美にとって素香がいわば高嶺の花であり、兩親に認められないことが前提になっていると思われる。そこで、やむにやまれず二人は駆け落ちに及ぶことになるのである。

さて、この話は、進士に及第した舜美が、素香ともども杭州の劉家をたずね、劉家では死んだはずの娘にめぐり逢え、しかも立派な婿を得たと大喜びし、また越州の張家でも歡迎を受け、後々幸福に暮したという一篇の「佳話」として結ばれているのであるが、この話が「佳話」になる、言い換えれば、二人の私奔が社會的承認を得るに到るためには、舜美の進士及第、そして任官という要素が重要な働きをしていることが見逃せない。元雜劇の『西廂記』にしても、張生と鶯鶯との結婚を最終的に確實なものとする契機は、張生の進士及第であった。元來團圓を好む中國小説であり、進士及第、任官、子孫の繁榮などのいわばオールマイティーの切り札を持って來て話を結着させるやり方は、たしかに安易といえば安易に見えるが、長い目で見て最終的な帳尻が合いさえすれば、中途は多少問題があってもかまわないだろう、という形で、若い時代の眞情に從った行動を容認していることになるのである。

西洛の張浩と隣家の李鶯鶯とが宿香亭で出會い、將來を誓いあった。鶯鶯の父親が官について赴任して行った間に、張浩の叔父が、張浩と孫氏とを無理に結婚させようとした。父の任滿ちて戻って來た鶯鶯がそのことを知り、張浩との結婚を求めて河南府に訴え、役所の判決によって、二人は結ばれた。

という「宿香亭張浩遇鶯鶯」（『警世通言』卷二十九）にあっては、本來媒を介さない私通の閒柄であったものが、「人情に在りては旣に至誠より出で、律文を論ずるに亦た禁ずる所有り」（禁ずるのは孫氏との結婚）として認められる。そこでも「人情の至誠」が判決の根據にされているところが、先ず注目されるであろう。ここにも、一途な氣持ちに官府が動かされるという形で、眞情を評價しようとする姿勢がうかがわれる。また、そもそもはじめに結婚のことを言い出した李鶯鶯の言葉の上に「この女性はほんに志ある人だ（此女大有心之人）」という眉批（可一主人）があり、自由な結びつきを認める口振りである。もちろん、この話にあっても、二人の結婚が官府によって認められる、といういわば外在的な要素で決まっているにはちがいないのであるが。

この「宿香亭」と反對の場合にあたるのが、

周廷章は、王嬌鸞と祕かに結婚の約束を取り交わしながら、故鄉の吳江に歸って別の女性と結婚した。眞相を知った嬌鸞は、吳江縣あてに訴狀を送って自害した。吳江縣では廷章を捕えて杖刑にした。

という「王嬌鸞百年長恨」（『警世通言』巻三十四）である。こちらは、美貌や財產に目がくらんで、はじめの女性に誠を盡さなかったことへの非難である。

ところで、「宿香亭」の方は、話が『靑瑣高議』別集巻四に「張浩──花下與李氏結婚」として見えるなど、來歷の古い作品である。こちらは、花の下で逢って、やむにやまれず私奔する、という部分が話の中心であった。「王嬌鸞」の方は明代の話で、そもそも周廷章と王嬌鸞の閒にはひそかに婚約も整っていた。話は、その約にそむいた周廷章が罰を受けたという、勸善懲惡的、敎戒的な內容の方に中心が移っていると考えられる。宋代と明代とで、話の持つ色彩が變わっているわけである。

以上、眞情に從った若い男女の私通を扱った作品においては、男が科擧に合格したり、官府の承認を受けたり、という外在的な手續きを必要としながらも、最終的には彼らの行動を認めてやろうとする傾向があることを見た。最後に附言するならば、ここで認められているのは、あくまで社會的な理にかなった眞情なのであり、單なる淫欲は完全に否定されているのである。(10)

（c）貞節

結婚以前の男女閒の愛情については、前項で見た。これが結婚後になると「貞女は二夫を更えず」とする社會規範が存在することから、物語にはまた別の樣相が附け加わってくる。すなわち、一度結婚した夫婦が、どのような苦難にあっても、たとえ離ればなれになっても、互いに節を屈せず、最後には再び團圓する、という內容である。こうした話については、はじめに「陳多壽生死夫妻」を取り上げた際に見てきたが、ここであらためて考えることにしよう。

南宋のはじめ、賊の范汝爲の攻撃を受けた呂忠翊は、娘の順哥を奪われた。やむなく賊に從っていた范汝爲のおいの范鰍兒は、そこで順哥をいたわり、妻に迎えた。後に范汝爲の討伐軍が迫ると、合わせ鏡の一枚ずつを形見とした。汝爲の軍は討伐され、順哥は父の許に戻った。後、呂忠翊の許を訪れた賀承信が鰍兒であることを見た順哥は、鏡を證據に團圓した。この間二人は、不再娶、不再嫁を守っていた。

という「范鰍兒雙鏡重圓」（『警世通言』巻十二）などが、その一例と考えられる。この話の入話は、戰亂で妻と離ればなれになった男が、身寄りなくさまよっている女性と夫婦になった。後にその女性の實の夫に逢ったら、自分の妻がその男の妻になっていたので、もとのように夫婦を取り替えた、という話であるが、この入話よりも、これから話す正文の方が、「夫義婦節について風化に關わるという點では、數倍もあり勝る」といっている點にも、「夫義婦節」を強調する作者の意圖がうかがわれるし、またこの話で、官軍に包圍され、もはやこれまでという時に、順哥が鰍兒に向って「あなたは賊の親類だから、きっと死を免れないでしょう。私はあなたが殺されるのを見るに忍びないので、あなたより先に死にたい」といって刀を取ろうとする場面に、批點が施され、「此の婦人は大いに見識あり、大いに志節有り」という眉批があることにも、評者の姿勢が鮮明にあらわれているであろう。戰亂を背景に、やはり節を屈さなかった人々を描いた作品に「白玉娘忍苦成夫」（『醒世恆言』巻十九）がある。これらの作品においては、男女ともに、娶らず、嫁せずという節を守ったわけであるが、より多くの場合には、夫義はあまり問題にされず、貞節が一方的に女性の側に要求されるのである。

明の天順年間の話。馬任は聰明で學問があったが、父が宦官の迫害を受けて死に、土地財産も奪われ、不遇で、鈍秀才とまであだ名された。そうした不遇の中にあって、許婚者の黃六媖は、節をまげずに援助を續けた。後、馬任にも運がめぐり、科第。最後には禮・兵・刑三部の尙書に任ぜられた。

という「鈍秀才一朝交泰」（『警世通言』巻十七）は、どのような不遇の中にあっても、一度許婚の門柄になった相手への節を屈しなかった女性の姿が重要である。彼女の兄が、しきりに相手をかえることを迫っても、「六媖は死をたてにとって自ら誓い、決して二つの天をいただこうとしなかった（六媖以死自誓、決不二天）」とある。また、「宋小官團圓破氈笠」（『警世通言』巻二十二）も、癩疾にかかって回復の見込みのない婿を、舅が捨て去るが、娘は貞節を守って再嫁せず、後に團圓する、という話で、「陳多壽生死夫妻」などと同類の話と見ることができよう。

家族みなを殺され、一人だけ生き殘った蔡瑞虹は、家族の仇を討つために、人の妾となって生きたが、仇を討ち、家を再興すると自殺した。後に節孝を旌表された。

という「蔡瑞虹忍辱報仇」（『醒世恆言』巻三十六）は、仇討ちにかける女性を描くが、目的を果たすとすぐに自殺したのは、身を汚されたのに生き永らえて、貞節に傷がつくことを恐れているからである。貞節を守るために再嫁しない、命を捨てるのは、たしかに現代の目から見れば、きわめて非人道的なことのように見えるであろう。が、しかし、それが當然のことと考えられ、旌表を受けることが一族にとっても重要なことであった社會の中においてはどうであろう。節に殉じた女性たちも、それをいわば自然のこととしていたのではなかったか。もちろん、これは文學作品であって、事實ではない。現實にはあまり起こり得ないことであったから、作品にする意味もあったとはいえる。しかし、節を守ることをよしとする社會の背景があったからこそ、この作品が文學作品として成り立っているのである。

この時代にはすでに、女性だけに貞節を押しつける社會の倫理に對する反發も、一方では起こって來つつあった[11]。そして、馮夢龍についていえば、彼はたしかに一面では、先に述べたような、男女の自由な戀愛を認めるような進歩的な側面を持っていた。だが、また一面、貞節を表揚せんとする側面をも合わせ持っていたのである。こうした、あたかも反對のごとくに見える性格の根底にあったのは、これがともに、自己の至誠眞情から發しているということであったと思われる。自由な戀愛も、貞節も、ともに明人馮夢龍から見て、一社會に生きる人間としての情理に合致したものだったのである。ここに、馮夢龍の興味と關心と、そして評價とがあったと考えられる。

この小節に擧げた作品は、一番はじめの范鰍兒の話一つをのぞいて、他はいずれも明代の作品である。貞節の稱揚を主題にした作品が多いのも、明代の作品の一つの特徵である。

（ロ）友情に關する話

戀愛の話に比べて數は多くないが、「三言」の中には男同士の友情を描いた作品がいくつか收められている。

後漢の明帝の時、張邵は、受驗の途次、宿で病に苦しむ范式を救った。范式も受驗の途次であった。二人は試驗の期日に間に合わなくなったが、義兄弟の契りを結び、翌年の重陽に、范式が張邵を訪ねるという約束をした。

翌年、張邵が待っていると、范式の亡霊があらわれた。約束の日に遅れそうになった范式は、死んで魂となってやって來たのであった。張邵は、范式の家に行って祭りを行なうと、自らも自刎し果てた。

という「范巨卿鷄黍死生交」（『古今小說』巻十六）では、命を捨ててまで、友人との約束を果たそうとする姿が描かれる。これは、洪楩の『六十家小說』の『欹枕集』上「死生交范張鷄黍」に同じものであるが、馮夢龍はこの內容を好み、「三言」に收錄したのであろう。また、

晉に仕えて上大夫の位にあった兪伯牙が楚に使した歸り、停泊中に琴を奏したことが機緣で、木こりの鍾子期と知りあい、義兄弟の契りを結び、一年後の再會を約して別れた。翌年、伯牙が訪ねると、子期は既に亡くなっていた。伯牙は墓前で曲を奏し終ると、琴を碎いて壞してしまった。

という「兪伯牙摔琴謝知音」（『警世通言』巻一）も、『列子』湯問篇などに見える知音の故事を敷衍したものであるが、一方は上大夫、一方は木こりという身分のちがいを越えた純粋な友情の贊美である。また、「吳保安棄家贖友」（『古今小說』巻八）は、かつて自分を認めてくれた人が苦難に陷っているのを、わが身を顧みずに助けた話であって、ここにも、身を捨てて恩義に報いんとする純粋な心情を見ることができる。

春秋の時、左伯桃は、楚の元王の招賢に應ずる旅の途中、羊角哀と知り合い、義兄弟になって、共に楚に向った。道中雪に封じ込められ、伯桃は角哀に衣食を與えて旅を續けさせ、自分は凍死した。角哀は、楚王から中大

夫を授けられると、直ちに戻って伯桃を葬った。夜、伯桃の亡靈があらわれ、隣に墓のある荊軻が、立ち退くようにと亂暴するといった。角哀は、草の人形を作って燒いたが、效き目がなかったので、自ら助けに行くべく自刃した。その夜、はげしい風雨と雷があり、翌朝、荊軻の墓の前には白骨が散亂していた。

という「羊角哀捨命全交」（『古今小說』卷七）では、自分の命を捨て友人を楚に赴かせた左伯桃、そして、その友人が危地に陷っていることを知るや、せっかく楚王に重く用いられた自分自身のことを顧みずに自刃する羊角哀が、それぞれ楚王から、忠義として認められることになっている（二人の墓前に廟を建て、「忠義之祠」という敕額を與える）。さて、物語としては、あくまで友情を贊美する內容であるのだが、この羊角哀の行動は、果して忠と名づけうるものなのであろうか。中大夫として楚王に用いられた羊角哀は、楚王のために働くのが忠なのであって、たとえ友情のためとはいっても、楚國の政治から見れば、一私的な理由で死んだことになり、楚王への忠に結びつかないのではないか。つまりここでは、たとえ國家の用件を無視しても、自分の心情にてらしてみて、より正しいと思う方を取っている點が注目されるわけである。この話の本事となっている『烈士傳』（『後漢書』申屠剛傳注に引く）などの資料を見ても、忠義の顯彰ということには言及していない。この「忠義之祠」云々の部分は、私的な義を國家的秩序の中に收め、正當化せんとする、後世の作者の粉飾と考えられる。

ここで思い起こされるのが、『三國志演義』にある桃園の契りであり、『水滸傳』の人物たちの江湖の義氣ということであろう。(12) 劉備・關羽・張飛の三人が義兄弟の契りを結ぶことは、本來正史の『三國志』には見られない話であった。明の「成化說唱詞話」中の花關索の話にも、戰って破った相手を、次々と義兄弟にしてゆく情節がある。「同じ日に生まれなかったのはしかたがないが、死ぬのは同じ日に死にたい（不願同日生、只願同日死）」は、民衆の間に傳えられて來たこれらの話に共通して見られる常套句である。こうしたいわば反體制的な義氣を重んずることは、元來民衆のものであったはずだが、明の中葉から、士人たちが好んで『三國志演義』や『水滸傳』を讀むようになった事實から見ると、結局この時代には、士人たち自身も、すでに國家一元（忠一邊倒）の原理には支配されなくなっていたことのあらわれであろうか。

結　び

以上、「三言」の編纂にあたって、馮夢龍の持っていた一つの重要な編集方針――作品採否の基準は、登場人物の眞率な心情に根ざした純粹な行動であるか否かに求められるのではないか、ということを見た。が、實際こうしたことは、馮夢龍の「三言」ただ一つが、時代から突出してあらわれていたわけではない。小說や戲曲に限らず、明の文學を考える一つの重要な鍵になるのが「眞」の文字である。

詩文の世界にあっては、古文辭派の擬古の風に反對し、専ら「眞」を唱えた袁宏道（一五六八～一六一〇）についてはいうまでもないが、その彼が批判した古文辭派の李夢陽（一四七三～一五三〇）に「今、眞詩は乃ち民間に在り」（『空同先生集』巻五十「詩集自序」）の句があることは注目されてよい。これは、この眞をめぐる問題が、弘治・正德のころ以來一貫して、當時の文學者にとっての根本問題であったとともに、この時代の士大夫が民間のものにいかに旺盛な關心を示したかを物語るものといえよう。李夢陽が民間に在りとした、いわゆる眞詩とは、具體的には、「鎖南枝」「掛枝兒」などの、きわめて素朴な、そして時には卑猥な內容の俗曲を指したと思われる。馮夢龍が蘇州地方の民歌である「山歌」を輯め、その序で「但だ假の詩文有りて、假の山歌無し」、或は「男女の眞情を借りて、名敎の僞藥を發く」

とまで言い放ったその先蹤は、このあたりに求められるであろう[13]。

傳統的な詩文にして、以上のようなあり樣であった。この時代の戲曲・小說においては、より華々しく、この眞情謳歌が行なわれていた。戲曲については、元雜劇『西廂記』の爆發的ともいえる流行[14]、そしてまた、湯顯祖（一五五〇～一六一七）は、その文學論において、また實作『牡丹亭還魂記』において、「情」の價値を主張している[15]。また、文言の小說でも、この時期には、『萬錦情林』など、男女間の戀愛がその大半の內容を占める書物が、多く刊行されている。馮夢龍の『情史類略』も、こうした流れを汲むものであり、これら文言の作品がもとになって、「三言」の作品に書き改められているものが、かなり見られる。更にまた、旣に觸れたように、この時代には、『三國志演義』『水滸傳』『西遊記』『金瓶梅』（『金瓶梅』の價値を早くに評價し、書肆に刊行を勸めたのが馮夢龍であった[16]）などの、白話の大作があらわれていた。

民間のものに對する旺盛な關心、そして一方では、民間の芝居を敎化の道具に使えるのではないか、とする王陽明の意見（『傳習錄』卷下）に見られるような、士大夫としての敎戒意識。その交點に、馮夢龍は立っていたのではないかと思われる。「水滸は盜を誨え、西廂は淫を誨える」という言葉からもうかがえるように、これら通俗文學の社會的な影響力は、かなり大きなものがあったにちがいない。そうした中で、馮夢龍は、あくまで理にかなった眞情を評價するのであって、單なる放恣淫欲は、完全に否定している。こうしたところに、そもそもこの白話小說集に『喩世明言』『警世通言』『醒世恆言』と命名した馮氏の自覺、もしくは自信がうかがわれるのではなかろうか。

注

（1）　鄭振鐸「水滸傳的演化」「三國志演義的演化」（同氏『中國文學論集』開明書店　一九三四）、尾上兼英「小說史における『明時代』１」（『中國文學研究』第三號　一九六四）、小川環樹『中國小説史の研究』（岩波書店　一九六八）など。
（2）磯部彰「明末における『西遊記』の主體的受容層に關する研究」（『集刊東洋學』四十四　一九八〇）及びそれを承けた拙稿「明末における白話小説の作者と讀者について」（『明代史研究』第十二號　一九八四。本書第三部第一章）。
（3）「三言」の個々の話の本事考や成立年代考は、これまで多くの研究者によって行なわれてきた。それらを現在の時點で集大成したのが、小川陽一『三言二拍本事論考集成』（新典社　一九八一）である。本論における本事や成立年代についての言及も、小川氏の書にその多くを負っている。
（4）小川陽一「姦通はなぜ罪悪か――三言二拍のばあい」（『集刊東洋學』二十九　一九七三）。節婦烈婦については、合山究『明清時代の女性と文學』（汲古書院　二〇〇六）第二篇「節婦烈女論」。
（5）田仲一成「荆釵記――貞女の怨み――」（伊藤漱平編『中國の古典文學』東京大學出版會　一九八〇）。
（6）入矢義高「陶節婦傳」（同氏『明代詩文』筑摩書房　一九七八所收）。
（7）この話の題が、原題の「碾玉觀音」から「崔待詔生死冤家」へと變わった段階で、作者の意圖が、より明らかになった。すなわち、「生死冤家」には、崔寧に同情し、秀秀を指責する意があり、崔寧は不幸にもこの「生死冤家」に逢ったがために、生きている時には巻き添いを食い、しかも犬死にすることになった。胡士瑩氏は『話本小説概論』（中華書局　一九八〇　三二二頁）において以上のように述べられるが、冤家に、仇というほかに愛人の意がある以上、馮氏の意圖がしかじかであったと、氏のように斷言できるかどうかは疑問である。
（8）小川環樹氏前掲書（注1）及び荒木猛「短篇白話小説の展開――『三言』に見られる人生觀を中心として――」（『集刊東洋學』三十七　一九七七）。
（9）例えば、戯曲「王魁負桂英」において、宋元の舊作では、いずれも王魁が桂英に背いた結果、罰を受けるといった内容であったものが、明代の楊文奎の雜劇『王魁不負心』、王玉峯の傳奇『焚香記』などでは、王魁が背かない話に作りかえられている。
（10）馮夢龍が淫欲の存在自體を否定した譯ではない。「三言」中にも、淫欲に従って行動した人物が描かれ、むしろ、そうした存在に積極的に目を向けようとしているかのごとくである。だが、それらの人物は必ず不幸な結末を迎えるという描かれ方をしている點で、否定的というのである。
（11）歸有光「貞女論」（『震川先生集』巻三）。
（12）『水滸傳』中の義については、孫述宇著、田仲一成譯「水滸傳――強盜が強盜に語った物語――」（『東洋文化』第六十一號　一九八一）。
（13）この部分については、入矢義高氏前掲書（注6）及び同氏「眞詩」（『吉川博士退休記念中國文學論集』筑摩書房　一九六八）を參照した。
（14）傳田章『明刊元雜劇西廂記目錄』（東京大學東洋文化研究所東洋學文獻センター叢刊　第十一輯　一九七〇）及びその增訂版（汲古書院　一九七九）を參照。
（15）大塚秀高「明代後期における文言小說の刋行について」（『東洋文化』第六十一號　一九八一）。
（16）沈德符『萬曆野獲編』巻二十五「金瓶梅」。

第三章　『古今小説』巻一「蔣興哥重會珍珠衫」について

はじめに

明末の蘇州に生きた文人馮夢龍の編に係る短篇白話小説集「三言」（『古今小説』＝『喩世明言』『警世通言』『醒世恆言』）に關して、わたしはこれまで、

（Ⅰ）「明末における白話小説の作者と讀者について」（『明代史研究』第十二號　一九八四。本書第三部第一章）。

（Ⅱ）「馮夢龍『三言』の編纂意圖について——特に勸善懲惡の意義をめぐって——」（『東方學』第六十九輯　一九八五。本書第二部第一章）。

（Ⅲ）「馮夢龍『三言』の編纂意圖について（續）——「眞情」より見た一側面——」（『伊藤漱平教授退官記念中國學論集』汲古書院　一九八六。本書第二部第二章）。

の三篇の論文を發表した。これらは、それぞれ別の機會に發表されているが、わたしの心づもりとしては、共通の問題意識にもとづく一連の論考であった。それを要するに、明の末期、嘉靖・萬暦から天啓・崇禎年間に至るまでの一時期に、中國の白話小説が、質量ともにすぐれたものになり、『三國志演義』『水滸傳』『西遊記』そして『金瓶梅』の

いわゆる四大奇書や「三言」「二拍」など、現在まで讀み繼がれている傑作が生み出された事實を捉え、その理由として、この時期における白話小說の作者讀者が、必ずしもいわゆる「庶民」ではなく、社會の中間層たる生員を中心とする士人層に求められるようになったからではないか、ということを述べた（（Ⅰ）の論文）。(1)

こうした假說を承けて、今度はこの擔い手の變化が、具體的な作品の中に、どのように反映されているのかということを、當時における俗文學の旗手であった馮夢龍とその「三言」に卽して考えようとしたのが、（Ⅱ）、（Ⅲ）の論文である。多々ある作品の中から「三言」を取り上げた理由は、一つには、編者の馮夢龍が、ある程度傳記的事實がわかる人物であることであり、また、もともと說話人によって語られてきた話を、文字に書き記した作品（『三國志演義』『水滸傳』など）から、はじめから讀み物として創作された作品（『金瓶梅』など）への過渡的な段階にあって、「三言」にはこの兩者がともに含まれていることから（もちろん、百二十篇のどれが前者であり、どれが後者に屬するのかを決定することは、なかなか難しいが）、「三言」が、明末の白話小說全體を見る上での最良のサンプルとなり得るのではないか、との豫想があったからである。

（Ⅱ）の論文では、白話小說に士人が參與することによって、勸善懲惡の枠組みを用いた、敎戒的な意圖がより強くなっているのではないかということを述べた。因果應報なら、實は白話小說にはより古くからあったわけだが、それに儒敎倫理的敎化の色彩がより濃厚になったのは、明末以後のことであり、そこに、商品經濟の發展を背景とする鄉村社會秩序の崩壞、その具體的あらわれとしての抗租・奴變・民變など、一連の事象に對する知識人の危機意識が、白話で書かれ、庶民にも讀ませることをうたった「三言」の中にも、色濃く反映しているのではないかということを述べたのである。(2)

以上は、白話小說の側が、士人の參與によって受けた影響であるわけだが、（Ⅲ）の論文では逆に、從來白話小說を蔑視していた士人が、何故この時期になって、白話小説に關わり出したのかという問題を考えた。もちろん民衆教化のために、誰にでもわかりやすい白話のスタイルが求められたこともあろうが、ただそれだけが理由であったとも思われない。(3) やはり、士人をして白話小説にひきつけた、白話小説獨自の魅力があったのだろうと思われる。そしてその魅力は、明末の他の文學・思想にも共通し、「三言」全篇を通じて一貫した核心になっている、人間の眞情の重視にあるのではないか、ということを指摘した。

士人としての社會に對する教化意識、そして、時に民衆に對するあこがれといった微妙なものを內に含みながら、人間の眞情を認める側面、この兩極の間に、當時の白話小説の性格とそれを取り上げた明末士人の意識とがうかがわれるのではないかということである。以上三篇の論文によって、まず白話小説のおこった社會的な背景を見、次いでそこから生じた文學上の現象、そしてそれを支えた人々の意識を考えてきたわけである。

しかしながら、これは、「三言」全體についてのごく大ざっぱな見通しにすぎない。總體としての「三言」を構成するものは、一篇一篇の作品そのものにほかならず、その一篇一篇をほかにしては、「三言」全體も空中樓閣に過ぎないともいえるのであって、今までのいわばマクロの視點に立つものと同時に、ミクロの視點に立った研究が要求されてくる。このミクロとマクロとが相俟ったところで、はじめて本當の「三言」研究が實を結ぶといえるであろう。これまで多くは、「三言」の中から何かある一つの問題を取り出した上で、全體を見渡して論ずる、どちらとかいえばマクロ的な立場に立つ研究が多かったようである。これら從來の貴重な成果を生かし、研究をさらに一歩進めるためにも、個々の作品に卽した檢討が必要になると思われるのである。

前置きが長くなったが、本小論は、以上のような立場に立ち、「三言」百二十篇の冒頭に位置する（文字通り「壓巻」ともいえる）『古今小說』巻一「蔣興哥重會珍珠衫（蔣興哥重ねて珍珠衫に會う）」を取り上げ、この一篇をさまざまな

角度から分析検討してみることにしたい。話のあらすじとしては、小川陽一氏による要約を掲げさせていただく。(4)

明の成化の初め、襄陽府棗陽縣の商人蔣興哥は、妻三巧兒を殘して、廣東に商賣に行ったままもどらなかった。この間に三巧兒は新安の商人陳大郎と深い仲になり、その歸國に當たって蔣家の寶物の珍珠衫を與えた。これが偶然蘇州で興哥の目にとまった。二人の情事を知った興哥は、歸宅するや三巧兒を離縁した。しかし、まだ三巧兒を愛していた興哥は、離緣の理由を表ざたにせず、三巧兒の物もすべて返してやった。のち三巧兒は廣東潮陽縣に赴任途上の吳傑の妾に買われた。再度、襄陽に來た陳大郎は事情を知ると病氣になり、妻の平氏がかけつけたときには死んだあとだった。暮らしに困った平氏が再嫁した相手は興哥だった。平氏の持ち物の中にあった珍珠衫から陳大郎の妻であったことが判明した。のち興哥は廣東合浦縣でその眞珠を盗んだ老人ともみ合いになり、老人が死んだ。興哥は訴えられたが、その事件を擔當したのが吳傑であった。このことを知った三巧兒は、かつての恩義が忘れられず、吳傑に賴んで無罪にさせた。事情を知った吳傑は三巧兒を返した。三巧兒は側室として迎えられた。

第一節　因果應報のコード

分析にあたってまずはじめに、この作品を、作者自身が規定したコードにまるごと從って讀んでみることにしよう。作者が讀者に對して、この作品はかく讀め、ということを示すコードは、書名や序文、また本文中などにあらわれている。いま、この當時の讀者が本を手に取ってから、この「蔣興哥重會珍珠衫」に至るまでの身體的物理的な過程を追いながら、この點について考えてみることにしよう。

この話を讀もうとする人は、まず『古今小説』という題名を持つ書物を手に取ることになる（內閣文庫藏、天許齋本の場合を例に取る）。表紙を開いた封面には、「全像古今小説」の文字と、天許齋の識語がある。

小說も『三國志』『水滸傳』などは巨編といえる。だが、一人一事で談笑に資すべき者は、ちょうど傳奇と比べた時の雜劇のようなもので、いずれか片方を廢するわけにはいかないのである。本齋は古今名人の演義一百二十種を購入することができたので、まずその三分の一を初刻とする。天許齋藏板(5)

これによれば、これから展開されるであろう書物の內容は、『三國志』『水滸傳』のような長篇ではなく、短篇の「一人一事の談笑に資すべき者」を集めたものであり、これを見て、この本をお金を出して買おうという人もいようし、先へ讀み進もうとする人もいよう。書名の『古今小說』も、この「古今名人演義」と關わっている。

次に綠天館主人の序文がある。文言のかたい文章なので、これは讀まずに素通りした讀者も多かったかもしれないが、この內容は、古代から明代に至るまでの小說の變遷をたどり、最後に、

だいたい唐人は言葉を選び、文章に凝っているのだが、宋人は俗に通じ、一般人の耳に入るのにちょうどよい。天下には文章に凝るものは少なく、一般人の耳の方が多い。それで、小說には言葉を選ぶもののためになることは少なく、俗に通じるもののためになることが多い。いま試みに、說話人が舞臺で上演するのを見ると、喜んだり驚いたり、悲しんだり涕いたり、歌ったり舞ったりすることができ、さらに刀を取ろうとし、さらに下拜しよ

うとし、さらに首を斬ろうとし、さらにお金を與えようとする。弱蟲も勇に、淫なる者も貞に、薄なる者も敦に、おろかな者には冷汗をかかせる。毎日『孝經』『論語』を讀んでいたとしても、これほど速くかつ深く、人を感動させることはできないのである。ああ、俗に通ずるのでなくて、このようなことができるだろうか。(6)

という。要は、誰にでもわかりやすい白話で書かれた小說を讀むことによって（一面では白話という言語の自己主張でもある）、『孝經』『論語』を讀むのと等しい教育効果が期待できるといっているわけである。もちろんここでいっていることがホンネなのかタテマエなのかを檢討する必要はあるが、この序文が、この小說集全體の讀み方に、一つの方向づけを與える働きをしていることはたしかである。なお、この小說集の第一集（初刻）の書名は最初に刋行された時點では、『古今小說』であったのが、後に第二集の『警世通言』、第三集の『醒世恆言』に合わせて『喩世明言』と改められている。こうなると、「一人一事の談笑に資すべき者」という娯樂的な性格よりも、この序文に見られるような教戒的な性格というコードが、より明確になるが、これは後の話である。

次いで「古今小說一刻總目」で、四十篇の篇名が竝ぶ。それぞれの篇名の右側に、『。』が施されたものと「、」が施されたものの兩樣がある。どれも見るべき作品ではあるが、その中にもおのずとめりはりがあるぞ、と語ろうとしているように思われる。

目次に續いては、この本がそもそも封面において大きくうたっていた「全像」すなわち四十葉全八十面の插圖が來、四十葉すべてが卷頭にまとめられている。この「蔣興哥重會珍珠衫」については、樓上の三巧兒と路上の陳大郎がはじめて目を見合わせる場面（春であることから、桃であろうか、花木が多く畫き込まれている）、そして結末で、吳傑のとりもちにより、蔣興哥と三巧兒がめぐり會い、再婚が認められる場面の二つが取られていて、それぞれに本文中の詩が題されている。插圖は、最初にながめて終りというものではなく、話を讀みながら、また讀み終ったあとで見返したりしたであろうが、少なくとも編者か書店主か、とにかく作品の最初の讀み手たる誰かが、この話の中から、クライマックスとして、この二場面を選んだわけであり、これも讀者に見どころを示す働きをしたと思われる（そして現在のわれわれにとっては、當時の人々の關心のありかを知る材料でもある）。

讀者は（はじめからきちんと讀むことを前提にしてではあるが）、以上のような前置きを經て、はじめて「第一巻　蔣興哥重會珍珠衫」に入るのである。本文冒頭には、

　仕へて千鍾に至るも貴からず、年七十を過ぐるは常に稀なり。浮名も身後誰か知るもの有らん、萬事空花の遊戲なり。

　少年の狂蕩を逞ましくする休《なか》れ、花酒の便宜を貪ること莫れ。煩惱是非を脫離して、分に隨ひ安閑に意を得よ。

この詞は「西江月」といって、人々に分に安んじ、あるがままに樂しむべきで、酒色財氣のために精神をそこない、行動をあやまつことがないように勸めております。快樂を求めようとすると樂しくなく、得したと思うと損をしているようなもの。この四つの中でも、色というやつがもっともひどいもので、眼は情のなかだち、心は欲の種であります。はじめは氣にかかって落ち着かず、しまいには命をおとすことになる。くろうと女にたまたま氣をひかれるぐらいなら、たいしたことはありませんが、心によからぬたくらみを抱き、風紀を亂したりするのは、ただ自分の一時の快樂ばかりを考えて、他人の百年の恩義を考えないやり方であります。もしあなたのか

わいい妻妾に、他の者がちょっかいを出したとしたら、あなたはどう思うでしょう。昔の人はうまいことをいっております。

人心或は昧《くら》むべきも
天道差《すこ》しくも移らず
我　人の婦を淫せずんば
人　我が妻を淫せざらん

みなさん、今日私のこの「珍珠衫」の詞話をお聴きになれば、因果應報あやまたぬことがわかり、若者たちのお手本となるでありましょう。(7)

とあって、はじめに、これからはじまる話の「正しい讀み方」を規定している。要するに、「天道差《すこ》しくも移ら」ぬものであることを知らせ、「若者たちのお手本」とするということである。白話小説の敍述方法は、基本的に説話人の語りを錄音筆記したようなものであり、この教戒的な內容は、特に説話人が顔を出して、直接讀者に向って語りかけているわけだが、こうしたところに作者の意圖がストレートに表明されているといえよう（もちろんこれが無意識的なレベルまで含めての作者の眞意圖と、すっかり重なるかどうかはわからないわけだが）。これはまた、陳大郎が亡くなった後、その妻の平氏が蔣興哥の後妻になるが、そのことを興哥がはじめて知った際の描寫に、蔣興哥は舌を出し、天に向って合掌していいました。「そういうことなら、天の理が明らかであること、まことに恐るべきだ。(8)」

とあり、その一段の末尾には「詩に曰く」として、

天理昭昭として欺くべからず
両妻交易して孰か便宜ならん
分明なり　欠債　他の利を償い
百歳の姻縁　暫く時を換ふ(9)

とある。前者は、蔣興哥の口を借りて、いいたいことをいわせているわけだが、冒頭にあったと同じような「天理昭彰」「天理昭昭」ということが、ここでもくり返しあらわれている。作品の末尾に置かれた詩にも、

殃　祥　果　報　無　虚　謬　　殃祥果報　虚謬無く
咫　尺　青　天　莫　遠　求　　咫尺青天　遠く求むること莫れ

とあって、いずれも、善因には善果があり、悪因には悪果がある、という天の理が述べられているのである。すなわち、この話において、主として説話人の口調に寄せて述べられている読み方のコードは、人の妻を取ったものは、自

分の妻も取られるぞ、という因果應報の話をすることによって、人々の行動の規範たらしめようとすることにあるとわかるのである。すなわち本文中に明示されたコードは、序文中に示されているコードともうまく符合しているのである。

第二節　人間心理への興味

前節では、作者の示した通りのコードに從った讀み方を見たわけだが、この小說が、こうしたお說教を意圖するということになると、果して本當にそうだろうかとの疑問が、ただちにわき起こってこよう。この作品を讀んでみるとわかることとなのだが、先に掲げた小川陽一氏による要約の中で、「この間に三巧兒は新安の商人陳大郎と深い仲になり」とわずかの文字でまとめられた部分にあたる詳細な描寫が、讀者を引き込む相當の重みを持っているといえるのである。このことを、實際に「蔣興哥重會珍珠衫」をいくつかの場面に分け、そこをどれくらいの分量で敍述しているのかを調べてみると、

（Ⅰ）冒頭〜三巧兒と陳大郎との出會い　一七九行（一九・八％）
（Ⅱ）薛婆の登場〜二人の歡會　三五一行（三八・九％）
（Ⅲ）陳大郎との別れ、離緣、吳傑との再婚　一六六行（一八・四％）
（Ⅳ）陳大郎の死、平氏と興哥の再婚　一二〇行（一三・三％）
（Ⅴ）廣東での事件〜團圓　八一行（　九・〇％）

となっている。記述の分量が多いのは、作者がそれだけ力を入れて書き込んでいることを示し、そうと直接いわなくても、作者の眞意圖が、このへんにひそんでいるだろうということになりそうである。また讀む方も、この部分を讀むのに物理的な意味での時間もかかるのである。そうしてみると、全篇をいくつかの場面に分けた時、この（Ⅱ）の部分、すなわち貞淑であった妻の三巧兒が、夫の留守の間に陳大郎と不義を重ねるようになる部分に、作者の興味の中心があったのではないか、ということになるのである。以下、本節では、この一段を中心に分析してみることにしたい。

この一段の敍述の中心は、もともと夫のいいつけを守って、「目は戸を窺わず、足は樓より下らず」といった暮らしをしていた三巧兒が、しまいには、商賣のために旅立とうとする陳大郎との別れぎわに「金目のものをまとめて、男について逃げ、夫婦になりたいとたのみました」、すなわち自らすすんで男と驅け落ちをしよう、といい出すようになるまでの性格の變化であろう。そして作者は、この心の動きを、克明に、そして理詰めに追ってゆくのである。例えば、陳大郎と三巧兒とのはじめての出會いにしても、もともと夫のいいつけを守って、外に顔を出さなかった三巧兒が、どうして道行く男と顔を見合わせることになったのか、という疑問があるわけだが、作者はそこのところを、正月四日に偶然通りかかった盲目の占い師（報君知）から、夫は間もなく戻ってくる、との豫言を聞き、

およそ人というものは、願いを持たなければ、別に何も氣にかけることもないのですが、ひとたび願いを持ってしまうと、あれやこれやと考えて、一時一刻といえども過し難くなるものです。三巧兒は、この占い師の言葉を信じたばかりに、一心に夫の歸りを思って、それ以來いつも道に面した二階の窗邊に行っては、すだれ越しに

キョロキョロ見るようになったのです。(10)

と説明し、ある日このように見ているところへ、夫とそっくりの陳大郎がぶらぶら歩いて來たので、すだれを揭げて手をふってしまう、ということにしている。

白話小說は、そもそも說話人の語りの枠の中で話が進められるが、時に聽衆が口をきき、「おい講釋師、それはおかしいじゃないか」と文句をいい、それをうけて講釋師が、それは實はこれこれこういうわけで、と說明をしてゆくところがある。今のところでは、この聽衆の姿こそあらわれないが、作者はいわば、この姿の見えない、しかし理詰めでないと納得しない聽衆（讀者）の存在を假想して話を進めているといえよう。そのあと、

三巧兒は、夫ではないと見ると、羞しさに頰をまっ赤にして、あわてて窗をバタンと閉め、奧に驅け込んで、ベッドのへりに座りましたが、心臓はまだトクトクと波打っておりました。ところが、陳大郎のたましいは、とっくに婦人のまなざしに、奪い取られてしまっていたのです。(11)

と、三巧兒のうぶなところが表現されるが、これ以後、陳大郎は三巧兒のことが忘れられず、薛婆のことを思いついて、薛婆にその仲だちを依賴するのである。ここから先は、この薛婆の獨擅場ともいえるわけであるが、薛婆が蔣家に入り込んでゆくキッカケ、そして次第に三巧兒の心をつかんでゆき、ついには薛婆なしではいられなくなるようになってゆく過程が、やはりきわめて理詰めに、納得できるように描かれている。最後にいよいよ薛婆が陳大郎を引き入れるのが、三巧兒の誕生日でもある七月七日、七夕の晩で、この時も、三巧兒をその氣にさせようと、

さて、婆さんは酒を飲みながら、「だんな様はどうしてまだお宅に戻られないのでしょうね」とたずねます。三巧兒「そうねえ、數えてみれば、もう一年半にもなるわねえ。」婆さん「牽牛織女だって、一年に一度は會えるのに、あなたは彼らより半年も長く別れ別れなんですね。『役人になるのが一番で、その次が客商』とはよくいったもの、客商をしていれば、どこにでもお樂しみはありますのに、家に殘された奥様ばかりがつらい思いをなさいますこと。」三巧兒は、ため息をついて、默ってうなだれています。(12)

と、同情するようなふりをして、しきりに三巧兒の孤獨な境遇を強調し、さらに、

婆さんは飲みながら、べらべらしゃべり續け、「奥様は何歳の時にお嫁にこられたのでございますか。」三巧兒は「十七の時よ」と答えます。婆さんは「はじめて經驗されたのが遲いから結構ですが、私なんぞは十三の時にもう(13)……」

と、下半身の話題に移り、機を見て取ったところで、わざと明かりを消してまっ暗なところに男を引き込むと、あとは「ひでりに甘雨に遇ったよう」ということになるのである。

この薛婆は、小説によく登場する牙婆で、『金瓶梅』（より古くは『水滸傳』）で、武大の妻であった潘金蓮と西門慶との仲だちをする王婆の形象を踏襲しているといえる。薛婆が最後に蔣興哥に見つかって、いたい目にあわされるところまで、王婆が武大の弟の武松に殺されるところと共通しているのである。

さて、この作品では、他の小說にもあらわれる人物類型の一つたる薛婆を登場させ、それをいわば觸媒として、三巧兒の心理の變化の過程を追っている點が、この一段における作者の主たる關心といえよう。このことは、作品の最初の讀者ともいえる批評者（綠天館主人）の評語にもあらわれていて、三巧兒が一つ一つ薛婆のわなにはまつてゆくところで、「墮其計了（計にはまった）」と、いかにも興味津津という評語を加え、また、先に引いた猥談をはじめるところに「來了（はじまった）」という評を加えるなど、この部分を身を乘り出して見ている樣子がうかがわれる。

一般に白話小說は、すじの展開に重點があり、人物の性格については、どちらかといえば類型的であるとされている。例えば『金瓶梅』の潘金蓮の場合も、たしかに密通に至るまでに面倒な手續きを踏みはするものの、いわばはじめから魚心あれば水心であることは讀者にも知らされていて、この點で金蓮の淫婦としての性格は一貫している。ところが、この三巧兒の場合には、本節のはじめに記したように、もともと貞淑な女性が、淫婦に近い女性へと變貌をとげているのであって、この點で近代的な心理小說の人間像に近くなっているのである。しかもそのうえ、後に再び團圓を迎えるように、單なる淫婦として終ったわけでもないところに、より一層の人物像の深まりが認められるのである。「蔣興哥重會珍珠衫」という題名、そして第一節で觸れたように、本篇の插圖に、この二場面がとられていることから見ても、この作品の主眼が、三巧兒の心理の動きにすえられている樣をうかがうことができるであろう。

こうしてみると、作者の實際の關心は、前節で見た讀み方のコードとうらはらに、新しい人間像、人間心理の探求に向けられているのではないかということになる。

第三節　原據からの視點

以上の兩節で、この作品について、教戒的意圖と、人間心理探求の興味という、相對立する二つの性格をあげ、あるいはこの後者の方に分がありそうだ、というところまで述べた。では、そのままこれに從って、教戒的意圖はタテマエに過ぎない、と結論してよいであろうか。ここでまた一つ別の、原據と成り立ちの角度からこの作品をながめて見ることにしよう。

この話の冒頭には、

みなさん、今日私のこの「珍珠衫」の詞話をお聽きになれば、[14]……

とあって、この作品には、何かしら「詞話」なる先行の話（口頭の藝能であろう）があったであろうことが、孫楷第「重印今古奇觀序」（上海亞東圖書館『今古奇觀』一九三〇）で指摘されている。また、それ以前から、この話の原據が、馮夢龍の編んだ『情史類略』巻十六「珍珠衫」にあることがいわれていたが、[15]その『情史類略』が、宋懋澄『九籥前集』巻十一の「珠衫」（內閣文庫）にもとづくことが、ハナン氏によって發見されると、この宋懋澄の「珠衫」が、この「蔣興哥重會珍珠衫」の本事である、とする說が定着するようになった。[16]以上述べた、「珍珠衫」の話をめぐる資料を、その成立順に示せば、

（a）「珍珠衫詞話」
（b）宋懋澄『九籥前集』巻十一「珠衫」
（c）馮夢龍編『古今小說』巻一「蔣興哥重會珍珠衫」

（d）馮夢龍編『情史類略』巻十六「珍珠衫」

のようになる。

まず、宋懋澄の「珠衫」であるが、これを見ると、その本文中に、蔣興哥と平氏（に相當する人物）の結婚はあらわれず、末尾に、

あるいは、新安の人は女を思ったがために、再び楚中に行き、道中で強盗に遭ってしまった。着いてみると女はおらず、愁いと怒りで病氣になり、故郷へ歸れなくなり、そこでその妻を呼び寄せたが、妻が着いた時には、夫はすでに亡くなっていた。楚人の置いた後妻は、ほかでもない新安人の妻であった、ともいう。廢人曰く、もしそのようなことがあるならば、天の道はたいへん身近に行なわれることになり、世間に非理の人はいなくなるであろう。(17)

として、わずかに附け足されているにすぎないのである。これを見ると、宋懋澄は、少なくとも新安商人某の後日談について觸れたあらすじを知っておりながら、あえて本文ではそうした内容を削り、わずかに末尾に記したうえで「そんなできすぎた話があるものかね」といっていることになるのである。「或曰」という、宋氏のもとづくところは必ずしも明らかではないが、これがあるいは、口頭で傳わった「詞話」であったかと思われ、そして、その段階では、因果應報の物語になっていたことが知られるのである。

次に、馮夢龍編『情史類略』巻十六の「珍珠衫」について見てみよう。これは、末尾の「或曰」のところまでは、

全く『九籥前集』の「珠衫」と同じである（ただ、末尾の「廢人」を「九籥生」にしていて、これで宋懋澄の作であることがわかるしかけになっている）。そして、その後に「小說に珍珠衫記有り、姓名倶に未だ的ならず」の文字が加えられ、行をかえて、馮夢龍の次のような評語がある。

夫は妻に負かなかったのに、妻は夫に負いた。だから、妻は離縁されても怨むことはなく、最後には夫の重罪を救うことができた。夫に對する報いも十分である。降されて側室になっても、甘んじられるものである。十六箱の嫁入り道具は去ったものの再び戻ってきた。縣令の義俠には、多とするに足るものがある。嫗の狡、商の淫、どれもそれによって世を戒めるに足るものがある。殘念なのは、彼らの本當の名がわからないことである。(18)

これによって、馮夢龍が、この話から何を讀み取ったかを知ることもできる。

馮夢龍の『情史類略』が、基本的に宋懋澄の「珠衫」をそのまま引いていることから、馮夢龍が「珠衫」を見ていたことはたしかであり、『古今小說』の「蔣興哥重會珍珠衫」も、ハナン氏のいわれるように馮夢龍自身が「珠衫」にもとづいて書いた可能性が高いと思われる。事實また、表現や語彙の方向から、この作品を馮夢龍の作とする意見もある。(19)

さて、以上のいくつかについて整理してみると、「詞話」は、宋懋澄の「珠衫」からうかがうに、人間の心理への興味と同時に、因果應報の枠組みを持った内容であった。その話を聞いて、記錄を思い立った宋懋澄は、本文において因果應報の部分を切り捨て、「そんなばかなことがあるか」といった内容の評語を加えた。宋懋澄の「珠衫」を、先に「蔣興哥重會珍珠衫」において行なったと同じように、部分に分けてその分量を示すならば、

（Ⅰ）冒頭〜三巧兒と陳大郎との出會い　二行（　三・五％）
（Ⅱ）薛婆の登場〜二人の歡會　二六行（四五・六％）
（Ⅲ）陳大郎との別れ、離緣、吳傑との再婚　一五行（二六・三％）
（Ⅳ）陳大郎の死、平氏と興哥の再婚　二行（　三・五％）……本文外
（Ⅴ）廣東での事件〜團圓　一二行（二一・一％）

となっており、宋懋澄の興味の持ち方は、壓倒的に（Ⅱ）の部分、すなわち人間心理への興味に集中していることがわかるのである。(20)

こうした宋懋澄の「珠衫」と比べてみると、「蔣興哥重會珍珠衫」の方が、（Ⅳ）の平氏との再婚の情節を、相當にふくらませており、結果的に「詞話」に近くなっているのである。

さて、ここで敎戒か、それとも心理探求かという本節のはじめの問題に戻るならば、たしかに「蔣興哥重會珍珠衫」は、字數の占める割合から判斷して、そのもとづく宋懋澄の「珠衫」をうけ、三巧兒の心理に主眼をおいている。しかし一方、宋懋澄が切り捨てようとした敎戒的な因緣譚を、明らかに增補しているのであって、敎戒が、作者にとって必ずしもタテマエだとばかりはいえないことになるのである。

こうしてみると、この作品には、作者の敎戒的意圖と、人間心理への興味という二本の柱があり、その兩者がうまくバランスを保っているところに、この作品の生命があるのではないかと思われる。現在のわれわれが讀んで、なかなかよくできた作品だという印象を抱くのも、こうした理由によるであろう。

ごく大まかにいって、明末の小說の多くは、この敎戒性と、人間心理への興味とを兩極にして、その間に位置づけ

ることが可能であると思われる。敎戒性が強く、お說敎ばかりで面白くないものか、事柄の「奇」に關心がおかれ、後味の悪いものが少なくない中で、この「蔣興哥重會珍珠衫」は、ちょうど兩者のつり合いのとれたところに位置しており、その意味で、明末の短篇白話小説集のはしりともなった「三言」の冒頭に置かれたこの作品は、明代小說の恰好の見本になっているといえるのである。(21)

第四節　商人小說として

これまでの各節で、この話が、敎戒と人間への興味とのバランスの上に成り立っていることを述べた。本節では、まずその前者について考えてみることにしたい。

敎戒の構造と內容については、第一節で觸れたが、要は、「天道は差しくも移」ることはないのだから、「分に安んじ己を守」って行動すべきである、というのがその主旨であった。こういうと、敎戒の內容は、きわめて抽象的であって、誰に向っていったとしても、成り立ちうるものである。そして、抽象的であればあるほど、決まり文句と化し、どうでもよい、附け足し的なものになる。そこから、敎戒がタテマエと見なされもするし、さらには、こうした部分の存在が、作品の價値を低めるとまでいわれることになるのである。だが、これは當時の讀者にとっても、果してそうだったのであろうか。

文學は思想そのものではない。抽象的な議論ではなく、個別具體的なところが、まずは命であるわけで、結局どういう題材を取り上げているか、つまり、どういう人の身の上として話が展開しているかが重要なのである。ここでは、この作品を素材という點から檢討してみよう。

いうまでもなく、この話の主人公は商人である。まず蔣興哥は、

姓は蔣、名は德、字を興哥といい、湖廣襄陽府棗陽縣の人であります。父親は蔣世澤といって、若い時から廣東へ出掛けて商賣をしておりました。(22)

として紹介され、世澤の妻の羅氏が亡くなった後、幼い興哥を連れて廣東に赴く。あまりに利發で、人のねたむことを恐れ、實の子といわず、妻の方のおい（羅某）ということにして連れてゆくのだが、

もともと羅家も廣東に行っており、蔣家はまだ一代だけであったのに、羅家の方は三代にもなっておりました。廣東の宿店や仲買人は、羅家とは代々の知り合いで、自分の身內と同じです。蔣世澤が廣東へ來たのも、最初はやはり岳父の羅公が引き連れて來たのです。羅家ではこのところいくたびか裁判に負けて、財產も乏しくなり、もう何年も廣東にやって來なかったので、仲買人たちは、蔣世澤のことを見て、みんな羅家の消息をたずね、氣にかけております。今回、蔣世澤が子供を連れて來ており、それが羅家の若樣であると知り、みめもうるわしく、應對にそつがなく、かしこそうでもあるので、おじいさん以來三代のつき合いを思って、今また四代目があらわれ、喜ばないものとてありませんでした。(23)

ということで、蔣家は、羅家との關係によって、廣東に出ていたことがわかる。籍貫については記していないが、廣東系の商人といえるであろう。實の子を羅家の子といつわって連れてゆくのは、人と人との長いつながりを重視する

中國社會の背景を考えると、蔣世澤の巧妙なやり方であるということもできよう（羅姓を名乘ることは、後に陳大郎と會った際、陳が蔣興哥であると見抜けなくするための伏線にもなっている）。また、この話全體で重要な小道具になっている珍珠衫は、蔣家の代々の家寶とされているが、眞珠が、合浦珠の名で知られるように、古くから廣東の珠池に產するものであったことを考えると、これも、廣東での商賣と關わりがあることがわかる[24]。事實、後に興哥は、廣東合浦縣での眞珠賣買にからんで、裁判事件に巻き込まれており、こうしたものを商っていたのである。

興哥は、父に從って商賣を覺えていくのだが、

　思いがけないことに、十七歳の時に、父親が病氣で亡くなってしまいました。ちょうど家にいて、旅先で幽鬼にならなかったのが、せめてものさいわいでありました[25]。

とある。中國人は、一般に故郷に對する執着が強く、特に死後は故郷に埋葬されたいとの希望を持っているというが、異鄕で死ぬことは、客商にとって、最も身につまされる問題であったろうし、また「且喜（せめてものさいわい）」というこの作者の書き方は、客商の立場になり切ったものといえるであろう。

三巧兒と結婚後、いつまでも家にじっとしているわけにもいかないので、興哥は、妻を家に殘して、廣東にやってくるのだが、その部分では、

　日ならずして廣東に着き、宿屋に落ち着きますと、かつての知り合いたちがみんな會いにやって來て、興哥は送り物を送ったり、家ごとに酒食のもてなしがあったりして、半月二十日と續き、ひまな日とてありません。興

哥は家にいた時、もともと身體をすりへらせていた上に、道中の疲勞もあり、そこに飲食の不攝生が重なって、マラリアにかかってしまいました。一夏の間具合が悪く、秋には水痢になってしまいました。(26)

こうして、一年後に歸るという妻との約束が果たせなくなってしまうのである。こうした接待の様子など、後にも觸れるように、當時の客商の生態を克明に描いているのである。

さて興哥に續いて、もう一人の登場人物、陳大郎もまた商人（客商）である。陳大郎は、

このスマートな若者は誰かといえば、土地の人ではなく、徽州新安縣の人で、姓は陳、名は商、幼名を大喜哥といいましたが、後に大郎と改めました。年は二十四、ひとかどの人物で、宋玉・潘安とまではいかないまでも、二人におとらぬほどの人物でありました。大郎も父母ともになくし、二三千兩のもとでをかき集め、襄陽にやって來て、米や豆の類を買いつけ、毎年必ず一度はやって來ます。宿は城外にあったのですが、この日たまたま城内に來て、大市街の汪朝奉質屋に、手紙を取りに來ようとしているところでありました。その質屋が、ちょうど蔣家の眞向いだったために通りかかったのです。(27)

として描かれている。新安商人は、ちょうど明の半ばすぎ、嘉靖年間ごろから力を持って來た商人グループであり、さまざまの商品を扱ったが、その主要なものの一つに米があった。(28)當時、それまでは「江浙熟すれば天下足る」といわれていたのが、「湖廣熟すれば天下足る」といわれる情勢に變化したとされる。その背後に、江南各地での輕工業の發達、農村の分解、そして、米の流通をになった新安商人の活動があったと考えられている。この小說の陳大郎は、

まさしく、「湖廣熟すれば」の形勢をになった一人であったことになる。また、ここに、棗陽の街で質屋を營む汪朝奉のところに手紙を取りに行く、とあるが、新安商人のもう一つ重要な商賣として質屋があったこと、さらに汪という姓が、新安商人の中での大族であり、ここ棗陽でも新安商人たちの中心的存在になっていたらしいことを考えると、この一段の記述は、まさに當時の現實をあるがままに描いているわけである。また、作中、陳大郎の行動した地點は、

新安→棗陽→蘇州→新安→棗陽

となっており、安徽を中心にして、西は湖北、東は蘇州という、新安商人にとっての大動脈を移動していることになる。この點についてみても、この作品では、當時の眼で見て、比較的最近に活動が活發になった新安商人の現實を、すばやく的確に捉えていることがわかるのである。(29)

さて、當時の客商の實態を知るための有力な手掛りとして、商人用の手引き書があるが、その中にはしばしば、客商の生活上の注意が記されている。(30)例えば、山口大學附屬圖書館棲息堂文庫藏『客商一覽醒迷天下水陸路程』に含まれる「客商醒迷」には、

一日中宴席を設けて接待するのは、思うところがあると思って避けるがよい。いつも演劇を上演してもてなすのに、どうして下心がないことがあろうか。(31)

の一則があり、むやみに客商を接待する裏には必ずわながある、との注意を促しており、また、東京大學東洋文化研

究所大木文庫に藏される『商賈便覽』は、清の乾隆年間のものだが、その巻一「江湖必讀原書」には、やはり「鋭志もて堅持して、必ず鉤引に墮ちざれ」の一則があり、客商接待の藝者遊びや賭けごと、また他人の妻に手を出すことなど、客商にはいくつかの落し穴があるが、強い意志をもってそうした誘惑をはねのけないと、「異地の孤魂」になるおそれがあるぞ、といったことを述べている。

こうしたところは、廣東で連日の接待のために身體をこわした興哥とぴったり符合するし、「異地の孤魂となるぞ」というところなども、興哥の父の死の描寫とぴったり合うのである。さらに、客商たちが、長く外に出ている間、家に殘された妻が問題になるわけだが、このことへの配慮も、實にこの『商賈便覽』の「江湖必讀原書」に見られるのである。

妻女の聲が外に傳わったり、容貌が外に見えるのは、循良とはいい難い。婦女は內室に居るものである。人を招き入れたり表に出たり、人目につくようにし、大きな聲で話して、人の耳を亂す。このようなことは奸淫の態度であって、良家の婦ではない。このようなことは愼むように。(32)

とあり、まさしく興哥が妻にいいおいたのと同じことを述べているのである。こうしてみると、この作品に描かれたことは、決して繪空事ではなく、客商の活躍という新たな現實から生まれた狀況だったのである。その意味で、この話は當時の讀者、特に客商にとっては、いかにも身につまされた話であり、「我 人の妻を淫せずんば、人 我が妻を淫せざらん」の一句も、相當重くひびいたのではないかと思われる。こうしたところから、この作品には、現實味をおびた教戒性が、たしかにあったと考えられるのである。

第五節　もう一つの深層

續いて本節では、三巧兒の描き方について檢討してみたい。三巧兒の置かれた狀況は、客商の妻が一人で殘され、また金を持った客商がうろうろしていた當時の現實とも深く關わっているのだが、はじめに述べたように、三巧兒の描き方の特色は、貞淑な妻から、一時的ながら淫婦への變化にあった。こうした變化する人物像について、先ほど新しいといったのだが、實は白話小說における人物形象の中で、という留保が必要である。入矢義高氏が「話本について」（『東方學報　京都』一二―三　一九四二）で、性格よりも行爲に重點が置かれている、といわれるように、白話小說においては、例えば『三國志演義』の關羽なら、どこまでいっても文武兼備の名將としての人物像が變わらないのであって、白話小說中の人物は、その性格について見るかぎり、たしかに單純である。その意味で、この三巧兒の描寫は新しい、といったのである。

しかしながら、より廣い視野で見るならばこうした人閒の描き方は、より古く、唐代小說においても見られたのである。この作品を讀んで、はたと思いあたるのが、柳宗元の「河閒傳」であろう。もともときわめて貞淑であった女主人公が、ひとたび強姦されて男に目覺めるや、夫をわなにはめて殺し、はては次から次へと男をとりかえては淫行にふけるようになる、という話は、もちろん三巧兒はこれほどの惡黨ではないものの、よく似ているといえるであろう。「蔣興哥重會珍珠衫」の作者が「河閒傳」を意識していたかどうかはわからぬが、少なくともその批評者は、このことにはっきり氣づいていた。先に引用した、三巧兒がはじめて陳大郎と顏を合わせ、人ちがいに氣づき、奥へかけ込んで、胸をドキドキさせている、という場面に批點を施し、眉欄に、

絕へて河間の婦の初景に似たり。(33)

との批語を加えているのである。批評者が河間婦と三巧兒の共通性に着目していたことはたしかである。

唐代小說についていえば、白行簡の「李娃傳」も、はじめは金のなくなった男を見捨てた妓女李娃が、後に尾羽打ち枯らした男を見て、それを救い、勉強させて科擧に合格させる、という話であった。これは、惡い女からよい女への變化であるが、やはり前後で人物の性格が變化しているのである。

先に、宋懋澄の「珠衫」と「蔣興哥重會珍珠衫」を比較した時に、宋懋澄の方が、心理に對する關心が高いのではないかと述べた。もちろん、それがもとづく話自體に心理追求があったとは思われるが、心理に對する關心はより多く文言小說的關心であったかと思われる。とすると、こうした近代的ともいえる人間像自體が、あるいはもともと文人的な興味の產物だったのかもしれないのである。(34)

ただし、もちろん文言小說（「河間傳」や「李娃傳」）などにおける心理、性格の描き方と、「蔣興哥重會珍珠衫」におけるそれとには、はっきりちがっている點がある。それは、第二節ですでに述べたことだが、白話小說の方では、心理の變化があくまで說明的に述べられている點である。何故性格が變わったのかについて、あげ足とりをしようとするお客を一つ一つ納得させるかのように、理詰めに說明してゆくのである。それに對して文言小說の方は、心理の變化の過程や理由を說明しない。ただその事實を淡々と描いている。こうしたちがいは、どちらがよい惡いといえるものではない。理詰めに追うことは、物事の理法はすべて明らかであり、かかる原因にかかる結果が生ずる、という科學的（?）合理精神の所產といえぬことはないし、また、變化の理由を說明せぬ文言小說の方は、人間（特に女性）というこの不可解なるものに、おそれを持つ作者の精神があって、これはこれで、人間の一面を捉えているといえるのである。

「蔣興哥重會珍珠衫」における三巧兒は、文言小說的な人閒像を、白話小說的な姿勢で描いたものといえるのではなかろうか。

なお最後に、この作品の中で小道具として重要な役割を果たしている珍珠衫について觸れておくことにしたい。この珍珠衫が、平氏と再婚した蔣興哥に、妻の不義の相手たる陳商の妻が、この平氏であったことを知らせる手掛りとなっていることはいうまでもない。では、何故この小道具が珍珠衫でなければならないのか。一つには、これが廣東へ赴いて眞珠商賣をしている蔣家の家寶であることの必然は、先に述べたとおりである。だが、實は、これが珍珠でなければならないことには、より深い因緣がある。すなわち、この話の深層に、「合浦珠還」の故事があるのである。「合浦珠還」の故事は、『後漢書』循吏傳の孟嘗の傳に見え、悪い知事の在任中、廣東合浦の珠池では眞珠が採れなくなっていたのに、孟嘗が知事になって善政を行なうと、再び眞珠が戻って來た、という話で、要するに、なくなったものが、（善行の報いとして）戻って來る話と考えられるであろう。とすると、「蔣興哥重會珍珠衫」の中では、まず蔣家の家寶たる珍珠は、いちど悪人の手によって失われたものの、再び戻って來る、という動きをしたわけであるし、さらに一度失った妻三巧兒も、再び戻って來る（しかも再會の場所が合浦縣）。いずれもこの「合浦珠還」のパターンにはまっていることになる。つまり、いちど離れてまた戻って來るものは、珠でなければならなかったのである。珍珠がこのような役割を果たす話には、戯曲に『高文擧珍珠記』、白話小說に『合浦珠』などがあり、いずれも「合浦珠還」の故事を下敷きにしているように思われる。また、七月七日に生まれたから三巧兒と名づけたとする女主人公の名にも、男女の別れと出合いの七夕傳說が投影されているように思われる。

結び

以上、『古今小說』巻一「蔣興哥重會珍珠衫」について、いくつかの方向からの讀みを試み、この作品が、それ以前にあったさまざまの文學的成果を取り入れ、それらが微妙なバランスを取りながら、作品世界を構成していることを明らかにした。

注

（1）この時代區分は、尾上兼英「小說史における『明時代』（1）」（『中國文學研究』第三號　一九六四）に負っている。

（2）山口建治「『三言』所收短篇白話小說の成立要素――因縁譚の付加について――」（『集刊東洋學』三十三　一九七五）、荒木猛「短篇白話小說の展開――『三言』に見られる人生觀を中心として――」（『集刊東洋學』三十七　一九七七）。

（3）演劇によって、民衆を敎化することができるとする意見が、王陽明の『傳習錄』巻下に見える。

（4）小川陽一『三言二拍本事論考集成』（新典社　一九八一）。

（5）「古今小說天許齋識語」（『古今小說』）

小說如三國志水滸傳稱巨觀矣。其一人一事可資談笑者、猶雜劇之於傳奇、不可偏廢也。本齋購得古今名人演義一百二十種、先以三之一爲初刻云。天許齋藏板

（6）「古今小說序」（『古今小說』）

大抵唐人選言、入於文心、宋人通俗、諧於里耳。天下之文心少而里耳多、則小說之資於選言者少、而資於通俗者多。試今說話人當場描寫、可喜可愕、可悲可涕、可歌可舞、再欲捉刀、再欲下拜、再欲決脰、再欲捐金、怯者勇、淫者貞、薄者敦、頑鈍者汗下。雖小誦孝經論語、其感人未必如是之捷且深也。噫、不通俗而能之乎。

（7）『古今小說』卷一「蔣興哥重會珍珠衫」
仕至千鍾非貴、年過七十常稀。浮名身後有誰知、萬事空花遊戲。休逞少年狂蕩、莫貪花酒便宜。脫離煩惱是和非、隨分安閑得意。
這首詞名爲西江月、是勸人安分守己、隨緣作樂、莫爲酒色財氣四字、損却精神、虧了行止。求快活時非快活、得便宜處失便宜。說起那四字中、總到不得那色字利害、眼是情媒、心爲慾種。起手時、牽腸掛肚、過後去、喪魄銷魂。假如牆花路柳、偶然適興、無損於事、若是生心設計、敗俗傷風、只圖自己一時歡樂、却不顧他人的百年恩義。假如你有嬌妻愛妾、別人調戲上了、你心下如何。古人有四句道得好、
人心或可昧、天道不差移。我不淫人婦、人不淫我妻。
看官、則今日我說珍珠衫這套詞話、可見果報不爽、好教少年子弟做個榜樣。
（8）『古今小說』卷一「蔣興哥重會珍珠衫」
蔣興哥把舌頭一伸、合掌對天道、如此說來、天理昭彰、好怕人也。
（9）『古今小說』卷一「蔣興哥重會珍珠衫」
天理昭昭不可欺、兩妻交易孰便宜。分明欠債償他利、百歲姻緣暫換時。
（10）『古今小說』卷一「蔣興哥重會珍珠衫」
大凡人不做指望、倒也不在心上、一做指望、便癡心妄想、時刻難過。三巧兒只爲信了賣卦先生之語、一心只想丈夫回來、從此時常走向前樓、在簾內東張西望。
（11）『古今小說』卷一「蔣興哥重會珍珠衫」
三巧兒見不是丈夫、羞得兩頰通紅、忙忙把窗兒拽轉、跑在後樓、靠著牀沿上坐地、兀自心頭突突的跳一個不住。誰知陳大郎的一片精魂、早被婦人眼光兒攝上去了。
（12）『古今小說』卷一「蔣興哥重會珍珠衫」
再說婆子飲酒中間、問道、官人如何還不回家。三巧兒道、便是算來一年半了。婆子道、牛郎織女、也是一年一會、你比他

到多隔了半年。常言道、一品官、二品客。做客的那一處沒有風花雪月、只苦了家中娘子。三巧兒嘆了口氣、低頭不語。

(13)『古今小説』卷一「蔣興哥重會珍珠衫」

婆子一頭喫、口裡不住的說囉說皂、道、大娘幾歲上嫁的。三巧兒道、十七歲。婆子道、破得身遲、還不吃虧、我是十三歲上就破了身。

(14)『古今小説』卷一「蔣興哥重會珍珠衫」

看官、則今日我說珍珠衫這套詞話、

(15)最初の指摘は、一九三一年の孫楷第「三言二拍源流考」である。

(16)Patrick D. Hanan, "The Making of the *Pearl-sewn Shirt* and the *Courtesan's Jewel Box*", *Harvard Journal of Asiatic Studies*, 33, 1973.

(17)宋懋澄『九籥前集』卷十一「珠衫」

或曰、新安人以念婦故、再往楚中、道遭盜劫。及至不見婦、愁忿病劇、不能歸、乃招其妻、妻至會夫已物故。楚人所置後室、卽新安人妻也。廢人曰、若此、則天道太近、世無非理人矣。

(18)馮夢龍『情史類略』卷十六「珍珠衫」

夫不負婦、而婦負夫、故婦雖出不怨、而卒能脫其重罪。所以酬夫者、亦至矣。雖降爲側家、所甘心焉。十六箱去而復返。令之義俠、有足多者。嫗之狡、商之淫、種種足以誡世。惜不得眞姓名。

(19)Patrick Hanan, *The Chinese Short Story: Studies in Dating, Authorship, and Composition*, Harvard University Press, 1973.（同書には、福滿正博氏の書評――『中國文學論集』第十二號　一九八三――がある）。佐藤晴彥「《古今小説》における馮夢龍の創作――言語的特徴からのアプローチ――」（『東方學』第七十二輯　一九八六）。

(20)ハナン氏は、平氏との再婚の情節を切り捨てた「珠衫」の方が道德臭がない、という意味で、「蔣興哥重會珍珠衫」より高く評價しておられる。

(21)この「蔣興哥重會珍珠衫」にもとづいていくつかの戲曲が生まれている。祁彪佳の『遠山堂曲品』に見える「珍珠衫」は、三巧兒が貞節を全うする話であるという（作品そのものは現存せず）。これも文人化の極端な場合といえよう。

(22)『古今小說』卷一「蔣興哥重會珍珠衫」
姓蔣名德、小字興哥、乃湖廣襄陽府棗陽縣人氏。父親叫做蔣世澤、從小走熟廣東做客買賣。

(23)『古今小說』卷一「蔣興哥重會珍珠衫」
原來羅家也是走廣東的、蔣家只走得一代、羅家倒走過三代了。那邊客店牙行、都與羅家世代相識、如自己親眷一般。這蔣世澤做客、起頭也還是丈人羅公領他走起的。因羅家近來屢次遭了屈官司、家道消乏、好幾年不曾走動、這些客店牙行見了蔣世澤、那一遍不動問羅家消息、好生牵掛。今番見蔣世澤帶個孩子到來、問知是羅家小官人、且是生得十分清秀、應對聰明、想著他祖父三輩交情、如今又是第四輩了、那一個不歡喜。

(24)岸和行「明代の廣東における珠池と珠池盜」（九州大學『東洋史論集』十四　一九八五）、中山八郎「明代の合浦珠池の分布」（『明代史研究』第十七號　一九八九）。

(25)『古今小說』卷一「蔣興哥重會珍珠衫」
何期到一十七歲上、父親一病身亡。且喜剛在家中、還不做客途之鬼。

(26)『古今小說』卷一「蔣興哥重會珍珠衫」
不一日、到了廣東地方、下了客店、這夥舊時相識、都來會面、興哥送了些人事、排家的治酒接風、一連半月二十日、不得空閑。興哥在家時、原是淘虛了身子、一路受些勞碌、到此未免飲食不節、得了個瘧疾。一夏不好、秋間轉成水痢。

(27)『古今小說』卷一「蔣興哥重會珍珠衫」
這個俊俏後生是誰、原來不是本地、是徽州新安縣人氏、姓陳名商、小名叫做大喜哥、後來改口呼爲大郎。年方二十四歲、且是生得一表人物、雖勝不得宋玉、潘安、也不在兩人之下。這大郎也是父母雙亡、湊了二三千金本錢、來走襄陽販羅些米豆之類、每年常走一遍。他下處自在城外、偶然這日進城來、要到大市街汪朝奉典鋪中問個家信。那典鋪正在蔣家對門、因此經過。

(28)新安商人に關しては、藤井宏「新安商人の研究（一）（二）（三）（四）」（『東洋學報』第三十六卷第一、二、三、四號　一九五三）。

（29）「三言」の中では、新安商人はしばしば悪役として登場する。濱島敦俊「明代中期の「江南商人」について」（『史朋』第二十號　一九八六）によれば、明代中期に活躍した江南商人が、新安商人の擡頭により微弱になっていったという。新安商人を悪役にふりあてるのも、あるいは彼ら江南人士の新安商人に對するやっかみが根底にあったかもしれない。

（30）寺田隆信『山西商人の研究』（東洋史研究會　一九七二）第六章「商業書にみる商人と商業」。

（31）『客商一覽醒迷天下水陸路程』「客商醒迷」

終日設筵防有意、不時佚戲豈無圖。

（32）『商賈便覽』卷一「江湖必讀原書」

妻女聲傳而貌露、難言循良。

（33）『古今小說』卷一「蔣興哥重會珍珠衫」

婦女居於內室。招搖暴露、以炫人目、彰大聲音、以亂人耳。此乃奸淫之態、非良家之婦。愼之。

絕似河間婦初景。

（34）陳平原『中國小說敍事模式的轉變』（上海人民出版杜　一九八八）に同樣の指摘がある。

第四章　馮夢龍「三言」から上田秋成『雨月物語』へ

――語り物と讀み物をめぐって――

はじめに

上田秋成『雨月物語』の原據になっている馮夢龍の「三言」（『古今小說』＝『喩世明言』『警世通言』『醒世恆言』）をはじめとする中國の白話小說には、そもそも盛り場の寄席で語られていた講談（說話《シユオホワ》）としての前史がある。北宋の都汴京（開封）の繁華のさまを記した孟元老『東京夢華錄』巻五「瓦舍伎藝」には、盛り場（瓦子）で行なわれていたさまざまな藝能とその名人が記錄されている。そこに見える「講史」「小說」また「說三分」「五代史」は、當時の說話藝能であったと考えられる（本來「講史」に屬する「說三分（三國志）」と「五代史」が特に別立てになっているのは、それらが特に流行していたことを示そう）。南宋の臨安（杭州）の記錄である耐得翁『都城紀勝』や吳自牧『夢粱錄』などには、いわゆる「說話四家」（講談の四つの分野と專門家）についての詳細な記載があり、說話藝能は、南宋に至ってさらに發展を遂げた樣子である。

これら聽衆を前に口頭で語られてきた話が、南宋から元にかけての簡單なテキスト（『大唐三藏取經詩話』「全相平話」など）の段階を經て、明代の末期、十六世紀ごろに、現在見られるような百回、百二十回といった長編の『三國志演義』『水滸傳』『西遊記』ほかの作品として完成を見た。また、短篇白話小說についても、洪楩の『六十家小說』（「清平山堂話本」）などを經て、馮夢龍の「三言」、凌濛初の「二拍」（『初刻拍案驚奇』『二刻拍案驚奇』）として完成したのは明末のことであった。

これらの白話小説作品は、文字に記され、いずれも印刷されて世に出た作品であるから、讀むためのものであることはまちがいない。しかしながら、明末に刊行された白話小説の多くの作品は、いずれももとをただせば講談としての前史があって、文字で書かれた作品ではあっても、口頭で語られた時代の痕跡を作品の上にとどめている。

中國における明末時期に完成し、數多く刊行された白話小説作品が、書物の形で海を越え、江戸時代はじめの日本にやってきた。ことを「三言」に限っても、天啓四年（一六二四）に南京で刊行された『警世通言』が、尾張の徳川家によって購入されたのが寛永十年（一六三三）のことであった（九年近くかかったことになるが、蓬左文庫藏の『四書千百年眼』のように、崇禎六年、一六三三に南京で刊行されたものが、早くも寛永十二年、一六三五には購入されている例もある）。[1]「三言」については、伊藤仁齋の天和三年（一六八三）の日記に、唐本屋宇兵衛のもとから『醒世恆言』を借りて見た記録が殘る。[2]そしてやがて、岡白駒『小説精言』（寛保三年　一七四三）、『小説奇言』（寶暦三年　一七五三）、澤田一齋『小説粹言』（寶暦八年　一七五八）のいわゆる「小説三言」へと續くのであるが、これらと相前後して、「三言」中の作品を翻案した、都賀庭鐘の『英草紙』（寛延二年　一七四九）、『繁野話』（明和三年　一七六六）、そして上田秋成の『雨月物語』（明和五年　一七六八脱稿。安永五年　一七七六刊）などの作品（讀本）があらわれる。

もともと口頭で語られていた時代の痕跡をとどめる中國の白話小説が、日本人によって讀まれ、それが「讀本」という作品に姿を變える。この過程でどのような變化が起こったのだろうか。本章では、中國白話小説の文學ジャンルとしての形式的特徴が、どのように受け入れられたのか、あるいは受け入れられなかったのかといった問題につき、馮夢龍の「三言」と上田秋成の『雨月物語』を中心に考えてみることにしたい。形式的特徴とはいっても、形式は內容と結びついているわけであるから、内容についても觸れることになるであろう。

第一節　中國白話小說の形式的特徴

中國の白話小說は、もともと講釋師によって口頭で語られてきた話が、ある時點で文字に書きとどめられることによって作品としての完成を見た。それゆえ、作品の形式の上でも、講談の時代の痕跡を色濃くとどめている。その最も本質的な特徴は、白話小說作品が、寄席で講釋師が語ったその語りを、時に聽衆の反應をも含めて書きとどめた枠組みになっている、つまり物語の語り手としての講釋師の存在が大前提になっていることである（日本の作品では、『大鏡』の語りの構造がそれに近いかもしれない）。やがて『金瓶梅』、さらに後の『紅樓夢』などのように、講談としての前史を持たず、作者個人によって創作された白話小說も生まれるが、それらの作品にしてもこの語りの枠組みに従って書かれている。そして、この大きな枠組みから派生する、まずは目につきやすい特徴として、次の四點を擧げることができる。

（一）

各章が「回」によって區切られること。中國の書物では、各章の區切りは一般に「卷」の文字を用いる。ところが、長編の白話小說（章回小說）に限って、多くは「回」の文字を用いる。これは長い話を、一回、二回と區切って語ったことを反映する。各回の末尾では、おおむね登場人物の危機的狀況、あるいは聽衆へのなぞかけなどによって物語が中斷され、「且聽下回分解（次の回で說明するのをお聽きください）」といった決まり文句が來る。これから先どうなるかわからない狀態で話を中斷するのは、寄席の講談において、聽衆にさらにお金を拂って續きを聽きに來させるための手段である。書物の形になっていれば、結果が知りたければページをめくればすぐにわかるわけだから、こうした中斷は、書物の上ではそれほど意味はない。讀者が讀んでいるにもかかわらず、「聽」の文字を用い、お聽きくださいというのは、寄席の時代の名殘である。

日本の『英草紙』『繁野話』『雨月物語』などは短篇の作品なので、章の切れ目についての問題は起こらないが、山東京傳の『忠臣水滸傳』などになると、まずは第一回、第二回など「回」による章分けをし、「第一回　夢窗國師祈禳天災、高階師直誤走衆星（夢窗國師祈りて天災を禳ふ、高階師直誤りて衆星を走らす）」のように對句からなる回目を掲げ、第一回を「畢竟《ひつきやう》師直家《いへ》に回《かへり》怎地《なにごとを》か計《はか》る、且下回《まづつぎのだん》に分解《ときわくる》を聽《きけ》」で結んでいるように、中國白話小説の形式に倣おうとする意圖が明らかにうかがわれる。

（二）

話の冒頭に「入話」が置かれること。「入話」はいわゆる話の枕であって、講釋師の常套手段である。長い短いのちがい、あるいは散文であるか、詩詞などを置くかのちがいはあっても、中國の白話小説作品では、いきなり本題の話に入ることはまずない。例えば、『雨月物語』「蛇性の婬」のもとになった『警世通言』巻二十八「白娘子永鎮雷峯塔」の話も、

山外の青山　樓外の樓
西湖の歌舞　幾《いず》れの時にか休《や》まん

暖風薰じ得て遊人醉ひ
直ちに杭州を把りて汴州と作す

といった詩（宋の林升の「題臨安邸」詩）ではじまり、續いて、

さて、西湖の風景のよいところは、山と水とが美しいところです。晉朝の咸和年間、山から鐵砲水が起こりまして、どっと西門に流れ込みました。ふと見れば、水の中から全身が金色の牛があらわれ、やがて水が退くと、その牛は水に隨って北山に行き、行方知れずになりました。このことは杭州の人びとのうわさになり、皆が神佛の化身だといったのです。そこでお寺を建て、金牛寺と名づけました。西門とは今の湧金門のことです。(3)

と、金牛寺の由來を語り、續けてインドの靈鷲山から飛んできたという靈鷲峯のこと、孤山に隱棲した林和靖のこと、孤山にかかる斷橋、白樂天が築いた白堤、蘇東坡が作った蘇堤のことなど、西湖の名所を紹介してゆく。いずれも西湖北側の名所であり、物語で男主人公の許宣が蛇の化身である白夫人とはじめて會うのが斷橋であるから、本題の物語とまったく關係ないとはいえないものの、西湖の名勝についてのおしゃべりである。そして、

隱隱として山は藏す　三百の寺
依稀として雲は鎖す　二高峯

といった詩句を朗唱し、續けて、

わたくし講釋師めは、西湖の美景、仙人の古蹟についてお話して參りましたが、本日お話いたしますのは、一人のすてきな若者が西湖に遊び、二人の女性と出會ったばっかりに、いくつもの町で事件が起こり、色町を大騒ぎさせることになった話です。その結果、作家が筆を執って、一篇の風流話本を作り上げたのであります。さて、その若者の姓は？　名は？　どのような女性と出會い、どのようなできごとが引き起こされたのでしょうか。それについては詩があります。

清明の時節　雨紛紛
路上の行人　魂斷たんと欲す
借問す　酒家　何れの處にか有る、と
牧童遙かに指さす　杏花村

さて宋の高宗が南渡されました紹興年間に、杭州臨安府過軍橋黑珠巷內に、一人のお役人が住んでいました。姓は李、名は仁といって、今は南廊閣子庫の募事官をつとめ、その上、邵太尉の下で錢糧の管理をしております。妻には弟の許宣というものがおりました。排行は第一番です。許宣の父は、もと生薬屋を開いておりましたが、幼いころに父母ともに亡くなり、母方の叔父の李將仕の生藥店で番頭をしておりました。年は二十二歲。その生藥店は、官巷口にありました(4)。

と、ここではじめて主人公の許宣が登場する。原刊本と考えられる金陵兼善堂本の『警世通言』では、物語の本文がはじまってから、この「さて宋の高宗が」というところまでで、はや三十行を費やしている。また、「さて、その若者の姓は？　名は？　どのような女性と出會い、どのようなできごとが引き起こされたのでしょうか」といって氣をもたせておきながら、その後にあまり關係のない詩（よく知られる杜牧の「清明」詩である）を入れて聽衆をじらすあたり、講談の骨法である。多かれ少なかれ、こういった「入話」が冒頭に置かれ、それから次第に本題に入っていくのが、中國白話小説の常套である。日本の讀本では、『英草紙』巻一「後醍醐の帝三たび藤房の諫めを折《くじ》く話」が、

萬里小路藤房卿は宣房卿の子なり。

といきなり第一行目から主人公が登場し、本題に入っており、『雨月物語』についても、巻四「蛇性の婬」が、

いつの時代なりけん、紀の國三輪が崎に、大宅の竹助といふ人在りけり。

とやはりいきなり本題に入っているように、原據が中國小説にあり、作者が中國小説を讀んでいても、冒頭の入話は無視される場合が大部分である。しかしながら、『英草紙』巻二「黑川源太主山に入ッて道を得たる話」では、

父子兄弟は、一木の連枝なれば、不和ありて是を絶てども、父子兄弟といふ名は削られず、枝を折り梢を斬り

はなしても、是其の木の枝なりと、きりたる木口にあらはれ、
云々ではじまる教訓が續き、話の枕にあたる部分の終わりあたりでは、

離るる時は他人よりも疎し。諺に云ふ、

夫妻本是同林鳥　巴到天明各自飛

是を和げて聞く時は、

をつと妻は同じ林にやどる鳥明くればおのがさまざまに飛ぶ

此の故に、義理にも親しうせねばならぬものにて、

といった具合に、冒頭にかなりの長さの前置きが置かれ、その後ではじめて、
後奈良院天文年中、羽州象潟に黒川源太主といふ人あり。

と本題に入っている。この話の原據は『警世通言』巻二「莊子休鼓盆成大道」であり、ここに見える「夫妻本是同林鳥、巴到天明各自飛」の句も、もともと「莊子休鼓盆成大道」に見えるもので、庭鐘はそれをそのまま使っていることがわかる。『雨月物語』でも、巻一「菊花の約」が、

青々たる春の柳、家園に種ることなかれ、交りは輕薄の人と結ぶことなかれ。楊柳茂りやすくとも、秋の初風の吹くに耐めや。輕薄の人は交りやすくして亦速なり。楊柳いくたび春に染れども、輕薄の人は絶て訪ふ日なし。

播磨の國加古の驛に丈部左門といふ博士あり。

ではじまるなど、冒頭に前置きが置かれるものがないわけではない（ほかに「佛法僧」「吉備津の釜」）。もちろん、古く『平家物語』の「祇園精舍の鐘の聲」や、假名草子などの作品にあっても、冒頭に全體の講評や教訓が置かれることはあるわけだから、これらが中國白話小說の「入話」のスタイルに倣ったとはいいきれないかもしれないが。

（三）

文中で詩詞等韻文が用いられること。白話小說の中では、しばしば詩詞など韻文が利用される。それは、今（二）の「入話」の例として見た「白娘子永鎮雷峯塔」が、わずかの間に、三首もの詩句を加えていたことによっても知られるであろう。

日本の文學作品においても、歌が插入されることは少なくない。しかし、その多くは、作中の人物が詠んだ歌である。それに對して、中國白話小說中の韻文の大部分は、語り手（講釋師）によるものである。例えば先の「さて、その

若者の姓は？　名は？　どのような女性と出會い、どのようなできごとが引き起こされたのでしょうか」といった後に、杜牧の「清明」詩を插入し、聽衆をじらすといったものが、その詩句の機能の一つである。

また、これも右に引用した「莊子休鼓盆成大道」の「夫妻本是同林鳥、巴到天明各自飛」のように、詩詞の插入には、何かの事件が起こったり、決着したりすると、「有詩爲證（こんな詩が證據としてあります）」として、狀況を整理し、まとめあげる働きもある。詩句が引用されることで、なるほどそうか、と聽衆を納得させようとするわけであり、それが韻文の力であるともいえる。

實際の上演にあたって、韻文部分は、講釋師がそこの部分だけ調子を變えて朗唱したか、あるいは實際に歌を歌ったようである。「清平山堂話本」の「刎頸鴛鴦會」には、話がクライマックスにさしかかると、「奉勞歌伴、再和前聲」といって、韻文が插入されている部分が、作品の中に九箇所もあらわれている。「歌伴」とは、講釋師以外にひかえている專門の歌い手を指すようであるから、この句は「歌い手のみなさんにお願いして、また前のメロディーで歌っていただきましょう」という意味かと思われる。

白話小說中の韻文は、上演にあたって、實際に插演されたもので、それによって、講釋師みずからの觀察や判斷を示すために用いられたのである。

中國にあっても、白話小說のテキストの歷史は、明末にスタイルが完成した時點から後、さらに語り物的性格から讀み物的性格を強くする道筋をたどっている。したがって、文字になったテキストについて見ても、例えば『水滸傳』初期の版本である容與堂本（百回本）では、かなり多くの韻文が用いられているが、やがて讀み物としての性格を強くする金聖歎本（七十回本）になると、このような韻文はかなり削られてしまっている。韻文にかわって、金聖歎本では、金聖歎自身によるかなりの分量の評語が加えられることになる。(5)

語り手がみずからの観察や判斷を示す機能を持った韻文は、日本の讀本にあっては、ほとんど見ることができない。そのわずかな例外が、先に見た『英草紙』の「黒川源太主山に入ツて道を得たる話」であった。この話では、その結びにおいても、『警世通言』にもともとあった詩をそのまま用いていた。この一話は、庭鐘にとって、中國白話小説の形式をそのまま用いてみようとした實驗的な作品であったのかもしれない。ただ、その他の作品においては、登場人物が歌を詠むことはあっても、語り手の判斷を示す詩詞は用いられていない。

（四）

中國白話小説は、講釋師が物語の語り手になっており、その語り手が作品の中に直接顔を出す場面があること。すでに觸れた「次回をお聞きください」もそれであるが、白話小説作品には、「看官聽說（ご見物のみなさま、お聞きください）」などの言葉ではじまり、講釋師が直接姿をあらわして語る部分がある。(6)これも先に引いた「白娘子永鎮雷峯塔」の、

わたくし講釋師めは、西湖の美景、仙人の古蹟についてお話して參りましたが、本日お話いたしますのは、一人のすてきな若者が西湖に遊び、二人の女性と出會ったばっかりに、いくつもの町で事件が起こり、色町を大騒ぎさせることになった話です。その結果、作家が筆を執って、一篇の風流話本を作り上げたのであります。さて、その若者の姓は？　名は？　どのような女性と出會い、どのようなできごとが引き起こされたのでしょうか。それについては詩があります。(7)

などがその例である。こうした語り手の作品中への直接の介入は、『英草紙』『繁野話』あるいは『雨月物語』などにはあらわれない（中國小説における講釋師の介入は、草紙地や、いわゆる地の文とは別物である）。

もちろん白話小説は白話小説であって、庭鐘や秋成は、別に白話小説を書こうとしたわけではなく、日本の傳統的な物語を書こうとしたのだといってしまえばそれだけのことであるが、それにしても白話小説を讀んで、その形式的な特徴についても、取捨選擇があったことが知られるのである。(8)

第二節　語りの內在的特徴

前節においては、四つの點について、中國白話小説と日本の讀本とを比べてみたわけであるが、これらは、目で見てわかる形式的なちがいであった。ついで、口頭で語られ、耳で聽く話と文字を目で讀む話との內在的な性格のちがいについて考えてみたい。ここでは、『警世通言』の「白娘子永鎭雷峯塔」（以下、「白娘子」と略する）と『雨月物語』の「蛇性の婬」を例にして、「くりかえし」と「種明かし」の二點について考えてみたい。

これまでの詳細な研究が示すように、上田秋成の「蛇性の婬」は、『警世通言』の原話を相當忠實になぞっている。雨の日における豊雄と眞女子の出會い、貸した傘を取りに眞女子の家に赴くこと、結婚の申し出、眞女子からの贈り物（原話では五十兩の銀子であるが、「蛇性の婬」では太刀）、その贈り物が盗品であったこと、お上への訴えと取り調べ、眞女子の家の捜索、そして家の中に皆が踏み込んだ時、眞女子は雷鳴とともに消え去り、盗品が戻ったこと。この部分に至って、女がただの人ではなさそうなことが、讀者に示される。「白娘子」では、許宣を取り調べた長官が、「妖怪のしわざだな」といい、「蛇性の婬」でも、「助も大宮司も妖怪のなせる事をさとりて、豊雄を責む事をゆるくす」

とある。だが、ここでは、どうやら妖怪らしいとわかるだけで、その正體についてはまだ明かされない。聽衆讀者は、この女はいったい何者なのだろうと思いながら、話の先を聽こう（讀もう）とする。

「白娘子」の許宣は、重罪はまぬがれたものの、杭州から蘇州に送られることになる。「蛇性の婬」では、釋放された後、みずから次なる舞臺である石榴市の姊の嫁ぎ先の家に行く。許宣が蘇州で日を過ごしていると、白夫人がたずねてくる。許宣は、白夫人が妖怪であり、ひどい目にあわされたといってとがめるが、白夫人は理詰めで說明し、再びいっしょに暮らすことになる。二人でお釋迦樣の誕生日に出掛けてゆく時、白夫人は許宣に新しい着物を出して着せる。ところがその着物は、これまた周質屋の店から盜まれたものであって、許宣は再び逮捕されてしまう。白夫人からもらったのだといって、家を搜索しにゆくが、夫人は姿をくらましていた。盜品が見つかり、妖怪のしわざだということになったが、許宣は今度は鎭江に送られ、そこの李克用なる人の藥屋で働くことになる。そこへまた白夫人があらわれる。許宣は再び、「ちくしょう。この化け物め。おまえのおかげで、おれはさんざんな目にあい、二度までもお白州に引っ立てられたんだ」、「それでもおまえは妖怪ではないと言い張るのか」ととがめるが、白夫人はまたいいわけをし、結局もとのさやにおさまることになる。

先に杭州で五十兩の銀子が盜まれ、それを許宣が持っていたことから、逮捕され、蘇州に送られる。蘇州に白夫人がたずねてきて、一悶着あった後にもとのさやにおさまる。そしてまた蘇州でも同じように、盜品を着ていたかどで逮捕され、鎭江送りになる。すると白夫人はまた鎭江にやってきて、またもとのさやにおさまる。「白娘子」では、この同じことが何度もくりかえされている。口頭の話では、聽衆を長い時間ひきつけておく必要もあって、くりかえしが多い。あるいはくりかえしがあっても、聽いていてあまり苦にならない。短篇の物語であるとはいっても、講釋師が語った時には、例えば許宣が逮捕されたところで、「さて、許宣の運命やいかに」とでもいって話を打ち切り、お金を集めるなどしたのかもしれない。ところが、これを文字で讀むと、もちろん一度目と二度目で多少の狀況のちがいはあるにしても、ほぼ同じような事件のくりかえしであって、いささか冗長に感じられるのである。「蛇性の婬」では、逮捕され、もとのさやにおさまるのは一度だけである。この點、『雨月物語』は、いかにも讀み物として整理されているといえよう。

鎭江にあって、物語は次第にクライマックスに近づいてゆく。許宣が働くことになった藥屋の主人、李克用はなかなか色好みの男。部下である許宣の妻、白夫人に目をつけた。自分の誕生日に夫妻を家に招き、白夫人が手洗いに立った時に、待ち伏せていて一義に及ぼうとのてはずであった。

見れば、白夫人はほんとうに手洗いに立っていきます。女中が彼女を奥の離れの厠に案內し、女中は歸ってきます。かの員外（李克用）は淫ら心がいっぱいになり、じっとしていられません。しかしさすがにすぐに入ってもゆけず、戶のすきまから中をのぞいて見ました。見なければ、それだけの話だったのですが、一目見たばっかりに、員外はあっと驚いて逃げだし、表まで來て、あおむけにひっくりかえってしまいました。

一命の如何を知らざるも
先ず四肢の擧らざるを覺ゆ

かの員外の眼には、花のような玉のような美人の身體ではなく、一匹の釣瓶桶ほどの太さもある大きな白蛇が部屋いっぱいにとぐろを巻き、兩目からは、燈火のように金の光を放っている姿が見えたのです。(9)

とあって、ここまでいろいろ不思議なことが起こりながら、ようやく結末近くになってはじめて白夫人の正體が巨大な白蛇であったことが明かされたのである。だが、ここの部分にはなかなか巧妙なしかけが設けられている。この李克用、もともとよからぬ考えから厠をのぞいたわけであるから、白夫人が蛇であったことを誰にもいうわけにいかない。したがって、許宣はまだその正體を知らない。ということは、これから先、再び白夫人にいいくるめられる可能性が殘されているわけである。

「蛇性の婬」では、石榴市で暮らしている時、家のものに勸められて、吉野の花見に三人で出掛ける。

岩がねづたひに來る人あり。髮は績麻をわがねたる如くなれど、手足いと健やかなる翁なり。此瀧の下にあゆみ來る。人ゝを見てあやしげにまもりたるに、眞女子もまろやも此人を背に見ぬふりなるを、翁、渠二人をよくまもりて、「あやし。此邪神、など人をまどはす。翁がまのあたりをかくても有や」とつぶやくを聞きて、二人忽躍りたちて、瀧に飛入と見しが、水は大虛に湧あがりて見えずなるほどに、雲摺墨をうちこぼしたる如く、雨篠を亂してふり來る。

とあり、やがて、この當麻の酒人と名乘る老人は、

此邪神《あしきかみ》は年經たるおろちなり。かれが性は婬《みだり》なる物にて、牛とつるみては鱗を生み、馬とあひては龍馬を生むといへり。此魅《まど》はせつるも、はたそこの秀麗《かほよき》に奸《たはけ》たると見えたり、かくまで執ねきをよく愼み給はずば、おそ

らくは命を失ひ給ふべし。

とあって、こちらはいささかあっさりその正體が讀者に種明かしされる。「白娘子」では、白夫人の正體をなかなか讀者に知らせない。なかなか種明かしをせず、聽衆をひっぱっている。これが口頭の文學の常套なのであろう。「白娘子」と「蛇性の婬」には、耳で聽く話と目で讀む話のちがいがある。

「蛇性の婬」では、ここで當麻の酒人から、妖怪にとりつかれないためには、要は心の持ち方であるといった教えを受ける。やがて、結婚した相手に蛇の精が乘り移っていることになるのであるが、酒人の教えを受けてから後、豊雄の心はゆらぐことはないようである。讀者の興味は、豊雄が結婚した相手に蛇の精が乘り移っていたことの恐怖、そして、最後にどのように妖怪が制壓されるかに置かれることになる。別の女性と結婚する話は、「白娘子」にはない。

「白娘子」に戻ると、鎭江にあって許宣は金山寺に參拜する。ひどい波風で船が出ないところに、すごい速さの船がやってくる。それには白夫人と下女の青青が乘っている。許宣が船に乘ろうとすると、法海禪師があらわれ、「この畜生め、またしても無禮を働き、生靈を害しようとするとは。老僧はおまえのためにやってきたのだぞ」といって、白夫人と青青をどなりつける。二人は急いで船をこぎ出し、船を轉覆させると、水に飛び込んで、見えなくなってしまう。ここは、「蛇性の婬」で、吉野で當麻の酒人から聲をかけられ、眞女子と侍女が瀧に飛び込んだ部分に相當する。「白娘子」の法海禪師は、ここでもまだ「妖怪」というばかりで、白蛇としての正體を許宣に教えていないが、家に戻った許宣は、はじめて李克用からその正體が白蛇であることを聞かされる。

二月ほどたつと、恩赦があって、許宣は杭州に歸れることになる。杭州の姉の家に歸ると、そこには白夫人と青青が先に來ていた。これまた蘇州、鎭江に續くくりかえしである。ただ、ここでは許宣の義兄が白夫人の部屋をのぞいて、白蛇であることを見てしまう。そこで蛇をとらえるために、蛇捕りと稱する男が招かれ、白夫人をつかまえにくる。だが、白夫人の蛇のあまりの大きさと迫力によって、この蛇捕りの男は、つかまえることに失敗し、あえなく死んでしまう。「白娘子」では、この前にも許宣が蘇州の街を歩いていると、ある道士が、あなたには妖怪がつきまとっているといい、お札を渡す。白夫人はそのことを知り、許宣をとがめるが、お札を焼いても何も起こらない。翌日、二人して道士をたずねてゆき、道士のお札を飲むが何も起こらない。まわりで見ていた人は、「こんなきちんとしたご婦人を、いくらなんでも妖怪だなんて」と、周圍の人びとが道士を罵る。そして、白夫人は「わたしは子供の時から、手品を習っています」といって、道士を丸く縮めて空に浮きあがらせてしまう話があった。「白娘子」では、白夫人の制壓を試みて失敗する者は、道士と蛇捕りの二人であるのに對し、「蛇性の婬」では、制壓の失敗者は鞍馬寺の僧一人である。ここにも「白娘子」の方に、より多くのくりかえしの性格を見ることができるだろう。

最後は、法海禪師から渡された鉢を白夫人にかぶせ、法海禪師が蛇を雷峯塔の下に鎭める。「白娘子」では、道士が失敗し、法海禪師が成功する。道敎よりも佛敎の方が靈驗あらたかというわけである。「蛇性の婬」では、ともに僧侶であるが、鞍馬寺の僧よりも道成寺の僧である。もちろん道成寺には、蛇にまつわる故事があるからである。

「白娘子」にはくりかえしが多く、種明かしを先送りする傾向があるのに對し、「蛇性の婬」では、くりかえしが省かれ、また謎に對してもあっさり答えが示される様子を見た。これは、それぞれ作品における語り物的性格と讀み物的性格のちがいの反映と考えられる。(10)

第三節　怪談か愛情か

「白娘子」にはくりかえしが多く、「蛇性の婬」ではくりかえしが整理されていることを述べた。このことは、作品の形式的なちがいばかりではなく、實はその主題とも關わっている。

妖怪かもしれないとうすうす感じていながら、何度も何度もあらわれる白娘子にいいくるめられ、もとのさやにおさまるのは、つまり許宣がそれだけ白娘子の魅力にとらえられているからである。『雨月物語』では、吉野において當麻の酒人から眞女子の正體を明かされ、萬事氣の持ちようだといわれた豐雄は、その後に富子の身體を借りてあらわれた眞女子に對して、完全に「おそろし」「逃げる」といった姿勢で臨んでいる。豐雄の眞女子に對する氣持ちは、いささか淡泊なのである。

そもそも『警世通言』の「白娘子」は、それ以前、あるいはそれ以後さまざまなバージョンが存在した「白蛇傳」の一つの話である。(11)「白娘子」では、最後に白娘子と靑靑（魚の精）は法海禪師に調伏され、本來の姿をあらわし、雷峯塔に鎭められる。だが、後世の多くの「白蛇傳」においては、この悲戀に終わった物語に不滿で、ハッピーエンドに終わる物語が少なくないのである。

現在中國で最も廣く流行していると思われる白蛇故事は、いずれも清代の黄圖珌の『雷峯塔』傳奇と方成培の『雷峯塔傳奇』によるものである。これらは、基本的に『警世通言』の「白娘子永鎭雷峯塔」に據りながら、京劇などでしばしば演じられる「端陽」（白娘子が雄黄酒を飲んで蛇身をあらわす）、「求草」、「水鬪」（水漫金山）などの各段は、いずれも方成培の戲曲で新たに加えられたものである。方成培の『雷峯塔傳奇』があらわれて以後、白蛇故事は、基本的にこの戯曲のあらすじに沿っているのである。(12)『警世通言』「白娘子」の中の白娘子の人物形象は、果たして善玉なのか、悪玉なのか、この點がいささか曖昧であった。しかしながら、『雷峯塔傳奇』以後、白娘子（白素貞）は完全に善玉として描かれるようになったのであり、彈詞の『義妖傳』において、白素貞は「義妖」として描かれるようになり、法海禪師は逆に悪玉として描かれるようになった。(13)

その後の「白娘子」については、魯迅の「雷峯塔の倒壞について」を見るのが手っ取り早い。

　呉越の山間や濱邊へ行って民意をさぐってみるがよい。百姓、爺さん、お蠶女、無頼漢、お脳がちょっとお弱い方以外は誰でも、みんな白蛇娘娘の味方をして法海のでしゃばりを責めぬ者はいないのだ。

　和尚は本來お經をあげていさえすればよい。白蛇がかってに許仙《ママ》にのぼせ上がり、許仙がかってに化け物を娶ったところで、他人になんのかかわりがあるというのか。それなのに和尚が經をほうり出して横合いから引っかきまわしたのは、たぶん妬ましかったからだろう、もう、そうに決まっている。

　聞くところによると、のちに玉皇大帝も、法海がでしゃばって人を苦しみの底に陥れたことを責め、つかまえて懲らしめようとしたそうだ。ところが彼は逃げまわり、とうとう蟹の甲羅に逃げこんで、ついに出て來ず、いまでもそこにかくれているそうな。玉皇大帝のやったことには私は氣に入らぬことがとても多いのだが、この一件にかぎっては大いに満足している。「金山水びたし」の事件は、明らかに法海が悪いのだから。玉皇大帝の扱いは誠に正しいのだ。ただ、惜しいかな、私はあのとき、この話の出どころを聞いておかなかった。ひょっとすると、『義妖傳』ではなくて民間傳説かもしれない。(14)

魯迅が述べるように、この「白蛇傳」という物語、中國の民衆にとっては、怪談としてよりも、愛情物語としての性格が強いようである。このあたりの力點の置き方も、形式の問題とからみつつ、一つの重要な相違點である。

注

（1）『名古屋市蓬左文庫漢籍分類目錄』（名古屋市教育委員會　一九七五）。

（2）中村幸彥「古義堂の小說家たち」（『近代作家研究』三一出版社　一九七一）。

（3）『警世通言』卷二十八「白娘子永鎭雷峯塔」

　山外青山樓外樓、西湖歌舞幾時休。暖風薰得遊人醉、直把杭州作汴州。

話說西湖景致、山水鮮明。晉朝咸和年閒、山水大發、洶湧流入西門。忽然水內有牛一頭見、深身金色、後水退、其牛隨行至北山、不知去向。哄動杭州市上之人、皆以爲顯化。所以建立一寺、名曰金牛寺。西門、卽今之湧金門。

（4）『警世通言』卷二十八「白娘子永鎭雷峯塔」

　隱隱山藏三百寺、依稀雲鎖二高峯。

說話的、只說西湖美景、仙人古蹟、俺今日且說一個俊俏後生、只因遊玩西湖、遇著兩個婦人、直惹得幾處州城、鬧動了花街柳巷。有分教才人把筆、編成一本風流話本。單說那子弟、姓甚名誰。遇著甚般樣的婦人、惹出甚般樣事。有詩爲證、

　清明時節雨紛紛、路上行人欲斷魂。借問酒家何處有、牧童遙指杏花村。

話說宋高宗南渡、紹興年閒、杭州臨安府過軍橋黑珠巷內、有一個宦家、姓李、名仁、見做南廊閣子庫募事官、又與邵太尉管錢糧。家中妻子有一個兄弟許宣、排行小乙。他爹曾開生藥店、自幼父母雙亡、卻在表叔李將仕家生藥鋪做主管、年方二十二歲。那生藥店開在官巷口。

（5）北村眞由美「『水滸傳』の表現――「容與堂本」と「金聖嘆本」の比較を通して」（『中國文學研究』二十六　二〇〇〇）。また、金聖歎本以前に、すでに『水滸傳』百回本から百二十回本に至る閒に、詩詞が削られていることは、丸山浩明「『水滸傳』

中の詩詞について——百回本から百二十回本への過程」（同氏『明清章回小説研究』汲古書院　二〇〇三所收）が指摘する。

（6）前掲北村論文では、講釋師が作中に直接登場する場面もまた、容與堂本にあったそれを金聖歎本ではかなり削除していることを指摘している。

（7）『警世通言』巻二十八「白娘子永鎭雷峯塔」

說話的、只說西湖美景、仙人古蹟、俺今日且說一個俊俏後生、只因遊玩西湖、遇著兩個婦人、直惹得幾處州城、鬧動了花街柳巷。有分教才人把筆、編成一本風流話本。單說那子弟、姓甚名誰。遇著甚般樣的婦人、惹出甚般樣事。有詩爲證。

（8）『繁野話』の「白菊の方猿掛の岸に怪骨を射る話」などで、「你《なんぢ》」という中國語の白話で用いられる二人稱を使ったり、「卻說《さても》」というやはり白話小說で常套的に用いられる表現を使っている。庭鐘は、これらの文字をちりばめることによって、白話小說の文體をまねようとの意志を示そうとしたのであろう。白話系の語彙は、秋成の作品にも見ることができる。

（9）『警世通言』巻二十八「白娘子永鎭雷峯塔」

只見白娘子眞個要去淨手。養娘便引他到後面一間僻淨房內去、養娘自回。那員外心中淫亂、捉身不住、不敢便走進去、卻在門縫裡張。不張萬事皆休、則一張那員外大吃一驚、回身便走、來到後邊、往後倒了。

不知一命如何、先覺四肢不擧。

那員外眼中不見如花似玉體態、只見房中蟠著一條吊桶來粗大白蛇、兩眼一似燈盞、放出金光來。

（10）今回『雨月物語』の「淺茅の宿」を讀んでいて、そのはじめの部分で、勝四郎が、仲のよかった妻の宮木を故鄕に置いて、商賣のために都にのぼる一段を見、『古今小說』巻一の「蔣興哥重會珍珠衫」を思い出した。商人である蔣興哥が、王三巧兒と結婚する。二人は仲むつまじく暮らしているが、商賣に出ないことには生活が立ちゆかない。そこで、妻には必ず來年には戻るからと言い置いて、蔣興哥は廣東に赴いた。興哥は、妻との約束を守ろうとするのだが、旅先での接待疲れから身體をこわし、約束の期限に家に歸れなくなってしまう。このあたりの話が、「淺茅が宿」に通じるのではないかと思うのである。

「淺茅が宿」の原據は、『剪燈新話』の「愛卿傳」とされている。「愛卿傳」は、遠くへ出掛けた男がいくさのために歸ってこられなくなる點では共通するが、こちら愛卿は妓女である。商人の妻であり、きっと歸ってくるといったのに歸ってこられなくなる狀況は、こちらの方が近い。「蔣興哥」は、やがて夫を待ちきれなくなった妻の不倫の物語で、途中からはまったく別の話になってしまうのであるが、『雨月物語』の「菊花の約」は『古今小說』卷十六の「范巨卿鷄黍死生交」を原據にしている。その『古今小說』冒頭に位置する「蔣興哥」の、しかもそのはじめの部分であるから、秋成も讀んでいたはずである。この機會に書きとどめ、博雅の示教を俟ちたい。

(11)「白蛇傳」については、植田渥雄「「白蛇傳」考――雷峯塔白蛇物語の起源およびその滅亡と再生」(『櫻美林大學中國文學論叢(星川清孝博士退休記念號)』七　一九七九)、山口建治「民話と小說――白蛇傳の場合」(神奈川大學中國語學科編『中國通俗文藝への視座』東方書店　一九九八所收)、坂田愛美「田漢の京劇『白蛇傳』の改作について」(『東京大學中國語中國文學研究室紀要』第八號　二〇〇五)ほかを參照のこと。

(12)傅惜華編『白蛇傳集』(中華書局　一九五八)が引用する光緒年間に杭州で出版された『白蛇山歌』などがその一例。

(13)路工「『白蛇傳』彈詞的演變、發展」(路工『訪書見聞錄』上海古籍出版社　一九八五)、山口建治「語りもの「白蛇傳」の民俗――彈詞『義妖傳』研究覺書―1―」(神奈川大學人文學會『人文研究』一一二　一九九二)。

(14)魯迅『墳』所收。初出は一九二四年十一月十七日の『語絲』第一期。引用は、『魯迅全集』第一卷(學習研究社　一九八四伊藤虎丸譯)による。

第五章　馮夢龍「三言」の中の「世界」

はじめに

十五世紀から十七世紀に至る世界、中國でいえば明末清初にあたる時代は、たしかにいわゆる「大航海時代」であった。西歐の視點からする「大航海時代」という言い方には、現在では多くの批判が寄せられていることはたしかであるが、東アジアにスペイン、ポルトガルの船が頻繁に來航し、それまでにはなかったような物の流通、文化の交流が行なわれるようになったことは事實である。さらには、十六世紀末の豐臣秀吉の朝鮮侵略にしても、朝鮮半島をめぐって日本と明朝がしのぎを削るといった、國際的な、世界的な事件であった。當時の世界は、もはや一國の中で閉じた社會であることが不可能な、今日でいうところのグローバルな世界であったといえよう。

ことを當時の中國文人の周邊に限っても、明末清初の時代を生きた文人冒襄（一六一一～一六九三）が、もと南京秦淮の妓女であり、後にその側室となった董小宛の思い出を記した『影梅庵憶語』を見ると、次のような記述がある。

時に西洋人の畢今梁（フランソワ・サンビアシ）がわたしに夏物の西洋布一端を送ってくれた。それは蟬の羽根のように薄く、雪のように白かった。薄紅色の裏地をつけ、彼女のために夏物の上着を作ったが、それは張麗華の月宮の霓裳にもおとらぬものであった。彼女といっしょに金山に登った。すると四五隻の龍舟が荒波をけたててはげしく搖れながら近づいて來た。山中の遊覽客數千人がわたしたち二人の後につき從い、指さして神仙ではないかといっていた。(1)

この「西先生畢今梁」とは、Le P. Louis Pfister,S.J., *Notices Biographiques et Bibliographiques sur Les Jesuites de L'ancienne Mission de Chine 1552-1773*（Chang-hai, Imprimerie de la Mission Catholique, 1932）によれば、Le P. Francois Sambiasi という宣教師であって、一六四四年前後に揚州府、蘇州府、寧波府一帶で布教活動を行なっていたという。當冒襄は揚州府如皐縣の人であり、またしばしば蘇州にも行っていたから、この Sambiasi の活動範圍と重なりあう。當時の文人は、ごく普通に西洋人の宣教師と知り合いになっており、物を贈られたりしていたことがわかる。

さらに、本章で扱おうと思う短篇白話小説集「三言」の編者である蘇州の文人馮夢龍（一五七四～一六四六）が作った戲曲『雙雄記』第三折「倭奴犯屬」には、日本語を話す倭寇の頭目が登場する。その日本語は、

多奴未納恝打俚法古法古計其奴瞎咀郎快都河河水客打乃彈俄皮外耶裏
挨里番助山山水所個尼坡水水明哥多那革答烏禮加高高的何南蛾何何水於牌水

というものである。『雙雄記』の版本では、眉欄に『日本考』とあって、次のような注釋を載せている。

多奴　　叫人　（どなる）
未納恝打俚　　説話　（ものがたり）

法古	走（はこ　早來？）
法古計	快走（早こ行《け》）
其奴瞎咀郎	殺
快都河河水	多（數多し）
客打乃	刀（かたな）
彈俄皮	鳥流（だんごびや）
外	助詞
耶裏	槍（やり）
挨里	他（あれ）
番助山山水	羞（はずかし）
所個尼	我
坡水水	要（ほしし）
明哥多	極好（みごと）
那革答	大將軍（やかた）
烏禮加	賣買（うりかい）
高高的（姚鎖盧）	好（ここちよさる）
何南蛾	婦人（おなご）
何何水	多有（おおし）

於（于）牌水　香（かんばし）

『日本考』は、明の萬暦年間に李言恭・郝杰によって編纂された、いわば日本に關する百科事典であり、同書巻四に日本語の語彙を分類して収めている。『日本考』が編纂されたのは、まさしく豊臣秀吉の朝鮮侵略の折であり、とりわけ日本に關する知識が必要とされたのである。わざわざ注記しているところから見て、馮夢龍はまちがいなく『日本考』を見て、『雙雄記』の日本語を書いたのであろう。それにしても、馮夢龍が抜き出した日本語は、倭寇の頭目の言葉として、いかにも彼らが使いそうな語彙ばかりである。

「三言」（『古今小説』＝『喩世明言』『警世通言』『醒世恆言』）は、その馮夢龍が編纂した短篇白話小説集であり、それぞれに四十篇ずつの物語、總計百二十篇もの物語からなる一大小説集である。初編の『古今小説』の書名が示すように、古今の、歴史物、世話物などさまざまな内容の物語を収めている。「三言」の物語は、もとよりいわゆる漢民族の「中國」を中心とするが、そこには「異域」もあらわれ、「世界」がある。

馮夢龍にとって最も「今」を示す物語が、『警世通言』巻三十二「杜十娘怒沈百寶箱」であろう。その冒頭、次のようにある。

永樂のみかどから九代、萬暦のみかどになり、これがわが朝第十一代の天子であります。この天子は聰明神武、福德兼備であられ、十歳で即位され、在位四十八年、この間に三つの寇亂を平定されました。その三つとは、

日本の關白平秀吉、西夏の承恩、播州の楊應龍

の三つで、平秀吉は朝鮮を侵犯し、承恩、楊應龍は土官が反亂を起こしたもので、これらを次々と平定されました。遠くの夷たちも畏服しないものはなく、競って朝貢してまいりました。まことに、

一人慶び有りて民は安樂

四海虞《おそれ》無く國は太平

というものです。[2]

『警世通言』が刊行されたのが天啓四年（一六二四）のことであるから、萬曆帝は、すぐ直前の皇帝であって、まさしく現代史である。こうした戰爭の費用を捻出するために、國子監生の資格をお金で賣る「納粟監生」の制度がはじまり、これがこの物語の男主人公である李甲が北京にやってくる背景となり、さらに名妓杜十娘と出會うきっかけとなるのである。

本論では、「三言」に見える異域を、

（1）蒙古・女眞（滿洲）・雲貴・西域等

（2）日本

（3）印度

（4）東南アジア・西アジア

に分けて、検討することにしたい。

第一節　蒙古・女眞（滿洲）・雲貴・西域等

これらは、いずれも「中國」と陸地において境を接している國家、民族である。時代の順に見ていくことにすると、まずは唐代の突厥である。『古今小説』第五巻「窮馬周遭際賣䭔媼」の話の中で、

そのとき韃虜突厥が叛亂を起こしました。太宗皇帝は四大總管を派遣し、兵を進めて征伐させようとし、馬周に虜を平らげる策を述べるようお命じになりました。馬周は御前において、流れるがごとくすらすらと申し述べましたが、その一言一言が御意にかなっていたため、給事中の職に改められることになりました。(3)

主人公の馬周が、反亂を起こした「韃虜突厥」を平定する策を述べたというのである。多くの異域は、中國に敵對する勢力として登場する。

唐代の四川地方における洞蠻についての話が、『古今小説』第八巻「吳保安棄家贖友」見える。

そのとき郭仲翔も捕まって連れさられました。細奴邏は彼の風貌がすぐれているのを見、たずねてみると、郭

元振の甥であることがわかりました。そこで、本洞の頭目である烏羅のもとに送ったのです。そもそも南蠻には大きな志があったわけではなく、ただ中國の財物をむさぼり取ろうというだけでした。漢人を捕まえてくると、みな各洞の頭目に分け與えたのでした。功の多かったものには多く分け與えられ、功の少なかったものには少なく分け與えられました。分け與えられたものは、賢愚を問うこともなく、ひたすら奴僕のようにこきつかわれ、薪割りをしたり、草刈をしたり、馬や羊の世話をさせられたのでした。人が多ければ、また轉賣することもできたのです。(4)

もとは、『太平廣記』巻一六六に引く『紀聞』（唐の牛肅の撰）の「保安」にもとづく話であるが、ここでは、「南蠻」が「中國の財物」を奪うことをはかり、漢人をさらっては、その身代金を取ろうとしていたことが描かれている。

『警世通言』第九巻「李謫仙醉草嚇蠻書」は、詩仙の李白が主人公。李白には、渤海國が渤海の言葉で送りつけてきた國書を讀むことができた。

ある日、番夷の使節が國書を持ってやってきました。朝廷は使者をさしむけ、急いで賀內翰に接待を命じ、宿舍に休ませました。次の日、閤門舍人は番夷の使節から一通の國書を受け取りました。玄宗皇帝は翰林學士に番夷からの手紙を開くようお命じになりましたが、ただの一字もわからず、學士たちは階の下で平伏して奏上いたします。

「この書はまったく鳥獸の足跡ばかりで、わたくしどもは學識淺く、一字もわかりません。」

（中略）

李白はひとわたり國書に目を通すと、薄笑いをうかべ、御前で唐の言葉に譯して、流れるように讀み上げました。番夷の書には、次のようにありました。

渤海國大可毒、書を唐朝の天子に致す。汝、高麗を占領し、我が國と近接してより、邊境の兵しばしば我が國境を侵犯するは、思うに天子の意に出るものであろう。我いまこれを忍ぶことかなわず、使者を遣わして講ぜしむ。高麗百七十六城を我が國に讓るべし、しからばわれは好き物を送らん。すなわち、太白山の菟、南海の昆布、柵城の豉、扶餘の鹿、鄚頡の豕、率賓の馬、沃州の綿、湄沱河の鯽、九都の李、樂遊の梨である。(5)

李白は純粋な漢人ではなく、ソグド系の出身ともいわれる。李白が外國語を讀めたとされるのも、そうした背景と關わっているだろう。ここで、渤海の王が好き物として列擧しているものは、『新唐書』巻二一九、北狄傳の渤海の條に、

俗所貴者、曰太白山之菟、南海之昆布、柵城之豉、扶餘之鹿、鄚頡之豕、率賓之馬、顯州之布、沃州之緜、龍州之紬、位城之鐵、盧城之稻、湄沱湖之鯽。果有九都之李、樂游之梨。

として見えるものをほぼそのまま引いたものである。なお、ここに見える地名は、基本的に渤海、朝鮮の地名であるが、この國書に對して李白が起草した返書に見える地名は、より遠方の地名であり、スケールが大きくなっている。

こちらは東南アジア・西アジアの項で見ることにしたい。

續いて宋代の場合である。「三言」において數が多いのが、北宋から南宋に至る閒の金の侵攻である。『古今小說』第十七卷「單符郎全州佳偶」は、指腹婚の閒柄にあった二人が、金軍の侵攻によって離ればなれになったが、後にめぐりあい、結婚した話。そこでは、

さて、單推官は任に着いて三年たったところで、金虜が汴京を陥れ、徽宗、欽宗の二人の天子が連れ去られてしまいました。さいわい呂好問が僞帝の張邦昌を說き伏せ、康王を宋王朝の皇嗣として迎えました。康王は長江を渡って南に行き、應天府で卽位しました。これが高宗です。高宗は金虜をこわがり、西京に歸ろうとはせず、揚州に行幸されました。單推官は民兵を率いて皇帝を護衞するのに功績があり、郎官の職に着き、さらに御駕に從って杭州に行きました。高宗は杭州の風景が氣に入られ、駐蹕して都を建て、臨安府と改められました(6)。

と大きな時代の狀況を描いている。『警世通言』第十二卷「范鰍兒雙鏡重圓」も、金の侵攻によって生き別れになった夫婦が再びめぐりあう話。

この歌は南宋の建炎年間に作られたもので、民閒亂離の苦しみを述べております。宣和のみかどが政をあやまり、奸佞が權力を獨り占めにしたために、靖康年間に至って、金虜が都を陥れ、徽宗、欽宗の二帝は北へ連れ去られることとなりました。康王が泥馬にまたがって長江を渡り、汴京を棄てて一隅の平和に甘んじ、年號を建炎と改められました。そのとき東京地方の人々は、韃虜をおそれ、みな車駕に從って南に渡りました。しかしまた

虜騎に追われ、兵火のもと、東に逃げ、西に隠れ、どれだけの肉親が離ればなれになったかわかりません。(7)

『古今小說』第二十四卷「楊思溫燕山逢故人」、『醒世恆言』第三卷「賣油郎獨占花魁」も、金の侵攻がその物語の背景である。後者には、

さて大宋は太祖が基を開き、太宗が位を嗣いでよりこのかた、眞宗、仁宗、英宗、神宗、哲宗と七代の天子が續き、みな武を收めて文を修めたため、民も國も安泰でありました。ところが徽宗道君皇帝に至って、蔡京、高俅、楊戩、朱勔といった徒を信任し、大いに庭園を造作し、もっぱら遊樂につとめ、朝政を行なわなくなったのです。結果、萬民は怨嗟し、金虜がそれに乘じて起ち、花や錦のようであった世界がめちゃくちゃになってしまったのです。やがて二帝は蒙塵、高宗が泥馬にまたがって長江を渡り、一隅の平和に甘んじ、天下は南北に分かれたところで、ようやく落ち着いたのです。(8)

とある。『古今小說』第三十二卷「游酆都胡母迪吟詩」は、南宋にあって金との和議を進め、岳飛を殺害した秦檜が主人公である。

（秦檜は）靖康年間には、昇進を重ねて御史中丞にまで至りました。そのとき金兵が汴京を陷れ、徽宗、欽宗の二帝を北へ遷しました。秦檜もまた捕虜になりましたが、金の頭目である撻懶郎君と仲良くなり、撻懶にこういったのです。「もしわたしを釋放して南に歸してくれるならば、よろこんで金のために働きます。うまく志を遂げ

ることができたら、かならずや和議を主張し、南朝に土地を割いて臣と稱させ、大金のご恩に報いましょう。」撻懶は金主に上奏し、金主は四太子の兀朮に秦檜とひそかに盟約を結ばせてから、南に返したのでした。(9)

秦檜は、金軍の捕虜になったが、和議を進めることを條件に釋放されたのである。

また、『醒世恆言』第二十三巻「金海陵縱欲亡身」は、まさしく金の海陵王が主人公となっている物語である。「縱欲」とあるが、兄が亡くなった時に、弟が兄の妻も相續するといった、中國的結婚、貞操觀念とは異なる、女眞族の風習が批判の對象になっている。

次に蒙古。モンゴルが金を滅ぼし、やがて宋を滅ぼして、元朝を建てることになる。『古今小說』第二十二巻「木綿庵鄭虎臣報冤」は、南宋末の權臣、賈似道が主人公である。賈似道は、モンゴルに對し、屈辱的な和議を結び續ける。

そのとき宋朝は蒙古の兵力によって、金人を滅ぼしたのでした。また趙范、趙葵の計によって、蒙古と事を構え、河を守り關に據って、三京を取り返そうとしたのです。蒙古は兵を率いて侵入し、われわれが誓いをやぶったことを責め、淮漢のあたりは大騒動、天子は心配し恐れられたのです。(10)

さて、蒙古主蒙哥は合州の城下に駐屯し、太弟忽必烈を遣わし、兵力を分けて鄂州、襄陽一帯を包圍し、人心大いにおそれたのでありました。(11)

『醒世恆言』第十九巻「白玉娘忍苦成夫」もまた、宋末元初が背景になっている。

さて、張萬戸は興元府の人で、腕力が強く、武藝に精通しておりましたかつては郷里であばれておりましたが、守將がその評判を聞いて、部下としてわずかばかりの地位をあたえました。時、守將を殺して元朝に歸順しました。元主は彼の城を獻じた功績によって、萬戸として、兀良哈歹の部下として先鋒の案内役をさせ、しばしば戰功を立てました。(12)

そのとき、宋朝の氣數もすでに盡きて、元の世祖が、無人の境を行くがごとく江南に攻め込みました。宋の最後の皇帝は、廣東崖山の海中の島に追われてとどまられました。ただ福建だけはいまだ兵火を受けておりませんでしたが、小さな地方だけでは、敵にあたることは難しく、役人たちは人々が塗炭の苦しみにおちいるに忍びず、合議して版圖を元主に歸すことといたしました。(13)

モンゴルの元朝を北に追いやることによって明王朝が成立するが、モンゴルはしばしば漢族の世界に侵攻してきた。まずは明代の天順年間、エセンの入寇である。『警世通言』第十七巻「鈍秀才一朝交泰」にも、エセンのことが影を落としている。

その尤公も無愛想な人で、みずからは何も贈らず、一通の手紙を書いて（馬任を）邊境の陸總兵に推薦しました。宿屋の主人はその手紙を見ると、運がめぐってくるかもしれないと思い、路銀として五兩の銀子を貸してあげました。ところが、ちょうど北虜の也先《エセン》が侵入して、大いに人畜を略奪していきましたが、陸總兵は軍機を誤ったかどで、職を解かれ、都に護送されて罪に問われ、尤侍郎までも免官になってしまったのです。(14)

モンゴルの侵攻は、嘉靖年間にも起こっている。『古今小說』巻四十「沈小霞相會出師表」には、

さて楊順が着任してほどなく、大同の韃虜俺答《ダヤン》が、兵を率いて應州地方侵攻してきて、四十あまりの砦が續けざま打ち破られ、數えきれないほどの男女が連れ去られました。(15)

とあって、ダヤンの侵攻が描かれている。

ここで見た蒙古・女眞（滿洲）・雲貴・西域等の地域に關しては、まず一つの例外もなく、漢族の中國と敵對する勢力としての異民族である。

第二節　日　本

明代中期の中國、とりわけ江南地方は、倭寇に惱まされた。馮夢龍の『雙雄記』に倭寇の頭目が登場するのも、そうした時代の背景がある。『古今小說』第十八巻「楊八老越國奇逢」は、元の時代の話ということになっているが、倭寇についての詳細な記述がある。主人公の楊八郎は、倭寇に捕えられ、日本にまで連れて行かれるのである。

見れば、かの倭子は、海叵羅（ほら貝）を一吹きすると、ボーッと鳴り響きます。四方の多くの倭賊は、それぞれに長刀を振り回し、飛びかかってきますが、まったくどこから來るのかわかりません。何人かの粗暴で、ふだ

んからちょっと腕に自信のあるものが、命を捨てて、手に武器を取り、進んで敵に向いますが、あたかも火の中に雪を投げるよう、風の中に塵をあげるようで、倭賊によって、一刀で一人、まるで瓜や菜っ葉を切るかのようです。こわくなって、みなは一齊に跪き、助けて、と叫ぶばかりです。(16)

そもそも倭寇は中國の人に逢えば、數限りなく殺戮したのです。女をさらっては、ほしいままに姦淫し、もてあそんでめんどくさくなると、生きたまま釋放したのでした。また情のある倭子は、やはりひそかに贈り物をしたりもしました。しかし、こうした女たちは、命は助かったものの、みなから笑いものにされたのでした。男子は、老弱であれば、すぐに殺され、強壯なものは、連れてこられて髪を剃り、油を塗りつけられて、にせの倭子にされたのです。戰いになるたびに、彼らを陣頭に押し立て、官軍は殺して首を得られれば、それによってほうびがもらえたのでした。(17)

捕まった壯健な男子は、奴僕として留めおかれてこき使われました。頭を剃り、兩足は裸足で、かの國と同じ様子です。刀を與えられ、戰う方法を教えられます。中國の人は恐れて、從わないわけにはまいりません。一年半も過ぎ、風土にも慣れ、倭話も話すようになると、本物の倭子と異なるところありません。

さて、元の泰定年間、日本國は每年不作が續き、倭子たちは衆を集め、また攻めてまいります。そして、楊八郎も連れていかれたのです。(18)

そもそも倭寇が海にただようのも、おのずから運命があり、風任せでした。もし北風ならば廣東地方を侵犯し、もし東風ならば福建地方を侵犯し、もし東北風ならば溫州地方を犯し、東南の風ならば淮揚地方を犯したのでした。この時は二月の天氣、倭子たちは船に乘って岸を離れましたが、ちょうど東北風が盛んで、何日も續けて吹き止まず、まっすぐ溫州地方にやってまいりました。そのとき元朝も太平の時代が續き、沿海の防備もおろそかで、何隻かの船に、數百の老弱の兵ばかりで、とても抗戰することはできず、様子を望み見ると逃げ去ってしまったのです。倭子たちは平然と上陸し、火を放ち人を殺します。(19)

楊八郎は、倭寇の軍に加わることによって、再び中國に歸れたのである。

『古今小說』卷四十「沈小霞相會出師表」の話では、

また、彼の荷物の中から霜のように白く輝く一振の日本刀が出てきました。(20)

と、日本刀が登場する。この物語は、嚴嵩、嚴世蕃父子が惡役として登場するが、最後に世蕃が處罰される理由の一つに、「倭擄への私通（私通倭擄）」が擧げられている。先に擧げた『警世通言』卷三十二「杜十娘怒沈百寶箱」の、

日本の關白平秀吉、西夏の承恩、播州の楊應龍。

にも見られたように、明代後半、日本との關わりは深いものがある。

第三節　インド

「三言」には、インドも登場する。『警世通言』第四十巻「旌陽宮鐵樹鎭妖」である。

三教とはどのような教えなのでしょうか。一つは儒家で、孔夫子が『六經』を删述して萬世に教えを垂れ、歴代帝王の師、萬世文章の祖となったのでした。これが一つの教えです。一つは釋家で、西方釋迦牟尼佛祖が、當時舍衞國の刹利王家に生まれ、大智光明を放って十方世界を照らし、地からは金蓮華が湧き、丈六金身、よく變化し、大きくも小さくもなく、通じるもなく、通じぬもなく、衆生を救って、天人の師と稱したのです。これもまた一つの教えです(21)。

これは、佛教の生まれた場としてのインドである。

第四節　東南アジア・西アジア

「三言」には、東南アジア、西アジア、あるいはヨーロッパといってもよい國々も登場する。まずは、先ほども見た『警世通言』第九巻「李謫仙醉草嚇蠻書」である。渤海國王の國書に對して、李白が起草した返書には、頡利（突厥の王）は盟に背いて擒にされ、弄贊（吐蕃の王）は鵝を鑄て誓を納れた。新羅は織錦のような頌をたてまつり、天竺（インド）はものをいう鳥を贈り、波斯（ペルシャ）は鼠を捕らえる蛇を獻じ、拂菻（東ローマ帝國）は馬を曳く犬を進めた。白鸚鵡は訶陵（南海の國）から來たし、夜光珠は林邑から貢がれた。骨利幹（シベリアのヤクート）は名馬を納め、泥婆羅（ネパール）は良酢を獻じた。(22)

とある。渤海の國書では、わずかに渤海、朝鮮の地名しか出てこなかったのに對し、ここでは北はシベリア、南はインドから南海、西はペルシャからさらには東ローマ帝國にまで及ぶ廣大な範圍の地名が竝べられ、唐朝の權威はそこまで及んでいるのだ、ということを述べているのである。

『古今小說』第十九卷「楊謙之客舫遇俠僧」には南越國が見える。

そもそもこの蒟醬は、都堂が縣官に命じ、富戶を南越國に遣わして、高い値段で買い求めさせたもので、都堂でさえも自分で用いることはなく、朝廷に獻上した珍しい食べ物なのです。富戶はさんざん苦勞し、相當な財物を使い、破產するまでして、やっとのことで一罐を手に入れたのです。ちょうど銀の罐に入れ替えて、縣官から都堂に屆けようというところで、蠻子に盜まれてしまったのです。富戶は醬を失ってしまい、家中大慌て、四方に捕まえに行きますが、まるで人が死んだ時のようなありさまです。(23)

これは蒟醬（胡椒のような香辛料）の產地としての南越國である。

『警世通言』第十九卷「崔衙內白鷂招妖」は唐の玄宗の時代の物語であるが、各國の貢物を列擧している。

そのとき四方からの貢ぎ物が絶えませんでした。西夏國は月徉琵琶を、南越國は五笛を、西涼州は葡萄酒を、新羅國は白鶴子を獻上しました。この葡萄酒は御前に進められ、琵琶は鄭觀音に與えられ、玉笛は弟君の寧王に與えられ、新羅の白鴿は崔丞相に贈られました。(24)

ここに見える南越國、西夏國、西涼國、新羅國は、いずれも中國にはない珍しい貢ぎ物を持ってくる國としてあげられているのである。

『醒世恆言』第二十三卷「金海陵縱欲亡身」にも、西洋國に產出する走盤珠、緬甸國から出る緬鈴、また郅支國が獻上したベッドのカーテン、句驪國の不思議な布などの物が出てくる。これも珍しい物を持ってくる國としての西洋國、緬甸國である。波斯國については、『醒世恆言』第二十四卷「隋煬帝逸遊召譴」に、

後宮を司る官吏は每日螺子黛五斛を支給し、蛾綠といっておりました。螺子黛は波斯國に產し、一粒で十兩もします。後には稅金が不足し、銅黛を混ぜて支給しましたが、ただ絳仙だけは、かわらず螺黛をもらっておりました。(25)

また『醒世恆言』第三十七卷「杜子春三入長安」、

そもそも波斯館は、四夷の進貢する人たちがここで寶を販賣するところで、明珠美玉、文犀瑤石でないものはなく、ややもすると千百のけたにのぼる値段で、金銀窠裏といわれておりました。(26)

とあって、これも中國には產しない珍しい寶物を持ってくる國としての波斯國である。

結　び

以上、馮夢龍の「三言」に見える異域について、地域ごとに見てきた。「三言」に見える異國には、二つの方向があることがわかる。一つは、敵對勢力としての異國である。唐代の突厥、洞蠻、渤海、宋代の金、宋から明に至るまでの蒙古、さらに日本、これらはいずれも中國の漢族世界をおびやかすものとしての異域である。そしてもう一つは、南越國、西夏國、西涼國、新羅國、波斯國など、いずれも中國にはない珍しい物を持ってくる國としての異國である。

唐代を舞臺にした『警世通言』第九卷「李謫仙醉草嚇蠻書」においては、北はシベリア、南はインドから南海、西はペルシャからさらには東ローマ帝國にまで及ぶ範圍の地名が竝べられていたのに對し、宋代以降の物語では、せいぜい遼、金、蒙古、朝鮮、日本、ベトナムであって、ほぼ東アジアの地域の物語になっている點も興味深い。

明末は、先にも擧げた『日本考』が書かれたり、『三才圖會』「人物」にさまざまな外國人（多分に想像上の外國も含まれはするが）の畫像が載せられたりと、外國に關する情報も、以前と比べ、精度を增した時代である。「三言」には殘念ながら、その當時出沒していた西洋人の姿は見えない。しかし、そこにはさまざまな外國があり、たしかに一つの「世界」が描かれているといえるだろう。(27)

注

（1）冒襄『影梅庵憶語』
時西先生畢今梁寄余夏西洋布一端。薄如蟬紗、潔比雪豔。以退紅爲裏、爲姬製輕衫、不減張麗華桂宮霓裳也。偕登金山、時四五龍舟衝波激蕩而上。山中遊人數千、尾余兩人、指爲神仙。

（2）『警世通言』卷三十二「杜十娘怒沈百寶箱」
自永樂爺九傳至於萬曆爺、此乃我朝第十一代的天子。這位天子、聰明神武、德福兼全、十歲登基、在位四十八年、削平了三處寇亂。那三處。
日本關白平秀吉、西夏承恩、播州楊應龍。
平秀吉侵犯朝鮮、承恩、楊應龍是土官謀叛、先後削平。遠夷莫不畏服、爭來朝貢。眞個是、
一人有慶民安樂、四海無虞國太平。

（3）『古今小說』第五卷「窮馬周遭際賣䭔媼」
那時韃虜突厥反叛。太宗皇帝正遣四大總管出兵征剿、命馬周獻平虜策。馬周在御前、口誦如流、句句中了聖意、改爲給事中之職。

（4）『古今小說』第八卷「吳保安棄家贖友」
其時、郭仲翔也被擄去。細奴邏見他丰神不凡、叩問之、方知是郭元振之侄、遂給與本洞頭目烏羅部下。原來南蠻從無大志、只貪圖中國財物。擄掠得漢人、都分給與各洞頭目。功多的、分得多、功少的、分得少。其分得人口、不問賢愚、只如奴僕一般、供他驅使、斫柴割草、飼馬牧羊。若是人口多的、又可轉相買賣。

（5）『警世通言』第九卷「李謫仙醉草嚇蠻書」
忽一日、有番使齎國書到。朝廷差使命急宣賀內翰陪接番使、在館驛安下。次日、閣門舍人接得番使國書一道。玄宗敕宣翰林學士拆開番書、全然不識一字、拜伏金階啟奏、此書皆是鳥獸之跡、臣等學識淺短、不識一字。（中略）
李白看了一遍、微微冷笑、對御座前將唐音譯出、宣讀如流。番書云、渤海國大可毒書達唐朝官家。自你占了高麗、與俺國

逼近、邊兵屢屢侵犯吾界、想出自官家之意。俺如今不可耐者、差官來講。可將高麗一百七十六城讓與俺國、俺有好物事相送、太白山之菟、南海之昆布、柵城之豉、扶餘之鹿、鄚頡之豕、率賓之馬、沃州之綿、湄沱河之鯽、九都之李、樂遊之梨。

（6）『古今小說』第十七卷「單符郎全州佳偶」
卻說單推官在任三年、時金虜陷了汴京、徽宗欽宗兩朝天子、都被他擄去。虧殺呂好問說下了僞帝張邦昌、迎康王嗣統。康王渡江而南、卽位於應天府、是爲高宗。高宗懼怕金虜、不敢還西京、乃駕幸揚州。單推官率民兵護駕有功、累遷郎官之職、又隨駕至杭州。高宗愛杭州風景、駐蹕建都、改爲臨安府。

（7）『警世通言』第十二卷「范鰍兒雙鏡重圓」
此歌出自南宋建炎年間、述民間離亂之苦。只爲宣和失政、奸佞專權、延至靖康、金虜凌城、擄了徽欽二帝北去。康王泥馬渡江、棄了汴京、偏安一隅、改元建炎。其時東京一路百姓懼怕韃虜、都跟隨車駕南渡。又被虜騎追趕、兵火之際、東逃西躲、不知拆散了幾多骨肉。

（8）『醒世恆言』第三卷「賣油郎獨占花魁」
話說大宋自太祖開基、太宗嗣位、歷傳眞、仁、英、神、哲、共是七代帝王、都則偃武修文、民安國泰。到了徽宗道君皇帝、信任蔡京、高俅、楊戩、朱勔之徒、大興苑囿、專務遊樂、不以朝政爲事。以致萬民嗟怨、金虜乘之而起、把花錦般一個世界、弄得七零八落。直至二帝蒙塵、高宗泥馬渡江、偏安一隅、天下分爲南北、方得休息。

（9）『古今小說』第三十二卷「游酆都胡母迪吟詩」
靖康年間、累官至御史中丞。其時金兵陷汴、徽欽二帝北遷。秦檜亦陷在虜中、與金酋撻懶郎君相善、對撻懶說道、若放我南歸、願爲金邦細作。僥倖一朝得志、必當主持和議、使南朝割地稱臣、以報大金之恩。撻懶奏知金主、金主敎四太子兀朮與他私立約誓、然後縱之南還。

（10）『古今小說』第二十二卷「木綿庵鄭虎臣報冤」
那時宋朝仗蒙古兵力、滅了金人。又聽了趙范、趙葵之計、與蒙古構難、要守河據關、收復三京。蒙古引兵入寇、責我敗盟、淮漢騷動、天子憂惶。

（11）『古今小説』第二十二巻「木綿庵鄭虎臣報冤」
却說蒙古主蒙哥屯合州城下、遣太弟忽必烈、分兵圍鄂州、襄陽一帶、人情洶懼。

（12）『醒世恆言』第十九巻「白玉娘忍苦成夫」
卻說張萬戶乃興元府人氏、有千斤膂力、武藝精通。昔年在鄉里間豪橫、守將知得他名頭、收在部下爲偏裨之職。後來元兵犯境、殺了守將、叛歸元朝。元主以其有獻城之功、封爲萬戶、撥在兀良哈歹部下爲前部嚮導、屢立戰功。

（13）『醒世恆言』第十九巻「白玉娘忍苦成夫」
那時宋朝氣數已盡、被元世祖直搗江南、如入無人之境。逼得宋末帝奔入廣東崖山海島中駐蹕。止有八閩全省、未經兵火、然亦彈丸之地、料難抵敵、行省官不忍百姓罹於塗炭、商議將圖籍版輿、上表亦歸元主。

（14）『警世通言』第十七巻「鈍秀才一朝交泰」
那尤公也是個沒意思的、自家一無所贈、寫一封柬帖薦在邊上陸總兵處。店主人見有這封書、料有際遇、將五兩銀子借爲盤纏。誰知正值北虜也先爲寇、大掠人畜、陸總兵失機、扭解來京問罪、連尤侍郎都罷官去了。

（15）『古今小説』巻四十「沈小霞相會出師表」
却說楊順到任不多時、適遇大同韃虜俺答、引衆入寇應州地方、連破了四十餘堡、擄去男婦無算。

（16）『古今小説』第十八巻「楊八老越國奇逢」
只見那倭子把海叵羅吹了一聲、吹得嗚嗚的響。四圍許多倭賊、一個個舞著長刀、跳躍而來、正不知那裡來的。有幾個粗莽漢子、平昔間有些手腳的、拚著性命、將手中器械、上前迎敵、猶如火中投雪、風裡揚塵、被倭賊一刀一個、分明砍瓜切菜一般。唬得衆人一齊下跪、口中只叫饒命。

（17）『古今小説』第十八巻「楊八老越國奇逢」
原來倭寇逢著中國之人、也不盡數殺戮。擄得婦女、恣意姦淫、弄得不耐煩了、活活的放了他去。也有有情的倭子、一般私有所贈。只是這婦女雖得了性命、一世被人笑話了。其男子但是老弱、便加殺害、若是強壯的、就把來剃了頭髮、抹上油漆、假充倭子。每遇廝殺、便推他去當頭陣、官軍只要殺得一顆首級、便好領賞。

(18)『古今小説』第十八卷「楊八老越國奇逢」
所擄得壯健男子、留作奴僕使喚。剃了頭、赤了兩腳、與本國一般模樣。給與刀仗、敎他跳戰之法。中國人懼怕、不敢不從。過了一年半載、水土習服、學起倭話來、竟與眞倭無異了。

(19)『古今小說』第十八卷「楊八老越國奇逢」
話說元泰定年間、日本國年歲荒歉、衆倭糺夥、又來入寇、也帶楊八老同行。
原來倭寇飄洋、也有個天數、聽憑風勢。若是北風、便犯廣東一路、若是東風、便犯福建一路、若是東北風、便犯溫州一路、若是東南風、便犯淮揚一路。此時二月天氣、衆倭登船離岸、正值東北風大盛、一連數日、吹個不住、逕飄向溫州一路而來。那時元朝承平日久、沿海備禦俱疏、就有幾只船、幾百老弱軍士、都不堪拒戰、望風逃走。衆倭公然登岸、少不得放火殺人。

(20)『古今小說』卷四十「沈小霞相會出師表」
又見他包裹中有倭刀一口、其白如霜。

(21)『警世通言』第四十卷「旌陽宮鐵樹鎭妖」
三敎是甚麼敎。一是儒家、乃孔夫子、刪述六經、垂憲萬世、爲歷代帝王之師、萬世文章之祖。這是一敎。一是釋家、是西方釋迦牟尼佛祖、當時生在舍衞國剎利王家、放大智光明、照十方世界、地湧金蓮華、丈六金身、能變能化、無大無不大、無通無不通、普度衆生、號作天人師。這又是一敎。

(22)『警世通言』第九卷「李謫仙醉草嚇蠻書」
頡利背盟而被擒、弄贊鑄鵝而納誓、新羅奏織錦之頌、天竺致能言之鳥、波斯獻捕鼠之蛇、拂菻進曳馬之狗、白鸚鵡來自訶陵、夜光珠貢於林邑、骨利幹有名馬之納、泥婆羅有良酢之獻。

(23)『古今小說』第十九卷「楊謙之客舫遇俠僧」
原來這蒟醬、是都堂著縣官差富戶去南越國、用重價購求來的、都堂也不敢自用、要進朝廷的奇味。富戶吃了千辛萬苦、費了若干財物、破了家、纔設法得一罐子。正要換個銀罐子盛了、送縣官轉送都堂、被這蠻子盜出來。富戶因失了醬、舉家慌張、四散緝獲、就如死了人的一般。

（24）『警世通言』第十九巻「崔衙内白鷂招妖」

其時四方貢獻不絕。西夏國進月伴琵琶、南越國進五笛、西涼州進葡萄酒、新羅國進白鷂子。這葡萄酒供進御前、琵琶賜與鄭觀音、玉笛賜與御弟寧王、新羅白鷂賜與崔丞相。

（25）『醒世恆言』第二十四巻「隋煬帝逸遊召譴」

司宮吏日給螺子黛五斛、號爲蛾綠。螺子黛出波斯國、每顆值十金。後徵賦不足、雜以銅黛給之。獨絳仙得賜螺黛不絕。

（26）『醒世恆言』第三十七巻「杜子春三入長安」

元來波斯館、都是四夷進貢的人在此販賣寶貨、無非明珠美玉、文犀瑤石、動是上千上百的價錢、叫做金銀窠裏。

（27）二〇一六年一月八日、臺灣中央研究院中國文哲研究所において、劉苑如教授の主宰される「東亞文學與文化地圖」の研究會が開催され、同研究所の羅珮瑄研究助理が、デジタルヒューマニティーの立場から、本拙論を材料に、發表をしてくださった。羅さんの發表により、拙論の草稿で抜けていた地名をカバーできた。また唐代の物語と宋代以降の物語における「世界」の範圍のちがいについては、羅さんよりの教示である。ここに記して謝意を表する。

第六章　馮夢龍「敍山歌」考——詩經學と民間歌謠——

はじめに

『詩經』、わけてもその十五國風の諸篇が古代の民間歌謠である、とする認識は、今日ではもはや文學史の常識に屬するといってよかろう。しかしながら、こうした見方が定着するに至ったのも、中國の歴史の上では、さほど古いことではない。

民間の歌謠は、それが記録されるか否かにかかわらず、太古の昔から現在に至るまで、連綿として歌い續けられてきた。一方、『詩經』に關する學問も、代々の經學者たちによって蓄積されてきた。ところが、この兩者は、片や『詩經』が儒家の經典として尊重されたのに對し、片や庶民の卑俗なる歌謠として、文字を有する知識階級から無視され蔑視されるという、まったく異なった道を歩み續けてきたのである。だが、詩經學と民間歌謠という、この無關係もしくは對極的なものと見られていた兩者が、ほぼ宋代ぐらいから次第に接近をはじめ、やがて合流する時期を迎える。

明代の末期、馮夢龍（一五七四～一六四六、蘇州の人）は、これこそが現代における國風である、との考えにもとづいて、時に卑猥なものをも含む蘇州地方の歌謠を集大成した『山歌』十巻を編んだ。[1] ここに、『詩經』國風は民謠である、とする詩經學（また後述のように、當時の文藝理論）の達成と、現在眼前で歌われている卑俗な山歌は、かつての國風にほかならぬ、とする新たなる歌謠認識との、全き結合を見ることができる（『山歌』は、歌謠の側の達成だが、詩經學の方法に變化があらわれるのは、さらに後のことになる)。本章は、『詩經』の成り立ちから、主として馮夢龍の『山歌』編纂に至るまでの考え方の足どりを、詩經學、文藝理論、そして民間歌謠という三つの方向からたどってみようとする試みである。ここではまずはじめに、馮夢龍が『山歌』の冒頭に附した「敍山歌」を檢討し、そこから一旦時代をさかのぼって、「敍山歌」に至るまでの過程をふりかえってみることにしたい。

第一節　馮夢龍の「敍山歌」

馮夢龍は『山歌』十巻のほかにも、俗曲集『掛枝兒』十巻を編み、さらに短篇白話小説集「三言」を編著するなど、明末の通俗文學の旗手として活躍した人物である。ここでは、馮夢龍が、何故これら民間のものを集める活動を、これほど積極的に行なったのか、その理由を考えてみたい。何故かと問うとはいっても、ただ單に好きだから等々、個人の心情的なレベルでの答えを求めようというのではなく、民間歌謠のように、從來無價値と考えられていたものを集め、しかもそれを公刊する行爲の、他者に對する說得的な理由が、どのように主張されたのかという、いわば社會的レベルでの答えを求めようというのである(もちろん、個人の好みも、つとめて社會的とはいえるが)。馮夢龍が山歌を集めたのは、もとよりそこに價値を見出しているからなのだが、これを人々にむけて公刊する際に、その價値を說明する、その說明のし方は、時代に共通した認識の上にのっているはずである。本節では、馮夢龍が『山歌』編纂の意義を語った「敍山歌」を材料に、馮夢龍が山歌に見出した價値を考え、次節以下で、その由來淵源をたずねてみることにしたい。まず第一段、言葉あって以來、代々歌謠があった。太史が集めたもの（『詩經』）で、風と雅とをともに評價しているのは尊いことである。『楚辭』や唐詩になると、美しさあでやかさを競って、民間の性情の響きは、詩壇に列せられなくなってしまい、別に山歌といわれるようになった。（山歌は）田夫野豎が口から出るにまかせて思いを寄せたもののことで、薦紳學士家の口にするものではない。(2)

古代の『詩經』では、「風」と「雅」とが、ともに收錄されていたのに、「楚騷・唐律」以後、いうならば「雅」の方ばかりが發展し、民間性情の響たる「風」の方は、詩壇からしめ出され、「山歌」という、いささか差別的な名稱を冠せられるまでに至ったことをいう。この一段では、

（A）「風」――民間性情の響――田夫野豎　――山歌
（B）「雅」――楚騷唐律　――薦紳學士家――詩壇の詩

という各項の對立が、きわめて明瞭に示されていることに注意したい。そして、いうまでもなく、馮はこの（A）の方を支持する立場に立っているのである。

なお、ここで「太史が集めたもの」とある太史は、『禮記』王制の、

大師に命じて詩を採集させ、それによって民の風俗を觀察する。(3)

という、周のいわゆる采詩の官のことを指していると思われる。『禮記』では「大師」に作るが、例えば『皇明貢學考』巻五によれば、成化十七年の會試の『禮記』題が「命太史陳詩以觀民風」であったようであり、「太史陳詩」とするテキストもたしかに存在していたのである。(4)續いて第二段、

詩壇に列せられず、薦紳學士家の口にのぼらないがために、歌はますます輕はずみになり、歌う者の心もますます淺薄になっていった。今盛んに流行しているものは、みな私情の曲ばかりである。だがそうはいっても、「桑間濮上」（淫猥な歌）は、國風ではこれをそしっているが、孔子はこれを採錄している。なぜなら、情が眞であって、廢することができないからである。山歌はひどく俚俗なものではあっても、どうして鄭衞の遺でないことがあろうか。(5)

現在における國風はどうなっているかといえば、それは皆が輕んじてきた結果として、「私情の譜」になってしまった。とすると、このようなものに價値はない、という反論が當然おこるであろう。その予想される反論に對して馮夢龍が準備するのが、『史記』孔子世家に見える孔子刪詩說である。「詩三百篇」は孔子自らが編定した。そして『禮記』樂記に「鄭衞の音は亂世の音なり」といい「桑間濮上の音は亡國の音なり」といわれる、當時の「私情の譜」たる鄭衞の音も、孔子は「詩三百篇」の中に收めているではないか。だから、現在の「桑間濮上」たる山歌もまた、當然記錄する價値があるのだ、自分は孔子にならっているのだ、という論理である。要するに、

孔子：「桑間濮上」＝馮夢龍：「山歌」

という等式を考えていることになる。ここで、孔子が鄭衛の音までを取った理由として、情が眞であるから、という。以下、論の重點は、この「眞」へと移ってゆく。

そのうえ、今は末の世で、假の詩文はあっても、假の山歌はない。なぜなら、山歌は詩文と競爭しようということがないから、假である必要がないのである。かりそめにも假である必要がないからには、わたしがこれによって眞を存するよすがにしようとすることも、可能なのではないだろうか。(6)

孔子も同じようなことをやったのだから、自分もそれをしてもかまわないだろう、という論理は、道學をたてにとって反對してくる人に對する防御としては有效かもしれないが、まだその現實的效用としての具體的な攻擊性を缺いていよう。この第三段で、「山歌」を世に問うことの具體的な攻擊目標としての「假の詩文」が提起されている。これはもとより、第一段で整理した（A）（B）二系列の、それぞれ延長であって、この（A）の方を「眞」として評價し、（B）の方を「假」として非難しているわけである。すなわち、この一段から、『山歌』編纂によって馮夢龍が意圖したのは、現在行なわれている、性情の響を失った「假の詩文」を攻擊すること、そして『山歌』によって、袋小路に入ってしまった「假の詩文」に生氣をふきこむことなのだ、という點が示されるのである。馮夢龍の「敍山歌」は、第一義的には、當時の文藝理論の土俵における發言だったのである。

さて、そして今の人が、昔太史によって集められたものはこれこれであり、最近の民間に残っているものがしかじかであることを思えば、なお世を論ずる材料にはできるであろう。もし男女の眞情を借りて、名敎の僞藥たることを暴くことができるならば、その效能は『掛枝兒』と同じことになろう。それで、『掛枝兒』を採錄した後で『山歌』に及んだのである。(7)

「論世」は『孟子』萬章章句下の「其の詩を頌し、其の書を讀むも、其の人を知らずして可ならんや。是を以て其の世を論ず。是れ尙友なり」をふまえる。

前段で、この一文が文藝理論を土俵とするとはいったが、中國における文藝が、第一段で整理したように、「田夫野豎」と「薦紳學士」との社會層のちがいを反映しているものである以上、批判の矛先が、「薦紳學士」というひとつの社會層、そして彼らが據り所とする「名敎」にまで及ぶのも、きわめて自然のことといわねばなるまい。この「男女の眞情を借りて名敎の僞藥を發」くという部分は、しばしば引用され、最も衝擊的であるが、この「敍山歌」が、當時の詩文批判という文藝理論の場での發言であり、そして更には、「薦紳學士」とその「名敎」に對する一種の社會批判という、きわめて長い射程を持っていたことを確認しておきたい。そして、この射程をねらう起爆藥になっているのが、『詩經』國風、とりわけその鄭衞の音にまでも價値を見出そうとする、第一、第二段に見える『詩經』認識なのである。以下この認識の足どりを追ってみることにしたい。

第二節　朱子以前の詩經觀

『詩經』解釋學史上の大きな變化は、宋にはじまり、その新說を集大成したのが朱子であるが、本節ではまず、宋代に至るまでの『詩經』觀を復習してみることにしよう。

『詩經』に關しては、古くから『論語』爲政の「思邪《よこしま》なし」や、『禮記』經解の「溫柔敦厚は詩の教えなり」などさまざまな言説が記錄に殘されているが、それらすべてを包み込む形で、『詩經』の位置づけについての一つのパラダイムを形成したのが、司馬遷の『史記』孔子世家に見える、いわゆる孔子刪詩說であろう。

むかし詩は三千餘篇あったが、孔子の時になって、重複を去り、儀禮に役立てられるものを取って、古くは契や后稷に關する詩を採り、中は殷周の盛んな時代の詩を述べ、幽王厲王の缺點の多かった時代に至り、衽席から始めることにした。それゆえ「關雎の亂を風の始めとし、鹿鳴を小雅の始めとし、文王を大雅の始めとし、淸廟を頌の始めとする」というのである。三百五篇を孔子はいずれも管弦に合わせて歌い、韶武雅頌の音に合致するようにした。禮と樂はこれによって述べ傳えることができるようになり、それによって王道を備え、六藝を成すことになったのである。(8)

すなわち、『詩經』は、三千餘篇の詩の中から、孔子が手ずから三百篇を選んで編んだものだというのである。となると、孔子によって十分の一にまで嚴選された『詩經』は、それだけ深く孔子の意圖を祕めていることになろう。馮夢龍が、「鄭衞の音」も孔子は錄しているではないか、というのも、前述のように、この刪詩說を背景にしている。また後に述べるように、逆に「鄭衞の音」が入っていることから、現行『詩經』は、孔子の編んだ本來の姿ではないとする說も生まれるが、それとても、孔子が編んだことを前提にしている點では同樣である。孔子自らが編んだとされることが、『詩經』の權威の源泉となったのである。

次に、『詩經』に收められた詩の主體（作者・歌者）は誰なのかということを考えてみたい。これについては古くから、

先に引用した『禮記』王制の「大師に命じて詩を陳ねしめ、以て民の風を觀る」や、それを承けた『漢書』藝文志の、

　いにしえには采詩の官があって、王者はそれによって風俗を觀察し、得失を知り、自ら考え正したのである。孔子はもっぱら周の詩を採取したが、上は殷の詩、下は魯の詩を取って、全部で三百五篇とした。(9)

など、いわゆる「采詩の官」によって採録されたものである、とする考え方がある。であるから、『詩經』とくに國風は、すでに古くから民間の詩と考えられていたのである。

ところで、今日にまで傳えられた『詩經』には、各詩篇の前に、その大要を記した序が冠せられている。この序の作者をめぐっては、諸說紛紛たるあり様であるが、この詩序の存在が、『詩經』解釋にきわめて大きな影を落としてきた。詩序の基本的な文學觀は、いわゆる美刺の說であって、個々の詩篇には、政治、社會に對する毀譽褒貶の意が込められている、とする考え方である。この考えにもとづいて、詩序は、ある詩が何々の事件を風刺したものである、といった道德的解釋を加えてゆくのである。例えば、朱子が「此れ亦た淫女の絕たれて、其の人に戲るるの詞」と解し、今日でも戀愛詩と解される鄭風「狡童」、

　彼狡童兮、不與我言兮　　彼の狡童　我と言はず
　維子之故、使我不能餐兮　　維《こ》れ子の故に　我をして餐する能はざらしむ

云々を、詩序は、

狡童は、忽を刺《そし》ったのである。賢人と事を圖ることができず、權臣が命をほしいままにしている。(10)

と、鄭國の政治問題として解するといったのがそれである。

さて、ところで、詩にこうした毀譽褒貶の意が込められていることになると、そうした判斷を行なえるのは、一般の民衆ではなく、より高次の立場に立った絶對者であるということになろう（もちろん一方で、民の聲は天の聲として、謠諺などを重んずる考え方も存在するが）。これを端的に表現したのが、司馬遷の『史記』太史公自序の、

詩三百篇は、おおむね聖賢が發憤して作ったものである。(11)

であって、詩の主體を聖賢とする考え方も、必然的に生まれてくることになろう。この詩序を附した『詩經』（『毛詩』）に、後漢の大儒鄭玄が注を加えたことで、詩序の說は規範化し、唐代に成立した國定の經書解釋たる『毛詩正義』も、これにもとづいているのである。

以上のところをまとめるならば、宋に至るまでの『詩經』は、一方でそれが民間のものであるとする考え方もあったにもかかわらず、とりわけ詩序の道德的解釋が經典として權威を持ち、詩の主體は聖賢なりとして、まつりあげられてしまい（その權威化には、孔子刪詩說もまた一役買っていた）、民間の歌謠から最も遠いところに來てしまったことになるのである。

以上、『詩經』について、經學の立場から見たのであるが、この時期に、民間の歌謠についてはどうだったかという

點について補足しておくと、もちろん、この時代にも民間の歌謠は行なわれており、唐の李益、白居易の詩の中に「山歌」の文字が見え、それを耳にしていることがわかるし、また特に、民間の「竹枝」を聴いて自ら擬作した劉禹錫は、民間の歌謠に關心を持った早い人物の一人である。その「竹枝詞」に附された「引」（『劉夢得文集』巻九）には、

その音樂を聽いていると、黃鐘の羽（の音階）にあたっており、曲の結末部分のはげしい盛り上がりは吳聲のようである。粗野で意味はわからないが、思いにみちあふれ、美しいメロディーには（『詩經』の）「淇澳」の美しさがある。(12)

といって、この「竹枝」を「淇澳」（『詩經』衞風）になぞらえてもいる。さすがに詩人の直感で現在目の前で歌われている民間歌謠と『詩經』とを結びつけているのである。だが、劉禹錫以後、民間の歌謠に言及した例はいくつかはあるが、それに積極的な關心を持つようになるのは、後述のように、明代以後のことに屬するのである。

第三節　朱子の詩經觀

前節で見た美刺說を繼承した『詩經』觀と對立する見方が、北宋のころから次第に生まれてきた。歐陽修の『詩本義』、王質の『詩總聞』、鄭樵の『詩辨妄』などがそれであるが、それら一つ一つの成果の積み重ねの上に、これを集大成したのが、南宋の大儒朱子である。朱子は、歐陽修の『詩本義』以來深められてきた詩序への疑問を徹底し、この作者を、從來のように孔子の弟子の子夏ではなく、後漢の衞宏である（『後漢書』儒林傳に、衞宏が毛詩序を作ったとあ

る）とし、これを完全に無視しようとした。こうして、いわば『詩經』の裸の本文と向き合うことになったのである。『詩經』の詩の由來について朱子は、

『詩』には當時の朝廷の作がある。雅と頌がそれである。國風はといえば、採詩者が民間で採集し、四方の民情の美惡を見ようとしたものであって、二南も民の歌う歌の詞を採集してそれをメロディーに乘せたものである。程先生は周公が人々を敎化するために作ったものだといおうとされるが、それはどうだかわからない。わたしはその說に從わない。（『朱子語類』卷八十、詩一、綱領）[13]

として、國風が採詩者によって民間からあつめられたものであるとし、周南・召南についても、周公という超越者によって作られたとする程子の說を否定しているのである。こうしたところからみると、朱子は、『詩經』本文を、あくまで民間の歌謠として見ようとしていることがわかる。風と雅については、その『詩集傳』卷一で、

風は民俗歌謠の詩なり。[14]

といい、同書卷九で、

雅は正なり。正樂の歌なり。[15]

という定義を與えている。また、『朱子語類』巻八十、詩一、綱領では、より具體的に、

風は多く在下の人に出で、雅は乃ち士夫の作る所なり。(16)

としている。また、風についてはさらに「詩集傳序」において、

『詩』にいわゆる風とは、多くは里巷の歌謠の作から出たものであり、男女がともに詠歌して、おのおのその情を言うものである、とわたしは聞いている。(17)

と述べている。「風」は「民間」「在下の人」の「男女」の作とし、「雅」を「士夫」のものとしているのである。『詩經』の國風を民謠なりとする朱子の考え方は、その後の『詩經』認識に、大きな一歩を進めたものといえる。馮夢龍の「敍山歌」に見られた、風・雅二元論も、實に朱子のこの考え方のヴァリエーションである。

さて、國風を民間の男女の歌謠と捉えて、本文を讀み返した時、鄭風衞風ならずとも、そこにあるのが、必ずしも男女のまともな關係ばかりでないことは、すぐに氣づかれるところであろう。こうした諸篇を、朱子は『詩集傳』において、「淫奔」「淫女」等の文字を用いて解釋しているのである。美刺說などではなく、女性の歌聲である、と見た朱子の解釋は、國風の原貌に一歩近づいたものといえよう。しかし、「淫」という一字からうかがえるように、朱子はこれを、どちらかといえば否定的に捉えてしまったようである。いや、あるいは、朱子自身は、否定的にとらえたつもりはなかったのかもしれない。しかし、少なくとも一度このように文字に定着してしまうと、これを惡い方の意味

にとるものが多くあらわれたことはたしかである。そもそもこの時代にあって、「在下の人」と「士夫」を比べた時、この「在下の人」に積極的な價値を見出すべくもなかった、ということであろうか。

ところで、『詩經』中のある詩を「淫詩」と認めると、『論語』爲政の、

子曰く、詩三百、一言以て之を蔽はば、曰く、思邪無し、と。[18]

の一條との矛盾は避けられず、また孔子删詩說とも對立してしまうであろう。淫詩など錄したと思われない孔子が、現に詩三百は「思邪無し」であるといっているのである。この一條を朱子は『論語集注』巻一で、

凡そ詩の言、善なる者は、以て人の善心を感發せしむべく、惡なる者は、以て人の逸志を懲創せしむべし。其の用は人をしてその情性の正を得さしむるに歸するのみ。[19]

といって、「邪」を、「正」に對するものと解しており、淫詩については、わずかに反面教材として、その存在の意義を認めているのである。同じことを、朱子は、『朱子語類』巻二十三、論語五で、

「思邪無し」についておたずねします。（朱子の）答え。もし詩を作る者が「思邪無し」といったとしたら、それは邪なものが多いのである。思うに詩の功用は、人をして邪無しにさせるところにあるからである。[20]

また、

「思邪無し」とは、詩を讀む人をして「思邪無」くさせようとすることである。(21)

といって、讀者に注意をうながすことによって、かろうじて、現行の『詩經』のテキストを認めているのである（なお、本稿では便宜上、これまでの敍述でも、書名を『詩經』と記してきたが、もと『詩』もしくは『毛詩』とよばれたこの書物に、『詩經』の名が冠せられたのは、朱子にはじまる）。

こうして『詩經』中に、明らかに淫詩が入りこんでいるとなると、一歩進んで現行『詩經』のテキストそのものを疑う者があらわれるのも、勢いの然らしむるところであろう。王柏の『詩疑』は、『詩經』中の二十七篇の篇名をあげ、これらの淫詩は、聖人の三百五篇にあらずとしたのである。

さて、從來、小序の道德的解釋におおわれていた『詩經』の、國風は民間歌謠である、という認識に到達した點で、朱子はきわめて透徹した眼を持っていたといえよう。しかし、その先、朱子はやはり依然として、詩は敎化の資となるべきものである、との觀念を離れられず、いわゆる淫奔の詩を評價できなかった。つまり、この點については、民謠を民謠として、文學として見る視點を持ちえなかったのである。朱子以後、元明の詩經學は、基本的に朱子の說を襲ったものにすぎない。特に、明初に朱子の說に據った『詩傳大全』が作られ、これが科擧の規範として權威を持つことになり、元明の詩經學においては、『詩經』の見方をゆるがすような、新たな見方はおこらなかったのである。

馮夢龍の「敍山歌」を到達點と見るならば、國風を民謠だとする朱子の說で、まず一つの大きなハードルを越えたことになる。だが、馮夢龍に至るまでには、今度は、民間のものに價値があるのだ、とする認識のハードルが待ちか

まえている。これには、南宋の周必大の『益公題跋』巻四「跋蕭臺詩」に、

わたしが見たところ、詩三百篇は、當時の婦人女子が賦したものであって、あるいは後世の文人たちには手が屆かないほどのものもある。思うに、情に發し、禮義に止まることが難しいからである。(22)

や、羅大經『鶴林玉露』巻十五の、

張文潛がいった。「詩三百篇は、婦人女子小夫賤隷が作ったものであるとはいっても、要するに文章に深い造詣のあるものでなければ作ることができないのである。(23)」

など、いずれも、「婦人女子」「婦人女子小夫賤隷」と「後世の文人」とを對置し、前者に價値を見出しているものであり、馮夢龍「敍山歌」の先驅ともいえるのだが、こうした考え方が、より大きな聲でいわれるようになるのは、續く元から明にかけての文藝理論の場においてである。次節で、これを見てみることにしよう。

第四節　元人の詩經觀

元の文藝理論においては、多くの論者が『詩經』に言及するが、なかでも典型的であり、その先驅けとも考えられる方回の「趙賓暘詩集序」(『桐江集』巻一)を見よう。

『詩』で世に存する者は三百十五篇、聖人が删定して世に傳え、六藝の一つとして、人にそれを見て感動させ自制させることができるのだが、それはその表現の巧拙と學問の深淺とを考えているわけではまったくないのである。後世詩を論ずる時には、決まって表現の工拙によって論じ、また決まってその人の學問の深淺がどうかを推論する。しかしながら、巧みさを論ずる者が必ずしも學問が深いわけではないし、學問が深いものでもあるいは表現が拙いこともある。これが詩人について論じがたいゆえんである。

いにしえの人は、町の通りの子女の風謠の作であっても、やはり天眞の自然から出ている。ところが今の人はそれとは逆に、ただその詩が學問において深くないことをおそれるばかりであるから、道德、性命、仁義、禮智の說を配列して詩だとしている。ただその詩が表現に巧みでないことをおそれるばかりであるから、風雲、月露、草木、禽魚の狀をあつめて詩だとしているのである。世間でさわがれることによって高い地位を得ようとし、己を誇ることによって能力をみせびらかす。かくして、深くしようと思ってますます淺く、巧みであろうとしてますます拙くなるのである。(24)

『詩經』は「閭巷子女の風謠の作」であり、「言語の工拙」や「學問の淺深」などに全く無頓着ではあっても、それが「天眞の自然に出づる」ものであるがゆえに、讀む人に感動を與えるのだといい、その一方で、詩に學問の深いことや、言語の工みなことを求め、かえって眞の感動から遠ざかつている「今の人」の詩を批判しているのである。これは『詩經』の「閭巷子女の風謠の作」の「天眞の自然」を評價した考え方である。

「天眞の自然」というのは、そもそも『毛詩』大序の、

詩なる者は志の之く所なり。心に在るを志と爲し、言に發するを詩と爲す。(25)

という文學觀に淵源すると思われるが、ここでは特にこの「天眞の自然」が「閭巷の子女」に結びついてあらわれていることに注意したい（半分までは朱子の影響といえよう）。このことについて、王禮の「魏松壑吟藁集序」（『麟原文集』前集巻五）に、

『詩』の大序に、「心に在るを志と爲し、言に發するを詩と爲す」という。傳に、「志の至る所、詩も亦た至る」という。三代の古詩は、どうしてその志の向うところでないものがないのであろうか。（中略）そしてまた文中子も「詩は民の情性なり」といっている。ゆえに、詩に情性がなかったら、詩と呼ぶことはできない。そのすぐれて後世に傳えられるべき者は、いずれもよく情性をいったものだからである。(26)

とあって、ここでも、よく情性を述べた詩がよい詩である、という。そこに、隋の王通の『文中子中說』巻十、關朗篇に見える、

薛收がたずねた。「今の民にはどうして詩がないのでしょうか」と。文中子の答え。「詩は民の情性である。情性がどうして亡びることがあろう。民に詩が無いのではない。詩をつとめとする者の罪である。」(27)

を引いている。この王通の一句は、その後唐宋を通じて、特に顧られた様子はないが、元から明にかけて、しきりに

この「民の情性」が引用されるのである。王通の本來の文脈からははずれるが、この「民之」という二字が、文人士大夫の詩と對立するものとして、特に重い意味を負っていたと思われる。

以上の諸點につき、より明瞭に述べているのが、呉澄の「譚晉明詩序」（『呉文正公集』巻十）である。

詩はそれによって性情の眞を述べている。十五國風に田夫閨婦の辭があるが、それが後世の文人でも及ぶことができないのはどうしてであろうか。自然に發するものであって、造作によるものではないからである。(28)

ここでも、「後世の文人」と十五國風の「田夫閨婦」を對比し、「性情の眞」を述べていないので、前者の方はだめなのだ、という。また呉澄「張仲美樂府序」（『呉文正公集』巻十一）では、

風は民俗の謠であり、雅は士大夫の作である。それゆえ風は華であって、雅は正である。後世の詩人の詩は、しばしば雅の體があっても、風の豔がないのである。(29)

とあって、風は民、雅は士大夫という對立が述べられ、現在では、雅ばかりがあって、風は亡んでしまったという。(30)この呉澄の發言のうちに、馮夢龍「敍山歌」の前段の考え方はすっかり含まれているのである。

これら一連の意見に共通しているのは、士大夫の詩のいきづまりに對する危機意識である。性情の眞を失った詩に、いかにして再び活力をよびもどすかの議論として、これらの發言はある。その背景にあるのは、詩は唐において、あるいは宋において、その頂きをきわめた、あとは唐の詩、宋の詩にならえばよい、もしくはならうしかない、という

ことで、これらを手本とし、形だけは詩になっているが、心がこもっていないものを再生產し續けていることへの反省であろうかと思われる。そして、唐の古文運動のように、中國における革新は、しばしば復古の形をとるがために、素朴な『詩經』の精神に回歸することが叫ばれたのであろう。

では、何故この元の時代に、民間の國風が價値ありとされたのであろうか。それには種々の理由が考えられるが、一つには、當時における曲の盛行があげられるかもしれない。先に引用した吳澄の「張仲美樂府序」では、續けて、

人の情思を述べ、聽く者をうっとり感動させ、いまなお風人の遺意があるものは、ただ樂府ばかりであろうか。(31)

とある。ここでいう樂府は曲のことであり、曲が國風と重ね合わされているのである。元といえば曲の時代であるが、現在世間で流行し、たいへんな感動を呼んでいる曲は、じつは、士大夫の詩というよりも、民間のものである。詩もかくあらねば、ということが、『詩經』認識にも影響していたのかもしれない。

元については、およそ以上のような考え方が出そろったことを見たが、明七子の先聲とされる元末の楊維禎は、「刻韶詩序」(『東維子文集』巻七)(32)で、

ある人が、詩は學ぶことができるかどうかとたずねた。答え。「詩は學によって作ることはできない。詩は情性に本づいており、性があって、そこに情があり、情があって、そこに詩があるのである。古いものについていえば、雅詩は情が純であり、風詩は情が雜である。後のものについていえば、屈詩は情が騷であり、陶詩は情が靖、李詩は情が逸であり、杜詩は情が厚なのである。詩の狀は情に依らずして出るものはないのである。」(中略)

ある人がたずねた。「(詩經)三百篇には疋夫疋婦の口から出たものがありますが、どうしてみな學問を知っているということができましょうや」と。答え。「疋婦は無學である。しかしながら、先生の澤に遊ぶ者は、學問の極致なのであって、言辭に發し、禮義に止まる。當時の公卿大夫君子の言とともに聖人によって記録されたことには、理由がないわけではないのである。」(33)

といい、やはり、詩は性情にもとづくものであって、『詩經』の詩は、無學な「疋婦」のものであっても、聖人に録される意味があったとする。ただ「雅」を純、「風」を雜と評價しているあたりは、いまだ朱子の淫詩の評價を引きずっているのかもしれない。また同じく楊維禎の「漁樵譜序」(『東維子文集』巻一)では、

詩三百篇の後には、一たび變じて騷賦となり、再び變じて曲引となり、歌謠となった。極變して倚聲の制辭となり、長短句、平吳調があらわれた。今の樂府の流行に至っては、町の巷の淺はかな言葉をまじえている。思うに詩の變はここに至って極まった。(34)

といい、必ずしも評價している口ぶりではないが、現在の樂府(元曲)を「詩三百篇」(その「變風變雅」)の後裔と考えている。

第五節　明初の詩經觀

元の末年に朱子學が官學とされ、明に入っても同様であった。明初の宋濂・劉基・方孝孺らも、みな朱子學を奉じた人々であって、その『詩經』観にも、朱子の影響が認められる。

風は里巷歌謡の辭であって、多く氓隷民婦の手から出た。(35)　――宋濂「汪右丞詩集序」（『宋學士文集』巻七）

國風、雅、頌の四詩に至っては、地位についていうならば、上は王公から下は賤隷に至るまで、作がないものはない。(36)　――宋濂「洪武正韻序」（同右、巻二十二）

詩三百篇、上は公卿大夫から、下は賤隷小夫、婦人女子に至るまで、作がないものはない。(37)　――宋濂「兪季淵杜詩擧隅序」（同右、巻三十七）

詩三百篇、ただ頌だけは宗廟の樂章であるから、ほめることがあるばかりで風刺することがない。二雅は公卿大夫の言である。そして國風は多くが草茅閭巷賤夫怨女の口から出たものであるが、すべて採録して遺漏がないのである。(38)　――劉基「王原章詩集序」（『誠意伯文集』巻五）

詩はもとより簡單にわかるものではない。三經三緯の體が、すでに三百篇の中に備わっているからである。しかしながら、當時、朝廷の公卿大夫から閭巷の匹夫匹婦に及ぶまで、時の治亂と政の得失によって、中に蓄えようとしても外に洩れたものである。(39)　――貝瓊「隴山白雲詩稾序」（『清江貝先生文集』巻二十九）

など、國風を民間の歌謡と認める發言を多く見ることができる。しかしながら、彼らの說も、方孝孺の「劉氏詩序」（『遜志齋集』巻十二）に、道が明らかにならないのは、經を學ぶ者が皆な古人の意を失っているからである。そして、詩がもっともひどいのである。古の詩は、其の用は同じでないとはいえ、倫理の正に本づき、性情の眞に發し、禮義の極に歸するのである。三百篇にはそれに違うているものは少ない。それゆえ詩による敎化は、人に德を改め行ないをみがかせるのである。(40)

というのに最も典型的にあらわれているように、「性情の眞」という言葉が使われてはいるものの、より多く「倫理の正」「禮義の極」が重視されているように見える。これも、詩の道德的效用を說いた朱子の影響といえよう。もとより、こうした彼らに、現在目前で行なわれている戲曲なり歌謠なりを評價するような發言は、のぞむべくもない。

また、明初臺閣派の楊士奇の「玉雪齋詩集序」(『東里文集』巻五)にも、

詩はそれによって性情を理め、正に集約させるのである。そしてそれを推すならば、王政の得失、治道の盛衰を考え見ることができる。三百十一篇は、公卿大夫から下は匹夫匹婦に至るまで、みな作がある。(41)

とあって、これも『詩經』の目的を「王政の得失、治道の盛衰」を考え見ること、としているが、やはり『詩經』に「匹夫匹婦」の作を認めている。この考え方は、明には、もはやすっかり定着していたのである。

第六節　弘正・嘉萬における詩經觀

明代の文學史には、弘治・正德年間と、嘉靖・萬曆年間との二つのヤマ場があるとされる[42]。前者では古文辭派の前七子、後者では古文辭派の後七子、公安・竟陵などの各派が、さかんに文學論をたたかわせ、明一代は文學運動の時代でもある。この彼らが、『詩經』、民間歌謠をどのように考えていたのかを見てみることにしよう。

明の文學運動のはじめに位置するのが、李夢陽らによる古文辭派であった。彼らは詩の格調を重んじ、その方法においては、「文は必ず秦漢、詩は必ず盛唐」といって、規範とすべき作品を限定し、用語に至るまでそれらを模倣すればよい、とした。彼らの主張は、當時にあって大いに參同者を集めたが、吉川幸次郎氏は、その理由を、この文學論が一見嚴格に見えながら、形どおりに文字を竝べれば、それで作品ができあがってしまう、容易で大衆的な方法である點に求めている[43]。そして、その彼らが手本として尊んだ作品は、『史記』の散文であり、杜甫の詩であり、いずれも感情のヴォルテージが高い、情熱的といえるものであった。後になって、公安派などから、この古文辭派の詩文は眞率の性情を詠じていない、とする非難があびせられるのだが、その方法論については、たしかに問題があったにせよ、彼らの窮極の目標を見るならば、やはり性情を詠ずることにほかならなかったといえるのではなかろうか。この點で、同時代の陽明學が熱情的な精神から生まれている、とされるのと同じ背景を持っているのではないかと思われる[44]。

このように、彼らが目指したのが、情熱的な傾向の作品であったとすれば、その言説の中に、『詩經』や民間歌謠を評價する發言があっても、別段不思議ではない。李夢陽の「詩集自序」（『空同先生集』卷五十）に、

　李子はいう。曹縣に王叔武という人がいて、次のようなことをいった。「そもそも詩は天地自然の音である。今道路や路地裏で歌い、勞働の折や休息の折に歌って、一人が歌い出すとみなが唱和するのは、眞だからであり、これを風というのである。孔子は『禮失われてこれを野に求む』といった。いま眞詩は民間にあるのに、文人學

子は、かえってしばしば韻を踏んだだけの言葉を作って詩だといっているのである。いったい孟子が『詩が亡んで、その後に春秋が作られた』というのは、雅のことである。風の方は、棄てられたまま採集されず、樂官に列せられることもなくなってしまった。悲しいことではないか。」李子はいった。「ああ、おかしいではないか。そのようなことがあろうものか。わたしは民閒の音を聽いたことがあるが、その曲は夷狄のもの、その思いは淫、その聲は哀、その調子は淫靡であった。それらは金元の音樂である。どうして眞でなどあるものか。」王子はいった。「眞とは音に發して、情にもとづくものである。(45)……」

とある。なかでもとくに「今眞詩は乃ち民閒に在」りの一句は、きわめて衝撃的である。從來あった『詩經』という枠をこえて、いま現在民閒で歌われている歌謠そのものが眞詩なのだ、というからである。(46)つまり、國風イコール民閒歌謠という等式と、國風イコール眞という等式が、ここではじめてつながって、民閒歌謠イコール眞となったのである。そして、この民閒の眞詩を、文人學子の韻言と對峙させているのであって、ここに馮夢龍「敍山歌」の發想が、すべて準備されたことになる。(47)

李夢陽とともに古文辭派の列につらなり、一方で、その方法をめぐって李夢陽と論争のあった何景明の「明月篇序」（『何文肅公文集』巻十四）では、

さて、詩は性情に本づいて發する者である。その切實であって容易にうかがわれるものは、夫婦の閒に如くものはない。そのために三百篇は雎鳩にはじまり、六義は風にはじまるのである。(48)

とあって、性情が、より具體的に、夫婦の間とおさえられていることが注目される。馮夢龍の「敍山歌」の「男女の眞情を借りて」という言い方も、この流れの上に位置するものであろう。

嘉靖・萬曆年間に至って、再び盛んな文學運動がおこる。古文辭派の後七子、唐宋派、そして公安派などである。

古文辭派後七子の王世貞の『藝苑巵言』巻七に、

ただ吳中の人の棹歌は、ひなびた田舍の言葉であって、俗っぽさを離れていないが、古の（『詩經』の）風人の遺意を得ている。その歌詞にも採るべきものがある。(49)

とある。これは具體的に、いま目の前で聽いている吳歌が國風である、といったもので、直接吳歌を評價している點で、これも馮夢龍『山歌』編纂の下地をなすものといえよう。

唐宋派は、古文辭派が秦漢・盛唐を規範としたのに對して、唐宋八家、なかでも歐陽修・曾鞏らを宗とした人々であるが、その彼らにも、例えば歸有光の「沈次谷先生詩序」（『震川先生集』巻二）に、

今先生が口から出るにまかせていわれるものは、民俗歌謠のように時を憫れみ世を憂うる言葉が多いのであるが、それは思うに大雅の君子も廢しようとしなかったものである。（中略）いったい詩というものは、情から出るものである。(50)

とあって、やはり情を基準にして、民俗歌謠を認めているのである。同じく茅坤の「白坪先生詩序」（『茅鹿門先生文集』

卷十四）にも、

古に「詩は志を言う」という言葉がある。それゆえに、詩三百篇を國風・雅・頌に配列するのは、ただ后王君公卿大夫士が宮廷で歌い、宗廟で演奏することによって、天地に徴し、鬼神を感動させるというばかりではなく、田野里巷の婦人女子でさえもまた、性情心術の間にもとづいて、それを咏嘆淫泆の際に發し、神動き天解けて、その極致に至るものなのである。(51)

といい、これは『詩經』の範圍內ではあるが、「田野里巷の婦人女子」の歌を認めているのである。

以上見たように、明の萬曆年間ごろまでの文藝理論の世界で、國風民歌論、また民歌眞詩論は、文學上の派のちがいをこえて、一種の共通認識になっていたことが見てとれるであろう。こうしたもののなかで、馮夢龍が直接影響を受けたと考えられるのが、公安派の袁宏道らの主張であったと思われる。その主張の代表的なものは、

そもそも天下の物は、それ一つしかないとなると、無いわけにいかない。無いわけにはいかないとなると、いくら除こうとしてもできない。同じようなものは、なくてもかまわない。なくてもかまわないとなると、いくらとっておこうとしてもできない。その理屈で、今の詩は後世に傳わらないと私は思う。もし萬が一後世に傳わるものがあるとすれば、それは今街中で女子供が歌っている「劈破玉」「打草竿」の類かもしれない。それは知識も見識もない眞人が作ったものであるから、眞の聲が多いのである。これらの歌謠は、漢魏詩のひそみにならおうとするのではなく、盛唐詩のまねをするのでもなく、性にしたがって自然に發露されたものであり、それでよく

人の喜怒哀樂や嗜好情欲に通じることができるのであって、そこが好ましいのである。(52)

という「敍小修詩」(『錦帆集』巻二)で、「街中で女子供が歌っている擘破玉、打草竿」といった俗曲の類を、後世に傳わる「眞詩」なりとしているのである。袁宏道は、萬曆二十三年から二十五年まで蘇州呉縣の知縣をつとめたが、これは馮夢龍の二十一歳から二十三歳までのころにあたる。また、同じく萬曆二十年から二十六年まで蘇州長洲縣の知縣をつとめた江盈科にも、

毛詩十五國風には、婦人女子の言が多い。しかしながら、「巻耳」「葛覃」以外は、正しい心から出るものは少ない。「桑中」「溱洧」などは、淫蕩の極みといわれるが、聖人はそれらをも削除せずに殘しておかれた。思うに、美惡邪正を雜然と竝べておき、見る者に自ら選擇させることによって、法や戒めとさせたのである。だから「詩は以て觀るべし」というのである。(53)

という「姑蘇鄭姬詩引」(『雪濤閣集』巻八)がある。馮夢龍は、あるいはこれらの文を讀んで、眞詩たる民間歌謠を自分の手で後世に傳えようと志を立てたのかもしれない。ほかに例えば、王驥德の『曲律』巻三、雜論上では、

北人は今でもなお天才的な巧みさをもっていて、今流行している「打棗竿」などの諸小曲には、そのみごとさ、神品といってよいものがある。南人が一生懸命學ぼうとしても、決してたどりつくことができない。思うに北の「打棗竿」と呉人の「山歌」とは、文人である必要はなく、みな色町の遊び人や閨閣の才媛たちが、何氣なく作る

ものであって、あたかも『詩經』の鄭衛の諸風のようなもので、大雅を修めた者にはかえって作ることができないのである。(54)

といい、これも、山歌俗曲を『詩經』の鄭衛諸風になぞらえ、これらは「わざとらしい作意なしにできあがったもので、大雅を學ぼうとするものにはうまく作れない」というのは、眞を據り所とした假詩文批判と軌を一にしよう。王驥德の「曲律自序」は萬曆三十八年（一六一〇）に書かれており、おそらく馮夢龍の『山歌』とほぼ同じころである。馮夢龍自身が、王驥德の沒後に『曲律』を刊行し、序を書いているくらいだから、二人は面識があり、山歌についても話題にのぼっていたかもしれない。このほか、凌濛初の『南音三籟』「譚曲雜劄」に、

今流行している曲のうちに、唱本「山坡羊」「刮地風」「打棗竿」「吳歌」などの中の一妙句を求めようとしても、絶對にないのである。(55)

裏を返せば、吳歌には妙句があるということになるし、賀貽孫の『詩筏』卷一に、

近日吳中の「山歌」「掛枝兒」は、言葉つきが風謠に近く、理は無いが情が有り、近日の眞詩の一線が存するところである。(56)

というのも、風謠に近いこと、眞詩の一線など、馮夢龍の主張に同じである。そしてさらには、すでに引いた陳宏緒

『寒夜録』巻上の卓人月のように、

友人卓珂月の言葉。「我が明は、詩では唐にかなわない。詞では宋にかなわない。曲でも元にかなわない。『呉歌』『掛枝兒』『羅江怨』『打棗竿』『銀絞絲』などの類が我が明の卓越したものであることを願うばかりだ。」卓は名を人月といい、杭州の人である。(57)

と山歌俗曲を評價するものもあらわれた。凌・賀・卓の三氏は、おそらく馮夢龍の『掛枝兒』『山歌』を見て、こうした發言をしているものと思われる。これらもみな同一の土俵での發言である。

第七節　民間歌謠採集の先驅

さて馮夢龍は、以上のように、宋元以來積み重ねられて來た考え方の上に立って、『掛枝兒』『山歌』を編纂したわけであるが、理論だけではなく、實際に民間歌謠を集め記録したその先驅があった。ここでは、馮夢龍の『山歌』に至る最後の段階として、これらの人々の活動を見ることにしよう。

李開先の『閒居集』巻六には「市井豔詞序」「市井豔詞後序」「市井豔詞又序」「市井豔詞又序」の四篇の序が収められている。その「市井豔詞序」は、

憂いがあると歌詞は哀切になり、樂しいと歌詞は褻なるものになるのは、古も今も同じである。正德の初めに

は「山坡羊」を尊んでいたが、嘉靖の初めには「鎖南枝」を尊んだ。一つは商調であり、一つは越調である。商は傷であり、越は悅であって、その時代の風潮をうかがうことができる。二つの歌は市井で大いに流行し、言葉を學びはじめたばかりの兒女子でもこれを知って歌うことができた。しかし、その淫豔褻狎なるさまは、耳に入りがたいものであった。音樂はそのようであったが、その語意は、肺肝から直接出てきたもので、彫啄が加えられておらず、いずれも男女が相親しむ情であって、君臣朋友でも多くこれに託することができるものであるのは、その情がとりわけ人を感動させることができるからである。だから、風は謠口から出、眞詩はただ民間にあるのである。『詩經』三百篇は、太平の世に風を採集したものが歸って演奏したものであって、古今で情を同じくしているのはこれである、とわたしは思う。一人の狂客があって、わたしにその體にならって歌を作らせ、一時の謔笑を極めようとした。筆のおもむくままに、歌のまだ正しく傳わらないものを改めて、それが積もり積もって百三篇になった。弦樂器にも合わないから、小僕に合唱させたのである。(58)

という。市井の豔詞を集めるにあたって、その理由は、これまでに見た考え方と同じであるが、ここでは、李開先が單に文藝理論の問題としてそういっているばかりでなく、實際に市井の豔詞を改作し、擬作し、またそれを小僕に合唱させ、そしてこれを書物の形にまとめる、という實踐活動を行なっているところが重要なのである。この書物自體は、すでになくなってしまったが、この『市井豔詞』こそは、馮夢龍の活動の先蹤である。また、宋懋澄「聽吳歌記」(『九籥前集』巻一)には、

乙未の孟夏、姑胥に戻って來た。下僕たち七八人はみな吳歌が上手であった。そこで酒を準備して彼らを誘っ

てみた。たがいに歌うこと五六百首、その敍事陳情、寓言布景は、天地の長短をつみ取り、風月の深淺をはかることができた。（中略）どれも文人騒士たちが指をかみ、ひげをねじ切ってもできないものであって、女性たちや農夫たちが無心のうちに口から出すものである。これこそが天地の元音であって、匹夫匹婦がともにできるものであろうか。(59)

とあって、宋懋澄は、萬曆二十三年（一五九五）、わざわざ下僕たちを集めて、呉歌を聽いているのである。宋氏は、これを記録して書物にしようとしたわけではないが。ところで、この「聽呉歌記」を收めた『九籥前集』の巻十一に、馮夢龍の『古今小說』巻一「蔣興哥重會珍珠衫」の本事と考えられる「珠衫」が收められている。あるいは、馮夢龍も、この「聽呉歌記」を讀んでいたかもしれない。

また、兪琬綸の「打棗竿小引」（『自娯集』巻八）は、馮夢龍の『掛枝兒』に寄せて書かれたものだが、この中で、兪氏自身も、この俗曲を二百首ばかり集めていたと述べている。嘉靖から萬曆のころになると、山歌俗曲に強い關心を持ち、實際に採集記録していた人々があった。馮夢龍はそうした人々の代表選手になったのである。

結　び

以上、『詩經』とくに國風の理解と評價の變遷を、明末馮夢龍の「敍山歌」に至るまで、という角度で概觀した。ここに至るまでには、まず、國風は民間の歌謠である、と言明する段階（朱子）、次いで、國風は性情の眞を詠じているとして、その價値を認める段階（元明の文藝理論）、次に、現在歌われている歌謠は、かつての國風に相當し、やはり眞という點で價値がある、と考える段階（明の李夢陽以後）そして最後に、民間歌謠を蒐集する實踐の段階（李開先ら）があり、馮夢龍は、それら一つ一つの段階をふまえたうえで、その集大成を行なったのだということができよう。また、馮夢龍の場合、特にこれを出版したことも重要な要素であろう。

最後に馮夢龍以後の狀況についても簡單に觸れておくことにしよう。元明における國風評價は、主として文藝理論の場で行なわれていたものであるが、先にも觸れたように、これは當時の詩經學に對しては、特に影響を與えていなかったようである。科擧のために、朱子の解釋が權威を持って固定的に受けつがれていたためであろう。

今日では、「詩經國風は民謠である」ことは當然のこととして、『詩經』は文學、民俗學の對象になっているが、こうした認識への胎動がはじまるのは、淸代のことで、例えば、崔述の『讀風偶識』巻三、鄭風で、いわゆる「淫奔者の詩」を、「楚人の高唐神女、唐人の無題香匳」といった、他の文學作品（戀愛詩）と同列に考えているのなどがそれである。しかし、崔述にしても、まだ全體としては、經學という枠の中での『詩經』研究であった。

經學の枠をうちやぶる變化は、むしろ外國人の著作、フランスのマルセル＝グラネの『中國古代の祭禮と歌謠』（一九一九）によってなされた。歌の歌われる場の研究によって、そこから『詩經』の詩を解釋しなおしたのである。こうしてはじめて、經書としての理解から解き放され、民俗學、文學の立場から、古代歌謠としての『詩經』研究がはじまったのである。

このグラネの著作が世に出るのと前後して、民國初年、顧頡剛らのいわゆる疑古の動きの中でも、『詩經』が論じられた（『古史辨』第三册）。顧頡剛は、一方で歌謠研究會の中心人物でもあり、自ら『吳歌甲集』を編むなど歌謠研究の業績も殘しており、その『詩經』研究も、現實に歌われている歌謠を採集整理することによってつちかわれた眼が光っている。

これらによって、近代的な詩經學の方法が確立し、その後中國では聞一多の『詩經新義』『詩經通義』、また日本における、松本雅明氏（『詩經諸篇の成立に關する研究』一九五八　東洋文庫）や白川靜氏（『詩經』一九七〇　中央公論社）による研究の成果へとつながってくるのである。

以上見たように『詩經』に對する認識は、時代時代の經學、文藝理論における認識が、相互に影響を與えながら、段階的に進んで來たことがわかる。それにしても、『詩經』が、經であることから解き放たれたのは、長い歴史の中でごく最近のことにすぎないのであって、中國における經の力には、改めておどろかされる。また、現在主流であるところの民俗學的『詩經』研究も、過去・現在・未來という時間の流れの中での一つの姿であることもつけ加えておかなければならない。

注

（1）山歌については、拙稿「馮夢龍『山歌』の研究」（『東洋文化研究所紀要』第一〇五册　一九八八）、また拙著『馮夢龍『山歌』の研究』（勁草書房　二〇〇三）を參照。

（2）馮夢龍「敍山歌」（『山歌』）

書契以來、代有謌謠。太史所陳、竝稱風雅、尙矣。自楚騷唐律、爭妍競暢、而民間性情之響、遂不得列于詩壇、於是別之曰、山歌。言田夫野豎矢口寄興之所爲、薦紳學士家不道也。

（3）『禮記』王制

命大師陳詩以觀民風。

（4）崔述の『讀風偶識』巻二「通論十三國風」にも、

舊說に、周の太史は列國の風を採集することをつかさどったという。今、邶風鄘風以下の十二國風は、みな周の太史が巡行して採集したものである。

舊說周太史掌采列國之風。今自邶、鄘以下十二國風皆周太史巡行之所采也。

とあって、ここでも「太史」といっている。

(5) 馮夢龍「敍山歌」

唯詩壇不列、薦紳學士不道、而歌之權愈輕、歌者之心愈淺。今所盛行者、皆私情譜耳。雖然、桑間濮上、國風刺之、尼父錄焉。以是爲情眞而不可廢也。山歌雖俚甚矣、獨非鄭衞之遺歟。

(6) 馮夢龍「敍山歌」

且今雖季世、而但有假詩文、無假山歌。則以山歌不與詩文爭名、故不屑假。苟其不屑假、而吾藉以存眞、不亦可乎。

(7) 馮夢龍「敍山歌」

抑今人想見上古之陳於太史者如彼、而近代之留於民間者如此、倘亦論世之林云爾。若夫借男女之眞情、發名敎之僞藥、其功於掛枝兒等。故錄掛枝詞而次及山歌。

(8) 司馬遷『史記』孔子世家

古者詩三千餘篇、及至孔子、去其重、取可施於禮義、上采契后稷、中述殷周之盛、至幽厲之缺、始於衽席、故曰、關雎之亂以爲風始、鹿鳴爲小雅始、文王爲大雅始、淸廟爲頌始。三百五篇孔子皆弦歌之、以求合韶武雅頌之音。禮樂自此可得而述、以備王道、成六藝。

(9) 『漢書』藝文志

古有采詩之官、王者所以觀風俗、知得失、自考正也。孔子純取周詩、上采殷、下取魯、凡三百五篇。

(10) 鄭風「狡童」詩序

狡童刺忽也。不能與賢人圖事、權臣擅命也。

(11) 司馬遷『史記』太史公自序

詩三百篇、大抵賢聖發憤之所爲作也。

(12) 劉禹錫「竹枝詞」(『劉夢得文集』卷九)
聆其音、中黄鐘之羽、卒章激訐如吳聲。雖傖儜不可分、而含思宛轉、有淇澳之豔音。
(13) 『朱子語類』卷八十、詩一、綱領
詩有是當時朝廷作者、雅頌是也。若國風乃採詩者採之民間、以見四方民情之美惡、二南亦是採民言而被樂章爾。程先生必要說是周公作以教人、不知是如何。某不敢從。
(14) 朱熹『詩集傳』卷一
風者、民俗歌謠之詩也。
(15) 朱熹『詩集傳』卷九
雅正也。正樂之歌也。
(16) 『朱子語類』卷八十、詩一、綱領
風多出於在下之人、雅乃士夫所作。
(17) 朱熹「詩集傳序」(『詩集傳』)
吾聞之、凡詩之所謂風者、多出於里巷歌謠之作、所謂男女相與詠歌、各言其情者也。
(18) 『論語』爲政
子曰、詩三百、一言以蔽之、曰、思無邪。
(19) 朱熹『論語集注』卷一
凡詩之言、善者可以感發人之善心、惡者可以懲創人之逸志。其用歸於使人得其情性之正而已。
(20) 『朱子語類』卷二十三、論語五
問思無邪。曰、若言作詩者思無邪、則其閒有邪底多。蓋詩之功用、能使人無邪也。
(21) 『朱子語類』卷二十三、論語五
思無邪、乃是要使讀詩人思無邪耳。

(22) 周必大『益公題跋』卷四「跋蕭臺詩」
予觀詩三百篇、有當時婦人女子所賦、而後世文人或不能及。蓋發乎情、止乎禮儀之難也。

(23) 羅大經『鶴林玉露』卷十五
張文潛云、詩三百篇、雖云婦人女子小夫賤隷所爲、要之非深於文章者不能作。

(24) 方回「趙賓暘詩集序」(『桐江集』卷一)
此詩人之所以難言也。
詩之存於世者三百十五篇、聖人刪定垂世、爲六藝之一、使人觀之而有所感發懲創、初不計其言語之工拙、與夫學問之淺深也。後世論詩、必以言語工拙論、而又必推其人學問淺深爲何如。然言論工者、未必學問深、而深於學問者、亦或拙於言語。古之人、雖閭巷子女風謠之作、亦出於天眞之自然。而今之人反是、惟恐夫詩之不深於學問也、則以道德、性命、仁義、禮智之說排比而成詩。惟恐夫詩之不工於言語也、則風雲、月露、草木、禽魚之狀補湊而成詩。以譁世取寵、以矜己耀能、愈欲深而愈淺、愈欲工而愈拙。

(25) 『毛詩』大序
詩者、志之所之也。在心爲志、發言爲詩。

(26) 王禮「魏松壑吟藁集序」(『麟原文集』前集卷五)
詩大序曰、在心爲志、發言爲詩。傳曰、志之所至、詩亦至焉。三代古詩、何莫非其志之所之也。(中略)而文中子亦云、詩者民之情性也。故詩無情性、不得名詩。其卓然可得於後世者、皆其善言情性者也。

(27) 王通『文中子中說』卷十、關朗篇
薛收問曰、今之民胡無詩。子曰、詩者、民之情性也。情性能亡乎。非民無詩、職詩者之罪也。

(28) 吳澄「譚晉明詩序」(『吳文正公集』卷十)
詩以道性情之眞。十五國風有田夫閨婦之辭、而後世文士不能及者、何也。發乎自然而非造作也。

(29) 吳澄「張仲美樂府序」(『吳文正公集』卷十一)

風者、民俗之謠、雅者、士大夫之作、故風葩而雅正。後世詩人之詩、往往雅體在而風豔亡。

(30) また、程鉅夫の「王寅夫詩序」(『雪樓集』巻十四)では、『詩經』の詩は「民間」の詩であるが、それ以後の詩は「民間の詩に非ず」としている。

(31) 吳澄「張仲美樂府序」(『吳文正公集』巻十一)

道人情思、使聽者悠然而感發、猶有風人遺意者、惟樂府乎。

(32) 楊維禎については前野直彬「明七子の先聲――楊維禎の文學觀について――」(『中國文學報』第五册　一九五六)がある。

(33) 楊維禎「刻韶詩序」(『東維子文集』巻七)

或問詩可學乎。曰、詩不可以學爲也。詩本情性、有性此有情、有情此有詩也。上而言之、雅詩情純、風詩情雜。下而言之、屈詩情騷、陶詩情靖、李詩情逸、杜詩情厚。詩之狀未有不依情而出也。(中略)或曰、三百篇有出于疋夫疋婦之口、而豈爲盡知學乎。曰、疋婦無學也、而遊於先生之澤者、學之至也、發於言辭、止於禮義。與一時公卿大夫君子之言同錄於聖人也、非無本也。

(34) 楊維禎「漁樵譜序」(『東維子文集』巻一)

詩三百後、一變爲騷賦、再變爲曲引、爲歌謠。極變爲倚聲制辭、而長短句、平吳調出焉。至於今樂府之靡、雜以街巷齒舌之狡、詩之變蓋於是乎極矣。

(35) 宋濂「汪右丞詩集序」(『宋學士文集』巻七)

風則里巷歌謠之辭、多出於氓隸民婦之手。

(36) 宋濂「洪武正韻序」(『宋學士文集』巻二十二)

至如國風、雅、頌四詩、以位言之、則上自王公、下逮賤隸、莫不有作。

(37) 宋濂「兪季淵杜詩學隅序」(『宋學士文集』巻三十七)

詩三百篇、上自公卿大夫、下至賤隸小夫、婦人女子、莫不有作。

(38) 劉基「王原章詩集序」(『誠意伯文集』巻五)

詩三百篇、惟頌爲宗廟樂章、故有美而無刺。二雅爲公卿大夫之言。而國風多出於草茅閭巷賤夫怨女之口、咸采錄而不遺。

（39）貝瓊「隴山白雲詩槀序」（『淸江貝先生文集』卷二十九）
詩固未易知也。三經三緯之體、已備於三百篇中。然當時自朝廷公卿大夫以及閭巷匹夫匹婦、因時之治亂、政之得失、蓄於中而洩於外。

（40）方孝孺「劉氏詩序」（『遜志齋集』卷十二）
道之不明、學經者皆失古人之意。而詩爲尤甚。古之詩其爲用雖不同、然本於倫理之正、發於性情之眞、而歸乎禮義之極。三百篇鮮有違乎此者。故其化能使人改德厲行。

（41）楊士奇「玉雪齋詩集序」（『東里文集』卷五）
詩以理性情、而約諸正。而推之可以考見王政之得失、治道之盛衰。三百十一篇自公卿大夫下至匹夫匹婦皆有作。

（42）宋佩韋『明文學史』（商務印書館　一九三三）。

（43）吉川幸次郎「李夢陽の一側面――「古文辭」の庶民性」（全集第十五卷）。

（44）島田虔次『中國における近代思惟の挫折』（筑摩書房　一九七〇）。

（45）李夢陽「詩集自序」（『空同先生集』卷五十）
李子曰、曹縣蓋有王叔武云。其言曰、夫詩者天地自然之音也。今途咢而巷謳、勞呻而康吟、一唱而群和者、其眞也、斯之謂風也。孔子曰、禮失而求之野。今眞詩乃在民間、而文人學子顧往往爲韻言謂之詩。夫孟子謂詩亡、然後春秋作者、雅也。而風者、亦遂棄而不采、不列之樂官。悲夫。李子曰、嗟、異哉。有是乎。予嘗聽民間音矣、其曲胡、其思淫、其聲哀、其調靡靡。是金元之樂也。奚其眞。王子曰、眞者、音之發而情之原也。

（46）以下、眞詩については、入矢義高「眞詩」（『吉川博士退休記念中國文學論集』筑摩書房　一九六八）を參考にした。

（47）李夢陽が、民間の眞詩と考えていたという俗曲「鎖南枝」のことが、李開先の『詞謔』に見える。

（48）何景明「明月篇序」（『何文肅公文集』卷十四）
夫詩、本性情之發者也。其切而易見者莫如夫婦之間。是以三百篇首乎雎鳩、六義首乎風。

(49) 王世貞『藝苑巵言』卷七
　唯吳中人棹歌、雖俚字鄉語、不能離俗、而得古風人遺意。其辭亦有可採者。

(50) 歸有光「沈次谷先生詩序」(『震川先生集』卷二)
　今先生率口而言、多民俗歌謠憫時憂世之語、蓋大雅君子之所不廢者。(中略) 夫詩者、出於情而已矣。

(51) 茅坤「白坪先生詩序」(『茅鹿門先生文集』卷十四)
　古有言曰、詩言志。故詩三百篇其所列之爲國風雅頌者、非特后王君公卿大夫士所歌之闕庭、奏之宗廟、可以徵天地、感鬼神、卽其田野里巷婦人女子、竝本之性情心術之間、發諸咏嘆淫泆之際、神動天解而得其至者也。

(52) 袁宏道「敍小修詩」(『錦帆集』卷二)
　且夫天下之物、孤行則必不可無。必不可無、雖欲廢焉而不能。雷同則可以不有。可以不有、則雖欲存焉而不能。故吾謂今之詩文不傳矣。其萬一傳者、或今閭閻婦人孺子所唱擘破玉、打草竿之類。猶是無聞無識眞人所作、故多眞聲。不效顰於漢魏、不學步於盛唐、任性而發、尙能通于人之喜怒哀樂嗜好情欲、是可喜也。

(53) 江盈科「姑蘇鄭姬詩引」(『雪濤閣集』卷八)
　毛詩十五國風、多婦人女子之言。然自卷耳、葛覃外、出于正者絕少。卽桑中、溱洧號爲淫蕩之極、聖人亦不削而存之。蓋美惡邪正雜然臚列、使夫覽者自擇而法戒備焉、故曰詩可以觀。

(54) 王驥德『曲律』卷三、雜論上
　北人尙餘天巧、今所流傳打棗竿諸小曲、有妙入神品者。南人苦學之、決不能入。蓋北之打棗竿、與吳人之山歌、不必文士、皆北里之俠、或閨闈之秀、以無意得之、猶詩鄭衛諸風、修大雅者反不能作也。

(55) 凌濛初『南音三籟』「譚曲雜劄」
　今之時行曲、求一語如唱本山坡羊、刮地風、打棗竿、吳歌等中一妙句、所必無也。

(56) 賀貽孫『詩筏』卷一
　近日吳中山歌、掛枝兒、語近風謠、無理有情、爲近日眞詩一線所存。

（57）陳宏緒『寒夜録』巻上
友人卓珂月曰、我明詩讓唐、詞讓宋、曲又讓元。庶幾呉歌、掛枝兒、羅江怨、打棗竿、銀絞絲之類、爲我明一絶耳。卓名人月、杭州人。

（58）李開先「市井豔詞序」（『閒居集』巻六）
憂而詞哀、樂而詞褻、此古今同情也。正德初尚山坡羊、嘉靖初尚鎖南枝、一則商調、一則越調。商、傷也、越、悅也、時可考見也。二詞譁於市井、雖兒女子初學言者、亦知歌之。但淫豔褻狎、不堪入耳。其聲則然矣、語意則直出肺肝、不加彫刻、俱男女相與之情、雖君臣友朋、亦多有託此者、以其情尤足感人也。故風出謠口、眞詩只在民閒。三百篇太平采風者歸奏、予謂古今同情者此也。嘗有一狂客、浼予倣其體、以極一時謔笑。隨命筆竝改竄傳歌未當者、積成一百以三。不應絃、令小僕合唱。

（59）宋懋澄「聽呉歌記」（『九籥前集』巻一）
乙未孟夏、返道姑胥。蒼頭七八輩、皆善呉歌。因以酒誘之。迭歌五六百首、其敍事陳情、寓言布景、摘天地之短長、測風月之深淺。（中略）皆文人騷士所嚙指斷鬚、而不得者、乃女紅田畯以無心得之於口吻之閒。豈天地之元聲、匹夫匹婦所與能者乎。

第七章　俗曲集『掛枝兒』について

はじめに

馮夢龍（一五七四〜一六四六、蘇州の人）の歌謠に關する仕事には、『山歌』のほかに、もうひとつ『掛枝兒』がある。ひとくちに歌謠というが、中國で「山歌俗曲」と竝稱されるように、その中には農村起源の歌謠である「山歌」と、都市歌謠の流れを汲む「俗曲」との二つの相異なるものが含まれていて、『掛枝兒』は、このうち俗曲の方に屬している。馮夢龍は、まさしくこの「山歌」「俗曲」の兩方について、歌謠の蒐集・整理を行なっていたのである。馮夢龍の『山歌』については、拙稿「馮夢龍『山歌』の研究」（『東洋文化研究所紀要』第一〇五冊　一九八八）、また拙著『馮夢龍『山歌』の研究』（勁草書房　二〇〇三）があり、この中で『掛枝兒』についても、少しだけ觸れてはいるものの、『山歌』とともに雙璧をなすべき『掛枝兒』については、ほとんど論及することができなかった。これは、馮夢龍の歌謠に關する仕事を考える上で、はなはだ片手落ちであった。本論を準備するに至った最大の動機がここにある。また、歌謠研究の目的から見ても、本來異なった由來を持つこれら兩者を比較檢討することによって、それぞれの性格のちがいが、より一層明確になるのではないかと思われる。

第一節　「掛枝兒」の概要

馮夢龍の『掛枝兒』を論ずるに先立ち、この「掛枝兒」という俗曲全般について概観しておくことにしたい。「掛枝兒」は、明末の一時期にたいへん流行したことが當時の記録に見られ（拙著『馮夢龍『山歌』の研究』第一部第二章第四節及び終章第一節）、實際の作品を多くの戲曲選本や小說の中に見ることができるのだが、それら資料の在りかや「掛枝兒」の形式については、既に任二北・鄭振鐸・傅芸子の三氏や關德棟氏（明清民歌時調叢書本『掛枝兒』の序）によって檢討されているので、この同じ問題をくり返し取り上げることは避けたい[1]。ここでは、この「掛枝兒」の性格について、「山歌」との比較の觀點からあらわれてくるいくつかの問題に的をしぼって見ることにしたい。

「山歌」と「掛枝兒」の最も根本的なちがいは、「山歌」が本來農村起源のものであったのに對して、「掛枝兒」は都市の俗曲であり、詞曲の流れを汲んでいるものである點にある。このちがいは、形式において、「山歌」が原則として七言四句という比較的單純な形であって、かつての勞働歌としての姿を殘しているのに對し、「掛枝兒」の方は「八・八・七・五・五・九」字のより複雜な形を持っていることにもあらわれている。そして「山歌」は、拙著において述べたように、農村から小鎭を經て都市へ出て、市井、妓樓、そして文人の擬作にまで至るダイナミックな展開を遂げ、歌われる場の變化に應じて、作品の質自體も、粗野なものから比較的洗練されたものへと變化し、それが馮夢龍の編んだ『山歌』にもそのまま反映していると考えられたのに對し、「掛枝兒」の方は、展開變容のあり方が「山歌」ほど大掛かりではなく、せいぜい都市內部での展開である點に、そのちがいが認められる。すなわち、「掛枝兒」については、少なくとも馮夢龍編の『掛枝兒』に關する限り、都市市井、妓樓、文人の擬作という三つのレベルを問題にすればよいことになる。とはいっても、もちろん、「掛枝兒」が農村まで傳わらなかったわけではない。例えば清の嘉慶元年（一七九六）の進士で、上海郊外の南匯の人、楊光輔の『淞南樂府』の「淞南好、無處不歡場」の一首の自注、

彈詞を歌う盲女が、最近はさらに舞台で歌われる小調を學び、厚化粧をして茶肆に座り、金を取って歌を歌うようになった。若者たちは争って纏頭（花）を贈っている。(2)

のように、小市鎭には確實に都市の俗曲が傳わっていて、それが後の農村山歌の都市化・演劇化に影響を與えたわけであり、また現在の農村でも、泥臭い山歌と、優美な俗曲とがともに歌われているのであって、おそらく明代の「掛枝兒」も農村にまで傳わっていたものと思われる（沈德符『萬暦野獲編』巻二十五「時尙小令」に「南北を問はず、男女を問はず、老幼良賤を問はず、人人これを習ひ、亦た人人喜びてこれを聽く」とある）。ただしかし、「山歌」が農村から都市へ來るに從って、大いにその性格を變じ、都市化していったのとは異なり、農村に傳わった「掛枝兒」（また都市俗曲一般）の場合には、おそらく農村の人々の都市へのあこがれといった心情に支えられ、あくまで都市の姿のままに歌われていたと思われる。つまり、都市歌謠の農村化という方向の變化は、さまで行なわれなかったのではないか、少なくとも、馮夢龍編『掛枝兒』の場合、農村はその枠の中に入ってこないと思われるのである。

では、この「掛枝兒」の都市の中での流行は、どのような構造を持っていたのであろうか。王驥德の『曲律』巻三、雜論上では、「打棗竿」（「掛枝兒」の別名）に觸れて、

思うに北の「打棗竿」と吳人の「山歌」とは、文人である必要はなく、みな色町の遊び人や閨閣の才媛たちが、

何氣なく作るものであって、あたかも『詩經』の鄭衛の諸風のようなものである。大雅を修めた者にはかえって作ることができないのである。(3)

といい、ここではこれらの歌が、北里の俠すなわち色町の遊び人、もしくは閨闈の秀、こちらはふつうの女性によって作られたといっているのである。そこで更に一歩踏み込んで考えるならば、「掛枝兒」のような俗曲の發源の地は、都市の市井なのだろうか（「山歌」は市井を經て妓樓に入ったと思われるが）、それとも妓樓なのだろうか。

この問題についてのヒントとなしうるであろうのが、宋代の詞における柳永の場合である。宋の葉少蘊の『避暑錄話』卷下（『津逮祕書』所收）に、

柳永、字は耆卿。擧子であった時、よく狹斜の巷に遊んだ。歌辭を作るのが上手で、敎坊の樂工は新しい曲ができるたびに、かならず永に歌詞を作ることを求め、それによってはじめて世に廣まった。かくしてその名聲は一時に傳わったのである。（中略）わたしが丹徒の官であった時、西夏の人で宋の官になったある人が、井戸の水を飲む場所があれば、どこでも柳永の詞を歌っているといっていた。その廣く傳わったことがわかろう。(4)

とあって、まず妓樓を舞台に歌が作られ、それが「世に廣まり」、やがては西夏に至るまでの廣汎な範圍で流行した、という事情を語っている。詞曲の場合には、この例が示しているように、妓樓が流行の震源地として機能したのではないかと思われる。(5)

次に「掛枝兒」において、特に考えなければならないのが、その廣域傳播の問題である。「山歌」にあっては、その

うち「月子彎彎」歌が、ほとんど例外的に廣く傳わったのを除いて、あとは「山歌卽ち吳歌」（宋の談鑰の『（嘉泰）吳興志』卷十八、事物雜志「吳歌」）という言い方が示すように、山歌は、吳中の一地域の歌謠にとどまり、全國的な傳播をするには至らなかった。

しかしながら、「掛枝兒」については、王驥德の『曲律』卷四、雜論下に、

小曲「掛枝兒」、すなわち「打棗竿」は、北人が得意とするところで、南人はつねに及ぶことができない。最近毛允遂がわたしに吳中の新刻一帙を贈ってくれた。中の「噴嚏」「枕頭」等の曲は、いずれも吳人の模擬の作である。韻に少しばかり出入があるにはあるものの、表現は俊妙であって、北人であってもそれに加えられるものはない。ゆえに、人情がもともとそれほど離れているものでないことがわかるのである。(6)

とあり、また沈德符の『萬曆野獲編』卷二十五「時尙小令」の條が、「掛枝兒」をも含む當時の俗曲の流行について、

元人の小令（小唄）は、燕・趙の地（河北、山西）で流行していたが、後に次第に廣がり、日に日に盛んになってゆき、宣德・正統から成化・弘治以後になると、中原ではまた、「鎖南枝」「傍粧臺」「山坡羊」の類が流行した。李崆峒先生（李夢陽）が、慶陽（甘肅）から汴梁に移り住んで、これを聞き、國風の後を繼ぐことができるものだといわれた。何大復（何景明）が引き續いてやってきて、またこれを酷愛した。今でも傳わっている「泥揑人」及び「鞋打卦」「熬䰄髻」の三首が、三つの曲牌の代表作であるのは、內容があるからである。それから後にはまた、「耍孩兒」「駐雲飛」「醉太平」などの三曲があったが、前の三曲ほどにはやらなかった。嘉靖・隆慶年間になる

と、「鬧五更」「寄生草」「羅江怨」「哭皇天」「乾荷葉」「粉紅蓮」「桐城歌」「銀紐絲」の類が盛んになって、兩淮から江南にまで至り、次第に詞曲から遠ざかってゆき、ただ淫猥な情態を描いて、少しばかり抑揚をそなえるだけになってしまった。近年にはまた、「打棗竿」「掛枝兒」の二曲があらわれた。そのメロディーはだいたい似通っているが、南北を問わず、男女を問わず、老幼貴賤を問わず、誰も彼もがそれを習いおぼえ、また誰も彼もがそれを好んだ。かくして、刊行されてまとまった書物となるに至り、世をこぞって傳誦し、人々の心にしみこんでいった。そのメロディーがどこから起こったのかわからないが、まことにおどろくべきことである。(7)

というところから見て、この「掛枝兒」が、もとは北方の歌謠であり、それが南に傳わって、老若男女を問わず流行し、その結果として、南方蘇州にいて馮夢龍がその集を編むに至ったわけである。この北から南への傳播、そして老若男女を問わない流行が、どのようにして可能になったのであろうか。それはもとより、この「掛枝兒」が、作品として「人の心腑に沁む」すぐれたものであったからなのだが、ここでは、その傳播の構造・しくみというハードウエアについて考えてみたい。

傳播には、必ずその媒介者の存在が必要になる。媒介者たりうる資格を持つのは、いうまでもなく、定住者ではなく、各地を移動して歩いた人々である。こうした人の移動にともなって、藝能や演劇の傳播が行なわれたと考えられるが、この點については田仲一成『中國祭祀演劇研究』（東京大學東洋文化研究所報告　一九八一）第三篇序論「祭祀演劇傳播の原理」が、

（一）宗族・官僚ルート

（二）客商ルート
（三）農民層の集團移動ルート

の三つのルートを提示し、考察しているので、本論でも、この區分にもとづいて考えてみることにしたい。

このうちの（三）は、歌謠についていえば、紡織勞働者として移り住んだ人々により、「山歌」が蘇州の街中できかれるようになった狀況（拙著『馮夢龍『山歌』の研究』第一部第二章第二節）、また安徽の歌謠「桐城歌」が蘇州にも傳わった狀況（同前拙著第一部第五章）などに相當するであろうが、おそらくこれによる傳播は、その歌一種類限りの一回的なものであり、他の俗曲の全國傳播のように、新しい歌が次から次へと流行したといった恆常的なルートであったわけではないようである。

殘るは官僚と商人であるが、それ以外にも各地を廻る職業に從事した人々――運輸勞働者・職人・僧侶道士――がある。まず彼らについて見ておくことにしよう。

はじめに水運などの運輸勞働者であるが、彼らがこうした俗曲の媒介者となった可能性はかなり高い。拙著でも「月子彎彎」歌の廣汎な流傳について述べ（第二章第三節）、その中で、『西湖遊覽志餘』卷二十五には、瞿佑が大運河沿いの嘉興の港の高樓で、妓女が「月子彎彎」を歌うのを聽いた、という記述があり、これなどは運河を往來する船頭たちによって傳えられたものであろう、と記した。日本にあっても、江戸時代の北前船が日本海の港々を往來した時に、歌を傳えて歩き、場所によって、同じ歌の歌詞にいくつかのヴァリエーションが生まれていること、柳田國男の「酒田節」（『定本柳田國男集』第十七卷）に見えるごとくである。

腕一本で、どこへ行っても仕事になる職人も、各地を移動している。『警世通言』卷八「崔待詔生死冤家」（いわゆる

『京本通俗小説』の「碾玉觀音」として知られる話）に、臨安の咸安郡王府おかかえの彫玉職人崔寧が、下女の秀秀とかけおちをし、潭州（湖南の長沙）に至り、そこで店を開いて暮したことになっている。この場合は、かけおちという特殊事情であることを考慮に入れても、職人がよその土地に移って仕事をするのは、それほど珍しいことではなかったにちがいない。とくに職人については、主として出身地別に構成される幫（ギルド）の問題もからんでおり、この崔寧もはじめ「私は彫玉職人だ。信州にはいく人かの知り合いがいて、おそらくそこで身を落ち着けることができるだろう」といって、信州（江西）へ行くのだが、ここにうすうすながら、幫の存在が感じられなくもない。幫は、方言を共有するグループでもあるわけで、これが、ある地方の歌謠や地方劇の傳播の媒介者となったことは、大いに考えうるところである。ただ、これは組織的な祭祀の場で行なわれる演劇の場合に、最もよくあてはまるであろうが、俗曲などの主要な媒介者となり得たかどうかは、些か疑わしいといわねばなるまい。

次に僧侶・道士であるが、彼らは存外俗曲との關係が深い。すなわち、佛教には「寶卷（宣卷）」、道教には「道情」といった、布教を目的とする歌いもの藝能があり、その歌を歌って歩いた職業的な藝人もいたのである。(8) また、拙著（第一部第四章）でも觸れた、現在の越劇の前身の歌い語りの段階における音樂である「四工合調」は、佛教の「宣卷」のメロディーと同じという。(9) 寶卷なり道情なりと俗曲そのものとの關係は、まだ完全に明らかにされているとはいい難いが、僧侶・道士の一部も藝能の傳播者であったことはたしかである。

續いて官僚・士人層・商人について。俗曲の媒介者としては、彼らがその最も大きな可能性を擔っていると考えられる。まずは官僚・士人層であるが、彼らは科擧の受驗、任地への赴任などで、全國を廣く歩く階層であったということができる。擧子の場合には、例えば南京貢院のすぐわきに秦准があり、その妓樓に遊ぶものは多かったと思われるし、官僚の場合には、多くは家族を家に殘して任地に赴き、そのかわりに妾や妓女を帯同するものがあった。郷紳たちも、家に妓を置いていたという。彼らが妓を伴って赴任し、あるいは家に妓を置いていたその理由は、もとより個人的な樂しみでもあったろうが、一方で、しばしばある來客の接待用、社交用の意味もあった。中央から下って來た官僚が、任地の有力な郷紳を接待するために、またその逆の場合にも、宴席に興を添えるために、妓女が歌を歌ったと考えられる。こうした場では、常に新しい流行の歌が求められるのが自然であり、こうして流行が擴がっていったと考えられるであろう。『金瓶梅詞話』第十一回で、西門慶が李桂姐のところへ行き、「桂姐はなかなか南曲がうまい」からといって一曲所望するところがあるが、山東の清河縣で「南曲」が珍重された樣子が見てとれる（實は歌われる「駐雲飛」は北曲系統の歌なのだが）。こうした官僚・士人たちの一部によって擬作も行なわれたわけで、『掛枝兒』に收められた擬作（作者名の注記がある）の多くは、こうした場で作られたものといえよう。

次に商人の場合。商人、とりわけ遠隔地の交易に從事した客商たちは、家族をおいて家を離れることが多く（その殘された妻が、姦通をめぐる小說の重要なモチーフになっている。本書第二部第三章を參照）、彼ら自身が妓樓の重要な客であったことが想像にかたくない。今あげた『金瓶梅詞話』第十一回でも、李桂姐の姊の李桂卿が、淮河から來た商人に半年の期限で圍われている話が出てくる。これもまた、顧客や官僚接待の必要と考えられないことはない。こうしたところから、客商の中には、遊びが度を越して、家產を蕩盡するものまであらわれたようである。『客商一覽醒迷天下水陸路程』（山口大學附屬圖書館藏、毛利德山藩棲息堂舊藏）は、地理行程、各地の物產などを記した客商の手引書であるが、この中に「客商醒迷」があり、旅先で妓女に溺れぬこと、牙商接待にまどわされぬことを戒めている。こうした戒めが書き出されなければならなかったのは、それだけ實例が多かったということであろう（この資料は、田仲一成『中國祭祀演劇研究』三七一頁で紹介ずみ）。商人と妓女、そして俗曲との關係を端的に示しているのが、『鼎鐫選增補滾調時興歌令玉谷新簧』卷一に附載されている「時興各處譏妓耍孩子歌」である。これは「耍孩兒」という俗曲に寄せて、各地

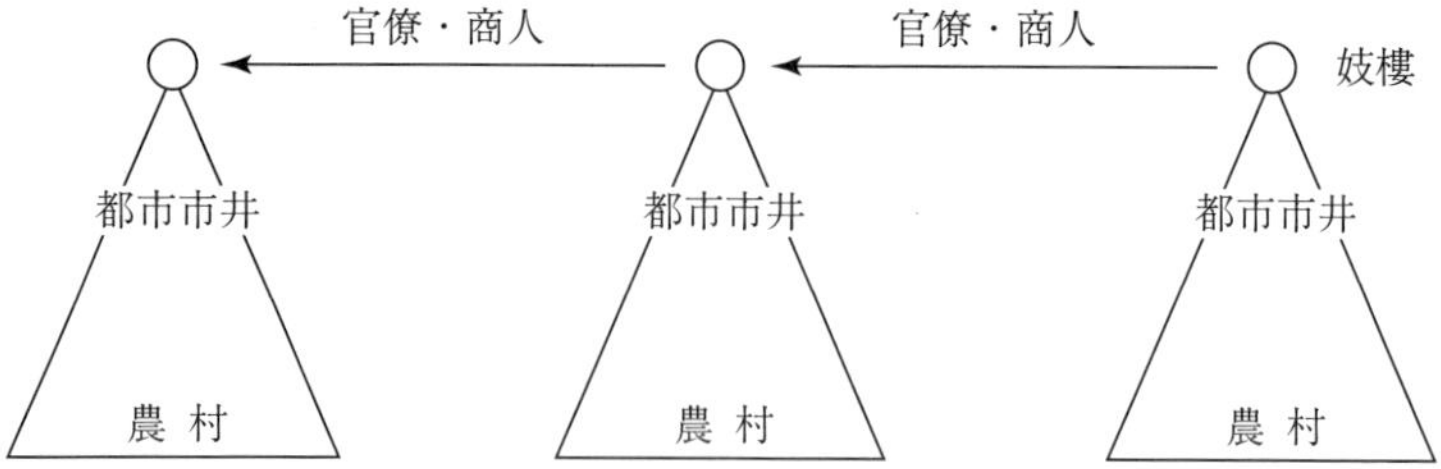

【圖1】

の妓女の手練手管を詠み込んだものであるが、ここに登場する地名を列擧すると、

臨清、揚州、儀眞、蘇州、天津、蕭山、錢塘、蘭溪、杭州、襄陽、樊城、荊州、
汴梁、雲南、九江、廣東、桐城、銅陵、麻城、書林、潭城

となる。まず第一には、妓女のお國ぶりを詠ずるという發想自體が、土地土地による物のちがいを強く意識していたであろう商人の發想ということができるであろうし、さらに、この書物に見える演劇脚本が、田仲一成『中國祭祀演劇研究』（第二篇第三章）において、いわゆる「徽本」に分類され、徽州商人を背景に持つこともいわれている。そして、ここにあらわれる地名の大半は、徽州商人の活動ルートの上に乘っているのである(10)。各地の妓女を詠じているといっても、實のところ、徽州商人と關係の深い土地の妓女を詠み込んでいることになるわけである。この當時、何といっても財力を持っていたのは客商であり（玉堂春を落籍するのは山西商人、杜十娘を買い受けるのは新安商人である）、彼ら自身が媒介者となり、もしくは彼らの嗜好を迎えようとして、妓樓を中心に、俗曲が全國的に傳播したものと考えられる。

以上、いくつかの媒介者による俗曲の傳播について考えて來た。これを圖示したのが、**圖1**である。まず、全國的規模の移動は、官僚・商人など、遠距離を動きうる人々によって行なわれる。その據點となるのが各地の妓樓である。その妓樓を舞臺に、文人による擬作が行なわれたりもするわけであるが、今度は妓樓を流行の震源地としてそれぞれの都市の市井へ、そして更には農村へと傳わってゆき、その結果「男女を問わず、老若を問わず」といわれるまでの流行現象が起こったのではないかと考えられる。

第二節　馮夢龍『掛枝兒』の版本

續いて、馮夢龍編『掛枝兒』の版本について檢討することにしたい。『山歌』の場合には、序に「墨憨齋主人題（墨憨齋は馮夢龍の齋號）」、また目錄に「墨憨齋主人述」と記した刋本が、北京圖書館（國家圖書館）に現存している。馮夢龍その人に『掛枝兒』の編があったことは、たしかな事實である。このことは、馮夢龍自ら「敍山歌」の中で、

さて、そして今の人が、昔太史によって集められたものはこれこれであり、最近の民間に殘っているものがしかじかであることを思えば、なお世を論ずる材料にはできるであろう。もし男女の眞情を借りて、名教の僞藥たることを暴くことができるならば、その效能は『掛枝兒』と同じことになろう。それで、『掛枝兒』を採錄した後で『山歌』に及んだのである。(11)

といっているのが、何よりの證據である。『掛枝兒』に次いで出された『山歌』は、その目錄に「童癡二弄山歌」と題している。從って、おそらく『掛枝兒』は、「童癡一（初）弄掛枝兒」という形で出されたものと考えられる。また、淸の鈕琇の『觚賸續編』巻二「英雄擧動」の條には、馮夢龍と熊廷弼をめぐるエピソードが記されている。

わが蘇州の馮夢龍もまた、熊廷弼の門下の士であった。馮夢龍には遊戯的な文章が多くあり、『掛枝兒』小曲や『葉子新闘譜』などはみなその手になるものであった。浮薄の子弟たちは、風になびくように馮夢龍に夢中になり、家産を失ったりするものが出る始末。父兄たちは手を攜えて馮夢龍を攻撃し、どうにも解決がつかなくなってしまった。熊公はその時たまたま休暇中であったが、馮夢龍は船を浮かべて西江に赴き、熊公に解決の手助けを求めることにした。目通りした時、熊公は突然、「海内には馮生の『掛枝兒曲』が盛んに傳わっているということだが、その一二册を持ってきてわしに惠んではくれんかな」とたずねた。馮夢龍は、小さくなって返事をすることができず、いわれるままに罪を認め、そこで千里求援の意を述べたのである。(12)

この記述を信用するならば、熊廷弼が休暇中であったとは、萬曆四十一年（一六一三）に彈劾を受けて南直隷提學御史を辭してから、再び仕官する萬曆四十七年（一六一九）までのことと思われるから、馮夢龍の『掛枝兒』は、その間もしくはそれ以前に出版されていたことになる。また、『掛枝兒』及び賭博の教科書たる『葉子新闘譜』が、江南浮薄の子弟の間に相當流行し、父兄の攻撃を受けたこと、さらに、この流行は一江南地域にとどまらず、「海内に盛傳」、すなわちかなり廣い範圍で傳わっていたことが知られる。

これほど有名であった馮夢龍の『掛枝兒』であるが、不思議なことに、その原刊本の所在が不明だったのである。民國時期に、任二北・鄭振鐸・傅芸子らが、この「掛枝兒」に關心を寄せたが（前揭注1）、彼らが用いた材料は、『詞臠』『浮白山人七種』『萬曲長春』『南北時尙絲絃小曲』などの選集に收められた「掛枝兒」であった。このうち鄭振鐸は、「明代的時曲」の中で、掛枝兒の馮氏刋本は、もうさがしてずいぶんになるが、なかなかみつけ出せないでいる。ただ、明刋の「浮白山人七種」の中に「掛枝兒」があり、清初刋の『萬錦清音』にも「掛枝兒」數十首が附刻されている。おそらく、いずれも馮氏の本から出たものなのであろう。

といっている。(13) たしかに「浮白山人七種」所收の四十一首は、後で觸れる九巻殘本の中にみな含まれており、馮氏の本から出たものであろうと見ることができるのであるが、この段階ではまだ、あくまで推測の域を出なかったのである。鄭振鐸は、この引用の一文に續けて、泰東書局、華通書局版の『掛枝兒』に觸れている。泰東書局の本は、刋年は未詳であるが、「夾竹桃」と合刋、四十一首（「浮白山人七種」のものと同じ）の「掛枝兒」を收め、各首の後に花底閑人の評語が附されている（これは『墨憨齋歌・白雲遺音』と題して、臺灣學海出版社から影印されている）。華通書局の本は、民國十八年（一九二九）刋の『掛枝兒』と題する小册子で、これも同じ四十一首を收め、志遠の序が附されている（日本では京都大學人文科學研究所に一本が藏される）。

このように、馮氏の本から出たものではないかと見られるものが刋行されていたのであるが、『掛枝兒』に次いで馮夢龍によって編まれた『山歌』が、三百八十首にものぼる一大總集であることを考えると、この四十一首という數は、あまりに少ないといわざるをえない。鄭振鐸は「私は『掛枝兒』の原集を手に入れることを切に願っている」（「跋掛枝兒」）と記しているが、これは『掛枝兒』に關心を寄せるもの皆に共通する思いであった。

その後、一九六二年、中華書局上海編輯所から「明清民歌時調叢書」の一つとして『掛枝兒』が排印刋行された（「明清民歌時調叢書」は日本にももたらされたが、この『掛枝兒』一部だけが、「内部發行」を理由に、日本では容易に見ることができなかった。いまでは、この叢書が『明清民歌時調集』と題された洋裝本として上海古籍出版社から出され、容易に見られるようになった)。この『掛枝兒』は、十巻に分かち、全部で四百三十五首にものぼる「掛枝兒」を収めている。冒頭に附された關德棟氏の序によれば、排印にあたって主たる底本として用いられたのが、上海圖書館藏明寫刻本九巻殘本であり、これには合わせて三百九十五首の「掛枝兒」が収められているといい、同排印本はさらに、杭州にある浙江圖書館で發見された姚梅伯の『今樂府選』所收の『掛枝兒』鈔本上下二巻により、上海圖書館本に見えない四十首を補ったという(これは巻九後半と巻十に収められる)。

その後、一九九三年に上海古籍出版社から刊行された影印版の『馮夢龍全集』第四十二册に、北京圖書館の『山歌』とともに上海圖書館の『掛枝兒』が影印され、その原本の姿をうかがうことができるようになった。同影印本では、『今樂府選』所收『掛枝兒』鈔本のうち、上海圖書館本にない部分も影印している。上海圖書館本は、「掛枝兒目錄」の第十葉からはじまるが、ここに見える「鄉下夫婦」「取妾」「急口」「掛枝兒」を『掛枝兒』鈔本に見ることができ、この部分については、關德棟氏が序において「兩本は同一の祖本から出ている」といっておられることを確認できる(圖2)。

上海圖書館藏九巻殘本には、封面、序文などがないのであるが、これは馮夢龍原本の姿と見て、まずはまちがいないであろう。その理由を擧げるならば、まず第一に、その收錄歌數である。『山歌』は全體を十巻に分け、三百八十四首を收めていた。そして、今この『掛枝兒』殘本が、九巻現存し、三百九十五首であるから、この兩者は、ほぼ同じ分量體裁である。一人の手によって、山歌・俗曲の選集を編むからには、對にしておかしくないものに作ったと考えるのが自然であろう。續いて外見上の類似點は、寫刻本の體裁である。これは、『山歌』も同樣であり、一人の手になることをうかがわせる。次いで内容の面から見てゆくと、まず全體の編集の方針として、物語的構成が見られ(この點は本章第三節で觸れる)、これが『山歌』と同樣であること、また『掛枝兒』巻八「詠部」に收められた作品の題材のか

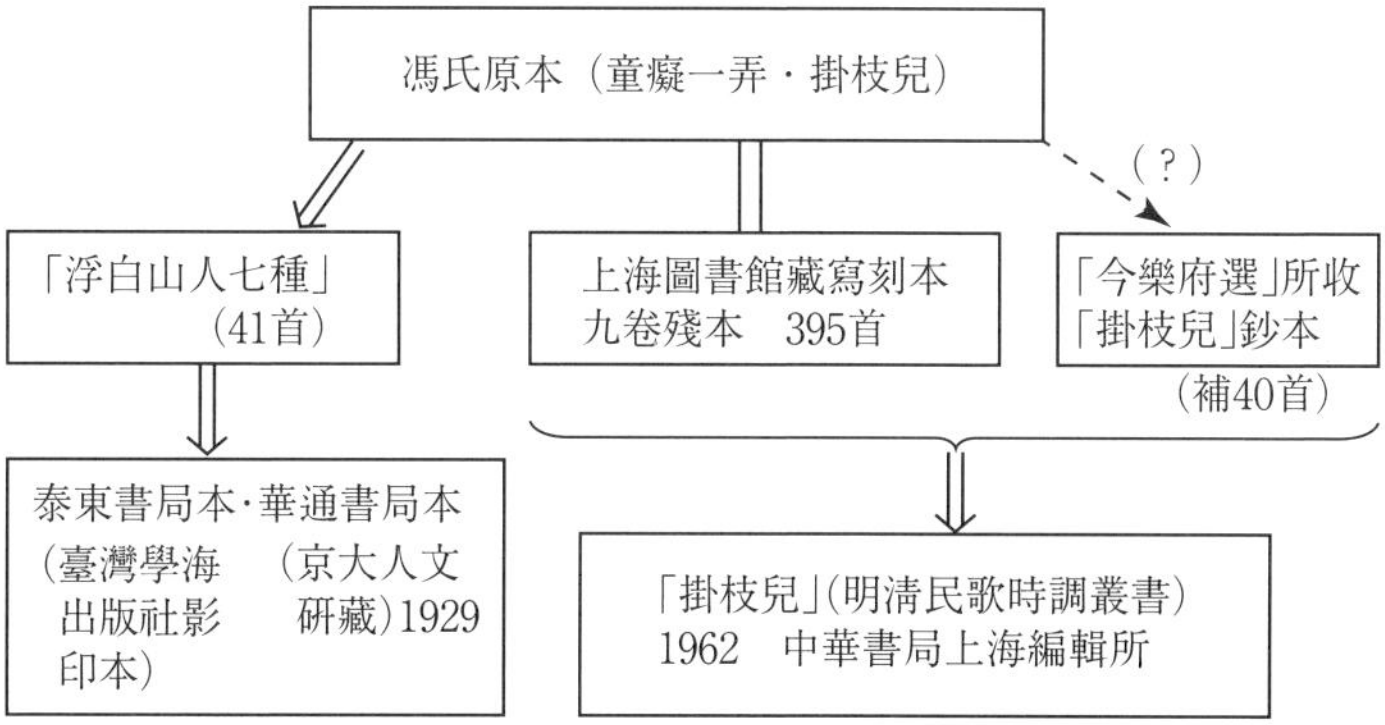

【圖2】

なりのものが、『山歌』巻六「詠物四句」に見えるものと共通すること（この點も本章第三節で觸れる）などから、『掛枝兒』が『山歌』と同じ編者＝馮夢龍の手になると見られるであろう。さらに、この『掛枝兒』に附された評語の中から材料をさがし出すならば、まず巻三「帳」の後評にある、

> 琵琶彈きの女性阿圓は、新しい曲を作ることができ、そのうえ歌も上手だった。わたしは彼女のことを高く評價していた。わたしが『廣掛枝兒』を出版しようとしているという話を聞きつけ、わたしのところにやってきてそれを勸め、またこの一篇を出して贈ってくれたのである。（巻三「帳」）[14]

である。この「余」とは、先にあげた「敍山歌」や『觚賸續編』などによって、實際『掛枝兒』を編んだとされる馮夢龍と考えるのが自然であろう。また巻三「噴嚏」の後評に、この作品は董遐周の作であるといい、巻四「送別」の後評にその言葉が見える董遐周すなわち董斯張は、『太霞新奏』[15]その他の資料によって、馮夢龍の友人であったと知られる人物であるが、こうした人物の作品や發言が載せられているところからも、この『掛枝兒』の編者を馮夢龍にしぼりこむことができるのではないかと思われる。

以上述べたいくつかの理由によって、この上海圖書館藏九巻殘本は、馮夢龍の手になるものの姿であろう、と認められる次第である。

第三節　馮夢龍の『掛枝兒』について

（1）『掛枝兒』の構成

前節で述べたように、關德棟氏の校訂になる「明清民歌時調叢書」本の『掛枝兒』は、巻一から巻九の前半までは上海圖書館の寫刻本、巻九の後半と巻十「雜部」は、浙江圖書館藏『今樂府選』に據っている。巻一から巻九までの各巻の編目と收録歌數は次の通りである。

巻一私部　四〇首
巻二歡部　三〇首
巻三想部　四六首
巻四別部　一二首
巻五隙部　一二首
巻六怨部　二八首
巻七感部　二六首
巻八詠部　八二首

巻九詼部　二〇首
（巻十雜部　二三首）

『山歌』の構成は、「山歌」の名で呼ばれるいくつかの形式のうち、短篇四句の短いものから、中篇、長篇とまずは長さに従って分け、最後に蘇州のものでない安徽の「桐城時興歌」を載せていた。そして、その短、中篇においては、ほぼ大まかに、しろうとの歌からくろうとの歌、文人の擬作の順に配列されており、特に巻一については、戀人たちが出會ってから、逢瀬を重ね、やがて子が生まれるまでのストーリーを追って編まれていることを指摘した。

『掛枝兒』の場合には、ここに收められたものは、少なくとも形式的には、みな一様の形を持つから、短篇、長篇などのちがいはあらわれない。では、その四百首にのぼる作品を、どのように分類整理しているのかといえば、ここでも巻一から巻六までは、『山歌』の巻一と同じように、密かな出會い（私部）、歡會（歡部）、やがて別れ（別部）、また不和（隙部）、そして怨恨（怨部）といった具合に、戀する男女の愛のプロセスを追って分類されていることが知られよう。

いくつか實例を擧げて示すなら、まず巻一冒頭の「私窺」は、

是誰人把奴的窗來舐破　　私の窗に舌先で穴をあけて
眉兒來　眼兒去　　目くばせをし
暗送秋波　　こっそり流し目をなさるのはどなた
俺怎肯把你的恩情負　　あなたのお氣持は無にできませんわ
欲要摟抱你　　すぐにもすがりつきたい

只爲人眼多　　　　　　　　でも人目が繁くって
我看我的乖親也　　　　　　私は私のあの人を見ているし
乖親又看着我　　　　　　　あの人も私から目を離しません

と、世間の目を氣にしつつ、はやく二人だけの時間を過ごしたいとあせる男女。同じく「調情」は、

嬌滴滴玉人兒　我十分在意　かわいらしい玉のようなおまえに僕は首ったけ
恨不得一碗水呑你在肚裏　一杯の水といっしょに、おまえを飲み込んでしまいたいくらいだ
日日想　日日捱　くる日もくる日も思いこがれ
終須不濟　大着膽　とうとうどうにもならなくて、思いきって
上前親箇嘴　近づいて口づけしたものだ
謝天謝地　他也不推辭　ああ、天よ地よ、ありがとう、彼女はいやとはいわなかった
早知你不推辭也　それが早くにわかっていたら
何待今日方如此　今日まで待つことはなかったのに

といったところ。この二首に歌われているのは、市井の女性であろう。巻二の「歡部」は、「同心」「專心」などの題名が示すように、戀のさなかにいる二人のあり様を描いている。巻三「想部」は、戀心を抱きながら、會えない時間のもの思いを詠じた作を集めている。董遐周（董斯張）の作という注記のある「噴嚏」（くしゃみ）などもその一つであ

る。いま、原文とあわせて倉石武四郎・須田禎一氏の譯（平凡社中國古典文學大系『宋代詞集』）によって示すと、

對粧臺　忽然閒打箇噴嚏　　鏡臺にむかったとたんひとつハクションくしゃみが出た
想是有情哥思量我　寄箇信兒　　きっとあの人あたいのことを思いだしお手紙くれたのよ
難道他思量我剛剛一次　　でもあの人たった一度しかあたいのことを思ってくれないのかな
自從別了你　　あなたに別れてから
日日淚珠垂　　あたいは毎日　泣きの涙
似我這等把你思量也　　こんなにあなたを思っているのだもの
想你的噴嚏兒常似雨　　あなたはつづけざまにクションクションとやってるはずよ

巻四「別部」に収められたものは、互いに思いつつ、別れねばならぬ男女の心情を詠じたもの。特に、この巻のはじめの「送別」は、五首のヴァリエーションが見え、その第五首目について「後の一篇は、名妓馮喜生の傳ふる所なり」とあるうえに、馮夢龍、白石山主人、楚人丘田叔らの擬作もあわせ収めており、このテーマが人々の關心を引き、妓樓を舞臺に競作された様が見てとれる。

送情人直送到花園後　　あの人を送って花園の裏までやって來た
禁不住淚汪汪　滴下眼梢頭　　どうしても目から涙がこぼれ落ちます
長途全靠神靈佑　　長旅の間ずっと神様におすがりしてね

逢橋須下馬　有路莫登舟　　橋を渡る時には馬からおりて、路のあるところは船にのらないでくださいね
夜晩的孤單也　少要飲些酒　　夜はひとりでさみしいでしょうが、どうかお酒は控え目に

巻四までの男女二人の氣持ちは、まだ互いにひかれ合っていたわけだが、巻五では疑いやいさかいなど、二人の心の中に生じたヒビを描いている。「負心」「醋（嫉妬）」「情淡」「縁盡」「是非（いさかい）」等々である。巻六「怨部」になると、巻五にあっては疑念にすぎなかったものが、相手を怨む氣持ちにまで高まりを見せる。

我爲你耐着心　　あなたのために、ずっとがまんもし、つらい思いもして來ましたが
淘盡多少氣　　どれほど腹が立つことか
我爲你思着前　想着後　　あなたのために、あとさきのことを考えて來ましたが
何日有箇了期　　いつになったらよいお返事がもらえるの
我爲你拚着做　強着口　　あなたのために大見得を切って
顧不得傍人議　　人の意見にも耳を借さなかった
我爲你要討好又偏着你惱　　私はあなたのごきげんをとるのに、あなたはいやな顔をするばかり
我爲你費盡心你總不知　　私はあなたに氣をつかっているのに、あなたはまったく知らん顔
你若負了我眞心也　　あなたもしこんな私の眞心にそむくのならば
呪也呪死你　　呪って呪って、呪い殺してやるから

という「呪」などである。この巻五、巻六の歌も相手を強く思う氣持ちの裏返しではあるわけだが。

このように、『掛枝兒』巻一から巻六にあっては、ほぼ大まかなストーリーにもとづいて編纂されている樣子が見てとれる。これが『山歌』と共通するところから、『掛枝兒』が『山歌』と同じ編者＝馮夢龍の手になることを示す證據の一つとすることができると思われる。

次いで巻七以下は、巻七「感部」、巻八「詠部」、巻九「謔部」、巻十「雜部」となっていて、これはストーリーではなく、作歌の態度もしくは方法による分類といえよう。すなわち、巻七「感部」は、「春」「秋」「月」などの季節や風物によって觸發される戀の思いを描いているといえるし、巻八「詠部」は、何かの題材を取り上げて、それを戀の諸相に見立てたものであるし、巻九「謔部」は、妓女や山人などを諧謔的な態度で取り上げたものである。このうち巻七、巻八は、比較的文雅な傾向の作品が收められている。

ところで、他の各巻が、だいたい三、四十首を收めているのに比して、巻八だけは八十二首もの多くの作を收めている。そして、この中には、『山歌』巻六「詠物四句」に收められた作品と共通の題材を詠じたものが、かなりある。それは、

「花」、「扇子」、「網巾」、「木梳」（『山歌』巻八、十）、「消息子」、「夜壺」、「睡鞋」、「竹夫人」（『山歌』巻八）、「香筒」、「鼓」、「風箏」（『山歌』では「鷂子」）、「揵踢」、「戲毬」、「火爆」（『山歌』では「爆杖」）、「骰子」、「圍棋」、「雙陸」、「燈籠」、「蠟燭」、「鼇等」、「天平」（『山歌』巻十）、「墨斗」、「傘」、「船」

の二十四首もの多きにのぼっている。ほかに『掛枝兒』巻七の「月」「鼠」、巻九の「山人」なども『山歌』に見える

題名である。これら詠物の作は、おそらく共通の場で「山歌」と「掛枝兒」が競作され、それが一人の編者、すなわち馮夢龍によって記録され、兩書に收録されたのだと考えられる。例えば妓樓などで、詩、詞それに山歌（吳歌）や掛枝兒などが作られた様子は、『吳姬百媚』『金陵百媚』、鄧志謨の『新刻洒洒篇』などの妓女評判記に、これらが竝び收められていることによってうかがうことができる。

このように、馮夢龍は『掛枝兒』の編集にあたって、作品をただ雜然と竝べるのではなく、ストーリーや作歌態度などによって分類整理を加えようとしていることがわかる。これは、馮夢龍の編になる『智囊』や『古今譚概』の編集方法などにも共通したことであって、人閒世界のあらゆる事象を、何らかの基準に基づいて整理分類し盡そうとする、類書的精神とでも呼べるようなものが、ここにもあらわれているのである。

（2）『掛枝兒』の性格

最後に、馮夢龍の『掛枝兒』を、從來の詞曲、そして『山歌』と比較することによって、その位置づけを考えてみることにしたい(16)。

はじめに、こうした比較を行なうことの意義について述べておきたい。そもそも歌謠は、實際に聲に出して歌われるものである。そして、それは歌われたその場限りのものにすぎないのであるが、實は歌謠――勞働歌も宴會歌も含めて――は、何も明代にはじまったものではなく、『詩經』の昔から連綿と歌われて來たのである。もちろん歌謠の側の變化もありうるわけだが、結局のところ問題は、それが記録されるかどうか、またどのように記録されるかにある。文字に記録されたということは、それが、文字を持つ知識階層の關心をひいたことを意味しよう。知識人が關心を持つことによって、六朝時代には樂府民歌が、唐代以後には曲子詞が、元には散曲が、そして明代には山歌・俗曲が、文字記録として殘されることになったのである。明の知識人たちは、文字を通して享受して來た從來の詞曲とはちがった新しさを山歌・俗曲の中に見出し、喜んで記録したわけだが、資料の側から見れば、これらの歌謠も、文字に記された時點で、もとよりそれぞれの性格のちがいを反映させながら、從來の詞曲と同一の次元に立つことになるであろう。したがって、あくまで文字記録としての詞曲史の中で比較を行ない、「掛枝兒」「山歌」の新しさと位置づけを考えることは、可能であり、意味のあることと考えられる。ただ、ここでは一應白話系の詞曲に限定し、唐五代のものから取り上げることにしよう。まずは、溫庭筠の「菩薩蠻」（『花間集』巻一）を見よう。

南園滿地堆輕絮　　南園　地に滿ちて　輕絮堆し
愁聞一霎清明雨　　愁いつつ聞く一霎《しばし》なる清明の雨
雨後卻斜陽　　雨の後　卻って斜陽
杏花零落香　　杏花零落しつつも香んばし

無言勻睡臉　　言葉も無く睡臉を勻《ととの》う
枕上屏山掩　　枕上は屏山の掩いて
時節欲黃昏　　時節　黃昏ならんと欲す
無憀獨倚門　　無憀　獨り門に倚る

「閨怨」のテーマである。雨の夕暮れ、閨閣に女がいて、おそらく來るあてのない男を待っている。というのが、この一首から讀み取れるストーリー、シチュエーションであろう。この情感を盛り立てるために、南園、輕絮、清明の雨、杏花などの道具がしつらえられている。この詞の面白味は、周圍の環境を描くことによって、女性のそこはかとない春情を視覺的に表現しえたところに求められるのではないかと思われ、「愁」「無憀」という心理をあらわす文字はあるが、思いの內容は具體的に示されているわけではない。後來の詞も、基本的にはこの延長線上に位置づけられるであろう。敦煌曲だと、例えば「望江南」（王重民『敦煌曲子詞集』上卷）、

天上月　　　天上の月は
遙望似一團銀　　　遙かに望めば一塊の銀に似ている
夜久更闌風漸緊　　　夜は更けて風も次第に強くなる
爲奴吹散月邊雲　　　風よ　わたしのために月にかかる雲を吹き飛ばし
照見負心人　　　あの薄情ものを照らして見せておくれ

のように、似たテーマながら、風に、また月に向かって、薄情な戀人に會わせてほしいと訴えているのであって、溫庭筠の詞などとはちがって、感情の表白の直接性が、大きな特徴として見てとれよう。これは元の散曲や明の俗曲、例えば拙著（『馮夢龍『山歌』の研究』第一部第二章第四節）に引いた『新編四季五更駐雲飛』などにうけつがれ、『掛枝兒』もその流れの中に位置づけられるのである。この傾向は、言語のちがい、すなわち口語の使用によって、より推進され、方言たる吳語を用いて記された『山歌』において、その極點に達したと考えられる。

次に少し別の角度から見てみよう。ここまでに見た溫庭筠詞、敦煌曲、明代俗曲、いずれにおいても、作者（歌者）

の視線は、戀する男女（女性が主人公で、男性は脇役だが）に集中している。言い換えるならば、この作者にとっては、二人の戀人以外は、視野に入っていない。密室の中の戀人といってもよい。

それに對して『掛枝兒』の方は、例えば前節で引用した巻一冒頭の「私窺」は、世間の目を盗んで、情を通わせようとする戀人たちであったし、それに續く「性急」は、

興來時　正遇我乖親過　　　會いたいと思っていたら、私のすてきなあの人がやって來た
心中喜　來得巧　　　　　　まあうれしい、いい時に來てくれたわ
這等着意哥　　　　　　　　とっても氣がきくお兄さん
恨不得摟抱你在懷中坐　　　すぐにとびつけないのが残念
叫你怕人聽見　　　　　　　あなたを呼んだら誰かがききつける
扯你又人眼多　　　　　　　あなたを引っぱっても誰かが見るわ
看定了冤家也　　　　　　　じっとあなたを見つめて
性急殺了我　　　　　　　　こがれ死にしそうだわ

とあって、ここでは世間を代表する「人」が登場して來ている。つまり、ここでは戀人たちが、さまざまの人間關係の中で捉えられている（この性格は、『山歌』においても濃厚であること、拙著第一部第二章第一節、第三節を參照）。すなわち、溫庭筠以來の詞の流れにおいては、どちらかというと、作者は戀人たちと同化し、主觀的に心情を詠じていたのに對して、『掛枝兒』『山歌』になると戀人たちの氣持ちに變わりはないものの、新たに世間というものが入ってくること

によって、狀況がより客觀化されている。そして「父さんが來る、母さんが來る」といってあわてふためく戀人たちの姿は、傍から見て、いくぶん滑稽味を帶びたものにもなってくるであろう。

こうした傾向を持った作品がどこに始まるかといえば、おそらく北宋の歐陽修の詞「醉蓬萊」あたりからであろうか（この作品については、田中謙二「歐陽修の詞について」『東方學』第七輯　一九五三、また前掲「元代散曲の研究」に紹介されている）。いま、田中氏の譯（「元代散曲の研究」）を掲げさせていただく。

羞じらう容《おもて》に翠斂《まゆひそ》め、嫩《わか》やぐ臉《かお》に紅匂《は》きて、素《しろ》き腰の裊娜《なよやか》なる、げにも芍藥の欄《かきね》のそばを步ませばや。半ば嬌羞《はじらい》おし掩《かく》し、語聲《こえ》を低《ひそ》めて顫わせつ、問うは「誰かに知られていませんこと」。わざとつくろう羅《きぬ》の裙《もすそ》、偸《そ》と流し眼をおくりつつ、歸るでもなく止まるでもなし。さらに問うらく、「もしも事がすみましたら、雲なす鬢《まげ》が亂れてしまい、きっと母《かか》さまに感づかれますわ。あたしはひとまず歸ります。あなたも今はこのままでね。それに母《かか》さまのところには、針仕事がかたづけぬままなの。後ほど夜が更けてから、お庭の花蔭のもとに出なおしましょう。」

この作品は、先にあげた溫庭筠の詞にも似た描寫が多く、過渡的なものではあるが、「誰かに知られていませんこと」「きっと母さまに感づかれますわ」と第三者の存在を氣にする戀人たちが描かれている。田中氏は、元代散曲の前史にあたる宋詞の中の二つの傾向——側豔と嘲謔——の、側豔の實例として、この詞を引用しておられるわけであるが、こうした世間の中での戀人というものはまた、諧謔（嘲謔、調刺とは異なるが）の方向に向いうるものとも考えられよう。『掛枝兒』『山歌』は、一つにはこうした流れを汲んでいるのである。それに加えて、田中氏が元代散曲の基本的な特徴として指摘された詠物性を、この『掛枝兒』『山歌』の中にも見出すことができるのであって、『掛枝兒』『山歌』は、歐陽修の「醉蓬萊」から元の散曲へと發展し來った諧謔的性格、そしてまた、それらに基本的に含まれる詠物という性格を、第二の特徴として受け繼いでいる様子を見ることができる。ただ、元の散曲が、諧謔から諷刺という方向へ向い、社會批判の作品まで持ちえたのに對し、『掛枝兒』『山歌』は、あくまで男女の關係というテーマの枠から出なかったことは、つけ加えておかねばなるまい。

最後に、『掛枝兒』と『山歌』のちがいに觸れておきたい。いずれも男女の關係の諸相を詠じたものである點は共通するが、その大きなちがいは、『山歌』の方に、あけすけな性に關する描寫が多いのに對し、『掛枝兒』の方には、それが少ないという點に見出される。このちがいは、本稿でもたびたびくり返して述べて來た、片や農村の、片や都市妓樓の、というそれぞれの由來のちがいに歸するかもしれない。「山歌」は、前稿でも述べたように、本來掛け合いで歌われたような、集團の歌謠であった。性的なテーマが集團で歌われ、笑いを誘ったところにその本質が存し、ひとり密室で歌って、または讀んで樂しいものではあるまい（なるがゆえに、これが刊刻されたことの意味は大きいともいえるのだが）。

それに對して、『掛枝兒』をも含む俗曲の方は、例えば前に引いた『金瓶梅詞話』第十一回の、李桂姐が「駐雲飛」を歌う場面にしても、妓女が歌うのをお客がしみじみと聽いているのであって、こうして歌われるものに、クドキの內容が多くなるのも自然といえよう。妓女について附言すれば、妓女を詠じた作品、もしくは妓女によって傳えられたと注記される作品は、『山歌』よりも『掛枝兒』の方により多く、「掛枝兒」の方が、よけいに妓女、妓樓との結びつきが強いことを見てとれよう。

以上述べたところをまとめると次のようになる。「掛枝兒」は、男女の關係にテーマを限定しながらも、一方では唐の敦煌曲以來の感情表白の直接性、そして一方では、宋の歐陽修の「醉蓬萊」詞以來の、人間關係の中で戀人たちを捉えようとすることから來る諧謔性、また散曲からうけついだ詠物性、といった流れの中に位置づけられる。また「山歌」との關係から見ると、「山歌」が集團的であるところから、性描寫を多く持ち、「掛枝兒」は妓女の清唱を背景とするくろうとの宴曲であるところからクドキの內容が多くなっているという性格のちがいが見出される。

結　び

以上、馮夢龍の編に係る『掛枝兒』についていくつかの方向から概觀した。本稿においても、基本的な手すじとしては、『山歌』の研究の場合と同樣、まず歌われた歌としての「掛枝兒」について考え、それに次いで、文獻としての『掛枝兒』を考えるという方法をとった。

詞曲全般についての筆者の理解は必ずしも完全ではないが、明代にあらわれた他のさまざまな俗曲も、本質においてはこの「掛枝兒」とあまり變らず、本稿の提示した枠組みの中に收まるのではないかと考える。

注

（1）任二北『曲譜』卷一「小曲掛枝兒」、鄭振鐸「明代的時曲」「掛枝兒」（『痀僂集』）「跋掛枝兒」（『中國文學研究』）、傅芸子「掛枝兒與劈破玉」（『白川集』）。なお、この掛枝兒について、日本では足立原八束「山歌と掛枝兒」（昭和女子大學光華會『學苑』第十五卷第二號　一九五三）があり、倉石武四郎・須田禎一譯「明代民歌」（中國古典文學大系『宋代詞集』平凡社　一九七〇）に、その五首の翻譯が收められる。

（2）楊光輔『淞南樂府』「淞南好、無處不歡場」
彈詞盲女、近更學勾欄小調、濃粧坐茶肆賣唱、少年賭贈纏頭。
（3）王驥德『曲律』卷三、雜論上
蓋北之打棗竿與吳人之山歌、不必文士、皆北里之俠、或閨闈之秀、以無意得之、猶詩鄭衞諸風、修大雅者反不能作也。
（4）葉少蘊『避暑錄話』卷下（『津逮祕書』所收）
柳永、字耆卿、爲擧子時多遊狹邪。善爲歌辭、敎坊樂工每得新腔、必求永爲辭、始行於世。於是聲傳一時。（中略）余仕丹徒、嘗見一西夏歸明官云、凡有井水飲處、卽能歌柳詞。言傳之廣也。
（5）この問題については、教坊の解體が、全國的な曲子詞の成立に大きな役割を果したとする岡村繁「唐末における曲子詞文學の成立」（九大『文學研究』六十五　一九六八）が參考になる。
（6）王驥德『曲律』卷四、雜論下
小曲掛枝兒卽打棗竿、是北人長技、南人每不能及。昨毛允遂貽我吳中新刻一帙、中如噴嚏枕頭等曲、皆吳人所擬。卽韻稍出入、然措意俊妙、雖北人無以加之、故知人情原不相遠也。
（7）沈德符『萬曆野獲編』卷二十五「時尙小令」
元人小令、行於燕趙、後浸淫日盛、自宣正至成弘後、中原又行鎖南枝傍粧臺山坡羊之屬。李崆峒先生初自慶陽徙居汴梁、聞之以爲可繼國風之後。何大復繼至、亦酷愛之。今所傳泥捏人及鞋打卦熬䯼髻三闋、爲三牌名之冠、故不虛也。自茲以後、又有要孩兒駐雲飛醉太平諸曲、然不如三曲之盛。嘉隆閒、乃興鬧五更寄生草羅江怨哭皇天乾荷葉粉紅蓮桐城歌銀紐絲之屬、自兩淮以至江南、漸與詞曲相遠、不過寫淫媟情態、略具抑揚而已。比年以來、又有打棗竿掛枝兒二曲。其腔調約略相似、則不問南北、不問男女、不問老幼貴賤、人人習之、亦人人喜聽之。以至刊布成帙、擧世傳誦、沁入心腑。其譜不知從何來、眞可駭嘆。
（8）金天麟・唐碧「浙江嘉善的宣卷和〝贊神歌〟」（『曲苑』第二輯　一九八六）。
（9）嵊縣文化局越劇發展史編寫組『早期越劇發展史』（浙江人民出版社　一九八三）第一章。

（10）田仲一成「十五・六世紀を中心とする江南地方劇の變質について（六）」（『東洋文化研究所紀要』第一〇二冊　一九八七）結章第一節「徽調（弋陽腔）・昆腔の交流と徽州（新安）商人」。

（11）馮夢龍「敍山歌」（『山歌』）

抑今人想見上古之陳於太史者如彼、而近代之留於民閒者如此、倘亦論世之林云爾。若夫借男女之眞情、發名敎之僞藥、其功於掛枝兒等。故錄掛枝詞而次及山歌。

（12）鈕琇『觚賸續編』卷二「英雄擧動」

吾吳馮夢龍、亦其門下士也。夢龍文多遊戲、掛枝兒小曲與葉子新鬪譜、皆其所撰。浮薄子弟、靡然傾動、至有覆家破產者。其父兄群起訐之、事不可解。適熊公在告、夢龍泛舟西江、求解於熊。相見之頃、熊忽問曰、海內盛傳馮生掛枝兒曲、曾攜一二册以惠老夫乎。馮跼蹐不敢置對、唯唯引咎、因致千里求援之意。

（13）ここに「浮白山人七種」というのは、『西諦書目』卷二、子部叢書類に「破愁一夕話十種　題浮白主人編　明末刋本　五册」云々と見えるもののこと。現在北京の國家圖書館に藏される。

（14）『掛枝兒』卷三「帳」後評

琵琶婦阿圓、能爲新聲、兼善清謳。余所極賞。聞余廣掛枝兒刻、詣余請之、亦出此篇贈余。

（15）董斯張は、『西遊補』を著したとされる董說の父親である。萬曆三十五年に董斯張が『廣博物志』を編んだ際、馮夢龍もそれに參畫し、卷二十三「閨壺一」に校訂者として「吳趨馮夢龍訂」と見える。馮夢龍が科擧の『春秋』の參考書である『麟經指月』を編んだ時には、「參閱姓氏」の中に「董斯張遐周父　烏程人」と見える。また、散曲集『太霞新奏』卷七にも、龍子猶（馮夢龍）の「爲董遐生贈薛彥升」があり、その交友がうかがわれる。

（16）とりわけ本節については、田中謙二「元代散曲の研究」（『東方學報　京都』第四十册　一九六九）を參考にさせていただいている。

第八章　馮夢龍の批評形式

はじめに

近年、中國の文藝批評の一方法としての「評點」に關心が向けられている。アメリカでは、David L. Rolston, *How to Read The Chinese Novel*, Princeton University Press, 1989、日本では、高津孝「宋元評點考」（『鹿兒島大學法文學部紀要人文學科論集』第三十一號　一九九〇）、同「明代評點考」（『東方學會創立五十周年記念　東方學論集』東方學會　一九九七）。中國でも林崗『明清之際小說評點學之研究』（北京大學出版社　一九九九）、譚帆『中國小說評點研究』（華東師範大學出版社二〇〇一）などの著作があり、二〇〇二年には復旦大學中國古代文學研究中心とスタンフォード大學中國語言文化研究センターの共催によって、「中國文學評點研究國際學術討論會」が開かれている。

從來の研究の大部分は、文學、とりわけ小說における評點の研究がその中心であった。たしかに評點が最も盛んに行なわれたのは、文學、なかでも小說（白話小說）の分野であったかと思われる。『李卓吾先生批評忠義水滸傳』といった書名からもうかがわれるように、白話小說作品は、多くが著名人の批評の附されたテキストであることを看板にした書名がつけられているのである。

しかしながら、評點の研究は、小說の一ジャンルを見ただけでは不十分であり、經史子集にわたる廣いジャンルを見渡して考えることが必要になるであろう。こうした比較研究を行なおうとする場合、複數の著者の著作を比べるよりも、一人の人の著作について比較した方がより正確な觀察ができるであろうことはいうまでもあるまい。

短篇白話小說集「三言」の編者として知られ、「通俗文學の旗手」ともいわれた明末蘇州の人、馮夢龍（一五七四～一六四六）は、經史子集にわたる幅廣い範圍の著作を殘しており、しかもそれらの著作の多くには評點が施されていることで、上述の研究の好對象となる。經史子集を通じてその評點の方式を考えた時、どのような結果が見られるのであろうか。

馮夢龍は、初期の小說作者として、具體的な傳記資料をさぐりうる希有な人物の一人である。馮夢龍は蘇州に生まれ、當時の士人家庭の常として、科擧のための受驗勉強に勵んだ。馮夢龍は三人兄弟の次男であったが、その兄弟は「吳下三馮」と稱され、馮夢龍は「三馮之首」といわれたという。しかし、馮夢龍は科擧の試驗、鄉試には終生合格することができなかった。當時の經濟的な活況を背景に繁榮していた蘇州の町の雰圍氣が、じっくり勉強する性格を育てなかったのかもしれない。一方で馮夢龍は、通俗小說『水滸傳』『金瓶梅』の刊行に關わったり、色町で遊び、南京秦淮の妓女番附『金陵百媚』や俗曲集『掛枝兒』『山歌』などを編んでいる。

天啓年間に入って、本格的に書物の編纂出版を志すに至ったとみえ、『麟經指月』『四書指月』『春秋衡庫』をはじめとする科擧の參考書、『新平妖傳』「三言」をはじめとする白話小說、戲曲『墨憨齋定本傳奇』、故事集『智囊』『古今譚概』、笑話集『笑府』など、數々の著作を世に問うている。

晩年には貢生となり、福建壽寧縣の知縣となって赴任している。明王朝が滅亡すると、北京の情報を集めた『甲申紀事』などの編纂出版も行なった。その一生は、常に出版活動とともにあったといっても過言ではない。當時の出版界におけるいわば賣れっ子であったわけで、その馮夢龍が、それぞれのテキストにどのような評點を施したのかは、その意味でも興味深いものがある。

第一節　馮夢龍の著作の評點形式

まずはじめに、上海古籍出版社の『馮夢龍全集』に收められた作品を底本とし、それぞれの書物における評點の方式について調査してみた。『馮夢龍全集』には合わせて二十六種類の著作が收められているが、そのうち『牌經』は『說郛』の影印であって、馮夢龍が直接刋行に關與した可能性がないから除き、また『春秋定旨參新』も、『麟經指月』『春秋衡庫』の刋行後に、その兩者を上下二段に合わせて刻したものであって、馮夢龍本人がそれに關與しているかどうか疑わしいところがあるので取り除いて、殘る二十四種類について、調査した結果が以下である。評點の場所によって、題上（收錄された各篇の題目の上）、本文（傍圈、傍點、傍空點、傍批、夾批の有無）、總評（回前回後、各篇の前後などの評語）、眉批のそれについて見たものである。

〔經部〕

『麟經指月』

題上　「◎」「○」「、、」「、」

本文　傍圈、傍點、傍空點、夾批

回前回後總評　無

眉批　無

その他　固有名詞に傍線。批點について凡例で記述。

『春秋衡庫』
題上　無
本文　夾批
回前回後總評　無
眉批　有

『四書指月』
題上　無
本文　傍圈、傍點、傍空點
回前回後總評　無
眉批　有

〔史部〕

『綱鑑統一』
題上　無
本文　夾批
回前回後總評　無
眉批　有
その他　「發凡」に「近刻圈點滿紙、已成惡套。今擇佳言每句圈之、佳事則用空點」といっている。が、圈點、空點は見えない。

『甲申紀事』
題上　無
本文　傍圏、空點、傍批、夾批
回前回後總評　無
眉批　有

『中興實錄』
題上　無
本文　無
回前回後總評　無
眉批　無

『中興偉略』
題上　無
本文　傍圏
回前回後總評　無
眉批　無

『壽寧待志』
題上　無

本文　無
回前回後總評　無
眉批　無

〔子部〕

『智囊補』
題上　「○○○」「○○」「○」
本文　傍圈、傍點、傍批、夾批
回前回後總評　各部、各卷前總論、各則後評
眉批　無

『太平廣記鈔』
題上　「○○」「○」
本文　傍圈、傍點、傍空點、傍批、夾批
回前回後總評　各則後評
眉批　有

『情史類略』
題上　「○○○」「○○」「○」
本文　傍圈、傍點、傍空點、傍批

回前回後總評　各則後評
眉批　有

『笑府』
題上　無
本文　傍圈、傍點、夾批
回前回後總評　各則後評
眉批　無

『古今譚概』
題上　「〇〇」「〇」
本文　傍圈、傍點、傍批
回前回後總評　各部總論、各則後評
眉批　無
その他　固有名詞に傍線

〔集部〕
『折梅箋』
題上　無
本文　夾批

回前回後總評　無
眉批　無

『墨憨齋定本傳奇』
題上　無
本文　無（曲文には點が施されるが、これは音樂上のもの）「」」「―」などの符號もある。
回前回後總評　無
眉批　有
その他　序文には傍圏。「風流夢總評」（傍圏）「人獸關總評」（傍圏）

『太霞新奏』
題上　「○○」「○」「△」
本文　傍圏、傍點
回前回後總評　各則後評
眉批　有

『古今小說』
題上　無（各題に傍圏、傍點）
本文　傍圏、傍點
回前回後總評　無
眉批　有

その他　固有名詞に傍線　目録に傍圏、傍點

『警世通言』

題上　無（各題に傍圏、傍點）

本文　傍圏、傍點

回前回後總評　無

眉批　有

その他　目録に傍圏、傍點

『醒世恆言』

題上　無（各題に傍圏、傍點）

本文　傍圏、傍點

回前回後總評　無

眉批　有

その他　目録に傍圏、傍點

『新列國志』

題上　無

本文　傍圏、傍點、傍批、夾批

回前回後總評　無

眉批　有

その他　固有名詞に傍線

『新平妖傳』

題上　無（回目に傍圈、傍點）

本文　傍圈、傍點

回前回後總評　無

眉批　有

その他　固有名詞に傍線　目錄に傍圈、傍點

『三教偶拈』

題上　無

本文　傍圈、傍點

回前回後總評　無

眉批　有

『掛枝兒』

題上　「○○○」「○○」「○」「、、」「、」

本文　傍圈、傍點、傍批

回前回後總評　各歌後評

眉批　無

『山歌』

題上　「○○○」「○○」「○」「、、」「、」
本文　傍圏、傍點、傍批
回前回後總評　各歌後評
眉批　有

第二節　馮夢龍の評點の傾向

以上の観察の結果、いくつかの問題が浮かび上がってくる。

（1）評點を施した書物と施さない書物

以上二十四種の書物における評點の状況を見た時、まず第一にいえることは、馮夢龍がその大部分の書物において、何らかの形で評點を施しているということである。全く評點が施されていない書物は、二十四種のうち、『中興實錄』『壽寧待志』の二種だけである。夾批、眉批だけを持つものとして、『春秋衡庫』『綱鑑統一』『折梅箋』がある。夾批、眉批は、時に注釋であって、必ずしも批評の言葉とは限らないので、これらを加えたとしても、評點を持たないものは二十四種中のわずか五種ということになる。つまり、馮夢龍は書物を刊行するにあたって、基本的には何らかの形で批評を附したテキストを作り、刊行したことがわかる。

それにしても、やはり二十四種の中に評點を附した書物と評點を附さなかった書物があるのはどういう理由によるものであろうか。まずは、評點の附されていない『中興實錄』であるが、これは李自成によって北京が陥落した後、南京に作られた臨時政府の發した文書を集めたものである。緊急の出版だったために評點を附す時間がなかったせいかもしれないが、おそらく馮夢龍が評點を附さなかった理由は、ここに收められているのが、詔敕をはじめとする政府の公式文書だったからではないかと思われる。

批評という行爲は、ある意味では不遜な行爲である。他人の書いた文章について、それを好いとか惡いとか判斷するわけであるから。そこで、『中興實錄』のような公式文書に對しては、評點を加えなかったのではないだろうか。

同じように經部の書物を見てみると、『麟經指月』においては傍圈、傍點、傍空點、夾批などさまざまな手段を用いて批評を行なっているのだが、『麟經指月』は、春秋についての八股文の參考書、模範例文集であって、その八股文の部分については批評を行なっているのだが、『春秋』の經文については、批評を加えていない。『春秋衡庫』は、『春秋』の各傳を年代ごとに整理した參考書である。つまり『春秋』の經傳本文を收めた書物である。その『春秋衡庫』においても、評點がほとんどないのも、それが經傳の本文そのものを批評することができないからであろう。

李卓吾評と稱する『四書評』という書物がある。この書物では、「四書」の本文そのものに傍圈、傍點を加えている。これは聖人の述作たる經書に對する相當大膽な態度といえる。馮夢龍は李卓吾をあがめていたといわれるが、經典本文に對しては、李卓吾ほど大膽ではなかったようである。

また、『壽寧待志』は馮夢龍が晩年に知縣として赴任した福建の壽寧縣の地方志である。「待志」と題したのは、書物が未完成であることを示す一種の謙遜であるが、それにしてもこの本文に批評を加えていないのは、馮夢龍自身の著作だからとも考えられるが、馮夢龍は他の書物にあっては、自分の作品にも評點を附しているわけだから、それが理由だとばかりはいえまい。それはやはり、地方志は一地方についての公式的な記錄だから、それに批評を加えることはできないと考えたものであろう。もっとも馮夢龍は、この地方志の中に、自分自身が壽寧で作った詩を收めたりしているのだが。

以上、馮夢龍はその刊行した多くの書物の中において、きわめて高い割合で批評を行なっているといっても、そこにおのずから「禁區」があり、馮夢龍はその「禁區」を犯してはいないことがわかる。

前掲高津孝氏の研究によれば、そもそも評點は集部の書物にはじまり、それが明代に至ると『史記』本文など史部の書物にも及んだ（それもどちらかというと文章表現の面について）とされる。たしかに馮夢龍の場合を見ても、集部そして子部に屬する書物については、さまざまな方式を用いて存分にテキストの批評を行なっているということができるのである。

なお、小説とともに、戯曲についても、明末の當時には批評を加えた版本が數多く出ているが、『墨憨齋定本傳奇』において、曲文そのものに批評の言葉が加えられていないのは、そこに音樂に關わる記號が用いられているからと考えられよう。一般に、馮夢龍の屬した吳江派は、湯顯祖の臨川派に比べて、文辭ではなく、曲律を重視したといわれているが、この點にも馮夢龍の姿勢が見えるのかもしれない。ただ、『定本傳奇』所收作品の序文には、傍圈、傍點を加えている。

（2）　題上の圈點

馮夢龍の評點を通觀した時、なかなか興味深いのは、作品中の篇目に圈、點、または傍圈、傍點が加えられていることである。「○」の數が多いほど點數が高く、評價される作品であることを示すものであろう。書物の作者編者は、あるテキストを讀者に供給する役割を擔っているわけであるが、そのテキストの中に、はじめから善し惡しの標識をつけてあることになる。例えば、馮夢龍『山歌』のテキストを見ると、歌の本文には傍圈、傍點、傍批、眉批さらに歌の後に評語が附されるなど、さまざまな方式を用いて批評を行なっているのだが、その各歌の題の上を見ると、そこに「○○○」「○○」「○」「、、」「、」「　」の六段階の評價を示す圏點が施されている。こうした「○」による評價は、管見に及ぶ限りでは、鍾惺・譚元春の『唐詩歸』で用いられている評價法である（『唐詩歸』では「○○」「○」の二種類だが）。陳國球「試論『唐詩歸』的編集、版行及其詩學意義」（胡曉眞主編『世變與維新——晚明與晚淸的文學藝術』中央研究院中國文哲研究所　二〇〇二）によれば、『唐詩歸』の刋行は萬曆四十五年（一六一七）とのことであるから、馮夢龍『山歌』との先後は微妙なところだが、何らかの關係があったかもしれない。

『山歌』各歌の題上に加えられた評價をまとめて見ると、最高の評價である「○○○」を附された歌は、前半の巻一～巻四に集中していることがわかり、馮夢龍がこのあたりの歌を高く評價していたことが知られるのである（『山歌』の題上の評價については、拙稿 Women in Feng Menglong's "Mountain Songs", Ellen Widmer and Kang-i Sun Chang edit. *Writing Women in Late Imperial China*, Stanford University Press, 1997で觸れている）。

ほかには、『新鐫玉茗堂批選王弇洲先生豔異編』でも、「○○」「○」「　」の三段階による圏點が施されている。なお、このテキストには、傍圈、傍點、標抹、眉批などが用いられている。また、陸雲龍・陳嘉兆同輯『翠娯閣評選明文歸初集』（崇禎七年刋本）では、「○○○○」「○○○」「○○」「○」による評價が加えられている。

（3）　標抹について

馮夢龍の評點を見ると、いくつかの作品において、固有名詞に標抹（傍線）を附していることがわかる。傍線を附しているのは、『麟經指月』『古今譚概』『古今小說』『新列國志』『新平妖傳』の五種である。これは、讀解を容易ならしめるための處置であるが、とりわけ春秋時代、難讀の人名が多くあらわれる『麟經指月』『新列國志』において、經部書と白話小説というジャンルのちがいを越えて、同様の處置が行なわれていることは興味深い。

第三節　時期による變化

以上は、馮夢龍の著作を四部分類によって、主として内容別に見たものであるが、續いてその著作を時期によって見てみよう。刊行年代のわかるものだけについて見ると、次のようになる。

萬曆四十八年（一六二〇）以前

『掛枝兒』

『山歌』

萬曆四十八・泰昌元年（一六二〇）

『麟經指月』

『古今譚概』

『新平妖傳』

『古今小說』（？）

天啓四年（一六二四）

『警世通言』

天啓六年（一六二六）

『太平廣記鈔』

天啓七年（一六二七）

『醒世恆言』

『太霞新奏』

崇禎七年（一六三四）

『智囊補』

崇禎十年（一六三七）

『壽寧待志』

崇禎十五年（一六四二）

『綱鑑統一』

崇禎十六年（一六四三）
『新列國志』
崇禎十七年（一六四四）
『甲申紀事』
順治二年（一六四五）
『中興實錄』
『中興偉略』

この表によれば、馮夢龍の評點活動はその生涯に著された作品について一貫していることはたしかであるが、晩年の作品に至って、比較的テキストに批評を施さないものが増えてきていることがわかる。また、馮夢龍が出版活動に本格的に關わり出したと考えられる萬曆四十八年ごろの作品には、いずれも固有名詞に傍線を施したものが多く見られる。これが一つの傾向ということができよう。晩年に刊行された『綱鑑統一』の「發凡」において、「近刻圈點滿紙、已成惡套。今擇佳言毎句圈之、佳事則用空點」といっているのは、それまでたくさんの書物に評點を附してきた心境が變化したものであろうか。

結　び

以上、馮夢龍が生涯にわたって刊行した書物に附された評點について考えてみた。

中國における讀書の方法は、そもそも讀者が白文と向い合い、それに斷句を行ない、傍圈、傍點を施し、眉欄や行閒に評語を書き入れる行爲であった。つまりは、讀書行爲の結果として、墨によってさまざまな書き入れをされたテキストが完成することになる。はじめから評點を施した書物を刊行することは、批評家が、ほんらい讀者自身がなすべきそれらの行爲の肩代わりをしたことを意味する。そして、明末に評點を施した書物が經史子集を問わず、數多く出されたことは、そのことを求める讀者が數多く出現したことが背景になっているであろう。讀者は、あるテキストに對して、李卓吾が何をいうか、陳繼儒が何をいうか、あるいは馮夢龍が何をいうかを期待したわけである。實際には、評點を施した書物に、さらに書き入れがなされることもあるが、評點の普及は、讀者のすそ野が廣がったことの一つの目印といえよう。馮夢龍はそうした時代の動きを見て取り、さまざまな手段によって、評點活動を行なったのである。

第九章　馮夢龍と音樂

はじめに

本章では、馮夢龍が音樂とどのような關わりを持っていたかについて考察したい。陳寶良は、『明代社會生活史』（中國社會科學出版社　二〇〇四）導論第四節において、中國の傳統社會には、「柴米油鹽醬酢茶」の「開門七件事」があった。だが、明代の社會生活にあっては、基本的な生活が滿足に送れ、閑な時間が日ごとに增えてくることによって、人々の日常生活にもある種の變化が生まれてきた。「新開門七件事」であって、その七つとは、笑話、聽曲、旅遊、博打、狎妓、收藏、花蟲魚鳥である、と述べている。明代にはさまざまな娯樂が發展したが、ここに「聽曲」を數えているように、音樂はその中でも重要なものであった。馮夢龍が活躍し、明末當時の中國において最も繁榮した都市であった蘇州における藝能全般については、この後、本書第三部第五章において詳論するが、農村においては、山歌や俗曲、また廟の祭禮などでは演劇が行なわれていたし、城內においては、講談などの語り物、演劇、俗曲、また農村から流入した人々によってもたらされた山歌などを聽くことができた。馮夢龍をも含む明末蘇州の人々の音樂環境は、なかなか充實したものであったといえよう。

以下、馮夢龍と音樂の關わりを、山歌、俗曲、散曲、戲曲について見ていくことにしたい。

第一節　馮夢龍の『山歌』編纂

馮夢龍の『山歌』は、三百八十首にものぼる蘇州の歌謡——山歌の集である。そこには、農村の歌、都市市井の歌、妓女の歌、文人の歌などさまざまな來歴の山歌を見ることができる。『山歌』巻一「睃」の後評に、

私が幼い時に聞いた「十六不諧」は、どういう意味だかわからぬが、その歌詞はなかなかおもしろいので、一緒に記しておく。

うまくゆかぬが一つとせ。七月七日の晩にいい人が來た。まあ、ちょうどいい、いとしいあ・な・た。

うまくゆかぬが二つとせ。御史様の行列の先頭の「靜肅」のプラカード。ほら、静かにね、いとしいあ・な・た。（下略）(1)

とある。馮夢龍は蘇州のそれなりの裕福な家の生まれであったと思われるが、従僕などが歌ったのであろうか、幼い時からこのような歌を聴いていた記録がある。また、『山歌』巻五「郷下人」の後評には、

田舎者がきまって愚かであるとはいえず、きわめて聰明なところもある。わたしが憶えているのは丙申の年（萬暦二十四年　一五九六）、ある田舎者が小舟にさおさし歌を歌いながら歸っていった。夕暮れにあやまってある役人の船にぶつかってしまった。役人は「卽興で歌を作れたら許してやろう」といった。その田舎者は聲をはりあ

げて、

日も暮れて空は眞っ暗
小さな船が大きな船にぶつかった
おいらは田舎者の世間知らずでこんなわけのわからない災いにぶつかった（無頭禍は斬首の意を掛ける）
青天のように公正なお役人さま、どうかおいらの頭を落とさないでくだされ

役人は大層氣に入って、一壺の酒まで與えて行かせた。
（夾批）この役人も俗ではない。(2)

という記事もある。これは明らかに、馮夢龍自身が都市において、農村からやってきた農夫の歌う歌を聞いて、書きとどめたものである。この場合は、近郊の農村に住んでいて、城内にやってきた農夫だと思われるが、この農夫などは、農村の山歌を都市へと運ぶ運び手であったといえるであろう。

馮夢龍『山歌』には明らかに都市の様子を詠い込んだ歌がある。例えば巻一の「弗騷（媚びを賣らぬ）」である。

有名な虎丘山はあんまり高くない
もっとも上等な二挺櫓の速船はかえってあんまり漕がぬもの
腕のある拳術使いは手を出さぬ

　閒男じょうずな奥さんほど、目立って媚びなど賣らぬもの
　　媚びを賣らないやつには、まったくかなわない。これがわかると、色氣をふりまくやつがつまらなく見えてくる。(3)

ここでは、蘇州一の觀光地である虎丘が詠まれている。また、蘇州は政府の役所が集まる政治都市でもあった。巻一「瞞娘（母さんの目をくらます）」。

　おっかさんは虎みたいにわたしを見張る
　わたしは（みそかごとを）太鼓の中に押し込んでおっかさんの目をあざむく
　ちょうど巡檢司のまん前で賊を見失ったようなもの
　捕り手が夜晝見てても何にもならぬ
　　ちかごろ弓兵はよく賊と通じているが、それはこの母親たちのやり方をまねているのではないかと心配になる。(4)

　この歌は、巡檢司の役所を詠んでいる。町の秩序を維持するための警官は、ある意味では人々に身近な存在であったろう。山歌は、本來農村で歌われていた歌であるが、蘇州の名所を詠じたり、町中の役所を詠じたり、山歌の形式に蘇州の町中のことを詠ずるのは、新しい現象といえよう。いわば農村山歌の都市化である。
　そして、馮夢龍自身が山歌を聞いたと注記があるもののうち、重要なのが、妓樓である。巻七「篤癢」の後評に、

この歌は松江の傅四から聞いた。傅もまた名妓である。(5)

とある。つまり、明末にあって、山歌は本來の農村の歌を離れ、妓樓でも歌われるようになっていたのである。『山歌』の中には、さらに巻一「捉奸」の後評に、

これはわたしの友人の蘇子忠の新作である。子忠は篤實の士でありながら、こんなおもしろいことを考える。文人の心には何でもあるものだ。(6)

とあるように、馮夢龍の友人である蘇子忠が作ったものであることを明記しているようなものもある。文人による山歌の戯作である。馮夢龍『山歌』には、注記はなくても、馮夢龍が友人知人と酒を酌み交わしつつ、山歌を作って遊んだ時の作を多く載せている可能性が高い。特に巻六にまとめて収められる詠物歌などは、これら文人たちの競作の成果ではないかと思われる。また、南京秦淮の妓女番附である『金陵百媚』にも、他の詩詞曲と竝んで「湖州山歌」があり、やはり妓樓で作られた戯作である。馮夢龍は、さまざまな場面で蘇州山歌を聽き、『山歌』を編纂したことがわかる。(7)

第二節　馮夢龍の『掛枝兒』編纂

馮夢龍には『山歌』と一對をなす俗曲集『掛枝兒』がある。山歌・俗曲と併稱されるが、山歌は本來農村出自の歌であったのに對し、俗曲は都市的な歌であり、しばしば妓樓がその發信地となっている。[(8)] 例えば、馮夢龍『掛枝兒』巻三「帳」の後評に、

琵琶彈きの女性阿圓は、新しい曲を作ることができ、そのうえ歌も上手だった。わたしは彼女のことを高く評價していた。わたしが『廣掛枝兒』を出版しようとしているという話を聞きつけ、わたしのところにやってきてそれを勸め、またこの一篇を出して贈ってくれたのである。[(9)]（巻三「帳」）

とあり、また巻八「船」の後評に、

この一篇は、舊院の董四から聞いた。[(10)]

舊院とは、南京秦淮の色町のことである。馮夢龍は明らかにこの歌を南京の妓女から教わったと記しているわけである。南京秦淮の妓女番附である『金陵百媚』には、「掛枝兒」も收められており、色町と俗曲との深い關係を見ることができる。

『山歌』の中には、右に見たように、都市生活の様子が生き生きと描かれていた。しかしながら、『掛枝兒』では、歌の中に都市生活のイメージを見いだすことが難しい。『掛枝兒』の歌は、例えば、巻一の「調情」。

嬌滴滴玉人兒　我十分在意
恨不得一碗水呑你在肚裏
日日想　日日捱
終須不濟　大着膽
上前親箇嘴
謝天謝地　他也不推辭
早知你不推辭也
何待今日方如此

かわいらしい玉のようなおまえに僕は首ったけ
一杯の水といっしょに、おまえを飲み込んでしまいたいくらいだ
くる日もくる日も思いこがれ
とうとうどうにもならなくて、思いきって
近づいて口づけしたものだ
ああ、天よ地よ、ありがとう、彼女はいやとはいわなかった
それが早くにわかっていたら
今日まで待つことはなかったのに

この歌に見えるのは、戀する男女の行動と感情ばかりである。それは、おそらく『掛枝兒』の歌が、もっぱら色戀の場である色町で歌われたことと關わっているのではなかろうか。

なお、褚人獲の『堅瓠集』壬集巻四「馮猶龍抑少年」には、馮夢龍が若者たちと酒を飲みながら、歌を作る酒令を行ない、馮夢龍がその歌によって、若者たちを壓倒したというエピソードが見える（本書第一部第一章で見た）。必ずしも上品とはいえぬ歌であるが、馮夢龍は卽興で歌を作って歌うことができたことがわかる。文人自身が歌を歌った重要な材料といえるかもしれない。

第三節　馮夢龍と散曲

馮夢龍は散曲集『太霞新奏』を編集している。田中謙二「元代散曲の研究」（『東方學報　京都』第四十冊　一九六九）に述べられるように、散曲というジャンルがまた妓楼との結びつきの強いジャンルであった。『太霞新奏』でも、

巻一
　無名氏「訓妓」
　袁鳧公「代周生泣別阿蟬」
　沈伯明「周生別妓賦此紀情」

巻三
　王伯良「寄中都趙姫」
　王伯良「青樓八詠」
　卜大荒「勸妓從良」
　王伯良「爲田姫賦鞋杯」
　王伯良「寄顧姫」
　史叔考「泊舟連河懷清源胡姫」

などは、いずれも妓女や色町と關係がある作品である。『太霞新奏』巻七に収める「怨離詞」は、仲のよかった妓女である侯慧卿との別れにあたって、馮夢龍が作ったものである。侯慧卿はほかの男と結婚してしまった。馮夢龍は歌の中で、侯慧卿との別れの悲しみをストレートに表明している。

馮夢龍の「太霞新奏序」では、音樂に關する彼の考え方を示している。

先輩の大學者文人たちは、みな合わせて詞學にも通じていた。しかし、本當にこのジャンルの門を開けたのは、沈璟が『九宮譜』を修訂したことにはじまるのであった。『九宮譜』が出てから、海内の才人たちは、手に手をとって宮商の林に遊びはじめた。しかし、傳奇は事件を敷衍するものであったので、物語の轉換も容易であったが、散套は舊套を脱して新味を出そうとすると、なかなか難しかった。「當行」（表現に凝り過ぎ）だと、言葉は學者のそれに近づくし、「本色」（通俗的な表現）だと、メロディーがふざけた調子になってしまう。また、筆の運びがまずいと、物語が進まなくなり、やたらにごてごてして單に著者の博學を示すだけになってしまう。構成の仕方がわかっていないと、ごたごたと言葉を飾って拾い合わせるだけで、自分は上手だと誇るようになってしまう。これらは、すべて世俗に共通した缺點である。(11)

馮夢龍は、曲に關して、ここに見える沈璟の弟子であり、いわゆる呉江派に屬した。ここで、馮夢龍はこのジャンルに對する沈璟の貢獻を強調し、散曲を作ることの難しさを強調している。馮はさらに續けていう。

作者自身は歌うことができないために、彼らはその先輩たちと同じまちがいをし續け、言葉が音樂と調和していないことに氣がつかない。他方、歌手は創作することができないために、彼らは世間で流行ることばかりを重んじて、言葉が美しいかどうかを判斷することができない。音樂を本當に理解する誰かが人々の耳と目を開かない限り、今日の曲は、かつての詩と同じになってしまう（沒落してしまう）。言葉が陳腐でメロディーが亂雜であって、人の性情を傳えることができないとなると、勢いきっと再び變じて「紅粉蓮」や「打草竿」になってしまうであろう。それはまたなんと悲しいことではないか(12)。

戯曲作者は、必ずしも音樂には通じておらず、逆に歌手の方は、言葉の美しさについては頓着しない。ここで馮夢龍は、文學的な內容と音樂的な美しさとの關係について檢討しているわけであるが、こうした議論は、馮夢龍が文辭と音樂についてともに深く理解していたことを示している。この姿勢は、戯曲についての姿勢にも共通している。この一段で興味深いのは、馮夢龍が、散曲作者が文辭や音樂をきちんと理解しないならば、作品は「紅粉蓮」や「打草竿」のような俗曲になってしまう、といっている點である。「打草竿」は「掛枝兒」の別名でもあり、『掛枝兒』を編んでいる馮夢龍が、ここでは俗曲を散曲・戯曲よりも低く見る見方を述べているのである。

第四節　馮夢龍と戯曲

馮夢龍は戯曲作者として、『雙雄記』『萬事足』を殘している。そのほかに『墨憨齋定本傳奇』があり、戯曲作者としてもかなり大きな仕事をしている。馮夢龍は、吳江派の沈璟の弟子であり、沈璟のおいである沈自晉は、その『望

湖亭』傳奇、第一出「臨江仙」で、吳江派の戲曲作者たちを批評し、

詞隱（沈璟）が登壇して赤幟を標してから、玉茗（湯顯祖）は尊重されなくなり、鬱藍（呂天成）は檞園（葉憲祖）を繼ぎ、方諸（王驥德）は曲律を作ることができ、龍子（馮夢龍）の長所は多聞にある。(13)

馮夢龍については、その長所は「多聞」にあるといっている。(14)馮夢龍の『太霞新奏』において、沈璟の作品はその巻一冒頭に置かれている。それは、馮夢龍の沈璟への敬意をあらわすであろう。『太霞新奏』には、ほかにも沈家の作者の作が多く收められている。

馮夢龍は『雙雄記』を萬曆三十六年（一六〇八）、三十五歳の時に書いている。馮夢龍は王驥德の『曲律』の序で、次のようにいっている。

私は若かったころ、『雙雄記』を書き、詞隱先生（沈璟）の知遇を得た。先生は、戲曲を作る祕訣をすべて教授してくれたのである。(15)

沈璟のおいにあたる沈自晉による「重定南詞全譜凡例續紀」（『南詞新譜』）には、

甲申（一六四四）の冬、子猶（馮夢龍）は、巡撫の祁公を送って吳江に來られ（祁公が、以前巡撫として來られた時、子猶に託して詞隱先生の傳奇とわたしの拙刻、そして我が家の弟甥たちの作品をほとんどすべて探し求めた。以前から知音と

して、特に子猶と親しく、この日は嘉善まで送って別れた）、曲譜を修訂することを諄々とわたしに説き、わたしも承諾したのである。(16)

とあって、馮夢龍はその最晩年に呉江の沈自晉をたずね、新たな曲譜を作ることをうながしていた。ところが、

たまたま甥の顧來屛がこういってきた。「蘇州へ行って、馮子猶先生の令息の贊明（馮焴）をたずねたところ、贊明は、その亡き父がいまわの際に書かれた手書を示し、父の編になる『墨憨詞譜』の未完稿とその他のいくつかの曲をわたしに渡して完成してほしいと告げた」と。六月の初め、ようやくその手紙と遺筆が手元にもたらされた。墨痕淋漓、その手づから書いた様子を手にとることができ、開いてみると悲しく、人も琴もともにないとの思いにたえないのであった。遺稿は順序は亂れていても、形はそなえていて、發明するものが多かった。(17)

とあるように、馮夢龍自身『墨憨齋詞譜』を編んでいたことがわかる。沈自晉は、馮夢龍の遺作の『墨憨齋詞譜』を入手し、それを『南詞新譜』の中で用いた。錢南揚「馮夢龍墨憨齋詞譜輯佚」（『漢上宧文存』上海文藝出版社　一九八〇）は、その輯佚を行ない、『墨憨齋詞譜』を再現したものである。

また、祁彪佳が巡撫としてやってきた時、馮夢龍に託して沈璟の傳奇作品のほか、沈氏一族の作品を探し求めたとあった。これは、馮夢龍が書物の動向にとりわけ詳しかったからである。

沈自晉「重定南詞全譜凡例續紀」では續けて、

だいたい馮夢龍は古い作品に詳しく、今の作品にはあまり注意を拂わないのだが、私は逆に、今の作品をよく知り、古い作品はざっとしか知らない。古いことを調べる人は、そうでなければ法が備わらず、その意圖を理解し、疑問を解くことができないという。今に注意する人は、そうでなければ調が傳わってゆかず、その變に通じてその教えを廣めることはできないという。二人の意が異なっていることによって、實はたがいに救いあい、大成することができるのである。(18)

沈自晉の觀察によれば、馮夢龍は古い戲曲作品を重視していたとのことである。沈のいう「古」が何を意味したかについては必ずしも明らかではないが、いずれにしても馮夢龍が音樂にうるさかったことは知られよう。王驥德の『曲律』に寄せた馮夢龍の序には、次のようにいう。

曲律が定められて、天下ははじめて戲曲を作ることの難しさを知るのである。天下が戲曲を作るのが難しいことを知って、その後のくだらない作品は作れなくなり、昔のへたな音樂は傳わらなくなるのである。(19)

この序文からも、音樂、曲律の原則を知ることの重要性が強調されている。

馮夢龍には、自作の戲曲『雙雄記』と『萬事足』の二作があった。馮夢龍は、自作の二作品と、他の劇作家による以下の十二種の戲曲を改訂した『墨憨齋定本傳奇』を編んでいる。

墨憨齋新灌園傳奇二卷　　明　張伯起　原撰

墨憨齋詳定酒家傭傳奇二卷　明　陸無從　同原撰　明　欽虹江　同原撰
墨憨齋重定女丈夫傳奇二卷　明　張伯起　原撰　明　劉晉充　原撰
墨憨齋重定量江記二卷　明　聿雲　原撰
墨憨齋新訂精忠旗傳奇二卷　明　李梅實　原撰
墨憨齋重定雙雄傳奇二卷　明　馮夢龍　撰
墨憨齋訂定萬事足傳奇二卷　明　馮夢龍　撰
墨憨齋重定夢磊傳奇二卷　明　史叔考　原撰
墨憨齋新定灑雪堂傳奇二卷　明　梅孝巳　原撰
墨憨齋重定西樓楚江情傳奇二卷　明　袁于令　原撰
墨憨齋重定三會親風流夢二卷　明　湯顯祖　原撰
墨憨齋重定邯鄲夢傳奇二卷　明　湯顯祖　原撰
墨憨齋訂定人獸關傳奇二卷　明　李玉　原撰
墨憨齋重訂永團圓傳奇二卷　明　李玉　原撰

馮夢龍は、なぜこれほど多くの戯曲を改訂しなければならなかったのであろうか。彼は、これらの戯曲のどこに不満を覚えたのであろうか。馮夢龍は、『風流夢』（湯顯祖の『牡丹亭』の改訂版）の序文の中で、この問いに答えている。

若士先生（湯顯祖）は、永遠の天才である。彼の「四夢」の中では、『牡丹亭』が最もすぐれている。（中略）しかし、その作詞にあたって韻は正しくなく、文辭は音樂と調和していない。若士は「私は、天下の人ののどをねじきってもかまわない」ともいった。だが、音樂は人の性情を樂しませなければならず、その抑揚清濁音律は自然にもとづかなければならない。（中略）識者は、これは案頭の書であって、舞臺のための譜ではないという。舞臺でこの戯曲を上演するためには、少しく改變しなければならないのである。(20)

馮夢龍は、その音樂に滿足していなかったので、湯顯祖の『牡丹亭』を改訂したのである。馮夢龍の批判の要點は、音樂、すなわち曲律についてであり、昆曲の曲律に合わない『牡丹亭』の音樂が氣に入らなかった。沈璟の弟子として、馮夢龍はたしかに音樂に精通していた。馮夢龍は昆曲音樂の專門家であった。そうした立場から、馮夢龍は多くの戯曲を改訂しないわけにはいかなかったのである。

鈕琇『觚賸續編』巻三「西樓記」では、袁于令の『西樓記』改作に關する馮夢龍のエピソードを載せていた。袁于令が『西樓記』を作った時、馮夢龍のもとに持參し、批評を請うた。そして、馮夢龍はそこに、後に廣く知られるようになる「錯夢」の一幕を附け加えた。戯曲作者が作品を作った時、馮夢龍に批評をあおいだというこのエピソードは、明末蘇州の劇界における馮夢龍の高い地位を物語るであろう。

結　び

以上見てきたように、蘇州ではさまざまな音樂が行なわれ、馮夢龍はさまざまな音樂に觸れていた。馮夢龍は民間歌謠集『山歌』を編纂し、俗曲集『掛枝兒』を編纂した。散曲については自ら作りもし、散曲集『太霞新奏』を編集している。そして戯曲については、『墨憨齋定本傳奇』や『墨憨齋詞譜』などを作っている。蘇州で行なわれていた音樂のかなりの部分と馮夢龍は關わりを持っていたことになる。

ただ、ここで注目したいのは、馮夢龍がこれだけ通俗文學に關わっておりながら、「說唱」については仕事が殘されていないのである。葉德均は、「元明清講唱文學」において、講唱文學を大きく「詩讚系」と「樂曲系」とに分けた。(21)詩讚系は、例えば敦煌變文、彈詞、鼓詞などのように、七言の句がずっと續いてゆく齊言體の藝能であり、樂曲系は、諸宮調や戯曲のように、長短ふぞろいな句からなる曲が連ねられ、物語が進行してゆく藝能である。この分け方に從うと、馮夢龍には、「樂曲系」の作品はあっても、「詩讚系」に關わる作品はない。蘇州でよく知られる彈詞についても、馮夢龍は手をつけていないようである。明末にあっても、後世の資料ながら、鄧之誠『骨董瑣記』巻六「玉蜻蜓」に、

> 萬曆年間、吳縣の申時行と太倉の王錫爵の兩家は、たがいに怨みあって、事を構えていた。王は『玉蜻蜓』を作って申をそしり、申は『紅梨記』を作って報復した。どれも兩家の門客がしたことで、今日まで傳わっている。(22)

とあるように、彈詞の作品は作られ、書場などで演じられていた。馮夢龍もそれらを聽いていたにちがいない。だが、馮夢龍には彈詞の作品は殘されていないのである。一般に「詩讚系」は、「樂曲系」と比べて、より通俗的な性格のものである。こうしたところに馮夢龍の立ち位置を見ることができるのかもしれない。(23)

元雜劇の作者は、多くが戯曲の專門家であって、一流の文人官僚は必ずしも多くない。しかしながら、明代、それも馮夢龍の生きた明末の傳奇作者を見ると、その多くが文人官僚であって、ここに元と明との大きなちがいを見るこ

とができる。つまり、戯曲作者の地位が向上している。また別の言い方をするならば、戯曲の制作がそれだけ上の方にまで普及したことになる。明代、それも明代後半の戯曲作者は、例えば王九思、康海、李開先、徐渭、馮惟敏、王世貞、汪道昆、そして張鳳翼、そして屠隆、沈璟、湯顯祖、その多くが科擧に及第し、高官になった人々である。馮夢龍も、科擧の試驗にこそ終生合格できなかったものの、最後には地方官になっており、それなりの上層文人であったといえるだろう。馮夢龍が「詩讚系」の作品に手をつけていないのは、そうした背景が考えられるかもしれない。

馮夢龍の編んだ短編白話小説集『警世通言』卷一に「兪伯雅摔琴謝知音」の物語がある。高官であった伯雅ときこりであった鍾子期、身分は異なっていたが、鍾子期は音樂の善し惡しを聞き分けることができ、伯雅が川を思って琴を彈くと、鍾はそれが川の音樂であると知ることができた。伯雅は鍾子期を「知音」と稱し、後に鍾子期が亡くなったことを知ると、もはや自分の音樂を理解するものはいないといい、琴を碎いたのであった。馮夢龍が自身の小説集の中で描いたように、馮夢龍は音樂に深く通じた、文字通りの「知音」であった。これをもって本章の結論としたい。

注

（1）『山歌』卷一「睃」後評
余幼時聞得十六不諧、不知何義、其詞頗趣、竝記之。
一不諧、一不諧、七月七夜裏妙人兒來。呀、正湊巧、心肝愛。
二不諧、二不諧、御史頭行肅靜牌。呀、莫側聲、心肝愛。

（2）『山歌』卷五「郷下人」後評
莫道郷下人定愚、儘有極聰明處。余猶記丙申年閒、一郷人棹小船放歌而回。暮夜誤觸某節推舟、節推曰、汝能卽事作歌當釋汝。郷人放聲歌曰、天昏日落黑湫湫、小船頭砰子大船頭。小人是郷下麥嘴弗知世事了撞子箇様無頭禍、求箇青天爺爺千萬沒落子我箇頭。節推大喜、更以壺酒勞而遣之。
　此節推亦不俗。

（3）『山歌』卷一「弗騷」
出名虎丘山到弗高、第一等快船到弗是搖。有意思箇拳師弗動手、會偸漢箇娘娘到弗騷。
　弗騷處、正不可及。理會得着、便覺騷者無味。

（4）『山歌』卷一「瞞娘」
阿娘管我虎一般、我把娘來鼓裏瞞。正是巡檢司前失子賊、枉子弓兵曉夜看。
　近來弓兵慣與賊通氣、正恐學阿娘樣耳。

（5）『山歌』卷七「篤癢」
　此歌聞之松江傅四。傅亦名姝也。

（6）『山歌』卷一「捉奸」
　此余友蘇子忠新作。子忠篤士、乃作此異想。文人之心何所不有。

（7）馮夢龍『山歌』については、拙著『馮夢龍『山歌』の研究』（勁草書房　二〇〇三）を參照のこと。

（8）馮夢龍『掛枝兒』については、本書第二部第七章を參照のこと。

（9）馮夢龍『掛枝兒』卷三「帳」後評
琵琶婦阿圓、能爲新聲、兼善淸謳。余所極賞。聞余廣掛枝兒刻、詣余請之、亦出此篇贈余。

（10）馮夢龍『掛枝兒』卷八「船」後評
　此篇聞之舊院董四。

（11）馮夢龍「太霞新奏序」（『太霞新奏』）
先輩巨儒文匠、無不兼通詞學者。而法門大啟、實始於沈銓部九宮譜之一修。于是海內才人、思聯臂而遊宮商之林。然傳奇就事敷演、易於轉換、散套推陳致新、戛戛乎難之。當行也、語或近於學究、本色也、腔或近於打油。又或運筆不靈、而故事塡塞、侈侈聞以示博。章法不講、而飣餖拾湊、摘片語以夸工。此皆世俗之通病也。

(12) 馮夢龍「太霞新奏序」(『太霞新奏』)
作者不能歌、每襲前人之舛謬、而莫察其腔之忤合。歌者不能作、但尊世俗之流傳、而孰辨其詞之美醜。自非知音人亟爲提其耳而開其矇、則今日之曲、又將爲昔日之詩。詞膚調亂、而不足以達人之性情、勢必再變而之粉紅蓮、打棗竿矣。不亦傷乎。

(13) 沈自晉『望湖亭』傳奇　第一出「臨江仙」
詞隱登壇標赤幟、休將玉茗稱尊、鬱藍繼有槲園人、方諸能作律、龍子在多聞。

(14) 錢南揚「談吳江派」(『漢上宧文存』上海文藝出版社　一九八〇)。

(15) 馮夢龍「曲律序」(『曲律』)
余早歲曾以雙雄戲筆、售知於詞隱先生。先生丹頭祕訣、傾懷指授。

(16) 沈自晉「重定南詞全譜凡例續紀」(『南詞新譜』)
甲申冬杪、子猶送安撫祁公至江城、(祁公前來巡按時、託子猶遍索先詞隱傳奇及余拙刻幷吾家諸弟姪輩詞殆盡。向以知音、特善子猶、是日送及平川而別) 卽諄諄以修譜促予、予唯唯。

(17) 沈自晉「重定南詞全譜凡例續紀」(『南詞新譜』)
適顧甥來屏寄語、曾入郡、訪馮子猶先生令嗣贊明、出其先人易簀時手書致囑、將所輯墨憨詞譜未完之稿、及他詞若干、畀我卒業。六月初、始攜書幷其遺筆相示、翰墨淋漓、手澤可挹、展玩愴然、不勝人琴之感。雖遺編失次、而典型具存、其所發明者多矣。

(18) 沈自晉「重定南詞全譜凡例續紀」(『南詞新譜』)
大抵馮則詳於古而忽於今、予則備於今而略於古。考古者謂、不如是則法不備、無以盡其旨而析其疑。從今者謂、不如是則調不傳、無以通其變而廣其敎。兩人意不相若、實相濟以有成也。

(19) 馮夢龍「曲律序」

自此律設、而天下始知度曲之難。天下知度曲之難、而後之蕪詞可以勿製、前之哇奏可以勿傳。

(20) 馮夢龍「風流夢序」(『墨憨齋重定三會親風流夢』)
若士先生、千古逸才。所著四夢、牡丹亭最勝。(中略)獨其塡詞不用韻、不按律。卽若士亦云、吾不顧捩盡天下人嗓子。夫曲以悦性達情、其抑揚淸濁音律本於自然。(中略)識者以爲此案頭之書、非當場之譜。欲付當場敷演、卽欲不稍加竄改而不可得也。

(21) 葉德均「宋元明講唱文學」(葉德均『戲曲小說叢考』中華書局　一九七九)、小松謙「詩讚系演劇考」(『富山大學教養部紀要』第二十二卷一號、人文・社會科學篇　別册　一九八九)、金文京「詩讚系文學試論」(『中國―社會と文化』七　一九九二)。

(22) 鄧之誠『骨董瑣記』卷六「玉蜻蜓」
萬曆閒、吳縣申時行、太倉王錫爵兩家、私怨相構。王作玉蜻蜓以詆申、申作紅梨記以報之。皆兩家門客所爲、相傳至今。

(23) 馮夢龍『山歌』の巻八、巻九に長篇の山歌が収められている。江蘇一帯の農村には長編敍事山歌が傳わるが、これらの長編敍事山歌は完全な「詩讚系」藝能である。だが、馮夢龍『山歌』所收の長篇は、四句の山歌に白(せりふ)や他の俗曲などが組み合わされて長編化したもので、完全な「詩讚系」藝能とはいい難い。

第十章　馮夢龍と妓女

はじめに

遊里の空間は、日常世界のただ中にありながら、日常的な秩序の場からは一旦切り離されているという意味で、きわめて虚構性の強い空間であったといえるだろう。そこはまた、建物から家具調度、壁面を彩る繪畫、薫じられた香、目もあやに着飾った衣装、豔麗な音樂や舞踊等々がうちそろって人の五官に訴えかけてくる、文化的密度の高い空間でもあった。そして、唐代の薛濤や魚玄機の例を持ち出すまでもなく、そこは、さまざまの文學の創作が行なわれ、享受される重要な場として機能し續けたのである(1)。

これまでの中國文學研究は、多くジャンル別に研究が進められて來たために、詩・詞・曲が作られ或は歌われた場としての遊里に觸れられることはあり、また、しばしば小説の主人公となる妓女に關心が向けられることはあっても、それは遊里という場全體から見れば、斷片的なものに過ぎなかったといえるだろう。何とかして、この遊里という場の文學をその全體において捉えることはできないものか、そしてその全體の枠組みの中に、さまざまなジャンルの文學を位置づけることはできないものか。さらには、文學にとどまらず、音樂や繪畫などをも視野に收めた、中國遊里文藝史がまとめられぬものか。それはまた、バラバラになってしまった中國文學史に、限られた枠の中であるとはいえ、全體性を回復する試みにもなるであろう。これが本論を準備するに至った最初の動機である。

わが國、とりわけ江戸時代には、専ら遊里を題材とした洒落本などの文學が盛んに行なわれていたことは周知のとおりであり、今日、遊里文藝研究は、廣く音曲などにもわたって、學問の一分野を形作っているといってよかろう。そして、そこでは時に、中國の遊里文學の影響が問題にされている。(2) しかしながら、中國を専門とする側には、妓樓の制度に關する岸邊成雄氏の一連の論考、岩城秀夫氏による『板橋雜記』『呉門畫舫錄』の翻譯・解說、唐代についての齋藤茂氏の論考をのぞくと、このテーマに正面から取り組んだものは、少ないといってよい。(3) これも、わたしがこの問題に關心を寄せるに至った理由の一つである。

さて、最終的には、以上に述べた諸點を目標とするが、本小論でそのすべてを解決することは、もとより不可能である。本章では、その大目標に至る一つの手掛りとして、わたしが年來、研究の對象として來た、馮夢龍という人物を取り上げてみることにしたい。馮夢龍（一五七四～一六四六）は、明末の蘇州の人で、今日では短篇白話小說集「三言」の編者として最もよく知られるが、折から勃興しつつあった出版業の世界を背景に、經史子集の四部全般にわたって、幅廣い業績を殘している。彼は自身、藝者遊びが好きだった人でもあって、その文學作品には、しばしば妓女が題材として取り上げられている。この馮夢龍が、詩・詞・曲・小說などの中で、妓女をどのように扱っているかは、明末の一文人が、妓女という一つのテーマをめぐって、いくつかの文藝ジャンルをどう使い分けているのかという問題を考える格好の材料であろうと思われ、またそこから、明末の時代相も見えてくるのではないかと思われる。以下、馮夢龍の遊里の文學をめぐって、白話小說・散文・韻文の順に見てゆくことにしよう。

第一節　馮夢龍の白話小說中の妓女

はじめに、馮夢龍の代表作ともいえる短篇白話小説集「三言」の中から、妓女を題材とした作品を見てみることにしたい。「三言」には、描寫の精粗はあるにしても、妓女が登場する作品は相當あるが、ここでは『警世通言』巻三十二「杜十娘怒沈百寶箱（杜十娘怒りて百寶の箱を沈む）」と『醒世恆言』巻三「賣油郎獨占花魁（賣油郎花魁を獨占す）」の兩篇について見ることにしよう。(4)「杜十娘怒沈百寶箱」は、次のような話である。

浙江紹興府の出身で、監生として北京に滞在していた李甲が、名妓杜十娘となじみ、やがて十娘を身受けする。十娘を連れて故郷に戻る途中、瓜洲の渡し（大運河と揚子江の合流する交通の要衝）で停泊中に、隣の船にいた新安商人の孫富が十娘を見染め、「妓女あがりの十娘を家へ連れ歸っても、喜び迎えられるはずもなく、これでは父親に對しても、十娘に對しても、體面が保てなくなるはず」と李甲に說き、「それなら、自分が千金で十娘を讓り受けよう」と進言する。李甲は、はじめのうちはためらっているが、結局孫富の口車に乘せられて、十娘を孫富に賣り渡してしまう。ことを知った十娘は、李甲をなじり、攜え來った百寶の箱を揚子江に投げ込み、自らも身を投げてしまう。その樣子を見ていた人々は、みな李甲と孫富に毆りかかり、二人はほうほうの體でその場を逃れた。後、李甲は十娘のことを思い出してはふさぎ込んで病氣になり、孫富も病氣にかかって死んでしまった。

作中でも、孫富が李甲をまるめこもうとする時に、「むかしから、女は水の性というではないか。まして煙花の輩には、まことが少なく、うそいつわりが多いものだ（自古道、婦人水性無常。況煙花之輩、少眞多假）」といっているように、まことがないのが妓女、というのが世間一般の通り相場であった。それに對して、命を捨ててまで男への愛を貫こうとした杜十娘の姿、いうなら妓女のまこと、こそが、この作品の主眼になっていることは、いうまでもあるまい。つまり作者は、浮氣なものとしての妓女ではなく、主人公の十娘に、あくまで一個の人格を認めた上で、彼女の側に立ち、心から同情しているのであり、逆に、こうした彼女のまごころを踏みにじった李甲と孫富の行爲を、徹底して惡として描いているのである。(5) この十娘に對する共感の姿勢は、「三言」中の作品の、他の階層の女主人公（士人や商人の娘たち）の戀に對して作者（または、その作品を收録した馮夢龍）が寄せた共感と變わるところなく、賤業に從う妓女という側面からの描かれ方はしていないように思われる（もちろん、本來賤しかるべき妓女の中に、これだけの人物がいたということで、その眞情が強調されるわけだが）(6)。妓女の中に全き人格を認め、人間としての愛を貫こうとしている姿を描いているところに、この作品の新しさと價値が認められるのではなかろうか(7)。「賣油郎獨占花魁」の方は、

北宋末の靖康の亂で故郷汴梁から南へ逃れる途中、兩親と離れ離れになり、臨安（杭州）で妓女として賣られた王美娘は、賣れっ子として、金持ちのお客を相手に華美な生活を送っている。そんな彼女に、やはり汴梁から逃れて來た、貧しい油賣りの秦重が一目ぼれするが、美娘の一晩の花代が十兩であった。そこで秦重は一念發起して、少しずつ金をため、美娘のところに出掛けていく。贅澤になじんだ美娘は、はじめのうちは、貧しい秦重のことをばかにして、まともにとりあおうとしなかったが、次第に、道樂息子たちは金にあかせて自分をおもちゃにしているだけのこと、油賣りの秦重さんこそが、眞底まごころから自分のことを思ってくれているのだ、ということに氣づき、藝者稼業から足を洗って、二人が結ばれ、さらに離れ離れになっていた兩親とも團圓する。

という話である。杜十娘の話とちがって、こちらはハッピーエンドになっているが、ここでも作者は、浮かれた生活をする妓女、もしくは男をだまそうとする妓女ではなく、人間としての眞實の愛に目ざめてゆく美娘の姿に關心を寄

せ、描いているのである。この二篇からうかがわれる妓女の描き方は、落籍された後、人殺しの濡れ衣を着せられて辛酸をなめる玉堂春（『警世通言』巻二十四「玉堂春落難逢夫（玉堂春難に落ちて夫に逢う）」）に同情する作者の姿勢にも共通するものがある。杜十娘・賣油郎・玉堂春の三篇は、「三言」（と凌濛初の「二拍」）の中から四十篇を選び出した『今古奇觀』にも收められ、なかでも屈指の名作に數えられる。こうした作品があらわれ、それが周圍からも認められているところが、明末の時代だといえるであろう。

ところで、同じ妓女を描いても、『金瓶梅』におけるそれは、また一つ異なった視點に立っているといえる。いうまでもなく、『金瓶梅』にも、李桂姐はじめ、多くの妓女が登場してくる。だが、作者の關心は、金錢その他の欲望を持った彼女たちが、いかに男から金を巻きあげようとするか、お客を相手にいかにして自分の立場を有利に展開しようとするか、いうなれば手練手管の描寫にあるように思われ、一個の人格としての尊嚴を認めようというのとは、おのずから別の着眼である。實際のところ、妓女の生活は苦海なのであり、十娘にせよ、美娘にせよ、これぞと思った相手にめぐり逢った時、自ら金を出して足を洗えるケースは、おそらくあまりなかったのではないかと思われ、この點がうまくできすぎているといえばいえるのであって、苦海に身をおいて、なおも生きていかなければならない人間を描いているという意味で、『金瓶梅』作者の眼はいかにもクールに透徹しているといえよう。

話をもとに戻せば、妓女に人格を認めようとした文學作品は、實は必ずしもこの「三言」が最初というわけではない。古く、唐代傳奇の「李娃傳」は、金の切れ目が縁の切れ目で、はじめは男を捨てて逃げた李娃も、後に尾羽うち枯らした男を見て、手厚く介抱し、結婚した上で、男を科擧の試驗に合格させ、自らも汧國夫人に封ぜられるという話であった。白行簡の原作では、男を捨てた前段と男を救った後段との間の心理の變化を説明していないが、これも賣油郎の話と同じく、眞實の愛に目ざめる李娃の姿を描いているといえなくはない。ちょうど、賣油郎の話の入話に、この「李娃傳」が用いられており、そこでは白行簡の原作にはなかった、かつて李娃が病に臥し、馬板腸湯を食べたいと望んだ時に、男が自分の五花馬を殺して食べさせてやったとの情節（これは「李娃傳」にもとづく明代の戯曲『繡襦記』第十四出に見える）が新たに加えられている。(8) こうしたやさしさがあったために、後になっても李娃は、男を忘れられなかったのだ、という説明である。このまくらをふっておいて、そのやさしい男の現代版が、その後に續く正文の賣油郎だということになるのであろう。

唐代傳奇以外にも、元の雜劇「救風塵」や「販茶船」などは、士人との愛を貫こうとする妓女が登場し、曲折を經ながらも、最後に出世した男と結ばれる話として要約することができ、これらも同一系列の作品と見做すことができる。(9)「李娃傳」や元雜劇などにあっては、最後に男が科擧に合格するという人生最大の切り札が用意されていて、どんな女と結婚しても、出世すれば結果は同じ、との見方に立っているのであって、その點が、「三言」の杜十娘や賣油郎のように悲劇、もしくはハッピーエンドにしても官僚などにならない終り方をしているものに比べて、安易といえば安易にちがいないが、それにしても、妓女を描いた作品において、どちらかといえば、傳統的な文學觀からは、俗文學として貶められて來た小說や戯曲の方に、むしろ妓女の人格を認め、愛を貫き通そうとする姿を描いた作品が多くあることは、注意されてよいであろう。

第二節　馮夢龍の散文中の妓女

妓女を描いた文學において、馮夢龍の「三言」に特徴的なのは、彼女たちに人格を認め、心からの同情を示したことであった。では、こうした姿勢がどこに由來するのかであるが、一つには馮夢龍自身藝者遊びを好み、妓樓にしげく足を運んでいたという經驗の下地があったことが考えられる。馮夢龍の死にあたって、王挺が作った「輓馮夢龍」の詩（『離憂集』巻上）にも、

逍　遙　豔　冶　場　　逍遙す　豔冶の場
遊　戲　煙　花　裏　　遊戲す　煙花の裏

とあって、その一生をふり返ってみた時に、「豔冶場」「煙花裏」とは切っても切れない關わりのあったごとくである。馮夢龍の編になる『古今譚概』迂腐部第一には、「不近妓」と題して三則の小話を收めている。その第一則には、

王琨はくそ眞面目な性格であった。顔師伯は豪放な性格で、女樂を設けて琨をからかい、酒や料理をすべて妓に命じて持って行かせた。妓が琨の席にやってくるたびに、決まって臺の上に置かせ、顔をそむけて妓を避けた。妓が去るのを待って、ようやく飲んだり食べたりしたのである[10]。

とある。これは『南史』王琨傳に見える話だが、馮夢龍はその後に、

こんな客だったら、顔は招待する必要はなかった。こんな席だったら、王は赴く必要はなかった[11]。

との評を加えている。畢竟この王琨みたいなやつは「迂腐」なのさ、ということであり、この評語からは、馮夢龍が

こうしたたわけ者に對して感じたいらだちが傳わってくるようである。それとは逆に、「挾妓遊行」と題して、

楊用修（楊愼）は瀘州にいた時、いつも酔っては、顔におしろいを塗り、二つのまげを結って花を插しては、門生がそれをかつぎ、妓女たちが杯を捧げて、町の中を練り歩き、まったくはずる様子がなかった。(12)

康對山（康海）はかつて士女といっしょに一頭のロバにまたがり、從者に琵琶を持たせてつき從わせ、道を練り歩いて、平然とふんぞり返っていた。(13)

の二則を、佻達部第十一に收めている。佻達は、ふつう輕薄や放縱のように、あまりよくない意味で用いられるが、『古今譚概』のここでは、非難めいた氣持ちはなく、伊達ぶりとでもいった意味で用いられているようである。これが明末の氣風だったのだと思うが、こうした編纂や評語のあり方からも、馮夢龍の藝者遊びに對する柔軟な考え方をうかがうことができるであろう。(14)

さて、では、馮夢龍が實際どのように妓女と關わりを持ったのか、その資料をさぐってみよう。まずは、詹詹外史編『情史類略』（この書物も、馮夢龍の編とされている）の中に、馮夢龍自身が書いた妓女の傳二篇が收められているので、それから見てゆくことにしたい。この二篇とは、巻四「馮蝶翠」の後評に引かれた「張潤傳」と、巻十三「馮愛生」の條の「愛生傳」である（いずれも龍子猶の作と明記する。龍子猶は馮夢龍のペンネーム）。「張潤傳」は「張潤　行は三。瓜州の人なり。少《わか》くして鬻がれて閶闕潼子門の妓と爲る」ではじまり、以下、

張潤には、將來を誓いあった商人程生がいた。程生は張潤に入れあげて、家產を蕩盡し、身を持ちくずした。ある時、張潤は尾羽うち枯らした程生を見て、部屋に引き入れ、泊めてやったうえで、「私はあなたと結婚を誓いましたが、あなたがこんなごろつきになろうとは思いませんでした。でも、私はあなたがこうなったからといって、ほかの人に身を寄せることはできません。ここに、こっそり貯えた五十兩ほどのお金があります。今、これをあなたにお渡ししますから、これで一旗揚げて、もうけがあったら、私を身受けしてください。私とあなたの運命は、これにかかっています」といって、金を渡してやる。だが、すっかり墮落し切っていた程生は、もはや心を入れかえて働く氣もなく、よその妓樓にあがって、この金を使い果してしまう。再び程生を見掛けた張潤は、呼び止めようとするが、こそこそ逃げ出す始末。ようやく追いかけて話をきくと、程生は「途中で盜賊にあって、命からがら逃げのびたが、おまえに合わせる顏がなかったのだ」という。もはやこれまで、とさとった張潤は、「今や、私たち二人、最期の時ですわ。生きて離れ離れになるよりも、死んで一緒になりましょう」といって、程生に毒酒をすすめ、程生はやむなくそれを飲み、張潤もまたそれを飲んで息絕える。樣子に氣がついたやり手婆が、生きた羊の血をかけると毒が消えると聞き、さっそく試したところ、張潤は生きかえったが、先に飲んだ程生は生きかえらなかった。程生の父は、お上に訴え出たが、負心のいきさつを知るや、かえってその父を責め、張潤を許した。以來、張潤の名は評判になり、人々は爭って知遇を求めた。張潤は最後に、絲賣り商人に落籍され、一生を終えた。

というのが、そのあらすじである。毒を飮んで生き返るところなどは、『醒世恆言』卷九「陳多壽生死夫妻」を思い起こさせる。「張潤傳」でも、一度將來を誓った男に最後まで盡くそうとした彼女をたたえているところは、『情史類略』

巻一「張小三」（節を守った妓女の話）の後評に、

外史氏曰く、世の人はみな、娼に實の情はなく、その情は僞りであり、無理強いなのだ、という。いま張卿の事を見ると、どうして僞りや無理強いによってできるものであろうか。(15)

とあるのと呼應するであろうし、またそうした彼女を裏切って死んだ程生のことを「天意の薄幸を誅する所以なり」といって非難しているのであり、こうしたところが、杜十娘の話とも共通しているのである。だが、「張潤傳」では、張潤の一生を記した後に、「余嘗て詩有りて云ふ」として、馮自身の詩が添えられ、さらにその後に「余謂へらく」として、

金を贈ったこと、毒をあおいだこと、この二つとも奇なることである。殘念なのは、毒酒に靈力がなく、張三に一箇のすぐれた名聲をあげさせられなかったことである。死んでからまた蘇り、晩節を平凡なものにさせたのは、實によけいないぼのようなことであった。(16)

として、むしろ生き長らえて晩節を汚したことをとがめる口調で書いている。その詩の冒頭にも、

同衾同穴兩情甘　　同衾同穴兩つながら情甘し
鴆酒如何只損男　　鴆酒如何ぞ只だ男をのみ損ふ

とある。晩節云々にこだわるのは、馮夢龍といえども、女性の貞節が重んじられたこの時代の倫理觀から抜け出していないということである。むしろ、張潤の節義を評價しようとすればするほど、つまり、一個の人格を持った、まともな女性として認めようとすればするほど、かえって晩節を汚したことが瑕瑾として感じられる、という圖式になっているといえよう。

「愛生傳」は、十四歳で蘇州の馮家に買われて來た愛生は、たいへんな賣れっ子になったが、毒舌家で、同輩からはうとんぜられていた。愛生も、こうした稼業をいとわしく思い、何とか氣に入った相手をさがして、添いとげたいとは願うものの、なかなか思うようにはいかず、酒びたりになっていった。丁仲という者と仲がよく、丁は家産をなげうって落籍しようとしたが、かなわなかった。鬱々としたまま、松江のさる公子のもとに嫁いだが、意に滿たず、公子の方も愛生を大事にしなかったので、病氣にかかり、蘇州の馮家に戻されて、間もなく亡くなってしまった。十九歳であった。馮夢龍は、

ああ、紅顔薄命、かつて愛生ほどのものがあったろうか。(17)

といって、愛生の死をいたんでいる。この後、丁仲が、馮夢龍をも含む仲間たちとはからって、愛生の墓を作ってやり、馮夢龍がこの傳を書いたことを記している。馮夢龍は、この愛生の薄幸の生涯に、心からの同情を寄せて、この傳の筆を執っているのである。

以上見た妓女の傳から察する限り、「杜十娘」「賣油郎」の二篇の作品を「三言」に收めた（あるいは自ら筆をとって書

いた）馮夢龍と、「張潤傳」「愛生傳」を書いた馮夢龍とは、ぴったり重なり合うと考えてよいであろう。

先に、馮夢龍の編んだ『古今譚概』の中に見える、楊愼と康海の藝者遊びの條を引いたが、少なくともここに見える限りでの楊・康の遊びと、馮夢龍の妓女に對する態度とは、全く異なるものである。すなわち、楊・康にとっての妓女は、あくまで男の目から見ての遊びの對象に過ぎないのであって、妓女一人一人にどのような人生があるのかということは全く關心のうちに入っていないのに對して、馮夢龍の場合には、この「張潤傳」「愛生傳」によってもわかるように、一人一人の妓女が背負った人生に、目を向けようとしているのである。それは、男の、しかも嫖客の立場の高みから妓女を見ているのではなく、妓女の立場に立ち、妓女の目で見ているということになろう。「杜十娘」「賣油郎」は、まさしくこうした目から生み出された作品なのである。

第三節　馮夢龍の詞曲と妓女

前節までは、小說と散文において、馮夢龍が妓女をどのように描き、どのような感情を持っていたかという方向から考えてきたわけであるが、本節では、馮夢龍自身の經驗により卽した材料をさぐってみることにしよう。

馮夢龍には、思いを寄せていた侯慧卿という妓女があった。だが、おそらくほかの誰か（商人）に落籍されて、慧卿は馮夢龍の手の屆かないところに行ってしまった。そのことを馮夢龍が散曲に詠み込んだのが、顧曲散人編『太霞新奏』巻七に見える「怨離詞　侯慧卿の爲に」である（この顧曲散人も馮夢龍ではないかといわれている）。

別れの情のみじめさに、どうしてなじむことができよう。よりによってこんなひどいめにあったからには。まさか、俺が間に合わせの戀人で、おまえが行きずりの妻妾であったわけでもあるまいに。自分で自分の頬をひっぱたいてやりたい。戀わずらいの借りができると早くからわかっていれば、誰が關わりあいになったりしよう。人からはやくざものめと罵しられるし。青樓の中に、色戀ざたならいくらでもあるが、ただもうこのばかな魂は、いつまでもあの女に未練があるのだ。

ばちがあたったのか。千々に亂れる戀の思い、どうして波にまかせて洗い流すことができよう。おまえのあのしとやかな愛敬も見られなくなって、俺の氣のきいた心づかいもうおしまいさ。悲しみ咽び泣いて、たまたま空行く燕にたずねよう。おまえは、かつての華やかな王謝のやしきを憶えているか。いったいおまえに氣持ちがあるのかないのかわかりはしないが、俺はしかたがなく、ひとりひっそりと長い夜をすごしているのだ（劉禹錫「烏衣巷」の「舊時の王謝堂前の燕、飛びて尋常百姓の家に入る」を踏まえる）。

あいつが去っていった時、俺のことをまったく氣にかけている様子はなかった。そのことをきいて、俺は半身が麻痺するほどだったのに。わびのひとこともなく、俺の方をふりむいてさえくれなかった。バラの花はよい香りとはいっても、結局野に咲くのがお似合いさ。いえばいうほど、薄情はゆるしがたい。おまえが自分を竝の藝者だと考えて、すばらしい琵琶をみだりに捨て去るようなことをしたなんて信じられない。

いく度熱にうなされても、容易に忘れがたく、思いつめた心算をしばしおし殺そうとしてもうまくいかない。たとえていえば、王昭君が蕃人に嫁入ったようなもの、漢の天子も、すて去るほかなかったではないか。姻縁離合は、天の帳簿に書かれているという。天がもし書き替えを許してくれるのなら、たんと天を拜するのだけれど。やはり天は無知だから、別れのつらさなんて、とんとご存知なかろうなあ。

もうやめにしようとふと思う。あまり自分を責めるものじゃない、豪傑さん。「書中自ら千鍾の粟有り」（宋の眞宗の「勸學文」の句）とはいうものの、おまえをつれていった商人と比べれば、やはり貧しくて、いつも掛け買いばかり。この氣持ちを賢いねえさんにきいてもらいたいと思うけれど。別れてから、俺はやせ細ったよ。
いまさらどうにもならない戀わずらい、いつまで續くのか。どうして死ぬまでくさくさしていなければならないのか。書中にどうして玉のような女がいよう（これも宋の眞宗の「勸學文」の「書中に女有り顏玉の如し」を踏まえる）。窗に向って五車の書物を讀んでも何にもならないのだ。こんな氣持ちを賢いねえさんにきいてもらいたいと思うけれど。別れてから、おまえもやせたかどうか。(18)

慧卿がいなくなって一年後にもまた「端二憶別」の作がある（『太霞新奏』巻十一）。その序には、

五月端二の日は、ほかでもない、去年慧卿を失った日である。彼女の面影は日に遠く日に疏くなって、去年の別れの時のようにと思っても、もはやできないのである。つらいことである。狹い書齋で行吟したところ、たちまち悲しい音調である商調の曲になった。何とかして強いのどを持った人を得て、風に順い、歌ってあなたの耳に入れられないものか。ああ、毎年端二はあるが、毎年慧卿には會えないのである。どうして人が愁わしいということで、わたしがはじめて愁えることがあろうか。(19)

とあって、「黃鶯兒」以下の曲が收められている。はじめの「怨離詞」の後には、

子猶は慧卿を失ってから、好きだった靑樓の遊びをやめた。「怨離詞」三十首を作り、同社で唱和する者がとて

も多く、總名を『鬱陶集』といった。この曲などは、ただちに至情が迫り出るものであって、戀についての決まり文句など一つもない。今に至ってこれを讀んでも、やはり人に涙を流させるのである。(20)

という靜嘯齋の評語が附されている。「怨離詞三十首」とあるから、ここに收められたもの以外にもあったようであるが、この曲を讀んだ限り、馮夢龍と侯慧卿とが、どれだけの關係にあり、特に慧卿が馮夢龍のことをどれだけ相手にしていたか、疑わしいように感じられる。どうやらはじめから馮夢龍の片想いであって、これらの曲も一種妄想の產物だと思えないことはない。(21)それにしても、そうした想像力のたくましさ、一年後にまで思い出して曲を作っている執着の強さは、相當のものだといえるであろう。そしてまた注目すべきことは、靜嘯齋の評語に「至情迫出」というが、馮夢龍が、男である自分自身を主體にして、これらの作を詠じていることである。(22)馮夢龍の他の散曲（『太霞新奏』巻十一「有懷」）に、靜嘯齋の評語があり、

子猶が作る諸曲にはまったく文彩がない。しかしながら、一つだけ人よりまさったところがある。それは「眞」である。(23)

といっているが、ここで「眞」というのも、さまざまなてらいを捨てて、ふつう男としてはみっともないことだが、戀情を素直に詠じたことを指すであろう。兪琬綸は、馮夢龍の『掛枝兒』に寄せた「打棗竿小引」の中で、

わたしと猶龍とはどちらも童癡があり、さらに情種が多いのである。(24)

と記している（『自娯集』巻八）。この「童癡」や「情種」も「眞」と同様、戀の思いにのめり込んでゆく精神の力、そして、それを憶面もなく表現したことを指している。馮夢龍の「怨離詞」には多くの人が唱和して、一部の集にまでなったとあるが、これも、以上述べたような馮夢龍の作に、みんながひかれたからにほかなるまい。

ところで、『太霞新奏』には、ほかにも馮夢龍の作が収められているが、それには例えば、巻五「送友訪伎」の序、

王生冬は名妓である。わたしの友人無涯氏と一たび會っただけで契りを結び、長く交際をしようとした。ところが、冬は家中の借金に追われ、再び訪ねた時には、すでに賣られて越中の蘇小となってしまっていた。無涯氏はもともと多情の種であって、彼女の賣られていった家の姓、そのすみかを調べると、ただちに旅装をととのえ、六橋花柳の中に訪ねて行こうとした。そこで詞によってそれを送った。(25)

などのように、友人と妓女とのことを詠じたものがかなりある。(26)明末には、文人結社がさかんに行なわれたことが知られているが、馮夢龍の周圍の文人たちが結社を作っており、彼らが妓女を招いて、妓樓で集まりを持っていた様子がうかがわれよう。先の「愛生傳」に見た、愛生を葬ってやった友人たちも、こうした集まりであろうし、「三言」の杜十娘の話で李甲の監生仲間の柳遇春が十娘を身受けするための金を貸してやるところなども、同じような關係を背景にしていると考えられる。

そしてさらに、こうした場で、妓女を題材にした詩文が作られたのである。馮夢龍の編んだ『掛枝兒』『山歌』などの中にも、こうした場で文人によって創作された作品が含まれていた。(27)『太霞新奏』にも、馮夢龍のものに限らず、詠妓の作がかなり收められている。しかしながら、これらの作では、「戲妓」「嘲妓」といった内容の、遊戯的、諧謔的

なものが、その大半を占めている。このことは、馮夢龍も編纂に加わっている南京秦淮の妓女番附『金陵百媚』に収められた詩・詞・曲を見ても、詠妓の作が多く收められる馮惟敏の『海浮山堂詞稿』を見ても同じである。

たとえ相手が妓女だったとしても、馮夢龍の當時の詩・詞・曲の表現としては、これが普通だったのではなかろうか。おおかたの文人にとって、やはり自分の戀情をあからさまに表現することには、相當の抵抗があったはずである。そうした中にあって、馮夢龍は、男の心を切々と歌うことをやってのけたのであって、これは、かなり大膽なことだったのではなかろうか。これを「童癡」といい、「眞」といって、彼のまわりの人々は、喝采を送ったのであろう。こうした馮夢龍の憶面のなさを、別の視點からいうと、朱彝尊の『明詩綜』に見える「文苑の滑稽」という評語になるのかもしれない。散曲からうかがわれた、馮夢龍の現實の妓女に對する思い、これが先に見た小說や散文の根底をなしているのである。

結び

以上の各節において、馮夢龍は、小說においては、妓女に人間としての人格を認め、そのまことを表現しようとした。そしてそれは、散文などに見られるように、ふつうの人が氣がつかない、妓女の人生に思いを致し、妓女の立場に立ち、その目からものを見ることができたことによるだろうとした。さらにまた、散曲の世界にあっては、馮夢龍が妓女に寄せる思いを一人稱で切々と歌い込み、當時の表現の枠を越えたことを述べた。

これをジャンルの點から見直すと、妓樓の文學という範圍の中で見る限り、俗文學とされている小說の方に、むしろ妓女の眞率の情を認めようとする作品があるのに對し、詩などの韻文の方には、かえって遊戲的なものが多く、馮夢龍などの少數の例外を除き、詩・詞・曲に男の戀情を吐露することはなかった、ということになる。

結びにあたって、これまでのところで觸れられなかったいくつかの點について、考えてみることにしたい。まずは、明末精神史にとって、藝者遊びの持つ意味について。明末の時代は、李卓吾の思想があらわれるなど、一種欲望肯定の時代だといわれる。欲望には、「飲食男女」の「男女」が含まれることはいうまでもない。例えば、この李卓吾が、事實はいざしらず、士人の婦女と姦淫していることを理由に彈劾され、また清初の小説『梧桐雨』第三回「一怪眼前知惡孽、兩鐵面力砥狂瀾」に、

> 淫風はなはだ盛んで、蘇州・松江・杭州・嘉興・湖州の一帶の地は、かつての鄭衞にもおとらないありさま。これはどういうわけかといえば、才子の李禿翁が男女無礙教を創始し、湖廣の麻城で流行して以來、しだいに華南一帶がみなおかしくなってしまった次第です。(28)

とあって、李卓吾が、欲望肯定の扇動者として、一般に（少なくとも小説の作者讀者のレベルでは）考えられていたことが知られよう。だが小説の世界はいざしらず、これが現實のあらゆる場面に行なわれたとしたら、もはや禽獸の世界におちるよりほかあるまい。しかも、明末の時代は一方で、女性の貞節がとりわけ重んじられた時代でもあった。一般の婦女との戀愛は、もとよりご法度であったとなれば、現實にあって現實でない妓樓の役割が、この時期になって大きくクローズアップされてくるのも、自然であろう。妓樓という場では（もちろん金を出す必要があるが）、いわゆる欲望肯定が許されたのである。

しかしながら、思想の上での欲望肯定と、實際に妓樓に入りびたることの間には、やはり大きなへだたりがあった

ろう。この間の事情は、入矢義高氏が『明代詩文』（中國詩文選　二三　筑摩書房　一九七八）の中で紹介しておられる袁中道の「回君傳」に、よくうかがうことができる。主人公の回君は、飲む・打つ・買うの三拍子そろった道樂者。「回は聰慧にして、娯樂に耽り、酒を嗜み、妓を喜むこと骨に入る。家に廬舍田畝有りしも蕩盡し、遂て赤貧となる」とある。だが、その遊びぶりは徹底しており、心から樂しんでいる樣子である。袁中道が、この傳を記したのは、入矢氏もいわれるように、回君の行動の中に「眞」を見、傾倒するものの、一方で自分自身は回君のようには生きられない、との思いによるものであろう。あるいは、馮夢龍の文學を支えた人々も、この袁中道と同じ心理だったのではなかろうか。(29) 女にふられた氣持ちを、いつまでもくどくどと歌う馮夢龍の散曲、これに當時の人々は、自分の心をだぶらせ、喝采を送ったのではなかろうか。馮夢龍にはジャーナリスト的な才能があったと思われるが、その鋭敏な感覺が時代の空氣を察していたといい直してもよいかもしれない。

最後に日本の遊里文藝との比較について。馮夢龍の妓樓の文學を見てきたが、實はこれらは、日本的な見方に從えば、いずれも相當に野暮なものなのかもしれない。日本では例えば、廣末保氏の「悪場所の祕義」（『新編悪場所の發想』筑摩書房　一九八八）では、

> 廓の、それも太夫と粹人の織りなす戀（もしくは戀愛遊戲）は高度なフィクションによって支えられている。ずばりいって、そこは金の支配する世界であり、遊女は賣物、粹客は買手である。にもかかわらず、金などという不粹なもののまったく介入する餘地のないような戀の世界をくりひろげなければならない。噓と知りつつもその戀を遊ぶ。それが野暮にならないということでもある。そして、このような理想境は、きわどいフィクションを生きる能力によってはじめて實現されるものであった。

といった形で廓が考えられ、文學作品に卽していえば、同氏は「悪場所論おぼえがき」（同前）の中で、西鶴の『諸豔大鑑』の「死ば諸共の木刀」について論じ、

半留が太夫若山に遊女ならぬ女のまごころを求めたときから、この悲喜劇ははじまっていたといえないだろうか。遊女のまごころでなく實の女のまごころを求め試そうとしだしたとき、半留はすでに悪場所の論理からはみ出し、虚實の閒を生きる能力を失っていた。

とされる。こうしたものと比べると、妓女に貞節を求めようとする馮夢龍ほどの野暮天もいないことになろう。

日本には色道論があり、もっぱら遊里を舞臺にした洒落本などの文藝があったりもして、虚構の世界としての遊里が、はっきり意識されていた。しかし、中國の場合、『嫖賭機關』（東京大學東洋文化研究所藏）の序に、

嫖要はもともと遊びであるのに、いまみな眞實のこととしている。博奕はもともと暇つぶしであるのに、いまみな普通に營業としている。(30)

とあって、藝者遊びは遊びだ、とする考え方がうかがわれはするものの、ほかに例を知らず、實際に妓女を描いた作品の多くは、妓女のまごころ、という方向に關心が傾いている（『板橋雜記』なども、明清鼎革の際、節に殉じた妓女を稱える內容もある）。中國にあっては、唐代小說の『遊仙窟』が、妓樓を描いたものだとされるのを唯一の例外として、ほかは必ずしも妓樓自體の虚構性の上に立っていないと思われるのである。とすると、そもそも中國の妓樓における虚構

の質を、あらためて考え直さなければなるまい。本章の冒頭で、遊里の虚構性云々といい放ったのだが、それが本當に中國においてもあてはまるのかどうか、振り出しに戻って來てしまったことになる。日本にあっては、遊里の虚構性は、ともに悪所の藝能たる演劇などとの關係からも考えられるが、中國にあってはどうか。これらの問題は、中國の文化、中國人の發想そのものにおける虚構の質の問題とも關わってくるであろう。

注

(1) 中國の娼妓については、王書奴の『中國娼妓史』(上海三聯書店　一九三三) ほかがある。R・H・ファン・フーリック『古代中國の性生活』(松平いを子譯、せりか書房　一九八八) も、娼妓について論及している。

(2) 例えば麻生磯次「洒落本の發生と支那の遊里文學の影響」(『近世文學の研究』至文堂　一九三六)。

(3) 岸邊成雄「唐代妓樓の組織」(『東京大學教養學部人文科學科紀要』第五「古代研究」第二　一九五五)、同氏「宋代の妓樓」(『東京大學教養學部人文科學科紀要』第十一「歴史と文化」Ⅱ　一九五七)。岩城秀夫『板橋雜記・蘇州畫舫錄』(平凡社東洋文庫　一九六四)。齋藤茂『敎坊記・北里志』(平凡社東洋文庫　一九九二)、同氏『妓女と中國文人』(東方書店　二〇〇〇)。

(4) この二作品は、「三言」の中でも、最もしばしば取り上げられ、論じられる作品であるが、作品の解釋をめぐっては、尾上兼英「明代白話小説ノート——短篇小説・「三言」(一)——」(『東洋文化研究所紀要』第四十四册　一九六七) に多くを負っている。

(5) この決着のつけ方は、女にそむいた男が女の亡靈にとり殺される南戲舊篇「王魁桂英に負く」などに比して、甘いとはいえる。たぶんそこに、士人に甘い作者の姿勢があらわれているのだが、結着の程度は別にして、李甲と孫富を悪人として描いていることには變わりない。

(6) 馮夢龍の編んだ『智囊』の「閨智部」では、他の皇后や賢婦人たちにまじって、何らの分けへだてなく、「孫太學妓」「吳生妓」「唐潮州妓」ほかの記述がある。

（7）この作品は、宋楙澄の『九籥集』巻五の「負情儂傳」に據っている。宋氏の姿勢も、馮夢龍のそれと變わらない。
（8）さらには元の『青樓集』の順時秀の條に、王元鼎のこととして見え、『情史類略』巻六にも収められている。
（9）鄭振鐸「論元人所寫商人士子妓女間的三角戀愛劇」（『文學季刊』第一巻第四期　一九三四、また『中國文學研究』作家出版社　一九五七にも收む）。
（10）馮夢龍『古今譚概』迂腐部第一「不近妓」
王琨性謹愼。顔師伯豪貴、設女樂要琨、酒炙皆命妓傳行。每及琨席、必令致床上、回面避之。俟其去、方敢飲啖。
（11）馮夢龍『古今譚概』迂腐部第一「不近妓」
此等客、顔不必請。此等席、王不必赴。
（12）馮夢龍『古今譚概』佻達部第十一「挾妓遊行」
楊用修在瀘州、常醉、胡粉傅面、作雙丫髻、插花、門生舁之、諸伎捧觴、遊行城市、了不爲怍。
（13）馮夢龍『古今譚概』佻達部第十一「挾妓遊行」
康對山嘗與士女同跨一蹇驢、令從人齎琵琶自隨、遊行道中、傲然不屑。
（14）小川陽一「『輕薄』考」（『加賀博士退官記念中國文史哲學論集』講談社　一九七九）などを參照。
（15）『情史類略』巻一「張小三」後評
外史氏曰、世皆云、娼無定情、其情僞也、強也。今觀張卿事、豈僞與強所能哉。
（16）『情史類略』巻四「馮蝶翠」後評引「張潤傳」
贍金、伏毒二事都奇。所恨者、毒酒無靈、不肯成全張三一個好名。使死而復甦、碌碌晩節、誠贅疣也。
（17）『情史類略』巻十三「馮愛生」後評引「愛生傳」
嗚呼、紅顔薄命、曾有如愛生者乎。
（18）顧曲散人『太霞新奏』巻七　龍子猶「怨離詞　爲侯慧卿」
〔繡帶兒〕離情慘何曾慣者、特受這個磨折。終不然我做代缺的情郎、你做過路的妻妾。批頰。早知這般冤債誰肯惹。被人罵做後生無藉。青樓裡少甚調風和弄月、直恁蠢魂靈、依依戀着傳舍。

〔其二　換頭〕作業。千般樣牽腸掛肚、怎做得順水浪一瀉。沒見了軟欵趨承、再休提伶俐幇帖。悲咽。偶將飛燕閑問也。你想不想舊時王謝。心兒裡知伊冷熱、只奈何得少年郎、清清捱着長夜。

〔太師引〕他去時節、也無牽扯。那其間、酥麻我半截。自沒個隻字兒傷犯、也何曾敢眼角差撇。薔薇花臭味終向野。越說起薄情難赦。不信你自看做尋常俠邪、把絕調的琵琶輕易埋滅。

〔其二〕幾番中熱難輕捨、又收拾心狂計劣。譬說道昭君和番去、那漢官家也只索抛卸。姻緣離合都是天判寫。天若肯容人移借、便唱箇諸天大喏。算天道無知、怎識得苦離別。

〔三學士〕忽地思量圖苟且、少磨勒恁樣豪俠。謾道書中自有千鍾粟、比着商人終是賒。將此情訴知賢姐姐、從別後、我消瘦些。

〔其二〕這歇案的相思無了絕。怎當得大半世鬱結。畢竟書中那有顏如玉、我空向窗前讀五車。將此情訴知賢姐姐、從別後、你可也消瘦些〻。

（19）『太霞新奏』巻十一「端二憶別」
五月端二日、卽去年失慧卿之日也。日遠日疏、卽欲如去年之別、亦不可得。傷心哉。行吟小齋、忽成商調。安得大喉嚨人、順風唱入玉耳耶。噫、年年有端二、歲歲無慧卿。何必人言愁、我始欲愁也。

（20）『太霞新奏』巻七「怨離詞　爲侯慧卿」
子猶自失慧卿、遂絕青樓之好。有怨離詞三十首、同社和者甚多、總名曰鬱陶集。如此曲、直是至情迫出、絕無一相思套語。至今讀之、猶可令人下淚。

（21）馮夢龍と侯慧卿の交友は、『山歌』巻四「多」の後評にも見えている。

（22）散曲の世界では、すでに男の一人稱で情を詠じた作品（庚天錫「思情」）があったことは、田中謙二「元代散曲の研究」（『東方學報　京都』第四十冊　一九六九）に見える。

（23）『太霞新奏』巻十一「有懷」靜嘯齋評

子猶諸曲、絶無文彩。然有一字過人、曰眞。

（24）兪琬綸「打棗竿小引」（『自娯集』巻八）

吾與猶龍倶有童癡、更多情種。

（25）『太霞新奏』巻五「送友訪伎」序

王生冬、名姝也。與余友無涯氏、一見成契、將有久要。而冬迫於家累、比再訪、已鬻爲越中蘇小矣。無涯氏固多情種、察其家俟姓、幷其門巷識之、刻日治裝、將訪之六橋花柳中、詞以送之。

（26）ほかに、巻十一「代妓贈友」、巻十二「金閶紀遇」「青樓怨」、巻十四「代贈青衣」がある。

（27）馮夢龍の『山歌』『掛枝兒』の中には、馮夢龍と關わりのあった、松江の傅四、琵琶婦阿圓、馮喜生、舊院の董四などの妓女の名が見える。

（28）『梧桐雨』第三回「一怪眼前知惡孽、兩鐵面力砥狂瀾」

惟淫風太盛、蘇、松、杭、嘉、湖一帶地方、不減當年鄭衛。你道什麼緣故。自才子李禿翁設爲男女無礙敎、湖廣麻城盛行、漸漸的南路都變壞了。

（29）明代文人は、民間の卑俗な歌謠に強い關心を持ったが、その理由にも、これと共通するところがある。本書第二部第七章ほかを參照。

（30）『嫖賭機關』序

嫖要本來適興、今皆認以爲眞。博奕原爲消遣、今皆習爲營業。

これについて小川陽一『明代の遊郭事情　風月機關』（汲古書院　二〇〇六）がある。

第三部　馮夢龍と俗文學をめぐる環境

第一章　明末における白話小説の作者と讀者

――磯部彰氏の所說に寄せて――

はじめに

中國近世白話小說の研究は、世界各國において活況を呈しているといえる。しかしながら、個々の作品そのものが詳細に論じられることが多い反面、それらの作品の擔い手――作者や讀者――については、これまであまり嚴密には考えられてこなかったように見うけられる。(1) 從來多くは、白話小說の擔い手として、ただ漠然と「庶民」なるものが考えられていたに過ぎないようである。しかし、淸朝末年の時點で一パーセントほどの識字率しかなかったともいう中國のことである、(2) 少なくとも文字に書かれた資料として現在殘っている白話小說について、その書き手としてはもちろんのこと、讀み手としても、庶民階層を考えることには、もっと早くから疑問をさしはさんで然るべきであったと思われる。

ただもとより、ここでいわゆる庶民が白話小說と全く關わりがなかったというつもりは毛頭ない。白話小說はもともと、說話人による口頭の「說話」に淵源する。目に一丁字無き聽衆を前に、誰にでも理解できるように面白おかしく話を語る話藝、この段階では、確かに庶民のものといってまちがいない。ただ、それがひとたび文字に定着し、讀み物としてひとり步きをはじめるようになると、その樣相が變わってくることは當然であろう。說話の聽衆の問題と書物の讀者の問題とは、おのずと分けて考えなければならない問題である。

口頭で語られた（或は唱われた）話が文字に定着し、讀み物となったと考えられるものとしては、南宋から元のころのものといわれる『大唐三藏取經詩話』、元の至治年間の「全相平話」、更に近年發見された明の「成化説唱詞話」などが古いものとして存在し、このうち後二者には插圖が附されていることから、既に明らかに讀者を意識した刋行に係ることが確かめられるのであるが、書物としての白話小説の出版が、それ以前に比してより大規模に行なわれるようになったのは、明の嘉靖年閒以後のことである。この嘉靖年閒から萬暦・天啓・崇禎年閒にかけて、『三國志演義』『水滸傳』『西遊記』『金瓶梅』「三言二拍」などの作品が續々と登場している。(3) また、口頭で語られた話を整理した形ではなく、個人の純然たる創作による作品が生み出されるようになったのも、だいたいこの時期にはじまるといってよい。一體何故に、この當時、白話小説がこれほどまでの發展と展開を見たのであろうか。この現象の背後には、社會のどのような動きがあったのであろうか。そして、この時代の白話小説の興隆を支えたのは、社會のいかなる階層の人々だったのであろうか。

近年になって、從來閑却せられていたこの問題について、新發見のものを含む多くの資料を示しつつ、新たな見解を示された論文が、磯部彰「明末における『西遊記』の主體的受容層に關する研究――明代「古典的白話小説」の讀者層をめぐる問題について――」（『集刋東洋學』四十四　一九八〇）であった。また、これとは別に、陸鴻基「從『水滸傳』及『三言』看明代平民識字概況」（『明報』月刋二〇五期　一九八三）のように、專ら明代の識字狀況を取り扱った文章もあり、このところ、白話小説の擔い手を檢討しようとする機運もいくらかの高まりを見せているように思われる。(4)

磯部氏も論文の冒頭で觸れているように、白話小説の讀者の問題は、單にそれを支えた階層の問題にとどまらず、ひいては作品自體の文學史的位置づけにも關わってくる問題である。ここで筆者は、明末蘇州の人、馮夢龍（一五七四

〜一六四六）竝びにその編集に係る短篇白話小說集「三言」（『古今小說』＝『喩世明言』『警世通言』『醒世恆言』）を調査して得られた若干の成果をもとに、磯部氏の所論に對し、屋上屋を架するの愚を顧みず、敢えて私見を述べることにしたい。

第一節　磯部氏の所論とその問題點

磯部論文は、あくまで『西遊記』の受容層を中心とした論考ではある。たしかに、『三國志演義』『水滸傳』『西遊記』などのように、明末以前の前史を持った作品と、この時代になって新たに書かれたと思われる『金瓶梅』のような作品とで、受容の樣相が異なっていたことも考えられるかもしれない。しかし、やはりこの同じ時期に書物として刊行された白話小說の讀者を考えようとする場合に、『西遊記』だけが、他ととりたてて異なった受容のされ方をしたとは思われないので、磯部氏の論考は、明末の白話小說の讀者一般に適用することが可能だと考えてよかろう。

さて、磯部氏の所論の要點は、「古典小說の主體的受容層は、官僚讀書人、富商などを中心とした支配階層」であった、とする點にある。磯部氏はこのことを、當時の『西遊記』の讀者が殘した記錄や、白話小說の書物としての價格――それが極めて高價であったこと――を證據として述べている。明末における白話小說の讀者が、從來いわれてきたようないわゆる「庶民」（磯部氏のいわれるところの「被支配層」）なるものであったとは考えにくい、という點に關してはその通りであろう。しかし、ここでさらに問題にしなければならないと思われるのは、磯部氏のいわゆる「支配者層」の內容である。磯部氏は、明末の社會を「支配者層」と「被支配者層」との二つに分けて考える。そして、「この二區分――支配層と被支配層――は、史學的見地からすれば、極端にすぎるきらいがあろう。民戶・軍戶・匠戶外としての僧侶・道士の存在、儒學の生員や役所の胥吏群などの中間層的存在など、一概に律することができない階層が多く存在するからである」とは斷りつつも、「科擧の實質的恩惠」を受けるか否かをメルクマールにして、「支配者層の構成員は、内府を頂點とした官僚群・讀書人・富商・郷紳地主などから形成され、一方、彼らの收奪下に置かれる被支配者層は、自營小農民・佃戸・小商人・傭工などの極めて不安定な日常生活を送らざるを得なかった人々を中心的存在とする」と定義している。さらに磯部氏は、このいわゆる「支配者層」の中でも、「皇帝以下の内府の構成員」をはじめとして「その中心的讀者層は、經濟力や時間などの餘裕のある階層、特に官僚讀書人階層に集中していた」と、社會のほとんど最上層にあった人々を、その主要な讀者として考えているのである。

こうした結論が導き出されたのは、磯部氏の利用した資料が、いずれもかなり社會的地位の高かった人々の手になるものであることに、その理由を求められるであろう。たしかに、現在、明らかに讀者としての記録が殘っている資料に基づく限りでは、こうした結論になるかもしれない。しかし、當時一般に輕視されていた白話小説を讀んだ記録をわざわざ書き留めているのは、かえって社會のほんの一部の人々に過ぎなかったのではないか。記録を殘したのは、それがその人にとって珍しかったからこそなのではないか。むしろ、白話小説を當たり前のように讀みながら、何の記録も殘さなかった多數の人々があったのではないか。そして、今となっては名前も知られぬそれら多數の人々こそが、白話小説の本當の主要な讀者層だったのではないか。磯部氏の所論には深く感服しつつも、筆者は上に擧げたような疑問を禁じ得ないのである。

第二節　「三言」の編者馮夢龍その人

では、白話小説のこうした名も無き讀者を探し出すのに、一體どのような手掛りがあるであろうか。わたしはこの問題について、當時の出版の狀況を手掛りに考えてみることにしたい（ちなみに、磯部氏もこの見通しについては述べておられる）。ただ、ひと口に明末の出版狀況といっても、その全貌をうかがうことは、本論の範圍を越えるものであるから、ここでは先にも述べたように、「三言」の編者馮夢龍と、その關連した書肆にひとまずは的を絞ることにする。はじめに馮夢龍その人につき、簡單に紹介しておくことにしよう（より詳しくは本書第一部を參照のこと）。

馮夢龍（字は猶龍。龍子猶などの別名がある）は、萬曆二年（一五七四）蘇州府長洲縣に生まれている。その生家については明らかではないが、馮夢龍の兄の夢桂は繪畫に、弟の夢熊は詩に秀でていたというから、科擧のための勉強はもちろん、こうした學藝に專念できるための經濟的な餘裕があったものと思われる。そして、若くして童試に合格して生員になっていたようである。だが、その上の段階の鄉試には、終生合格できなかった。彼は若い時から戲曲の作者として知られ、吳江派の沈璟から直接に指導を受けたといい（馮夢龍「曲律序」）、自作の戲曲として『雙雄記』『萬事足』が現在殘っている。若かったころの馮夢龍は、遊び好きで素行がおさまらなかったようで、南直隸提學御史であった熊廷弼に叱られた話も傳えられている（鈕琇『觚賸續編』卷二「英雄擧動」）。また、當時の蘇州地方の民間歌謠を輯めた『山歌』を刊行したのも、その若年のことである。

やがて萬曆年間の終わりごろ、湖北の麻城に赴き、泰昌元年（一六二〇）、科擧のための『春秋』の參考書である『麟經指月』を完成させる。このころから著述を以て世に立つ覺悟を決めたと見え、天啓年間（一六二一～二七）には、「三言」をはじめとして、『新平妖傳』『春秋衡庫』等々、數多くの書物を世に送っている。またこの間、天啓六年（一六二六）宦官魏忠賢に反對して起こった蘇州開讀の變の折には、馮夢龍もその爭いの列に加わっていたようである（馮夢龍「代人贈陳吳縣入覲序」）[5]。

崇禎三年（一六三〇）五十七歳の時に貢生となり、同七年（一六三四）六十一歳の年に、福建壽寧縣の知縣に任ぜられ、同十一年まで在任。その間に同地の地方志『壽寧待志』を編纂している。任果てて郷里の蘇州に歸ってからは、悠悠自適の暮らしをしていたと思われ、錢謙益が壽詩を贈っており（『牧齋初學集』巻二十下）、翌十七年の祁彪佳の日記『甲申日曆』（十二月十五日の條）には「郷紳馮猶龍」の文字が見えている。

この崇禎十七年に北京が陥落すると、馮夢龍は、そのニュースを集めて『甲申紀事』を編纂刊刻している。順治二年（一六四五）には南京も陥落するが、この時も『中興偉略』『中興實錄』を編んでいる。そして、順治三年（一六四六）の春に亡くなったようである。時に七十三歳。

第三節　白話小説の讀者について

以上、馮夢龍の生涯を概觀した時、彼が折に觸れ、經史子集の四部にわたるかなりの量の書物を著作編集し、それを書肆を通じて刊行していることが、先ず第一に注目されるであろう。後にはその名に假託された書物が出現したくらい、當時の出版界にあって、馮夢龍の書物はもてはやされていたのである。彼は、多くの書物をいろいろな書肆から刊行しているが、この中でも、そのうちかなりの部分を出版しており、特に深い關係にあったと思われるのが、蘇州にあった葉姓の書肆である。いま、馮夢龍のものに限らず、蘇州葉姓書肆刊行の書物は以下の通り（馮夢龍の關與しないものに☆を附す）。

（1）葉敬池（金閶）

『醒世恆言』
『新列國志』
『石點頭』
☆『扶輪集』
☆『汪東峯先生奏議』
（2）葉敬溪（金閶）
『醒世恆言』（大連圖書館本）
☆『博物典彙』（葉繼照と連名の刋。蓬左文庫藏）
（3）葉昆（崐）池
『春秋衡庫』
『古今譚概』
☆『春秋三發』
☆『新刻玉茗堂批點南北宋傳』
（4）葉碧山（閶門）
『如面談』（內閣文庫藏）
（6）葉啓元（金閶）
☆『四書尊註大全』
☆『新鐫玉茗堂批選王弇州先生豔異編』

☆『尺牘雙魚』

次にこれを內容別に整理すると、

（A）科擧關係
『春秋衡庫』（葉昆池）
『春秋三發』（葉昆池）
『四書尊註大全』（葉啓元）

（B）類書
『博物典彙』（葉敬溪・繼照）
『如面談』（葉碧山）
『尺牘雙魚』（葉啓元）

（C）小說
『古今譚概』（葉昆池）
『新刻玉茗堂批點南北宋傳』（葉崐池）
『新列國志』（葉敬池）
『醒世恆言』（葉敬池、葉敬溪）
『石點頭』（葉敬池）

となる。

謝國楨は、その著『明清之際黨社運動考』七、復社始末上において、當時の書坊が時勢に對應して出版した書物には三種あり、それは「制藝」「時務」と「小說」であったという。馮夢龍の場合、たしかにこの三分野にわたる書物を出しているわけだが（時務は『甲申紀事』のようなものを指そう）、平時の刊行物としては「時務」よりも「日用類書」を數えた方が、現實に近いかと思われる。葉氏の刊行物は、科擧・日用類書・小說の三本立てであるし、福建の余氏の書坊の場合も似た傾向を示す(6)。そして、同じ書肆から刊行されているのであれば、その內容は種々であっても、おそらく同一の客層をねらっていたであろうことは、想像に難くない。

（A）類の科擧關係の書物の讀者は、科擧の受驗生に限られよう。その中にも童試を受驗する童生と、童試には及第した生員とがあったろうが、馮夢龍の專門であった『春秋』は、鄉試の段階ではじめて必要になる科目であったから、どちらかといえば生員が主であったと思われる。從って、小說についても、これらの人々が買い求めて、勉強の合間に讀んだと考えてよかろう。後でも觸れるが、明末には、蘇州府の長洲縣學だけで、五百名にものぼる生員がいたとされるのであるから（江盈科「長洲學田記」）、書肆としてもこの大切なお客に目をつけぬ譯がない(7)。湯顯祖の撰と稱する「豔異編序」には、

わたしがかつて八股文の道中で浮き沈みしていた時、ただの一つも樂しいことはなかった。月の夕べ、花の朝、杯をふくみ、詩を賦した後、山に登り水に臨んだ際などに、稗官野史を時にちょっと開いてみて樂しんだのである(8)。

とあり、これによっても、「八股道中に浮沈」する受驗生と「稗官野史」との關わりがうかがわれる。
しかしながら、科擧受驗生、それも主として生員だけが小說の讀者だった譯ではない。一方では磯部氏の掲げた資料によって見られるように、かなり地位の高かった人も讀んでいたのであるが、もう一つ、小說の讀者が日用類書の讀者と重なっていることに注意を拂わねばなるまい。このことを、ここでは特に馮夢龍の關與している尺牘類書（手紙の文例集）の讀者について考えてみよう。(9)

馮夢龍には『如面談』（鍾惺撰、馮夢龍校）があり、ほかにも『折梅箋』（『五刻註釋雅俗便用廣折梅箋』尊經閣文庫藏）の撰者に假託されている。これらの尺牘類書には、例えば『折梅箋』が「雅俗便用」と題するように、「士民切要」「四民便用」など、社會の構成員誰しもの役に立つことを銘打っているものが多い。しかし、よほど水準の高い讀書人が手紙の文例集などを見ようとも思われないし、士農工商でいう農工たちが手紙を書く必要はあまりないのではないか。とすると、結局殘るのは、中下層の士（およそ童生、生員に重ね合わせることができよう）と商人ということになる。鄕里の先輩や時の知縣などに引き立てを請わなければならない中下層の士人と、遠隔地に赴かなければならなかった商人（客商）とが、この尺牘類書の利用者と見做すのに最も妥當であろう。「進士及第のお祝いの手紙」「落第した友へのはげましの手紙」あるいは「藥屋の開店祝い」等々、その內容も、これらの人々に必要と思われるものばかりである。從って、科擧受驗生ばかりでなく、尺牘類書を利用した商人（もちろん手紙を書くくらいだから、文字の讀み書きができる水準の）も、小說の讀者であったと考えられる。(10)

以上、馮夢龍の當時の小說の讀者は、生員を主とした科擧受驗生と、それに加えて商人が主要なものであったことを明らかにした。しかし、ひるがえって考えてみれば、既に明前期の正統七年（一四四二）に當時の國子祭酒であった李時勉が、近ごろ俗儒がいて、怪異の事に假託し、無根の言によって修飾している。『剪燈新話』の類は、ただ市井の輕浮の徒が争って讀むばかりでなく、經生儒士に至るまでが、多く正學を捨てて講ぜず、日夜記憶し以て談論の材料としている。嚴禁しなかったとしたら、邪說異端が日に新たに月に盛んになって、人心を惑亂するのではないかと心配である。(11)

との上奏をしていることからもうかがわれるように、「市井輕浮の徒」（富裕な商人にあたろう）と竝んで、學生たちが小說を讀んでいたのは、何も明末になってはじまったことではない。ただ、明末とそれ以前とで明らかに様相を異にしているのは、顧炎武の「生員論」（『亭林文集』巻一）に最も端的に述べられているように、明末になって、生員の數が爆發的に增大していることである。はじめに述べたように、嘉靖年間ごろから、白話小說の刊行が俄に活況を呈してきたことの背景には、おそらく生員の增大による書物の販路の擴大があったのではないか。明末の讀者を考える場合に、とりわけ生員を重視せねばならぬ所以である。

第四節　白話小說の作者について

ここまでは、明末當時の白話小說の讀者について見てきた。では、それら白話小說の作者についてはどうか。この點についても磯部氏の論文の中に「古典小說の作者・讀者も讀書人階層、もしくは、それに準ずる文字を驅使し得る階層に所屬した人々であったと推定される」との言及があり、更にこの條の注――注12――において、『西遊證道書』の編者の一人と目される黃周星（崇禎の進士）等のほか、「三言」の馮夢龍（壽寧知縣）、「二拍」の凌濛初（上海縣丞）等を擧げて、彼らがみな「讀書人」であったことを指摘した上で、「長編の古典小説などを創作、或は改作するのには、かなりの讀書量と文筆力、時間などが要求されるであろうから、古典小說といえども、讀書人の範疇に入る者によって創作・改作されたと考えるべきである」と述べている。白話小說の作者が、庶民に求められないという點は、たしかにその通りであろう。しかし、如何せんこの「讀書人」なる語の意味するところは曖昧に過ぎよう。大官僚も讀書人ならば、生員層も、そして生員にさえなれない、例えば魯迅の描いた孔乙己のような者でさえ、讀書人の端くれではあったのである。こうした「讀書人」の中で、どのくらいの地位にあった人が、小說の主たる作者層であったのかを考えねばなるまい。

小說作者として傳記の知られる人物は、必ずしも數多くはないが、馮夢龍よりもほぼ一世代前、萬暦年間に活躍した鄧志謨が、福建建陽の書肆、余氏萃慶堂の塾師だったといい、また、その同じころの人であった余象斗は、三台館という書肆の主人であったという(12)。ところが、それが、一世代後の天啓・崇禎年間になると、白話小說の作者として名を連ねるのは、大體生員クラス以上で、當時文名の高かった人々が多くなってくる。現に、白話小說を盛んに出していた天啓年間の馮夢龍は、生員として世にあり、しかも馮夢龍の場合には、後に貢生となり、知縣にまでなっているのだから、生員としてもかなり上のクラスに屬していたと考えられる。このほか、「二拍」の凌濛初、『隋史遺文』等の袁于令なども、少なくとも小說を書いていた時點では生員であった。馮夢龍の活躍した天啓・崇禎年間には、小說作者たちの屬した社會的階層が、それ以前に比べて高くなっていたのである。

馮夢龍は、余邵魚（福建建陽の人）の撰に係る『列國志傳』に手を加えて『新列國志』を作っているが、それに附された可觀道人小雅氏の「新列國志序」では、

『夏書』『商書』『列國』『兩漢』『唐書』『殘唐』『南北宋』などの諸刻がある。その浩瀚さは、ほとんど正史と竝べられるほどである。しかしながら、どれもみな村學究がいい加減に作ったもので、そのでたらめさ、さわがしさには、識者は嘔きけをもよおさんばかりである。(13)

といって、從來の歷史通俗演義を罵っている。文化水準の高い江南の人士から見て、福建の刋行物がいかにも杜撰なものに見えたであろうこととともに、作者の水準がより高くなり、從來の作品には滿足できなくなっていた樣子がうかがわれる。

小川環樹氏は、作品の沿變史の上から、『三國志演義』『水滸傳』『西遊記』などの、明末の時期に刋行されたテキストには、それ以前のものに比べ、讀書人による儒敎化、合理化が行なわれる傾向があることを指摘する（『中國小說史の研究』岩波書店　一九六八）。この背景にも、作者の社會層の變化という現象が存在していると考えられよう。

ところで、作者の問題は、讀者の問題と表裏を成しているといえるであろう。先程、明末における白話小說の讀者は、生員層を中心とし、それ以上の人々にも及んでいたといったが、そうした上層の人々が白話小說を讀むようになったのは（それ以前にも讀んでいたかもしれないが、少くとも記錄を殘すほどではなかったのは）、おそらく明末以後のことと考えられる。その理由は、一つには、嘉靖・萬曆以後、優れた作者の手で、從來は白話小說になど見向きもしなかったような讀者までもが讀むに堪える作品が生まれてきたからであろうし、また一つには、讀者層の要求が高くなって、一流の文名のある作者の作品でなければ、受けつけないくらいになっていたからでもあろう。

第五節　生員について

以上、明末の當時における白話小説の作者・讀者、すなわち主要な擔い手として、生員層があったことを明らかにした。それでは、一體この生員は、當時の社會の中でどのような位置を占め、どのような意識を持っていたのであろうか。(14)

生員とは、まず最も基本的には、科擧の豫備段階である童試に及第して、府・州・縣學の學生となったもののことであり、科擧の受驗資格が得られたこと、庶民ではなく士人として遇されたこと、徭役の義務が免除されたこと、などの特權が與えられていた。そして、こうした生員が、顧炎武の概算（『亭林文集』巻一「生員論」）では、各縣に平均三百名、蘇州のような大都市になると、先に掲げた江盈科の「長洲學田記」に見えるように、五百名もあったという。これだけの數の生員の中には、大地主の子もあれば、商人の子もあり、金持ちもあれば、貧しい者もあったであろうが、特に明末においては、彼らは政治や文化の上で、ほぼまとまった動きを見せている。(15)例えば、均田均役の實施をめぐって、最も積極的であったのが、これら生員層であったし、また宦官魏忠賢に對して起こった蘇州開讀の變における生員の指導、更には、地域における「生員公議」の場を認める空氣など、彼らは當時の社會の中で、政治的にかなりラディカルなものであった、ということができる。(16)

しかし、一方で、生員と庶民との間には、越え難い一線があったこともたしかである。この點については、東林派の人々が、民生に心を致した一方で、農民反亂に對しては、嚴格な彈壓者であったことを思い起こせばよい。(17)生員といっても、もとは中小規模の地主が多いわけであるから、ひとたび鄉村にあれば、鄉村秩序の擁護者として、民の前に立ちあらわれることになるのである。

馮夢龍には、豪強批判といわれる文章、「眞義里兪通守去思碑」（『吳郡文編』巻一四九）が残されている。

金持ちの家、名門の家柄のやしきが建ち竝び、税金の徵收、徭役など、毎年億單位であり、獄訟鬪爭が毎日百單位で起こっている。（中略）勢豪が血を吸い、牙を磨き、虎豺が地に遍くいるうえに、小民もまた木を切って武器とし、竹竿に旗を掲げて暴動を起こし、煙やほのおが天にみなぎっている有り様である。(18)

前半はたしかに豪強を批判する立場を明確に打ち出している。しかし、小民たちが暴動を起こしていることを馮夢龍が喜んでいるとは讀めまい。豪強が非道なことをするために、小民までもが非法な手段に訴えるようになってしまったことを苦々しい思いで書き記しているのではなかろうか。これによって見られるように、生員は、豪強と民の中間にあって、時には民とともに豪強に反對し、時には民の放恣を抑壓する、という二面性を持った存在だったのである。

白話小説が、こうした人々を主要な擔い手として持ったことが、その作品の內容や性格にも反映されているであろうことはたしかである。例えば「三言」の場合には、妓女との戀愛など、いわば都市的な倫理の發動する場を描いた作品には、多分にラディカルなものがある一方で、鄉村の問題を扱った作品になると、途端に保守的な傾向を示す、といった兩面性が見られることなども、その擔い手であった生員層の意識と深く關わりあっていると考えられる。

「三言」各編に附された序文の中に見える明瞭な敎化意識なども、こうした擔い手を背後に持つものとして考えた時、從來のように、單に韜晦のためのたてまえに過ぎぬと見ることはできなくなるであろう。「三言」序の敎化性は、生員であった馮夢龍の、社會に對する眞劍な危機意識に發するものであると考えることができ、「三言」所收の個々の作品も、大筋において、序文に宣言された意圖を裏切るものではないといえるのである。(19)

馮夢龍の「三言」編纂の目的、及び所收各篇の意圖するところについては、本書第二部第一章、第二章ほかで檢討した。

注

(1) ここでいう作者には、創作者の外に、編者や從來は口頭で傳承されてきた話を文字に書き記した寫定者の意味をも含むものである。擔い手の問題があまり嚴密に考えられていない狀況の中でも、早く船津富彥「詩話に現れた近世中國小說の讀者」(『大安』第四卷第十號　一九五八)があり、小說の讀者として、商人、妻妾、受驗生等を示唆する。この點は、本論にとってもたいへん參考になったが、詩話という資料の性格上、氏のいわれる小說は、文言の作品が大半を占めている。

(2) 馬宗學編『識字運動　民衆學校經營的理論與實際』(商務印書館　一九三五)に、光緒三十年(一九〇四)の識字率が百分の一とある。

(3) 明代における白話小說の刊行狀況については、尾上兼英「小說史における『明時代』(1)」(中國文學の會『中國文學研究』第三號　一九六四)が參考になる。

(4) この他、「三言」の讀者についての川上郁子「〈三言〉の社會への浸透――主として受容層をめぐって――」(『東洋大學大學院紀要』第十九集　一九八三)がある。

(5) 陸樹侖「馮夢龍的〝以言得罪〞和〝屬籍鉤黨〞」(『遼寧大學學報』一九八一―六)。

(6) 余氏の刊行物については、張秀民「明代印書最多的建寧書坊」(『文物』一九七九―九)、杉浦豐治「明刊典籍二三事――余氏刊本と讀書坊版――(一)」(『金城國文學』五十五號　一九七七)がある。

(7) 江盈科『雪濤閣集』卷七。濱島敦俊『明代江南農村社會の研究』(東京大學出版會　一九八二)五二四頁に引く。

（8）湯顯祖「豔異編序」
吾嘗浮沈八股道中、無一生趣。月之夕、花之晨、銜觴賦詩之餘、登山臨水之際、稗官野史、時一展玩。

（9）日用類書については、酒井忠夫「明代の日用類書と庶民教育」（林友春編『近世中國教育史研究　その文教政策と庶民教育』國土社　一九五八）に詳しい。

（10）この外、大家の女性も小說の讀者であったと考えられる。

（11）顧炎武『日知錄之餘』卷四「禁小說」に引く『明實錄』正統七年二月辛未。
近有俗儒、假託怪異之事、飾以無根之言。如翦燈新話之類、不惟市井輕浮之徒爭相誦習、至於經生儒士多舍正學不講、日夜記憶、以資談論。若不嚴禁、恐邪說異端日新月盛、惑亂人心。

（12）鄧志謨については孫楷第『中國通俗小說書目』卷五明清小說部乙『鐵樹記』の條。余象斗については前揭酒井、杉浦論文。

（13）可觀道人小雅氏「新列國志序」
有夏書、商書、列國、兩漢、唐書、殘唐、南北宋諸刻。其浩瀚幾與正史分籤竝架。然悉出村學究杜撰、𢤱儸硌礫、識者欲嘔。

（14）生員については、歷史學の分野で既に研究の蓄積がある。本稿では、酒井忠夫『中國善書の研究』（國書刊行會　一九七二）第二章「明末の社會と善書」、吳金成「明代紳士層の形成過程について」（『明代史研究』第八、九號　一九八〇、八一）等を參考にした。

（15）明末の生員たちは、結社を作って活動したことが特徵的であり、謝國楨『明清之際黨社運動考』をはじめとする、いくつかの論考がある。白話小說も、おそらくこうしたサークルの中で讀まれたのであろう。

（16）均田均役については、濱島敦俊『明代江南農村社會の研究』（東京大學出版會　一九八二）第九章「均田均役法實施の背景」及び第十章「明末淸初江南の農民鬪爭」。蘇州開讀の變については、田中正俊「民變・抗租奴變」（『世界の歷史　十一　ゆらぐ中華帝國』筑摩書房　一九六一）。生員公議については、夫馬進「明末反地方官士變」（『東方學報』第五十二册　一九八〇）、同「『明末反地方官士變』補論」（『富山大學人文學部紀要』第四號　一九八一）。

(17) 溝口雄三「いわゆる東林派人士の思想――前近代期における中國思想の展開（上）――」（『東洋文化研究所紀要』第七十五冊　一九七八）。

(18) 馮夢龍「眞義里兪通守去思碑」（『吳郡文編』巻一四九）
素封之家、閥閲衣冠之冑、鱗次櫛比、徵輪徭役、歲以億計、獄訟鬪爭、日以百計。（中略）勢豪旣吮血磨牙、虎豺遍地、而小民亦掲竿斬木、煙焰漲天。

(19) 明末に流行した善書思想が、「三言」にかなりの影響を與えていることが、小川陽一「三言二拍と善書」（『日本中國學會報』第三十二集　一九八〇、同氏『日用類書による明清小説の研究』研文出版　一九九五にも收む）などで指摘されている。一方、この善書思想を宣傳する側の擔い手が、鄉紳・士人層にあったこと（奥崎裕司『中國鄉紳地主の研究』汲古書院　一九七八序章第二節第一項「善書の擔い手」）を考えると、善書と「三言」とは、教化ということをめぐって、ともに共通の問題意識から發していると考えられる。ただ、一方で小説は、この時代の生員の横恣を助長する作用をなしたこともたしかである。度重なる小説への禁令は、こうした現實に對處するためのものといえよう。

第二章　通俗文藝と知識人——中國文學の表と裏——

はじめに

中國文學研究と聞けば嚴めしいが、わたしがその研究に從っている究極の目的は何かと考えてみると、どうやら明末の蘇州に生き、當時の通俗文學の旗手といわれた馮夢龍という人物が好きで、そしてその馮夢龍の活躍した十六、七世紀の蘇州の町が好きというところに行き着くようにも思われる。別の言い方をするならば、筆者の行なおうとしている作業は、いかにして明末蘇州に接近し、明末蘇州を再現するかに盡きるともいえる。タイムマシンがあれば、この目的は容易に達せられるのかもしれないが、タイムマシンが未だ發明されない現在、この作業は依然として文獻、あるいは繪畫、陶磁器、工藝品などの文物を通して行なわれるしかない。わたしの場合には主として文獻がたよりである。しかしながら、文獻を通して明末蘇州に行き着こうとするためには、時間的、空間的、二つの距離を埋めなければならない。テキストを一旦過去の時代のコンテクストの中に置き直し、そのコンテクストの中でテキストを讀み直したい。四百年後の外國人にとって、これは氣が遠くなるほどの難事業といえないこともない。

ではいったいわたしがこだわる明末の時代は、どのような時代だったのか、どうしてこだわる意味があるのか。それは一つにはこの明末時代が中國通俗文藝史において、それまでの成果を集大成し、最も多產な時代であったことによるであろう。具體的に例えば小說について見れば、明末以前には、現在見られる作品としてはわずかに『西遊記』

の前身である『大唐三藏取經詩話』、歴史演義の前身である「全相平話」といったようなものしかなかった。それが明末の時代になって、『三國志演義』『水滸傳』『西遊記』『金瓶梅』の「四大奇書」をはじめとして、短編では「三言二拍」その他、おびただしい數の小説が出版されるようになったのである。こうした突然の變化が起こったのはいったいどういうことなのか。この問題の存在を早くに提示した論文が、尾上兼英「小説史における『明時代』1」（『中國文學研究』第三號　一九六四）である。

今日の目から見て、中國通俗文藝の黄金時代に見える明末の當時にあって、戲曲・小説・歌謠俗曲などといった通俗文藝の占めていた位置はどのようなものだったのだろうか。

今日では、世界文學全集の中に、中國文學の代表として『水滸傳』や『紅樓夢』が入っていることは、何の不思議でもないが、小説の價値を高く考えることは、ある意味ではヨーロッパ近代文學の影響によるものである。中國にあっては、今世紀初頭、ヨーロッパ的文學觀の移入による胡適らの文學革命以來、「國民文學」のお手本としての白話小説の評價が高まり、戲曲や小説の發掘や研究も、これを機にはじめられたのである。

しかしながら、小説があまりにも高い文學的地位を認められるようになると、過去の中國における小説の地位はそのようなものではない、という逆の觀點からする指摘も生まれることになる。幸田露伴の「古支那文學に於ける小説の地位」（一九二六年發表　全集第十八巻）、吉川幸次郎「中國小説の地位」（一九四六年發表　全集第一巻）などがそれである。吉川氏は、

過去の中國の社會に於ける小説の地位は、西洋近世の社會に於けるそれとは、從ってまた、わが國現在の社會に於けるそれとも、甚だしく異なる。それは價値的な存在ではなくして、反價値的な存在であり、文化ではなく

して、むしろ非文化であった。（「中國小説の地位」）

ときっぱり述べられた。また、近年整理公刊された狩野直喜『支那小説戲曲史』（みすず書房　一九九二）によれば、大正五年（一九一六）の京都大學における講義「支那小説史」においても、冒頭第一章「總論」において、「予は支那文學の一門として、小説・戲曲の一斑に就いて、講述する所あらむとす。茲に豫め一言を要するは、諸子も知らるる如く、支那に於いては、此の方面の文學は他國のそれの如く發達して居らざることなり」と語り起こされている。

中國にあって、小説は本來文學的地位の低いものであったとする見方は基本的にまちがっていない。しかし、狩野、吉川両氏も、一方で小説は價値は低かったものの誰もが讀んでいた點の指摘も忘れていないように、小説が廣く讀まれていたこともまた事實だったわけで、通俗小説がそれほどまでに日陰の花だったのだろうかという疑問がないわけではない。

これまでの論者たちは、だいたいみな價値の座標軸の垂直方向において、つまり雅と俗という價値直線の上で、詩文に對する小説を考えてきたようである。(1)狩野氏の「支那小説史」總論に「支那人は表裏ある人間なり。表には士君子の讀むべからざるものとして、口に排斥しながら、裏面に於いては殆ど之を愛讀せざるものなし」といった言い方が見える。ここで筆者は（狩野氏とはまたちがった意味においてであるが）、座標軸の水平方向における表と裏の關係から小説の位置を考えて見たいと思う。(2)本論ではまずは「小説」の概念、つづいて「知識人」について考えてみたい。そしてさらにこれまで中國文學を論ずる時にしばしば用いられてきた雅俗概念を再検討し、中國文學史全般への議論の絲口にできればと思う。

第一節　小說をめぐって

中國における「小說」とは何か。これはなかなか複雜な問題である。中國小說史といえば魯迅の『中國小說史略』（新潮社初版　一九二三、四）が最初にして、しかも今日に至るまでの小說史の枠組みを決定してしまったともいえる著作なのであるが、魯迅の小說史を通讀すると、見方によってはそこに一つの斷絕があることに氣がつく。魯迅の『小說史略』の骨組みをなすトピックを擧げるならば、『漢書』藝文志の「小說」、いわゆる志怪・傳奇を含んだ『新唐書』藝文志の「小說」、『東京夢華錄』などに見える「說話」の一家としての「小說」、そしてその後裔である明淸の白話小說といったところであろう。このうち『新唐書』藝文志以下のものは、今日の小說概念からさほど離れたものではないが、『漢書』藝文志の小說などは今日の眼からすれば、同じ小說史の中に入っているのが不思議なくらい質のちがったものにも見える。つまり、魯迅（またその後の小說史）は、はじめの方では過去の人が「小說」と呼んだ作品を論じているのだが、後半になると（中國の人が小說と呼んだものも含みつつ）二十世紀の人（魯迅）のものさしに合致した「小說」を拾い出し、檢討しているのである。(3)

魯迅は『史略』の冒頭、總論にあたる第一篇「史家對於小說之著錄及論述」の章において、「小說家」の一類を、

志怪　『搜神』『述異』・・・
傳奇　『飛燕』『太眞』・・・
雜錄　『世說』『語林』・・・

叢談　『容齋』『夢溪』・・・
辯訂　『鼠璞』『鷄肋』・・・
箴規　『家訓』『世範』・・・

の六種類に分け、以下の論述を進めている（この分類は胡應麟『少室山房筆叢』のそれに據っている）。

ここで一つ注意されるのは、魯迅はこの胡應麟の示した小說の六つの分類のうち、前半三項目にしか觸れていない點である。後半の三つ、つまりごく大ざっぱに「筆記小說」と總稱される作品群については、魯迅は小說史の範圍からばっさりと切り捨ててしまっているのである。

このことはまた、『史略』第一篇で胡應麟の『少筆山房筆叢』に續けて引用している淸代の『四庫全書總目提要』「子部小說家類」についての言及にも見て取れる。ここで魯迅は、その小說家類序の「（小說家類には）三つの派がある。一つは雜事を敍述したものであり、一つは異聞を記錄したものであり、一つは瑣語を綴輯したものである」を擧げ、それぞれの中から以下のように例を擧げている。

雜事　『西京雜記』『世說新語』
異聞　『山海經』『穆天子傳』『搜神記』『續齊諧記』
瑣語　『博物志』『述異記』『酉陽雜俎』『續集』

ところが、實際に『四庫全書總目提要』を繰ってみると、このうち異聞と瑣語についてはよいとして、雜事についてはここにあげられたもの以外にも、例えば『劉賓客嘉話錄』『雲溪友議』『北夢瑣言』『涑水紀聞』などのようないわゆる筆記小説がめじろおしであって、魯迅はこれらの作品を「小説史」の枠の中に入れるまい入れるまいと努力している様子である。

それはなぜか。あるいは魯迅の場合、小説をあくまで民間のものに限定しようとし、知識人のものを切り捨てたかったからなのではないか。こうしたことは『史略』の敍述の端々からもうかがわれる。例えば具體的な小説史の敍述をまずは第二篇「神話と傳説」からはじめ、

『漢書』藝文志では稗官に出づといっているが、稗官なるものは、その職掌はただ採集することであって、創作することではない。「街談巷語」は民間から自然に生まれてくるものであって、もとより一人の誰かが獨創したものではない。小説の根をさぐるならば、他の民族にあっても同じように、神話と傳説にあるのである。(4)

といっているところなど、魯迅はとにかく「民間」、そして「民族」が問題なのだといっているように見える。同じく第三篇「漢書藝文志所載小説」において、「その(『漢書』藝文志の)載錄している小説は、いまはすべて見られないので、深く調べる手だてはないのだが、その名目から察するに、『詩經』國風のように、民間から採集されたもののようではない」というのも、魯迅自身が暗默のうちに民間から採集されたものかどうかによって一種の線引きを行なっていることになる。

小説をただちに民間に結びつけようとするのは、やはり胡適らの文學革命の影響によるものであろう。この時代の基本的な風潮は反封建にあって、文言文學は封建的なるレッテルを貼られ、反對に白話文學がもてはやされたのであ

る。魯迅が民間のものに價値をおこうとし、『漢書』藝文志に「小說」として記錄されているにもかかわらず、それを「民間」のものではないとケチをつけさせたのは、やはり民間のものに價値があり、知識人のものをおとしめようとする時代の風潮によるものであろう。

こうした考え方が、その後四九年の革命を經てからも續いており、革命以後は、いわゆる人民史觀に基づく文學觀が主流となり、こうした傾向にますます拍車がかかることになった。例えば、北京大學中文系一九五五年級『中國小說史稿』編輯委員會『中國小說史稿』（人民文學出版社　一九六〇）などでは、小說史といいながらいわゆる筆記小說のことにはまったく觸れていないのである。強いていえば六朝のところで、志人小說として『世說新語』をとりあげているだけである。

さて、そこであらためて「小說」とは何か、という問題に戻ってみよう。魯迅以來指摘があるように、「小說」の語の初出は、『莊子』外物篇の「小說を飾りて縣令を干《もと》む」であるが、ここの場面での「小說」は、明らかに「大說」に對する「小說」、つまりは立派ではない、つまらぬ說である。これがおそらくは、「小說」に一貫した最も根本的な意義なのではないかと思う。また、『漢書』藝文志に「小說は、街談巷語の說なり」といい、「道聽塗說」なりという。「道聽塗說」の語は『論語』陽貨に「子曰く、道に聽き塗に說くは、德を之れ棄つるなり」とあるのにもとづいている。ついでにいえば、やはり『漢書』藝文志に引かれる『論語』子張の、

子夏曰く、小道と雖も、必ず觀るべき者有り。遠きを致して泥まんことを恐る。是を以て君子は爲さざるなり。(5)

における「小道」なども、「小說」の「小」（つまらぬ）の意味につながるものである。さらに『文選』卷三十一引く『桓

子新論』、

其の小說家の殘叢の小語を合し、近く譬喩を取り、以て短書を作るが若きは、身を治め家を理へ、觀るべきの辭有り。(6)

ここでも「小說」を「殘叢の小語」といっており、要するにこまごまとした話のことである。つまり「小說」の原義は、幸田露伴が『漢書』藝文志の小說を論じて「古の所謂小說は、細碎の記、瑣小の談といふやうな意である」といっている通りである（「支那小說」大正十四年發表　全集第十八巻）。

ただ、ここで特に注意しておきたいのは、これらの用例を見ても、「小說」をただちに民間のものに限定する、いうなれば階級性を前提とする言葉と見ることはできないのではないかということで、あくまで一般的な意味でのうわさ話なのである。

そう考えてくると、先に魯迅の『小說史略』における「小說」概念の斷絶といったが、それも別に斷絶でもなんでもないともいえる。つまり、「小說」とは、くだらぬ話であるという點で終始一貫するのである。もちろんどのようにくだらないかについては、さまざまな理由づけがあり得、天下國家に關わらないこともあるし、また白話小說についていえば、たとえば吉川氏が「中國小說の地位」において、「過去の中國の知識階級の、小說に對する蔑視、乃至は敵視の根本的、決定的な理由」として、第一に「小說は、空想の所產であり、空想は中國では、倫理ではないこと」、第二に「小說の文章が、原則として、口語を用いて綴られていること」を擧げるのなどがそれである。いずれにしろ、くだらない話にはちがいない。

さて、そこで再び先ほどの胡應麟に戻ってみると、ここでやはり、魯迅がどうしていわゆる筆記小説を切り捨ててしまったのかが疑問に思えるのである。天下國家に關わらないつまらない話という定義でいくならば、それを文人が書いていようがいまいが、小説の定義に立派にあてはまるのではないか。そして、事實何でもよい、例えば正統派文人である司馬光の書いた『涑水紀聞』を開いてみようか。その巻一に宋の太祖に關する記事が集められている。例えば、

太祖が陳橋から歸ってくると、太夫人杜氏、夫人王氏はちょうど定力院でお齋を設けているところであった。變を聞いて、王夫人はおそれたが、杜太夫人はいった。「わたしのせがれは、平素から人とちがっていて、人は皆富貴をきわめるだろうといってくれている。何を心配する必要があろうか」といって、平然として談笑していた。太祖が卽位すると、その月に、契丹、北漢の兵はみなひとりでに退いたのであった。(7)

宋の太祖趙匡胤が、開封郊外の陳橋で配下の將兵によって突然天子に推戴されたことは歴史上よく知られることがらであり、正史である『宋史』にも記載がある。しかし、その時に母親と夫人が何といったかといったことになると、これは正史では、母親の言葉が簡單に記されるばかりである。まったく私的なことがらであり、いわば裏話であって、こういったものこそが小説なのである。

ちなみに、この時の杜氏の對應についていえば、宋の太祖を主人公とした白話小説『飛龍傳』第六十回において、息子が天子の位についたことを知って、杜氏は鬱々として樂しまない。どうしてかと聞かれると、天子として世の中を治めていくことは難しいから、と優等生的な答をしている。とすると、この場合『涑水紀聞』の方がよほど「小説

的」なる内容といえよう。

『涑水紀聞』にはまた、話の末尾に「誰々云う」と、話の出所を記している記事がかなりある。それは信憑性を保證するためのことであるとはいっても、逆に考えれば、つまりは人から聞いたうわさ話だといっているわけであって、これぞまさしく「道聽塗說」であり、「小說」であることを示しているともいえる。

小說とは、つまり裏話であり、うわさ話である。司馬光についてみれば、もちろんかみしもをつけた著作としての『資治通鑑』もある、しかしその一方でうわさ話を氣ままに書きつけた『涑水紀聞』もあるという兩面があるのである。

生まれてから死ぬまで、一日二十四時間すべて眞面目に生き通すような人はあるまい。眞面目に過ごす時間もあれば、肩の力を拔いて遊んでいる時間もある。それが人の人生ではあるまいか。ということはつまり、大說を正面から說いている時もあれば、つまらないうわさ話に夢中になることもあるのが人なのであって、これは庶民であれ、知識人であれ、皇帝であれ、變わりないことなのではないか。

從來は小說といえば、それがただちに民間のものという方向へ持っていかれることが多かったが、むしろ、そのように階級のちがいに解消するのではなく、誰にでもある表と裏、といった方向から考えて見た方がよいのではなかろうか。

第二節　知識人と通俗文學

小說が、表の大說に對する裏、つまり誰にでもある一つの側面ということになれば、小說、あるいはより廣く通俗文藝作品と知識人との關係についても再檢討を加えてみる必要が出てくる。從來は、おおむね通俗文藝は庶民のものという方向から考えられてきたのであるが、かつての知識人にとっての通俗文藝とは何であったのか。

その一つの具體例を、よく知られた例ではあるが、胡適の『四十自述』（亞東圖書館　一九三三）に見てみることにしよう。胡適は一八九一年、すなわち清末の光緒十七年の生まれである。その家は安徽省績溪縣の名家であり、胡適が生まて間もないころ、父親が官僚として臺灣に赴任したのについていったこともある。胡適の父胡傳は、科學の正道を歩んだわけではないものの、きちんと古典學を學んだ上層知識階級といってよい。その胡適が通俗文藝とどのような因縁を結んだのか。ことは、胡適の『四十自述』一「九年間の故郷の教育」に見える。譯は吉川幸次郎による（全集第十六巻）。

私が九つの時、ある日、私は四叔父の家の東側の小さな棟で遊んでいた。この小さな棟の前側が私たちの塾だったが、その後側に一區切りの寢室があり、お客があると、そこへとまった。この日は授業がなかったので、私は偶然この寢室へはいって行ったが、ふと、テーブルの下にあった「美孚」印の石油箱の中の紙くずの中から、破れた本が一冊頭を出しているのを見つけた。私が何の氣なしにその本をとり上げて見ると、兩はしはすっかり鼠にかじられてしまい、表紙も破れていた。けれどもこの一冊の破れ本は、思いがけなくも私に一つの新天地を開いてくれ、おもいがけなくも私の兒童生活史の上に、一つの新鮮な世界を開いてくれたのであった。

この破れ本は、元來細字の木版の「第五才子」（譯者注、『水滸傳』のこと）だった。私はいともはっきりと覺えているが、その發端は「李逵が殷天錫を打ち殺すこと」という巻であった。私は舞臺の上では、とっくに李逵が誰であるかを知っていたので、その「美孚」の破れ箱の側に立って、この『水滸傳』の殘本をば、一息に讀んでしまった。讀まねばそれ迄のこと、讀んだが最後、內心とてもたまらなくなった。この一冊の前はどう、後はどう、この二つの問題ともに、私は答えることが出來ぬ。しかし大急ぎで答えがほしかった。

この一節の前には、胡適の受けた教育が詳細に記述されている。三歳數カ月の時に家塾（その先生が四叔父）で勉強をはじめ、塾に入る前に一千字近くは識っていて、「三字經」「千字文」「百家姓」「神童詩」などを勉強する必要もなかったという。教材は父親の書いた文章であったといい、それに繼いで『孝經』『朱子小學』『論語』『孟子』などのテキストの學習が行なわれた。このような勉學を積んでいた九歳の胡適にとって、白話で書かれた『水滸傳』は「一息で讀んで」しまえるものであった。また、李逵のことは舞臺で見て知っていたとの點も重要であろう。『水滸傳』のテキストを目にする以前に、芝居というメディアを通して、『水滸傳』の物語は知っていたのである。『水滸傳』は、芝居などを通じて、文字を識る以前の子供、あるいは文字を識らない民衆の間でも知られていたことがわかる。ただ、知識人と小説という點から考えるならば、いわゆる「誨盜の書」であり、禁書の代表ともいえる『水滸傳』が、少なくとも清末には績溪胡氏のような讀書人の家にもころがっていたわけである。

私はこの本をもって、五番目の叔父に會いに行った。彼は何よりも「說笑話」が得手だったので（「說笑話」とは、つまり「お噺を話す」ことであり、小說の本は「笑話書」と呼ばれた）、當然こういう風な「笑話書」をもってるだろうと思ったからである。ところが意外にも五叔父は、そんな本をまるで持っていない。彼は私に守煥兄のところへ行かせた。守煥兄はいうのに『わしは「第五才子」はもっていない、が、あんたの爲に一册借りて來てあげよう。家には「第一才子」があるから、お前まああれをもって行ってお讀み、いいだろう。』「第一才子」とは「三國演義」のことである。彼はいともうやうやしく取り出して來た。私は大滿悅で、それを捧げて歸った。

小說が讀みたいと思った子供がどうするか。子供の胡適は、一族の中で小說讀みの好きそうな叔父のところを訪ねて借りてくるのである。一族中の年長者たちが、年少者に對して小說本を貸し與えることに何等問題を感じていないかのようである。『紅樓夢』中の賈寶玉、林黛玉は人の目を忍んで『西廂記』を讀むのだが、ここにはそういった小說に對するアレルギー的反應はほとんどないようである。

そのうちに私は、なんと「水滸傳」全部を手に入れた。「三國演義」も讀んでしまった。以後、私はどこへでも小說を借りに行って讀んだ。五叔父、守煥兄、みな私に少なからぬ手助けをしてくれた。三番目の姉の夫（周紹瑾）は、上海の在所の周浦で店を開いていたが、彼は鴉片を吸い、小說を讀むのが何よりすきだったので、聊かならず仕入れて田舍へ歸って來た。彼は私の家へやってくる度に、いつも「正德皇帝下江南」とか、「七劍十三俠」なんかという本をもって來て、私に吳れた。これが私が自分で小說を集めた始めである。私の長兄（嗣稼）は一ばん出來が悪く、やはり鴉片呑みだったが、しかし鴉片のランプというものは、よく小說本と仲間になるものだ。——五叔父、守煥兄、三番目の姉の夫なんかも、みな鴉片呑みだった——で、彼も、少しばかりは小說本をもっていた。また長兄の嫁は少し字が讀めたので、嫁入り道具の中に何種かの彈詞小說（譯者注、琵琶歌のようなもの）、たとえば「雙珠鳳」といった類を持って來ていた。これらの書物は閒もなく、みな私の藏書の一部分になった。

かくして少年の胡適は一族のものから盛んに通俗文藝書を借りて讀みはじめる。胡適にとっての小說讀みは、『水滸傳』『三國志演義』など、小說としてはかなりオーソドックスなところからはじまったわけであるが、この鴉片呑みの姊の夫が讀んでいた小說は、『正德皇帝下江南』であり、『七劍十三俠』であり、いずれも通俗性が強い小說作品であることが注意される。小說といっても、清末には、『水滸傳』『三國志演義』のような古典的作品と、續々生み出されるマイナー作品との二重構造になっていたことがわかるのである。また、少し字が讀める女性が嫁入り道具として彈詞のテキストを持っていた點なども注目される。

三兄は田舍にいる時が多かったが、彼は次兄同樣、梅溪書院にはいったことがあり、また二人とも南洋公學の師範生だったこともあるので、舊學には素質があった。それで三兄の小說の讀み方は、大變選擇されていた。私は彼の書架から、三冊だけ小說をさがしあてた。一冊は「紅樓夢」、一冊は「儒林外史」、一冊は「聊齋志異」である。またいつだったか次兄が家へかえって來たときに、新翻譯の「經國美談」を持って來たが、內容はギリシャの愛國志士の話で、日本人が作ったものだった。これが私の外國小說を讀んだ最初である。

前の一節で、通俗文藝といっても階層があったことを見たが、ここでも同樣である。いわばいくらか學のある三兄の場合、小說といっても『紅樓夢』であり、『儒林外史』であり、『聊齋志異』である。先の鴉片呑みの讀んでいた作品との間に距離があるのである。なお、この『經國美談』は清末小說硏究會編『淸末民初小說目錄』（中國文藝研究會一九八八）によれば、單行本としては光緒二十八年（一九〇二）商務印書館から刊行されたものがある。胡適が讀んだのもおそらくこの版本のものであろう。

この資料からは通俗文學作品の享受のされ方についていろいろな情報が得られるが、かなり上層の讀書人家庭においても、小說はころがっているものであり、子供がそれを讀むこと自體を別段とがめたりしているわけではなかったことがわかる。一方では小説を讀みながら、一方では古典學の勉強は續けていたのであって、これはやはり表裏の關係にあったというのがあたっていよう。

胡適の場合、後年文學革命において、白話文學の價値を主張し、またみずからいくつかの作品についての考證的研究を行なうその下地として、幼年の小說讀書があったことを述べているわけである。もちろん、小說をこのように讀んでいたことを堂々と事細かに記している點に關しては、これは所詮「近代」の產物以外の何物でもないのかもしれないが。(8)

大家族において、必ずしも通俗文藝が一方的に排除されたわけではない例は、これまた蘇州の大家庭に生を受けた顧頡剛の場合も同樣である。やはりその「古史辨第一册自序」(一九二六)の中で、幼い時に祖父や繼祖母からさまざまな民間の故事や傳說を聞いたこと、また家のじいや婆やたちからもこうした話を聞いたこと、『山海經』の話を聞いた樂しさについて記している。やはり紹興の名門の出身であった魯迅がこの『山海經』についての思い出を記している(「阿長と『山海經』」『朝花夕拾』)のも思い合わされる。つまり、大家名族であっても、そして顧頡剛のように幼年時から古典の勉強を積んでいるものであっても、幼時に民間の文藝に觸れていたことはたしかなのである。

顧頡剛は後年北京大學歌謠研究會に加わり、みずから蘇州の歌謠を收集して『吳歌甲集』を編んでおり、右に見た話もその下地として理解できるが、この顧頡剛の場合、そこに至るまでに一旦民間のものを意識的に避けようとした時期があったことを告白している。これは「紳士」の形成という點から見ても興味深い。

前に述べたように、私は祖父母や下女下男の口から物語を飽くほど聞いた。しかしそれは何分にも十歲にもならない時のことであった。十歲をすぎてからは、書物をたくさん讀むようになって、そのような傳說をでたらめの話と考え、關係をうち切った。私は前に紳士を憎んだことがあったが、自身が紳士の氣質に染まってゆくことは、たしかにあらがえぬ事實であった。私は寄席の卑俗さを輕蔑して、行くことをいさぎよしとしなかった。講談の淫猥さを輕蔑して、讀むことをいさぎよしとしなかった。十五歳の時、現聖會というお祭りがあって、田舎から省城へ出かけた。この祭りは二十年に一度のことであるから、非常ににぎわい、蘇州の人は町中がすっかり見物に行くので、學校もおのずからお休みになった。しかし私はこれを無意味な迷信と考え、友だちにまじって雑踏のなかに加わることをいさぎよしとしなかった。人の家の祝い事に行った時、席上に妓女が侍っていて歌を唱うと、女たちの聲色の淫蕩さがいとわしく、私の席に唱いに來ると、よくお斷りをした。今から昔を回想すると、ほんとうにそのころの自分があまりにも堅苦しかったことに氣がつく。人間味を持たないほどに堅苦しすぎた。

（平岡武夫譯『ある歴史家の生いたち』岩波文庫による）

ここで回想しているように、顧頡剛も生涯のある一時期、「紳士」の風に染まりつつあったことがあり、寄席、講談（通俗文藝）、お祭り、妓女などから顔を背けたこともあった。もしこれがこのまま紳士の道を歩んでゆけば、通俗文藝とは無縁の讀書人の出來上がりとなったであろう。ただ、もし彼がそのような道を歩んだとした場合にも、やはり幼時に下男下女たちから民話や傳説を聞き、いやだとは思いつつ、寄席に行ったり妓女と同席した事はあったわけで、好き嫌いの個人的な趣味はあったとしても、やはり通俗文藝とはごく近くにあったことになるのである。なお、顧頡剛が北京大學に入學して、民間歌謠の收集に向うことについては、當時北京大學の教授であった胡適の影響があったことを附け加えておこう。

一九三七年江蘇の泰州生まれの言語學者魯國堯氏（南京大學教授）が幼年時の言語生活を語った記録である「落英（上）

——早年讀書生活的回想」（『中國文學報』第四十四册　一九九二）によれば、やはり幼い時には、物語上手であった父親から、いろいろな話を聴いたという。

　夜することがない時には、父は、母やわたしたち兄弟姉妹に關公や張飛、秦叔寶、尉遲恭、程咬金、岳飛、牛皐、そして「馬前王横、馬後張保」の話、『今古奇觀』や『聊齋』の物語、『清宮十三朝』、血滴子の話などを語ってくれました。その語り方は生き生きとしていて、教師をなりわいとしている私の辯舌よりずっとすぐれていました。

關公、張飛は『三國志演義』、秦叔寶以下は『隋唐演義』、岳飛、牛皐は『説岳全傳』、それに『今古奇觀』『聊齋志異』『清宮十三朝』などである。また、書物としての白話小説については、

　高等小學校に進んで、本を讀むことをしり、中國古典小説を讀むことをはじめました。男の子はだいたいこんなものでしょうが、最初に讀んだのは『水滸傳』と『西遊記』、つづいて『三國志演義』でした。このような本はほとんどどこの家にもみんな持っていて、上海書店の排印本もあれば、金聖歎批本の石印本もあったのです。

かくして、『水滸傳』『西遊記』『三國志演義』からはじまって、『説岳全傳』『洪秀全演義』『隋唐演義』『説唐』『羅通掃北』『薛仁貴征東』『薛丁山征西』はたまた『三俠五義』『小五義』なども讀んでいったという。後年北京大學に進み學術研究の道を歩んだ人物にしても、少年時代にはこのような讀書をしていたのである。

また、須藤洋一氏の報告している小説好きの海安の湯秉文氏（一九二九年生まれ）の場合（須藤洋一「海安紀聞——ある小説遍歴——」『饕餮』創刊號　一九九三）、氏は研究教育の職についているわけではないが、小説との因縁については上記三氏の場合とよく似ている。祖父の代から商人をしていた湯家には、小説があったという。

祖父は語り物を聞くのと小説を讀むのが大好きでした。藏書はとくに多かったわけじゃありません。まあ、人並です。

小商人でも本は買えるんです。生活が不安定だといっても、年がら年中、貧乏ってわけじゃありませんからね。裕福なときもあるんです。その點は、農村の小作人や雇われ百姓とは違います。

家の藏書は、祖母の部屋にありました。木製の本箱の中に入れてあって、つまりは、わたしが寝るベッドの枕元にあったんです。本箱の大きさは、長さが八十センチ、幅が三十センチほどです。當時は五、六十册本があって、お經が數册あるほかは、すべて小説の本ばかりでした。

この祖母は私塾に二年通って、かなりの字を知っていたという。清末になると、こうした地方の小商人レベルに至るまで小説が普及していた様子が見て取れる。そして湯氏も子どもの時には、この祖母からお氣に入りの『岳傳』を語ってもらって聞いたという。魯氏の場合も同様であるが、みなはじめは耳から物語を聞き覺えていったのである。湯氏の學歴は小學校卒であるが、小學校を卒業して、十六歳で寫眞屋の徒弟になるまで、さまざまな小説を讀破してゆくのである。つまり、いわば中下層知識人といえる湯氏に至るまで、小説は普及していたのである。

胡適の場合、顧頡剛の場合、魯國堯の場合、湯秉文の場合、その出身階層にちがいはあっても、ともに小説その他の通俗文藝と關わりをもちながら成長してきた點では皆に共通している。通俗小説もかなり大衆化したと考えられるこれら清末から民國にかけての狀況が、小説の最初の勃興期である明末の場合とまったく同じであるかどうかはわからないが、明末にもやはり讀書人の家庭に育って、通俗小説を讀んでいた記録もある。陳際泰（一五六七～一六四一）の「陳氏三世傳略」（『太乙山房文集』卷十一）である。陳際泰が十歳の時のこと、

この年の冬、族舅の鍾濟川から『三國演義』を借りて、かべの角でひなたぼっこしながら見た。母が（朝食の）お粥ができたと呼んだが答えず、晝ご飯に聲をかけても答えなかった。お腹がすいてお粥やご飯をもってこさせたが、もう冷めていた。母親はそでをつかまえてわたしを杖で打とうとしたが、やがてゆるされた。母親がある時、舅の濟川に酒を飲ませた時、たずねた。「なぜ甥に本なんかを貸したのですか。書物の上半分には人馬が殺しあう繪があり、甥がそれに夢中になって寢食を忘れているではありませんか。」泰（わたし）はそこですぐに口をはさんでいった。「ぼくは人物の繪を見ていたのではありません。人物の繪の下の文字を見ていたのです。もうすべてわかりました。」濟川は信じなかったが、ためしに試驗をしてみると、流水のように答えられたのであった。(9)

ここでも讀書人の家庭の十歳の子どもが、『三國志演義』に寢食を忘れたありさまを記している。ここで濟川の持っていた本は、上圖下文本といわれるテキストである。親が上段の繪を見ていただけだと思っていたら、子供は繪の方ではなく、下段の文章の方をきちんと讀んでいたという話である。胡適の場合もそうであるが、一族の中にたいてい一人は小説好きがいて、本を持っていたのである。

また、明末通俗文學の旗手である馮夢龍の場合にも、やはり子どもの時に歌を聞いていたようである。『山歌』卷一

「睃」の後評に、

また私は幼時に十六不諧の歌を聽いた。どういうことかよくわからないが、その言葉はとても面白い。いま記錄しておこう。(10)

といって、いささか猥褻な數え歌である「十六不諧」を載錄している。馮夢龍も蘇州のそれなりの家に生まれているようであるが、そうした家でも猥雜な歌が子どもの耳に入ってくるような狀況だったのである。

清の錢大昕が、「正俗」(『潛研堂文集』卷十七)において、

いにしえには儒、釋、道の三敎があったが、明以來、また一敎が增えた。すなわち小說である。小說演義の書は、いまだかつてみずからを敎えであるといったことはない。しかし士大夫農工商賈これに習聞しないものはなく、兒童婦女で字を識らないものに至るまで、みな聞いてそれを見たかのようであって、この敎えは儒、釋、道よりさらに廣がっているのである。(11)

といって、小說の浸透を嘆いているが、これは先に見た狀況を考えるならば、おそらく當時のある程度以上の家庭においては事實その通りだったのではないかと思われるのである。

さて、以上見たところをまとめてみると、これまで通俗文學について、これを庶民のもの、とする考え方が行なわれていた。もちろんその出自が民間にあることはたしかである。しかしながら、こうした民間の文藝は、民間で行な

われたことはたしかであるが、それは決して民間だけで行なわれていたのではないのであって、それを好むかどうか、あるいは讀んだこと、知っていることをわざわざ書き記すかどうかを別として、商人や知識人の間にも通俗文學は浸透していたのである。

方言俗語が決して庶民だけの言語ではなかったように（知識人であっても郷里にあっては話すのは方言である）、通俗文藝も決して庶民の獨占物ではなかった。つまり、こうした通俗文藝に關する知識は、あらゆる階級を越えて、いわば當時の中國人の下地をなすものだったのである。通俗文藝と對照的なものと考えられる詩文、これは讀書人の獨占物であったことはたしかである。ただ、それは知識人が詩文だけを知っていたわけではなく、通俗文藝の下地の上に、詩文があった。言い換えるならば、詩文と通俗文藝との關係は、上に詩文、下に通俗文藝といった形で無關係に斷絶しているのではなく、上下に共通したものとして通俗文藝があり、そして上だけのものとして詩文があるのである。顧頡剛が紳士であろうとしても、實はすでに民間的な物語の知識が十分にあったように。

そして、この詩文と通俗文藝との關係が、上下の關係ではなく、いわば裏表の關係だったのではないかと思われるのである。吉川幸次郎「中國小説の地位」に次のような一節がある。

　小説は、舟車の旅には缺くべからざる伴侶とされた。されたばかりではない。私は先年中國から歸る汽船の中で、アメリカの大學を卒業したヤング・チャイニーズが、一心不亂に「隋唐演義」に讀み耽っているのを見た。船中はこれに限るといった恰好であった。

この時代にアメリカに留學するくらいであるから、相當に高い教育レベルをもった人物である。その彼が、ひまつぶしに小説を讀んでいるのである。

雅、俗に關しても、すべて純粋な雅人がいるわけでも、完全な俗人がいるわけでもない。要するに少なくとも一人の知識人に焦點を合わせて觀察した場合、一人の中に、時により狀況により、雅なる一面と俗なる一面とがあるのである。雅でもあり、俗でもある、詩文も作れば小説も讀む、それが中國の知識人の生きた姿なのではなかろうか。

結びにかえて――中國文學における表と裏――

中國における通俗文藝の占める位置を考えたいというのが本論の出發點であった。主として小説、そして知識人というところから、通俗文學といっても、決して庶民だけのものではなく、階級を越えて少なくとも知識としては共有されていた様子、そして一人の知識人について見れば、雅なる詩文と俗なる通俗文藝とが場をかえて共存していた様子を見てみたのである。

こうした考え方にもとづいて中國文學史全體をながめなおすと、結局雅と俗とが階級、あるいは人物によってまったく無關係に住み分けているのではなく、同時に表と裏の關係で存在していることがわかるのである（もちろん詩文が表であることは嚴然たる事實であるが）。

最も古く『詩經』が風と雅との兩方を收めていたことはいうまでもない。また例えば六朝の梁の時代、昭明太子が『文選』を編んでいる。これはいうまでもなく、表の大文學である。そしてその同じ梁の時代の宮廷で、豔麗な詩を集めた『玉臺新詠』が編まれている。『文選』と『玉臺新詠』との關係、これも表と裏であろう。

唐代についてみれば、たとえば白樂天。かたや玄宗と楊貴妃のラブロマンス「長恨歌」の詩人が、政治社會に對する風刺の詩である「新樂府」の作者である。白樂天自身は「元九に與うるの書」において、世間の人は「長恨歌」などの方ばかりをもてはやすが、自分の本領は「新樂府」などの諷諭詩の方であるといっている。「新樂府」と「長恨歌」との關係、これが表と裏である。

白樂天の盟友である元稹についていえば、やはり「新樂府」の作者でありつつ、傳奇小説「鶯鶯傳」の作者である。唐宋以降、詩に加えて新たに詞（詩餘）のジャンルが起こった。この詩と詞との關係がいうまでもなく表と裏である。歐陽修にしても蘇東坡にしても、一面では國家樞要の地位を占める大官であって、正面から天下國家を論じた詩文の作者でありつつ、また一面では豔麗なる詞の作者でもあって、これが一人の詩人の中に同居しているわけである。

さらに時代が降って明末以降に至れば、小説や戲曲が裏藝になる。もっとも明末の時代は、この表藝と裏藝とが接近した時代であるともいえるかもしれないが。

つまりは、表がありそして裏もあるのが中國人であり、中國文學史なのである。その幅の廣さ、奥行きの深さを見きわめることが重要なのではなかろうか。中國の文學は、單純純粹だけではとてもつかみきれない大人の文學なのである。

注

（1）雅と俗については、吉川幸次郎「「俗」の歷史」（全集第二卷）、村上哲見「雅俗考」（金谷治編『中國における人間性の探求』創文社　一九八三）、また村上哲見『中國文人論』（汲古書院　一九九四）を參照。

（2）竹田晃『中國における小説の成立』（放送大學教材　一九九七）「まえがき」にもこの點に關して「表藝」と「裏藝」といった言い方が見える。

（3）この問題については、廣瀨玲子「小説と歷史――魯迅『中國小説史略』試論――」（『東洋文化研究所紀要』第一三三冊　一九九七）がよく整理している。

（4）魯迅『中國小說史略』第二篇「神話與傳說」
『漢志』乃云出於稗官、然稗官者、職惟采集而非創作、「街談巷語」自生於民間、固非一誰某之所獨造也、探其本根、則亦猶他民族然、在於神話與傳說。

（5）『論語』子張
子夏曰、雖小道、必有可觀者焉、致遠恐泥。是以君子弗爲也。

（6）『文選』（李善注）卷三十一引『桓子新論』
若其小說家合殘叢小語、近取譬喩、以作短書、治身理家、有可觀之辭。

（7）司馬光『涑水紀聞』卷一
太祖之自陳橋還也、太夫人杜氏、夫人王氏方設齋于定力院。聞變、王夫人懼、杜太夫人曰、吾兒平生奇異、人皆言當極貴、何憂也。言笑自若。太祖卽位、是月、契丹北漢皆自還。

（8）胡適と白話小說については伊藤漱平「胡適と古典（上・中・下・補）」（『漢文教室』一二六、一二七、一二八、一二九　一九七八、一九七九）を參照。

（9）陳際泰「陳氏三世傳略」（『太乙山房文集』卷十一）
是年冬月從族舅鍾濟川借三國演義、向牆角曝背觀之。母呼食粥不應、呼午飯又不應。及飢、索粥飯皆冷。母捉裾將與杖、既而釋之。母或飮濟川酒、舅何故借而甥書。書上載有人馬相殺事、甥耽之、大廢眠食。泰亟應口曰、兒非看人物。看人物下截字也。已悉之矣。濟川不信也、試挑之、如流水。

（10）『山歌』卷一「睃」後評
又余幼時聞得十六不諧。不知何義、其詞頗趣。竝記之。

（11）錢大昕「正俗」（『潛研堂文集』卷十七）
古有儒釋道三敎、自明以來又多一敎、曰小說。小說演義之書未嘗自以爲敎也。而士大夫農工商賈無不習聞之、以至兒童婦女不識字者亦皆聞而如見之、是其敎較之儒釋道而更廣也。

第三章　明末士大夫による「民衆の發見」と「白話」

はじめに

中國の歴史における轉換點の一つである明末の時代は、文學の上では、『三國志演義』『水滸傳』などのような白話小説が大量に刋行されたことを重要な特徴としている。この時代、なぜ突然のように大量の白話小説が出現したのか。この大きな問題を解決するためには、さまざまな方向からのアプローチが必要である。『三國志演義』『水滸傳』のような長篇の作品が大量に印刷物の形で世に出た。このことはまず、當時の出版業に變化が生じたことを意味している。わたしは、江南地方を中心とする明末における出版文化の状況について、若干の考察を加えてきた[1]。だが、これはいわばその物質的背景に過ぎない。以前と比べてより多くの書物を刋行することが可能になった時、新たに數多く出版されるようになったのが、なぜ白話の小説だったのであろうか。本章では、こうした問題について考えてみたい。

第一節　白話とは何か

地域及び言語と文學との關係については、以下のようなピラミッド・モデルが考えられる。まず、中國における言語は、どこかある一地域を考えた場合、**圖1**に示したように、方言・(官話・白話)・文言といった階層をなしている。

このうち文言・白話は文字言語であるが、方言・官話は基本的には口頭言語である。官僚たちの共通の話言葉が官話であり、それを文字に記したのが白話である。そして、ここでピラミッド狀に描いたのは、それぞれの言葉を用いる人の數、つまり方言を話す人が、基層にあって最も多く、その中から少數の官話・白話・文言を身につけた人が出てくることを表している。そして同時に、中國人にとっての言語習得過程をも表している。人は誰でも、生まれて最初に習うのは、方言である。そして、そこから先、一生方言しか話さない、つまり文字言語の段階に至らない人もいれば、教育によって文字を學び、白話・文言を獲得して行く人もいる。ただ注意を要するのは、文言・白話を身につけることが、ただちに方言を捨てることを意味しないという點である。文言によって詩文を書く能力を持っている人でも、少なくとも同鄉人との會話は方言で行なっていたのであって、その意味で足下は方言の世界にどっぷりとつかっていたのである。中國の知識人は、科擧受驗のために、幼少の時から「四書五經」を讀んだわけであるが、これも初めは各地の方言音で讀んだのである。

この言語のピラミッドが、社會の階層に對應していた（圖1左側）。つまり、中國にあって人口の大多數を占める農民の多くは、生涯方言世界におり、科擧によって官僚を目指すもの、また商人として各地を渡り歩くものが、第二、第三の言語である文言・白話をあやつったのである。言語が社會層に對應するのは、中國における文字教育に時間と金がかかることと關わりがあると思われる。

そして文學。文學は言語を媒體とするわけであるから、必然的にこの言語の階層に對應したさまざまの文學がある（圖1右側）。文言で書かれる文學としての詩文、白話を媒體とする戲曲・小說、これらが文字によって表現される文學作品であるが、そのほかに文字に依らない口承の文藝である歌謠・語り物などがある（これらも時に文字化されることがある）。そして過去の中國における考え方では、文言で書かれた詩文の文學的價値が最も高く、白話で書かれた戲曲・

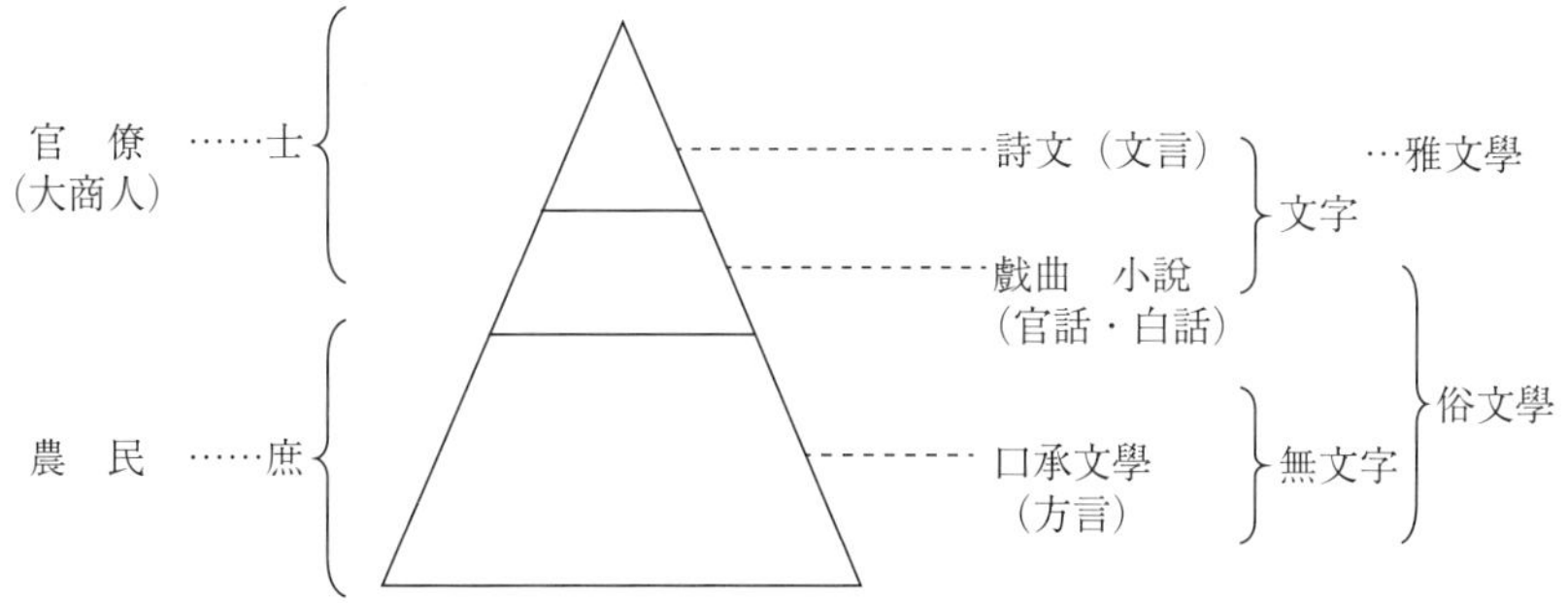

【圖 1】

小說の價値は低く、そして口頭の文藝などは、そもそも文學の列に加えられなかったのである。これは、おのおの文學ジャンルがおのおののレベルの言語に對應し、そしてその言語のレベルが、社會のリーダーたる士か、そうでない庶かという社會層のちがいに對應していることから自然に導き出された價値觀といえるであろう。

　さて、以上一つの地域を假想し、その範圍での言語、文學、社會層について見たわけであるが、この地域は具體的にどのくらいの範圍を考えればよいのであろうか。わたしは、これを一つの藝能が通用する範圍と考えてはどうかと思う。例えば演劇についてみれば、中國全土にはおおよそ三百種類の地方劇があるといわれている[2]。中國には、約三十の直轄市・省・自治區があるわけであるから、單純に計算して一省あたり約十の地方劇があることになる。この數字は、一九六〇年代に刊行された『中國地方戲曲集成』の各巻冒頭に附された各省戲曲劇種分布圖を見ても、それほど事實とかけ離れた數字ではないことがわかる。この一地方劇の流通範圍を一つの地域としてイメージするのがよいのではないか。一省約十種という數であるから、ごく大雜把にいって、ほぼ行政上の一府がこの一地域に相當するといってよい。

　一九九一年夏の中國調査の折におとずれた江西省南豐縣水南村は、厄拂いの目的で、假面劇・假面舞踊を行なう藝能を持って各地を回る藝人集團を輩出する村であった。そこで聞いたことによれば、彼らの活動範圍は、南豐を中心に、北方向では宜黃、南城、黎川、南方向では廣昌、東は省境を越えて福建省の建寧にまで及んでいたという。これらの都市はいずれも南豐からの距離がおよそ五十キロメートルのところに位置し、彼らの活動範圍は、南豐を中心に直徑一〇〇キロの地域にあたっている（南豐縣は清朝時代には建昌府に屬し、南城が府城であった）。彼らの場合、江西省を越えて、福建省にまで行って活動していた點が、いかにも民間藝人の行動として興味深いのであるが、言語の上から見ると、建寧府は福建省でありながら、江西方言區の撫廣（撫州・廣昌）地區に屬することが、『中國語言地圖集』（朗文書店　一九八七）「江西省與湖南省的漢語方言」によって確認できる。彼らの活動範圍は、面積的にはほぼ建昌府一府にあたるといってよいが、福建の建寧まで行っていたのは、同じ方言圈に屬し、言葉が通じるからなのであった。この範圍は、藝能によって生計をたてるのに十分な範圍であったと思われる。

中國全體についていては、こうしたピラミッドが、平面上にたくさん竝んでいる狀態を考えればよい。中國には各地に方言があるが、そのちがいは大きく、A地方の方言とB地方の方言では、會話することも困難なほどである。そこで、みんなが話せる標準語が必要になる。それが官話である。官話と稱するのは、さまざまな地域出身の同僚と話しをしたり、地方官として全國各地を渡り歩いたりした官僚にとって、共通の言葉が必要だったからである。そして、この共通の話し言葉である官話を文字に定着させたのが、白話である。共通の話し言葉を文字に定着させた白話で書かれているがゆえに、『水滸傳』を全國の人が讀めたのである。逆に馮夢龍の『山歌』は、蘇州方言で書かれているので、蘇州の人以外には、その理解が容易ではなかったであろう。

白話の資料そのものは、明末にはじまったわけではない。誰かがしゃべったことをそのまま記そうとした言語が白話だとすれば、すでに『論語』も、孔子の語録であって、よほど古くからあったことになる。より直接的な淵源をさぐるならば、唐宋以後しきりに編まれるようになる禪宗の僧侶の語録があり、禪宗の語録から影響を受けたと考えられる朱子の語録、『朱子語類』がある。これらは、師家の言葉を文言に翻譯して記録するのではなく、しゃべったそのままの形で記録しようとするためのものである。だが、人がしゃべったそのままの言葉を文字に定着させることは、實はそれほど容易なことではない。白話の表記法の發達は、禪の語録、あるいは『朱子語類』などによって、次第に磨かれてゆき、その結果が、白話小説に至ったのである。

『三國志演義』『水滸傳』などのような白話小説は、文字に書かれ、書物として出版される以前に、寄席の講談として語られた長い歴史を持った作品である。寄席の講談については、北宋の都汴京についての都市繁盛記、孟元老の『東京夢華錄』巻五「京瓦伎藝」に、「講史」「小説」「説三分」「五代史」などの講釋とその藝人を記録している。「説三分」はすなわち『三國志』語りである。

講釋師によって語られていた『三國志』の話が、次第に文字に定着して、讀み物になってゆく。その初期の作品が、日本の内閣文庫に藏されている「全相平話」（繪入り本歴史物語シリーズ）の一つ「全相平話三國志」である。だが、これは、明の嘉靖年間に刊行された『三國志通俗演義』と比べると、長さも短く、當て字や俗字も多く、いかにも民間のテキストである。

嘉靖本の冒頭に附けられた庸愚子の序文には、

以前は野史によって評話となし、盲目の藝人に演じさせていた。その言語は田舎染みて誤りが多く、また野卑の缺點を持ったものであって、士君子は多くそれをいやがった。東原の羅貫中は、平陽の陳壽の傳をもとにし、それを國史によって調べ、漢の靈帝中平元年から晉の太康元年までのことを、注意深く削ったり增やしたりし、

『三國志通俗演義』と題した。文としてはそれほど深くもないが、言としてはそれほど俗でもなく、事はその實を記しており、やはり史に近いということができる。思うに、これを讀み誦する人が、誰でもわかるようにしたいとの心づもりであって、詩のいわゆる「里巷歌謠」の義であろう。書物が完成し、士君子の事を好む者が、爭って書き寫し、觀覽に便利なようにした。(3)

ここでいわれている「士君子がいやがった」「評話」とは、「全相平話」などのことを指しているであろう。この序文では、『三國志通俗演義』は、「士君子」のためのものであるとうたっている。つまり、口頭で語られる講談から本格的な長篇小說としての白話小說への發展には、「士君子」の力が與っていたことがわかる。

短篇白話小說集「三言」の編者である馮夢龍（一五七四〜一六四六）は、明末における通俗文藝の旗手といえる文人である。馮夢龍は、たしかに鄕試に合格して擧人になることはできなかった。しかしながら、たとえ擧人にはなれなかったにせよ、馮夢龍は歷とした生員だったのであり、馮夢龍自身が、社會全體として見れば、支配者層の一翼を擔う士人であった事實を否定することはできない。その意識は、經世濟民を思い、文化の指導者たらんとする「士君子」の意識だったのである。馮夢龍は、そうした立場にあって、庶民の文藝である小說や歌謠に關心を持った。その意味では、『三國志通俗演義』序の庸愚子と共通の立場に立っていたといえる。

明末における白話小說の隆盛、その背後には、明末の士大夫が關わっていた。そうだとすると、明末の士大夫は、なぜ、もともと民衆のものであった白話の物語に關心を持つようになったのであろうか。それにはおそらく二つの理由があると考えられる。一つは「上から下へ」、つまりは士大夫の倫理を下層の民衆に傳える、すなわち敎化のため、という方向、そしてもう一つは「下から上へ」、すなわち上層の士大夫が、下層の民衆の價値を積極的に認め、取り込んで行こうとする流れである。

第二節　なぜ「白話」か？　上から下へ

まず上から下への流れを見てみよう。

上から下へ、白話の小説を教化のために用いるという考え方については、本書第二部第一章で論じたが、そこでは例えば馮夢龍の編んだ短篇白話小説集「三言」のうち、「古今小説序」で、

だいたい唐人は言葉を選び、文章に凝っているのだが、宋人は俗に通じ、一般人の耳に入るのにちょうどよい。天下には文章に凝るものは少なく、一般人の耳の方が多い。それで、小説には言葉を選ぶもののためになることは少なく、俗に通じるもののためになることが多い。いま試みに、說話人が舞臺で上演するのを見ると、喜んだり驚いたり、悲しんだり涕いたり、歌ったり舞ったりすることができ、さらに刀を取ろうとし、さらに下拜しようとし、さらに首を斬ろうとし、さらにお金を與えようとする。弱蟲も勇に、淫なる者も貞に、薄なる者も敦に、おろかな者には冷汗をかかせる。毎日『孝經』『論語』を讀んでいたとしても、これほど速くかつ深く、人を感動させることはできないのである。ああ、俗に通ずるのでなくて、このようなことができるだろうか。(4)

といって、白話で書かれた小說が人々に與える影響力の大きさは、儒教の經典である『孝經』『論語』以上なのだ、として、誰にでもわかりやすく、そのために與えられる感動も深い、と白話の價値を認めている。そして、その目的に

ついては、「警世通言序」に、

六經語孟は、多くの人がそれについて語っているが、人を忠臣にさせ、孝子にさせ、賢い役人にさせ、良友にさせ、義夫にさせ、節婦にさせ、德を立てる士にさせ、積善の家とさせることに歸し、ただそれに盡きるのである。經書はその理を著わし、史傳はその事を述べ、そのもとは一つである。理が著われても、世のみなが切磋の彥というわけではない。事が述べられても世のみなが博雅の儒というわけではない。というわけで、村夫稚子、里婦估兒は、甲是乙非によって喜んだり怒ったりし、前因後果によって勸懲とし、道聽途說を學問とするのである。かくして通俗演義の一種は、そのまま經書史傳の足りないところを補うに足るのである。(5)

とより具體的に述べている。つまりは、白話の小說を讀ませることによって、人々を「忠臣、孝子、賢牧、良友、義夫、節婦、樹德の士、積善の家」たらしめるべく教え導こう、ひと言でいうならば、警世、敎化のために用いようというのである。

こうした發言は、明末の小說戲曲に關して、しばしば見ることができる。そのうちよく知られるのが、王陽明『傳習錄』卷下にある。

先生がいわれた。「古樂が振るわなくなって久しいが、今の芝居は、なお古樂とその意味がよく似ている」と。お言葉の意味がよくわからなかったので、あらためておたずねした。先生がいわれた。「『韶』の九成は、まさしく舜の芝居であり、『武』の九變は、まさしく武王の芝居である。聖人一生の事實が、ともに樂によって傳わってゆく。だから徳のある者が聞けば、その善を盡くしたところ、美を盡くしたところ、そして美を盡くしてもまだ善を盡くしていないところがわかるのである。後世の樂などは、ただ歌詞とメロディーがあるばかりで、民俗風化とはまったく關わりがない。どうしてそれによって民衆を敎化し風俗を善導することができよう。いま民の俗に純朴さを回復しようと思うなら、いまの芝居を使い、その妖淫な歌詞とメロディーとを取り去って、忠臣孝子の物語だけを取ってくれれば、愚俗の人々誰にもみなわかりやすいので、知らず知らずのうちに彼の良知を奮い起こさせることができ、風化に有益なのであって、そうすれば、古樂も次第に復興させることができるだろう」と(6)。

ここでは、忠臣孝子の芝居を民衆に見せることによって、彼らの良知を刺激し、敎化の役に立つと述べている。陶奭齡『小柴桑喃喃錄』巻上では、演劇を頌、大雅、小雅、風に分けることができるとして、戯曲作品を『詩經』になぞらえつつも、

さて、『西廂記』や『玉簪記』などのような淫猥な芝居は、すぐに禁絕して、書坊が賣ることを禁じ、俳優が學ぶことを禁ずるがよい。違反したらきびしく罰すれば、また風俗を厚くし、人心を正す一助となるのである(7)。

とあって、『西廂記』『玉簪記』のような淫戯は禁絕すべきであるが、やはり「風俗を厚くし、人心を正す」という面から演劇を捉えているのである。

田仲一成『中國祭祀演劇研究』（東京大學東洋文化研究所研究報告　一九八一）第二篇第二章第一節「鄕居地主系社祭演劇の戯曲類型」では、明末の日用類書『新鐫增補類纂摘要鰲頭雜字』に見える演劇對聯が、忠孝類、節義類、風情類、

功名類、豪俠類、仙佛類に分けられるものの、豪俠類、仙佛類は、その作品名だけで、對聯が収められていないことから、「要するに、（1）忠孝類、（2）節義類、（3）功名類など體制道德と體制內立身を鼓吹する、保守的民心撫順的な演目が壓倒的比重（九割近い）を占め」、それは「社祭演劇の演目選擇の實權を手中に納めた、郷居地主層の、社民に對する押しつけ、強制に基づくものと考えなくてはならない」（三五一頁）としている。

さらに、呂得勝、呂坤父子は、敎化的な內容を盛り込んだ『小兒語』『續小兒語』『演小兒語』を編纂した。なかでも呂坤の『演小兒語』は、敎育的な內容の歌詞の童謠集であり、子供にこれらを歌わせることによって、敎育の役に立たせようとした。呂坤の「書小兒語後」には、次のようにある。

> 子供たちは亡き父上の、まるでお話のような『小兒語』などを習うと、手をたたいて喜んで歌わないものはなく、婦人女子であっても樂しんで聞いて笑い、最もよく感動させることができたのである。(8)

わかりやすい歌詞の歌を歌わせることで、子供たちをひとりでに敎え導くことができるとの考え方は、「三言」の序文などにも通じる考え方である。

白話を用いることによって、直接民衆に語りかける必要があるとの主張は、明末に顯著になるものである。單に抽象的な「民」ではなく、より具體的、より身近な存在としての庶民、民衆が意識されるようになったのである。そして、その背景には、社會秩序の動搖に對して、當時の士大夫が強い危機感を持ったことが擧げられるであろう。この點については、本書第二部第一章で見た。

なお、白話についていえば、明末には、敎育のために白話を用いた書物も編纂されている。よく知られるのが、わずか十歳で即位した萬曆帝の教育にあたった張居正によって編まれた『帝鑑圖說』であろう。『帝鑑圖說』は、歴代の帝王のすぐれた事跡を示した教科書である。はじめに文言の文章があり、その後に「解」として白話による解說がある。そして、「圖說」とあるように、各項目ごとに圖が附されている。例えば、「戒酒防微」では、原文のままあげると、

夏史紀、禹時儀狄作酒。禹飮而甘之、遂疏儀狄、絕旨酒、曰、後世必有以酒亡國者。

〔解〕夏史上記、大禹之時、有一人叫做儀狄、善造酒。他將酒進上大禹、禹飮其酒、甚是甘美、遂說道、後世之人、必有放縱於酒以致亡國者。於是疏遠儀狄、再不許他進見、屛去旨酒、絕不以之進御。

といったもので、この「解」の部分は、本文を白話でわかりやすく言い換えたものである。張居正の「進帝鑑圖說疏」（『張太岳文集』巻三十八）では、

いまわたくしどもが集めたものは、善と惡とを陳列することによって、勸善懲惡を明らかにしようとしたものであります。これをたとうれば、香りのよい草と惡い草とは入れ物を別にしても、においは異なるようなもの、氷と鏡は澄んでいて何もないようでいて、美しいものと醜いものを映せば、自ずとちがってくるようなものです。目で見ることによって感情をふるいおこそうと思い、それゆえ假に丹靑によって畫いたのであり、ただわかりやすく知らせやすいがために、俚俗をいとわなかったのである。(9)

とあり、勸善懲惡の內容をわかりやすく傳えるために、圖を加え、「俚俗をいとわなかった」、つまり白話で解說を加えたのである。

張居正にはまた、經書の內容を白話で講義した記錄も殘っている。例えば『四書經筵直解』の『論語』の部分を見ると、これも原文で示すならば、

有朋自遠方來、不亦樂乎。

朋是朋友、樂是歡樂。夫學旣有得、人自信從將見那同類的朋友皆自遠方而來、以求吾之敎誨。夫然則吾德不孤、斯道有傳、得英才而敎育之、自然情意宣暢可樂、莫大乎此也。所以說不亦樂乎。

といった具合に『論語』の原文を白話によって敷衍して說明しているのである。張居正における萬曆帝は、幼少であったという事情もあるが、こうした書物が刊行されていたことを見ると、白話が廣い場面で行なわれていたことが知られる。白話は決していわゆる庶民ばかりのものではなく、士大夫讀書人にとっても身近なものだったのである。

第三節　なぜ「白話」か？　下から上へ

以上、明末の時代に白話の作品が作られた一つの背景として、士大夫が、いわば庶民の上に立ち、庶民を見下ろす立場で敎化を行なうにあたって、誰にでもわかりやすい言語である白話を用いた、という側面を見た。ここでは逆に、士大夫が庶民の側に、自分たちにはない價値を見出し、それゆえに庶民の白話文藝を取り上げた側面について考えて

みたい。

こうした考え方を最も明瞭に述べたのが、馮夢龍の「敍山歌」であろう。本書第二部第六節で詳しく見たように、馮夢龍の「敍山歌」では、『詩經』における風と雅の末裔として、「田夫野豎」による山歌と「薦紳學士家」による詩壇の詩とを對立的に捉え、「民間性情の響」としての山歌に「眞」が存するのに對し、現在の「詩壇の詩」は、形ばかりの「假（にせ）」になっていると分析する。そして『山歌』によって、現在行なわれている、性情の響を失い、心からの眞なる感動を失ってしまった「假の詩文」を攻撃し、「假の詩文」に生氣をふきこむのだ、という目的が述べられている。

馮夢龍の「敍山歌」は、直接には、例えば「今街中で女子供が歌っている劈破玉、打草竿の類（俗曲）」は、「知識も見識もない眞人が作ったものであるから、眞の聲が多い」といった袁宏道の發言（「敍小修詩」『錦帆集』巻二）や、

> そもそも童心とは眞心のことである。もし童心を不可とするなら、これは眞心を不可とすることになる。そもそも童心とは、假がなく純粹に眞なるものであって、最初一念の本心である。もし童心を失うなら、眞心を失うことになり、眞心を失うなら、眞人たることを失うことになる。(10)

そういって『水滸傳』『西廂記』こそが童心にもとづく文學であると稱贊した李卓吾の「童心論」（馮夢龍は李卓吾を崇拜していた）などに淵源すると思われる。しかし、このような「眞詩は民間に在り」とする考え方は、より古く、明代中期の李夢陽の發言（李夢陽「詩集自序」（『空同先生集』巻五十））などにもさかのぼることができる。そして、馮夢龍に先んじて實際に民間の歌謠を收集した李開先などの人もあったのであった。

さて、このように明代にあっては、從來價値低く見られていた庶民の中に、むしろ士大夫たちが失った「眞」が存し、それらに學ばなければならない、とする思潮があったのである。

詩が（生活が）、本來あるべき感動を失っているのではないか。詩に眞實の感動をよび戻すのにどうしたらよいのか。これが當時の知識人に共通した問題であった。そして、眞實の感動の獲得のために新たに見出された道が、新たな民衆像だったのではないか。明代の知識人が、民衆の歌の中に見出したのは、しかつめらしい道徳も規範もなく、ただ心のおもむくままに戀の、もしくは肉欲の炎に身を燒かせることのできる、自分たちとはちがった、儒教にしばられない自由な人間像だったのではないか。

こうした民衆に對する知識人の思い入れ、いうなれば「民衆の發見」があったからこそ、明代には俗曲や山歌のみならず、戲曲・小說などの白話文藝全體が高く評價されるようになったのではないだろうか。

なお、同樣の「民衆の發見」は、明代の思想史においても、竝行的に行なわれていたことが觀察される。例えば、王陽明『傳習錄』卷下。

ある日、王汝止が外に出掛けて戻ってきた。先生がたずねた。「出掛けて何を見てきたのか。」答えていった。「町中の人がみな聖人であるのを見ました。」先生がいわれた。「おまえは町中の人が聖人であるのを見たが、町中の人はおまえという聖人がいるのを見たのだ。」(11)

この「滿街人都是聖人」の發言は、「君子」ばかりでなく、すべての人が聖人たりうる可能性を持つものとして、從來の「士」と「庶」の階級差を否定する發言であり、事實、こうした考え方は、王陽明の流れを承けた王畿（龍溪）、

さらに王艮（心齋）らの泰州學派へと發展する。黄宗羲『明儒學案』巻三十二、泰州學案「王一庵語録」では、王心齋について、

　天はわが師を生み、この海濱に立ち上がらせ、慨然として獨悟させ、直接孔孟を宗とし、直接人心に行く道を指し示した。それから、愚夫俗子で一字も識らない人もみな自らの性のままに靈妙であり、自ら完全で自足し、聞見を必要とせず、口耳も必要としないことを知ったのである。かくして二千年の間傳わらなかった消息が、一朝にしてよみがえったのである。先師の功は、天ほども高く地ほども厚いということができよう。(12)

といって、「愚夫俗子で一字も識らない人もみな自らの性のままに靈妙であり、自ら完全で自足」するとして、王心齋が「愚夫俗子」の價値を發見し、評價したことを賞贊している。(13)

こうした思想上の考え方は、文學上の「民衆の發見」、民衆の言語としての白話の評價と表裏一體をなす考え方といえよう。

結　び

以上、明末において、盛んに書かれ、出版されるようになった白話の文藝について、その隆盛の背景を二つの異なった側面から觀察してみた。一つは、士大夫が庶民を敎化し、社會の秩序を回復させようとするために、誰にでもわかりやすい白話を用いた、という方向であり、もう一つは、士大夫たちが、庶民の中に、自分たちの失った價値を發見

し、庶民的な文藝を積極的に取り上げたということである。そのどちらの方向にしても、そこには新たな庶民像、あるいは民衆の價値の發見があったことになるのである。

注

（1）拙著『明末江南の出版文化』（研文出版　二〇〇四）。

（2）『中國大百科全書』戲曲・曲藝卷「中國戲曲劇種」の項に載せる「中國戲曲劇種表」には、三一七種の地方劇を記錄している。

（3）嘉靖本『三國志通俗演義』庸愚子序
前代嘗以野史作爲評話、令瞽者演說。其間言辭鄙謬又失之於野、士君子多厭之。若東原羅貫中、以平陽陳壽傳、攷諸國史、自漢靈帝中平元年、終于晉太康元年之事、留心損益、目之曰三國志通俗演義。文不甚深、言不甚俗、事紀其實、亦庶幾乎史。蓋欲讀誦者、人人得而知之、若詩所謂里巷歌謠之義也。書成、士君子之好事者、爭相謄錄、以便觀覽。

（4）「古今小說序」（『古今小說』）
大抵唐人選言、入於文心、宋人通俗、諧於里耳。天下之文心少而里耳多、則小說之資於選言者少、而資於通俗者多。試今說話人當場描寫、可喜可愕、可悲可涕、可歌可舞、再欲捉刀、再欲下拜、再欲決脰、再欲捐金、怯者勇、淫者貞、薄者敦、頑鈍者汗下。雖小誦孝經論語、其感人未必如是之捷且深也。噫、不通俗而能之乎。

（5）「警世通言序」（『警世通言』）
六經語孟、譚者紛如、歸于令人爲忠臣、爲孝子、爲賢牧、爲良友、爲義夫、爲節婦、爲樹德之士、爲積善之家、如是而已矣。經書著其理、史傳述其事、其揆一也。理著而世不皆切磋之彥、事述而世不皆博雅之儒。于是乎村夫稚子、里婦估兒、以甲是乙非爲喜怒、以前因後果爲勸懲、以道聽途說爲學問、而通俗演義一種遂足以佐經書史傳之窮。

（6）王陽明『傳習錄』卷下
先生曰、古樂不作久矣、今之戲子、尙與古樂意思相近。未達、請問。先生曰、韶之九成、便是舜的一本戲子、武之九變、便是武王的一本戯子。聖人一生實事、倶播在樂中、所以有德者聞之、便知他盡善、盡美與盡美未盡善處。若後世作樂、只是做些詞調、於民俗風化絶無關渉、何以化民善俗。今要民俗反樸還淳、取今之戯子、將妖淫詞調倶去了、只取忠臣孝子故事、使愚俗百姓人人易曉、無意中感激他良知起來、卻於風化有益、然後古樂漸次可復矣。

（7）陶奭齡『小柴桑喃喃錄』卷上

若夫西廂玉簪等、諸淫媟之戲、亟宜放絶、禁書坊不得鬻、禁優人不得學。違則痛懲之、亦厚風俗、正人心之一助也。

（8）呂坤「書小兒語後」（『演小兒語』）

小兒習先君語如說話、莫不鼓掌躍誦之、雖婦人女子亦樂聞而笑、最多感發。

（9）張居正「進帝鑑圖說疏」（『張太岳文集』卷三十八）

今臣等所輯、則善惡並陳、勸懲斯顯。譬之薰蕕異器、而臭味頓殊、冰鏡澄空、而妍媸自別。且欲觸目生感、故假像於丹青、但取明白易知、故不嫌於俚俗。

（10）李贄「童心論」（『焚書』卷三）

夫童心者、眞心也。若以童心爲不可、是以眞心爲不可也。夫童心者、絶假純眞、最初一念之本心也。若失卻童心、便失卻眞心、失卻眞心、便失卻眞人。

（11）王陽明『傳習錄』卷下

一日、王汝止出遊歸。先生問曰、遊何見。對曰、見滿街人都是聖人。先生曰、你看滿街人是聖人、滿街人倒看你是聖人在。

（12）黃宗羲『明儒學案』卷三十二　泰州學案「王一庵語錄」

天生我師、崛起海濱、慨然獨悟、直宗孔孟、直指人心。然後愚夫俗子不識一字之人皆知自性自靈、自完自足、不假聞見、不煩口耳。而二千年不傳之消息、一朝復明。先師之功、可謂天高而地厚矣。

（13）島田虔次『中國における近代思惟の挫折』（筑摩書房　一九七〇）、森紀子「泰州學派の形成　鹽場からの異軍突起」（同氏『轉換期における中國儒教運動』京都大學學術出版社　二〇〇五所收）。

第四章　藝能史から見た中國都市と農村の交流——ひとつの試論——

はじめに

北宋の都汴京の様子を描いた『清明上河圖』、元宵のまつりに沸き立つ明の萬曆年間ごろの南京の様を描いた『南都繁會圖卷』、そして清の乾隆年間の蘇州の繁榮を描いた『盛世滋生圖』。これら十二世紀から十八世紀に至る中國の都市の繁盛ぶりを描いた代表的な繪畫三幅を竝べてみると、いらかの波や輻湊する船舶、行き交う人々などの中に、道ばたの大道藝や小屋で行なわれた芝居、そしてそれを見物する人々が描き込まれていることが注意を引く。また、宋代の代表的な都市繁昌記である『東京夢華錄』（北宋の都汴京のありさまを記す）、『夢粱錄』（南宋の都臨安のありさまを記す）などにおいても、「京瓦伎藝」「小說講經史」などの一項が設けられ、これらの都市の盛り場である瓦子の藝能のことがこと細かに書き記されている。

都市の繁榮と藝能の活況には切っても切れない關係があり、藝能はまさしく、都市の繁榮を最も端的に象徴していたともいえるのである。このことは、何も過去の中國に限ったことではなく、わが國江戶に關する寺門靜軒の『江戶繁昌記』が、芝居をはじめとする藝能にかなりの紙數を費やしていたり、昨今の都市論の多くが盛り場論であることを見ても容易に理解できるであろう。

さて、本論の課題は、こうした都市文化の華ともいえる藝能（ここでは、歌舞音曲から曲藝、演劇までを含んだ廣い意味で使っておく）が、どのような出自、背景を持ち、都市を中心とする文化の中でどのように位置づけられるのか、という問題を、都市と農村とを一つの軸として考え、それによって中國藝能史を見る大枠を設定しようとするにある。個々の藝能に即して、それがどのような藝能であったかについては、陳汝衡『說書小史』（中華書局　一九三六）、入矢義高「北宋の演藝（上）（下）」（『東光』第八・九號　一九四九）、李嘯倉『宋元伎藝雜考』（上雜出版社　一九五三）、濱一衞『日本藝能の源流――散樂考――』（角川書店　一九六八）、尾上兼英「庶民文化の誕生」（『岩波講座世界歴史』Ⅱ部三　一九七〇）ほかの中で述べられ、考察されているが、本論では個々の藝能についてよりも、いわば中國藝能の總體としての動向により大きな關心を向けるものである。

はじめに『清明上河圖』や『東京夢華錄』など、宋以後、中國のいわゆる近世とよばれる時代の資料を擧げたが、都市についても、唐以前とそれ以後では、たしかに様相を異にしているように思われる。唐の都長安は、當時世界第一の規模を誇る國際都市として繁榮していたことはいうまでもない。そして今日斷片的に殘された資料によって、寺院の境内などで、庶民向けの曲藝や講談なども行なわれていたことが知られている。だが、長安の繁華の様子の描かれ方は、壓倒的に宮廷の華やかさと結びついていた。天にもとどかんばかりの宮中の樓閣、各國からおとずれる朝貢使節、その目新しい風俗、そして彼らによってもたらされた異域の文物、さらに『開元天寶遺事』などに見られるような、宮廷の贅澤な生活、これらこそが唐帝國の繁榮の最大の象徴だったのである。藝能についても、あくまで宮廷や貴族が中心であり、庶民はいわばそのおこぼれを頂戴するような形でそれを享受したのであった。長安の繁榮がいわれる中で、唐の民間の藝能についての記録があまりにも少ないのは、こうしたことを意味するであろう。

それに對して、『清明上河圖』以下の繪畫では、講談に足をとめて聽き入ったり、背のびしながら舞臺の俳優の動きに見入るといった、庶民の具體的な姿が克明に描かれている。つまり、唐代にあっては宮廷という際立った一つの場所に視線が集中し、そのため庶民は影の薄い存在にすぎなかったのであるが、宋以後では都市に住む者一人一人が、その繁昌の主人公として捉えられているといえよう。唐から宋へと移るに従い、政治的都市から經濟的都市へと都市の性格が變わったことや、宋代における庶民文化の興起などについては、つとにいわれているが、それと同時に今述べたような、都市を見、都市を描く際のまなざしのちがいがあらわれていることは、あらためて注意されてよかろう。

本論では、以上の諸點をふまえ、民間の藝能に關する資料が多くあらわれる中國の近世、宋代以降について考えることにしたい（唐代については、第三節で見直すが）。

第一節　『盛世滋生圖』に見える藝能

藝能の存在様態を考える第一歩として、ある一つの時代、一つの地域を例にとって見てみることにしよう。ここでは、徐揚描くところの『盛世滋生圖』を手掛かりとして、清代中期ごろの蘇州に注目したい。この『盛世滋生圖』は、蘇州出身の宮廷畫家であった徐揚が、乾隆二十四年（一七五九）に描いたものである。畫題の示すとおり、世の太平をことほぎ、善政を謳歌する意圖をもって描かれ、皇帝に獻上されたものであり、もと清宮から遼寧省博物館に藏され、現在北京の歴史博物館で展觀されている。一九八六年に蘇州建城二千五百年を記念して文物出版社より豪華版の畫冊が刊行され、容易に見られるようになった。同畫冊に附された王宏鈞氏の解説「蘇州的歴史和《盛世滋生圖卷》」によれば、圖卷は幅三五・八センチメートル、長さ一二・二五メートルにも及ぶ長大な作品であり、蘇州西郊、太湖のほとりにほど近い靈巖山のふもとの村からはじめ、西から東へ運河（胥江）に沿って進み、木瀆鎭の繁榮の様子、さらに石湖の風光を描き、横塘鎭を經て蘇州城の西、繁華な胥門に至り、そのまま城壁に沿って北上し、蘇州一の繁華街である閶門を經て、山塘街を通って虎丘にまで至る各處の様子を描いている。言い換えるならば、一村、一鎭、一城、一街とその周圍に廣がる農村の狀況が描かれている。さらに同文によれば、畫巻には約一萬二千人の人物、四百隻の船、五十もの橋、二百三十餘家の商店が描き込まれており、まこと當時の蘇州の繁榮ぶりをしのぶことができるものである。

この繪を眺めていると、いろいろなことが學べるが、藝能について、同畫册に附された張英霖・姚世英兩氏による「圖版說明」を參考にしつつ、この畫巻の順序に見てゆくことにしよう。まずは木瀆鎭の水邊の亭で二人の男が向いあい、一人は三絃、一人は（こちらは後ろ向きに座っており、背に隱れてしかと見えないが）やはり何か樂器を奏でているところである。これはおそらく、現在でも蘇州の代表的な歌い語りの藝能として知られる彈詞（その歌の部分の演奏）にちがいない。同じ木瀆鎭を、今しも「翰林院」「狀元及第」などと書かれた提燈を掲げ、美しく飾った大船が通りかかろうとしている。船の上には一挺の花轎が置かれ、狀元のやしきの嫁取りに向う船であることがわかる。その大船の少し前に小船があり、そこに樂隊が乘って先導をしている。らっぱ、ドラ、大小いく種類もの太鼓、藝能とまではいえないだろうが、こうした鳴り物の音も都市の繁昌に花を添えていたことだろう。川のほとりに立つ人々はみなこの船の方に目をやって、うわさ話をしているように見える。

商家が立ち竝ぶ木瀆を過ぎると、再び石湖のあたりの田園風景になる。農家が點在し、漁家も見える。少し北へ視線を向けると、獅山のほとりの農村では美しく飾られた春社の戲臺が設けられ、今しも芝居のまっ最中である。舞臺は村はずれの廣場に假設されたもので、下では二百人近くの觀客が着飾って舞臺の演技をみつめている。舞臺上手の側に設けられたさじき席では女性が芝居を見ている。舞臺上は、手に小さなドラを持った男と腰に花鼓をさげた女に向って、公子然とした男が、扇をかざしてからかっている場面である。これは安徽の鳳陽から出て各地を渡り歩いた

【圖 1】　三絃の演奏　『盛世滋生圖』

【圖 2】　村芝居　『盛世滋生圖』

花鼓戯の藝人夫婦の話である、明の周朝俊の『紅梅記』の一折といわれる。村芝居の盛んなさまを描くのに江湖の藝人の物語の上演をもってしたのは、なかなか象徴的である。この舞臺上の俳優をも含めて、よそからやって來た人々によって、都市や農村のまつりの晴れの日に彩が添えられていたともいえるのである。樂の音につられて、遠くの方から芝居を見にかけつけてくる人々が點描されている。客をあてこんだ露店も出ている。舞臺の前に立てられた高い旗竿には、「恭謝皇恩」と書かれた旗が風にたなびいている。

續いて、圖巻はいよいよ蘇州城に近づいてくる。蘇州城西南の胥門である。この胥門外棗市街を描いた一段の中に、運河に臨む樓閣（おそらく妓樓であろう）で、赤い絨毯の上で、琵琶と笛に合わせて女が歌い舞っている状況が描かれている。ひげをたくわえた風格のありそうな男が正面の主客であり、その右どなりに接待にあたる男が座っている。洗練されたお客のようでもあり、蘇州を本場とする昆曲の一節ででもあるのだろうか。この時代、演劇の上演は、祭りなどの折に假設の舞臺で行なわれるほかは、個人のやしきのホールで絨毯をしいたところで行なわれたのであった。

胥門から蘇州城城壁に沿って北へ。人の出盛る萬年橋を中心に、このあたりは臬臺（按察司）、藩臺（布政司）や申衙（申家の屋敷）など、官府や豪壮な屋敷が描かれている。申衙は、明末の宰相申時行の屋敷である。明末のころに作られた蘇州彈詞『玉蜻蜓』は、暗に申時行をそしったものであるといわれ、それがために申家の前では『玉蜻蜓』はご法度だったという。その記事（平歩青『霞外攟屑』巻九「玉蜻蜓」）は、清の同治年間ごろのものだが、あるいはこの繪の描かれた當時もこの上演は禁じられていたかもしれない。申衙の近く、江蘇總藩（江蘇巡撫）の衙門の前には、今まさに巡撫がお出ましになるのだろうか、さまざまな儀仗がととのえられている。旗さしものがある。長刀や槍のような武器もみえる。「廻避」「肅靜」と書いた牌を先頭に、鳴り物入りで出遊する大官の行列は、庶民にとってそれほどありがたいものではなかったかもしれないが、その儀仗の華やかさが一種見世物としての意味を帯びていたともいえよ

【圖３】 絲竹歌舞 『盛世滋生圖』

う。中衙の近くのさる大家では婚禮のまっ最中、赤いベールをかぶった新婦が家の長輩を拜しているところである。門外には何挺もの轎が竝び、赤い包裝をされた嫁入り荷物が運ばれている。そして、ここでも樂隊が笛太鼓で氣分を盛り上げている。官員の出遊に、婚禮に（おめでたいこの繪には描かれぬが、葬禮にも）、音樂は缺かせないもののようで、この畫家は盛世滋生のさまを描かんがために、いたるところで音樂の演奏を描き込んでいるのである。

續いて、畫はいよいよ蘇州第一の商業地、閶門にさしかかる。立ち竝ぶ商店、すき間もないくらいに停泊している商船、閶門橋（吊橋）には、橋上の商店がその兩側に竝んでいる。その閶門を出たところの一角で、サーカスが行なわれている。長い棒を持って細い綱の上を歩く、綱渡りの少女である。そしてそれを何十人もの觀客が人垣を作って見物している。假設といえども小屋で行なわれ

【圖4】 サーカスの綱渡り 『盛世滋生圖』

た演劇とも、妓樓で行なわれた歌舞とも異なり、露天で行なわれた大道藝である。下層の藝人、いわゆる路岐の人といえようか。蘇州一の繁華街を描くにあたって、サーカスを點描しているあたり畫家の構想は心にくい。

同じ閶門外、ちょうどサーカスの反對側に「神相」と書いた看板を掲げて、扇子を持って立ち、一人の男と話している者がいる。人相見であろうが、これなども舌先三寸で人様からおあしを頂戴する稼業で、路岐の人の仲間といえよう。少し前に戻るが、木瀆鎭の場面でも家の壁に鬼谷子の圖を掛けて人相見をしているものがおり、何人かの者がそれを取り圍んでいた。

閶門の繁華を過ぎて、この長卷もいよいよ最後の一段となる。閶門から虎丘に至る運河に沿った、山塘街の情景である。蘇州の行樂地虎丘へは、折々に船を仕立てて出掛けてゆき、絃歌の聲が絶えなかったことは、すでに明の袁宏道の「虎丘」、李流芳の「遊虎丘小記」などにも見えている。袁宏道は、虎丘は、まちを去ること七、八里のところにある。山といっても、高い巖、深い谷があるわけではなく、ただまちに近いということで、簫鼓樓船のない日とてないありさま。月の夜、花の朝、雪の夕べにはいつも、遊人の往來が、紛として織るが如くである。なかでもすごいのは、中秋の時である(1)。

と、その繁華のさまを記している。まさにこの『盛世滋生圖』が描かれた乾隆時代、この蘇州は虎丘の船遊びにまつわるエピソードを掲げよう。ことは陸長春の『香飲樓賓談』巻二「沙三爺」の條に見えるが、澤田瑞穗「清代歌謠雜稿（四）」（『天理大學學報』第五十八輯　一九六八。のち同氏『中國の庶民文藝』東方書店　一九八六にも收む）に紹介されているので、ここでは澤田氏の文章をお借りしよう。

蘇州虎邱の名物は五月端午の龍船で、これを見物するために人々はみな高い金を拂って舟を雇うのであった。沙三爺とよばれる豪商の旦那、この龍船の漕ぎ競べを見物しようと、沿岸の貸舟をさがし歩いたが、みな出拂って一隻の空き舟もない。すっかり氣をくさらせてしまった。その翌年、端午の一ヶ月前から店のものを四方にやって、蘇州内外の貸舟という貸舟は一隻殘らず手金を打って、そっくり豫約してしまった。競渡の行われる當日になると見物客が殺到したが、一隻の舟もない。船頭に問えば「沙三爺の旦那の舟でして、ヘイ」と答えるばかり。數千人もあるはずの蘇州の船頭が、どこへ行っても異口同音の返辭である。そこで沙三爺はまたひそかに人をやって見物客に對してこう言わせた――龍舟見物でしたら、沙三爺の旦那のところへ行って相談してごらんなさい――と。客が殺到する。沙三爺はそれを悉く引受けて、どの客はどの舟と指圖して、識るも識らぬも全員を舟に載せ、おまけに舟には美酒嘉肴・絲竹管絃、きれいどころの藝者衆まで乘りくんでの大サーヴィス。これで沙三爺の名聲が一時に揚った。それより沙三爺は豪奢をきわめ、またたくまに家產を蕩盡した。數年もするうちに見るかげもなく零落し、ついには、しがない食物屋になって生計を立てた。小唄が得意で、子供が三錢も出して油餅か何かを買うと、きっと剪剪花や夜夜遊などの曲を唱って餘興とした。それでも人々はなお彼を沙三爺、つまり沙の旦那と稱したという……。

一時に贅を盡くし、沒落した後もこんな歌を歌っていたというのも、しゃれた話である。乾隆の盛時の蘇州には、たしかにこんな粹な旦那の一人や二人はいたことだろう。この『盛世滋生圖』にも、沙三爺が描かれているのかもしれない。いずれにしても、こうした人々の歌う俗曲（おそらく妓樓で習い覺えたものだろう）も、蘇州の街中で聞かれたことであろう。

第二節　蘇州の藝能

（1）山歌・俗曲

畫卷は、虎丘で終わりを遂げている。この畫卷から藝能に關する部分を拾ったのが、右に記したところである。しかしながら、蘇州で行なわれていた藝能は以上述べたものがすべてというわけではない。ちょうどこの畫卷が農村、小鎭、城市の順に描かれていたので、この順序に從って他の藝能も追ってみることにしよう。

この畫卷に描かれているのは、桃の花咲く春である。農村では、農夫が幾人か野良に出て畑を耕している。この繪からは手を休めての立ち話ぐらいしか聞こえてこないが、正德八年（一五一三）の『姑蘇志』卷十三、風俗にも、

民間農村の民は、山野で歌を歌っても、それがきちんと音節をなしており、その俗は美なりというべきものである。(2)

とあるように、明代の呉中の農村で歌（山歌）が歌われていたことはたしかである。明末蘇州の文人馮夢龍が、蘇州の民間歌謡を集めて『山歌』を編むが、例えば、『山歌』巻一の「半夜」、

眞夜中

兄さん、もしも夜中に來るのなら、裏の戶をたたいたりしないでちょうだい
うちの脫穀場のにわとりの羽根を拔いて
いたちがにわとりをぬすんで、コッコとないているようにするのがいいわ
そしたら（親は）わたしにひとえのスカートをはいて、野良猫をおっぱらいに出て行かせるでしょうから(3)

なども、家に「場」すなわち作業場があって、にわとりも行ったり來たりしている農家の風景を詠じたもので、實際に農村で歌われていた歌であろう。(4)

蘇州の城內に住んでいた馮夢龍が、三百八十首にものぼる山歌を集められたのは、この當時、山歌を城內でも聽くことができたからである。都市において山歌を聽けたのは、明末蘇州に特有の現象といえるが、農村から都市に勞働者として移住してきた人々が歌を持ってきて、蘇州の町中で歌ったのである。

明末の蘇州は、中國最大といってもあやまたぬ程の商工業都市であり、數多くの專業勞働者を抱えていた。彼らの多くは農村から都市に移り住んできたものたちであり、萬曆二十九年（一六〇一）のいわゆる織傭の變の折の記錄では、この時に失業した染工、機工それぞれ數千人にのぼったというから、この數の多さが想像できる。そして、彼らが歌を歌っていたことについて、時代と場所は異なるものの、徐一夔の『始豐稿』卷一「織工對」に、

わたしは錢塘の相安里に部屋を借りて住んでいた。この地では、お金に餘裕のあるものは、だいたい職人を置いて織らせている。毎晩二鼓（十一時ごろ）になると、一人が歌い出すと多くのものが和し、その歌聲は活發であった。思うに、織工たちであろう。わたしは「樂しそうなことだ」と嘆賞した。翌朝になって、その場所に出掛け、その古い建物を見ると、壓杼機四五臺を南北に竝べて、職人十數人が、手で持ち上げ、足で蹴っていたが、みな青白い顏をして魂が拔けたようであった。(5)

とあることによって想像できるであろう。これは明初の杭州での話であるが、晝間の作業中には生氣のなかった織工たちが、夜になると聲を合わせて歌を歌い、樂しんでいたのである。

さらにはまた、都市においてかなり大規模な山歌會が開かれることもあった。蘇州府下吳江縣盛澤鎭で行なわれていたそれについて、豐富な記錄が殘っている。(6)盛澤鎭で行なわれた山歌會について、乾隆『盛湖志』卷下、風俗には、

中元の夜には、四鄉の大勢の傭織たち、そして俗に曳花と稱する者たちが、およそ數千名ばかり、東廟と昇明橋に集まって、山歌の歌比べを行なう。新しい歌を作って、その騷ぎは朝まで續く。(7)

とある。四鄉の傭織とは、盛澤鎮の四周の農村に住む機業勞働者を指す。「曳花」は、綿絲を紡ぐ作業、またそれをする人（多くは女工であろう）を指す。こうした傭織や曳花たちによって、山歌が都市にもたらされたのである。しかも、この山歌會は非常に多くの人を動員し、さらに夜を徹して朝まで行なわれた、相當に大規模な祭であったろうと想像される。

山歌のように、農村から都市へ出ていった藝能もある一方、都市から農村へ傳わった藝能もある。圖卷中の農村の芝居なども その一つと考えられるが、ほかにも都市で流行した俗曲（小調）が農村にまで傳わっていたであろうことは、嘉慶元年（一七九六）の進士で南匯の人、楊光輔の『淞南樂府』の「淞南好、無處不歡場」の一首の自注に、

彈詞を歌う盲女が、最近は舞台で歌われる小調を學び、厚化粧をして茶肆に座り、金を取って歌を歌うようになった。若者たちは爭って纏頭（花）を贈っている。(8)

とあって、小鎮の茶席などで小調が聞かれたことがうかがわれる。こうした茶席は、都市・農村の交流の場であったといえよう。

（2）語り物藝能

時代はさかのぼるが、南宋の陸游に「小舟遊近村捨舟步歸（小舟にて近村に遊び、舟を捨てて步みて歸る）」詩（『劍南詩稿』卷三十三）があり、

斜陽古柳趙家莊
負鼓盲翁正作場
死後是非誰管得
滿村聽說蔡中郎

斜陽古柳　趙家莊
負鼓の盲翁　正に場を作す
死後の是非誰か管し得んや
滿村　蔡中郎を說くを聽く

とあって、『琵琶記』の話を語っており、また同じ南宋の劉克莊の「田舍卽事」詩（『後村先生大全集』巻十）には、

兒女相攜看市優
縱談楚漢割鴻溝
山河不暇爲渠惜
聽到虞姬直是愁

兒女　相攜へて市優を看る
縱《ほしいまま》に楚漢の鴻溝を割くを談《かた》る
山河　渠が爲に惜しむに暇あらず
聽きて虞姬に到り直《た》だ是れ愁ふのみ

とあり、これらいずれも農村にまわってきた語りもの藝人であった。清代の蘇州にも、こうした藝人たちがいたものと思われる。

蘇州といえば忘れるわけにいかないのが、先にも觸れた蘇州評彈である。評彈とは、評書と彈詞を合わせ稱したものである。評書は、樂器の伴奏なしでもっぱら語られる藝、彈詞は『盛世滋生圖』木瀆鎮の段にそれらしきものが見られたが、三絃と琵琶を彈きながら歌い語るもので、これは蘇州獨特のものであった。これらは、多く書場という寄席で語られた。蘇州ではこの評彈がたいへん盛んであり、乾隆年間ごろに、評彈藝人の組織である光裕公所が發足し、

ギルドホールもできた。當時の蘇州の書場も、この公所が取りしきっていたものと思われる。

蘇州城內の中心的な盛り場といえば、實は『盛世滋生圖』には描かれていなかったのだが、街のほぼ中心に位置する玄妙觀前の、いわゆる觀前街である。古く明代においても、ここで說書が行なわれていたことは、馮夢龍の編んだ『警世通言』の序に、

村の子供が、包丁を使っていて指にけがをしたが、痛がらなかった。ある人が、不思議に思ってたずねたところ、子供は「僕は最近、玄妙觀で三國志を聽いてきたけれど、關雲長（羽）は、骨をえぐって毒をとりのぞく手當を受けながら、平然と談笑していた。だから、僕だって痛がってなんかいられないんだ」といった。(9)

とあって、玄妙觀で『三國演義』が語られており、それを子供たちまでが聽きにいっていた樣子がうかがわれる。町の子供が『三國志演義』を聽きに行ったというくらいだから、講談は、誰でも聽くことができたことがわかる。かつて宋代の蘇軾の『東坡志林』卷一に、

街の惡童たちは、家でうるさがられると、金をもらってむかし語りを聽きに行かされる。三國の話になって、劉玄德が敗れると、まゆをしかめて泣き出すものもあり、曹操が負けたと聞くと、喜んで快哉を叫ぶ。(10)

とあるのと同樣の狀況である。蘇州での說書については、李玉の戲曲『清忠譜』第二折「書鬧」にも、

おれは姑蘇城外で周老男として知られる、周文元というものだ。若い時から無頼の徒で、このあたりをしきっている。城内の玄妙觀前に、李海泉というものがいて、『岳傳』を語るのが上手なので、おれはここ李王廟前に呼んできて、書場を設けた。毎日、一千、二千文がもうかるが、李海泉に飯を食わせ、書錢を與えたら、その殘りは全部おれが酒を飲み、賭け事をして使ってしまうのだ。昨日は、金の兀朮が鄜延州を破ったところまで話したので、今日は童貫の起兵だそうで、はなはだ繁昌している。(11)

とあって、ここでも玄妙觀前に講釋師が住んでいたこと、その講釋師は、一種の手配師の招きで城外にもよばれて話を語ったことがわかる。しかしながら、講談においても、例えば南京で活躍した柳敬亭の場合などは、張岱『陶庵夢憶』巻五に、

南京の柳麻子は色黑で、顏じゅうあばただらけ、「悠々忽々、形骸を土木にし」ている。講談の名人で、一日に一回語り、値段は一兩と決まっている。十日前に贈り物をして豫約をしなければならないが、つねに空いている時はない。南京でひところ、藝人の雙璧とされたのが、王月生と柳麻子であった。(12)

とあるように、演劇の場合などと同樣、金持ち相手にだけ上演しており、コネがなければ聽くことができないほどのものもあったようである。孔尙任の戲曲『桃花扇』にもこの柳敬亭は登場する。また、ほかならぬ馮夢龍の增補した『新平妖傳』の第十五回、その馮夢龍の增補部分に、講談の描寫がある。

（胡媚兒は）小姓に向かって、

「ここには講釋を語ってきかせる者がありますか。」

とたずねますと、小姓、

「瞿瞎子というものがおり、たいへん上手に語ります。聲もよく通り、話の筋もよくわかります。この者はこちらのお屋敷のつい軒先に住んでいます。」

「氣ばらしに聞きたいから呼んでください。」

小姓は雷太監に言上して瞿瞎子を呼び、手を引いて中堂へ案内します。よけいな挨拶はご免とし、小さな机と腰掛けをやって、敷居の外に坐らせ、媚兒は中で簾をたれて聽きます。題は注文せず、おもしろい話を選んで語るよういいつけます。瞿瞎子はさっそく咳ばらいして拍子木を一撃ちしますと、語り出しの四句の詩をよみあげ、本筋に入ります。それは紂王と妲己の物語でありました。（中略）

媚兒は聞いて嘆息しました。

「古人もいっている。『人は生きている時、心に滿足しなければ、百まで生きてもなお早死だ』とか。もし一日でも得意の日があれば、死んでも惜しくはない。」

そこで一貫の錢をとらせますと、瞿瞎子は歸ってゆきました。(13)


こちらも、やはりお屋敷に藝人を呼んで演じさせる場合であるが、こうした描寫には、馮夢龍が實際に講談を聽いた狀況が反映されているにちがいない。

（3）祭りの藝能

藝能の行なわれる重要な場として都市の祭りが考えられる。都市の祭禮に關しては、明の萬曆年間ごろの『南都繁會圖卷』（中國歷史博物館藏）が參考になる。これは南京の元宵節の模樣を描いたものであって、中にはいわゆる「雜耍把戲」――高蹺や曲藝など――が描かれている。もちろん舞臺も設けられ、芝居が行なわれている。元宵につきものの、五色の飾りを施しただしもみえる。さてそうした中でとりわけ關心を引かれるのは、大道に沿って進みながら演じられるさまざまな曲藝の行列である。この行列は、畫面の左側、山のあたりから右の方（街の中心）へと續々と流れている。つまりこれら藝能部隊は、郊外の農村から都市を目指して流れ込んできているのである。高蹺（高足踊り）の中には、大頭和尙と柳翠の姿が見える。これなどは、山歌にも通じるような淫猥な內容のものであるが、こうしたものが農村から流れ込んできていたのである。

蘇州でも同じような祭りが行なわれていたことは、明の王穉登の「吳社篇」などによってうかがわれるが、おそらく蘇州にあっても、近郊農村からのだしや藝能隊がこの時とばかり城內にくり出したのではないかと思われる。事實、無錫では解放前までこうした祭りがあり、城門を入る際にいくつかの村のだしがはち合わせになると、山歌の歌くらべをして勝ったものが先に入った、という話もあり、さらにこうしたことからけんかにまで發展したことが孟森「唱山歌之淸史料」（『歌謠』第二卷第十期　一九三六）にも見える。そしてそもそもこうしたことは、南宋の杭州の記錄である『夢粱錄』卷二十「百戲伎藝」に、朝家の大朝會、聖節などの際には、

また村落百戲の人があって、子供の手を引き娘を連れて、街坊橋巷において百戲伎藝を披露し、お店やお屋敷

で酒手などを求めるのである。(14)

とあって、彼らはプロというわけではないが、節日に都市へ出てきてはさまざまの藝をし、なにがしかの金錢を手にしていたもののようである。わたしは一九八五年の元宵節の折、上海にいた。上海の舊城隍廟――舊縣城內、豫園のあたり――には元宵燈が多く飾られ、道も歩けぬほど多くの人出でにぎわっていたが、そこで近郊農村から手作りの提燈を賣りに來ている人々を多く見た。これは藝能を演じていたわけではないが、祭りになると農村から出てきて、見物かたがたの小遣い稼ぎは、今でも行なわれているようである。

（4）演　劇

都市における演劇は、明代にはかならずしも現在のような劇場という形をとらなかった。蘇州の都市部で演劇が見られたのは、日本近世の江戸や大坂のような劇場においてではない。明代にあって、都市部で演劇が行なわれたのは、多くは會館や個人の邸宅など、閉ざされた空閒においてだったのである。

なぜ公共的な劇場が存在しなかったか（しなかったわけではない。元のころには、杜仁傑の散曲「莊家不識勾欄」に描かれているように、入場料を拂って入る商業的な芝居小屋があったのだから、衰退したというべきであろう）。明末の都市演劇における劇團は、つまるところ金持ちのお抱えだったのである。あるいは日本の江戸時代における能樂師のあり方などがそれに近いかもしれない。

劇團員の生活の面から考えれば、生活が成り立つことが大切であって、公共の劇場であるか個人のお抱えであるかは大きな問題ではない。むしろ、觀客の入りに左右される劇場の方が收入が不安定であり、金持ちに抱えられていた方が安定していたくらいかもしれない。日本で芝居小屋ができたのは、見方をかえれば、劇團を抱えてしまえるだけの大金持ちがいなかったからである。中國にはそれだけの金持ちがあったのである。

明末蘇州の都市部における演劇の様子について、馮夢龍の笑話集『笑府』巻六の「看戯」に、次のような話が見える。

田舎の親戚をもてなして『琵琶記』を演ずるものがあった。すでに十幕ほど進んでいたが、田舎者は、そこにちゃんばらの殺し合いがないのを見て、怒りが聲や顔色にあらわれていた。そこで、主人はこっそり俳優に頼んで、やってもらった。戰いがたけなわになって、田舎者は大喜び、主人の方を見ていった。

「これでいいのだ。わしがいわなかったら、そのまま終わっていて、芝居を知らない者だと思われただろう。」

かつて弋陽腔で伯喈（『琵琶記』）を上演するのを見たところ、里正の妻が趙五娘となぐり合いをしていた。殺し合いがあっても奇とするには足らないだろう。(15)

これは、「田舎の親戚」を招いたとあるから、蘇州の都市部、しかも個人の家における演劇の上演である。役者にリクエストができるのも、家宴演劇の場だからにほかならない。『琵琶記』は、鄉村演劇でしばしば演じられた演目であるが、ここでも演じられている。だが、田舎での芝居を見慣れていた親戚は、『琵琶記』にちゃんばら場面がないことに腹を立てる。この話では、都市民の立場から、芝居を知らない田舎者を笑っているのである。

後評の中に、弋陽腔の『琵琶記』が出てくる。「里正の妻が趙五娘となぐり合い」をしたとあるのは、おそらくその第十七齣「義倉賑濟」で、飢饉にあって、趙五娘が里正のところに食べ物をもらいにゆくが、それを拒む里正との間でもめる場面が、通俗的にエスカレートしたものであろう。この當時、江南の士人たちにとっての演劇とは、多くは優雅な昆曲であった。それに對して、江西から出た弋陽腔は、俗な芝居として、しばしば江南人士の輕蔑の對象となっていた。それについては、やはり明末、崇禎十四年（一六四一）に蘇州をおとずれた冒襄の『影梅庵憶語』に關連の記述を見ることができる。冒襄はこの時、湖北に赴任した父親を見舞い、母親を郷里の家に迎えるために、如皐（揚州府）から旅をし、その途次、蘇州に滯在していた。

許忠節公（許直）が廣東へ赴任するところで、わたしと舟を並べて行った。たまたまある日、宴會からの歸り道でわたしにいった。「ここに陳なにがし（陳圓圓）という妓女がいて、舞臺の世界で名聲をほしいままにしている。これは會いに行かないわけにゆくまい」と。わたしは忠節公のために船をととのえ、何度も行ったり來たりしてようやく會う機會を作ることができた。その人は、あっさりした中にも氣品があって、しゃなりしゃなり、椒繭の上着を羽織り、時折振り返って湘裙を顧みるさまは、まことに煙霧の中の一羽の鸞のようであった。この日は、弋陽腔の『紅梅記』を演じた。もともと北方北京の俗劇、アーアーウーウーいうようなメロディーでありながら、これが彼女の口から出ると、まるで雲が山から立ち上るかのよう、眞珠が大皿の上を轉がるかのようで、仙人になって舞い上がるような、そしてもう死んでもいいような氣持ちになるのであった。いつしか時が過ぎ、四更（午前三時ごろ）を告げる太鼓が鳴った。雨風が突然起こり、小舟に乘って行かねばならなくなった。(16)

蘇州では、陳圓圓という妓女が評判になっていた。妓女すなわち女優である。陳圓圓は、後に將軍吳三桂の愛妾となり、清朝入關のきっかけを作ったとされる陳圓圓である。陳圓圓の芝居が見たいといいだした許直（許直は、冒襄の父にとって義理のおじにあたる）のために、冒襄は、「何度も行ったり來たりしてようやく會う機會を作ることができた」とある。芝居が公共の劇場で行なわれているのであれば、ここまで苦労することはあるまい。苦労したのは、芝居が閉ざされた場所で行なわれていたためであり、それを見るためにはどうしてもコネが必要だったのである。

このとき陳圓圓は『紅梅記』を演じたが、それは昆曲ではなく、弋陽腔であった。「もともと北方北京の俗劇、アーアーウーウーいうようなメロディーでありながら」というあたりに、馮夢龍『笑府』のそれと共通するような、江南人士である冒襄の弋陽腔に對する先入觀が見えている。そんな弋陽腔でさえも、陳圓圓が歌えば、「まるで雲が山から立ち上るかのよう、眞珠が大皿の上を轉がるかのようで、仙人になって舞い上がるような、そしてもう死んでもいいような氣持ちになる」というのであるが(17)。

以上、蘇州地方のさまざまな藝能について、清の乾隆年間に描かれた『盛世滋生圖』を中心に見てきた。ここで、以上見たいく種類かの藝能を、それらの行なわれた場、性格などによって整理してみることにしよう。

まずは藝能の行なわれた場として、大きく都市と農村とに分ける。農村を舞臺に行なわれたものには、①最も農村的な山歌、②都市から傳わった小曲や評彈、③祭りの際に都市から劇團を呼んで行なわれる演劇などがあった。つまり、農村では本來農村のものである藝能と、都市から傳わってきた藝能とが入りまじって行なわれていたのである。

都市で行なわれた藝能について、①まずは演劇であるが、これには祭りなどの折に假設の舞臺で上演されていたものと、個人の屋敷や會館などで行なわれた非公開の演劇とがあった。②蘇州評彈など歌い語りの藝能についても、ほぼ同様に、ギルド（光裕公所）に所屬し、書場のような正式の場所で上演した高級な藝人もいたであろうし（明末の柳敬亭のように、もっぱら貴人の府第に赴いて語った人などもいた）、一方いわゆる路岐の人のように、大道で語った者もいたことであろう。③いわゆる曲藝についても、都市でそのプロとして演ずる者もおり、また折にふれて農村から出てくる者もいた。④歌謠についても、妓樓で歌われた洗練された曲もあれば、船頭や、勞働力として農村から都市へ流入してきた人々によって歌われた土俗的な山歌も聞くことができた。このように、都市にあっても、都市出自の藝能と農村出自の藝能が（もちろん、それぞれの行なわれる場所のちがいはあるが）ともに存在していたことが知られるのである。

以上の狀況は、

〔農村〕
①山歌（農村起源）
②小曲・歌い語り（都市起源）
③演劇（都市）

〔都市〕
①演劇（都市・農村）
②歌い語り（都市・農村）
③曲藝（都市・農村）
④山歌（農村）

と整理することが可能であろう。すなわち、淸の一時期の蘇州地方という範圍で藝能の狀況を切り取ってみると、都市的な藝能と農村的な藝能とが、相互に影響を與えながら共存する、重層的な構造を見てとることができるのである。

ここでは、藝能の存在様態について、都市とその近郊農村という枠組みで考えてきた。だが日本で藝能者が論じられる場合、全國各地を經巡った漂泊民という形で捉えられることが多いようである。中國にもたしかに、『盛世滋生圖』の村芝居で演じられていた『紅梅記』に出てくる鳳陽花鼓のような、各地（といっても江浙一帶）をめぐった藝能民があったことはたしかである。またサーカスの曲藝などのように、言葉を必要としない藝の場合にはそれもありえたろう。現在の上海でも、冬場になるとしばしば猿回しを見るが、全國の猿回しがほとんど山東のある村から出ている、との話や、各地の公園などの見世物小屋が、いずれも江西から出ている、との話なども聞いたことがある。これはこれで、別に考えなければなるまい。ただ、歌や語り物、演劇など、言葉を媒介にする藝能の場合には、方言の複雑な中國にあっては、一つの劇團が全國的に回ることは容易ではなく、結局、都市を核として近郊農村をつないだ市場區か、せいぜい一方言區を回ったといってよい（これについては、第三部第三章で論じた）。

山歌から發展した越劇や滬劇も、上海までは出てゆくが、北京へは出てゆこうとしないのである。廣汎な範圍で移動した藝能民の存在を無視するつもりはないが、都市と近郊農村により重點を置いたのは、こうした中國の特殊性を考慮したからである。

第三節　藝能の歴史的展開

前節においては、清朝中期の蘇州地方という範圍を區切って、そこに農村的な藝能と都市的な藝能とが互いに影響を與えながら共存していた様子を見た。しかしながら、實はこうしたことは歴史の流れを通じて、ずっと同じ狀態がのっぺりと續いていたわけではない。時間による變化を考えると、農村的な藝能が強く、都市に流入してくる時代と、逆に都市の藝能が農村にまで廣く傳わってゆく時代とが波のように交互に繰り返し起こっているように思われる。

中國文學一般における文人文學と民間文學について、文人文學は民間文學から成分を取り込むことによって新たなジャンルが興起し、表現技巧なども高度なものに完成されてゆく。そして、それがまた民間に下ってゆく。ところが一方で、完成された文人文學は當初の生氣を失ってマンネリズムに陷り、また次なる民間文學を取り込んで新たなジャンルが興る、とされる。漢魏六朝期における五言詩の發達、唐五代における詞の成立、明代の白話小説の流行などは、いずれもこうした現象として捉えられる。

そして藝能における都市・農村についても、これと似たことが見てとれる。農村から傳わってきた藝能は、都市にたいへんな衝擊を與え流行する。この段階でしだいに都市的な洗練を加えられ、優美なものとして完成されてゆく。これがまた農村にも傳わってゆく。しかし一方で、優美になったものはそれが本來もっていた土俗的な力強さを失って、しだいに衰えてゆく。そこへまた次なる農村の藝能が入ってくる。こうしたことの繰り返しのように思われるのである。

次に、宋代以後の藝能について、その具體的狀況を見てみることにしよう。この時期に限っていえば、都市・農村の大きな交流が目立ってあらわれるのは、南宋のいわゆる南戲の興起がそのはじめであろうかと考えられる。もちろん北宋にあっても、都汴京でさまざまな藝能が行なわれていたことは、『東京夢華錄』によって克明に知ることができるわけであるが、ここに見られる百戲その他の藝能は、基本的に唐代以來の宮廷伎藝を受け繼いでいるように思われ、農村起源を感じさせるものではない（もちろん、こうした資料は、記錄者の主觀に左右され、しかも現在ではその具體的內容もよくわからないのだから、ない、といいきるのは難しい。記錄しなかっただけかもしれない）。しかしながら、南宋のころ、永嘉（溫州）から起こった南戲になると、後代の記錄ながら、明の徐渭の『南詞敍錄』に、南戲は宋の光宗朝に始まる。（中略）其の曲は宋人の詞であって、それに里巷の歌謠を加えたものである。宮調には叶わない。なるが故に士夫の意に留めるようなものはめったにない。(18)

また、

永嘉雜劇が興ったのは、また村坊の小曲によってそれを作ったのである。もともと宮調もなく、また節奏もめったになかった。ただ畸農市女が口にまかせて歌えるものを取っただけである。(19)

とあって、この永嘉雜劇は「里巷の歌謠」「村坊の小曲」から發展して演劇の形態を取るに至ったものであるといえる。そしてさらには、『永樂大典戲文三種』の「宦門子弟錯立身」には「古杭才人新編」、「小孫屠」には「古杭書會編撰」と題されており、「村坊の小曲」などから始まったこの演劇が、永嘉（溫州）からさらにより大きな都會である杭州へと傳わり、その書會で文字に記されるまでに至った、ということができるであろう。

宋に續く元の時代はいわゆる元雜劇の隆盛期である。一本四折の構成を持つこの演劇が、どこから始まったかについては、まだ完全な定說を見るに至っているわけではないが、この演劇は少なくとも當時にあっては、都市の勾欄（舞臺）で上演され、都市的なものと考えられていたようである。このことを象徵的に示しているのが、『朝野新聲太平樂府』巻九に收められた杜仁傑の散曲「盤涉調・耍孩子」の一套「莊家不識勾欄（農民は芝居小屋を知らず）」である。これは題名を見てもわかるように、田舍からはじめて町に出てきた農民が、芝居小屋を見ても、それが何たるやを知らず、呼び聲につられて金を拂い、中へ入ってみると舞臺は芝居のまっ最中、

こなたは張の　隱居どの
にじり出たけど　あとへ引けねえ
ひだり足あげ　みぎ足あがらず
やつめひとりに　振りまわされて
胸の中は　いやもうじりじり
皮のばちを取りあげて　ただ一打ちでまっ二つ
どたまが破れたに違ぇねぇ
こいつぁてっきり　訴訟沙汰だと思うたに
なんとまあ　わっはっはの大笑い

（平凡社中國古典文學大系20『宋代詞集』田中謙二譯）

と、芝居の虛構性を理解できない。こうした農民を笑っている內容であるが、この作者は、すでに芝居になじんでいる都市民の立場の高みから、ものを知らない農民を見下している。もちろん、ここに描かれているような農民が實在したかどうかはわからないが、それにしても都市民のものとしての雜劇、それを知らない農民、という構圖は明らかに見てとれ、少なくともこの時點で雜劇が都市的な藝能と考えられていたことが知られるのである。

明に入ると雜劇は衰退し、南曲の時代となる。ただ、明初、明中期ごろまでの演劇は、農村における祭祀演劇が中心であり、都市の勾欄はかえって衰微したようである。それが明末になると、再び都市の演劇が息を吹き返し、いわゆる城居地主の家で上演される優雅な演劇と、市場地で上演される猥雜な演劇との兩極のものが行なわれた（田仲一成

『中國祭祀演劇研究』第二篇祭祀演劇の展開、東京大學東洋文化研究所研究報告　一九八一）。前者は完全に文人の文學となり、湯顯祖に象徴的に見られるように、文辭の美しさが問われるようになって、果ては戯曲も上演を目的とせず、讀み物として書かれ、享受されるまでに至った。これと同時に、再び北劇が尊重される傾向が起こり、臧懋循によって『元曲選』が編まれたり、『西廂記』のテキストが數多く出されたりしたのであるが、これは一つには洗練された南曲とはちがった方向の、新しいものが求められたことと關わりがあるかもしれない。

農村から都市へのもう一つの新しい波が、この明末のころに打ち寄せている。それは、農村の歌謠である山歌の都市への流入である。これについては第一節でも簡單に觸れたが、そのあらましは、明末の蘇州が絹織物工業の據點として發展を遂げ、農村から移り住んだ人々によって歌われた山歌が町中で聞かれ、それが俗曲などに關心を寄せていた文人に取り上げられ、記錄されるようになり、そしてまた、一方では都市に入った山歌が長篇化し、演劇に近くなってくるとともに、妓樓などに入ってお座敷歌として洗練されたものに變容してゆく、という道すじをたどっている。馮夢龍の『山歌』卷十に收められる、安徽の歌謠「桐城歌」が蘇州で聞かれたのも、この地域から勞働力として移住した人々によって傳えられたものである。しかし、明末の山歌は程もなくすたれてしまったのである。

續く清の前期中期には、農村からの新しい波は目につかない。これが、第一節に見た『盛世滋生圖』の時代にあたるわけだが、このころは『揚州畫舫錄』卷十一に、

玉版橋に二人の乞食があった。一人は紙を剪って旗を作り、竹竿の上に掲げ、緣起のよい言葉を述べ、一人はもともと家に豊かな財産があったのに、小曲を好んだために使い果たし、乞食になったのである。男女の戀の歌詞を作り、小郎兒曲といった。（中略）揚州府の出版家は詩詞戯曲を刊行して金儲けをするものが多く、最近では

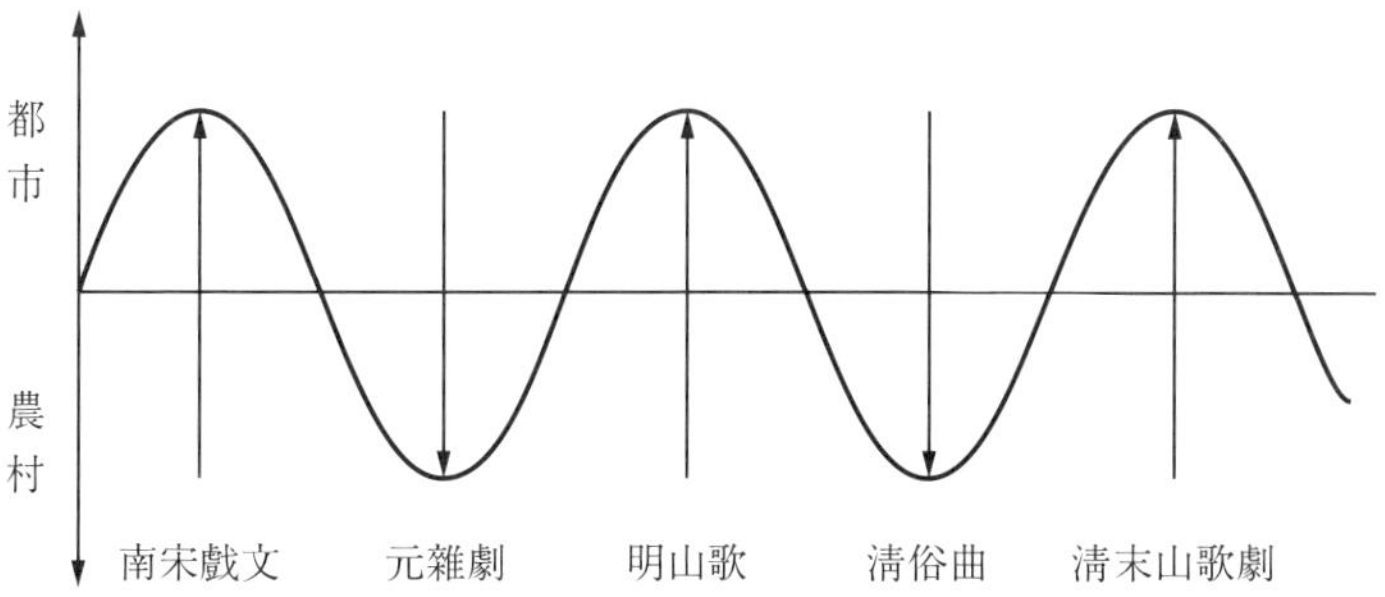

【圖５】 都市・農村の藝能の發展狀況

この曲を刊行するものが數十家もあり、遠く荒村僻巷の小間物屋に至るまで、どこでも賣っているのである。[20]

と、町ではやった歌の本が、田舍の村の雜貨屋でまで賣られていたとあるように、また第二節で引用した『淞南樂府』に見られたように、都市の藝能が農村にまで傳わってくる時代であったとみることができよう。

清末になると、再びまた農村の藝能が大量に都市に流入するようになる。上海・紹興あたりでは山歌から發展した攤簧（何人かの掛け合いの歌い物）が起こり、後に滬劇や越劇に發展した。これと似た現象が、時を同じくしてほぼ全國的に起こり、東北の二人轉、天津の評劇、湖北の黃梅戲などが、いずれも農村の藝能から都市にきて發展したものである（拙著『馮夢龍『山歌』の研究』）。

以上、新種の藝能の興起という點に目をつけて、都市農村の藝能の存在形態を見たが、これを圖示したのが、圖５である。ごく大雜把にいって、世の中が一應安定している時には都市的藝能の方が強く（新しい藝種は起こらず）、世の中が不安定である時（しかも都市は繁榮している條件が滿たされれば）、農村で食いつめた者が藝を攜えて都市に出てくることになると考えられる。

また、一般にこうした藝能の消長は都市での方が激しく、古いものは次々に新しいものに取って代わられ、かえって農村の方に古いものが殘っていることがある。しかし農村に殘った藝能も、さらに一時代前に都市から傳わってきたものである場合（たとえば、日本の田植歌などに中近世歌謡の一部が殘っている）があり、注意を要するであろう。

第四節　藝能における中央と地方

以上の各節においては、ある一地域における藝能の狀況を、農村と都市の枠組みを用いて、共時的、また通時的に考えようとした（もとより資料的制約から、完全に一地域だけについて見ることは不可能であったのだが）。第二節の末尾で觸れたように、ある一つの藝能についても（とりわけ南方に至れば至るほど）一地方で完結する傾向が強いように思われる。こうした理由によって、全國的な傳播をあまり考えてこなかったのであるが、ここで最後にこの傳播の問題について考えてみたい。これまではもっぱら宋以後について考えたのであるが、ここでは合わせて唐以前の狀況をも視野に入れ、全通史へとつなげてみることにしたい。

藝能の起源は宗教と密接に關連しているとされるが、しだいに宗教との關係が薄れ、また薄れないまでも、人間の樂しみが、より前面に押し出されてくるようになる。そして一方、それが表現され、記録されることの意味は、世界の繁榮の象徵に求められるであろう。このことは古代においてすでに認められ、たとえば漢の宮廷における俳優・滑稽の存在なども、世界のありあまる活力を象徵するものであったと考えられる。

だが、考えてみれば、本論冒頭にも述べたように、唐代以前にあっては、この世界の繁榮は少なくとも表現されたレベルにおいてはあくまで宮廷に集中していたもののようである。唐代における藝能資料を見ても、基本的には宮廷と大官の家での上演であり、それを一般庶民も見物したにすぎないのである。また藝能の傳播を中央と地方の枠で見

てみると、例えば、

岐王宅裏尋常見　岐王の宅裏　尋常に見き
崔九堂前幾度聞　崔九の堂前　幾度か聞けり
正是江南好風景　正に是れ江南の好風景
落花時節又逢君　落花の時節　又た君に逢ふ

という、杜甫の有名な「江南にて李龜年に逢う」の詩は、杜甫が晩年流寓した潭州（長沙）での作である。玄宗の宮廷の名歌手として知られた李龜年が、安祿山の亂後放浪して江南をさまよっていた。杜甫のこの詩は、かつて都の華やかな場所で見たことのある名歌手に、こんなところで會えたと思うなつかしさとともに、都で活躍した歌手が、こんなところにまでおちぶれてしまった、という哀切の念が込められていよう。そして、それが杜甫自身の境遇とも重ね合わされているのである。文化は都から地方に下ってくるものであって、下ることは、もとより喜んでされることではなかったようだ。白居易の「琵琶行」も同じように、江州司馬として左遷されていた白居易が、もと都の敎坊にいて名聲のあった女性が零落してこの地に流れ來ったことを、自らの境遇と引き合わせて、同情を寄せているのである。もちろん、兩者ともに世の轉變にもまれ、やむなく地方に下ったわけであるが、都の藝能はたしかにこうした人々によって、地方にまで傳わっていたことになる（ただ、地方にあっても、こうした上演が行なわれたのは官人の許に限られたと思うが）。

こうした事情を、唐末の曲子詞の成立とからめて檢討されたのが、岡村繁「唐末における曲子詞文學の成立」（九州大學『文學研究』六十五　一九六八）であって、いまこの問題を考えようとするにあたって、有益な示唆に富むものである。その要點を記すならば、唐代の歌妓は宮廷の教坊において養成していたものであるが、中唐のころに至るとその維持管理が困難になり、一時に何百人にものぼる官妓が民間に解き放たれた。これによって、從來、宮廷に獨占されていた音樂が民間に、そして全國に傳わって曲子詞の全國的に等質な流行が起こった。文學史では、しばしば民間文學と宮廷文學（文人文學）の相互作用がいわれる。ただ、どちらかといえば、民間のものを文人が吸收し、洗練させる方向が重視されるように見えるが、そうしたこともある一方で、時期によっては宮廷から民間へという方向の流れもたしかにあったことを、この研究は教えてくれる。こうした交流は、ちょうど都市農村の交流のように波があったのであり、『詩經』や樂府に見られるように、民間からの波もいくつかあったろう。だが、少なくとも唐代の藝能を考えると、どちらかというと宮廷から民間へ、中央から地方への方向がより強いように思われる。いうならば、藝能については中央の側の輸出超過になる。

宋代以後についてはどうかというと、まず宋代の記錄についていえることは、『東京夢華錄』ほかの記錄が、基本的には宮廷の記錄を中心にして描かれているが、それ以外の都市民間の藝能の記錄が相對的に増えている樣子を見ることができる。『淸明上河圖』などについてすでに觸れたように、宋以後にあっての文化は、唐以前のように宮廷一邊倒ではいかなくなっている。藝能が世の太平を象徴することに變わりはないが、それはむしろ民間のものの活況によってあらわされているといってもよい。そして、中央と地方の關係についても、どうやら宋代以後の方が地方から出てくる藝能の力がより強くなっているように思われるのである。宋代に、溫州から出て發展した戲文がすでにそうであった。また、淸代中期に安徽から起こった亂彈が、北京に入って京劇になったのも同じである。つまり、大きく中央と地方という見方をした時に、宋代以後の方が地方の輸出超過になっているのではないかと思われるのである。もちろん、この時期にあっても、中央から地方への流れは存在する。例えば、この京劇にしてからが、もと安徽の地方劇であったものが、「京」の劇である、という權威づけをされて全國に傳わってゆき、今では國劇とまで呼ばれるようになっている狀況は、あくまで「京」のもつ文化的な力が決してなくなってはいないことを示している。明代の小説のタイトルに記される「京本」という言い方（『新鐫校正京本大字音釋圈點三國志演義』など）も、これと同様である。だが藝能の種別について見ると、宋代以後には農村起源と見られるものが多くなっているようである。ついでにいえば、民國以後、いわゆるマスメディアの發達により、また四九年以後は特に文化政策の關係もあって、現在は再び中央から地方への時代といえるかもしれない。中央と地方の遠隔地間の藝能の傳播のメカニズムについては、本書第二部第七章で、俗曲の傳播を材料に考えてみた。

結　び

以上、第一から第三節においては、都市と農村の枠組みのもとに、まずある一時期の一地域を取って、そこには農村出自の藝能と、都市出自の藝能とが共存して行なわれていたこと、さらにそれを歴史的に見ると、農村の藝能の強い時代と都市の藝能の強い時代とがあり、これが交互に繰り返していた樣子を見た。そして第四節では、中央と地方の枠組みを用い、少なくとも記錄に殘された限りでは、唐代以前においては中央の藝能が強く、宋代以降には地方の藝能がより強くなるのではないか、とのおおまかな傾向を述べた。中國の廣大な國土と長い歴史を考えると、これはもとよりあまりに大雜把な見通しであるにすぎない。一つ一つの藝能の發展のあり方は、それぞれに異なった背景によって、さらにより複雜な樣相を呈するにちがいない。

注

（1）袁宏道「虎丘」（『袁宏道集箋校』卷四「錦帆集之二」）
　虎丘去城可七八里。其山無高巖邃壑、獨以近城、故簫鼓樓船、無日無之。凡月之夜、花之晨、雪之夕、遊人往來、紛錯如織、而中秋爲尤勝。
（2）『姑蘇志』卷十三、風俗
　閭閻畎畝之民、山歌野唱、亦成音節、其俗可謂美矣。
（3）『山歌』卷二「半夜」
　姐道我郎呀、爾若半夜來時沒要捉箇後門敲、只好捉我場上鷄來拔子毛、假做子黃鼠郎偷鷄引得角角哩叫、好教我穿子單裙出來趕野猫。
（4）馮夢龍『山歌』については、拙著『馮夢龍『山歌』の研究』（勁草書房　二〇〇三）を參照のこと。
（5）徐一夔『始豐稿』卷一「織工對」
　余僦居錢塘之相安里。有饒於財者、率居工以織。每夜至二鼓、一唱衆和、其聲驩然。蓋織工也。余嘆曰、樂哉。旦過其處見老屋、將壓杼機四五具南北向列、工十數人、手提足蹴、皆蒼然無神色。
（6）盛澤鎭の狀況については、田中正俊「中國における地方都市の手工業――江南の製絲・絹織物業を中心に――」（『中世史講座』3中世の都市　學生社　一九八二）、周德華「盛澤的會館和公所」（未刊資料）および「明淸時期的吳江絲綢」（未刊資料）に據った。また横山英「中國における商工業勞働者の發展と役割」（『歷史學硏究』一六〇號　一九五二）は盛澤鎭の山歌會に言及する。
（7）乾隆『盛湖志』卷下、風俗
　中元夜、四鄕傭織多人、及俗稱曳花者、約數千計、彙聚東廟竝昇明橋、賭唱山歌。編成新調、喧闐達旦。
（8）楊光輔『淞南樂府』「淞南好、無處不歡場」
　彈詞盲女、近更學勾欄小調、濃粧坐茶肆賣唱。少年賭贈纏頭。

（9）「警世通言序」（『警世通言』）

里中兒代庖而創其指、不呼痛。或怪之、曰、吾頃從玄妙觀聽說三國志來、關雲長刮骨療毒、且談笑自若、我何痛爲。

（10）蘇軾『東坡志林』卷一

塗巷中小兒薄劣、其家所厭苦、輒與錢令聚坐聽說古話。至說三國事、聞劉玄德敗、顰蹙有出涕者、聞曹操敗、卽喜唱快。

（11）李玉『清忠譜』第二折「書鬧」

自家姑蘇城外、有名的周老男、周文元便是。少年無賴、獨覇一方。城中玄妙觀前、有一個李海泉、說得好岳傳、被我請他在此間李王廟前、開設書場。每日倒有一二千錢拉下、除了他喫飯書錢、其餘剩下的、盡勾我買酒喫、賭場頑耍。昨日說過金兀朮破鄜延州了、他說今日要說童貫起兵、甚是熱鬧。

（12）張岱『陶庵夢憶』卷五

南京柳麻子、黧黑、滿面疤𤷪、悠悠忽忽、土木形骸。善說書、一日說書一回、定價一兩、十日前先送書帕下定、常不得空。南京一時有兩行情人、王月生、柳麻子是也。

（13）馮夢龍『新平妖傳』第十五回

問小內侍道、這裏可有會說平話麼。小內侍道、有個瞿瞎子最說得好、聲音響亮、情節分明。他就在本府簷頭居住。媚兒道、你與我喚來消閑則個。小內侍稟知了雷太監、將瞿瞎子喚到、扶入中堂。免他行禮、把一張小卓兒、一個小杌兒敎他坐於檻外、媚兒坐於中間、垂簾而聽。吩咐不用命題、只揀好聽的便說。瞿瞎子當下打掃喉嚨、將氣拍向卓上一拍、念了四句悟頭詩句、說入正傳。原來說的是紂王妲己的故事。（中略）媚兒聽了、歎口氣道、古人云、人生不得逞胸臆、雖生百歲猶爲夭。若得意一日、死而無怨。便敎取一貫錢賞了瞿瞎子去了。

（14）『夢粱錄』卷二十「百戲伎藝」

又有村落百戲之人、拖兒帶女、就街坊橋巷、呈百戲使藝、求覓鋪席宅舍錢酒之貲。

（15）馮夢龍『笑府』卷六「看戲」

或款鄕下親家、而演琵琶記者。既十餘齣、鄕人謂其無殺陣也、怒見聲色。主家陰囑優使爲之。戰甚酣、鄕人大喜、顧主翁曰、這才是、我不説也罷、只道我不在行了。
曾見弋陽腔搬伯喈、里正妻與趙五娘跌打。則相殺亦未足奇。

(16) 冒襄『影梅庵憶語』
許忠節公赴粤任、與余聯舟行。偶一日赴飲歸、謂余曰、此中有陳姫某、擅梨園之勝、不可不見。余佐忠節治舟數往返、始得之。其人淡而韻、盈盈冉冉、衣椒繭、時背顧湘裙、眞如孤鸞之在煙霧。是日演弋腔紅梅。以燕俗之劇、咿呀啁哳之調、乃出之陳姫身口、如雲出岫、如珠在盤、令人欲仙欲死。漏下四鼓、風雨忽作、必欲駕小舟去。

(17) 冒襄と『影梅庵憶語』については、拙著『冒襄と『影梅庵憶語』の研究』（汲古書院　二〇一〇）を參照のこと。

(18) 徐渭『南詞敍録』
南戲始於宋光宗朝。（中略）其曲、則宋人詞而益以里巷歌謠。不叶宮調、故士夫罕有留意者。

(19) 徐渭『南詞敍録』
永嘉雜劇興、則又卽村坊小曲而爲之。本無宮調、亦罕節奏。徒取其畸農市女順口可歌而已。

(20) 李斗『揚州畫舫録』卷十一
玉版橋乞兒二、一乞剪紙爲旗、揭竹竿上、作報喜之詞、一乞家業素豐、以好小曲蕩盡、至於丐。乃作男女相悅之詞、爲小郎兒曲。（中略）郡中剞劂匠多刻詩詞戲曲爲利、近日是曲翻板數十家、遠及荒村僻巷之星貨鋪、所在皆有。

第五章　庶民文化・民衆文化

はじめに――「庶民」か「民衆」か――

「庶民文化」、「民衆文化」について、關連の著作のいくつかを發表順に竝べてみると次のようになる。

森山重雄『封建庶民文化の研究』（三一書房　一九六〇）
高尾一彦『近世の庶民文化』（岩波書店　一九六八）
尾上兼英「庶民文化の誕生」（『岩波講座世界歴史』9　中世3　一九七〇）
澤田瑞穂『中國の庶民文藝――歌謠・說唱・演劇――』（東方書店　一九八六）
ミハイール・バフチン『フランソワ・ラブレーの作品と中世・ルネッサンスの民衆文化』（川端香男里譯　せりか書房　一九八八）
ロベール・マンドルー『民衆本の世界　一七・一八世紀フランスの民衆文化』（二宮宏之・長谷川輝夫譯　人文書院　一九八八）
ピーター・バーク『ヨーロッパの民衆文化』（中村賢二郎・谷泰譯　人文書院　一九八八）
柴田三千雄他『民衆文化』（シリーズ世界史への問い　6　岩波書店　一九九〇）

ジョゼフ・M・ルイテン『ブラジル民衆本の世界　コルデルにみる詩と歌の傳承』（中牧弘允他譯　お茶の水書房　一九九〇）

八〇年代の末あたりを境にして「庶民」から「民衆」へと用語が微妙に變化している。「民衆文化」の語はだいたい西歐語のポピュラー・カルチャーの譯語から定着しはじめたようだ。

「庶民」から「民衆」へ、何がどう變わったのだろうか。亂暴に要約すれば、「庶民」は階級史観を背景に多く用いられる言葉、それに對して「民衆」はいわゆる「社會史」の場面でよく用いられる言葉である。(1)

「庶民」は社會を支配階級と被支配階級とに分けた時、この後者を指す言葉である。もともと「士」に對しての「庶」であり、「官」に對しての「民」であって、「庶民」に一義的に對應する對立語（社會の上層を指す言葉）は決めがたいが、具體的には例えば貴族に對しての庶民である。「庶民」はもちろん集團を指す場合もあるが（ただその場合はふつう「庶民階層」だろう）、「下層社會」に屬する個別の人（しかも個人としての自覺を持った）をイメージしている場合が多いかもしれない。この「庶民」という言葉が悪い意味で用いられることはあまりない。

「民衆」という日本語は、「庶民」と同様社會の下層部分を指す言葉であるが、「民衆文化」の原語、ポピュラー・カルチャーの「popular」は、手元のP.O.D.によれば「Of the people」とある。そして「people」は「persons belonging to a place or company」といった説明がなされる。つまり西歐語文脈での「民衆」は、ある範圍の中に屬する「人々」の意味であって、「庶民」と同義で用いられることもなくはないとはいえ、本來階級的區別を前提にした言葉ではない。さまざまな階層を内に含んだ「人々」なのである。そういえば日本語でも「彼は庶民である」という文章が何とか成立しうるのに對して、「彼は民衆である」という文章は成立しえない。いわゆるアナール學派の人々は、たしかに以前の歴史學が「社會の上層」の歴史でしかなかったことへの反省から、「社會の下層」の人々の日常性（生活習慣、心性など）に着目したわけであるが、それにしても彼らが「社會の下層」の人々だけを排他的に取り上げているのではなさそうである。(2)「庶民」と「民衆」。日本語として考えた場合には、重なる部分も多い兩者であるが、その背景には歴史觀の大きなちがいがある。

次に「文化」についてであるが、この言葉も、もっぱら學問藝術など形をなした事象を指していう場合と、より廣く一定の行動思考パターンを指していう場合とがある。少なくとも英語の「culture」は、P. O. D. に「trained & refined state of the understanding & manners & tastes」とあって、この後者を意味している。ここでも「庶民文化」といった場合にはより多く前者の意味での「文化」と結びつき、「民衆文化」は後者の「文化」と結びつくようである。(3)

現在このテーマについて考えようとする場合、以上述べたような意味での「庶民／文化」的な關心あるいは方法と「民衆／文化」的な關心あるいは方法とがありえよう。本論ではひとまずこのうち下層「庶民」の（形をなした）文化に重點をおきながら、いくつかの具體的問題について論ずることにしたいが、論述の過程でいきおいこの「民衆」の（行動思考）文化の方面にも相渉ることになるであろう。

第一節　「庶民文化」へのまなざし

中國には古くから民の聲は天の聲とする思想（例えば『尙書』泰誓の「天の視るは我が民の視るに自《したが》い、天の聽くは我が民の聽くに自う」）はあったものの、實際には「民は之に由らしむべし、之を知らしむべからず」（『論語』泰伯）のような政治的支配の方策としてならいざしらず、庶民が知識人の關心を引くことはなかったといってよい。

庶民に關する資料が殘らないのは、文字を持った知識人が庶民に關心がなかったからであり、庶民に關する資料が殘るようになったのは、知識人がそれについての關心を持ち始めたからである。

「庶民」は歴史を通じて、生活し、活動し、語り、歌って暮らしてきた。もちろん彼らはそうした活動について記録しようなどとはつゆ思わずに。過去の時代に「庶民」の「文化」の實體がどのようであったのかということよりも、より重要なのは「庶民」あるいは「庶民文化」の存在を發掘しようとした知識人たちの意識なのではなかろうか。極端な言い方をすれば、「庶民文化」とは知識人によるフィクションなのである。「庶民文化」についての記録は、エリート文化のそれと比べていかに貧弱なものであったとしても、庶民の世界にはエリート文化と異なった獨自の文化があり、そうした庶民の文化に積極的な價値がある、とする意識から生まれてきたわけである。

實體としての庶民文化は、記録が殘る以前から存在していたにせよ、記録が殘らなければ、存在しないのと同じである。庶民の文化に關する記録を追ってみると、時代を下るにしたがって記録が増えている様子を見ることができる。

中國にあって庶民の生活に關する記録は、とりわけ宋代以後に増加するようである。北宋の都汴京についての『東京夢華錄』、南宋の都臨安についての『夢粱錄』などによって、當時の都市に生きた庶民の暮らしぶりが詳しくわかる。唐の時代にすでに傳奇「李娃傳」の內容にあたる「一枝花話」という語り物があったこと、『三國志』の話が參軍戲という寸劇の題材になっていたことなどを、それぞれ元稹（「酬翰林白學士代書一百韻」）や李商隱（「嬌兒」）の詩によって知ることはできるが、いずれも斷片的な言及に過ぎず、宋代都市繁昌記の藝能の記述のような體系性を持ち合わせていない。

『東京夢華錄』の序文によれば、著者の目的は滅び去った王朝の都をなつかしみ、繁華だった都市の様子を記録にとどめようとするところにあるのであって、必ずしも庶民生活そのものに價値を認めて記録を殘したのではない。しかし、都市の繁華を描き出すために、盛り場の庶民藝能を必須の項目と考えた知識人の意識の變化には見るべきものがある。唐宋の間に變化したのは、藝能そのものというより、藝能を見る眼だったのではないかとも思われる。むろんその背景には、知識人をして庶民を無視できない存在と思わせるだけの庶民の實力の向上があったことはたしかであるが。

やがて明代も末近くなると、庶民に積極的な價値を見出だそうとする考え方はより顯著になる。明清時代の中國文學史において（今日の眼からみて）花形といえるのは、戲曲・小說・歌謠などの俗文學作品である。『三國志演義』『水滸傳』『西遊記』など明末に刊行された白話小說は、從來寄席で講釋師が語っていた話を知識人が取り上げ、文字に定着させることによって成立した。知識人の手が加わることによって、それまでの話と異なった性格が賦與された面もあるが、それにしても知識人が庶民に關心を持ち、積極的價値を認めたから作品として成立することができたのである。

歌謠については、傳統的詩文の表現の行きづまりからか、「眞詩は民間にあり」といったことが多くの論者によって主張され、宋懋澄のように實際に下僕たちを集めてその歌に耳を傾けたり（宋懋澄『九籥前集』巻一「聽吳歌記」）、さらには李開先（「市井豔詞序」ほか）、馮夢龍（『掛枝兒』『山歌』）のように民間に流行する歌を收集して民謠集を編んだりするものがあらわれた。馮夢龍の編んだ蘇州地方の歌謠集『山歌』の序文には、次の一節がある。

そのうえ、今は末の世で、假の詩文はあっても、假の山歌はない。なぜなら、山歌は詩文と競爭しようということがないから、假である必要がないのである。かりそめにも假である必要がないからには、わたしがこれによって眞を存するよすがにしようとすることも、可能なのではないだろうか。

さて、そして今の人が、昔太史によって集められたものはこれこれであり、最近の民間に殘っているものがしかじかであることを思えば、なお世を論ずる材料にはできるであろう。もし男女の眞情を借りて、名敎の僞藥たることを暴くことができるならば、その效能は『掛枝兒』と同じことになろう。それで、『掛枝兒』を採錄した後で『山歌』に及んだのである。(4)

知識人に屬する馮夢龍が庶民の歌の「眞」の價値を強調したのは、それによって「假」(にせ)ばかりの詩文、さらにはそれに連なる知識人の「名敎(儒敎)」の世界に批判の矢を放たんがためである。

庶民の中に知識人の失ってしまった素朴さ、純眞さを見出だす考え方は、明末における通俗文學發展のバネであったといえよう。ヨーロッパにあって純粹なる庶民の發見は、もはやそれらが現實には失われつつあった近代十九世紀の現象であったが、中國での「庶民」の發見の意識的な現れは、明末に見ることができる。

だがいうまでもなく、舊中國にあっては傳統的な詩文の權威は壓倒的であって、庶民の歌聲にも耳をかたむけろ、とした明末時期の宣言も文學全體の價値觀を轉倒させるものではなかった。

文學全體の構圖の中で、それまで蔑視されてきた白話小說、民間歌謠などの價値が主張されるようになる(蔑視を受けなくなる)のは、今世紀に入って、いわゆる文學革命以後のことである。

文學革命の重要なリーダーが胡適であるが、アメリカに留學した胡適は、小說が文學の中心をなす十九世紀ヨーロッパの文學狀況を見た。そして胡適は「文學改良芻議」(一九一七)を著わし、傳統的詩文を中國の文學の中心の地位から引きずり下ろし、小說の地位を高めようとしたのである。胡適の改革は文學の範圍にとどまるものではなく、社會全體の反封建的な改革と連動するものであった。このとき、胡適は小說の手本として『水滸傳』『紅樓夢』などの白話小說を取り上げたのである。

文學革命とそれに續く五四新文學運動のキーワードを擧げるならば、個性、庶民（民衆）、抵抗（反封建）などであろう。白話文學が評價されるようになり、戯曲小説を中心とする俗文學の研究が盛んに行なわれるようになったのも、こうした背景があってのことである。胡適、周作人らはいずれも、二十年代に歌謠研究會を組織し、歌謠の收集も行なっていた。

先に觸れた馮夢龍の『山歌』が再發見されたのも、こうした時代のことであった。『山歌』が一九三四年に發見されると、翌年ただちに顧頡剛の校訂による排印本が出版された。その顧頡剛もかつて歌謠研究會の中心メンバーの一人であって、『吳歌甲集』（一九二五）を編んでいる。顧頡剛が『山歌』排印本に寄せた長文の「序」では、この發見によって三百年前の民衆（中國語原文も「民衆」）の歌聲に觸れることができるようになったこと、そして禮教の壓力が大きく、一般民衆には全く戀愛や婚姻の自由がなかった時代にあって、勇氣をもって反抗し、毅然として血路を開いた、という點を高く評價している。まさしく「民衆」と「抵抗」が評價の基準になっているのである（この文脈では「民衆」の方がぴったりする。「民衆運動」はあっても、「庶民運動」はない）。

その後、一九四九年の革命後の中國は、いわゆる人民史觀によって文學作品の價値がはかられた時期であるが、人民史觀も基本的には五四時期の民衆、抵抗の觀點を受け繼ぐものであった。

現在の「庶民文化」研究、とくに俗文學研究に限っていえば、その研究の基本的な枠組みは今世紀初頭以來の一種の近代主義なのであった。二十一世紀の今日、俗文學に庶民の抵抗を讀み込もうとする百年前の圖式がそのままあてはまるとも思われない。引き續きいくつかの問題點を取り上げて檢討してみることにしよう。

第二節　「白話＝庶民」の檢討——方言への關心——

現在の（われわれの世代の）研究の狀況が、一世代前と最も大きくちがっている點は、現地である中國に行けるという一點であろう。「庶民文化」の研究も、現地に入ることができなかった時代には、文獻の上の研究にならざるをえなかった。實際現地へ行って中國人の社會の中で生活する經驗を持てるようになれば、文獻を通して見えた中國とはまたちがった中國像が生まれてくるのも當然のことである。「庶民文化」に限っていえば、新たな變化の第一は、言語における方言の存在が強く意識され、從來の白話、通俗文學概念に修正の必要が生じたこと、そしてもう一つは、現地調査によって「庶民」の實際に觸れることが可能になり、そのイメージをより精確に考えられるようになったことがあげられよう。

筆者は一九八四年、上海の復旦大學に留學した。そこで暮らしてみて一番強烈な印象を受けたのが、上海語の存在であった。ここで日常話されている言葉は、學校で習ったいわゆる「中國語」などではなく、あくまで上海語なのであった。バスの中での人々の會話、そして當地の歌や語り物、演劇なども方言である。もし本當に「庶民」なるものをつかまえようと思うならば、方言の世界に分け入らないかぎりどうしようもないのではないか。それが實感であった。

すでに述べたように、今世紀はじめ以來の俗文學研究は、胡適の「文學改良芻議」などにおける白話文學評價の枠組みに乘っている。胡適は「文學改良芻議」の「八　俗語俗字を避けざれ」の中で次のように述べている。

元の時代に至り、中國の北部は異民族（遼、金、元）の下にあってすでに三百年あまり。この三百年の間に、中國には一種の誰にでもわかりやすく遠くまで廣がって行く文學が生まれた。文章では『水滸傳』『西遊記』『三國志演義』……の類であり、戯曲については數えられないほどである（關漢卿ら諸人は、それぞれが數十種もの多くの劇を著わしている。わが國文人の著作の豊富さは、この時以上のものはないのである）。今の眼から見れば、中國文學は元代が最も盛んであったといえ、傳世不朽の名作は元代が最も多かったことは、疑いもない。この當時、中國文學は最も言文が一致していたのであって、白話はほとんど文學の言語になっていたのである。(5)

胡適は文言と白話の言語のイメージを、ヨーロッパにおけるラテン語と英語・フランス語・イタリア語などとの關係から發想している。かつてはラテン語が唯一の書き言葉であったが、後にフランス語など、かつての「俚語」が「國語」として成熟し、文學の言語となったという圖式である。(6)

胡適の場合には、近代的な國民國家としての中國、その基本としての「國語」をいかにして確立するかの戰略的な發想としてこれらの分析もあったのだろうが、果たしてこのヨーロッパの圖式が中國で通用するのだろうか。

中國における言語と文學及び社會構造との關係について、詳しくは本書第三部第三章で述べたが、中國における言語は、どこかある一地域を考えた場合、文言・官話（白話）・方言といった階層をなしている。このうち文言は文字言語であり、方言は基本的には口頭言語である。中間にある官話は、北方方言を基礎とした、官僚たちの共通の話し言葉であった。この官話を基礎にして後の「國語」「普通語」が成立するわけだが、官話は明清時代には少なくとも官僚や大商人たち、またよそから赴任してくる官僚のもとで現地の徵稅・裁判などの實務を執り行なう胥吏たちの間では、すでに全國規模で普及流通していた。その口頭言語であった官話を文字に表記したのが白話小說などのいわゆる「白話」である。この中間の言語は、口頭言語としての「官話」と文字言語としての「白話」の兩側面があった。

文字言語	文言	白話	
口頭言語		官話	方言

今日の廣東語では、全國的な標準語であり舊時の官話に相當する「國語」（臺灣・香港での言い方）もしくは「普通語」（大陸での言い方）のことを「國語」と呼び、方言である廣東語のことを「白話」と呼んでいる。「白話」とは本來話し言葉のことをいう言い方なのである。文言に對して白話というのは、官話といえどもそれが話し言葉だったからである。だが、實際には官話イコール白話といえたのは、北方の限られた方言地域だけのことであって、それ以外の地域においては、官話の下に本當の意味での白話である方言が存在する二重構造になっているわけである（方言についても、省城などで話される標準的方言とよりローカルな方言との二重構造がある）。

胡適は「俗語」を稱揚しながら、その「俗語」とは「官話」のことであって、決して方言のことではなかった。なぜなら、もし各地の方言を認めてしまったら、肝心の國民國家としての中國の統一が失なわれるかもしれないからである。胡適は國民國家建設のために、分裂の要因となりかねない方言の存在を意圖的に無視したともいえる。中國の政府はその後も一貫して方言に對しては、冷淡な姿勢であった。少しずつ方言を認める、あるいは少なくとも方言の研究などをとがめない方向に變わってきたのは、ようやく近年になってのことである。

この中國の地域における言語ピラミッドから知られること、一つは明清兩代における俗文學の發展が、この中間層（識字層でもある）の増加、實力の向上を背景にしたものであろうということである。[7] より古い時代に文言の作品しか存在しなかったのは、文字を識るものがひとにぎりの上層部分に限られ、上下の階層差が大きかったからであろうが、明清には中間の識字層が增大を見せた。こうした現象こそが、白話による俗文學の發展の原動力だったと思われる。この場合、もはや漠然とした「庶民」では答にならず、たとえば「胥吏」「訟師」など、より限定的な階層あるいは職種を押さえなければなるまい(8)。

次にこのピラミッドから庶民文學研究の展望を考えてみたい。より古くは文言で記された詩文のみが文學であって、白話の戲曲や小說などの俗文學が文學研究の對象に數えられるようになったのは、今世紀、中華民國時代に入ってからのことであった。しかしその段階でも俗文學とはいっても、多くは白話の段階、つまりは文獻資料の段階まであって、方言文學、あるいは口頭で語られる藝能（基本的にはみな方言で語られる）などが研究の俎上に載せられることはほとんどなかった。

近年になって各地における方言文獻、たとえば蘇州の方言で表記された『山歌』、蘇州語の語りものである「彈詞」、廣東語の「木魚書」などについての文學的研究に手がつけられるようになった(9)。方言文獻はわれわれ日本人にすれば、漢文訓讀法を學んだ者にも、また中國語のいわゆる普通話を學んだ者にも、どちらにも解讀することが困難な、語學上研究上の死角であったといってよい。方言文獻こそはまちがいなく「庶民」の心性を探るに足る資料であり、その研究によって從來の研究史上の空白を埋めることが可能になるであろう。研究のフロンティアは、先に描いた言語のピラミッドを下へ下へと向っていることになる。

「白話」に關してまた一つ別の方向から考えなおしてみよう。近代における俗文學研究については、無意識のうちに、

文言	詩文	士大夫	惡
白話	小說・戲曲	庶民	善

という價値觀、「白話＝庶民」パラダイムとでも呼ぶべき考え方が前提されていたようだ。「文言」との比較としてみれば、それなりの說得力がないわけではないが、「官話」としての「白話」は、必ずしもストレートに「庶民」に直結するものではない。反封建の立場から士大夫を否定し、庶民を肯定的に評價しようとする。そのために白話文學が高い評價を受ける。しかし、そもそもその根本の「白話＝庶民」パラダイムは正しいといえるのだろうか。文言すなわち士、あるいはより廣くいって支配者の言語の方はたしかにいえそうであるが、逆に白話すなわち庶民といえるかとなると、いささか危ないようだ。その反證ならいくつもあげることができる。

例えば『四書大全』。『四書大全』は、明初永樂帝の時代に編纂され、科擧の試驗のよりどころとされた國家公認の四書解釋集である。これには『朱子語類』からの引用はいうにおよばず、それ以外にも多くの學者の說が白話で記されている。例えば『大學章句大全』巻中、「誠意」を釋しているところで、東陽許氏（許謙）の說。

誠意只是著實爲善、著實去惡。自欺是誠意之反、毋自欺是誠意工夫。二如是誠意之實、自慊是自欺之反而誠意之效、愼獨是誠意地頭。

「誠意」とは心から善を爲し、心から惡を去ることに盡きる。「自欺」は「誠意」の反對であって、「毋自欺（自ら欺くなかれ）」は誠意の工夫なのである。二つの「如」は誠意の實であり、「自慊」は「自欺」の反對であり、「誠意」の效用である。「愼獨」は「誠意」の下地である。

ここでは「只是」「著實」「工夫」「地頭」などの口語語彙を指摘できるであろう。國家教學の中心ともいえる朱子學の文獻に多く白話が用いられているのである。

さらにもう一つ。『逆臣録』という書物がある（北京大學出版社　一九九一）。これは、明の開國後まもなくひきおこされた大事件、胡藍案のうち藍玉案に關わった人々の供述を集めた書物である。明の太祖朱元璋自身の編纂と題する。もともと裁判のための供述書は白話で書かれることになっているが、これなどは政權の中樞にいた人々の供述である。例えば、巻一にある吏部尙書詹徽の供述の一部。

一名詹徽、年六十歳、湖廣黃州府黃崗縣人、任吏部尙書。逐招於後。

一招、洪武二十六年正月內失記的日、因見凉國公征進回還、權重、不合要得交結、同男詹紱前去凉國公宅內拜見、留於後堂。喫茶畢、本官對說「如今朝中無甚麽人了、老官人你常來這裏走遭、有一件緊要的話商量。」是徽依允回還。

一人は名を詹徽というもの、年は六十歳、湖廣黃州府黃崗縣の人、吏部尙書の任にあり。その逐一の供述は以下のようである。

一の供述。洪武二十六年正月のある日（日にちは忘れた）、凉國公（藍玉）が征討から歸還し、大きな權力を持っているのを見て、惡いことにも交わりを結ぼうとして、息子の詹紱とともに凉國公のお屋敷に行ってお目にかかり、後堂に引き留められました。お茶がすんだところで、彼の方がわたしにいいました。「今や朝廷にはどういう人物はおらん。どうかそなたはちょくちょくここへおいでなされ、大事なことで相談いたしたい。」わたくしめは承知いたしましたといって戻ってまいりました。

これなども、明らかに口語で記されている。供述書が白話で書かれるのは、やはり口語である白話で記すことによって、供述内容のリアリティーが保證されると考えられたからであろう。話したままに相違ないことを表現したかったために、白話が用いられたのである。(10)

庶民ならざる人々によって用いられた白話、『四書大全』と『逆臣錄』の場合を通して考えられることは、文言と白話は必ずしも階級のちがいに還元できる問題ではなく、それが用いられる「場」のちがいを反映するのではないかということである。あるいは、表と裏の使い分けともいえるかもしれない。

「白話＝庶民」があやしいということになれば、問題はそもそも中國における「庶民」とはなにか、「庶民」は存在するのかというところへ發展する。中國明清時代の社會と庶民文化について、島田虔次氏に次のような指摘がある。

> われわれは中國近世の庶民意識は何ら新しき原理に立つものでなく、新しき世界観を提出したものでなく、反って士大夫のそれへの追從に他ならなかったと解して恐らく過たぬであろう。舊中國において勝義に社會なるものは、士大夫の社會であった。庶民とは原理的に言って缺如態における士大夫であり、不十全なる士大夫、或は士大夫に周邊的なもの、の謂に他ならなかった。
>
> （島田虔次『中國における近代思惟の挫折』筑摩書房　一九七〇、第四章「一般的考察」二五〇頁）

萬人に向けて開かれた科擧制度の整備によって、庶民であっても士大夫の列に加わりうる道が敷かれており、それがためにかえって庶民獨自の文化が形成されえなかったのではないか、とする指摘である。かつての日本（江戸時代）やヨーロッパのような嚴然たる身分社會であったならば、エリートと全く異なる「庶民」の文化が存在したと考えることは自然であるが、そもそもそうした階層としての「庶民」の線引き自體が曖昧だとなると、「庶民文化」の問題設定自體を考え直さなければならなくなる。

いわゆる「士大夫」も白話的なる文化要素は持っており、いわゆる「庶民」も文言の士大夫的なことがらと全く無縁ではない。この線引きの難しさが中國「庶民文化」の研究を複雑なものにしているといえよう。

中國を旅していて、汽車で旅行する場合を考えてみよう。時には軟臥車で高級幹部と乘り合わせることもあれば、硬座車でいわゆる「庶民」と乘り合わせることもある。そして、彼らと長旅の間いろいろな話をして行くことになる。そうした時に感ずるのは、彼らの話題、關心の持ち方などがきわめてよく似ているということである。もちろん育ちや社會的地位のちがいによって、ものごし風體に多少のちがいはあっても、やはり中國人としての共通性の方が目立つのである。舊中國明清時代の社會と現在とを同じにもできまいが、士大夫、庶民あるいは支配者、被支配者という以前に中國人であるとする實感が強いのである。このあたりが、先に述べた「民衆文化」、「集團心性」の切り口の方につながってくるようでもある(11)。

第三節　「庶民」の細分

續いて「庶民」なる概念をめぐってさらに疑問を提出しておくことにしたい。中國には「民間文學」という分野があって、農村の歌謠調査などが行なわれている。その歌を歌うのは誰なのかといえば、どうもいわゆる一般庶民ではないようなのである。

筆者は一九九五年四月三日、上海市松江縣張澤鎮で歌謠の調査を行なった。歌を歌ってくれた張金松老人は、松江縣民間文學藝術集成編輯室編『松江縣民歌集成』に見える傳記によれば、張金松は一九一八年に生まれた。家は一軒のぼろやであり、六畝の荒れ田を小作することでは、一家は暮らしてゆくこともできなかった。父親は「打田發」の藝によって、わずかばかりのお金をかせぎ、母親は人の家の手傳いをすることで、生計を助けていた。彼は十歳にも滿たないうちに、人の家の牛の世話をしたり草刈りをしたりした。みんなが精いっぱい働いても、十分に食べられず、暖かい衣服も着られない苦境を脱することができなかったので、父親は十二歳の息子に藝を學ばせることにした。

努力の結果、張金松はたくさんのレパートリーを持つ藝人になったという。たしかに農業も行なってはいるのであるが、彼の場合などは普通の農民とはちがった藝人としての一面を持つ者だったのである。レパートリーのうち「打田發」というのは、一種の門付け藝（沿門唱書）であり、「敬大人」などは大家の繁榮をことほぐ內容であった。

近年採集された各地の山歌には、例えば『海門山歌選』（中國民間文藝出版社　一九八九）冒頭の歌の、

我唱山歌千千萬來萬萬千　　わしは千千萬、萬萬千もの山歌を歌える

などのように、歌い手が自分は數多くの山歌を歌うことができることを自慢する內容を持つものが多い。これらの歌はいわゆる一般庶民、一般農民によって歌われたと考えるより、この張金松老人のような特別に訓練を受けた專門藝人によって傳えられ、唱われたと考えた方がより自然なのではなかろうか。(12)

一口に民間歌謠といっても、じつは農民すべてがひとしく歌っていたのではなく、その中に一種のプロがあったことが知られる。日本における藝能史研究にあっては、藝能の擔い手としての特殊藝能民の存在は自明とされるが、中

國にあっては、「人民」の「反封建的」性格が大前提とされたこともあって、庶民の細分化はタブー視されていたのである。中國の状況の變化もあって、今後いままで庶民としてひとまとめにされていたものの検討も可能になるのではないかと考えられる。

清末の時代、農村に源を發する民間小戲が大都市へと流入し、それらが天津の評劇、上海の越劇などのような演劇へと發展した。農村が疲弊し窮乏した時、藝を攜えて都市に出てくることができたのも、もともと藝を持っていた人人なのであった。そして、それらの藝能の歌詞のテキストもおびただしく刊行されている。そのいわゆる「唱本」は、一册がせいぜい四五葉のもので、印刷も粗雑なものである。讀みおわったらすぐに捨てられてしまったものと思われる。この貴重な資料が今臺灣の中央研究院傅斯年圖書館、上海復旦大學趙景深文庫などに所蔵されている。「唱本」には、物語あり、敍情歌あり、上海の文明開化の様子あり、時事的内容あり、さまざまな内容が備わっている。例えば清末義和團事件の状況を歌った『洋人進京、太后回朝、洋人回國』がある（傅斯年圖書館）。その冒頭を掲げる。

大清的奸臣巴君蒙放走洋人去般（搬）兵　大清の奸臣巴君蒙が外人を釋放し、彼らは兵を連れてきます
英國法國日本國十三國　イギリス、フランス、日本國など十三ヵ國
發來黑白鬼子後邊行　黑や白やの外人が後ろからやってきます
大小七萬重洋兵　大小七萬の外國兵
八國洋人說不中　八國の外國人がこれはいかんといって
英國法國洋發兵　イギリス、フランスが外國兵を出發させます

立刻放了三聲砲　　　すぐに大砲三發をうち
催大對（隊）、起了營、擊了山口　　　大隊をせきたて、軍營を出發し、山口を攻擊します
前行一奔海口發大兵　　　進んで海口に殺到し大兵を發します

當て字、俗字が多用され、表現も決まり文句が繰り返し用いられている。粗雜なものではあっても、こうしたものが庶民にとってのニュース媒體になっていたのである（日本のかつての「讀み賣り」というのがこれに近かろう）。これは中央研究院の俗曲目錄では、「雜曲」「太平年」に分類されている。「太平年」は北方の俗曲なので、これは華北で傳わった歌であろう。誰も注意しなかった時期にこれらの資料を收集した劉復、李家瑞や趙景深の見識の高さが光るが、これらの資料もこれまでほとんど注目されたことがない。これも「庶民文化」資料の寶の山であり、これからの研究のフロンティアであろう。

結び

以上、「庶民文化」を考えること自體の意味、研究の步み、そして今後への展望について思いつくまま述べてきた。はじめに述べたように、「庶民文化」の意義は、あくまでわれわれが庶民に價値を見出だすかどうかにかかっている。「庶民」か「民衆」かと考えたが、今現在われわれの置かれた狀況は、むしろ「大衆」もしくは「群衆」だと考えた方が當たっているようにも思われる。今村仁司『群衆――モンスターの誕生』（ちくま新書　一九九六）に次のような一節がある。

從來のステレオタイプ（紋切り型）化した階級社會論は、諸階級を「實體」であるとみなして、近代社會が固定した諸階級の對立する社會と考えてきましたが、實際には、近代社會は「實體的な」諸階級が拳鬪選手よろしくリングの上で毆りあっている社會であるというよりもむしろ、實質的には徹底的に群衆社會なのではないでしょうか。階級であれ社會階層であれ、それらはこの群衆という社會的エーテルから認識操作を施すことで切りだされてくるのではありますまいか。（一〇頁）

今後の研究にはこの「群衆」的状況をも視野に入れる必要があろうが、それにしても「群衆文化」はありえまい。いまのところ、「民衆文化」をにらみながら、「庶民文化」にこだわってみようというあたりが、筆者の立場である。(13)

注

（1）どちらも共通したテーマを扱った那波利貞「唐鈔本雜抄攷――唐代庶民教育史研究の一資料」（『支那學』一〇巻特別號　一九四二）、澁谷譽一郎「民衆教育と講唱文學――敦煌本「李陵蘇武書」と胡曾『詠史詩』を中心に」（『藝文研究』五十四號　一九八八）にも「庶民教育」から「民衆教育」への變化が見られる。

（2）中國學の中で「ポピュラー・カルチャー」を論じたものとしては、David Johnson, Andrew J. Nathan, Evelyn S. Rawski (eds.), *Popular Culture in Late Imperial China*, University of California, 1985が重要である。この書物の書評は、本書に附録として收めた。

（3）中國の「庶民」に關わる資料について總括的に整理した試みとして斯波義信「中國庶民資料ジャンルについての覺書」（『實學史研究』三　一九八六）がある。斯波氏は「關心の希薄のゆえに、あるいは殘存資料の乏しさのゆえに等閑視されがちであっ

た下層社會史を知る手がかりは、決して絶望的とはいえないのである」とされ、庶民資料のジャンルを、

1　傳統的實用科學知識の記録

2　「士民」「士商」レベルの記録

イ　官箴と公牘

ロ　百科全書

ハ　商業ガイドブック

ニ　族譜、族規、家訓、善堂、育嬰堂の記録

3　庶民レベルの記録

イ　稗史、小説、説話

ロ　契約文書

に分けて整理された。これらがすべて先にのべた「非エリート」としての「庶民」生活資料といえるかどうかには疑問がないわけではない。ここには階級の區別を前提にした「庶民」あるいは「下層社會史」の資料というよりも、あらゆる階層に一貫して存在する非觀念の生活部分、すなわち「日常」あるいは「基層文化」の資料といった方がよいと思われるものも含まれている。これらは（いまのべた西歐語文脈での廣い範圍を含み得る）「民衆文化」の資料と呼んだ方がよいのかもしれない。

（4）馮夢龍「敍山歌」（『山歌』）

且今雖季世、而但有假詩文、無假山歌。則以山歌不與詩文爭名、故不屑假。苟其不屑假、而吾藉以存眞、不亦可乎。抑今人想見上古之陳於太史者如彼、而近代之留於民間者如此、倘亦論世之林云爾。若夫借男女之眞情、發名敎之僞藥、其功於掛枝兒等。故錄掛枝詞而次及山歌。

（5）胡適「文學改良芻議」「八　勿避俗語俗字」

及至元時、中國北部已在異族（遼、金、元）之下、三百餘年矣。此三百年中、中國乃發生一種通俗行遠之文學。文則有水滸、西遊、三國……之類、戲曲則尤不可勝計。（關漢卿諸人、人各著劇數十種之多。吾國文人著作之富、未有過於此時者

也。）以今世眼光觀之、則中國文學當以元代爲最盛、可傳世不朽之作、當以元代爲最多、此可無疑也。當是時、中國之文學最近言文合一、白話幾成文學的語言矣。

（6）中國近代における白話については、村田雄二郎「「文白」の彼方に――近代中國における國語問題」（『思想』一九九五年第七號）ほかがある。

（7）明清にあって士と商との身分のボーダーがあいまいになったとする余英時『中國近世宗教倫理與商人精神』（聯經出版事業公司　一九八七。森紀子譯、平凡社、一九九一）下篇、二「新四民論――士商關係の變化」の指摘もこれと表裏している。注（3）斯波氏のリストの「士商」レベルの記録もこれと呼應する。

（8）「胥吏」と俗文學については、吉川幸次郎『元雜劇研究』（全集第十四巻）第二章、小川環樹『中國小説史の研究』（岩波書店　一九六八）第二章「『水滸傳』の作者について」などに示唆されている。「訟師」については、夫馬進「訴師祕本の世界」（小野和子編『明末清初の社會と文化』京都大學人文科學研究所　一九九六）など。

（9）吳語に關しては、これまでにも研究がなかったわけではない。「吳語研究書目解説」（『神戸外大論叢』第三巻第四號　一九五三）などに収められた業績がある。だが、それらはおおむね語學の側面に重點のある研究であった。最近では、彈詞について、山口建治「彈詞（南詞）『雷峯塔』について」（『和田博德教授古稀記念　明清時代の法と社會』汲古書院　一九九三）など、木魚書について、稻葉明子・金文京・渡邊浩司『木魚書目錄』（好文出版　一九九五）などがある。

（10）唐澤靖彦「話すことと書くことのはざまで――清代裁判文書における供述書のテクスト性」（『中國―社會と文化』第九號　一九九四）。

（11）中國民衆の心性史について、上田信「そこにある死體――事件理解の方法――」（『東洋文化』七十六　一九九六）は興味深い論考である。

（12）江蘇省南通に傳わる長編敍事山歌「紅娘子」を傳えたのも、繆二銀という「民間藝人」であって、バス停のところで歌を歌っていたのを、收集者の賈佩峯氏によって發見されたのだという。この繆二銀なども、いわば「半農半藝」ともいえる專門家の一人であろう。拙稿「中國民間の語りもの『紅娘子』について」（『傳承文學研究』第三十七號　一九八九）を參照。

（13）「庶民」がある一定の價値觀と結びつく言葉であるのに對して、「民衆」はこの點があいまいである。ピーター・バーク『ヨーロッパの民衆文化』の譯者あとがき（四二九頁）に、

ギンズブルグやデーヴィスによる民衆文化の取り組み方には、民衆ないしヒューマンなものへの愛着が感じとれるのに對して、バークのそれはニュートラルである。それはわれわれにとっても氣にかかる點である。

とある。

第六章　中國小說史の一構想

――陳平原氏の『中國小說敍事模式的轉變』に寄せて――

はじめに

中國小說史に關して、文言小說、白話小說、そしてさらに五四以後の現代小說までをも視野に收めた通史――もとより單なる事項の年代記的な羅列ではなく、構造の深層にまで踏み込んだ全史――を書きたい。それが、われわれ中國小說研究者の窮極の目標であろう。これまでの研究史をふり返った時、文言小說と白話小說については、ある程度兩者を視野に收めた研究が行なわれているものの――それとても、まだ影響云々を問題にしている段階にあり、より深いところで文言・白話を問題にする段階には到っていないように思われるのだが――これが、古典小說と現代小說になると、もはや完全に斷絕した狀態にあるのが、研究の現狀である。そもそも魯迅の『中國小說史略』が、「清末の譴責小說」で終わっているのをはじめ、おおかたの小說史は、清末までのところで筆をおいており、その後を現代文學史にゆずっている。

いうまでもなく、古典小說と現代小說の間には、斷絕の側面があることはたしかである。いやむしろ、現代の小說が、前代の小說とその背後にある社會のあり方そのものに對する意識的な抵抗から出發していることを思えば、この斷絕もきわめて當然のことであり、これこそが中國現代文學の達成を物語っているともいえるであろう。しかしながら、中國の現代小説が、思想・方法の上で、いかに西歐の小説から影響を受けたとはいっても、依然として、中國語という言語を表現媒體とする一國の文學に屬し、とりわけ白話小説についていえば、『三國志演義』や『水滸傳』、『紅樓夢』などが、現代の作家として活躍する人々にとっても、幼少年期の必讀書に數えられ、みな一度はこれら小説の洗禮を受けていることを思えば、斷絶面ばかりではなく、連續面を取り上げて考えることも當然必要になるはずである。これまでは、主として作品の內容に關する、封建―反封建という角度から、古典小説と現代小説の斷絶面ばかりが強調されてきたが、これは研究上の大きな偏り、もしくは缺落といえるのではなかろうか。

こうした研究上の閒隙を、鋭敏な問題意識と綿密な實證によって埋めようと試みたのが陳平原氏の『中國小説敍事模式的轉變』（上海人民出版社　一九八八）である。(1) 同書は、清末のいわゆる「新小説」家と、五四作家とをひとまとまりのグループとして捉え、それが西歐文學の影響を強く受けながら、一方では傳統文學のさまざまの要素を利用しつつ、古典小説から現代小説へと變貌をとげていったさまを、「小説敍事模式」すなわち（1）小説における時間敍述、（2）小説における視點（小説敍事角度）、（3）小説における敍述の中心（小説敍事結構）の三方向からする內在的分析と、當時の小説の媒體の變化とその影響という外在的分析とをからめあわせて捉え、中國現代文學の大きな變化の潮流をあざやかに切り取って見せてくれたのである。同書は、從來、古典小説と現代小説とのはざまにあって、研究上のエアポケットになっていた清末小説に光をあてることによって、この兩者の閒に橋渡しをしようとした大きな試みなのである。その意味で同書は、現代小説研究者のみならず、古典小説研究者にもきわめて大きな刺激を與え、今後の研究の出發點となりうる意義が認められるのである。

本論は、陳氏の書に對する書評、紹介を意圖するものではなく、古典小説を出發點として中國小説全般に關心を抱く筆者が、中國小説史の枠組みについて、同書によって觸發されたいくつかの感想を書き記したものである。

第一節　張恨水の『啼笑因縁』から

陳平原氏は、同書第一章「導言」の冒頭において、本書の目的に關して、

二十世紀の中國文學の歴史的過程にあって、小説は歩みが最もおだやかでありながら、最も大きな成果をあげた藝術形式であった。わずか數十年という時間のうちに、中國小説は迅速に古代小説から現代小説への變化を完成し、世界の文壇に向けて、魯迅、老舍、茅盾、巴金、沈從文らの大小説家とその藝術作品とを提供したのである。中國小説の現代化の過程を考察することは、當然十分に魅力的なテーマであり、また相當に冒險的な試みなのである。

と、述べておられる。すなわち、魯迅、老舍をはじめとする中國二十世紀のすぐれた文學が、どのような過程を經てあらわれたのかを考察することを目的としている。そして、この目的に關していえば、陳氏の意圖は、本書において、十分に達成されている。

ここで改めて考えてみたいのは、そもそも文學史とは何か、という問題である。たしかに、陳氏のように、すぐれた作品がいかにしてあらわれたのか、といった、いわば一つの山のいただきをひたすら目指すのも一つの方法であるが、そのほかに山のふもとをめぐる着眼のしかたがあってもよいのではないだろうか。もちろん、筆者は陳氏が山のふもとを見ていないといって非難しているのではない。いままで、文學史のふもとと考えられてきた清末の種々の小

說までをも視野に收め、五四文學の成り立ちの過程を明らかにされた點で、陳氏は廣く全體を見わたす視野を持っておられる。ただ、陳氏の場合、古典小說から現代小說への發展の過程が、多分に單線的に、もしくは一つのゴールを目指す過程に限定して捉えられすぎていはしないかと感じられるのである。二十年代なり三十年代の文學狀況を考えるのに、魯迅や老舍といった「世界文壇」に出てもひけをとらない作家だけを見てよいのか、という疑問なのである。くり返しになるが、筆者はもちろんこういって陳氏を非難しているのではない。そもそも、筆者の考えている問題は、陳氏のそれと、出發點からちがうのであり、しかも、筆者のような疑問も、陳氏はつとに承知で、同書第八章「結語」において、

五四時代の「最新式の小說」は讀者が最も少なく、三、四十年代では『啼笑因緣』『江湖奇俠傳』の賣れ行きは、『吶喊』『子夜』などの問題にしうるところではない。實は、六十年後の今日でも讀者が最も多いのは、やはり改良された章回小說であって、敍事モデルの革新に力を入れた探求的小說ではないのである。

とはっきり述べておられるのである。

筆者が考えてみたいのは、『啼笑因緣』やら、「六十年後の今日でも、讀者が最も多い」章回小說やら、はたまた陳氏のこの書において、ほとんど論及されることのない、革命後のいわゆる人民文學やらを視野に收めてみた時、中國小說史のどういう見取り圖が書けるのか、である。

以上のような問題意識にもとづきながら、まずは、今ここでその名があがっている、張恨水の『啼笑因緣』をとりあげてみよう。

この作品は、一九三〇年、上海の『新聞報』副刊『快活林』に連載され、翌年、上海三友書社から單行された。魯迅の「狂人日記」があらわれてからすでに十年以上の月日を閲しており、前年の一九二九年には巴金の處女作『滅亡』が、同じ三〇年には茅盾の『虹』『蝕』などが發表されており、三一年には滿州事變が起こっている時期のことである。『啼笑因緣』の連載が終わるやいなや、その映畫化が企圖され、映畫化權をめぐって、當時の大手映畫會社であった明星と大中華影片公司との裁判ざたにまでなったという。(2)これもまた、この『啼笑因緣』が當時いかに流行したかを物語る一コマといえよう。さらにまた、『啼笑因緣』は、京劇、粵劇、滑稽戲、木偶戲、紹興戲（越劇）、蘇州評彈などに脚色され、單行本はもとより、漫畫にまでなったというほどの人氣を誇ったという。(3)そして、この『啼笑因緣』の人氣は、四十九年の革命を經、さらに文革を經驗した今日においても依然としておとろえず、蘇州評彈の名手蔣雲仙女士は、『啼笑因緣』を持ちネタとして人氣を博しているし、一九八五年に、この『啼笑因緣』が越劇に脚色され、上演されている。

一方で、作品の發表された當時から、錢杏邨の「上海事變與「鴛鴦蝴蝶派」文藝」（『現代中國文學論』一九三三）、夏征農「讀『啼笑因緣』」（『文學問答集』一九三五）といった、これへの非難も數多く書かれているが、このことも、逆にこの作品の大衆への影響力を物語っているともいえるのではなかろうか。

これほどまでに、中國の大衆に熱狂的に受け入れられた『啼笑因緣』に觸れずに、三十年代の文學史が書けるのだろうかという疑問を、まずはここで提出しておきたい。(4)

では、これほどまでに中國大衆の心を捉えた『啼笑因緣』とは、どのような作品なのであろうか。その內容は、金持ちの御曹司で北京に遊學する主人公樊家樹と、北京天橋の大鼓の女藝人沈鳳喜との戀愛がその前半。後半は、二人の仲を引き裂き、鳳喜をうばう軍閥劉將軍が登場し、さらに樊家樹に思いを寄せる關秀姑が、將軍の家の下女となって、密かに二人の橋わたしをしたうえ、最後には秀姑が女俠の活躍をし、劉將軍をおびき出して殺してしまう、という話で、才子と薄幸の女藝人との戀愛、そして惡をこらしめる女俠の活躍、大衆好みの二つの要素が存分に組み込まれているのである。

その形式についていえば、第一回の「豪語風塵に感じ、囊を傾けて醉いを買い、哀音弦索を動かし、滿座秋を悲しむ」からはじまって、各回とも對句の回目が冠せられており、まったく章回小説の體裁であるし、さらに各回の末尾は、例えば第一回では、

この女が誰かということは、次の回で詳しくお話いたしましょう。

といった、古典章回小説の語りのスタイルが用いられているのである。また、小説における作者の位置（陳氏のいう「敍事角度」）の點からみても、古典小説と同樣の全知敍事である。[5]人物の描き方の點でも、善玉惡玉の描き分けが、きわめて明瞭であり、主人公樊家樹や沈鳳喜は、いかにも思い入れたっぷりに描かれるのに對し、惡玉の將軍は、これまたいかにもにくにくしげに描かれているのであって、これなども、『三國志演義』などの小説における人物の描き方と、えらぶところはない。ただちがうのは、作品の舞臺が一九二〇年代の北京で、軍閥が登場するなど、現代物になっているくらいなものであろう。わが國の硯友社の文學が「洋裝の江戸文學」と稱された、その言い方を借りるならば、『啼笑因緣』は「洋裝の才子佳人小説」「洋裝の武俠小説」なのである。

一九三〇年、たしかに新しい作家たちが次々と登場し、抗日の機運を背景に、左翼の作家たちの活動も活發になっていた、まさにその時期に、中國の大衆の心を最も廣くつかんでいたのは、こういった作品なのであった。この點を、

まずは確認しておくことにしよう。

第二節　巴金・趙樹理

前節では、三十年代に一世を風靡した張恨水の『啼笑因緣』が、舞臺こそ現代に取っているが、實は敍述形式の點から見ても、また人物の描き方の點から見ても、實はまったく舊來の小說と變わらないのではないか、ということを見た。今日中國文學史の上で、全く評價の低い鴛鴦蝴蝶派の一人である張恨水の『啼笑因緣』においてなら、このようであっても、いたしかたないことといえるのかもしれない。(6) 本節では續いて、今日評價の高い作家たちの作品が、敍述方法の點から見て、この『啼笑因緣』と、どうちがうものであったのかについて考えてみたい。

まずは、『啼笑因緣』とほぼ同じ時期の一九三三年に發表された、巴金の『家』を取り上げてみよう。この作品では、章回小說風の回目や、「次回をおきき下さい」といった語りもの口調こそあらわれないものの、敍述角度は、陳氏の全知敍事であり、心理描寫が精密になってはいるものの、敍事構造の點から見ても、やはりまだ情節中心の、舊來の小說と同じ枠組みの中に收まってしまうのである。また人物の描き方についても、ほぼ新しい世代＝善、舊い世代＝惡といった描き分けがなされている。もちろん『家』は、その思想內容の點において、『啼笑因緣』の才子佳人的戀愛、荒唐無稽に近い武俠とは大きく異なり、舊い世代と新しい世代の對立、そして新世代の抵抗と希望といったテーマを扱っており、この點に大きな文學史的意義が認められる。巴金の『家』は、ある意味では「古い皮袋に新しい酒を盛った」作品といえるであろう。

さらに時代が下って、いわゆる人民文學の作家たちはどうか（陳平原氏は、一九〇二年―二七年の文學狀況をテーマとした本書において、觸れないのも當然かもしれないのだが、いわゆる人民文學については、それに觸れない姿勢で臨んでいるのではないかと思われる。これが、陳氏の批評の立場とも微妙につながっているのであろう）。例えば、趙樹理の「李有才板話」（一九四三）についてみると、その「一、書名の由來」において、

抗戰以來、閻家山には、いろいろな變化があり、變化があるたびに、李有才は新しい快板をつくり、また新しい快板をつくったために災難にあった。わたしはその變化についてお話し、また彼がその變化のなかでつくった快板をいくつか寫し取って、退屈しのぎに見ていただきたいと思って、この小さな書物を書いたのである。

——平凡社『中國現代文學選集9　趙樹理集』小野忍譯

とあって、「わたし」が作中にあらわれ、陳氏のいわゆる一人稱敍事になっているかと思いきや、やがて李有才なり「わたし」なりに見えるはずもない、對立する惡玉側の密談場面なども描かれていて、全知敍事になってしまっている。人物の描き方については、趙樹理に限らず、人民文學において、善玉と惡玉が、きわめて明瞭に描き分けられていることは、いうまでもあるまい（ただ、その善玉、惡玉の內容が、舊來のものと異なっている點に意義があるのだが）。人民文學も、敍述方法、人物描寫等から見て、舊小說と同じ枠の中に入ってしまうことになるのである。

こうしてみると、清末、三十年代、人民文學、そして今日も讀まれている演義體小說に至るまで、中國では、一方に新しい小說の流れがあったことはたしかであるが、もう一方では、實に根強い、古典小說以來の小說の枠組みがあって、小說作品を規定してきたことが認められるであろう。(7)

第三節　小說史の社會構造

以上の各節においては、古典小說のうち主として白話小說と現代小說の間の連續面について考えてみた。續いて、文言小說が、現代小說をも含めた中國小說史の中で、どのように位置づけられるかを考えてみることにしたい。文言小說についても、敍述方法の點から、陳平原氏が取り上げておられるので、先ず陳氏の考えをたどってみることにしようと思う。

陳氏は、敍述方法から見て、文言小說が、部分的にせよ時間の倒裝敍述を行なっており、またあるものは限制敍事を行なっている例をあげ（以上第二章）、さらに文言小說の中に、全知敍事をこえているものが存在する（第三章）ことなど、方法のうえでむしろ現代小說に近いものがあることを指摘される。そして、この文言小說のあるものが白話小說へと改寫される際に、倒裝敍事は連貫敍事に、限制敍事は全知敍事へと書き改められてしまった、とし、その白話小說から、西洋小說の影響をうけた新小說を經て、五四小說へ、という流れを描いておられる。それを圖示するならば、次のようになろう。

文言小說→白話小說→新小說→五四小說

西歐小說→（新小說）

一方で陳氏は、新小說の生まれた、中國國內の文學における源泉として、スタイルの點からは、笑話、日記、書信、遊記等々をあげ、これらから日記體小說、書信體小說、遊記體小說などが生まれているとし（第六章「傳統文體之滲入小說」）、內容の點からは、現代小說に對して、中國詩文の「史傳」と「詩騷」の傳統の落とす影に言及し、新小說家は、史傳の影響が強く、五四作家は、詩騷の抒情の系譜につらなるのではないか、と述べておられる。全體として、中國小說が、周邊的なものから文學の中心へとその位置を高める段階で、詩文を主とする中國傳統文學の影響を受けた、とし、小說の社會的位置づけからすれば、五四文學は書面化を強め、一般民衆から離れていった、としておられる。

以上の陳氏の所說について、まずは、文言小說→白話小說→現代小說という展開の圖式に關して、何故、文言小說と現代小說とが、同じような敍事方法を取っているのか、そしてまた、何故、傳統詩文と現代小說（特に五四小說）とに共通した思想が認められるのか、について考えてみることにしよう。

そもそも、中國の文化は、重層的な構造を持っており、文學についていえば、詩文を頂點として、戲曲・小說、そしてその下に、文字化される以前の口承文學の廣大なすそ野がひろがっている、という構造になっている。これはもとより、詩文こそが、最も價値の高いものである、とする價値の階層である。これを言語の角度から見ると、詩文は文言、戲曲・小說は白話、そして口承文學は各地の方言で、ということになる。そしてまた、一人の人の言語習得過程としてみると、この構造を下からまずは、生まれた場所での方言をしゃべり、やがて、より通用範圍の廣い白話＝官話（これも一種の人工言語といえる）、そして更に抽象度の高い文言を、學んでゆく過程として考えることもできる（ただ、實際には、讀書人の家庭では、幼少の時から、四書五經などを學習させるので、白話をとびこえて、文言に行ってしまうのかもしれないが）。そして、この階層構造は社會的に見て、士―庶の階級構造にも對應しており、文言をあやつることのできる、ほんのひとにぎりの士と、讀み書きのできない、大多數の庶とを對極にして、その中間に、白話文學の讀者が、これも數としては、あまり多くない割合で存在する構造になっている。これが、中國の舊社會における文化・社會構造といえるのである（圖１）。

では、これが、辛亥革命以後には、どうなるのであろうか。教育の普及によって、識字層が以前に比べて增えたという一面はたしかにあるであろう（この中間的な識字層は、歷史的に見て、時代を下るに從って增加の一途をたどり、明代中期以後における白話小說出版の隆盛の大きな背景にもなっていると思われる）。しかし、この時期にも、以上に述べた階層構造は、基本的にくずれていないともいえる。やはり、教養の頂點として詩文があり、そして、教育のある家庭の若者たちが『新青年』や五四小說の讀者であり、女性や教育のさほど高くないものたちが、『啼笑因緣』のような鴛鴦蝴蝶派式の大衆小說の讀者としてあり、そのまた下には、依然として文字に緣のない大衆があったと見ることができるであろう（民國期の大家庭を描いた巴金の『家』などからも、この構造が見てとれる）。これを圖示すると圖２のようになる。

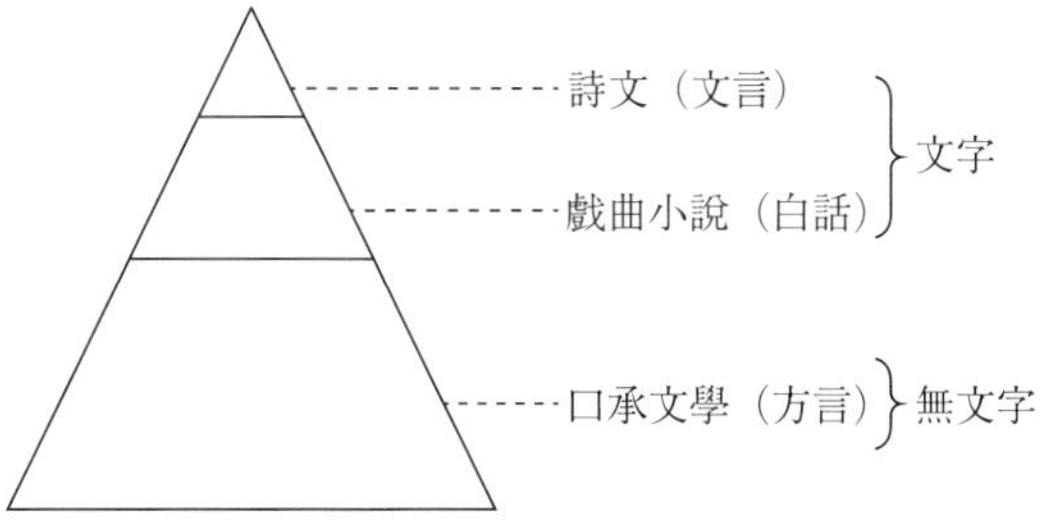

【圖１】

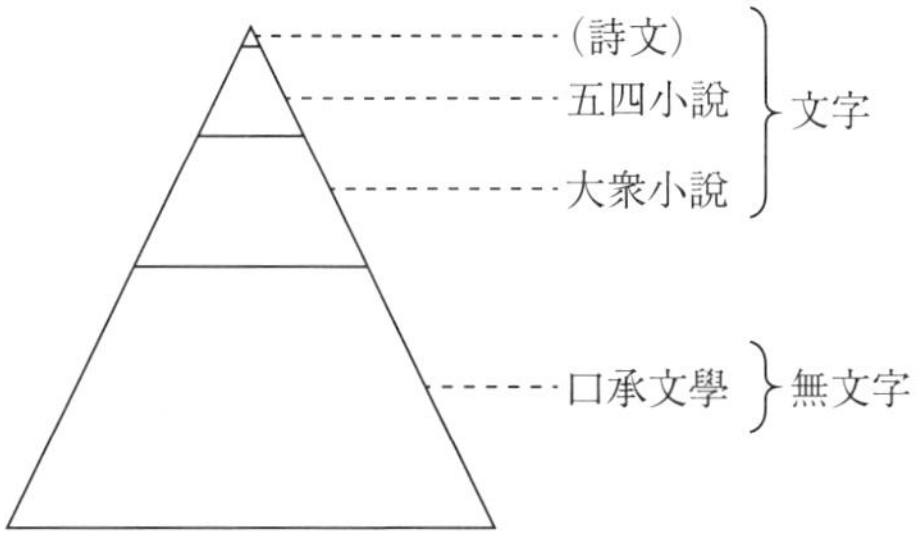

【圖２】

さて、この圖１と圖２を竝べて考えてみると、要するにかつての詩文の位置に五四小說が、かつての白話小說の位置に、鴛鴦蝴蝶派風の新小說が來た、ということになるともいえるのではなかろうか。

そう考えれば、陳氏の、五四小說は詩文の影響が強いとの見方も、にない手の社會層が變化していないのだから、ごく自然のことと受けとめられるし、また文言小説の敍事方法が、時代的に白話小説のそれをとびこえて現代小説に近いとされるのも、あるいはごく自然といえるのではなかろうか。また、筆者が第一、二節で觸れた白話小説と現代小説の連續面も、この圖式から確かめられるのではなかろうか(8)。

四十九年の革命後の狀況については、このうち、白話小説―大衆小説のラインが、人民文學として增幅されたということができようし、また文革後の陳氏のいわゆる實驗的小説なども、この五四小説の流れと見ることができるであろう。

結び

以上、陳平原氏の『中國小説敍事模式的轉變』を出發點にして、筆者は主に、古典小説と現代小説の閒の、連續面について考察した。陳氏が、中國現代小説は、いかに變わったかという面を見ようとしたのに對し、筆者は、いかに變わらないか、を考えようとしたといってもよい。このちがいは、そもそも文學史に對する、陳氏と筆者との考え方の相違に根ざしている。詩文―五四小説という偉大なる文學をつないでゆこうとする陳氏の方法は、より多く批評家的であり、何を取り、何を切りすてるかという、陳氏自身の現在の立場が、色濃く反映しているといえるであろう。それに對して、傑作もあれば駄作もあって、それらの雜然とした全體が、一つの時代を形作っているとし、その狀況全體を考えたいとする筆者の關心は、より多く史家のそれに近いといえようか(9)。

鶴見俊輔氏は、文學には「偉大なる傳統」と「もう一つの傳統」があるといわれた。中國文學研究は、これまで、この「偉大なる傳統」の方が、研究の中心であった。だが、この「もう一つの傳統」の方にこそ、中國文學を中國文學たらしめている要素が、より明瞭な形で含まれており、こちらに着目することによって、古典文學と現代文學とを一貫したまさしく中國の文學史が書けるのではないか。それが筆者の構想なのである。

注

（1）陳平原氏には、このほかにも『二十世紀中國小說理論資料』第一卷（夏曉虹と共編。北京大學出版社　一九八九）、『二十世紀中國小說史』第一卷（北京大學出版社　一九八九）ほか多くの編著があり、やはり中國現代文學成立期のテーマを扱っている。

（2）刈間文俊「中國映畫通史」（佐藤忠男・刈間文俊『上海キネマポート』凱風社　一九八五）。

（3）董康成・徐傳禮『閑話張恨水』（黃山書社　一九八七）十一「關于『啼笑因緣』的故事」。

（4）中華人民共和國建國後に出た中國現代文學史では、この張恨水に言及するものはほとんどない。近年になって、安徽文藝出版社から『張恨水選集』が出され、また、「中國現代作家作品研究資料叢書」の一つに、張占國・魏守忠編『張恨水研究資料』（天津人民出版社　一九八六）が收められている。

（5）古典小說の敍述方法全般に關して、魯德才『中國古代小說藝術論』（百花文藝出版社　一九八七）が參考になる。

（6）鴛鴦蝴蝶派に關しても、「中國現代文學運動・論爭・社團資料叢書」に芮和師他編『鴛鴦蝴蝶派文學資料』（福建人民出版社　一九八四）が收められ、また鴛鴦蝴蝶派を積極的に評價した范伯群「對鴛鴦蝴蝶―『禮拜六』派評價之反思」（『上海文論』一九八九年第一期）のような論文もある。

（7）陳氏は同書第三章「中國小說敍事角度的轉變」において、劉鶚の『老殘遊記』が、その前半では遊記の體をとり、第三人稱限制敍事の方法であるのに、後半になると、全知敍事に戻ってしまう例をあげておられる。これなども、中國古典小說の敍述方法の呪縛が、いかに強かったかを示す一例であろう。

（8）明代の文言小説と白話小説とを竝べてみた時に、文言小説の方に、心理描寫への關心を中心とする新たな人間への模索が、より強くあったのではないか、ということについては、本書第二部第三章で述べた。

（9）この點で、「精神史的考察」か「環境史的考察」か、という麻生磯次氏の整理も思い合わされる（同氏『江戸文學と支那文學』總說）。

附録

書評紹介二篇

書評紹介　その一

Antoinet Schimmelpenninck
Chinese Folk Songs and Folk Singers
——Shan'ge Tradition in Southern Jiangsu

CHIME Foundation, Leiden, 1997

アントワネット・シンメルペンニク
『中國の民謠と歌い手たち——江蘇南部における「山歌」の傳統』

歌というものは、歌詞があって、メロディーがあって、歌う人がいて、そしてそれが歌われる場面があって、はじめて十全な形で成立する。中國における歌謠を調査研究しようと思ったら、結局現地を足で歩き、目で見、耳で聴く以外に道はない。

十年にわたった文化大革命が終結し、まずは外國人でも中國に行けるようになったこと、そして中國の學術界にあっても自由に民間歌謠研究が行なわれるようになったこと、この二つの條件が滿たされて、ようやく外國人にとっての本格的な中國民間歌謠研究が行なわれる下地が作られた。數々の困難が待ち受けているであろうことは當然豫想されるが、あとは志を立て、實行あるのみ。

本書の著者、アントワネット・シンメルペンニク博士は、一九八六年、南京大學留學をきっかけに、江蘇南部、蘇州周邊の地域を中心とする歌謠收集のフィールドワークを開始、以後一九九二年に至るまで、各地の調査を行ない、都合六八四種に及ぶ歌を收集された（調査地のリスト、收集した歌のリストは本書附錄二及び三に收められる）。その後さらに數年の時間をかけて、收集した資料に詳細な檢討を加え、ライデン大學に提出した學位論文が本書である（イデマ教授が主査となり、一九九七年に學位を授けられている）。

この地域の民間歌謠は、日本軍による侵略、共產主義革命、そして文化大革命と、くりかえし押し寄せた荒波によって衰退の道をたどり、八〇年代の末に著者がフィールドワークを行なった時點では、歌い手たちの多くはすでに七十歲代、八十歲代の高齡に達しており、論文執筆中に亡くなられた歌い手も一人、二人にとどまらない。

歌に關するフィールドワークが生身の生きた人間を對象にしている以上、そのタイミングがきわめて重要である。現地に行けること、歌の調査が可能なこと、そして歌い手が健在であること、この三つがそろわなければ十分な調査は不可能なのであって、その意味で著者は最後のチャンスをものにされたといえるのかもしれない。

ここで本書の目次を以下に掲げることにしよう。

目　次

一―二　初期の民謠集
一―三　二十世紀の民俗學研究の幕開け
一―四　共產黨による民謠の利用
一―五　一九五〇年代および文革直前までのフィールドワーク
一―六　今日の民謠收集――集大成
一―七　中國における民族音樂學
一―八　民謠についての研究テーマ
一―九　「山歌」の意味をめぐる概念と術語の混亂
一―一〇　西洋人の研究および音聲資料
二　吳歌文化およびフィールドワーク經驗への序論
二―一　導言
二―二　吳地方　風景と經濟
二―三　宗教
二―四　地域と移民
二―五　文化生活についてのいくつかの側面
二―六　吳地方における民謠文化
二―七　過去の資料と最近の研究に見える吳歌
二―八　吳歌の衰退

索引
CDの內容の目錄

著者自身が述べているように、本書では第一章から第三章までが概説にあたる部分、第四章、第五章が本論にあたる部分である。

第一章はこの研究の研究史的位置づけと方法について、第二章は地域の概觀とフィールドワークの具體的過程に關する紹介である。中國でのフィールドワークというと、金銭その他をめぐるトラブルの話をしばしば耳にするが、著者はあまりそういった低級のトラブルには無緣だったようである。著者の人柄が思われるとともに、多少のトラブルについての抑えのきいた描寫は讀んでいて氣持ちがよい。いうまでもなく、得たものの大きさによる自信がその背景にあるのだと思う。

著者のフィールドワークの優れている點の一つは、いくつかの代表的な地點で反復調査を行なっていることである。一度の調査で得られる情報には限りがある。どうしても二度三度と現地に赴く必要があるのだが、中國でフィールドワークを行なおうとすると、種々の事情によって反復調査ができないことが多い。反復調査を行なうについても、數々の困難があったであろうことが想像されるが、それを克服された著者の力量とねばり強さがうかがわれる。

第三章は歌い手たちに關する記述。五名の代表的な歌い手のライフ・ヒストリーが語られるとともに、歌がどのような場面で歌われたのか、またその學習と傳承がどのように行なわれたのか、といったことについて記述している。その基本資料になっているのが、著者自身によるフィールドワーク・ノートである。著者の主張は、山歌の歌い手は普通の人々であって、特別な歌い手（'The' Singer）はいないのだ、ということにある。

第四章は歌の歌詞と形式に關する分析。本書では、何よりも生きた歌とその歌われる狀況に關心が向けられている。從って、馮夢龍の『山歌』をはじめとする同じ地方の歌謠收集の先行業績に言及することはあっても、とにもかくにも自分で集めた歌に研究の對象を限定しているところが、本研究の一大特徵である。

中國で刊行された吳歌集などでは、過去に文字化された歌の歌詞と、たった今採集された歌の歌詞がいっしょに竝んで出てきてしまうことがある。時間空間を飛び越え、ただ「吳歌」とでもいう大きな枠を設定するのであれば、それもかまわないのかもしれないが、あまりに地域性歷史性を無視したやり方である（本書の著者も述べているが、中國における歌謠收集の報告では、歌い手の名前と歌詞だけしか示されないことが多い）。本書にあっては、八〇年代の江蘇南部地域において實際歌われていた歌に資料を限定していることが、資料とその研究の信賴度を格段に高めている。もとより著者が數多くの資料を收集して手元に持っていることが、この研究姿勢を保證していることはいうまでもない。

筆者（大木）は、かねてより明代の馮夢龍の收集編纂した『山歌』に關心を持ってきた。『山歌』は一つの文獻資料であるから、歌詞は殘っていても、それが實際にどのように歌われたのかに關しては、全く材料がない。そこで一つでも二つでも、今現在歌われている山歌を聽いてみたいと考え、主として民間文藝研究者のルートを通して、フィールドワークを試みた。そして、本書の著者と共通する何人かの歌い手（錢阿福老、華祖榮老など）の歌を聽く機會を得た（拙論「馮夢龍『山歌』の研究」『東洋文化研究所紀要』一〇五册　一九八八、また拙著『馮夢龍『山歌』の研究』勁草書房　二〇〇三で簡單ながら紹介している）。

筆者の場合はあくまで明代山歌に行き着くための手掛りとしての現在の山歌であり、著者の場合は現在の山歌が對象である。本書においては、過去の文獻資料がカットされているからこそ、馮夢龍の『山歌』に見られる歌が現在でも歌われていることを、まちがいなく確認することが可能なのである。例えば、本書の一二九番の歌「結識私情姐妹

倆」、

結識私情姑嫂倆　小姑と兄嫁の二人と關係ができた
問你情郎兩朶鮮花哪朶香　ねえ、あなた、二つの花、どちらがいい香り？
姑娘是出水荷花白又嫩　小姑は水から出た蓮の花、白くてやわらか
嫂嫂是蓮心結籽骨氣硬　兄嫁は硬い蓮の實、度胸がある

結識私情娘媛倆　母親と娘の二人と關係ができた
問你情郎兩朶鮮花哪朶香　ねえ、あなた、二つの花、どちらがいい香り？
清水裏紅菱嫩箇甜　清水の中の赤い菱はやわらかくて甘い
沙角菱咬咬老來香　でも菱の實を咬んでみると古いやつほどよい香り

は、馮夢龍『山歌』巻四の「姑嫂」、

姑嫂兩箇竝肩行　兄嫁と小姑が竝んで行く
兩朶鮮花囉裏箇強　二輪の花はどちらがすてき？
姑道露水裏採花還是含蘂兒好　小姑は、露の中で花を採ればやはりつぼみがよいといい
嫂道池裏荷花開箇香　兄嫁は、池の蓮の花は開いた方がよい香りという

及び同じく巻四の「娘兒」、

娘兒兩箇竝肩行　　母親と娘が竝んで行く
兩朶鮮花囉裏箇強　　二輪の花はどちらがすてき?
囡道池裏藕兒嫩箇好　　娘は、池の蓮もやわらかいのがよいといい
娘道沙角菱兒老箇香　　母親は、菱の實は古いのがよい香りという

のヴァリエーションと見ることができる。多少の文字を變えながら、馮夢龍『山歌』に見えるこれらの歌が、現在呉縣勝浦前戴村の金文胤老によって歌われたこと（一九八八年十月十七日のセッションで收錄されたこと）がはっきりわかり、この歌が長い生命を維持してきたことが確認できるのである。本書はこれから先、呉歌の文獻研究にとっても、ゆるぎのない基準點として利用することが可能なのである。

第五章は山歌の音樂に關する研究。著者の基本的によって立つディシプリンは、民族音樂學（Ethnomusicology）である。歌のメロディーを分析した本章が著者の本領の最も發揮された部分である。ここで著者は、山歌における「單一旋律性」（Monothematism）という概念を提起している。これはすなわち、一人の歌い手が持っている山歌のメロディーは多くはなく、表現の多樣さはもっぱら同じメロディーに乘せて歌われる歌詞の多樣性によって支えられているということである。この概念は、今後山歌の音樂について論ずる際の基本的なキーワードの一つとなることであろう。

附錄の部分も充實しており、とりわけフィールドワークの際の歌い手たちへの質問項目表などは大いに參考になる。

大事なことが最後になってしまったが、本書には附録としてＣＤが附けられており、著者が収集した歌のうち、九十七種が収録されている。かくして、本文を讀みながら實際の歌聲を聴いて、その論述を確認することもできる。音聲資料が主で、その解説といったものなら、これまでにもなかったわけではないが、高度な内容を扱う研究報告書にＣＤが附されたというのははじめてなのではなかろうか。本書には研究成果の新しい表現方法としての意味もある。

なお、著者が収集したすべてのテープ、そしてフィールドワーク・ノートは、ライデンのCHIME圖書館に保存され、閲覧が可能であるという。

〔後記〕　本書の著者であるシンメルペンニク女史は、二〇一二年に逝去されたとのことである。心より哀悼の意を表したい。

書評紹介　その二

David Johnson, Andrew J.Nathan, Evelyn S.Rawski 編
Popular Culture in Late Imperial China

University of California Press, 1985

この書物が刊行されたのが一九八五年のことであるから、もうかれこれ十年の月日が經とうとしている。その間にこの書物に關して發表された書評は、管見に及んだ限りでも九篇に上る（末尾の**参考資料1**を參照のこと）。日本では、中國學關係の一つの著作について、これだけの反響があることは、めったにないし、アメリカの友人にたずねても、九という數字はやはり多い方だとのことである。また、決して讀み易いとも思われないこの書物が、その後ペーパーバックにもなって、日本と同様、専門書については決して品ぞろえがよいとも思われないアメリカの一般書店でも、よくこの黄色い表紙の本を見かけたから、やはりずっと讀み繼がれているのであろう。この書物に對する關心の高さがうかがわれる。もちろん、ただ反響を呼んだばかりではなく、實際この書物が、その後現在に至る十年間の研究の方向を先取りしていることは現在の目から見て少なくとも事實であって、その意味でもこの書物は、取り上げる價値があるといえるだろう。

さて、書評であるからには、できあがった書物を一つの完結した世界として取扱い、その成否について論ずるのが、あるいはフェアーな道なのかもしれない。が、この書物の場合、書物の刊行に先立つ會議があり、その會議に提出さ

れた論文をもとにこの書物ができあがっているわけだから、さかのぼって會議、さらにはそれに先立つプロポーザルまでをも視野に入れることによって、そもそもの目的や方法などを、より生な形で正確に捉えることが可能になるであろう。ここでは從って、まずプロポーザルを見、ついで會議をのぞき、そして最後に書物という順を追って考えることにしたいと思う。本來なら一讀者が目にすることができようはずがないプローポーザルや會議の資料などを參照できたのは、この會議に參加された田仲一成教授からそれらの資料をお借りすることができたからである。まずはこの場で御禮申し上げたい。

(1) プロポーザル

書物の冒頭の謝辭によれば、この會議の中心となり、書物の編者として名のあがっているジョンソン、ネイザン、ロウスキイにさらに何人かを加えた人々で、中國のポピュラー・カルチャーに關する會議の企畫を開始し、そのプロポーザル（計畫書、申請書）を起草したのは、一九七九年一月のことであったという。ここでまず、この一九七九年一月の意味するところを考えてみたい。政治外交史からみると、この一九七九年一月というのは、米中國交回復の時にあたる。一九四九年の中華人民共和國の成立以來、アメリカは中國本土との關係を斷っており、中國では一九六六年にいわゆる文化大革命がはじまる。文革中の一九七二年にニクソン大統領が中國をおとずれ、日本はその年のうちに中國との國交を回復するが、いかんせん文化大革命中のこと、學生や研究者が自由に往來できるまでにはほど遠い狀況であった。一九七六年十月、いわゆる四人組逮捕によって、十年にわたる文革が終結、そしてこの一九七九年一月一日の米中國交回復と續く。この一九七九年には、中國教育部と日本文部省との交換留學生制度による第一期生が中國に行っている。つまり、戰後になって、中國へ自由に行けることになったのが、この七九年だったわけである。政治的狀況が變われば、學問も變わる。そして、國交回復によって何が變わったかといえば、とにかく現地へ行けるようになったことである。日本にしても、アメリカにしても、中國は所詮外國なわけであるから、現地へ行けるか行けないかは外國研究にとって決定的であろう。現地へ行けなければ、文獻に頼るしか道はないが、現地へ行けば、文獻の背後のものまでつかまえることができる。文獻研究を世界に誇る日本の中國研究にあっても、實は戰前の研究者は、多くが留學體驗、現地經驗をもっていた。倉石武四郎教授なども、北京留學中に滿州旗人の奚待園から『紅樓夢』をテキストにして北京語を教わったといい、

『紅樓夢』というのはご承知の通り北京が舞臺ですから、その北京のいろいろなことを同時に覺えることができます。この奚先生は非常にものずきで、やれ結婚式があるから見にゆこうとか、お葬式があるから見にいこうといってさそってくれる。他人の結婚式を見に行ったたってしょうがないのですけれど、お嫁さんが駕から下りるところ、下りてから部屋へはいるまでの瞬間を見せてやる、などといって連れていってくれました。しかもこのことは『紅樓夢』のここにある、この場だなどと、いちいち實物をつかって教えてくれました。だからそれがたいへん役に立ったわけです。

ということをその『中國語五十年』（岩波書店）の中で述べている。また、大學の授業を聽講する機會に、先生方の方言に興味を持ったともいっておられる。また、狩野直喜教授にも中國經驗があり、論文「支那上代の巫、巫咸に就いて」（『支那學文叢』）の中で、

現今でも支那の各地方に一種の人間があって、神を己の身へ乗移らせて、人の爲に吉凶をいってやったり、又符水で病氣を治め、祈禱祓禳によって悪鬼を鎮めたり、或は刀梯に上り、火の上を歩行したり、種々の幻術を使って、愚民の尊信を得てゐるものがある。

といった記述があり、日本、中國はじめ、いま世界中で話題になっている一連の宗教演劇（中國のいわゆる儺戲）なども、狩野氏は先刻ご承知だったのである。このように、戦前の中國研究者は、とにかく現地に行くことが出來、中國人の暮らしについて、相當に身近な知識と實感を持っていたのである。

この書物の一つの目玉であり、その後の研究を先取りしている點の一つは、現地研究の重視である（これは後で人選に關するところで詳しく述べる）。行けるようにはなったが、まだだれも行って成果をあげたものがいない、というこの段階で、そうした方向をはっきり打ちだしたことは評價に値しよう。

次に、一九七九年のもう一つの意味と思われるのが、前年の一九七八年における Peter Burke, *Popular Culture in Early Modern Europe*, (London, Temple Smith)の刋行であろう。プロポーザルには、ヨーロッパ史に關する先行業績として、Keith Thomas, *Religion and the Decline of Magic*, (Scribner, 1971)、Eugen Weber, *Peasant into Frenchmen*, (Stanford, 1976)、Ian Watt, *The Rise of the Novel*, (Berkeley, 1957) の三書を擧げており、バークについては言及がないが（このうちの Keith Thomas は、コメンテーターとして招こうとしていたことがプロポーザルには記されているが、會議の折には、實現しなかったようである。この中では、Eugen Weber がコメンテーターとして參加している）、ヨーロッパの、その名も Popular Culture について體系的に論じたこの書物の刋行が、一つの引き金になったであろうことは、想像に難くない。政治的な状況についても、また周圍の學問的状況についても、彼らは實に敏感なのである。

さて、いよいよプロポーザルの內容に入ることにしたいが、（アメリカにあっては）會議を企畫するといえば、その結果として書物を出すことは自明のことであり、言い換えれば、會議は書物を作るために開かれるものだといってもよい。したがって、プロポーザルには、その目的や研究史上の價値などからはじまって、實際に最後に書物ができあがった時の目次にあたるものまでが記されている（參考資料2を參照のこと。なお、このプロポーザルの全體はタイプで十二ページにのぼる）。

このプロポーザル段階では、その總題は、

Values and Communication in Chinese Popular Culture

となっている。「中國民衆文化における價値觀と傳達」とでも譯そうか。內容は、まずはじめにアメリカ國內における最近の「非エリート社會や文化」に對する關心の高まりに鑑み、共同研究のプロジェクトの申請をすることを述べている。ついで、全體の問題の枠組みを述べる。ここで問題とされるのは、

（一）ある特定の背景における觀念と價値觀――ある社會集團はどのような考え方をするのか。そして、その考えは、社會的紐帶をこえて、ある社會集團から別の集團に傳わった時に、どのように變化するのか。

（二）メディア、ジャンル、スタイルなど、傳達の過程が、思想の內容をどのように變化させるのか。

の二點であるという。これは後で、書物段階のジョンソン論文を檢討する時に詳しく述べたいが、全體で問題になっ

ているのが、「社會集團」の思考方法である。そして、それに續いて、基本的な方向として、次のように述べる。

帝政後期の中國は地理的に見ても、人口統計學的に見てもきわめて巨大であり、政治的、經濟的、社會的にきわめて複雜な構造を持っている。しかしながら、時間、空間、そして社會的な差異という大きな隔たりがあるにもかかわらず、中國人は、みな一樣の觀念、價値觀、用語、前提を共有している。したがってわれわれの研究の中心課題は、いかにしてこの文化的統合が達成されたかということにある。もちろん同時に、文化的な統合といっても決して完全なものではない。われわれは、文化的な多樣性やちがい、またその支配的あるいは正統的な價値觀との連關についても關心を抱くものである。

つまり、廣い中國にさまざまな異なった地域文化が存在することは否定しないものの、にもかかわらずやはり中國人を中國人たらしめている文化的共通性の方に、主たる關心を抱く、といっているのである。これも最後に取り上げて問題にしたいが、なぜ統合性の方に問題を持って行こうとしたのか、という點については、梁其姿氏が、本書に對する書評の中で、ヨーロッパにおいて、中世にはキリスト敎を紐帶とする統合がなしとげられていたように見えるのに、それが時代が下るにつれて、その統合が崩れる方向に向うのに對して、ヨーロッパと同じくらいの面積を持つ中國が、一貫して文化的統合を保ったのはなぜか、という問題關心があったのではないかと述べておられる。傾聽に値する見方であろうと思われる。

そして、いよいよ具體的な内容と筆者のリストがくるが、ここで特徴的なことを一點述べておこう。それは、先に一九七九年の意味するところでも述べたことであるが、現地調査を全面に打ち出していることで、それが人選にもあらわれている。すなわち、ジェームズ・ヘイズ、バーバラ・ワード、田仲一成、ジェームズ・ワトソン、そしてペリー・リンクの面々は、この一九七九年の時點で、中國本土では政治的理由で調査がかなわなかったにせよ、すでに香港などをフィールドにして、調査を行なっていた人々だったのである。米中國交回復によって、さあ、これから中國での現地調査が可能になるぞ、とわかった時點で、すでに中國の周縁地域でのフィールド・ワーク經驗を持つ人々を招き、その成果を共同研究の中に盛り込もうとしたのは、なかなかの先見の明といえよう。なお、ここで現地調査といっても、とりわけ特徴的であるのは、それが決して一部人類學者、民俗學者によるそれに限定されないことである。この會議に參加した人たちの多くは、歴史、文學をディシプリンとする人々であって、いうならば、歴史、文學が人類學に歩み寄りを見せたものといえよう。そして、實際のところ、その後の研究を見ても、この會議に參加していたワトソンとロウスキイの共編で、

Death Ritual in Late Imperial and Modern China, (University of California Press, 1988)

があり（これにはやはり會議に參加していたスーザン・ナカーンも參加している）、また、デヴィッド・ジョンソン自身も、中國の目連戯に打ち込み、

Ritual Opera, Operatic Ritual. "Mu-lien Rescues His Mother" in Chinese Popular Culture, (University of California, 1989)

を刊行している。この二つの研究は、ともに現地での調査を基礎とし、民俗學に近い成果といってもよい。

この書物は、一九七九年の時點で、現地調査重視の方向を打ち出し、結果として歴史、文學が人類學に接近する道を開いたが、それはまさしくその後今日に至る研究の方向を示唆したものであって、この書物の最初の價値は、その先見の明にあるであろう。

もちろんわが國でも、尾上兼英教授が一九七六年以來、香港、マレーシア、シンガポールなどでの藝能調査をはじめられるなどの先驅的業績はあるのだが、この時點で、この *Popular Culture* のような概括的な研究がアメリカで先に出されたその理由は、アメリカの研究者の機敏さ、そして中國研究自體が、政治、といって悪ければ常に現在の問題に關わっているところに求められるだろう。そして、もう一つ、特にフィールド・ワークについていえば、アメリカにおける中國研究は本來的に、文獻よりも現地研究の傾向を戰前から持っていたように思えるし（磯野富士子編・譯『ラティモア　中國と私』みすず書房　一九九二などを見るとよくわかる）、またついでに紹介しておくならば、アメリカでは一九六九年以來　CHINOPERL（Chinese Oral and Preforming Literature の略、中國演唱文藝研究會）の活動があり、その機關誌も出されているが、これは演劇や藝能などを研究の對象にするグループであって、それが早くから成立し、活動を繼續しているところを見ると、アメリカではもともとパフォーマンスに對する關心が高かったのかもしれない。それも、現地研究の一つの下地になっていると思われるのである。

以上は、一九七九年に書かれたという會議のためのプロポーザルをながめての感想である。次に、一九八一年のハワイ會議に話を進めよう。

（2）ハワイ會議

一九七九年に計畫された會議は實際には、一九八一年の一月二日から六日の日程で、ホノルル、ハワイ大學のEast-West Center で行なわれた。その題目は、

Values and Communication in Ming-Ch'ing Popular Culture

となっている。プロポーザルではChinese Popular Cultureであったのが、Ming-Ch'ingとなったわけで、もともとプロポーザルでも、時代は明清と限定されていたのではあるが、題目にもそれがより明確に打ち出されることになった。その日程をコメンテータまで含めて、**参考資料3**に入れておくので、ご參照いただきたい。

ここで、このリストを、最終的な書物の目次と比較すると、次の三人の論文が、書物には收録されなかったことが知られる。

○ Tu Wei-ming: Popularization of Wang Yang-ming neo-Confucianism
○ John McCoy: Language as an aid and impediment to the integration of Chinese Culture
○ Perry Link: Popular fiction in the late 19th c. and after

このうち、杜維明の論文については、どうして收録されなかったのかわからない。ペリー・リンク論文については、それが扱っているのが近現代の問題であることによって、收録されなかったのであろう（なお、これは別に、同氏の編による、*Stubborn Weeds: Popular and Controversial Chinese Literature After the Cultural Revolution*, Indiana University

Press, 1983. という書物になって刊行されている)。そして、言語學者であるマッコイの論文が、書物段階では収録されていない。當初のプロポーザル、そして會議の段階までは、その題に communication の文字が入っていた。マッコイ論文は、中國における方言の問題を取り上げているが、communication について考えようとするならば、たしかに缺かすことのできないテーマではある。しかし、マッコイ論文はどちらかといえば、方言のちがいはあっても、中國の人々はバイリンガルなのであって、コミュニケーションの妨げにはならないのではないか、という方向の論旨である。書物の段階では、Popular Culture が前面に出てきたために、このテーマの影が薄れたのであろうか。書物では、ジョンソン論文の冒頭で、方言の問題に少しばかり觸れている。そこでも、方言がほんとうにコミュニケーションの妨げになっただろうか、といって、マッコイ氏の論を承けている。

後でまた詳しく檢討したいが、この書物では、中國における地域的偏差をあまり考えていないようである。その意味でも、方言の問題、とくにマッコイ論文の題にもあったように impediment（障害）の方向を論ずれば、また別の展開があったのではないかと思われる。

（3）*Popular Culture*

前置きがたいへん長くなってしまったが、以下、實際の書評の對象である書物の檢討に移ることにしよう。この書物の目次を示すと次のようになる。

第一部　序論的總論

イヴリン・ロウスキイ「帝政後期文化の經濟的社會的基礎」（p.3～33）

デヴィッド・ジョンソン「帝政後期中國におけるコミュニケーション、階級、意識」（p.34～72）
第二部
ジェイムズ・ヘイズ「鄉村世界における專門家と文書資料」（p.75～111）
ロバート・ヘーゲル「明清白話小說の受容者の階層性」（p.112～142）
田仲一成「明清地方劇の社會的歷史的背景」（p.143～160）
バーバラ・ワード「地方劇とその觀客　香港の事例から」（p.161～187）
ジュディス・バーリング「宗教と民衆文化　『三教開迷歸正演義』の道德的源泉」（p.188～218）
ダニエル・オーヴァーメア「中國の宗教文學、明清寶卷の價値」（p.219～254）
スーザン・ナキャーン「中國帝政後期における白蓮敎の傳道」（p.255～291）
ジェームス・ワトソン「神々の規格化　九六〇年から一九六〇年に至る中國南方沿海地方における「天后」の昇格」（p.292～324）
ヴィクター・メア「聖諭の普及版における言語と思想」（p.325～359）
レオ・オウファン・リー、アンドリュー・ネイザン「大衆文化のはじまり　清末以後のジャーナリズムと小說」（p.360～395）
第三部　結論的總論
イヴリン・ロウスキイ「問題と展望」（p.399～417）

前と後ろに總論があり、中に各論という構成になっている。各論については、いわゆる「民衆文化」に屬するであろうテーマ、白話小説、演劇、寶巻、白蓮敎……を切り取ってきてそれについて論じるという形になっている。ピーター・バークの書の構成と比較してみると、バークの方は、民衆文化について、それをジャンル別ではなく、カーニバル、英雄など、横切りにしてテーマを捉えている。これは、もとよりバークの書が個人の書き下ろしであるのに對し、こちらが複數の、しかもそれぞれディシプリンや關心を異にする著者による共著であることによろう。これは、中國の民衆文化について横割りにした論が、いずれ書かれなければならないということでもある。

さて、ここで書評をするにあたって、一篇一篇についてすべてをとりあげて検討するのでは紙數が足らなくなるおそれがあるので、いまはその中から、デヴィッド・ジョンソンによる總論を取り上げ、検討を加えることにしたい。このジョンソン論文において、Popular Culture についての基本的な考え方が最も明瞭にあらわれているからである。ジョンソンは冒頭、次のように述べている。

本書の多くの章において、主たる役割を果たしているのは、特別な個人や機關、あるいは目立った事件ではなく、小説や戯曲、講話や手引き書、經典や説教などのような、ほとんどすべてが高等教育を受けておらず、しかも特別な權力もないような人々に向けられたテキストなのである。これらの材料がわれわれの大きな注意を引くのは、それが國家的エリートならざる中國人大衆が、自分自身およびかれらをとりまく世界についていかに感じ、考えているかをよりよく理解させてくれるからなのである。

ここに明らかなように、問題になっているのは「テキスト」だということである。たしかに、この各論においても、「テキスト」以外の材料で論じているのは、バーバラ・ワードの香港の演劇に關してだけであって、その他は基本的に、テキストについての分析であるといってよい。それは、やはりこうした民衆文化の研究に關しての先驅的な主要な業績の一つである、フランスのいわゆるトロワ青本叢書についてのロベール・マンドルーの研究（『民衆本の世界　17・18世紀フランスの民衆文化』二宮宏之・長谷川輝夫譯　人文書院　一九八八）が、やはりこのテキストについての分析であって、

今日トロワに保存されている何百點かは、トロワの出版人たちの刋行した青本の、辛うじて生き殘った一部に過ぎないことは確かであるが、少なくとも、わたくしたちは、このサンプルを分析することによって、當時の民衆心性の核心的部分に到達しうるのである。

といっているが、それを受け繼ぐものであるといってよかろう。そして、本書におけるテキストの研究についての基本的姿勢は、

われわれが關心を持つその小册子や手引き書や長詩などが誰によって書かれたかということを知る事なしには、それを的確に翻譯し、それが實際にいっていることを理解するのはほんとうに難しいことである。そして、あるテキストの社會的歴史的特徴についての査定をするためには、それがどれくらい廣く流通したのか、それがどれくらい多くの人々に影響を與えたのか、そしてそれはどのような人だったのかということを知る必要がでてくる。そして結局、もしわれわれが、ある思想の全體的構造の影響力に關心を持つならば、われわれは異なった聽衆にむけて準備され、異なった階級のメンバーによって作られたシステムのちがいに注意を拂わなければならないであろう。要するに、價値觀についての研究をするためには、傳達や社會構造についての研究もしなければならな

いことになる。

ということで、ここで、あるテキストについての研究をするためには、そのテキストの背後にある社會組織を考えなければならない、という基本的な方法が明らかにされている。つまり、從來の歴史研究においては、ある特定のきわだった事件あるいは個人が、また文學研究においてはテキストの背後にある作家の個性が問題になっていたのであるが、ここではそうした個人ではなく、社會文化的な集團に主要な關心があることが述べられる。この書物の場合、たったいまマンドルーも述べていた「民衆心性」が、その目的になっているのである。テキストの背後に、個人ではなく社會集團を想定することは、今日では別に珍しいことでもなくなってしまっているが、文學研究が從來のそれからいわば文化人類學に近接しようとした流れの一つと考えられるのである。實際、本書の第二部、各論のところに収められているヘーゲルの研究、田仲の研究などいずれもテキストの背後に社會集團の意識のちがいを讀み込もうとする方法で行なわれており、それがそうしたテキストのちがいを社會集團のちがいに還元する方法のモデルケースということができるだろう。

さて、このように社會集團を考えるとなれば、いったいどの様な社會集團があったのかを考えないわけにはいかなくなるであろう。そこでジョンソンは、この社會文化的集團を權力と教育の方向から次の九つのカテゴリーに分類するのである。ここで、古典的教養というのは、ジョンソンによれば、院試の實質的受驗能力があるかどうかを基準にしているという。

この分類の意味を考えるならば、それは從來の階級分析が、おおむねこの横軸、すなわち經濟的・政治的な基準で行なわれていたのに對して、ここに識字・教育という文化（すなわち Culture）という基準を持ち込んだことであろう。

教育・識字水準

権力	低		高
強	不識字 法的特権 （女性） （G）	讀み書き 法的特権 （大家の女性） （D）	古典の教養 法的特権 （郷紳） （A）
	不識字 自立的 （商人の妻・農民） （H）	讀み書き 自立的 （農村男子の多く・都市商工業者） （唱本などの買い手） （E）	古典の教養 自立的 （B）
弱	不識字 従屬的 （I）	讀み書き 従屬的 （F）	古典の教養 従屬的 （村塾の教師など） （C）

政治の頂點に立つ者と文化の頂點に立つ者とが社會集團として一致しない日本（鎌倉時代以後、政治の實權者としての武家と文化の體現者としての公家の分裂）などと比較した場合、中國の社會は、政治經濟の實權者と文化の體現者とが同一人であるというきわだった特徴が認められるわけで、この表はそうした現象を表現しうるものであるが、より大きな流れから見れば、從來の經濟中心のマルクス主義的な見方がゆらぎ、經濟以外の要素に對する見直し（いわゆるモラル・エコノミー論など）が、歷史學全般で起こっていることが、その背景にあったといえるかもしれない。また、特に中國に關してこの一九七九年時點で、Culture を問題にすることは、終結したばかりの文化大革命（すなわち Cultural Revolution）理解ということがあったのかもしれない。

さて、そして、この九つのグループの中で、Popular Culture とはどこのグループの文化のことなのか。ジョンソンは、そもそも Popular Culture を、「高等教育を受けておらず」「特別な權力もない」「國家的エリートならざる」人々の文化と定義していた。編集者の連名で執筆されている序文の冒頭でも「本書の主要な目的の一つは、非エリートの文化を傳統中國に關する學問的議論の主たる流れの中にもたらすことである」といっているように、Popular Culture は Non-Elite Culture とほとんど同義で用いられている。とすると、この表のD～I全體が民衆文化の擔い手になると思われるのだが、ジョンソンは、このうちG～Iを除いた、このDとEとを考えているようである。Eに屬するのは唱本などの通俗的テキストであるが、これについてジョンソンは、「これこそがかつて實際に多くの人が讀んだ唯一のテキストなのである」といっている。既に述べたように、ジョンソンの場合、考察の對象を「テキスト」に限定してしまっていたわけだから、その結果、非識字層は切り捨てられざるを得ないということであろう。ロウスキイの論文で、識字層の廣がりを取り上げているのは、結局このDの部分が小さくはないといいたいがためであり、またヘイズのいわゆる「專門家」（風水先生、占い師など）の讀書、藏書は、このD、Eあたりを考えているともいえるが、それにしても非識字層の文化現象、口頭傳承や歌謠、演劇その他のパフォーマンスなどが、Popular Culture の枠の中から、すっぽりと抜け落ちてしまっているのは、いかにも不自然に思われる。もちろんとりわけ外國人にとって、「テキスト」によらない研究は、困難が豫想されるわけであるが、それこそ政治的狀況の改善によって、より深く踏み込むことが可能になった分野でもあって、これはさらにわれわれに残された宿題といえようか。

ジョンソン論文に關して、さらに問題點をあげるならば、たしかに文化という基準を加えて中國社會の階層の分析を試みたことは意味のあることであったと思われるが、それはまだ「中國では」という枠組みの中での問題であって、その中國における地域偏差については、ほとんど考えられていないのである。もちろん全く考えていないというわけではない。そもそもプロポーザルの段階から、言語の問題は視野に入れられており、會議のときにはマッコイによって、報告がなされているのである。だが、「中國文化の統一性にとっての言語の效用と障害」について、どちらかといえば方言のちがいはあったにはあったが、障害となる要因は大きくはなかった、とする論旨であった。ジョンソンもそれを承け、この論文の最初に方言の問題をとりあげ、方言のちがいが文化の統一にとってあまり大きな障害にならなかったことを述べている。しかし、エリートのいわゆる「大傳統」を問題にする時ならいざしらず、ノン・エリートの「小傳統」を論じようとすればするほど、地域の偏差が無視できないものになってくるはずなのである。つまり、この書物においては、中國という對象をもし假に圖のような立體（例えばお豆腐）と考えた時、横の方向（階層）には包丁を入れたものの、縦方向（地域）には全く包丁を入れていないことになるのである。もちろん、これも本書の缺點というより、われわれに與えられた今後の課題である。

わたしなどは、Popular Culture と聞けば、ただちに地域の偏差をも含んだ民衆の文化を想像してしまうのだが、英

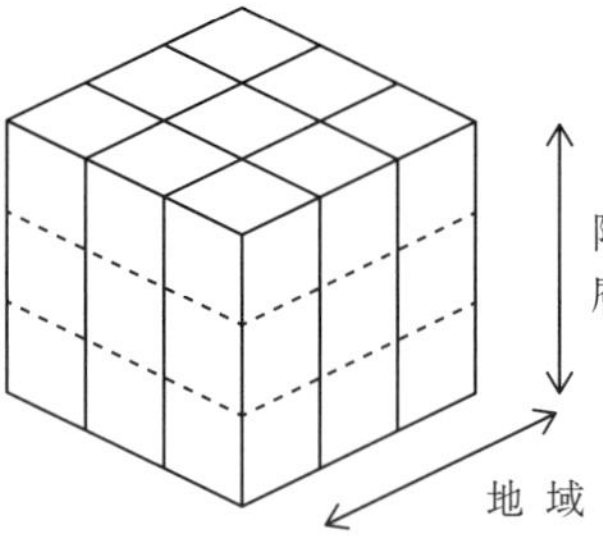

【圖】

語本來の意味は、どうも必ずしもそうとは限らないということに氣がついた。いま popular について、C. O. D. を引いて見ると、

（1） Of, or carried on by, the people

（2） Adapted to the understanding, taste, or means of the people

の二つが擧げられている。もちろん、もとは一つの單語なのだから、互いに重なりあった部分も多いのであるが、（1）と（2）とでは、實はだいぶちがってくる。つまり、たった今、popular というからには、非識字層の文化も考えなければなるまい、と述べたわたくしにとっての popular は、翻譯すれば「民衆的」であって、いうまでもなく、この（1）を考えてのことであったのだが、中國文化の統一性（均質性）を考えようという時の popular は明らかに（2）の方を考えてのことで、こちらの譯語は「通俗」であり、本書において清の康熙帝の『聖諭』のポピュラーヴァージョンについて考察したメアの論文が、その代表になろう。同じ popular でも、上からの「通俗」と下からの「民衆的」では、百八十度のちがいである。本書の書名も、從って「民衆文化」とするか「通俗文化」とするか、變わってくる。ちなみに、梁其姿氏の書評ではいみじくも、書名を『中國明清時期的通俗文化』としていた。あるいは、この方が、編者の意圖をより正確に反映していることになるのかもしれない。

さて、ここで popular に二つの意味があることを見たが、このどちらを考えるかは、中國という對象をどう見るか、というさらに大きな問題と關わっている。つまり視點の問題であるが、中國という廣大な面積、複雜な構造を持った社會を見る時に、その共通點（integration）に焦點を合わせるか、それともそのちがい（variation）に焦點を合わせるか、である。いまこの書物の場合、前者に比重がかかっていることはたしかである（その背景としては、先に梁氏の書評のところで觸れた）。この書物より後に出た、*Death Ritual in Late Imperial and Modern China*, (University of California Press, 1988) においても、葬送儀禮を行なうのが中國人であり、死者を祭る組織こそが宗族なのだ、といい、やはり各地域や階層による儀禮のちがいよりも、中國における同一性を問題にしているので、これはアメリカにおける一貫した關心ともいえるのかもしれない。もちろんこれは、どちらが正しく、どちらがまちがっているという問題ではないから、この點にけちをつけてみても何にもならないのであるが、本論の最初の方で述べた現地調査にからめていうならば、現地研究の重要性を早い段階で示唆したのが、本書の價値であったわけだが、しかし、實際に中國の現地に入れば入るほど、見えてくるのは地域的偏差ではないか、そして、地域のちがいを視野に収めることによって、より精度の高い中國像を描ける可能性がでてくるのではないか、その意味では、刊行から十年が經過したいま、本書の價値がより明らかになると同時に、本書の殘された問題點も明瞭になってきたともいえるのである。

〔**參考資料1**　書評〕

Esherick, Joseph W.　*The Journal of Asian Studies*, XLV, 5　1986

Cohen,Paul A.　*The American Historical Review*, XC 2, 3, 1987

Gedalecia, David　*Paciffic Affairs*, LX ,2, 1987

Baker, Hugh D.R.　*Journal of the Royal Asiatic Society*, 1987-2

Clunas, Craig　*Bulletin of the School of Oriental and African Studies*, L ,3, 1987

Idema, W. L.　*T'ong Pao*, 74, 1988

Bell, Catherine　*History of Religions*, v. 29-1, 1989
梁其姿　『新史學』一　一九九〇
蒲地典子　『中國—社會と文化』七　一九九二

〔参考資料2　プロポーザル段階のプログラム〕

Values and Communication in Chinese Popular Culture

PART I. INTRODUCTION

Paper 1. Introduction　Evelyn Rawski
Paper 2. Printing and publishing　To be determined

PART II. IDEAS AND VALUES IN SOCIAL CONTEXTS

Section A. The Transformation of Ideas
Paper 3. Popular circulation of Confucian ideas　Tu Wei-ming
Paper 4. Popular syncretism　Judith Berling
Paper 5. Folk-religious beliefs in philosophical Confucianism　Donald Munro
(Potential Paper: Popularized history　To be determined)

Section B. The Ideas of Communities and Groups

Paper 6. Ethical values in popular religious sectarian literature　Dan Overmyer
Paper 7. Community religion and community solidarity　James Watson
Paper 8. Popular culture in late traditional cities　To be determined
Paper 9. Content and style in knight-errant fiction　W.L. Idema
(Potential Paper: The peasant world-view revealed in folklore　David Arkush)

PART III. STRUCTURE AND PROCESS OF TRANSMISSION OF IDEAS

Section A. Written Forms
Paper 10. Language as an aid and impediment to the integration of culture　To be determined
Paper 11. Forerunners of the mass media　To be determined
Paper 12. Written materials as household tools　James Hayes

Section B. Agents of transmission
Paper 13. Transmission of popular sectarian religious tradition　Sue Naquin
Paper 14. Village drama in social and religious context　Tanaka Issei
Paper 15. Village drama and its audiance　Barbara Ward
Paper 16. Specialist practitioners as cultural intermediaries　To be determined.

PART IV. CONCLUDING PERSPECTIVES

Paper 17. Specialized and diffuse means of value transmission and socialization in rural China　Myron Cohen

Paper 18. Elite and popular cultures: theoretical considerations　David Johnson

Paper 19. The emergence of mass culture　Leo Lee, Andrew J. Nathan

〔**参考資料3**　ハワイ會議スケジュール表〕

Friday, January 2, 1981.

Morning:

Evelyn Rawski: Historical introduction: Economic and social foundations of Ming-Ch'ing culture

David Johnson: Theoretical introduction: Problems and prospects in the study of Chinese popular culture

　Comment: Wolfram Eberhard, Eugen Weber

　Chair: Andrew Nathan

Afternoon:

Tu Wei-ming: Popularization of Wang Yang-ming neo- Confucianism

　Comment: Donald Munro

Victor Mair: Written popularizations of the Ch'ing Sacred Edicts

　Comment: Alexander Woodside

Donald Munro: Remarks on supernaturalism and naturalism in Ch'eng-Chu neo- Confucianism

　Chair: Evelyn Rawski

Saturday, January 3.

Morning:

Judith Berling: " The Romance of the Three Teachings"--a late Ming didactic novel and its values

Comment: Perry Link.

Robert Hegel: Popular and elite versions of the past: Ming-Ch'ing historical romances about the T'ang dynasty

Comment: Alexander Woodside

Chair: David Johnson

Afternoon: free

Evening:

John McCoy: Language as an aid and impediment to the integration of Chinese culture

Comment: G.Wm.Skinner, Wolfram Eberhard

Chair: Andrew Nathan

Sunday, January 4.

Morning: free

Afternoon:

James Watson: T'ien Hou temples cults in the local society of South China

Comment: G.Wm.Skinner

James Hayes: Written materials in the village world-evidence from the Hong Kong region

Comment: Eugen Weber
Chair: Evelyn Rawski

Evening:
Gerneral discussion and interim evaluation. Remarks by Eugen Weber and G.Wm. Skinner
Chair: David Johnson

Monday, January 5.
Morning:
Issei Tanaka: Village drama in the Ming-Ch'ing period
Comment: Alexander Woodside
Barbara Ward: Hong Kong village theater and its audiances
Comment: James Watson
Chair: Andrew Nathan

Afternoon: free

Evening:
Susan Naquin: Oral, written, and symbolic transmission of White Lotus religious traditions
Comment: Wolfram Eberhard
Daniel Overmyer: Values in the literature of popular religion, mid-Ming to the 20th century

Comment: Judith Berling
Chair: Evelyn Rawski

Tuesday, January 6.
Morning:
Andrew Nathan and Leo Lee: The emergence of mass culture
Comment: Godwin Chu
Perry Link: Popular fiction in the late 19th c. and after
Comment: Wolfram Eberhard
Chair: David Johnson

Afternoon:
General discussion and critique. Remarks by Eugen Weber, G.Wm. Skinner, and Wolfram Eberhard

あとがき

各章の初出について記しておきたい。

はじめに　本書のための書き下ろし。

第一部　馮夢龍人物考

第一章　馮夢龍傳略　本書のための書き下ろし。

第二章　馮夢龍人物評考　二〇一五年二月にローマで行なわれた Colloquium on Emotions and Collective Imagery in Traditional China and Europe において、“Able official or comedian? How was Feng Menglong perceived through the eyes of his contemporaries?” と題して發表。この論文は後に *International Communication of Chinese Culture On Line*, Berlin, Heiderberg: Springer 2015. : 1-12 として發表された。ここではそれを日本語に翻譯した。

第三章　馮夢龍の讀者たち　二〇一五年十月に秋田大學で開催された日本中國學會第六十五回大會において「近代以前における馮夢龍の讀者とその評價」と題して口頭發表を行なった。本論はそれにもとづく。

第二部　馮夢龍作品考
第一章　「三言」の編纂意圖——特に勸善懲惡の意義をめぐって　『東方學』第六十九輯　一九八五
第二章　「三言」の編纂意圖（續）——「眞情」より見た一側面　『伊藤漱平教授退官記念中國學論集』汲古書院　一九八六
第三章　『古今小説』卷一「蔣興哥重會珍珠衫」について　『和田博德教授古稀記念　明清時代の法と社會』汲古書院　一九九三
第四章　馮夢龍「三言」から上田秋成『雨月物語』へ——語り物と讀み物をめぐって　『文學』（岩波書店）第十卷第一號　二〇〇九
第五章　馮夢龍「三言」の中の「世界」　二〇一五年五月に東京大學で開催された臺灣中央研究院中國文哲研究所・東京大學東洋文化研究所合同國際シンポジウム「世界の中の中國明末清初」において「馮夢龍『三言』中的「世界」」と題して發表。本論はそれにもとづく。
第六章　馮夢龍「敍山歌」考　『東洋文化』第七十一號　一九九〇
第七章　俗曲集『掛枝兒』について　『東洋文化研究所紀要』第一〇七册（一九八八）に「俗曲集『掛枝兒』について——馮夢龍『山歌』の研究・補説」と題して發表。
第八章　馮夢龍の文藝批評形式について　二〇〇二年にイエール大學で開催された Poetic Thought and Hermeneutics in Traditional China:A Cross-Cultural Perspective のために執筆した中國語論文。折から SARS のために出席できなかったが、これはその日本語譯である。
第九章　馮夢龍と音樂　二〇〇六年五月にミシガン大學で開催された Musiking Late Ming China：An

International & Interdisciplinary Conference において"Feng Menglong, a musiking elite (*zhiyin*) of the late Ming Suzhou"と題して發表。これはその日本語譯である。

第十章　馮夢龍と妓女　『廣島大學文學部紀要』第四十八巻　一九八九

第三部　馮夢龍と俗文學をめぐる環境

第一章　明末における白話小説の作者と讀者　『明代史研究』第十二號　一九八四

第二章　通俗文藝と知識人――中國文學の表と裏　神奈川大學中國語學科創設十周年記念論集　新シノロジー・文學篇『中國通俗文藝への視座』東方書店　一九九八

第三章　「民衆」の發見　二〇一三年十二月に臺北で開催された「中央研究院明清研究國際學術研討會」において「晩明士大夫之〝發現群衆〟――論白話興盛的背景」と題して發表した中國語論文。日本語に譯すとともに大幅に改稿した。

第四章　藝能史から見た中國都市と農村の交流――ひとつの試論　『東洋文化』第六十九號　一九八九

第五章　庶民文化　『明清時代史の基本問題』汲古書院　一九九七

第六章　中國小説史の一構想　『竹田晃先生退官記念　東アジア文化論叢』汲古書院　一九九一

附録　書評二篇

Antoinet Schimmelpenninck

Chinese Folk Songs and Folk Singers —— Shan'ge Tradition in Southern Jiangsu

『東京大學　中國語中國文學研究室紀要』第二號　一九九九
David Johnson, Andrew J.Nathan, Evelyn S.Rawski 編
Popular Culture in Late Imperial China
『中國の方言と地域文化（3）　書評集　中國地域文化研究の諸相（1）』　平成五―七年度科學研究費總合研究（A）研究成果報告書　第三分冊　研究代表者　平田昌司　一九九五

一九七七年、大學一年の秋、中國語を教えていただいていた伊藤敬一先生のゼミで、はじめて『今古奇觀』の「賣油郎獨占花魁」を讀んだ。これがわたしと馮夢龍との出會いであった。それ以來、かれこれ四十年間、馮夢龍とつきあい續けてきたことになる。馮夢龍の『山歌』研究はもとより、明末江南の出版研究、明末江南の青樓文化研究など、これまで行なってきた研究は、すべて馮夢龍を出發點とし、また馮夢龍理解を目的とするものであった。一度しかない人生、馮夢龍に出會えたことは、まことに幸運であった。これまで、馮夢龍についての單著は、一九九五年に講談社メチエの一つとして『明末のはぐれ知識人　馮夢龍と蘇州文化』として簡單な評傳を試みたものと、學位論文にもとづいて二〇〇三年に勁草書房より刋行した『馮夢龍『山歌』の研究』の二點があるだけであった。ここに、これまで書きためてきた、馮夢龍と明末俗文學に關する文章を整理しなおし、刋行できたことは、これまた幸福の極みである。もとより、中には多々誤りもあると思われる。廣く博雅の指教をお願いする次第である。馮夢龍に關しても、まだまだ論じていないテーマは山のように殘っている。これからも、馮夢龍とのつきあいを續けていきたいと思っている。

本書の刋行にあたり、まずは研究所の紀要別册としての刋行をお認めいただいた、高見澤磨、桝屋友子の兩所長、

佐藤仁、名和克郎の兩研究企畫委員長をはじめとする東京大學東洋文化研究所のすべてのみなさまに心からの感謝を申し述べたい。東洋文化研究所の諸先輩、同僚、そして豐富な圖書といった惠まれた環境がなかったら、菲才の著者が研究を續けることは不可能だったであろう。

東京大學文學部中國文學科に進學して以來、その講筵の末席に連ねさせていただき、大學院博士課程時代には指導教官として、そして東洋文化研究所の助手に採用されてからも引き續きご指導いただいてきた恩師、尾上兼英先生が、本年五月に逝去された。尾上先生は、明代小說、とりわけ馮夢龍「三言」研究の先達であり、ご自身のフィールドワーク體驗も踏まえて、蘇州方言で記録された馮夢龍『山歌』研究の重要性を說かれ、著者をその研究へと導いてくださった。まことに拙いものではあるが、本書を尾上兼英先生のみたまに捧げたいと思う。

出版をお引き受けいただいた汲古書院の三井久人社長、また編集を擔當された同社の小林詔子さんにも心からの御禮を申し上げたい。

ここへ來るまでに、どれだけ多くのみなさまからお教えを受け、お世話になったかわからない。お一人ずつお名前をあげるには、あまりに多くの方があるが、ここに感謝の氣持ちを表させていただくこととしたい。どうもありがとうございました。

二〇一七年八月二十六日　初校校了の日

著　者

著者略歴

大木　康（おおき　やすし）

1959年　橫濱生まれ

1981年　東京大學文學部（中國文學）卒業

1986年　東京大學大學院人文科學研究科博士課程（中國文學）單位取得退學

東京大學東洋文化研究所助手、廣島大學文學部助教授、東京大學文學部助教授などを經て、

現　在　東京大學東洋文化研究所教授　文學博士

著　書

『中國遊里空間 明清秦淮妓女の世界』（青土社 2002年）

『馮夢龍『山歌』の研究 中國明代の通俗歌謠』（勁草書房 2003年）

『明末江南の出版文化』（研文出版 2004年）

『原文で樂しむ　明清文人の小品世界』（集廣舍 2006年）

『明清文學の人びと 職業別文學誌』（創文社 2008年）

『冒襄と『影梅庵憶語』の研究』（汲古書院 2010年）

『蘇州花街散歩　山塘街の物語』（汲古書院 2017年）ほか

馮夢龍《ふうぼうりょう》と明末俗文學《みんまつぞくぶんがく》

平成三十年一月二十五日　發行

著者　大木　康

發行者　三井久人

整版印刷　中台整版
日本フィニッシュ
富士リプロ㈱

發行所　汲古書院
〒102-0072 東京都千代田區飯田橋二―五―四
電話〇三（三二六五）九七六四
FAX〇三（三二二二）一八四五

ISBN978－4－7629－6609－5　C3098

KYUKO-SHOIN, CO., LTD. TOKYO.

馮夢龍與明末俗文學

目　　次

第三部　馮夢龍及俗文學之環境

Feng Menglong and Popular Literature in the late Ming

Contents

索　引

人名索引

タ行

書名・作品名索引

サ行

タ行

歐文